TOUTES les matières

1re et 2e années

GPME

Gestion de la PME

Objectif BTS

W0378810

MATIÈRES PROFESSIONNELLES
Jacqueline THÉDIÉ
Sophie CATINAUD
Amaya GÉRONIMI
Émeline GUIHAL
Laurent MODOLO

ANGLAIS
Corinne DENIS

CEJM
Bruno BONNEFOUS
Marc GÉRONIMI
David LECCIA

CULTURE GÉNÉRALE ET EXPRESSION
Émilie DHÉRIN

hachette
ÉDUCATION

PAPIER À BASE DE FIBRES CERTIFIÉES

hachette s'engage pour l'environnement en réduisant l'empreinte carbone de ses livres. Celle de cet exemplaire est de : 1,5 Kg éq. CO_2
Rendez-vous sur www.hachette-durable.fr

Crédits photographiques
P. 342 : © By courtesy of Julian Hartnoll/Bridgeman Images ; **p. 347** : © Shutterstock ; **p. 348** : © Tarker/Bridgeman Images ; **p. 350** : © Everett Collection/Bridgeman Images ; **p. 355 gauche** : © Shutterstock ; **p. 355 droite** : © Shutterstock ; **p. 358** : © Shutterstock ; **p. 359** : © Shutterstock ; **p. 361** : © Bridgeman Images ; **p. 365 haut** : © Shutterstock ; **p. 365 bas** : © Shutterstock ; **p. 372 haut** : © Shutterstock ; **p. 372 milieu** : © Shutterstock ; **p. 372 bas** : © Shutterstock.

Réalisation
Mise en pages et schémas : CB Defretin
Couverture : Stéphanie Benoit
Édition : Jean-Benoit Ormal-Grenon, Emmanuelle Saint

ISBN : 978-2-01-715090-9
www.parascolaire.hachette-education.com

Sommaire

TABLEAU « RÈGLEMENT D'EXAMEN »

BTS Gestion de la PME			Candidats					
			Scolaires (établissement public ou privé sous contrat), **apprentis** (CFA ou section d'apprentissage habilité). **Formation professionnelle continue** (dans les établissements publics habilités)		**Formation professionnelle continue** (établissements publics habilités à pratiquer le CCF étendu pour ce BTS)		**Scolaires** (établissement privé hors contrat), **apprenti** (CFA ou sections d'apprentissage non habilités), **Formation professionnelle continue** (établissement privé), au titre de leur expérience professionnelle **Enseignement à distance**	
Épreuves	**Unité**	**Coef.**	**Forme**	**Durée**	**Forme**	**Durée**	**Forme**	**Durée**
E1 Culture générale et expression	U1	**4**	écrit	4h	CCF 3 situations d'évaluation		écrit	4h
E2 Langue vivante étrangère 1		**3**						
Sous-épreuve E21 : **– Compréhension de l'écrit et expression écrite**	U21	2	écrit	2 h	CCF 2 situations d'évaluation		écrit	2 h
– Production orale en continue et interaction			oral	20 min (*20 min)	CCF 1 situation d'évaluation		oral	20 min
Sous-épreuve E22 : Compréhension de l'oral	U22	1	CCF 1 situation d'évaluation		CCF 1 situation d'évaluation		oral	20 min
E3 Culture économique, juridique et managériale	U3	**6**	écrit	4 h	CCF 2 situations d'évaluation		écrit	4 h
E4 Gérer la relation avec les clients et fournisseurs de la PME	U4	**6**	CCF 2 situations d'évaluation		CCF 2 situations d'évaluation		orale et pratique	1 h (préparation 1 h)
E5 Participer à la gestion des risques de la PME, gérer le personnel et contribuer à la GRH de la PME		**8**						
Sous-épreuve E51 : Participer à la gestion des risques de la PME	U51	4	CCF 1 situation d'évaluation		CCF 1 situation d'évaluation		oral	30 min
Sous-épreuve E52 : Gérer le personnel et contribuer à la GRH de la PME	U52	4	écrit	2 h 30	CCF 1 situation d'évaluation		écrit	2 h 30
E6 Soutenir le fonctionnement et le développement de la PME	U6	**6**	écrit	4 h 30	écrit	4 h 30	écrit	4 h 30
EF1 Langue vivante étrangère 2 (1)	UF1		oral	20 min (*20 min)	oral	20 min (*20 min)	oral	20 min (*20 min)

* durée de préparation

(1) La langue vivante étrangère choisie au titre de l'épreuve facultative est obligatoirement différente de celle choisie au titre de l'épreuve obligatoire. Seuls les points au-dessus de la moyenne sont pris en compte.

Gérer la relation avec les clients et les fournisseurs

COMPRENDRE EN VIDÉO Retrouvez tous nos tutos vidéos sur notre chaîne YouTube « Objectif BTS Hachette ».

L'ÉPREUVE

« Gérer la relation avec les clients et les fournisseurs de la PME »

Épreuve oral et pratique
Coefficient : 6

1 L'objectif de l'épreuve

• L'épreuve vise à évaluer vos capacités à gérer la relation avec les clients et les fournisseurs (GRCF) et à analyser des situations de communication écrite et orale associées à cette relation.

• L'épreuve s'appuie sur un dossier personnel que vous devez rédiger à partir de situations professionnelles vécues ou observées au cours de votre formation, notamment pendant les ateliers de professionnalisation ou en milieu professionnel. Elle intègre également des résultats et des savoirs associés inscrits dans le champ de la communication.

2 Contenu du dossier

• **Un document synoptique des situations professionnelles** rencontrées en établissement de formation et en milieu professionnel (stage de première année). L'ensemble des situations professionnelles recensées doit couvrir toutes les activités du domaine. Pour chaque situation professionnelle sont indiquées notamment :
– les activités du référentiel concernées et les compétences mises en œuvre ;
– les tâches effectuées dont celles relevant de la communication écrite et orale ;
– les solutions logicielles choisies et les fonctionnalités mobilisées.

• **Une présentation du contexte commercial de la PME**, support des situations professionnelles faisant l'objet des fiches décrites ci-dessous.

• **Au moins 2 fiches d'analyse de situations professionnelles de GRCF** : 2 fiches sont issues de la période en milieu professionnel et couvrent au moins 3 activités différentes mobilisant le tableur et le PGI (dans ses dimensions commerciales et comptables). Parmi les activités couvertes, l'une porte obligatoirement sur l'activité « administration des ventes ».
Au choix du candidat, le dossier peut être complété par des fiches faisant référence à des situations professionnelles travaillées en établissement de formation.

• **2 fiches d'analyse de situations de communication écrite** présentant des supports de communication variés et concernant des activités différentes du domaine. Chaque fiche relève d'une situation de communication écrite professionnelle vécue dans une PME. Ces situations de communication sont associées à des situations professionnelles présentées dans le document synoptique. L'une, au moins, porte sur une situation de communication avec un client.
Les travaux réalisés doivent être en relation avec les tâches décrites dans le domaine d'activités 1 et les savoirs associés de communication. Ils mobilisent les fonctionnalités d'un logiciel de messagerie et celles avancées du traitement de texte et du logiciel de présentation.

• **2 fiches d'analyse de situations de communication orale** relevant d'une situation de communication orale professionnelle vécue dans une PME. Ces situations de communication doivent être de nature différente (communication interpersonnelle ou de groupe, accueil au téléphone ou en face à face), et sont associées à des situations professionnelles présentées dans le document synoptique. L'une d'entre elles porte sur une situation de communication avec un client (accueil, relance, réclamation, information, conseil).

• **Une présentation synthétique de la base de données du PGI** mobilisée pour vos travaux.

- **Les productions sous format papier et numérique** associées aux fiches de situations professionnelles relevant de la GRCF et de la communication écrite, telles que décrites précédemment.
- **Les attestations de stage ou les certificats de travail.**

3 Déroulement de l'épreuve

L'épreuve E4 « Gérer la relation avec les clients et les fournisseurs de la PME » peut se dérouler en forme ponctuelle ou CCF.

A En CCF (contrôle en cours de formation)

L'épreuve comporte **deux temps d'évaluation,** au cours de la deuxième année :

– **La première évaluation** (14 points) se déroule à partir de bilans individuels établis en cours d'année par l'équipe pédagogique et vous-même, et s'appuyant sur votre document synoptique. Au cours de ces bilans, vous devez analyser les activités que vous avez réalisées (contexte, démarches, techniques et traitements) et présenter vos productions.

– **La deuxième évaluation** (6 points) se déroule en deux parties et prend appui sur votre dossier. Vous disposez de 40 minutes de préparation. Ce temps de préparation vous permet de réaliser des travaux sur poste informatique en utilisant un PGI et un tableur selon un scénario proposé par la commission d'interrogation, et basé sur une de vos fiches d'analyse de GRCF. Il vous permet également de préparer une simulation de communication orale d'après le scénario proposé par la commission d'interrogation et basé sur une de vos fiches de communication orale.

- **La première partie** (15 minutes maximum) consiste, après la présentation de votre production, en un entretien sur les situations de gestion présentées dans votre document synoptique et vos fiches d'analyse de GRCF.
- **La deuxième partie** (15 minutes maximum) est composée, après votre simulation de situation de communication orale avec l'un des membres de la commission d'interrogation, d'un entretien vous permettant d'analyser et d'évaluer votre simulation.

Conseil

Lisez attentivement les scénarii proposés par la commission d'interrogation avant de réaliser les travaux demandés sur poste informatique et de préparer votre simulation de communication orale.

B En forme ponctuelle

L'épreuve est un oral d'une heure précédé d'une heure de préparation. L'oral se décompose en 4 phases de 15 minutes maximum chacune :

phase 1 Un entretien prenant appui sur les situations de gestion de votre tableau synoptique et de vos fiches de situations professionnelles de GRCF, et comportant l'analyse des activités que vous avez réalisées (contexte, démarches, techniques et traitements) et la présentation de vos productions.

phase 2 Utilisation d'un PGI et d'un tableur sur poste informatique. Vous devez présenter votre production élaborée à partir du scénario proposé par la commission d'interrogation et basé sur l'une de vos fiches de GRCF.

phase 3 Une simulation de communication orale porte sur un scénario proposé par la commission d'interrogation et un entretien identique à celui de CCF.

phase 4 Un entretien sur poste informatique sur la situation de communication écrite choisie par la commission d'interrogation, et un entretien dans les mêmes conditions qu'en CCF.

1 L'identification de la clientèle

L'identification de la clientèle est prépondérante pour une entreprise, car elle va lui permettre d'adapter son offre commerciale et sa communication afin de créer une relation personnalisée avec les clients.

1 Qu'est-ce qu'un client ?

Définition

Client : au sens économique, personne ou entité qui prend la décision d'acheter un bien ou service, de façon occasionnelle ou habituelle, à un fournisseur. Cette notion s'oppose à celle de prospect. Un client peut être actif ou inactif.

Client actif	Client dont la dernière commande ou le dernier achat est suffisamment récent (dépend de l'entreprise et de son secteur d'activité).
Client inactif	Client dont la dernière commande ou le dernier achat présente une certaine ancienneté.

Voir p. 11

A La typologie de la clientèle

• Pour garder de bonnes relations commerciales et individualiser la relation avec les clients, il est important de **connaître leur mode de fonctionnement**. La typologie de la clientèle consiste donc à catégoriser les clients. Il n'existe pas de typologie type, elle dépend de l'entreprise, de son secteur d'activité et de ses clients.

• À partir des données collectées sur les clients actuels, **la typologie vise à constituer des groupes d'individus qui présentent des similitudes.**

• La méthode de typologie comporte **cinq étapes** :

étape 1 **la collecte** des données ;

étape 2 **le calcul** des proximités entre les éléments ;

étape 3 **la constitution des groupes** affectant chaque objet au groupe dont il est le plus proche ;

étape 4 **l'interprétation des résultats** où chaque groupe est décrit à partir de ses principales caractéristiques ;

étape 5 **la validation des résultats** pour déterminer la qualité de la solution obtenue.

B La segmentation

• **La segmentation permet de définir des sous-groupes d'individus homogènes.** La réponse de l'entreprise à cette diversité se fait par une variété de l'offre, c'est-à-dire par une différenciation des produits.

• La segmentation peut se faire à partir de plusieurs critères. Généralement seuls quelques critères sont retenus (par exemple, pour des jouets : le sexe et l'âge).

Définition

Segmentation : consiste à répartir les individus en un certain nombre de groupes à partir d'un ensemble de critères prédéfinis (tels que les critères socio-démographiques). À la différence de la typologie où les critères ne sont pas définis *a priori*, on répartit les clients à partir des critères.

• **Les critères de segmentation**

Géographiques	Région ; climat ; type d'habitat : rural/urbain, centre-ville/banlieue ; tranches d'agglomération : moins de 2 000 habitants, de 2 000 à 5 000 habitants
Sociodémographiques	Sexe, âge, nationalité, situation de famille ; niveau d'études, profession et catégorie sociale
Comportementaux	Historique des achats, situation d'achat : occasionnelle, routinière, inhabituelle ; avantages recherchés : économie, sécurité, confort, esthétisme, ostentation ; statut d'utilisateur : régulier, premier, ancien utilisateur, non-utilisateur ; taux d'utilisation : petit, moyen ou haut
Psychographiques	Style de vie ; personnalité

2 Le comportement d'achat et la décision d'achat

A Les facteurs influençant l'achat

Socioculturels

Culture (système de valeurs lié à la société), sous-culture (groupes de génération, religieux, ethniques…), classe sociale

Psychosociaux

Groupes d'appartenance (famille, groupe d'amis, collègues de travail…), groupes de référence, statuts et rôles

Personnels

Âge, profession, position économique, style de vie, personnalité et image de soi

Psychologiques

Motivation, perception, apprentissage, attitudes et croyances

Définitions

Motivation : force consciente ou inconsciente, mobile qui pousse le consommateur à agir.
Classification d'Henri Joannis :
– motivations hédonistes : recherche du plaisir comme but de la vie ;
– motivations oblatives : recherche du plaisir pour ceux qui nous entourent ;
– motivations d'auto-expression : besoin d'un individu d'exprimer qui il est.

Frein : force consciente ou inconsciente, qui empêche l'achat et l'utilisation d'un produit ou d'un service.

B Le processus d'achat

Facteurs d'influence
personnels, psychologiques, psychosociaux, socioculturels, situationnels

Plan de marchéage
produit, prix, distribution, communication

↓

Processus de décision (Perception/Attitude)

Reconnaissance du problème
↓
Recherche d'informations
↓
Évaluation des possibles
↓
Décision d'achat (achat ou non achat)
↓
Sentiment post achat (réachat ou non)

Exercice d'entraînement

Corrigé p. 48

L'entreprise Mondo Emballages est une entreprise spécialisée dans la transformation de carton pour l'emballage et la publicité sur lieu de vente (PLV) depuis plus de 30 ans sur toute la France. Ses clients sont aussi bien des petites sociétés (PME et PMI), comme des sociétés plus importantes (Avène, Carrefour Logistique, Leroy Merlin, Argaut)...

Vous êtes stagiaire au sein de l'entreprise qui souhaite établir une typologie de ses clients. Vous avez recueilli des informations sur le chiffre d'affaires réalisé par client le mois dernier.

1. **Représentez graphiquement ce portefeuille des clients par la méthode des 20/80.**

2. **Analysez les résultats obtenus.**

Clients	CA en euros année N
Avène	84 000
Schultz	6 000
Leroy Merlin	41 000
Argaut	210 000
Bertrand	12 000
Flopack	3 750
Carrycash	6 500
Labogant	1 250
Biocash	3 000
Bruno	2 000

Remarque

La méthode 20/80 décompose les stocks en deux groupes :
- le groupe 1 « à forte valeur » : 20 % des références représentent 80 % de la valeur totale du stock ;
- le groupe 2 « à faible valeur » : 80 % des références représentent 20 % de la valeur totale du stock.

2 La prospection de la clientèle

Prospecter, c'est rechercher et transformer des organisations ou des particuliers en clients. Cela suppose de définir une cible de prospection, de constituer un fichier de prospection, de définir une méthode de prospection, et enfin, d'organiser et d'évaluer la prospection.

1 Les outils de la prospection

A Le fichier

Le fichier constitue la base des opérations commerciales. Il peut être constitué à partir du fichier de clients/contacts de l'entreprise ou acquis par achat, ou encore loué. Il doit fournir des informations sur les prospects (coordonnées précises, informations générales, informations sur la prospection). La collecte de ces données doit respecter le règlement général pour la protection des données.

Voir p. 120 et 279

Définitions

Suspect : organisation ou personne dont on connaît l'existence, mais dont on ne connaît pas l'intérêt pour les produits de l'entreprise.

Prospect : organisation ou personne dont on possède les coordonnées, à qui l'on souhaite faire une proposition commerciale.

B Les méthodes de prospection

Méthodes	Types de prospect	Caractéristiques
ISA (imprimé sans adresse)	Prospects froids	Imprimé sans adresse, prospectus jeté directement en boîte aux lettres dans une zone géographique déterminée Les + : coût faible, géomarketing (zone de chalandise), échantillons possibles, tous formats possibles Les – : rendement faible
E-mailing	Prospects froids ou tièdes	Message personnalisé envoyé par courriel Les + : moins coûteux que le mailing, permet une action de relance téléphonique, outil de fidélisation, taux de retour 5-15 % Les – : vu comme un spam
Mailing	Prospects froids	Lettre personnalisée avec conception d'un message attractif Les + : taux de mémorisation élevé (68 %), permet une action de relance téléphonique, combinée avec le digital (réalité augmentée) Les – : faible taux de retour (3 % maximum)
Marketing téléphonique	Prospects tièdes ou chauds	Appel téléphonique Les + : permet d'établir un contact direct, de répondre aux objections, de relancer après le premier contact Les – : nécessite un argumentaire téléphonique
SMS	Prospects chauds	Envoi de messages sur les téléphones portables Les + : lus à 90 % par les consommateurs, taux de retour de 6 à 15 %, outil de fidélisation Les – : coût un peu élevé (0,1 à 0,4 €)
Visite	Prospects chauds	Prospection terrain sur rendez-vous pour clients stratégiques Les + : permet de passer du temps, de présenter l'entreprise et les produits Les – : coûteux

C Les outils d'aide à la prospection

• **Présentation.** Les outils revêtent différentes formes en fonction des méthodes sélectionnées : lettre commerciale, courriel, argumentaire téléphonique, dépliant, catalogue…

• **Objectifs.** Il est indispensable de soigner sa communication commerciale. Ces outils véhiculent l'image de l'entreprise. Les informations transmises doivent être utiles et pratiques pour les prospects et mettre en avant les avantages de l'offre commerciale.

2 L'organisation de la prospection

A Les objectifs

Il est impératif de se fixer des objectifs tels que conquérir de nouveaux clients ou relancer/fidéliser des clients considérés comme « chauds », c'est-à-dire intéressés par l'entreprise. Ces objectifs peuvent être traduits en chiffres : nombre de nouveaux clients à conquérir ou chiffre d'affaires à atteindre… En fonction de ces objectifs, le plan de prospection sera différent.

B Le plan de prospection

Étape 1. Choisir la cible

↓

Étape 2. Constituer le fichier de prospects

↓

Étape 3. Choisir la ou les méthodes de prospection en privilégiant le multicanal (combinaison de plusieurs méthodes)

Par exemple, le mailing combiné avec une relance téléphonique.

↓

Étape 4. Évaluer l'opération de prospection

Remarque

À chaque cible correspond une action commerciale spécifique. La prospection multicanale améliore l'efficacité de la prospection.

Calculs

• **Taux de retour** = $\dfrac{\text{nbre retour}}{\text{nbre de messages envoyés}} \times 100$

• **Taux de demande d'informations** = $\dfrac{\text{nbre de demandes}}{\text{nbre de messages envoyés}} \times 100$

• **Taux de commande** = $\dfrac{\text{nbre de commandes}}{\text{nbre de messages envoyés}} \times 100$

C L'évaluation de la prospection

• L'évaluation du coût de l'opération

Chiffrer le coût de l'opération de prospection consiste à prendre en compte l'ensemble des coûts : en matériel, en main-d'œuvre, en impression, en expédition…

• L'évaluation des résultats

L'évaluation vise à **construire des indicateurs** comme le taux de retour, le nombre de demandes d'informations collectées à la suite d'une action de prospection, de devis, de commandes, de nouveaux clients, le chiffre d'affaires généré…

Exercice d'entraînement

Corrigé p. 48

L'entreprise Cityplantes est une TPE qui a commencé son activité en commercialisant un seul produit : la sphaigne du Chili. La sphaigne est une mousse végétale naturelle qui pousse dans les zones marécageuses les plus humides. Elle permet des applications extrêmement variées et très économiques dans de nombreuses professions : construction de murs végétaux, substrat et support de culture pour orchidées ou plantes carnivores…

Cityplantes est l'importateur exclusif, sur l'Union européenne et le Moyen-Orient, d'un des principaux producteurs chiliens de sphaigne de l'île de Chiloé (la plus grande réserve naturelle de sphaigne au monde).

Les clients actuels sont essentiellement des pépiniéristes ou des producteurs d'orchidées français qui représentent presque 80 % du CA. Mais Éric Delaistre, le dirigeant, veut se développer sur de nouveaux segments de clientèle qui utilisent la sphaigne du Chili.

Il souhaite donc mener une opération de prospection dont l'objectif est de conquérir de nouveaux clients.

ANNEXE La sphaigne

La sphaigne se récolte à la main, sans aucune machine, afin de préserver les basses couches qui permettront une repousse plus rapide. Elle est contrôlée et triée plusieurs fois avant la livraison. Le produit est livré tout juste cueilli. Les fibres séchées sont naturellement flexibles. La sphaigne retient environ 20 fois son poids en eau, ce qui en fait le substrat le plus absorbant du marché, notamment pour des plantes exigeantes comme les orchidées. Elle permet d'avoir une action fongicide sur les racines des plantes protégeant ainsi leur croissance en toute sécurité. Sa durée de vie est de plusieurs années et elle est réutilisable. Sa ressource est inépuisable. Elle est 100 % naturelle et 100 % biodégradable, et ne nécessite aucune action de recyclage après utilisation. Elle réduit considérablement la consommation d'eau en fournissant à la plante un réservoir naturel dans lequel elle peut puiser en fonction de ses besoins. La sphaigne est imputrescible et permet de prolonger, plus que n'importe quelle combinaison de produits, la vie des murs et cadres végétaux.

1. **Identifiez les clients actuels de l'entreprise.**
2. **Proposez des cibles de prospection et les informations constitutives du fichier nécessaire à la prospection.**
3. **Définissez la méthode de prospection que vous allez mettre en place. Justifiez votre choix en précisant notamment les avantages et les inconvénients de la méthode retenue.**
4. **Proposez le plan de prospection à mettre en œuvre.**
5. **Concevez le document présentant l'offre commerciale correspondant à la méthode de prospection retenue.**

Nous supposons que la méthode de prospection retenue est le e-mailing. 500 courriels ont été envoyés, 76 prospects ont répondu (50 souhaitent obtenir des échantillons, 26 ont passé commande). Les autres n'ont pas répondu.

6. **Proposez des indicateurs qui permettent de mesurer l'efficacité de l'opération de prospection.**

3 La gestion des appels d'offres

1 L'appel d'offres

A Les appels d'offres privés

L'entreprise privée est autorisée à procéder à des appels d'offres pour trouver des fournisseurs. Ce sont les acheteurs privés qui déterminent les **règles d'attribution** de leurs marchés. Aucune législation ni réglementation n'a d'effet sur la désignation des attributaires.

Définition

Appel d'offres : procédure formalisée par laquelle l'acheteur (public ou privé) choisit l'offre la mieux disante, sans négociation, sur la base de critères objectifs qu'il a portés à la connaissance des candidats dans son avis de marché.

B Les appels d'offres publics

• **Les entreprises qui souhaitent répondre à des appels d'offres vont devoir rechercher des annonces en fonction de l'objet du marché.**

Objet	Caractéristiques
Marché de travaux	Travaux du bâtiment et des constructions civiles
Marché de fournitures	Achat/location de matériels, de mobilier ou de produits
Marché de services	Services matériels ou immatériels

Définition

Marchés publics : « contrats conclus à titre onéreux (en contrepartie du versement d'une somme d'argent) entre un pouvoir adjudicateur (personne morale qui conclut le marché public avec le titulaire) et un opérateur économique public ou privé pour répondre à des besoins en matière de travaux, de fournitures ou de services » (Code des marchés publics 2006, article 1).

• Les entreprises devront fournir des documents plus ou moins conséquents en fonction de la valeur estimée du marché : si la valeur estimée du marché est inférieure aux seuils fixés par le code de la commande publique, l'organisme public peut recourir à une **procédure adaptée** (Mapa) qui est une procédure plus souple.
Si la valeur estimée du marché est supérieure aux seuils, l'organisme public doit respecter une procédure formalisée. Les seuils varient en fonction de l'objet des marchés.

• Les principales procédures formalisées sont :

Procédures	Caractéristiques
Appel d'offres	L'appel d'offres ouvert : tout candidat peut remettre une offre. L'appel d'offres restreint : seuls les candidats autorisés après sélection peuvent remettre une offre.
Procédure négociée	L'acheteur négocie les conditions du marché avec une ou plusieurs entreprises.
Dialogue compétitif	L'acheteur public ouvre un dialogue avec les candidats pour développer une ou des solutions sur la base de laquelle, ou desquelles, les participants remettront une offre.

2 Candidater à un marché public

1. Trouver les avis → 2. Sélectionner un marché → 3. Établir un dossier de candidature → 4. Soumettre sa réponse → 5. Organiser le suivi

étape 1 **Trouver les avis de marchés publics.** Ils sont présents dans les journaux d'annonces légales ou sur des sites spécialisés : Bulletin officiel des annonces de marchés publics (BOAMP), journal officiel de l'Union européenne (JOUE), etc.

étape 2 **Sélectionner un marché public.** Cette sélection s'effectue selon la procédure retenue, la situation géographique ou encore les compétences et les capacités nécessaires.

étape 3 **Établir un dossier de candidature.** Il doit comporter toutes les informations demandées par l'acheteur public. Le dossier se compose :

– de la **candidature** : elle permet à l'acheteur public d'évaluer l'aptitude du candidat à répondre à l'objet du marché en fournissant un certain nombre de documents ;

– de **l'offre** : réponse du candidat au besoin de l'acheteur. Elle comprend, en particulier, le prix des prestations, les moyens mis en œuvre, etc.

Pour définir précisément l'ensemble des documents à fournir, le pouvoir adjudicateur transmet au candidat un **dossier de consultation des entreprises (DCE)**. Au dessus du seuil de 20 000 €, ce dossier est obligatoirement sous forme numérique depuis le 1er octobre 2018.

étape 4 **Soumettre sa réponse à l'acheteur public.** Elle se présente sous deux formes.

- **Réponse matérialisée :** le candidat peut retourner sa réponse dans une enveloppe cachetée soit en la déposant contre récépissé, soit par voie postale en courrier recommandé avec accusé de réception.
- **Réponse dématérialisée :** le pouvoir adjudicateur met en ligne toutes les informations nécessaires aux candidats pour qu'ils puissent répondre à sa demande d'achat sur une plateforme de service sur Internet. Les dossiers de candidature et d'offre doivent être signés électroniquement au moment de leur dépôt.

étape 5 **Organiser le suivi des marchés publics retenus.** Il s'agit d'assurer une gestion efficace des différents marchés publics auxquels l'entreprise a répondu. Pour effectuer un suivi efficace, le gestionnaire doit élaborer un support lui permettant d'observer à tout moment l'état d'avancement du marché concerné.

Cas pratique

Corrigé p. 49

Vous travaillez comme gestionnaire dans l'entreprise Health Belles, spécialisée dans la fourniture de produits médicaux, de solutions médicales, de sets de soins, de draps… aux seuls professionnels de santé du Var (83). Nous sommes le 30 octobre N, et votre responsable vous propose un extrait des recherches sur les marchés publics qu'il vient de réaliser. D'expérience, vous savez que pour établir un dossier de candidature sérieux, vous avez besoin de 15 jours.

Organisme	Intitulé	Type de marché	Date limite	Informations complémentaires
Mairie de Bandol	Approvisionnement en carburant des véhicules municipaux	Fournitures	04/11/N 12:00	Référence : MCH16-61 Procédure : MAPA Lieu d'exécution : Var
Hospices civils	Fourniture de sets de soins, de sets de draps non tissés	Fournitures	26/11/N 14:00	Référence : 1677090 Procédure : appel d'offres Lieu d'exécution : Lyon
Mairie de Grimaud	Fourniture de matériel électrique	Fournitures	28/11/N 16:00	Référence : MCH16-055 Procédure : MAPA Lieu d'exécution : Var
Mairie de Bandol	Fourniture d'une solution de gestion en temps réel par géolocalisation des véhicules de la ville	Fournitures	03/12/N 18:00	Référence : MCH16-69 Procédure : MAPA Lieu d'exécution : Var
Commune de Saint-Cyr-sur-Mer	Fourniture de carburants en station-service par cartes accréditives	Fournitures	08/12/N 12:00	Référence : ST/2016/08 Procédure : MAPA Lieu d'exécution : Var
Centre hospitalier de Toulon	Fourniture de sets de soins et *packs custom*	Fournitures	14/12/N 17:00	Référence : 16S0043 Procédure : appel d'offres Lieu d'exécution : Var

1. Identifiez pour chaque marché public le pouvoir adjudicateur et le type de besoin.

2. Repérez pour chaque marché public la procédure retenue. Distinguez les procédures formalisées et non formalisées. Déduisez dans quelle fourchette de valeur se situe chaque marché public.

3. Repérez le ou les marchés publics susceptibles d'intéresser l'entreprise.

4. Créez un outil qui vous permettra d'assurer le suivi des marchés publics auxquels vous avez répondu.

4 Le système d'information client et fournisseur

L'entreprise doit régulièrement prendre des décisions tant stratégiques qu'opérationnelles. C'est pourquoi, en matière commerciale, une PME a besoin de recueillir des informations qui vont lui permettre d'orienter son action mercatique.

1 Le système d'information mercatique (SIM)

A Définition

- **Le système d'information mercatique (SIM)** est un ensemble de moyens et de procédures organisées pour collecter, traiter et diffuser des informations au service des besoins du marketing pour adopter une politique commerciale efficace. Il comprend aussi bien les informations relatives aux clients que celles relatives aux fournisseurs.
- Il se caractérise par l'utilisation de matériels informatiques, de logiciels (CRM, PGI par exemple), de fichiers, de bases de données et de processus particuliers tels que l'échange de données informatisées (EDI), de mise en place de circuits de diffusion de l'information, et des réseaux Internet et Intranet.

B Structure du SIM

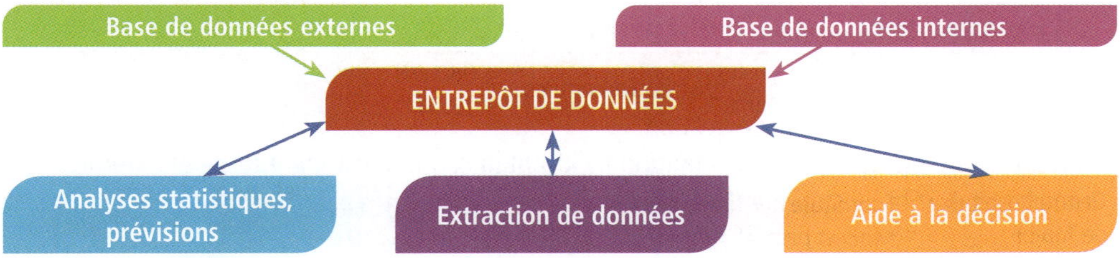

2 L'information commerciale

- **Elle est la matière première de l'activité commerciale.** C'est donc une ressource stratégique. Ce sont les informations relatives aux clients, prospects, aux fournisseurs, aux produits, etc.
- Les informations commerciales peuvent être :

Quantitatives	Ce sont des données chiffrées. Elles permettent de mesurer un phénomène à un moment donné. **Exemple :** le montant du CA pour le produit *x* pour le mois de janvier.
Qualitatives	Elles permettent d'expliquer un phénomène. Ce sont par exemple les données comportementales concernant la clientèle.
Internes	Ce sont des informations disponibles au sein de l'entreprise. Elles concernent tous les flux d'informations relatifs à l'activité de l'entreprise. **Exemple :** les statistiques des ventes.
Externes	Ce sont des informations obtenues à l'extérieur de l'entreprise. Elles rassemblent des données issues des études de marchés, des concurrents, des prévisions économiques… **Exemple :** les données disponibles dans des banques de données électroniques.

3 La gestion de la relation client (GRC)

La **GRC** ou **CRM** est une **stratégie transversale d'organisation** de l'entreprise. Elle permet de mieux comprendre, d'anticiper et de gérer les besoins des clients actuels et potentiels en les plaçant au cœur du système. Le but est de créer et d'entretenir une relation mutuellement bénéfique entre l'entreprise et ses clients. Les trois grands domaines fonctionnels du CRM sont :
– la vente ;
– le marketing ;
– le service client.
Le CRM est parfois intégré dans le PGI.

4 Le progiciel de gestion intégré (PGI)

A Définition

• **Le PGI (ou ERP – *Enterprise Resource Planning*)** est un logiciel permettant de gérer l'ensemble des processus d'une entreprise, en intégrant l'ensemble des fonctions de cette dernière comme la gestion des ressources humaines, la gestion comptable et financière, l'aide à la décision, mais aussi la vente, la distribution, l'approvisionnement et le commerce électronique. Les modules se partagent une base de données unique et commune.

• **Il peut être implanté localement, hébergé dans le *cloud* ou en mode SAAS (*Software AS A Service*).** L'hébergement dans le *cloud* offre de nombreux avantages. SAAS signifie qu'en plus du *cloud*, l'application est « louée » comme si c'était un service (mode de commercialisation).

B Les avantages de l'utilisation d'un PGI

- Cohérence et homogénéité des informations.
- Amélioration des processus de gestion.
- Partage du même système d'information facilitant la communication interne et externe.
- Intégrité et unicité du système d'information.
- Accès rapide à l'information et réduction des erreurs.
- Optimisation des performances globales.
- Suivi de l'activité et aide à la prise de décision grâce à des indicateurs.
- Construction d'une gestion de la relation client.

C Quelques PGI pour PME

Éditeur	Descriptif des modules	Coût
Cegid **Cegid Business Your CEGID**	Finances, comptabilité, paie, gestion commerciale, GRC, gestion des affaires...	Implantation : 500 à 1 500 € HT
Oracle **Oracle E-Business Suite**	Gestion commerciale, comptabilité/ finance, ressources humaines, contrats SAV, comptabilité, paie, caisse	Implantation à partir de 1 100 € HT
Odoo	Finance, gestion de caisse, processus d'achat et vente, gestion de production, logistique, ressources humaines, CRM, gestion de projet...	Licence gratuite Coût SAAS : 20 €/MO/ utilisateur
Sage **Adonix X3** **Sage 100 i7**	Gestion comptable, commerciale, des moyens de paiement, des immobilisations, des connexions bancaires	Implantation à partir de 16 000 € Coût SAAS : 150 €/MO/ utilisateur

5 Les documents commerciaux et la traçabilité des produits

Différents documents entrent en jeu dans une relation commerciale. Ils ont soit une **utilité juridique,** soit une **utilité commerciale**, soit les deux. Certains documents sont imposés par la loi (factures entre professionnels et devis pour les métiers du multiservice et du bâtiment) ; d'autres ont valeur de preuve.

1 Les documents commerciaux

Exemples de documents commerciaux
– bon de commande ;
– contrat de prestation ;
– facture, facture intermédiaire, d'avoir ou récapitulative ;
– devis ;
– bon de livraison ;
– note.

A Les mentions obligatoires

Selon l'article R. 123-237 du Code de commerce, toute personne immatriculée au registre du commerce et des sociétés (RCS) doit indiquer les éléments suivants :

Les documents concernés	L'information à faire figurer
• **Les factures** • **Les notes de commandes, tarifs et documents publicitaires** • **Toutes correspondances et récépissés concernant l'activité de l'entreprise et signés par elle ou en son nom**	1° Le numéro SIREN ; 2° la mention RCS suivie du nom de la ville où se trouve le greffe où l'entreprise est immatriculée ; 3° le lieu de son siège social ; 4° le cas échéant, si c'est en état de liquidation ; 5° si c'est une société commerciale dont le siège est à l'étranger ; outre les renseignements mentionnés aux 3° et 4°, sa dénomination, sa forme juridique et le numéro d'immatriculation dans l'État où elle a son siège, s'il en existe un.
Sur son site Web	La mention RCS suivie du nom de la ville où se trouve le greffe où elle est immatriculée, ainsi que les renseignements mentionnés aux 1°, 3° et 5° ci-dessus.

B Les documents commerciaux usuels

• **Le devis**

Le devis n'est pas un document obligatoire, sauf dans certains cas. Il est obligatoire préalablement à l'exécution de travaux, dès lors que leur montant estimé est supérieur à 150 €, ainsi que pour les déménagements, la location de voiture, les prestations funéraires.

Définition

Devis : document écrit dans lequel un fournisseur propose de vendre un bien ou un service à un certain prix qu'il s'engage à ne pas modifier avant un certain délai.

• **Le bon de commande**

Ce document à l'usage du **client** et du **fournisseur** précise les marchandises ou les services commandés, les conditions de réalisation et de paiement. Il peut être signé des deux parties pour authentifier la commande et devenir une pièce probante en cas de litige. Une **date** précise de **livraison** est obligatoire si le prix est supérieur à 500 €.

• **Le bon de livraison**

Le bon de livraison est le document qui, par définition, suit le produit. Il est remis par le **vendeur** (ou le transporteur) à l'**acheteur** au moment de la livraison du produit. Il est utile pour la gestion interne et dans le cadre de démarches qualité ou de la réglementation (respect du paquet hygiène).

Définition

Bon de livraison : document contractuel qui atteste que le vendeur a bien respecté son obligation de mettre à disposition de l'acheteur le bien vendu.

• **La facture**

• La facture est :

– **un élément de preuve d'une opération commerciale ;**

– **un document comptable.**

• Elle est **obligatoire** entre professionnels et doit comporter des mentions obligatoires comme celles citées précédemment, ainsi que le numéro d'identification de la **TVA**, le numéro de facture, le prix unitaire HT des produits, le taux et le montant de la TVA, les réductions acquises, les conditions d'escompte applicables en cas de paiement à une date antérieure, les taux des pénalités exigibles en cas de non-paiement à la date de règlement inscrite sur la facture.

C Les contrats commerciaux

• **Le contrat de vente**

Il a pour effet un transfert de propriété et il fait naître des droits et des obligations pour les parties signataires. En l'absence de clauses particulières précisant une autre date, le **transfert de propriété** a lieu le jour de l'échange des consentements et les risques sont transférés en même temps que la propriété.

Remarque

Les relations entre clients et fournisseurs pour la vente ou l'achat de biens et services ne font pas obligatoirement l'objet d'un contrat écrit. Cependant, sa rédaction permet de définir les obligations et droits de chacune des parties et de pouvoir ainsi trancher en cas de litige.

• **Le contrat de prestation de service**

C'est un contrat par lequel une entreprise s'engage à **accomplir un travail de manière indépendante** au profit d'une autre personne, moyennant rémunération. Il est soumis aux règles du droit commun des contrats. Les services offerts par le prestataire peuvent être de nature variée : conseil, livraison à domicile, services à la personne, entretien, maintenance…

D Les conditions générales de vente

La rédaction de conditions générales de vente (CGV) entre professionnels n'est pas obligatoire, mais est néanmoins recommandée. Les CGV constituent le socle de la négociation commerciale et peuvent être différenciées selon les catégories de clients. Toutefois, lorsqu'elles sont formalisées, elles doivent comporter certaines **mentions obligatoires** et **être communiquées** à tout acheteur professionnel qui en fait la demande. Elles sont composées des conditions de vente, du barème des prix unitaires, des réductions commerciales et des conditions de règlements.

2 La traçabilité des produits

• **La traçabilité** est une procédure pour **suivre automatiquement un produit d'un bout à l'autre de son processus de fabrication et de distribution**, jusqu'à la consommation de celui-ci. À tout moment du parcours de la chaîne logistique, un produit doit pouvoir être localisé et identifié. Les objectifs de la traçabilité et de l'identification logistiques sont simples :
– l'amélioration de l'efficacité de la gestion logistique ;
– le contrôle, le suivi des stocks ;
– le suivi jusqu'à la réception de la marchandise ;
– le respect d'une réglementation de plus en plus stricte ;
– la satisfaction des clients ou des partenaires ;
– la réduction des délais et des coûts ;
– la garantie qualité/sanitaire : possibilité de retirer du circuit un produit non conforme.

• **En fonction de l'activité de l'entreprise**, la traçabilité peut être globale ou simplement aval.

Principe de traçabilité globale

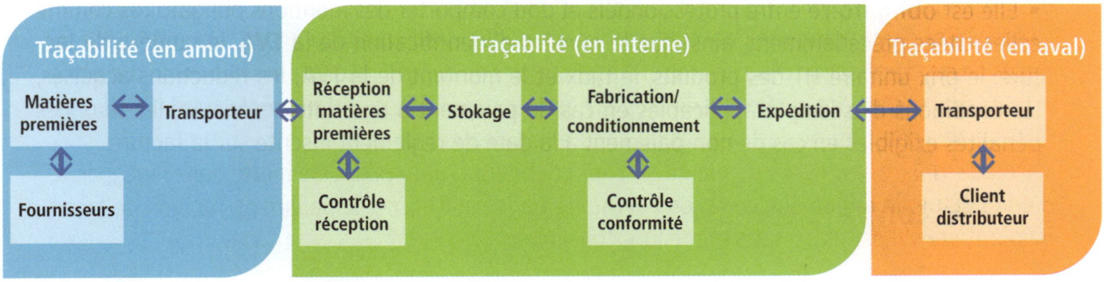

Exercice d'entraînement

Corrigé p. 50

La société Happywater vend des accessoires pour salle de bains comme des gobelets, des distributeurs de savon liquide, des miroirs, des patères…
Elle vend ses accessoires auprès de détaillants et en grandes surfaces spécialisées.
Monsieur Mercier, de la quincaillerie principale, a acheté pour 275 € HT de marchandises payées au comptant, qu'il se fait livrer. À leur réception, il ne constate aucune anomalie. Trois jours plus tard, Monsieur Mercier informe par courrier la société Happywater que certains produits sont cassés.

• **Appliquez à ce cas les conditions générales de vente (en annexe).**

ANNEXE **Extrait des conditions générales de vente**

Article 10 : TRANSPORTS, DOUANES, ASSURANCES
1. Toutes les opérations de douane, transport, assurance, octroi, manutention, amené à pied d'œuvre sont à la charge, aux frais, risques et périls de l'acheteur. Chaque livraison est accompagnée d'un bon de livraison détaillant les produits livrés.
2. La société Happywater ne répondra pas des retards, avaries, casses ou vols en cours de route. Le transporteur étant seul responsable. Pour être prises en considération, les réserves doivent être précises, descriptives et spécifiées sur le récépissé de transport ainsi que sur le bon de livraison, et confirmées dans les 72 heures par lettre recommandée au transporteur, avec un double transmis à la société Happywater (art L.133-3 du Code de commerce).

6 Le risque d'insolvabilité

En France, une entreprise sur quatre subit une défaillance à cause des retards de règlement. Il est donc important de vérifier la bonne santé financière de l'entreprise cliente. Il faut vérifier auprès des greffes des tribunaux de commerce les comptes annuels, l'analyse du bilan, l'endettement, les procédures collectives.

1 Solvabilité, liquidité, risque d'insolvabilité

• **Solvabilité :** c'est la mesure de la capacité d'une personne physique ou morale à payer ses dettes sur le court, moyen et long terme sans se retrouver en défaut de paiement.
Plus précisément, la solvabilité d'une entreprise est le fait que l'ensemble de son actif (composé d'immobilisations, des stocks, ou encore des liquidités…) soit supérieur à son passif (capital, dettes bancaires, fournisseurs…).
La solvabilité d'une entreprise peut également se traduire par son aptitude à faire face à ses engagements en cas de cessation d'activité (arrêt d'exploitation) ou de liquidation de mise en vente des actifs.
• **Liquidité :** capacité à faire face à ses échéances immédiates, par exemple les dettes financières à très court terme, les salaires ou encore le paiement de la TVA.
• **Risque d'insolvabilité :** risque qu'un client débiteur d'une facture se mette dans l'incapacité d'en effectuer le règlement, de façon volontaire en faisant traîner le paiement, ou bien de façon involontaire s'il est placé sous procédure collective.

2 Les moyens pour évaluer les risques d'insolvabilités

Étudier la solvabilité d'un client implique de connaître sa situation **économique**, **financière et juridique**.

A Les sources d'informations

• **La collecte d'informations** pour étudier la solvabilité des clients commence par le **questionnement du client lui-même**. En parallèle, les **renseignements recueillis en interne ou sur le terrain** par les commerciaux ne seront pas négligés. Les pratiques de paiement d'un client (relances et/ou mises en demeure systématiques) sont ainsi évocatrices.
• **La banque** est également susceptible d'alerter sur une éventuelle inscription du client sur les fichiers de la Banque de France.
• **La presse** peut fournir des informations sur l'entreprise cliente, son activité et son évolution.
• **Les sources de données officielles** permettent d'aller plus loin, notamment sur le plan juridique :
– fichiers du BODACC : ce bulletin officiel national assure la publication des actes enregistrés au registre du commerce, avec notamment les modifications et radiations de personnes physiques ou morales inscrites au registre du commerce et des sociétés, les avis de dépôt des comptes des sociétés ;
– infogreffe.fr assure la diffusion de l'information juridique et économique sur les entreprises pour le compte de l'ensemble des greffes des tribunaux de commerce français. L'information délivrée a une valeur légale.

B La santé financière

Les ratios donnent une image de la santé financière de l'entreprise. Cela suppose de disposer du bilan de l'entreprise cliente. Le site bilansgratuits.fr met à disposition gratuitement les bilans synthétisés des entreprises permettant de calculer les ratios.

Ratios	Mode de calcul	Interprétation
Liquidité générale	Actif à – d'un an/ dettes à – d'un an	• Mesure la capacité de l'entreprise à respecter ses obligations financières à court terme • Doit être supérieur à 1
Liquidité réduite	Actif à – d'un an (sauf stock)/dettes à – d'un an	• Mesure la capacité de l'entreprise à respecter ses obligations financières à court terme sans réaliser ses stocks • S'il est supérieur à 1, l'entreprise est solvable
Indépendance financière	Capitaux propres/ capitaux permanents	• Mesure la structure du financement de l'entreprise • Si inférieur à 0,5 l'entreprise ne peut pas emprunter
Financement des investissements	Capitaux permanents/actif à + d'un an	• Les actifs à plus d'un an doivent être financés par des ressources à plus d'un an • Doit être supérieur à 1 pour exprimer une solidité financière

3 Les moyens pour diminuer le risque d'insolvabilité

A Les conditions générales de vente

• Les conditions générales de vente peuvent être différenciées en fonction des catégories d'acheteurs (par exemple : grossistes et détaillants). De manière générale, on y trouve le taux de pénalité de retard de paiement.

• Il est également conseillé d'intégrer des clauses complémentaires comme :

– **une clause de réserve de propriété.** Elle ne concerne que les entreprises qui vendent des biens et permettra la reprise du bien en cas de non paiement de la créance ;

– **la déchéance du terme de paiement.** Elle permet, en cas de livraisons multiples dont une partie des factures est échue et d'autres pas encore, de réclamer immédiatement l'intégralité des sommes dues, même non échues, si le client ne s'est pas acquitté de la première facture ;

– **une clause suspensive et résolutoire.** Elle permet de se désengager des obligations réciproques mais les conditions doivent être clairement précisées ;

– **une clause pénale.** Elle permet de dédommager le préjudice subi du fait de l'impayé. Cette clause ne doit pas être excessive.

B Recourir à l'assurance-crédit ou à l'affacturage

L'assurance-crédit garantit l'entreprise contre tout ou partie du montant des factures impayées, moyennant paiement d'une prime correspondant généralement à un pourcentage du chiffre d'affaires assuré. **L'affacturage, quant à lui, consiste pour une entreprise à céder des créances** à une société d'affacturage qui lui en règle le montant, déduction faite de sa commission, et prend à sa charge leur recouvrement.

C Recourir au recouvrement amiable

Cela suppose de mettre en place des **scénarios de relances** (écrites ou orales : courriels, courriers, appels, selon un ordre défini en amont).

7 La relation avec les clients : de l'accueil à la réclamation

L'accueil est un passage obligé pour le client que ce soit par téléphone, sur le site Web ou encore en face à face… L'accueil doit être une représentation fidèle des valeurs de l'entreprise. Il participe en cela à la cohérence et à la diffusion de l'image de l'organisation, à un point charnière entre communication interne et communication externe.

1 L'accueil des clients

A Informer, conseiller et orienter

Les missions de l'assistant(e) lors de l'accueil des clients :

L'assistant(e) peut accueillir le client en face à face et au téléphone	L'assistant(e) peut informer et conseiller
1. Recevoir le client et s'enquérir de l'objet de sa visite ou de son appel. **2. Vérifier la concordance de la réponse** avec l'agenda ou les consignes du supérieur en charge de la négociation de vente ou répondre à la demande d'informations du client. **3. Introduire le client, le rediriger, le faire patienter ou négocier un rendez-vous ultérieur.** **4. S'assurer d'avoir satisfait la demande du client.**	**Informer :** consiste à donner des informations relatives à une question posée (concernant les produits, les tarifs, les livraisons…). **Conseiller :** consiste à fournir des recommandations en fonction des besoins du client, de ses attentes (ce n'est pas donner son avis).

Informer, conseiller et orienter c'est :
– **formuler une réponse claire** à toute question ou accompagner vers une personne compétente ;
– **guider le client** dans les locaux ;
– **transmettre la culture** de l'organisation ;
– **parler de ses produits**, des conditions générales de vente, des modalités de vente ;
– **présenter des collaborateurs** et leurs fonctions.

B La qualité de l'accueil

• **Objectif.** L'accueil est une situation de communication interpersonnelle. Sa finalité est d'instaurer une première relation ou de maintenir une relation existante entre le client et la PME.

• **La qualité de l'accueil** suppose :
– **un comportement professionnel adapté à l'interlocuteur** (sa qualité, sa langue, sa culture) **et à la situation** (proposer un café, échanger de façon informelle pour faire patienter) ;
– **l'empathie, l'écoute active**, **le questionnement** et **la reformulation** pour comprendre, se faire comprendre et satisfaire l'**interlocuteur** ;
– **de faire preuve d'assertivité** pour s'affirmer dans des situations difficiles et respecter les procédures et les consignes du dirigeant.

2 La réclamation des clients

A La typologie des réclamations

Elle est **propre à chaque entreprise** et doit être construite en fonction de l'entreprise. Elle évolue dans le temps. Pour établir cette typologie, il est nécessaire d'identifier la **nature** de la cause des réclamations.

Définition

Réclamation : manifestation d'une insatisfaction qu'un client attribue à l'entreprise et dont il demande le traitement.

B Le traitement de la réclamation

Par écrit ou à l'oral, les réclamations doivent être traitées en respectant certaines règles :
- rassurer le client ;
- faire preuve d'empathie ;
- proposer une solution ;
- informer sur la situation plus que justifier ;
- faire le bilan sur la réclamation ;
- fournir une compensation ;
- faire un suivi de la réclamation et de la relation.

C Les indicateurs de la réclamation

L'objectif des indicateurs et des ratios est de **mesurer la non-satisfaction des clients**. Ce peut être par exemple :
- le nombre de réclamations par mois, par trimestre ;
- le nombre d'erreurs d'expédition ;
- le nombre de produits défectueux par rapport au nombre de produits vendus ;
- le nombre de réclamations par type de cause.

D Le coût de la réclamation

La réclamation des clients est coûteuse pour l'entreprise, de façon directe et indirecte. **Elle nécessite d'engager de nouveaux coûts ainsi que de nouvelles dépenses** pour rétablir la situation, auxquels viennent s'ajouter des pertes d'image et financière.

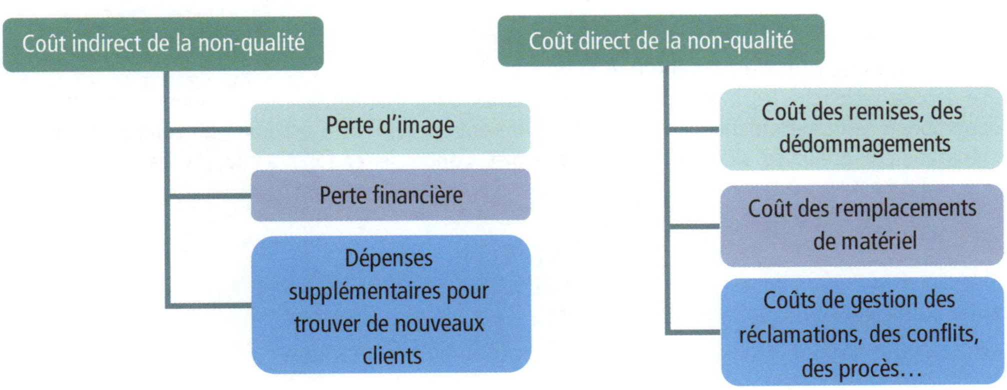

Exercice d'entraînement

Corrigé p. 51

L'entreprise Équip'Hôtels, installée dans la ZAC des Barillettes à Lyon, commercialise, pour les professionnels des métiers de bouche et de la restauration, des arts de la table (vaisselle, couverts, verrerie) et du matériel de cuisine (ustensiles, batterie de cuisine, stockage et manutention). Un service de livraison interne assure l'acheminement des marchandises chez les clients.
Vous avez reçu le 15 avril N, le courriel du client Château des Lis (annexe 1).

ANNEXE 1 Courriel du client Château des Lis

De : marine.bargot@chateaudeslis.com
A : djamelbouhri@equiphotels.com
Date : le 15/12/N
Monsieur, Nous avons bien reçu notre commande n° 623 744. Mais, comme signalé sur le bon de livraison remis à votre transporteur, 2 des lots de 6 assiettes Lunear (05644) sont endommagés. Je vous remercie de faire le nécessaire pour rectifier cette situation. Merci par avance de votre réponse. Cordialement, Marine Bargot

Après avoir mené une enquête, vous avez décelé un problème d'emballage au service logistique lié à l'absence du chargé de production.

- **Traitez la demande de réclamation du client en vous appuyant sur la charte de réclamation (annexe 2).**

ANNEXE 2 Charte de réclamation

Comment traiter une réclamation ?
Tout d'abord, elle est étudiée soigneusement afin de répondre rapidement au mécontentement du client.
Dans tous les cas, une réponse écrite sera apportée au client. Pour des raisons de rapidité, nous privilégions les e-mails.

Quel est le délai de réponse ?
Le service s'engage à répondre au client dans les 48 heures à compter de la réception de la réclamation. Si la réponse ne peut être apportée dans ce délai, un accusé de réception sera adressé au client, puis une réponse sera faite dans les 20 jours ouvrables maximum à compter de la réception de la réclamation.

Quelle réponse apporter au client ?
Le service recherche les éventuelles causes internes du mécontentement et apporte une solution appropriée. Si le mécontentement relève de notre entreprise, il sera accordé une compensation en réparation du préjudice, allant de 5 à 7 % de remise à apprécier en fonction de la situation.

8 Le référencement et l'évaluation des fournisseurs

Le coût des achats représente entre 40 et 80 % du coût total d'un produit. La sélection des fournisseurs devient alors une décision stratégique pour la compétitivité de l'entreprise. Dans ce contexte, le référencement, c'est-à-dire le dispositif qui vise à rechercher et sélectionner les fournisseurs performants pour l'entreprise, devient capital.

1 La demande d'achat

La demande d'achat (ou d'approvisionnement) est un document interne établi par le service demandeur et transmis au service Achats pour l'informer des différents besoins en produits. Une fois la demande d'achat acceptée par le responsable Achats, deux options sont possibles :
– **Option 1 :** le fournisseur est défini, l'entreprise peut passer directement à l'étape de la commande.
– **Option 2 :** le fournisseur n'est pas défini, l'entreprise doit rechercher un nouveau fournisseur.

2 La recherche de fournisseurs

La recherche de fournisseurs peut se faire à partir de différentes sources.
- **Les sources internes :** les catalogues, plaquettes et fichiers des fournisseurs de l'entreprise…
- **Les sources externes :** la presse professionnelle (*L'Usine Nouvelle*, *LSA*…), les salons et manifestations, les syndicats et les annuaires professionnels, les fournisseurs prospectant l'entreprise.

3 L'appel d'offres

L'appel d'offres permet de mettre en concurrence plusieurs fournisseurs afin que l'entreprise dispose de suffisamment d'informations (prix, qualité, règlement, livraison...) pour faire sa sélection. Une fois les réponses à l'appel d'offres reçues, l'entreprise peut comparer et sélectionner la meilleure offre.

4 La comparaison des offres

- Lorsque les fournisseurs intéressés ont communiqué leur proposition à l'entreprise, celle-ci peut procéder au **dépouillement** et à **l'analyse** de ces propositions.
- Pour cela, le responsable des achats va devoir :
  - étape 1 **définir les critères de sélection** (prix, délai de livraison, mode de règlement) qui prendront appui sur les informations disponibles dans l'appel d'offres ;
  - étape 2 **hiérarchiser** ces critères (pondération selon leur importance relative) ;
  - étape 3 **attribuer une note à chaque critère** à partir de la proposition du fournisseur ;
  - étape 4 **attribuer une note globale** à chacune des offres.

Une fois le fournisseur sélectionné, l'entreprise pourra passer commande.

5 L'évaluation des fournisseurs

• Le gestionnaire de la PME doit **évaluer ses fournisseurs sur la performance de la commande d'achat**, de façon à communiquer à son responsable les points forts mais aussi leurs pistes de progrès et les points à surveiller.

• Il s'agit également de s'assurer de la conformité de la prestation au cahier des charges et aux éléments négociés.

• L'évaluation des fournisseurs est un **acte de gestion nécessaire pour maîtriser la pérennité de ses approvisionnements**. Elle est obligatoire si la PME est certifiée ISO 9001.

A Les 4 enjeux de l'achat

On peut identifier quatre enjeux principaux de l'achat pour la PME :

1. **l'intérêt économique** (action sur les prix d'achat) ;
2. **la qualité** du produit ;
3. **le service** (notion de flexibilité, quantité et délai) ;
4. **l'image** de l'entreprise.

B Les critères de suivi de la performance

• En dehors de **l'image de l'entreprise**, difficilement mesurable de façon objective, les critères de suivi de la performance des fournisseurs sont généralement les suivants :
– le prix ;
– le respect des délais ;
– le respect des quantités ;
– la qualité des produits ou administrative de l'achat ;
– la réactivité commerciale.

• Afin de caractériser de façon objective et continue le niveau de la performance des prestations réalisées par le fournisseur, un **système de notation** est mis en place. Il s'agit d'un processus visant à l'obtention d'une note globale, à partir d'un ensemble d'indicateurs (prix, qualité, délais...).

> **Définition**
>
> **Qualité administrative de l'achat :** traitement des achats par le fournisseur : devis, délai de réalisation sans erreur, idem pour le bon de commande et les autres documents commerciaux.

6 Le plan d'actions

• **Un plan d'actions est établi lorsque la note obtenue est inférieure à un certain seuil déterminé par l'entreprise.** Ce seuil est spécifique à chaque entreprise : par exemple, le plan d'actions sera déclenché si le fournisseur entre dans la catégorie « à surveiller ».

• Le plan d'actions est décidé de façon conjointe entre le client et le fournisseur lors d'une réunion. Généralement, il mentionne :
– **les objectifs** à atteindre ;
– **le planning ;**
– **les responsables** d'actions.

Exercice d'entraînement

Corrigé p. 51

L'entreprise Inoxa est spécialisée dans la distribution de fixations à haute valeur ajoutée pour les secteurs aéronautique, spatial, militaire et industriel. Elle fournit les grands acteurs de ces secteurs. Compte tenu des secteurs sensibles auprès desquels elle intervient, elle a cherché à sécuriser les approvisionnements.
La société obtient tout d'abord la certification Qualiface en 2000, puis les certifications ISO 9001 et EN 9120 en 2005.
Dans ce cadre, elle a donc une obligation d'évaluation des fournisseurs.

ANNEXE **Exigences qualité Inoxa : exigences qualité, achats, et logistiques applicables aux fournisseurs**

Avant chaque livraison, le fournisseur doit vérifier et garantir la conformité du produit et informer Inoxa de tout écart constaté. Tous les relevés de contrôle sont à conserver par le fournisseur avec le dossier de fabrication. Ils pourront être demandés par l'acheteur lors de sa commande.
À chaque livraison, le fournisseur doit fournir un bon de livraison accompagné des documents exigés sur la commande d'achat. Il devra transmettre, selon le type de produit et suivant les exigences spécifiées et normatives, tous les documents attestant de la conformité du produit.
La livraison devra avoir à minima une déclaration de conformité suivant la norme NFL00-015 stipulant le certificat d'origine.
Le fournisseur a la responsabilité du choix des emballages pour assurer une protection des pièces contre toute source de dégradation. Tous les lots d'une même livraison doivent être identifiés et faire l'objet d'un conditionnement séparé. Le poids des cartons livrés à Inoxa ne doit pas dépasser 23 kg.
Le fournisseur et ses propres fournisseurs doivent assurer aux représentants de Inoxa et aux représentants des autorités et des organismes officiels de surveillance, et le cas échéant aux représentants du client de Inoxa, le libre accès aux installations et aux documents contribuant à la réalisation du produit.
Ces exigences sont également applicables, dans le cas où le fournisseur est un revendeur, à ses propres fournisseurs qui réalisent le produit.
Tout fournisseur fait l'objet d'une évaluation annuelle basée sur « la Qualité et la logistique ». Si la note est composée d'au moins une lettre « C », le fournisseur sera averti par courrier pour mettre en place des actions d'amélioration.

Échelle des paramètres d'appréciation		
PARAMÈTRES	POINTS	ÉQUIVALENT
A	05	Excellent
B	03	Satisfaisant
C	02	Acceptable (avec possibilité d'amélioration)
D	01	Insuffisant (avec actions correctives nécessaires)
E	00	Inacceptable

- **Proposez une grille d'évaluation des fournisseurs de Inoxa.**

9 Le processus d'achat et d'investissement

Pour réaliser son activité, la PME doit combiner des facteurs de production qui lui occasionnent des dépenses. Certaines dépenses traduisent une consommation immédiate, d'autres correspondent à des utilisations plus durables. Cette distinction permet de différencier les achats des investissements.

1 Distinction entre achat et investissement

A Définitions

• Les charges correspondent aux **achats** de biens et services consommés de façon irréversibles par l'entreprise dans le cadre de son activité. Elles sont enregistrées dans les comptes de la classe 6.

• Un **actif** est un **élément identifiable** du patrimoine ayant une **valeur économique positive** que l'entreprise contrôle et dont elle attend des **avantages économiques futurs** (PCG art. 211-1). Il figure au bilan de l'entreprise.

Remarque

• La **fonction achat** couvre tous les besoins d'exploitation de l'entreprise (marchandises, matières, fournitures…).
• La **fonction approvisionnement** assure l'organisation, la planification et le contrôle des stocks de l'entreprise. Dans les petites structures, il n'est pas rare que l'on fasse l'amalgame entre ces deux fonctions.

• Si l'actif est destiné à la vente ou à être incorporé dans un processus de fabrication, il s'agit d'un **stock** (produits finis, marchandises ou matières premières).

• Si l'actif est destiné à une utilisation durable dans le processus de production, il constitue une immobilisation et représente un **investissement** pour l'entreprise.

B Typologie des achats

• **Les achats stratégiques.** Ils concernent les produits (matières premières, biens de production…) dont les risques de rupture d'approvisionnement menacent directement la production. L'acheteur ne traite qu'avec un nombre restreint de fournisseurs.

• **Les achats non stratégiques.** Ils concernent les autres produits. Cela représente un nombre élevé de fournisseurs et leur gestion suppose des coûts importants liés au grand nombre de commandes.

C Typologie des investissements

• **Les immobilisations corporelles** sont des actifs durables ayant une substance physique, concrète, palpable. On distingue les terrains, les constructions, les installations techniques et les autres immobilisations (matériel de transport, matériel informatique).

• **Les immobilisations incorporelles** sont des actifs immatériels durables : logiciels, brevets, marques, droit au bail, fonds de commerce.

2 Processus d'achat

A Les étapes du processus d'achat

Le rôle des fonctions achat et approvisionnement est de convertir des besoins en commandes fermes. Pour cela, l'acheteur suit un processus en plusieurs étapes :

étape 1 **Transmission** par les services internes de leurs besoins à l'acheteur.

étape 2 **Choix du fournisseur** parmi les fournisseurs qualifiés ou processus de sélection d'un fournisseur.

étape 3 **Passation de la commande**.

étape 4 **Contrôle de la livraison** et de sa conformité à la demande initiale.

étape 5 **Paiement du fournisseur** selon l'échéancier (après rapprochement avec le bon de commande et le bon de livraison) et enregistrement comptable.

B La démarche de négociation des achats

La négociation est un élément clé de l'acte d'achat. Elle se fonde sur une relation gagnant-gagnant. Elle doit être réfléchie et préparée en amont. La définition de la stratégie d'achat permet d'assurer une bonne maîtrise du contexte de négociation. Elle obéit à une démarche.

Collecte des informations sur le fournisseur

- **La collecte peut porter sur l'entreprise :** sa santé financière, sa place sur le marché, sa taille, son historique, les concurrents, l'interlocuteur et son pouvoir de décision.
- **La collecte peut aussi porter sur les produits :** leurs caractéristiques techniques, leurs avantages concurrentiels, les prix et conditions d'achats.

↓

Réalisation du plan de négociation

- **Points à négocier :** la qualité du produit, le prix, la mise en service, le SAV, le transport, l'assurance, la garantie, les conditions de règlement…
- **Objectifs à atteindre :** ils peuvent être classés en deux catégories : les incontournables – ceux qui sont non négociables (qualité, respect des délais, etc.) – et ceux qui peuvent être améliorés (le prix).
- **Argumentaires d'achat** en distinguant argumentaires généraux et argumentaires spécifiques.

↓

Négociation

- **Mettre l'interlocuteur en confiance**, créer un climat de sympathie.
- **Obtenir un maximum d'informations** pour mieux cerner les objectifs de l'interlocuteur. Conserver la maîtrise de la situation.
- **Mettre en avant ses arguments.**

↓

Conclusion

- **Comparer les résultats** obtenus avec les objectifs.
- **Reformuler** les points d'accords.

3 Processus d'investissement

COMPRENDRE EN VIDÉO — *Voir vidéo : Le calcul du coût d'acquisition d'une immobilisation*

A L'acquisition des immobilisations

L'acquisition des immobilisations s'effectue selon le même processus que pour les achats. Pour leur enregistrement, les immobilisations sont évaluées, à leur acquisition, de la manière suivante :

Calcul de la valeur d'acquisition
Prix d'achat HT (dont droits de douane)
+ TVA non déductible
+ Coût de démantèlement de l'ancienne immobilisation
– Remises commerciales (RRR)
– Remises financières (escompte)
+ Frais de mise en place
+ Frais d'acquisition*

** Peuvent être inclus dans la valeur de l'immobilisation ou comptabilisés en charges.*

Remarque

Les immobilisations fabriquées par l'entreprise sont évaluées à leur coût de production.

B L'amortissement des immobilisations

• **L'amortissement comptable d'une immobilisation.** Il permet de constater sa perte de valeur au fil du temps. Mais certaines immobilisations conservent leur potentiel de service au fil du temps (exemples : terrains, droit au bail, titres financiers…) et ne sont donc pas concernées par l'amortissement.

• **Chaque année,** on constate la dépréciation des immobilisations, à l'actif du bilan où figure :
– **la valeur brute** de l'immobilisation (valeur d'acquisition) ;
– **le cumul des amortissements** depuis l'entrée du bien dans l'entreprise ;
– **la valeur nette comptable** (valeur brute – cumul des amortissements).

• **Le plan d'amortissement d'un bien.** C'est un tableau qui présente les montants annuels d'amortissement au cours de la durée de vie normale de ce bien. Il prend en compte différents paramètres :
– **la base amortissable** sur laquelle est calculé l'amortissement, c'est-à-dire la valeur d'acquisition ;
– **la valeur résiduelle**, sachant qu'elle peut être égale à 0, ce qui est souvent le cas ;
– **la durée d'utilisation du bien** qui dépend de l'intensité d'utilisation, de l'obsolescence, de la politique de renouvellement de l'entreprise ;
– le **mode de calcul** qui reflète le rythme de consommation des avantages :
  • **l'amortissement linéaire** constate une perte de valeur régulière (il est calculé en appliquant un taux constant à la base amortissable),
  • **l'amortissement par unités d'œuvre** constate une perte de valeur liée à l'intensité d'utilisation du bien (il est calculé proportionnellement à la consommation d'une unité d'œuvre),
  • **l'amortissement dégressif** (il est calculé en appliquant

COMPRENDRE EN VIDÉO — *Voir vidéo : Le plan d'amortissement linéaire*

COMPRENDRE EN VIDÉO — *Voir vidéo : Le plan d'amortissement par unité d'oeuvre*

COMPRENDRE EN VIDÉO — *Voir vidéo : L'amortissement dégressif*

Exercices d'entraînement

un taux constant à une valeur dégressive).

Exercice 1

Corrigé p. 51

Au cours de l'année, l'entreprise Devers, fabricant d'outillage de jardin a effectué les dépenses suivantes :

1. Dépense de publicité pour un montant de 20 000 €.
2. Acquisition d'un logiciel de gestion des ventes, d'une valeur de 1 800 € HT.
3. Dépense de 6 000 € pour refaire en profondeur le mécanisme d'une machine. Ceci devrait permettre de prolonger sa vie de 3 ans.
4. Acquisition d'un matériel informatique destiné au gestionnaire pour un prix de 549 € TTC.
5. Dépense de 22 000 € pour mettre une machine industrielle en conformité.
6. Acquisition d'une machine ayant une durée de vie de 10 ans, pour un montant de 35 000 €. Un entretien est nécessaire tous les 5 ans, dont le coût est d'environ 10 000 €.
7. Acquisition d'un bureau destiné à être utilisé 5 ans, d'une valeur totale de 700 € : le bureau d'une valeur de 400 € et les modules de rangement d'une valeur de 300 €.
8. Acquisition d'un lot de 500 litres de produits d'entretien des machines.
9. Factures d'électricité pour un montant de 495 € HT, puis de 505 € HT.

- **Indiquez, en précisant le critère justificatif, si les dépenses réalisées par l'entreprise correspondent à une charge, un stock ou une immobilisation.**

Exercice 2

Corrigé p. 52

M. Hector est responsable des achats de la société Herminie qui commercialise des fournitures de bureau. Conscient du retard qu'il a pris dans le traitement des factures et des règlements fournisseurs, il vous sollicite pour l'accompagner dans l'analyse des prochaines factures.

– Le 04/09/N : achat au fournisseur Aliena de 25 000 enveloppes adhésives 110 × 220 pour un montant TTC de 3 560 €. Règlement à 30 jours nets. Livraison prévue le 11/09/N.
– Le 12/09/N : achat au fournisseur Respond de 300 blocs palette huile acrylique 95 g pour un montant TTC de 2 420 €. Règlement pour moitié à 30 jours et le solde à 45 jours. Livraison prévue le 15/09/N.
– Le 18/09/N : achat au fournisseur Lalong de 300 calculatrices fx-92 pour un montant TTC de 678 €. Règlement à 45 jours. Livraison prévue le 22/09/N.
– Le 22/09/N : achat au fournisseur Rapesco de 80 perforateurs 4 trous métalliques pour un montant TTC de 1 245 €. Règlement d'un quart au comptant et du solde à 30 jours. Livraison prévue le 27/09/N.

Échéancier fournisseur

Date facture	Fournisseurs	Référence facture	Montant de la facture	Échéance de 0 à 30 jours	Échéance de 31 à 60 jours	Échéance de 61 à 90 jours	Échéance de 91 jours et +

1. **Établissez l'échéancier fournisseurs à partir du modèle ci-dessus.**
2. **Établissez le planning des réceptions du mois de septembre.**

10 Les principes généraux de la gestion des stocks

Le stock désigne un ensemble de biens qui sont la propriété de l'entreprise, et dont la vente en l'état (marchandises), ou au terme d'un processus de production (produits finis), permet la réalisation d'un bénéfice d'exploitation. Cet ensemble de biens comprend des marchandises, des matières premières, des fournitures, des productions en cours, des produits intermédiaires, des produits finis…

1 La politique de gestion des stocks

A La gestion des stocks

Elle doit permettre :
– à l'entreprise commerciale de **disposer des marchandises dont elle a besoin** pour répondre à la demande des clients ;
– à l'entreprise industrielle de **disposer des matières premières et fournitures nécessaires** à la fabrication de produits finis.

B La politique de gestion des stocks

Elle consiste à déterminer à quel niveau de stock on lance une commande de réapprovisionnement. C'est ce que l'on appelle le **seuil de commande** (niveau de déclenchement de la commande).
Ce seuil permet de définir un **équilibre** entre :
– **le surstockage** : coûteux pour l'entreprise (biens immobilisés) ;
– **le risque de rupture** (préjudiciable pour l'activité).
Une fois le seuil défini, il faut décider du **volume de commande**, considérant que plus le volume est important et plus les commandes peuvent être espacées dans le temps.
La politique de gestion des stocks dépend donc de l'arbitrage entre :
– **le coût de stockage** : tous les frais associés à la conservation des stocks en entrepôt (local, assurance, chauffage…) ;
– **le coût de passation d'une commande** : tous les frais associés à la commande des produits (salaire de l'acheteur, téléphone…).

2 Les différents niveaux de stocks

Différents niveaux sont utilisés pour gérer les stocks :
– **Stock initial (SI)** : stock en début d'une période ;
– **Stock final (SF)** : stock en fin de la période ;
– **Stock minimum (SM)** : stock qui correspond aux ventes pendant les délais de livraisons (suffisant pour tenir en attendant l'arrivée des produits commandés) ;
– **Stock de sécurité (SS)** ou stock tampon : quantité de produit à avoir en stock en plus du stock minimum permettant de faire face à un retard éventuel de livraison ou à des ventes supplémentaires durant ce délai de livraison ;
– **Stock d'alerte** : seuil de déclenchement de la commande (stock minimum + stock de sécurité) ;
– **Stock disponible** : stock réel – commandes client reçues.

3 La classification des stocks

A Le rôle du gestionnaire

Un gestionnaire de stock doit souvent gérer plusieurs milliers de références. Parmi celles-ci, certains produits sont plus importants (plus onéreux) que d'autres et nécessitent donc une attention toute particulière. **Segmenter son stock permet ainsi de fournir au gestionnaire une hiérarchie des références** selon les critères souhaités. Appliqué au stock, cela permet de séparer les produits selon leur importance en valeur.
Pour cela, deux méthodes principales coexistent.

B La méthode 20/80

C'est une méthode qui décompose les stocks en deux groupes :
– **le groupe 1 « à forte valeur »** : 20 % des références représentent 80 % de la valeur totale du stock ;
– **le groupe 2 « à faible valeur »** : 80 % des références représentent 20 % de la valeur totale du stock.

C La méthode ABC

Il s'agit d'un prolongement de Pareto, mais en décomposant les stocks en trois groupes (A, B et C).
– **Le groupe A** : 10 % des références représentent 60 % de la valeur totale du stock.
– **Le groupe B** : 40 % des références représentent 30 % de la valeur totale du stock.
– **Le groupe C** : 50 % des références représentent 10 % de la valeur totale du stock.

4 La gestion économique des stocks

A La gestion des approvisionnements

Elle est conditionnée par le coût d'achat des produits mais aussi par le coût de gestion des stocks. Pour optimiser ses coûts, le gestionnaire des stocks doit trouver un équilibre entre le surstockage et la rupture de stock, en considérant que :
– **des réapprovisionnements fréquents** permettent de réduire le niveau de stocks mais augmentent le coût de passation d'une commande ;
– **des réapprovisionnements peu fréquents** augmentent le niveau de stocks et les coûts de stockage mais réduisent les frais de passation d'une commande.

Calculs

Quantité économique $Q = \sqrt{\frac{2aC}{pt}}$

Avec : a, le coût de passation d'une commande, C, la consommation annuelle prévisionnelle, p, le prix unitaire d'un article, et t, le taux de possession des stocks.

Cadence Optimale $N = \frac{C}{Q}$

B Dans le cas de commandes à périodicité fixe et quantité identique

La **méthode de Wilson** repose sur le calcul de la quantité économique (Q), c'est-à-dire la quantité à commander qui permet de minimiser les coûts de gestion (coût de stockage et coût de passation) et la cadence optimale (nombre de commandes sur la période qui minimisent les coûts de gestion).

Exercices d'entraînement

Exercice 1

Corrigé p. 52

M. Hugo est responsable des achats de la société Borgia qui commercialise des articles de pêche. Il étudie la politique d'approvisionnement des moulinets « Verron » achetés à un fabriquant belge. Il estime le prix d'un moulinet stocké à 51 €. Les prévisions de vente de moulinets pour l'année à venir sont de 12 000 unités. L'entreprise retient un taux de possession de stock de 10 %. Le coût de lancement et de suivi des commandes est de 207 € par commande.

1. **Calculez la quantité optimale à commander à partir de la méthode de Wilson.**
2. **Déduisez la cadence optimale, c'est-à-dire le nombre de commandes à réaliser dans l'année.**

Exercice 2

Corrigé p. 52

M. Hector est responsable des achats de la société Herminie qui commercialise des articles de sport. Il vous communique ci-dessous un extrait de l'état des stocks à partir du PGI.

Référence	Libellé	Qté physique	Qté réservée	Qté disponible	Qté attendue	Qté projetée
AC_01	Polar	51	21		5	
AC_02	Sunto	21	11		3	
AC_98	GPS	34	24		7	
AC_100	Montre	25	35		8	

1. **Déterminez la signification de chaque colonne.**
2. **Calculez les quantités disponibles et projetées.**
3. **Commentez la situation.**

Exercice 3

Corrigé p. 53

L'entreprise Pelafor commercialise des cartouches d'encre. Son responsable commercial souhaite classer ses produits selon la valeur qu'ils représentent dans la valeur totale.

1. **Classez les produits selon la méthode de Pareto.**
2. **Classez les produits selon la méthode ABC.**

Produits	Prix unitaire	Quantité sortie
XC-VM-01	245,00 €	22
XC-VM-02	80,00 €	50
XC-VM-03	50,00 €	70
XC-VM-04	39,00 €	77
XC-VM-05	30,00 €	150
XC-VM-06	18,00 €	122
XC-VM-07	23,00 €	121
XC-VM-08	50,00 €	75
XC-VM-09	28,00 €	2 228
XC-VM-10	15,00 €	3 711

11 L'aspect comptable des achats et des ventes

La comptabilité est un système d'information qui permet de saisir, classer et enregistrer les opérations commerciales et financières de l'organisation. Sa tenue est obligatoire. Elle a pour rôle de produire des informations à l'intention des partenaires économiques et sociaux (État, banques, salariés...).

1 Les bases du modèle comptable

La **comptabilité** collecte toutes les informations relatives aux opérations économiques réalisées par l'entreprise. Le rôle de la comptabilité est de :
– **répondre aux besoins d'informations** des associés, actionnaires et salariés ;
– **satisfaire aux obligations légales** : administration fiscale, organismes sociaux ;
– **calculer le résultat** d'un exercice comptable (compte de résultat) ;
– **connaître le patrimoine** de l'entreprise à une date donnée (bilan).

A Le plan des comptes

Dès l'instant où l'entreprise est amenée à tenir une comptabilité, elle doit utiliser un **plan de comptes** qui permet le classement, selon la nature, des opérations économiques en 7 classes.

Comptes de bilan		Comptes de gestion	
Classe 1 Classe 2 Classe 3 Classe 4 Classe 5	Comptes de capitaux Comptes d'immobilisations Comptes de stocks Comptes de tiers Comptes financiers	Classe 6 Classe 7	Comptes de charges Comptes de produits
Utilité comptable	Établir la situation patrimoniale à la fin de l'exercice	Utilité comptable	Calculer le résultat de l'activité. Résultat : Produits – Charges

B Les opérations d'achat et de vente

- La comptabilité affecte chaque opération dans une classe de comptes.

Les achats sont enregistrés dans la classe 6. On parle de charges.

Classe 6 : comptes de charges	Biens et services consommés par l'entreprise pour son activité (achats de matières premières, de marchandises, de services)	
Principaux comptes d'achat	601 – Achats de matières premières 602 – Achats stockés	606 – Achats non stockés 607 – Achats de marchandises

Les ventes sont enregistrées dans la classe 7. On parle de **produits**.

Classe 7 : comptes de produits	Biens et services vendus par l'entreprise (ventes de marchandises, de produits finis, de services)
Principaux comptes de vente	701 – Ventes de produits finis 707 – Ventes de marchandises 708 – Produits des activités annexes

• Les opérations d'achats et de ventes lient un client et un fournisseur, et créent deux flux opposés : un **flux réel** et un **flux financier**.

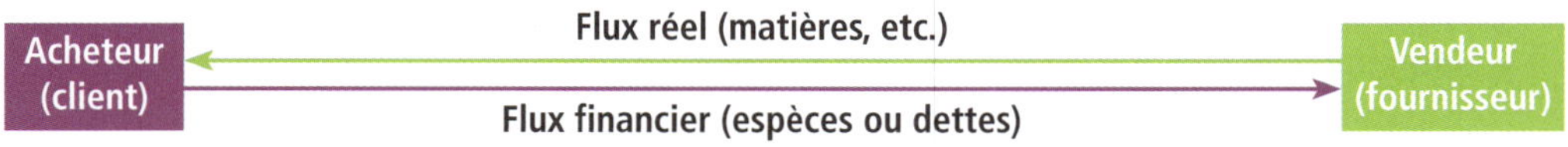

• La comptabilité assure l'enregistrement de ces flux monétaires et financiers dans des comptes.

• Par convention, **un flux sortant est une ressource** que l'on enregistre au crédit d'un compte, et **un flux entrant est un emploi** que l'on enregistre au débit du compte.

• Chaque opération d'achat et de vente est enregistrée dans un document comptable appelé « **journal** ».

Remarque

La règle de la « partie double » précise que pour chaque opération d'achat ou de vente, la somme des montants au débit doit obligatoirement être égale à la somme des montants au crédit.

2 La comptabilisation des factures d'achat et de vente

• **La facture** constitue la pièce de base justificative de l'enregistrement des achats et des ventes. Elle comporte différents composants qui participent au calcul du montant.

• **On distingue 2 types de factures :**
– **les factures de doit** indiquent les sommes dues au titre d'une livraison ;
– **les factures d'avoir** établies en cas de retour de produits ou de remises.

A Les factures de doit

• **La TVA.** Les opérations commerciales sont soumises à la TVA. Le montant de l'impôt se calcule à l'aide d'un taux fixé par l'État que l'on applique au montant HT. **Il existe différents taux de TVA :**
– **la TVA normale (20 %)** pour la majorité des biens et des prestations de service ;
– **la TVA intermédiaire (10 %)** par exemple pour les travaux qui visent à transformer, améliorer et entretenir les habitations, pour les services d'aide à la personne ou les médicaments non remboursés ;
– **la TVA réduite (5,5 %)** pour les produits alimentaires de première nécessité, l'eau et les boissons sans alcool, les livres ;
– **la TVA au taux super-réduit (2,1 %)** pour les médicaments remboursés par la Sécurité sociale, la billetterie des places de cinéma.

Calcul du net à payer à partir du montant brut
Montant Brut
– Rabais, Remises, Ristournes (RRR)
= Net commercial
– Escompte
= Net financier
+ Transport forfaitaire
= Montant total HT
+ TVA
= Total TTC
+ Consignation
– Acompte
= Net à payer

- **Les éléments accessoires d'une facture de doit**

• **Les réductions commerciales** concernent le bien ou le service vendu. Ce sont les rabais, remises, ristournes.

• **L'escompte de règlement** est une réduction accordée à un client qui règle au comptant ou par anticipation.

- **Les autres éléments de la facture**

• **Le port facturé** : le fournisseur assure et facture le transport.

• **Les consignes** : certains conditionnements récupérables sont consignés et facturés par le fournisseur. Il rembourse le client lorsque celui-ci les restitue.

Remarques

• **Les réductions commerciales** ne sont pas comptabilisées. On enregistre le net commercial.

• **Les réductions financières** sont enregistrées spécifiquement dans un compte de charge (665) pour le vendeur ou de produit financier (765) pour l'acheteur.

• **Les avances et acomptes sur commande :** pour confirmer une commande, le vendeur peut demander à l'acheteur le versement d'une somme d'argent à déduire du prix convenu.

- **L'enregistrement d'une facture de doit**

Journal des achats			
Comptes	**Date**	**Débit**	**Crédit**
60x	Achats xxx	Net Cial	
6241	Transports	X	
44566	TVA déductible	X	
4096	Créances emball.	X	
401	Fournisseurs		À payer
765	Escompte obt.		X
4091	Avances versées		X

Facture n° 1 245

Journal des ventes			
Comptes	**Date**	**Débit**	**Crédit**
411	Client	À payer	
665	Escompte accordés	X	
4191	Avances reçues	X	
70x	Ventes xxx		Net Cial
7085	Ports facturés		X
44571	TVA collectée		X
4196	Dettes emballages		X

Facture n° 1 245

Lors du règlement, il faudra solder le compte du tiers par un compte de trésorerie (banque par exemple), dans le journal de trésorerie spécifique (exemple : journal de banque).

Journal de banque (clients)			
Comptes	**Date**	**Débit**	**Crédit**
401	Fournisseurs	X	
512	Banque		X

Chèque n° 12454512

Journal de banque (fournisseurs)			
Comptes	**Date**	**Débit**	**Crédit**
512	Banque	X	
411	Clients		X

Chèque n° 12454512

B Les factures d'avoir

La facture d'avoir annule tout ou partie d'une opération commerciale constatée par une facture de doit. L'avoir pour retour de produits reprend les mêmes caractéristiques que la facture de doit initiale. Un avoir s'enregistre à l'inverse de la facture initiale.

Exercice d'entraînement

Corrigé p. 53

L'entreprise BoisPlus distribue des meubles en bois qu'elle achète directement à plusieurs fabricants. Vous êtes gestionnaire de la société et votre responsable, Antoine Leos, vous demande de réaliser la facturation des clients Levois et Lauquy, et de procéder à la comptabilisation des opérations.

- **Facturation**

1. Présentez les 2 factures adressées aux clients Lauquy et Levois.

2. Comptabilisez ces 2 opérations au journal de l'entreprise.

- **Retour de marchandises**

Le 29/11, le client Levois vous retourne une armoire réf. A17 qui est endommagée. Le client ne souhaite pas conserver le produit.

3. Réalisez la facture d'avoir correspondante.

4. Comptabilisez l'avoir au journal de l'entreprise.

- **Règlement**

Le 04/12, le client Lauquy vous fait parvenir un chèque bancaire n° 1234567 d'un montant de 3 079,75 €.

5. Comptabilisez le paiement au journal de la société BoisPlus.

ANNEXE **Opérations commerciales avec les clients Levois et Lauquy**

Nom du client	Levois	Lauquy
N° facture	127	128
Date	24/11/N	28/11/N
Articles	2 armoires, réf. A17, à 1 800,00 € HT pièce 1 desserte, réf. DE12 à 437,80 € HT pièce 3 coffres, réf. CO45 à 35,50 € HT pièce	1 armoire, réf. A17, à 1 800,00 HT € pièce 1 desserte réf. : DE08 à 245,50 € HT pièce 4 coffres, réf. CO52 à 57,60 € HT pièce
Réductions commerciales	1,5 % sur le montant brut	Rabais de 250 € HT pour un léger défaut sur l'armoire
Réductions financières	/	Escompte : 2 %
TVA	Taux normal	Taux normal
Règlement	30 jours FDM	Au comptant, sous 7 jours

12 Les principes et les règles de calcul de la TVA

La taxe sur la valeur ajoutée (TVA) est un impôt indirect sur la consommation. Elle est supportée par le consommateur final et collectée par les entreprises pour le compte de l'État.

1 La TVA : principes

La TVA est facturée aux clients sur les biens qu'ils consomment ou les services qu'ils utilisent en France. Même si l'essentiel des opérations commerciales sont assujetties à TVA, certaines sont exonérées.

A Les opérations imposables

Par nature	Par disposition légale
Les ventes de biens et services relevant d'une activité économique effectuées à titre onéreux par un assujetti.	Les livraisons à soi-même de biens et de services, les opérations concourant à la production et à la vente d'immeubles, les importations et les acquisitions intracommunautaires.

B Les opérations exonérées

En vertu de leur nature	En vertu de la loi
Les spectacles qui supportent déjà un impôt sur les spectacles, les opérations bancaires et financières, les activités médicales et paramédicales, l'enseignement…	Les activités de la pêche maritime et les ventes hors du territoire national afin de favoriser la compétitivité des produits vendus à l'étranger.

C La territorialité de la TVA

Fiscalement, on distingue 3 groupes de territoires pour l'application de la TVA :
- **le territoire français** qui comprend la France continentale, la Corse et Monaco ;
- **les autres États de l'Union européenne** : 28 États au 01/01/2017 ;
- **les pays hors de l'Union européenne** : le reste du monde.

• Conditions d'application de la TVA pour la livraison de biens meubles corporels

Origine de la livraison de biens	Destination de la livraison de biens		
	Territoire français	Autres États de l'Union européenne	Pays hors Union européenne
Territoire français	Opération nationale **Soumise à TVA**	Livraison intracommunautaire **Exonération**	Exportation **Exonération**
Autres États de l'Union européenne	Acquisition intracommunautaire **Soumise à TVA**	/	/
Pays hors Union européenne	Importation **Soumise à TVA (au service de douane)**	/	/

- **Conditions d'application de la TVA pour la prestation de service** (BOI n° 4 du 11 janvier 2010)

Le bénéficiaire est-il assujetti à la TVA ?	Lieu de taxation
Oui	Lieu d'établissement du bénéficiaire
Non	Lieu d'établissement du prestataire

2 La TVA collectée

- **L'assujetti** collecte auprès de ses clients la TVA qu'il facture sur ses ventes. Pour toutes les opérations imposables, la **TVA est calculée sur le prix hors taxe** (base d'imposition) qui doit être reçu en contrepartie du bien livré ou du service rendu.

Base d'imposition × Taux de TVA = TVA facturée

Exemple
Biens ou services exclus du droit à déduction : véhicules de tourisme, les dépenses liées aux cadeaux dont la valeur est supérieure à 65 € TTC.

- **Le montant de la TVA** calculé sur ce prix dépend du taux applicable à l'opération réalisée. Au 1er janvier 2018, quatre taux principaux existent en France continentale.

Taux de TVA	
Taux applicables	**Opérations concernées**
Taux normal : 20 %	La majorité des ventes de biens et des prestations de services
Taux réduit : 10 %	Biens et prestations limitativement énumérés par la loi **Exemples :** produits d'origine agricole, de la pêche, de la pisciculture et de l'aviculture n'ayant subi aucune transformation, bois de chauffage, prestations de transport de voyageurs, ventes à emporter ou à livrer de produits alimentaires préparés en vue d'une consommation immédiate
Taux réduit : 5,5 %	Biens et prestations de services limitativement énumérés par la loi **Exemples :** l'eau, les produits alimentaires à l'exclusion des boissons alcooliques et de quelques produits alimentaires solides, les spectacles vivants
Taux particulier : 2,1%	Réservé à quelques situations énumérées par la loi **Exemples :** médicaments remboursables par la Sécurité sociale, publications de presse inscrites

3 La TVA déductible

A Le principe

Le redevable déduit du montant de la TVA collectée d'une période le montant de la taxe dont il s'est déjà acquitté sur ses achats en France, acquisitions, importations de biens et services au cours de la même période. Il ne reverse au Trésor public que la différence entre la TVA collectée et la TVA déductible. Grâce à ce mécanisme de déduction, le redevable ne reverse que la TVA nette correspondant à la valeur ajoutée créée par son entreprise.

B Les conditions de déduction de la TVA

- La TVA déductible doit être justifiée (document justificatif, comme une facture).
- La TVA n'est déductible que lorsqu'elle est devenue exigible chez le fournisseur.
- Les biens et services achetés doivent être nécessaires à l'exploitation de l'entreprise. Sont donc exclues les dépenses somptueuses (chasse, pêche, plaisance).

4 Les opérations intracommunautaires

Les factures établies pour des opérations réalisées avec une **entreprise située dans l'Union européenne** font l'objet de dispositions particulières en matière de TVA :
– la TVA est collectée par l'acquéreur (TVA due intracommunautaire, compte 4452) sans que celui-ci ne perde son droit à déduction ;
– le vendeur ne fera mention d'aucune TVA dans ses enregistrements.

Exemple Facture 2041 : l'entreprise française Fermin achète des marchandises pour 2 000,00 € au fournisseur allemand Derrick.

Journal des achats de Fermin

Comptes	Date	D	C
607	Achat de marchandises	2 000	
44566	TVA déductible ABS	392	
401	Fournisseur Derrick		2 000
4452	TVA due intracom.		392

Facture n° 2041

Journal des ventes de Derrick

Comptes	Date	D	C
411	Client Fermin	2 000	
707	Vente de marchandises		2 000

Facture d'avoir n° 2041

5 La TVA à payer

La liquidation de la TVA consiste à calculer le montant dû au Trésor public. Lorsque le montant de la TVA déductible est supérieur à celui de la TVA collectée, l'entreprise constate un crédit de TVA qui représente une créance sur l'État. Le montant de la créance sera déduit sur la déclaration suivante. Comptablement, cela revient à solder les comptes de TVA pour faire ressortir le montant à payer à l'État.

Méthode de calcul de la TVA	
	TVA collectée sur les ventes
+	TVA due intracommunautaire
–	TVA déductible sur les immobilisations
–	TVA déductible sur autres biens et services
–	Crédit de TVA du mois précédent
=	**TVA à payer (ou crédit de TVA)**

Exemple (suite de l'opération). L'entreprise Fermin a collecté 500 € de TVA (44571) et peut déduire 200 € de TVA sur des achats de biens et services.

Journal des opérations diverses de l'entreprise

Comptes	Date	D	C
44571	TVA collectée sur les ventes	500	
4452	TVA due intracom.	392	
44566	TVA déductible sur les achats		592
44551	TVA à payer		300

Exercices d'entraînement

Exercice 1

Corrigé p. 55

La société Dervon est spécialisée dans les produits de décoration intérieure. Vous êtes assistant(e) de gestion de la société et votre responsable vous sollicite pour l'aider à traiter ses problèmes de TVA.
Au cours du mois du mois de septembre, les opérations suivantes ont été réalisées :
– 15/09/N : ventes au comptant de produits de décoration pour un montant de 1 500 € HT ;
– 22/09/N : encaissement d'une facture du client Linet pour un aménagement intérieur d'un montant de 500 € HT ;
– 23/09/N : réception de marchandises d'une valeur de 1 000 € HT en provenance d'un fournisseur espagnol. La facture n'est pas parvenue ;
– 25/09/N : fin de la prestation d'un aménagement intérieur du client Frapel pour 900 € HT.

1. **Indiquez, pour chaque opération, la nature de l'opération et la date d'exigibilité de la TVA.**
2. **Calculez le montant de la TVA du mois de septembre.**

Exercice 2

Corrigé p. 55

Vous êtes assistant(e) de gestion de la société Fargette, spécialisée dans la maintenance informatique, et votre responsable vous communique des extraits de la balance des mois précédents.

ANNEXE 1 Extrait de la balance concernant la TVA du mois de janvier

N° de compte	Libellé	Débit	Crédit
4452	TVA due intracommunautaire		500
44562	TVA déductible sur immo.	800	
44566	TVA déductible sur ABS	8 000	
445662	TVA déductible intracom.	500	
44571	TVA collectée		15 000

ANNEXE 2 Extrait de la balance concernant la TVA du mois de février

N° de compte	Libellé	Débit	Crédit
4452	TVA due intracommunautaire		1 000
44562	TVA déductible sur immo.	3 200	
44566	TVA déductible sur ABS	12 800	
445662	TVA déductible intracom.	1 000	
44571	TVA collectée		14 000

- **Calculez le montant de la TVA à payer pour les mois de janvier et février.**

13 Le suivi des encaissements et décaissements

Pour répondre aux spécificités des clients, la PME doit leur proposer divers modes de paiement. Il convient également qu'elle surveille de près ses comptes de tiers et ses comptes bancaires.

1 Les moyens de paiement

- **Les espèces.** Ce sont les pièces et billets de banque.
- **Le chèque.** C'est un document par lequel le détenteur d'un compte bancaire demande à sa banque de payer le montant inscrit à un bénéficiaire. Il présente un risque important d'impayé.
- **Le virement.** Il s'agit d'un ordre donné par un débiteur à sa banque de virer une somme sur le compte d'un bénéficiaire. L'opération peut être effectuée par Internet.

> **Remarque**
>
> **Les paiements en numéraire** (en pièces et en billets) ne sont autorisés, pour les professionnels, que pour des règlements inférieurs à 1 000 € afin de limiter les fraudes fiscales et le blanchiment d'argent.

- **Le prélèvement.** C'est un ordre donné par un créancier à sa banque de prélever un montant sur le compte d'un débiteur qui lui en a donné l'autorisation. Le prélèvement peut être renouvelé automatiquement ou réalisé ponctuellement grâce à un TIP SEPA (titre interbancaire de paiement, *Single Euro Payment Area*).
- **La carte de paiement avec ou sans contact.** L'encaissement s'effectue grâce à un terminal de paiement électronique (TPE). Ce mode de paiement est très sécurisé mais il a un coût pour le créancier (location du TPE, coût de transaction).
- **Paiement mobile sans contact.** C'est un encaissement à partir d'un smartphone disposant d'une application spécifique fournie par une banque.
- **Les effets de commerce**

– **La lettre de change** est un document par lequel un créancier exige de son débiteur le paiement d'une certaine somme à une échéance fixée.
– **Le billet à ordre** est un document par lequel un débiteur s'engage à payer une certaine somme à son créancier à une échéance fixée.

2 Le suivi des comptes de tiers

- **L'échéancier.** L'entreprise doit tenir à jour un **échéancier** de ses créances et de ses dettes afin de vérifier si elle est à jour du règlement de ses dettes fournisseurs ou de l'encaissement de ses créances clients.

> **Définition**
>
> **Balance âgée :** document comptable de classement des créances clients et des dettes fournisseurs par ancienneté. Outil de pilotage à court terme de la trésorerie de l'entreprise, elle permet de s'assurer que le chiffre d'affaires facturé a bien été recouvré par l'entreprise.

- **Le rapprochement entre factures et règlements.** Pour mettre en lumière les anomalies dans la tenue des comptes de tiers, l'entreprise réalise systématiquement un **rapprochement entre les factures et leur règlement**.

• **Le lettrage.** Ce rapprochement peut être fait à l'aide d'un **lettrage** qui consiste à marquer d'une lettre les débits et les crédits concernant une même opération. On rapprochera ainsi la facture d'un client et son règlement ou la facture d'un fournisseur et le décaissement réalisé.

3 Le rapprochement bancaire

COMPRENDRE EN VIDÉO

Voir vidéo : L'état de rapprochement bancaire

A Objectif

Il vise à expliquer, pour une période donnée, la différence entre le solde du compte bancaire de l'entreprise (512) et celui du relevé fourni par l'organisme bancaire. Ce travail permet de connaître le solde exact du compte bancaire, d'identifier des erreurs toujours possibles et de les corriger, d'identifier les fraudes, de valider la qualité et l'exactitude de la comptabilité.

B Méthode

Il convient tout d'abord de pointer les opérations communes dans les deux comptes, puis de rechercher l'origine des différences qui correspondent à deux cas.

Cas 1 : opérations qui apparaissent sur le compte banque mais pas sur le relevé	Cas 2 : opérations qui apparaissent sur le relevé mais pas sur le compte banque
Dues, le plus souvent, à des décalages dans le temps, elles sont déjà enregistrées dans la comptabilité et doivent simplement être ajoutées au solde du relevé.	Elles sont à enregistrer dans la comptabilité. Elles permettent de prendre connaissance de certaines opérations (frais, prélèvements...) et de corriger des erreurs de montants.

4 Le budget de trésorerie

Voir p. 168

• **Le budget de trésorerie** est un tableau prévisionnel des **encaissements** et **décaissements** mensuels sur une période de quelques mois permettant d'anticiper la situation de la trésorerie.

• **Les excédents de trésorerie** peuvent être placés sur des comptes à terme rémunérés ou en valeurs mobilières de placement (actions ou obligations).

• **Plusieurs solutions existent pour remédier à un découvert de la trésorerie :**
– **escompter les effets de commerce ou mobiliser les créances** ;
– **raccourcir les crédits** accordés aux clients ;
– **négocier des crédits** plus longs de la part des fournisseurs ;
– **obtenir un concours bancaire courant** (découvert) moyennant le paiement d'agios.

5 Les transactions internationales

A Le crédit documentaire

Le crédit documentaire est une technique permettant de sécuriser les transactions internationales. La banque de l'acheteur-importateur s'engage à payer le vendeur-exportateur pour le compte de l'acheteur si le vendeur fournit tous les documents attestant de la bonne exécution du contrat de ventes.

B Les incoterms

• Pour les **contrats internationaux**, la chambre de commerce internationale a défini des conditions de vente type appelées « incoterm » (*International Commercial Terms*). Ils précisent les responsabilités et les obligations du vendeur et de l'acheteur, notamment en ce qui concerne le chargement, le transport, le type de transport, les assurances et la livraison.

• Ces incoterms ont trois fonctions :
– **répartir les frais de transport** entre l'importateur et l'exportateur ;
– **définir le lieu de transfert des risques**, c'est-à-dire qui du vendeur ou de l'acheteur aura à supporter l'avarie en cas de mauvaise exécution du transport ;
– **déterminer les obligations de livraison** qui incombent, en termes de délai au vendeur.

Exemple d'incoterm
Vente FOB (*free on board*, franco à bord). L'exportateur doit assurer l'acheminement jusqu'au port, et le dédouanement de la marchandise à l'export (formalités à l'exportation et livraison de la marchandise à bord du bateau). L'importateur doit assurer le choix du transporteur (bateau), le paiement du prix du transport (fret) et le dédouanement à l'arrivée.

Exercice d'entraînement

Corrigé p. 56

Le dirigeant de la société Sécur+ vous a remis le relevé de la banque du mois de décembre (annexe 1). Vous disposez également du compte 512 de l'entreprise (annexe 2).

1. **Pointez les différences entre le relevé bancaire et la comptabilité de l'entreprise, et expliquez-en les causes.**
2. **Présentez le rapprochement bancaire.**

ANNEXE 1 **Compte banque 512 (comptabilité de l'entreprise)**

Date	Libellé	Débit	Crédit
01/12	Solde au 1/12	2 578	
15/12	Remise de chèques clients	3 150	
18/12	Versement en espèces	850	
21/12	Chèques aux fournisseurs		2 938
23/12	Remise LCR 485	1 200	

ANNEXE 2 **Relevé de compte de la banque**

Date	Libellé	Débit	Crédit
01/12	Solde au 1/12		2 578
08/12	Virement client Hermine		345
12/12	Prélèvement EDF	259	
15/12	Remise de chèques clients		3 150
18/12	Versement en espèces		850
21/12	Chèques aux fournisseurs	2 118	
23/12	Remise LCR 485		1 170

CORRIGÉS

1 L'identification de la clientèle Énoncé p. 10

1.

Clients	CA en € année N	%	% cumulé
Argaut	210 000	56,83 %	56,83 %
Avène	84 000	22,73 %	79,57 %
Leroy-Merlin	41 000	11,10 %	90,66 %
Bertrand	12 000	3,25 %	93,91 %
Carrycash	6 500	1,76 %	95,67 %
Schultz	6 000	1,62 %	97,29 %
Flopack	3 750	1,01 %	98,31 %
Biocash	3 000	0,81 %	99,12 %
Bruno	2 000	0,54 %	99,66 %
Labogant	1 250	0,34 %	100,00 %
Total	369 500	100,00 %	

2. Les deux premiers clients, soit 20 % de la clientèle (2 clients sur 10), représentent 80 % du chiffre d'affaires.
Le CA repose donc essentiellement sur deux clients, ce qui peut fragiliser l'entreprise.
La perte d'un seul de ces deux clients mettrait en péril l'entreprise.

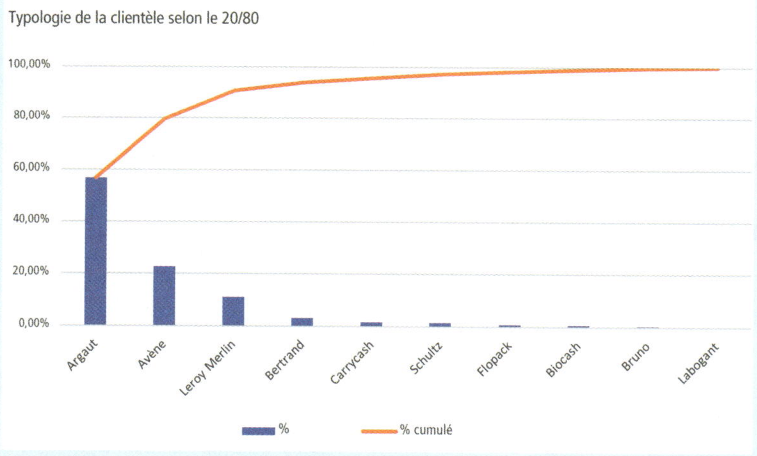

2 La prospection de la clientèle Énoncé p.13

1. Les clients actuels sont les pépiniéristes français et les producteurs d'orchidées français.

2. Les cibles possibles sont les architectes, les promoteurs immobiliers, les pépiniéristes étrangers (allemands, belges…), les producteurs d'orchidées étrangers, les paysagistes…
Quant aux informations constitutives du fichier de prospection, dans le cas présent, il s'agit de prospects froids, donc les informations sont générales comme les coordonnées précises (raison sociale ou nom, adresse postale, adresse électronique, téléphone, fax) et des informations sur le prospect (activité, nom des interlocuteurs, nombre de personnes, CA…).

3. Il s'agit de prospects froids donc seules deux méthodes de prospection sont possibles : le publipostage ou de l'e-publipostage. Le choix doit être cohérent avec les informations constituant la base de données. Si choix du e-publipostage :

Avantages	Inconvénients
– Message personnalisé envoyé par courriel. – Manière rapide de toucher des prospects et à moindre coût. – Préparation du terrain pour un appel téléphonique. – De grandes chances d'être lu. – Taux de retour de 5 à 1 %.	– Difficile de créer un fichier d'adresses électroniques. – Risque de passer en SPAM.

4. **Plan à metrre en œuvre :** Choix de la cible → Constitution du fichier prospect → Choix de la méthode de prospection : l'e-publipostage → Réalisation de l'e-publipostage auquel est jointe une plaquette sur le produit → Envoi de l'e-mail → Mise à jour du fichier de suivi → Relance téléphonique (8 jours après) → Mise à jour du tableau de suivi → Évaluation de l'opération de prospection.

5. Le document est le courriel commercial, il doit comporter :
– une accroche pour susciter l'intérêt : « La sphaigne un produit original et exceptionnel pour vos murs végétaux (toits végétaux) » ;
– une promesse ou un avantage : « haute autonomie en eau, un rapport air/eau optimal pour un développement racinaire incomparable. 100 % naturelle et 100 % biodégradable, aucune action de recyclage après utilisation, imputrescible et permet de prolonger plus que n'importe quelle combinaison de produits la vie des murs et cadres végétaux… »
– une personnalisation (utilisation du « vous ») ;
– des termes positifs ;
– une conclusion qui reprend l'offre commerciale ;
– une proposition poussant à agir (« visitez notre site » avec lien, RDV au salon, formulaire pour demande d'échantillon…) ;
– une signature avec le nom du responsable et sa fonction ;
– un dépliant ou un catalogue commercial en PJ.

6. **Taux de retour**
= (nombre de réponses/nombre de messages envoyés) × 100 = (76/500) × 100 = 15,2 % ;
Taux de demande d'informations
= (nombre de demandes/nombre de messages envoyés) × 100 = (50/500) × 100 = 10 % ;
Taux de commande
= nombre de commandes/nombre de messages envoyés × 100 = (26/500) × 100 = 5,2 %.

3 La gestion des appels d'offres *Énoncé p. 16*

1. Dans chacun des marchés, le pouvoir adjudicateur est l'organisme qui attribue le marché : mairie de Bandol, hospices civils, mairie de Grimaud… Dans tous les cas, il s'agit de marchés de « fournitures ».

2. Procédure formalisée : elle induit des formalités à respecter.
Procédure non formalisée : procédure plus souple, moins contraignante.

Pouvoir adjudicateur	Procédure	Fourchette de valeur du marché	Informations complémentaires
Mairie de Bandol	Non formalisée : MAPA	Entre 25 et 209 k€	Référence : MCH16-61 Procédure : MAPA Lieu d'exécution : Var
Hospices civils*	Formalisée : appel d'offres	> 209 k€	Référence : 1677090 Procédure : appel d'offres Lieu d'exécution : Lyon

* *Établissements publics de santé*

Pouvoir adjudicateur	Procédure	Fourchette de valeur du marché	Informations complémentaires
Mairie de Grimaud	Non formalisée : MAPA	Entre 25 et 209 k€	Référence : MCH16-055 Procédure : MAPA Lieu d'exécution : Var
Mairie de Bandol	Non formalisée : MAPA	Entre 25 et 209 k€	Référence : MCH16-69 Procédure : MAPA Lieu d'exécution : Var
Commune de Saint-Cyr-sur-Mer	Non formalisée : MAPA	Entre 25 et 209 k€	Référence : ST/2016/08 Procédure : MAPA Lieu d'exécution : Var
Centre hospitalier de Toulon*	Formalisée : appel d'offres	> 209 k€	Référence : 16S0043 Procédure : appel d'offres Lieu d'exécution : Var

* *Établissements publics de santé*

3. L'entreprise est spécialisée dans la fourniture de produits médicaux dans le Var. Compte tenu de son activité, seuls les marchés proposés par les hospices civils de Lyon et le centre hospitalier de Toulon peuvent l'intéresser. Toutefois, géographiquement, elle ne pourra pas répondre à l'offre de Lyon. C'est pourquoi seul le marché du centre hospitalier de Toulon sera retenu.

4. Pour assurer le suivi des marchés publics, l'entreprise pourra opter pour un tableau (informatisé sur tableur) dont la structure de départ serait :

Date d'émission	Objet	Lots retenus	Lieu d'exécution	Durée du marché ou délai d'exécution	Date limite de réponse	Date d'envoi du dossier	Réponse ?
08/12/N	Fourniture de sets de soins et *packs custom*	/	Toulon				

5 Les documents commerciaux et la traçabilité des produits *Énoncé p. 21*

Monsieur Mercier, de la quincaillerie principale, a acheté pour 275 € HT de marchandises payées au comptant. À leur réception, il ne constate aucune anomalie. Trois jours plus tard, Monsieur Mercier informe par courrier la société Happywater de produits cassés. Les CGV stipulent que le transporteur est seul responsable des retards, avaries, casses ou vols en cours de route. Pour être prises en considération, les réserves doivent être précises, descriptives et spécifiées sur le récépissé de transport ainsi que sur le bon de livraison. Elles doivent être confirmées dans les 72 heures par lettre recommandée au transporteur, avec un double transmis à la société Happywater (art. L.133-3 du Code de commerce). Or, Monsieur Mercier n'a pas émis de réserve sur le récépissé de transport ou encore sur le bon de livraison. Il n'a pas non plus informé le transporteur. Monsieur Mercier n'a donc aucun recours avec Happywater.

Monsieur Mercier,
Votre courrier nous informant de produits cassés a retenu toute notre attention.
Nos conditions générales de vente stipulent dans l'article 10, que toute constatation d'avaries, pour être prise en compte, doit être notifiée sur le récépissé de transport ainsi que sur le bon de livraison. Cette constatation doit être également confirmée par lettre recommandée dans les 72 heures suivant la livraison au transporteur avec copie à Happywater.
Après vérifications auprès de nos services, nous avons constaté que vous n'avez émis ni réserves sur le récépissé et le bon de livraison, ni courrier au transporteur. Par conséquent, nous ne pouvons pas répondre favorablement à votre demande.
Nous vous conseillons, pour une prochaine livraison, d'émettre des réserves à la livraison et d'avertir immédiatement le transporteur.
Nous espérons que ce désagrément ne remettra pas en cause notre relation commerciale.
Nous vous prions d'agréer, Monsieur Mercier, nos sentiments les plus respectueux.

7 La relation avec les clients : de l'accueil à la réclamation

Énoncé p. 26

Madame,
C'est avec regret que nous avons pris connaissance de votre courrier de réclamation du 15 décembre concernant notre livraison et deux lots de 6 assiettes Lunear. Nous comprenons votre mécontentement et regrettons que les marchandises soient endommagées et, par conséquent, inutilisables.
Nous avons mené notre enquête et il semblerait en effet que l'emballage n'ait pas été effectué comme habituellement, du fait d'un problème de logistique combiné à l'absence du chargé de production.
Nous vous prions de croire que c'est la première fois qu'un tel problème a lieu et que ceci ne se reproduira plus. Une nouvelle livraison est programmée pour le 18 décembre. Nous vous accordons, de plus, en réparation du préjudice subi, une remise de 5 % en vous remerciant de ne pas nous retirer la confiance accordée.
En espérant que cette nouvelle livraison vous donnera pleine satisfaction, et en restant à votre entière disposition pour tout renseignement, nous vous prions d'agréer, Madame, nos sincères salutations.

8 Le référencement et l'évaluation des fournisseurs

Énoncé p. 29

Inoxa – Fiche d'évaluation fournisseur

Date Évaluation n° Préparé par : Fonction :

Nom du fournisseur	Téléphone	Fax
Adresse	Courriel	Produits achetés :
Ville	Nom du contact	

Notation*	A	B	C	D	E
QUALITÉ – Conformité du produit					
Relevés de contrôle fournis					
Bon de livraison et documents attestant de la conformité du produit					
Certificat d'origine					
Libre accès aux installations pour contrôle et aux documents contribuant à la fabrication des produits					
LOGISTIQUE					
Lots identifiés					
Emballage séparé par lot					
Poids carton < 23 kg					
Maîtrise des délais					
RÉSULTATS					
Note globale					
Appréciation globale					

* A = 5 pts : excellent ; B = 4 pts : satisfaisant ; C = 2 pts : acceptable (avec possibilité d'amélioration) ; D = 1 pt : insuffisant ; E = 00 : inacceptable.

9 Le processus d'achat et d'investissement

Énoncés p. 33

Exercice 1

N°	Catégorie	Justification
1	Charge	Achat de service consommé de façon irréversible
2	Immobilisation	Actif incorporel à utilisation durable
3	Immobilisation	Prolonge la vie d'une immobilisation
4	Immobilisation	Actif corporel à utilisation durable
5	Immobilisation	Permet de prolonger la vie d'une immobilisation

N°	Catégorie	Justification
6	Immobilisation	Actif corporel à utilisation durable. L'entretien permet de prolonger la vie de l'immobilisation.
7	Immobilisation	Actif corporel à utilisation durable
8	Charges	Achat de bien consommé de façon irréversible
9	Charges	Achat de service consommé de façon irréversible

Exercice 2

1. Échéancier fournisseurs :

Date facture	Fournisseurs	Référence facture	Montant de la facture	Échéance de 0 à 30 jours	Échéance de 31 à 60 jours	Échéance de 61 à 90 jours	Échéance de 91 jours et +
04/09/N	Aliena	enveloppes adhésives	3 560 €	3 560 €			
12/09/N	Respond	blocs palette	2 420 €	1 210 €	1 210 €		
18/09/N	Lalong	calculatrices	678 €		678 €		
22/09/N	Rapesco	perforateurs	1 245 €	1 245 €			

2. Planning réceptions :

Date	Fournisseurs	1	2	3	4	5	6	7	8	9	10	11	12	13	14	15	16	17	18	19	20	21	22	23	24	25	26	27
04/09	Aliena				C	→	→	→	→	→	→	R																
12/09	Respond												C	→	→	R												
18/09	Lalong																		C	→	→	→	R					
22/09	Rapesco																						C	→	→	→	→	R

C : date de commande ; R : date prévue de réception des marchandises.

10 Les principes généraux de la gestion des stocks

Énoncés p. 36

Exercice 1

1. Quantité optimale : $\sqrt{\dfrac{2 \times 207 \times 12\,000}{51 \times 10\,\%}}$ = 987 unités par commande.

2. Cadence optimale : 12 000 / 987 = 12 commandes dans l'année.

Exercice 2

- **Quantité physique :** stock réellement présent dans l'entreprise.
- **Quantité réservée :** produits réservés par le client (bon de commande).
- **Quantité disponible :** quantité physique – quantité réservée.
- **Quantité attendue :** produits commandés aux fournisseurs.
- **Quantité projetée :** quantité disponible + quantité attendue.

Référence	Libellé	Qté physique	Qté réservée	Qté disponible	Qté attendue	Qté projetée
AC_01	Polar	51	21	30	5	35
AC_02	Sunto	21	11	10	3	13
AC_98	GPS	34	24	10	7	17
AC_100	Montre	25	35	– 10	8	– 2

L'entreprise dispose de suffisamment de stock pour satisfaire les clients, sauf pour les montres. En effet, 35 produits ont été réservés alors qu'il n'y en a que 25 en stock physiquement. Pire, seules 8 montres sont attendues du fournisseur. Ce réapprovisionnement sera insuffisant. L'état des stocks indique qu'il manquera encore 2 montres.

Exercice 3

Produits	%	% cumulé	Valeur vendue	%	% cumulé
A	10 %	10 %	62 384,00 €	42 %	42,39 %
B	10 %	20 %	55 665,00 €	38 %	80,21 %
C	10 %	30 %	5 390,00 €	4 %	83,87 %
D	10 %	40 %	4 500,00 €	3 %	86,93 %
E	10 %	50 %	4 000,00 €	3 %	89,65 %
F	10 %	60 %	3 750,00 €	3 %	92,20 %
G	10 %	70 %	3 500,00 €	2 %	94,58 %
H	10 %	80 %	3 003,00 €	2 %	96,62 %
I	10 %	90 %	2 783,00 €	2 %	98,51 %
J	10 %	100 %	2 196,00 €	1 %	100,00 %
			147 231,00 €		

À partir la méthode de Pareto, on observe que 20 % des produits représentent 80 % (42 % + 38 %) de la valeur vendue.
À partir de la méthode ABC, on observe que 10 % des produits représentent 42 % de la valeur vendue ; 30 % des produits suivants représentent 45 % de la valeur vendue et enfin, les 60 % restants, ne représentent que 13 % de la valeur vendue.

11 L'aspect comptable des achats et des ventes

Énoncé p. 40

1. Facturation :

BoisPlus			
DOIT			**LEVOIS**
Fact n° 127			**24/11/N**
	Qté	**PU**	**Total**
Armoires réf. A17	2	1 800,00 €	3 600,00 €
Desserte réf. DE12	1	437,80 €	437,80 €
Coffres réf. CO45	3	35,50 €	106,50 €
Montant brut			**4 144,30 €**
Remises, rabais		1,5 %	62,16 €
Net commercial			**4 082,14 €**
Escompte			- €
Net financier			**4 082,14 €**
Port			
Total HT			**4 082,14 €**
TVA		20 %	816,43 €
Total TTC			**4 898,57 €**

BoisPlus Fact n° 128	DOIT		LAUQUY 28/11/N
	Qté	**PU**	**Total**
Armoires réf. A17	1	1 800,00 €	1 800,00 €
Desserte réf. DE08	1	245,50 €	245,50 €
Coffres réf. CO52	4	57,60 €	230,40 €
Montant brut			**2 275,90 €**
Remises, rabais			250,00 €
Net commercial			**2 025,90 €**
Escompte		2 %	40,52 €
Net financier			**1 985,38 €**
Port			
Total HT			**1 985,38 €**
TVA		20 %	397,08 €
Total TTC			**2 382,46 €**

2. Comptabilisation au journal de l'entreprise :

Débit	Crédit	24/11/N		Débit	Crédit
411LEV		Client Levois		4 898,57	
	707001		Ventes d'armoires		3 600,00
	707002		Ventes de dessertes		437,80
	707003		Ventes de coffres		106,50
	44571		TVA collectée		828,86
		Fact. N°127			
Débit	**Crédit**	**28/11/N**		**Débit**	**Crédit**
411LAU		Client Lauquy		2 382,46	
665001		Escompte accordé		40,52	
	707001		Ventes d'armoires		1 800,00
	707002		Ventes de dessertes		245,50
	707003		Ventes de coffres		230,40
	44571		TVA collectée		455,18
		Fact. N°128			

3. Retour de marchandises (facture d'avoir) :

BoisPlus Fact avoir n° 40	AVOIR		LEVOIS 29/11/N
	Qté	**PU**	**Total**
Armoires réf. A17	1	1 800,00 €	1 800,00 €
Montant brut			**1 800,00 €**
Remises, rabais		1,5 %	27,00 €
Net commercial			**1 773,00 €**
Escompte			- €
Net financier			**1 773,00 €**
Port			
Total HT			**1 773,00 €**
TVA		20 %	354,60 €
Total TTC			**2 127,60 €**

4. Comptabilisation au journal de l'entreprise :

29/11/N					
707001		Ventes d'armoires		1 773,00	
44571		TVA collectée		354,60	
	411LEV		Client Levois		2 127,60
Avoir N°40					

5. Règlement (journal de la société BoisPlus) :

04/12/N					
512001		Banque		3 079,75	
	411LAU		Client Lauquy		3 079,75
		Règlement par chèque n°1234567			

12 Les principes et les règles de calcul de la TVA

Énoncés p. 44

Exercice 1

1.

Opérations	Nature de l'opération	Fait générateur	Date d'exigibilité
15/09/N, ventes au comptant de produits de décoration pour un montant de 1500 € HT.	Livraison de biens corporels	Livraison du bien	15/09 : livraison du bien
22/09/N, encaissement d'une facture du client Linet pour un aménagement intérieur d'un montant de 500 € HT.	Prestations de services	Achèvement de la prestation	22/09 : encaissement du prix
23/09/N, réception de marchandises d'une valeur de 1 000 € HT en provenance d'un fournisseur espagnol. La facture n'est pas parvenue.	Acquisition intracommunautaire	Livraison du bien	Le 15 du mois suivant, le 15/10
25/09/N, fin de la prestation pour un aménagement intérieur au client Frapel d'une valeur de 900 € HT.	Prestations de services	Achèvement de la prestation	À l'encaissement du prix

2. TVA à payer du mois de septembre :

→ TVA collectée : 1 500 × 20 % : 300 €
→ TVA déductible : 500 × 20 % = 100 €
→ TVA à payer : 300 – 100 = 200 €

Exercice 2

TVA à payer de janvier : (15 000 + 500) – (800 + 8 000 + 500) = 6 200 € (TVA à payer).

TVA à payer de février : (14 000 + 1000) – (3200 + 12 800 + 1 000) = – 2 000 € (crédit de TVA à déduire le mois prochain).

13 Le suivi des encaissements et décaissements *Énoncé p. 47*

1. Différences entre le relevé bancaire et la comptabilité de l'entreprise :

– Certains fournisseurs n'ont pas encore encaissé leur chèque auprès de leur banque (2 938 – 2 118 = 820).

– Lors de la remise de la LCR, la banque a prélevé des agios qui n'ont pas été pris en compte dans la comptabilité de l'entreprise (1 200 – 1 170 = 30).

– Le prélèvement EDF de 259 € ainsi que le virement du client Hermine de 345 € n'étaient pas connus de l'entreprise qui n'a pas pu l'enregistrer dans sa comptabilité.

2. État de rapprochement bancaire :

Compte 512			Relevé bancaire		
Libellé	**Débit**	**Crédit**	**Libellé**	**Débit**	**Crédit**
Solde avant rapprochement	4 840		Solde		5 716
Prélèvement EDF		259	Chèque Fournisseurs	820	
Virement client Hermine	345				
Agios LCR		30			
SOLDE		**4 896**			**4 896**

Gestion des risques et ressources humaines

COMPRENDRE EN VIDÉO Retrouvez tous nos tutos vidéos sur notre chaîne YouTube « Objectif BTS Hachette ».

SOUS-ÉPREUVE

« Participer à la gestion des risques de la PME »

Épreuve orale
Durée : 30 minute
Coefficient : 4

1 Présentation de l'épreuve

• Cette première sous-épreuve évalue d'une part, votre **capacité à participer à la gestion des risques de la PME** ayant ou pouvant avoir, une incidence sur son fonctionnement et son développement et, d'autre part, votre capacité à **conduire une démarche de projet destiné à améliorer la gestion d'un risque** ou à développer la démarche qualité dans une PME.
• Cette épreuve vise à évaluer l'acquisition des compétences et des savoirs associés relevant du bloc de compétences 2 et des activités correspondantes. Elle intègre également des résultats et des savoirs associés inscrits dans le champ de la communication.

2 Contenu du dossier

L'épreuve s'appuie sur un dossier personnel (de 12 pages maximum) que vous devez réaliser à partir de travaux centrés sur la gestion du risque de la PME conduits pendant la formation, y compris ceux réalisés en milieu professionnel. Ce dossier est objet d'évaluation, et doit contenir :

- **la présentation du contexte**, de l'activité et une analyse managériale de la PME ;
- **une évaluation globale de l'ensemble des risques** dans la PME (ainsi que les moyens déployés par celle-ci pour les gérer), et de la démarche qualité au sein de la PME ;
- **une explicitation de la conduite de projet** que vous avez mise en œuvre pour améliorer la gestion d'un risque que vous avez repéré au sein de la PME, ou pour développer la démarche qualité. Cette conduite de projet doit intégrer une veille associée au thème choisi ;
- **les productions que vous avez réalisées** pour conduire ces travaux de « gestion des risques de la PME » ou de « démarche qualité », en annexes du dossier (en sus des 12 pages) ;
- **les attestations de stage** ou les certificats de travail.

3 Déroulement de l'épreuve

L'épreuve, d'une durée de 30 minutes, se déroule en deux phases :

- phase 1 : sans être interrompu, vous présentez et analysez le risque ou vous justifiez la démarche qualité retenue dans le cadre de votre projet ;
- phase 2 : il s'agit d'un entretien avec la commission d'interrogation portant sur un approfondissement de l'analyse et une explicitation au regard des points abordés dans votre dossier, de l'incidence sur la PME de la gestion des risques ou de la démarche qualité proposée, de la conduite de votre projet et votre veille, des productions réalisées.

4 Quelques conseils

N'oubliez pas de présenter, au fur et à mesure de votre exposé, les documents professionnels que vous avez élaborés dans le cadre du projet. Mais, attention, ne vous contentez pas de montrer ces documents, expliquez en le contenu et la manière dont vous les avez réalisés.

> Pour faciliter votre présentation, vous pouvez utiliser des passe-vue ou même un ordinateur à condition qu'il soit autonome.

Pendant l'entretien, ne vous relâchez pas, regardez et écoutez le jury, répondez judicieusement aux questions.

SOUS-ÉPREUVE

« Gérer le personnel et contribuer à la gestion des ressources humaines de la PME »

Épreuve orale
Durée : 2 h 30
Coefficient : 4

1 Présentation de l'épreuve

A Les compétences évaluées

• Cette sous-épreuve vise à vous évaluer en situation d'analyse et de résolution de problèmes relatifs à la gestion du personnel et des ressources humaines de la PME.

• L'épreuve évalue l'acquisition des compétences et des savoirs associés inscrits dans le référentiel de certification, relevant du bloc de compétences 3 et des activités suivantes :
– **3.1.** Gestion administrative du personnel de la PME ;
– **3.2.** Participation à la gestion des ressources humaines de la PME ;
– **3.3.** Contribution à la cohésion interne de la PME.
Elle intègre également des résultats et des savoirs associés inscrits dans le champ de la communication.

B La forme de l'épreuve

• L'épreuve est une **étude de cas** sur l'étude d'une situation de gestion du personnel et des ressources humaines de la PME. La situation proposée s'inspire d'un cas réel.

• L'étude prend appui sur des documents destinés, d'une part, à situer le contexte professionnel et d'autre part, à fournir les informations nécessaires à la réalisation des missions confiées.

2 Quelques conseils

• **Gérez bien votre temps.** Prévoyez une dizaine de minutes pour une lecture attentive du contexte et du questionnement de chaque dossier et un survol des annexes. Estimez en fonction de vos capacités le temps nécessaire au traitement de chaque dossier et assurez-vous de le respecter afin d'avoir le temps d'aborder toutes les questions.

Réservez une dizaine de minutes en fin d'épreuve pour relire et contrôler la qualité de votre travail.

• **Essayez de traiter les dossiers dans l'ordre** même si, en principe, ils sont indépendants.

• **Analysez en détail les situations** dans leur contexte avant de vous lancer dans la réalisation du travail.

• **Veillez à respecter les objectifs et les contraintes** et à proposer des solutions, des méthodes et des outils pertinents.

• **Apportez beaucoup de soin à la présentation** de vos travaux conformément aux usages professionnels et à la rédaction (syntaxe et orthographe).

1 La veille informationnelle et les droits de la propriété intellectuelle

La veille informationnelle peut représenter un avantage concurrentiel. Une veille performante permet aux décideurs de disposer d'éléments pertinents pour effectuer leurs prises de décision au bon moment. En ce sens, elle contribue à la création de valeur de l'entreprise.

1 Définition et enjeux de la veille informationnelle

• **La veille entraîne des actions de recherche, de traitement et de diffusion de l'information** collectée en vue de son exploitation éventuelle par des personnes pour lesquelles elle s'avère utile.

Définition

Veille informationnelle : surveillance de la parution d'informations pertinentes sur un sujet. La veille peut être concurrentielle, stratégique, commerciale, juridique, scientifique ou technologique.

• **La veille est une écoute de l'environnement,** un état d'esprit dont doit s'imprégner le collaborateur (compétence comportementale).

• **À partir d'un thème précis,** la méthodologie de la veille doit permettre de repérer la **fiabilité des sources d'information**, les conditions de la **traçabilité des documents** et des mises à jour ainsi que les modalités de **structuration des données**.

2 La méthodologie de la veille informationnelle

La veille informationnelle n'est pas conjoncturelle. Les informations sont régulièrement recueillies pour être transmises à leurs destinataires, en réponse à une demande ou à l'initiative du gestionnaire qui juge la transmission d'informations pertinente (une bonne information à une bonne personne au bon moment).

A Les principales étapes de la mise en place d'une veille

étape 1 Déterminer l'objectif de la veille et son sujet	Cette étape est primordiale pour éviter toute confusion, erreur et perte de temps. Le sujet ou le thème provient du client interne ou de soi-même.
étape 2 Rechercher et recueillir l'information	Il faut lister les accès à l'information. Il peut s'agir d'un contact personnel (un collègue, un client, un fournisseur), d'un service de documentation, du système d'information de l'organisation ou d'Internet (liste non exhaustive). L'information recueillie doit être vérifiée et évaluée !
étape 3 Analyser et synthétiser les informations	Une information primaire (brute) peut être transformée en information secondaire synthétisée afin de la diffuser.

Remarque

La fiabilité des informations nécessite de s'affilier uniquement aux bulletins ou listes dont on connaît l'origine ou l'auteur. L'évolution rapide des technologies oblige à une veille permanente sur les outils à venir pour améliorer régulièrement la veille.

B Méthodes de veille sur Internet

Méthode	Principe	Propriétés	Remarques
Méthode *push* ou « pousser »	Elle permet d'apporter à l'utilisateur ou « pousser » vers lui, de manière directe et automatique, l'information qu'il a programmée en fonction de critères qu'il a choisis.	Elle revient à sélectionner et utiliser des outils de collecte automatique d'information sur le Web qui envoient régulièrement des messages ou informent des dernières mises à jour (abonnement à des chaînes YouTube, adhésion à des listes de diffusion, création de flux RSS, des alertes, réseaux sociaux, etc.).	Cette méthode est en très forte expansion. Pour améliorer cette méthode, des applications telles que Netvibes permettent d'aller plus loin en centralisant l'ensemble des liens suivi dans un seul espace.
Méthode *pull* ou « tirer »	L'utilisateur se rend directement et régulièrement sur Internet (site, blogs…) pour en « tirer » les informations les plus récentes dans un domaine particulier.	Elle nécessite plus de temps et d'efforts que la méthode *push*. Elle demeure toutefois efficace, car l'utilisateur est toujours à l'affût de nouveaux sites et a la possibilité d'un ciblage plus précis.	C'est une méthode classique d'utilisation d'Internet. Il faut penser à référencer ses sources en organisant sa bibliothèque dans le navigateur.

Définitions

Syndication de contenu : pratique qui consiste à mettre à la disposition d'abonnés (mode *push*) un contenu qu'ils peuvent consulter ou réutiliser sur leur propre site.
Flux RSS : flux d'information dans un format spécifique (RSS) utilisé par exemple en syndication de contenu.
Agrégateur de contenu : regroupe des contenus issus de plusieurs flux d'information.
Curation : consiste à collecter des informations sur un thème donné et à les présenter sous forme d'une agrégation de contenus.

3 La protection des droits de la propriété intellectuelle

Voir p. 248

A Objet de la propriété intellectuelle

Définition	Principe d'acquisition
Propriété industrielle	
Protection et valorisation des inventions, innovations et créations. Protection des brevets d'utilité, des dessins ou modèles industriels, des marques de fabrique ou de commerce, des marques de service, du nom commercial, etc.	Les droits de propriété industrielle s'acquièrent en principe par un dépôt (pour le brevet, le dessin et modèle ou la marque, par exemple), parfois par l'usage (pour les noms commerciaux ou l'enseigne).
Propriété littéraire et artistique	
Concerne les droits d'auteur (littéraires, musicaux, graphiques… et logiciels).	Le droit d'auteur s'acquière sans formalités, du fait même de la création de l'œuvre.

Définition

Propriété intellectuelle : regroupe la propriété industrielle et la propriété littéraire et artistique.

B Les organismes de protection

- **L'INPI (Institut national de la propriété industrielle).** Il délivre les brevets, marques, dessins et modèles et donne accès à toute l'information sur la propriété industrielle et les entreprises.

- **L'OEB (Office européen des brevets).** Il offre aux inventeurs une procédure uniforme de demande de brevet, leur permettant d'obtenir une protection par brevet dans un maximum de 40 pays européens.

2 La démarche de projet

Un projet doit répondre à une problématique. Pour la résoudre, il faut suivre une méthodologie précise et utiliser les outils adaptés.

1 Définition et objectifs de la démarche de projet

Définition

Démarche de projet : ensemble des actions menées par une équipe de travail pendant une période prédéfinie pour réaliser ou modifier un produit ou un service afin de répondre au besoin de l'entreprise ou d'un client.

Une démarche de projet se réalise en cinq étapes successives répondant à divers objectifs.

étape 1 L'émergence du projet – Pourquoi ?	• Identifier les besoins • Formaliser la demande
étape 2 La faisabilité du projet De quoi s'agit-il ? Quoi ? Qui ?	• Analyser et formuler le projet • Étudier la faisabilité du projet • Analyse fonctionnelle
étape 3 La conception du projet Comment ? Avec qui ? Avec quoi ? Combien ?	Dimensionner le projet : dans le temps, financièrement, techniquement, en matière de ressources humaines
étape 4 La réalisation du projet Pilotage et gestion des aléas	• Conduire/piloter le projet • Suivre l'état d'avancement • Éviter les dérives • Recadrer le projet en cours d'élaboration
étape 5 La clôture du projet Bilan	• Faire le bilan et évaluer le projet • Archiver l'expérience développée dans le cadre du projet

2 Les étapes de la démarche de projet

A L'émergence d'un projet

La définition du projet se traduit par l'émergence d'une idée : soit la volonté d'améliorer une situation existante, soit la volonté de satisfaire un besoin nouveau.

B La faisabilité d'un projet

Cette étape consiste à **déterminer quelles sont les solutions techniquement et économiquement faisables** pour atteindre les objectifs.

Elle repose sur :

– l'étude de l'impact du projet sur son environnement et l'identification des avantages procurés par la réalisation du projet ;

– le développement d'**études de faisabilité** : technique, juridique, économique en termes de coûts (définition du budget) et organisationnelle en termes de délais et de ressources (élaboration d'un premier planning qui sera affiné) ;

– l'**analyse des risques et des contraintes** du projet ;
– l'**analyse fonctionnelle** exprimant le besoin en termes de services attendus plutôt qu'en termes de solution.

C La conception du projet

• **Cette étape se caractérise par la concrétisation de l'idée.** Elle permet de traduire le scénario retenu en un ensemble de tâches placées dans un ordre chronologique.
• **La conception du projet** va conduire à :
– la **définition du contenu technique** du projet (définition des tâches) ;
– la **définition du détail des coûts et des délais** (budget et planification) ;
– l'affectation des **ressources matérielles et humaines** (organisation des responsabilités) ;
– la **détermination d'indicateurs** pour veiller à atteindre les objectifs.

▲ Étapes du cahier opérationnel

• **Elle permet aussi** la décision de réaliser le projet. C'est le **point de gel** : décision d'y aller, décision d'abandonner le projet, décision de reporter le projet.
• **Cette démarche se fait à partir de plusieurs outils fondamentaux** pour dimensionner au mieux le projet :
– la **fiche de tâches**, qui explique, pour chaque tâche, les ressources à mobiliser aux niveaux financier, technique, humain et calendaire ;
– la **planification**, qui permet d'organiser les différentes tâches entre elles et permet de préciser le calendrier de réalisation du projet (diagramme de Gantt) ;
– le **budget**, qui agrège les différents coûts de toutes les tâches ;
– le **calendrier des dépenses** liées au projet, qui croise budget et planification.

D La réalisation du projet

• C'est pendant cette étape que se réalisent toutes les prévisions définies précédemment.
• Des **outils de suivi** peuvent être mis en place : la réunion d'avancement, la fiche de reporting qui permet de suivre l'état d'avancement réel de la tâche selon des critères définis, les tableaux de bords qui permettent de proposer une synthèse des informations et d'évaluer la progression du projet, ainsi que l'atteinte des objectifs à l'aide d'indicateurs.

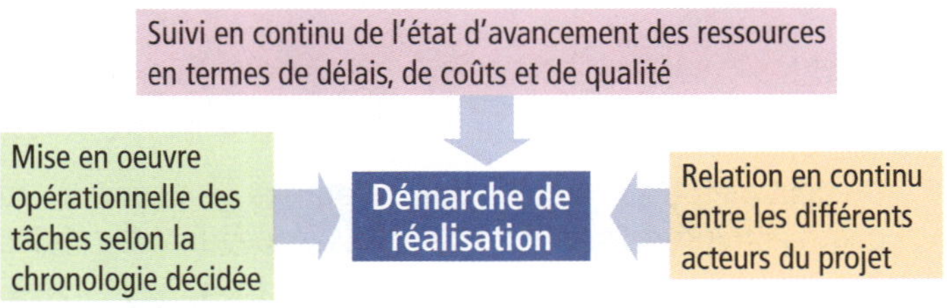

E La clôture du projet

• C'est la dernière étape du projet qui porte sur l'évaluation du déroulement du projet, sur les résultats obtenus et sur la capitalisation de l'expérience acquise au cours du projet.
• Cette étape va permettre de **mesurer la réussite du projet** en comparant la situation de départ avec les objectifs fixés et les résultats réels.

3 La démarche de gestion des risques

Entreprendre est, par définition, risqué. De nombreux risques dans l'entreprise (humains, financiers, environnementaux) sont à prendre en compte pour améliorer la qualité du bien ou du service, ou pour assurer la pérennité de l'entreprise.

1 Définition et enjeux de la gestion des risques

• **Le risque est lié à l'exposition de l'entreprise et de ses acteurs à un danger** qui créera la situation dangereuse. Le risque fragilise l'entreprise et menace sa pérennité.

• **Les conséquences d'un risque** peuvent être :
– environnementales ;
– humaines et sociales ;
– financières ;
– juridiques ;
– informatiques ;
– commerciales (sur l'image de l'entreprise).

• **Pour être efficace,** le dispositif de gestion des risques doit **faire partie intégrante du management de l'entreprise**, prendre en compte la culture et les pratiques de l'entreprise et s'intégrer aux processus « métier ».

• **Cette démarche de prévention des risques** est un projet qui doit être porté par le chef d'entreprise, car elle nécessite la mobilisation de ressources (financières, humaines, de temps, aide d'un partenaire extérieur). Elle doit aussi être partagée par les équipes.

• **C'est une démarche pluriprofessionnelle** grâce à une organisation réunissant tous les acteurs (ou leurs représentants professionnels) concernés par le mode d'exercice, et adaptée au secteur d'activité (groupe projet, groupe d'analyse de pratiques, etc.).

2 La méthodologie de gestion des risques

On peut mettre en évidence **quatre étapes** communes à tout projet de prévention des risques dans l'entreprise. Dans chacune de ces étapes, la veille réglementaire est indispensable.

Remarque

Quel que soit le risque, la méthodologie d'identification et de prévention est identique. Selon le domaine (humain, financier, informatique ou environnemental), des éléments méthodologiques ou obligations réglementaires seront à ajouter.

A Identifier

Pour réussir à détecter l'origine d'un risque, différents outils sont utiles :
– **observation et analyse** de situations de travail, de processus, de données comptables, etc. ;
– **réalisation d'entretiens ou de réunions** avec les parties prenantes du projet ;
– **conception d'enquêtes** adaptées à la situation ;
– **appel aux partenaires** de l'entreprise : médecin du travail, organismes syndicaux, organismes publics, expert-comptable, etc.

Remarque

On peut identifier les risques *a priori* (avant qu'un accident ou incident ne survienne) ou *a posteriori* (après l'accident ou l'incident).

B Évaluer et prioriser

• Cette étape est essentielle car elle consiste à **donner un poids**, une importance relative à chacun des risques identifiés (au sein d'un même domaine), ce qui permettra de les **hiérarchiser les uns par rapport aux autres**.

• Chaque événement redouté peut avoir des conséquences plus ou moins catastrophiques et une probabilité d'apparition plus ou moins grande. Cela permet de **prioriser les interventions**. Il s'agit de répondre à la question suivante : par où commence-t-on ?

Conseil

Quel que soit l'outil, il est conseillé d'envisager l'origine du risque sous un angle technique/technologique, juridique, organisationnel et comportemental.

C Maîtriser

• Les mesures de maîtrise peuvent être de deux natures :

– **les mesures de prévention** vont agir sur la probabilité de réalisation. **Exemple :** on construit un mur d'enceinte autour de l'usine, cela empêchera l'eau de venir détruire les stocks. On limite la probabilité du risque d'inondation au sein de l'entreprise ;
– **les mesures de protection** vont agir sur les conséquences. **Exemple :** on équipe l'usine de murs coupe-feu, on réduit ainsi les conséquences d'un incendie.

• Les mesures de maîtrise peuvent avoir plusieurs objectifs :

• **objectif de réduction des risques** : l'entreprise met en œuvre des actions permettant de diminuer la probabilité de réalisation de l'événement et/ou de ses conséquences ;
• **objectif de suppression de la source du risque :** l'entreprise décide d'actions et de mesures permettant d'annuler l'objet, l'activité porteuse du risque ;
• **objectif de transfert de la source ou des conséquences du risque** :
– **l'entreprise préfère confier l'activité** à un sous-traitant car elle estime que celui-ci est plus compétent, plus fiable qu'elle sur ces sujets. Cela n'exonère pas l'entreprise de ses responsabilités (il est même recommandé de réaliser régulièrement des audits chez lesdits sous-traitants), mais permet de limiter la probabilité de réalisation d'un risque,
– **l'entreprise souhaite transférer les conséquences financières** d'un risque (**exemple :** assurance).

• **La « non-mesure »** consiste à décider que les moyens à engager sont trop importants par rapport aux gains espérés.
Dans cette recherche de solutions ou d'actions correctrices, il faut raisonner :
– **sous un angle de solutions collectives et/ou individuelles.** Les solutions collectives sont trop souvent oubliées ;
– **sous un angle technique/technologique, juridique, organisationnel et comportemental.**
Une fois identifiées, les actions correctives devront être mise en œuvre et diffusées à l'ensemble des acteurs concernés à travers un plan d'actions.

D Suivre et corriger

• Il faut **assurer le suivi et l'évaluation de la démarche** pour en tirer des enseignements.

• Cette étape consiste à vérifier que les mesures de maîtrise décidées sont effectivement mises en œuvre et qu'elles ont atteint les objectifs. **La mise en place d'un dispositif de contrôle adapté** aux moyens financiers et à la situation de l'entreprise permettra d'assurer un niveau de maîtrise acceptable et satisfaisant.

• En l'absence de contrôle, on ne peut pas s'assurer :
– de la mise en œuvre réelle des actions décidées ;
– de leur efficacité ;
– de la bonne appréhension des risques par le personnel.

• **Les actions de contrôle** peuvent prendre plusieurs formes :
– **une revue périodique** (ou un retour d'expérience) **du plan d'actions** visant à assurer que les actions sont mises en œuvre. La périodicité est à adapter à l'entreprise et au plan d'actions ;
– **un bilan plus succinct des principales actions** (associées aux risques majeurs) qui comportera la liste des actions réalisées et, si possible, une estimation de leur efficacité ;
– **un ou plusieurs contrôles terrain** sur une mesure vitale pour l'activité afin de s'assurer que la mesure perdure dans le temps ;
– **un audit** par un organisme externe sur l'efficacité de votre plan.

• Ces contrôles doivent permettre de **réadapter régulièrement les plans d'actions** dans une logique d'amélioration continue.

• Un des moyens de mesurer l'efficacité des actions est de **faire une nouvelle évaluation du risque après leur mise en œuvre**. La réduction des impacts potentiels du risque traduit l'efficacité de vos mesures.

Conseil

Il est essentiel, dans cette phase, de prendre en compte les retours d'expérience.

4 La protection des salariés et l'amélioration des conditions de travail

L'employeur doit veiller à la sécurité et à la protection de la santé de ses salariés. Il doit prendre les mesures de **prévention des risques professionnels** nécessaires et informer et former ses salariés sur ces risques. Il doit aussi respecter certaines règles dans l'aménagement et l'utilisation des locaux de travail. L'employeur négligent engage sa responsabilité civile et pénale.

1 Les acteurs de la santé et de la sécurité au travail

La santé, l'hygiène et la sécurité au travail font intervenir de nombreux acteurs comme :
– l'employeur ;
– les instances représentatives du personnel et le comité d'hygiène de sécurité et des conditions de travail (CHSCT) ;
– l'Agence nationale de sécurité sanitaire de l'alimentation, de l'environnement et du travail (Anses) ;
– les services de santé au travail ;
– l'assurance maladie, dont la CARSART ;
– le médecin du travail ;
– l'Institut national de la recherche et de sécurité (INRS) ;
– l'Agence nationale/régionale pour l'amélioration des conditions de travail (ANACT/ARACT) ;
– l'EUROGIP, organisme de la Branche AT-MP (accidents du travail - maladies professionnelles) de la Sécurité sociale. Ce groupement d'intérêt public est constitué par l'Assurance maladie (risques professionnels) et l'INRS (Institut national de recherche et de sécurité) ;
– des organisations spécifiques par secteur d'activité tel que l'OPPBTP, qui est l'organisme de prévention de la branche professionnelle du BTP.

2 Les obligations de l'employeur

Voir p. 298

A Mesures et principes généraux de prévention

L'obligation patronale de sécurité ne se limite pas à la prévention des accidents du travail et des maladies professionnelles. Elle est beaucoup plus étendue et concerne tous les risques auxquels le salarié peut être exposé au travail, y compris les risques psychosociaux. Il s'agit d'une obligation de résultat, et non pas simplement d'une obligation de moyens.

Définitions

Danger : source potentielle de dommage, de préjudice ou d'effet nocif à l'égard d'une personne. Ex. : danger : couteau ; préjudice : coupure.
Risque : probabilité qu'une personne subisse un préjudice ou un effet nocif pour sa santé en cas d'exposition à un danger.

B Évaluation des risques propres à l'entreprise

L'employeur doit, en fonction des activités de son entreprise, évaluer les risques pour ses salariés et les transcrire dans différents documents.

• Le document unique d'évaluation des risques professionnels (DUERP)

Obligatoire pour toute entreprise, ce document comporte :
– **un inventaire des risques** identifiés dans l'entreprise par unité de travail ;
– **le classement** de ces risques ;
– les propositions d'actions à mettre en place.
Le DUERP doit être actualisé une fois par an minimum. Il peut être consulté notamment par les salariés, les représentants du personnel, et l'inspecteur du travail.

• La liste des postes de travail à risques

Le chef d'établissement a l'obligation de dresser la liste des postes de travail qui présentent des risques pour la santé et la sécurité des salariés qui sont sous contrat de travail à durée déterminée ou intérimaires, compte tenu de la spécificité de leur contrat de travail. Cette liste est établie après avis du comité d'hygiène, de sécurité et des conditions de travail (ou à défaut, des délégués du personnel) et du médecin du travail.

• Le compte professionnel de prévention (ancien compte pénibilité)

L'ordonnance n° 2017-1389 du 22 septembre 2017 transforme le compte personnel de prévention de pénibilité (C3P) en compte professionnel de prévention (C2P). Quatre facteurs de risques sont supprimés. Les modalités d'application feront l'objet de décrets à venir.
Tout employeur a une obligation de prévention de la pénibilité au travail, quels que soient la taille de l'entreprise, son statut juridique et ses activités. Lorsqu'un salarié est exposé à des facteurs de pénibilité au-delà de certains seuils, l'employeur doit établir une déclaration et mettre en place un compte professionnel de prévention (C2P) qui permet l'acquisition, par le salarié exposé, de points cumulés sur le compte (1 point par trimestre d'exposition).

• Les règles de sécurité sur les lieux de travail

Les locaux de travail doivent être aménagés de façon à garantir la sécurité et la santé des travailleurs.

Sur Internet

Il est important de mettre en place une **veille sur la sécurité** grâce aux sites Internet suivants :
- https://www.anact.fr/
- https://www.service-public.fr/professionnels-entreprises/vosdroits/N14601
- https://travail-emploi.gouv.fr/sante-au-travail/
- https://www.compteprofessionnelprevention.fr/home.html
- http://www.inrs.fr/
- https://www.preventionbtp.fr/
- https://www.youtube.com/user/INRSFrance

5 La protection des biens et des personnes

L'entreprise est confrontée à des risques qui ont trait aux biens, aux personnes qui y travaillent, ou avec qui elle est en relation. Gérer ces risques consiste, pour l'entreprise, à transférer les risques à un assureur qui, moyennant le paiement d'une cotisation, prendra en charge les sinistres éventuels, dans les limites des contrats d'assurance.

1 Les risques concernant les biens de l'entreprise

Les biens constituent la partie la plus importante de l'actif de l'entreprise : parc automobile, bâtiments, matériels, stocks, agencements, outils de production, systèmes informatiques… Il est indispensable de bien protéger tous ces éléments contre les risques d'incendie, d'explosion, de tempête, de dégâts des eaux, de bris, de vol…

Définition

Garantie : risque couvert par un assureur dans le cadre d'un contrat d'assurance.

Les risques	L'assurance
Événements principaux	**Multirisque professionnelle**
– l'incendie, l'explosion, la foudre, – le dégât des eaux, – la tempête, grêle, neige sur les toitures, – le vol, – le bris de glaces, – les catastrophes naturelles, – les attentats, – les dommages électriques, – le bris de matériels ou de machines, – les dommages informatiques…	L'assurance couvre les risques de dommages et les risques de responsabilité, ainsi que les frais et pertes en un seul contrat. Des contrats séparés peuvent cependant être souscrits pour chacun des événements.
Les pertes d'exploitation	La garantie des pertes d'exploitation permet la prise en charge des conséquences financières de l'arrêt accidentel de l'activité.
Les frais et pertes	
– frais de démolition et de déblai, – perte d'usage (valeur locative des locaux inemployés à cause du sinistre), – perte de loyers, – pertes indirectes, – honoraires d'expert d'assuré, – frais de déplacement et de réinstallation temporaire…	Ces garanties couvrent les frais consécutifs aux événements garantis (incendie, dégât des eaux…).

2 Les risques concernant l'activité de l'entreprise

Les différentes responsabilités de l'entreprise liées à son activité (occupation des locaux, exploitation, après livraison, après travaux) sont couvertes dans le contrat d'assurance « Multirisque professionnelle ».

3 Les risques concernant les personnes

L'entreprise souscrit au profit de tous ses salariés, ou d'une partie d'entre eux, des **contrats collectifs** pour couvrir les risques de santé, de prévoyance (décès, incapacité temporaire de travail, invalidité, frais médicaux, dépendance...) et de retraite supplémentaire.

Les risques	Les assurances
La santé des salariés	**Couverture complémentaire santé collective** (obligatoire si le salarié n'en dispose pas).
La retraite	• **Contrats collectifs supplémentaires :** ils permettent de compléter les régimes obligatoires (régime de base et régimes complémentaires obligatoires) de retraite. • **Contrats collectifs fin de carrière :** l'entreprise finance ainsi les indemnités de fin de carrière qu'elle doit verser aux salariés partant à la retraite.
La prévoyance	**Contrats collectifs complémentaires :** ils ont pour objet de compléter les prestations servies par les organismes sociaux obligatoires.
Le licenciement	**Assurance collective indemnités de licenciement :** elle prévoit le versement des indemnités légales dûes aux salariés.
La protection sociale du chef d'entreprise	**Assurance-vie, maladie et accident :** ce contrat couvre le chef d'entreprise et son conjoint s'il exerce une activité au sein de l'entreprise.
Les collaborateurs voyageant en France ou à l'étranger	• **Assurance individuelle accidents :** un capital en cas d'invalidité ou de décès est prévu pour les bénéficiaires désignés. • **Contrat d'assistance.**

Sur Internet

Il est important de mettre en place une **veille sur la protection** grâce au site Internet suivant : https://www.ffa-assurance.fr/content/maitriser-les-risques-environnementaux-de-votre-entreprise?parent=79&lastChecked=153

6 La gestion des risques environnementaux

La gestion des risques environnementaux s'inscrit dans le **développement durable** et la démarche de **responsabilité sociétale de l'entreprise (RSE)**. Dans le cadre du développement durable, l'entreprise doit veiller au respect du meilleur équilibre entre trois volets : la rentabilité économique, l'équité sociale et le respect de l'environnement.
Cette gestion des risques environnementaux prend une place importante dans les entreprises dont les clients ou clients potentiels sont de plus en plus sensibles à la dimension écologique du produit ou service.

1 Typologie des risques environnementaux

Une typologie des risques vise à créer une classification des risques en classes homogènes et exclusives les unes des autres. Celle du ministère de l'Environnement est la suivante :

– **risques technologiques et transports de matières dangereuses** avec les installations classées pour la protection de l'environnement (ICPE), les risques liés aux installations industrielles, les risques liés aux équipements sous-pression, les sites et sols pollués, les sous-sols, les transports de marchandises dangereuses ;

– **pollution et qualité de l'environnement** avec les effets sur l'air, l'eau, les nuisances sonores, les nuisances lumineuses ;

– **gestion des déchets** ;

– **gestion des produits chimiques.**

Définition

Risque environnemental : possibilité de la survenance d'incidents ou accidents générés par l'activité d'une entreprise pouvant avoir des répercussions nuisibles et significatives sur l'environnement. *(Dictionnaire de l'environnement)*

2 Le système de management environnemental (SME)

• **Le SME.** Il est défini comme une « composante du système de management global ». C'est un mode d'organisation interne spécifique qui permet de structurer une démarche d'amélioration permanente des résultats d'une entité vis-à-vis de l'environnement.

• **Les établissements s'engagent** progressivement dans une démarche de mise en place d'un SME à partir d'un premier diagnostic environnemental qui va permettre de réaliser l'inventaire des aspects et impacts associés.

Définition

Management environnemental : méthodes de gestion d'une entité visant à prendre en compte l'impact environnemental de ses activités, à évaluer cet impact, et à le réduire.

• **Les avantages du management environnemental.** Il permet notamment de gérer ses contraintes réglementaires, répondre aux exigences des donneurs d'ordres (entreprises, collectivités territoriales…), construire une relation de confiance avec les partenaires (actionnaires, banques…), optimiser les coûts et maîtriser les risques, pérenniser et améliorer sa compétitivité, mobiliser le personnel autour d'un sujet fédérateur et favoriser l'intégration de l'entité dans la vie locale.

3 Les déchets et les rejets

A Les déchets

Les déchets industriels sont classés, selon leurs caractères plus ou moins polluants, en trois catégories :

– **les déchets inertes :** ce sont les déchets les plus stables. Stockés en décharge, ils ne subissent aucune modification physique, chimique ou biologique importante ;

– **les déchets banals :** ce sont les déchets des entreprises qui ne sont ni inertes ni dangereux ;

– **les déchets dangereux (ou spéciaux) :** ce sont ceux qui impliquent le plus de risques vis-à-vis de l'environnement. Ils sont définis par l'article R. 541-8 du Code de l'environnement.

> **Définition**
>
> **Déchet** : résidu issu d'un processus de production, de transformation ou d'utilisation, toute substance, matériau, produit ou plus généralement tout bien meuble ou abandonné ou que son détenteur destine à l'abandon.

B Les rejets

• Les rejets dans l'eau

• L'industrie est à la fois consommatrice d'eau pour ses procédés et à l'origine de rejets dans le milieu aquatique. Ces eaux résiduaires industrielles sont issues des processus de fabrication (utilisation de solvants, réactions chimiques, nettoyage des matériaux…). Bien qu'une grande partie des eaux résiduaires industrielles soient désormais traitées par les stations d'épuration ou sur le site industriel lui-même, les polluants non éliminés sont directement rejetés dans le milieu naturel.

• En France, l'industrie est responsable d'environ la moitié des rejets de polluants organiques (l'autre partie étant d'origine domestique) et de presque la totalité des rejets de métaux lourds.

• Les rejets dans l'air

L'industrie est responsable d'une part notable des pollutions atmosphériques. Elle émet chaque jour différents rejets gazeux liés à ses activités qui ont des effets néfastes sur l'environnement et sur la santé.

C La responsabilité de l'entreprise

• **Chaque entreprise est responsable de la gestion des déchets qu'elle produit et/ou détient** jusqu'à leur élimination ou valorisation finale, même lorsque le déchet est transféré à des fins de traitement à un tiers. Elle doit s'assurer que leur élimination est conforme à la réglementation.

• **L'entreprise est responsable de tous les déchets générés par son activité,** y compris les déchets assimilés aux déchets ménagers, même s'ils sont collectés par le service public, et les produits usagés issus d'un travail pour un client, dès que celui-ci les lui confie.

• **Cette gestion des risques environnementaux** est étroitement liée à la **norme ISO 14001**.

4 La gestion de la consommation d'énergie

A Les enjeux

Les enjeux liés à la réduction des consommations d'énergie sont sensiblement équivalents à ceux d'une politique de management environnemental.

Enjeux environnementaux	Intégration des énergies renouvelables dans les évolutions futures des procédés, réduction des émissions de gaz à effet de serre (GES) et de CO_2.
Enjeux économiques	Possibilité de faire des économies grâce à des gains sur les consommations d'énergie, amélioration des performances des process par la recherche de réduction des coûts.
Enjeux sociaux	Mise à jour des connaissances internes en matière de consommation d'énergie des procédés, services connexes, cohésion des salariés autour d'un projet commun, amélioration des conditions de travail (éclairage et chauffage).
Enjeux d'image	Amélioration de l'image interne et externe de l'entreprise.

B Mise en place

• **Toute entreprise désireuse de s'inscrire dans une démarche de maîtrise de l'énergie doit mener une réflexion poussée en interne** afin d'établir sa propre « gestion ». Ce préalable est indispensable à la mise en œuvre d'un plan d'actions, pour être totalement en phase avec les besoins de l'entreprise, et doté d'une cohérence technique en adéquation.

• **Des dispositions sont à concevoir en matière d'organisation, de suivi, d'études et d'investissement en fonction des choix opérés.** Par exemple, une volonté de gain à court terme induira des mesures de suivi, de gestion au quotidien et des investissements limités. Une recherche globale d'image « verte », quant à elle, passera par la mise en œuvre de procédés performants, le recours aux énergies renouvelables, et sera donc porteuse d'enjeux beaucoup plus lourds en termes d'investissements.

• **Destinée à tous les organismes, la norme NF EN ISO 50001** a pour objectif de les aider à développer une gestion méthodique de l'énergie pour améliorer leur performance énergétique. Cette norme s'appuie sur l'analyse des usages et consommations énergétiques pour identifier les secteurs d'usage énergétique significatifs et les potentiels d'amélioration de l'organisme.

Sur Internet

Vous pouvez mettre en place une veille à l'aide des sites suivants :

- https://www.ademe.fr
- http://risquesenvironnementaux.oree.org/contexte-enjeux-pme//importance-croissante-question-enviro.html
- https://www.petite-entreprise.net/P-3741-136-G1-les-risques-environnementaux.html
- https://www.ffa-assurance.fr/content/maitriser-les-risques-environnementaux-de-votre-entreprise?parent=79&lastChecked=153

7 La sécurité informatique

Avec le développement des technologies de l'information et de la communication, le système informatique des PME est de plus en plus ouvert et vulnérable. Les menaces qui pèsent sur le système d'information de l'entreprise peuvent avoir de graves conséquences. C'est pourquoi, il convient de les identifier afin de mettre en place une politique de sécurité.

1 Les enjeux de la sécurité informatique pour l'entreprise

Définitions

Risque : potentiel de perte, de dommage ou de destruction d'un actif en raison d'une menace exploitant une vulnérabilité (TAG – *Threat Analysis Group*).
Actif : serveurs, réseau, bases de données…

• **La perte, la destruction, l'altération ou la divulgation de ses données peuvent avoir de graves conséquences** pour l'entreprise qui en est victime :
– publication d'informations confidentielles, diffusion de secrets de fabrication ;
– blocage ou ralentissement du fonctionnement de l'entreprise ;
– perte d'image et de confiance auprès des consommateurs.

• **Depuis le 25 mai 2018, toutes les entreprises sont assujetties à une réglementation** protégeant les données personnelles de leurs clients ou partenaires. Le non-respect de cette réglementation peut induire plusieurs risques pour l'entreprise :
– **risque financier** en raison des amendes encourues ;
– **risque pénal** ;
– **risque commercial** de perte de confiance auprès des consommateurs qui peuvent se détourner d'une entreprise ne respectant pas leurs données personnelles.

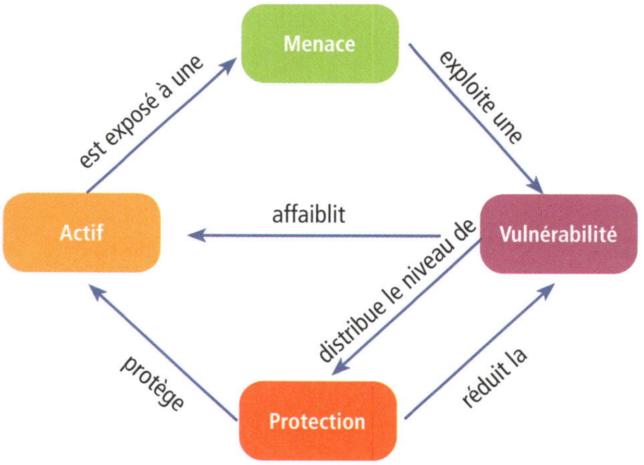

2 Les menaces sur le système informatique

Trois types de menaces pèsent sur les données de l'entreprise.

• **Les accidents :** événements naturels (incendie, inondation…), problèmes techniques électriques ou de télécommunication, panne de matériel, événements ponctuels (choc, chute, effets électromagnétiques...).

• **Les erreurs** d'utilisation (erreur de saisie, mauvaise application de procédure...), de conception de logiciels (bogue) ou erreurs lors de l'exploitation des systèmes.

• **La malveillance :** vol, fraude (utilisation non autorisée de données), sabotage physique ou logiciel, attaques logicielles, divulgation d'informations confidentielles.

Tableau des attaques logicielles	
Virus	Programme informatique conçu pour se reproduire et pour nuire au fonctionnement de l'ordinateur.
Cheval de Troie	Catégorie de virus permettant à un pirate de s'introduire dans un ordinateur et d'en prendre le contrôle.
Ver	Programme informatique capable de se propager dans une machine ou un réseau à l'insu des utilisateurs, à n'importe quel moment.
Logiciel espion (*spyware*)	Logiciel destiné à espionner l'activité de l'utilisateur à son insu, par exemple à des fins commerciales ou de piratage.
Hameçonnage (*phishing*)	Technique frauduleuse pour obtenir les informations personnelles (ex. : numéro de carte bancaire, code secret) d'un internaute grâce à un faux site.
Pourriels (*spams*)	Messages (généralement publicitaires) envoyés en grand nombre sans le consentement des destinataires.
Canular (*hoax*)	Message au contenu inexact et incitant à sa divulgation.
Ingénierie sociale	Vol d'informations confidentielles par des moyens humains, par exemple, dans le but d'usurper une identité ou de commettre un délit.
Rançongiciel	Logiciel malveillant qui bloque l'accès au système informatique par chiffrement des disques tant que l'entreprise n'a pas payé une rançon.

3 Les objectifs d'une politique de sécurité informatique

La politique de sécurité informatique vise plusieurs objectifs.

- **L'intégrité des données :** elles ne doivent pas subir de modifications non autorisées.
- **La confidentialité de l'information et des échanges :** seuls les utilisateurs habilités peuvent avoir accès aux données, ce qui implique leur authentification.
- **La disponibilité des services :** les données doivent être accessibles aux utilisateurs sur la plage horaire souhaitée, voire en permanence (pas d'interruption).
- **La traçabilité des opérations :** il doit être possible de retrouver toutes les modifications qui ont été effectuées sur des données, ainsi que leurs auteurs.
- **La non répudiation des transactions :** il est possible d'attester l'origine des nouvelles données et la destination des données extraites.
- **Le respect de la réglementation :** la gestion des données doit respecter les règles juridiques et techniques en vigueur.

4 Les mesures de protection

A La sécurité physique

La sécurité physique peut se traduire par différentes protections :
– **protection des variations de tension** électrique à l'aide d'un onduleur ;
– **protection des accès aux locaux** ;
– **protection de l'environnement (température…).**

B La sécurité matérielle et logicielle

Plusieurs systèmes peuvent être mis en place :
– **système d'authentification** d'utilisateurs (mot de passe, carte à puce, empreinte digitale) et gestion des droits d'accès.
– **pare-feu** (*firewall*) destiné à empêcher les intrusions sur le réseau de l'entreprise et la circulation de flux de données non autorisés susceptibles d'infecter les équipements.

– **suite de sécurité** mise à jour régulièrement (logiciels anti-virus) ;
– **filtre anti-spam** destiné à éliminer les pourriels des boîtes aux lettres électroniques ;
– **redondance des données** sur les disques (RAID) ;
– **utilisation de réseaux privés virtuels** chiffrés (VPN) pour les accès depuis l'extérieur.

C Le comportement des utilisateurs

Les utilisateurs doivent être sensibilisés à quelques mesures :
– veiller à ne pas se faire voler son portable ou sa clé USB ;
– effectuer des sauvegardes régulières ;
– organiser et nettoyer régulièrement sa boîte aux lettres électronique ;
– ne pas diffuser inutilement son adresse de messagerie ou répondre à un message non attendu, ne pas transférer un message à tout son carnet d'adresses.

Définition

Sauvegarde : opération consistant à dupliquer périodiquement des données numériques en vue de les restaurer en cas de perte ou d'altération.

D La politique de sauvegarde

Elle consiste à **définir le type de données** à sauvegarder, la **fréquence** des sauvegardes, la **méthode** de sauvegarde (complète, différentielle ou incrémentale), les **supports** de sauvegarde, la **stratégie de conservation** des supports, le ou les **lieux de stockage** des supports. La sauvegarde est assurée grâce à des logiciels spécialisés.

Remarque

De plus en plus de PME ne gèrent plus de support physique et font appel à un service de sauvegarde en ligne assuré par des prestataires spécialisés.

E Le respect du règlement général sur la protection des données (RGPD)

Voir p. 120 et 279

L'entreprise doit veiller à se mettre en conformité avec les obligations du règlement. Dans certains cas, elle doit même nommer un délégué à la protection des données.
Ce règlement implique notamment :
– d'être en mesure de prouver sa conformité au RGPD à la CNIL ;
– de protéger les données en mettant en œuvre des mesures de sécurité et des règles de gestion ;
– de répondre aux demandes d'effacement ou de rectification des utilisateurs (obtenir le consentement des clients ou prospects et bien mettre en évidence les formulaires de désinscription…).

Exercice d'entraînement

Corrigé p. 109

Le responsable de la société Armorlit a affecté récemment un onduleur à chacun des hôtes du réseau. Par ailleurs, tous les postes sont équipés d'un logiciel anti-virus et chaque salarié dispose d'un identifiant et d'un mot de passe lui permettant d'accéder à l'ensemble des ressources du réseau. Cependant, le gérant s'interroge sur le niveau de sécurité de son système informatique et vous demande d'en effectuer un diagnostic et de lui proposer des solutions.

1. **Recensez les moyens mis en œuvre actuellement dans l'entreprise pour prévenir les risques liés à l'organisation en réseau et indiquez le rôle de chacun de ces moyens.**

2. **Pour les risques qui ne sont pas couverts actuellement (vol de matériel, vol ou destruction du disque dur externe de sauvegarde, incendie), indiquez quels pourraient être les moyens de prévention dans un tableau.**

8 La démarche qualité

La démarche qualité est apparue dans les années 1960 au Japon et est maintenant généralisée dans l'ensemble des entreprises.

1 L'objectif et les principes de la qualité totale

A L'objectif de la qualité totale

C'est une amélioration interne du fonctionnement de l'entreprise et une amélioration externe de la satisfaction des clients grâce à un management global.

B Principe du management par la qualité

- Le management par la qualité suppose un management basé sur **la participation et la sensibilisation de l'ensemble des membres de l'entreprise**. Elle implique bien souvent des changements organisationnels et une remise en cause permanente des habitudes de travail.
- Cette démarche s'appuie sur un principe d'amélioration continue représenté par **la roue de Deming (APDC)** :

Définition

Qualité : aptitude d'un ensemble de caractéristiques d'un produit, d'un système ou d'un processus à satisfaire les exigences des clients et autres parties intéressées (salariés, associés, chef d'entreprise, partenaires…).

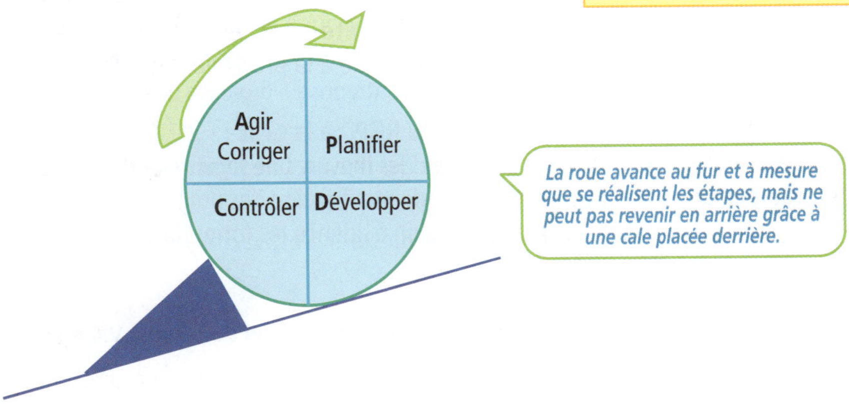

C Le coût de la qualité

L'objectif de qualité dans l'entreprise se traduit par un ensemble de coûts :
- **coûts d'obtention de la qualité** (dépenses effectuées pour obtenir la qualité) ;
- **coûts de non qualité** (dépenses résultant d'une mauvaise qualité).

2 Les outils de la qualité

- **Le QQOQC.** Il désigne une série de questions à poser (qui, quoi, où, quand, comment ?) pour analyser et résoudre un problème relatif à un manque de qualité.

• **Le remue-méninges.** Il permet de rechercher des idées en groupe afin de favoriser la créativité.
• **L'arbre de causes.** Il s'agit de représenter sous forme graphique l'enchaînement logique des événements qui ont conduit à un problème.
• **Le diagramme causes-effet.** Il établit un classement des causes d'un dysfonctionnement en 5 catégories (matière, main-d'œuvre, méthode, milieu, matériel) afin d'agir sur les causes les plus importantes.
• **Le diagramme de Pareto.** Il permet de hiérarchiser les sources de dysfonctionnement afin de faire porter l'action sur celles qui sont les plus importantes.
• **L'analyse de la valeur.** Elle évalue la différence entre le coût supporté par le producteur pour réaliser une fonction d'un produit et le prix que le client est disposé à payer pour cette fonction. L'objectif est de maximiser la satisfaction du client et minimiser les coûts supportés par le producteur.
• **Les cercles de qualité.** Ils consistent à réunir régulièrement, et sur le principe du volontariat, des petits groupes de 3 à 10 personnes, appartenant à la même unité de travail pour identifier et résoudre des problèmes.
• **Les listes de contrôle.** Elles aident à suivre le déroulement dans le temps d'une suite d'actions relatives à une activité, à un projet.
• **Le *lean management*.** C'est une méthode qui consiste à optimiser les processus en combattant tous les types d'inefficacité, et notamment les gaspillages.

Exercice d'entraînement

Corrigé p. 109

La société Papyrus dans laquelle vous travaillez diffuse des produits d'entretien écologiques. Consciente que les salons professionnels peuvent contribuer à la promotion de ses produits, elle vient de participer pour la première fois au salon « Vivre Nature » à Lyon. Malheureusement, le budget prévu pour cet événement a été largement dépassé en raison de différents dysfonctionnements. Dans un souci d'amélioration de la qualité, le chef d'entreprise a organisé une réunion de bilan dont vous disposez d'un extrait (annexe).

1. **Présentez, sous forme d'un diagramme d'Ishikawa, une synthèse des causes de non-qualité repérées au cours de ce salon.**

2. **Proposez des indicateurs permettant de mesurer l'efficacité de la participation à un salon.**

ANNEXE **Extrait du compte rendu de la réunion de bilan du salon « Vivre Nature »**

– La surface et les couleurs du stand étaient appropriés à notre image mais le nombre de sièges pour accueillir les visiteurs était un peu juste à certaines heures. De plus, le stand était un peu éloigné de l'entrée et assez mal signalé.
– Une grande partie de la documentation n'a pas été distribuée ce qui est dommage car elle ne pourra pas être réutilisée.
– Il aurait fallu que les communiqués de presse soient rédigés dans d'autres langues que le français et l'anglais. Beaucoup de journalistes auraient préféré que ce communiqué leur soit remis sur une clé USB ou qu'on leur envoie par courriel.
– Il semble que de nombreux clients n'aient pas reçu nos invitations à temps. Cela est dû en partie seulement à ce que certains commerciaux ne nous avaient pas communiqué la liste de leurs clients.
– Le budget de déplacement de nos commerciaux (hôtels, restaurants et train) a été fortement alourdi car nous nous y sommes pris trop tard pour les réservations. De plus, les hôtels étaient situés un peu loin du salon.
– Enfin, pendant le salon, l'entreprise a tourné un peu au ralenti car le personnel n'avait pas été suffisamment formé pour répondre aux besoins des clients en l'absence des commerciaux présents sur le salon.

9 Les normes et la certification

Pour conforter leur démarche qualité, de nombreuses entreprises mettent en œuvre un processus de certification qui s'appuie généralement sur le respect de normes.

1 La notion de norme

• **Une norme est un document de référence (référentiel)** contenant un ensemble de spécifications relatives à un produit, un service, une méthode ou une personne. Elle permet de définir des règles et des références techniques.

Exemples d'organismes
ISO (*International Standard Organization*)
AFNOR (Association française de normalisation)
CEN (Comité européen de normalisation)
UIT (Union internationale des télécommunications)

• **Les normes sont élaborées par différents organismes agréés** qui s'appuient sur des groupes d'experts pour les rédiger.
• **À l'exception de certaines normes rendues obligatoires** par des textes réglementaires (norme NF par exemple), l'adhésion d'une entreprise à une norme ne peut pas être exigée.

2 Les principes et les enjeux de la certification

A Les types de certification

• **Les référentiels** s'appuient sur des normes élaborées par des organismes spécialisés.
• **La certification** donne droit à l'entreprise certifiée d'apposer un logo sur ses produits ou ses documents commerciaux (**exemple :** NF, CTB, PEFC, FSC…).
• **On distingue 5 types de certification.**

Définition
Certification : consiste, pour un organisme certificateur, reconnu, indépendant des parties en cause, à donner une assurance écrite qu'une organisation, un processus, un service, un produit ou des compétences professionnelles sont conformes à des exigences spécifiées dans un référentiel établi par un organisme de référence.

Type	Objectif	Exemple
① Certification de produit	Attester la qualité de produits en termes de sécurité, d'aptitude à l'usage et parfois de leur respect de l'environnement.	NF (équipements domestiques, biens de consommation, électricité, produits et équipements industriels, etc.)
② Certification de service	Garantir le respect des engagements d'une entreprise vis-à-vis de ses clients en termes de sécurité, délai, accueil, réponses aux attentes, information, suivi des réclamations.	NF Service (transport de voyageurs, offices de tourisme…)
③ Certification de système	Attester la mise en œuvre d'une démarche de management de la qualité englobant l'ensemble de l'organisation.	ISO 9001 (management) ISO 140001 (management environnemental)
④ Certification de compétences	Apporter la preuve qu'une personne peut mettre en pratique des connaissances ou un savoir-faire dans un certain type d'activité.	QUALIBAT (métiers du bâtiment) QUALISPORT (métiers du sport)

Type	Objectif	Exemple
5 Certification de conformité à la réglementation (obligatoire pour la mise sur le marché européen)	Attester du respect des exigences en termes de sécurité, de santé publique et de protection des consommateurs prévues dans des directives européennes.	CE (construction, protection individuelle, ascenseur…).

B Les atouts de la certification pour l'entreprise

• **Gain de parts de marché.** L'obtention d'une certification permet à une PME de communiquer sur celle-ci et de figurer sur une liste de l'organisme certificateur. Cela se traduit par une reconnaissance de la qualité de ses produits et services, une différenciation commerciale par rapport à la concurrence, une fidélisation de ses clients.

• **Amélioration de l'efficacité et de la qualité de l'entreprise.** La démarche de certification exige une remise en cause des outils et méthodes de travail, ce qui implique une formalisation des procédures, une définition claire des responsabilités, une évaluation continue de la performance, et une forte implication de la direction et des salariés.

C Les limites de la certification pour l'entreprise

• **Démarches administratives lourdes.** Une démarche de certification peut prendre plusieurs mois compte tenu des dossiers à établir et des nombreux documents à rédiger.

• **Des coûts élevés.** Ce sont les coûts directs de la prestation de l'organisme de certification (frais de dossier, expertise, droit d'usage annuel…), les coûts indirects liés à la certification (mise à niveau du système qualité, sensibilisation du personnel, formation, rédaction de documents, temps passé par les salariés, supports de communication).

3 Le processus de certification

Pour mettre en œuvre un processus de certification, **9 étapes sont à respecter**.

étape 1 **Choisir** le type de certification.

étape 2 **Recenser les organismes** de certification, les comparer et en choisir un.

étape 3 **Compléter le dossier** de certification : répondre aux demandes d'information administratives, juridiques, financières et techniques au regard du référentiel de certification.

étape 4 **Prévoir le budget** de certification et rechercher éventuellement des aides et des subventions.

étape 5 **Soumettre l'objet de la certification aux tests** et audits initiaux.

étape 6 **Réaliser les ajustements nécessaires** à l'obtention du certificat pour se mettre en conformité avec les exigences du référentiel.

étape 7 **Rédiger le détail des processus** et procédures concernés par la certification.

étape 8 **Assurer le suivi de la certification :** veiller au respect des normes, procéder à des ajustements si nécessaire, informer et former le personnel.

étape 9 **Planifier les interventions** de contrôle (audit) de l'organisme certificateur.

> **Remarque**
> L'accréditation est la reconnaissance par un organisme indépendant qu'un organisme est compétent pour attribuer des certifications. Le COFRAC (Comité français d'accréditation) en est un exemple. Elle est recommandée mais pas obligatoire.

10 La gestion des connaissances

En raison de la mobilité de plus en plus grande des salariés et des nombreux départs en retraite, les PME ont tout intérêt à mettre en place une gestion des connaissances.

1 La notion de gestion des connaissances

• **Les PME sont de plus en plus confrontées à un risque de pertes de leurs connaissances** individuelles et collectives, internes et externes. La gestion des connaissances répond à cette préoccupation en mettant en place les conditions (modes d'organisation, technologie) pour capitaliser et partager les connaissances.

• **La capitalisation des connaissances.** Elle a pour but de standardiser des pratiques professionnelles, de réutiliser des pratiques et d'éviter la répétition d'erreurs, conserver une trace des décisions et des savoir-faire, former et intégrer rapidement les nouveaux embauchés.

Définitions

Connaissances tacites : connaissances ancrées dans l'action et l'expérience des individus, acquises par la pratique, difficiles à formaliser et à expliquer.

Connaissances explicites : connaissances codifiées, verbalisables par écrit ou oral.

• **Le partage des connaissances.** Il a pour but de constituer des réseaux humains, faciliter le travail collaboratif dans les projets, créer de nouvelles connaissances favoriser l'innovation.

• **Nonaka et Takeuchi.** Ces experts japonais de la gestion des connaissances ont présenté une matrice faisant apparaître quatre modes de transfert entre les connaissances tacites et explicites.

	Connaissance tacite	Connaissance tacite	
	Socialisation	**Externalisation**	
Connaissance tacite	Transfert de connaissances tacites entre individus. **Ex. :** Échange d'expériences entre professionnels.	Transformation de connaissances tacites en connaissances explicites par une formalisation généralement écrite. **Ex. :** Rédaction d'un manuel qualité.	Connaissance explicite
Connaissance tacite	Conversion de connaissances explicites en connaissances tacites par la pratique. **Ex. :** Processus d'apprentissage	Création de connaissances explicites par la restructuration d'un ensemble de connaissances explicites. **Ex. :** Création d'une base de connaissances, d'un portail d'entreprise.	Connaissance explicite
	Internalisation	**Combinaison**	
	Connaissance explicite	Connaissance explicite	

2 Les méthodes et outils

Les outils utilisés dépendent des objectifs poursuivis, des formes de connaissances à traiter et de l'approche envisagée (capitalisation ou partage).

	Méthodes	Outils
Capitalisation	**Veille** Repérer des connaissances nouvelles.	• Internet et les moteurs de recherche • Flux RSS, logiciels de veille
	Gestion documentaire Acquérir, organiser, permettre l'accès et le partage des connaissances.	• GED, gestion de contenu • Portail d'entreprise • Cartographie des connaissances • Livres et bases de connaissances
Partage	**Gestion des compétences** Constituer des réseaux de personnes à contacter pour résoudre des problèmes particuliers.	• Annuaires d'experts • Localisation d'expertise
	Communautés de pratique Créer des groupes professionnels qui partagent leurs connaissances, leurs pratiques dans un domaine d'intérêt commun.	• Forums de discussions, blogs • Journal interne • Séminaires, conférences • Machine à café
	Travail collaboratif Créer des groupes de projet qui travaillent ensemble par rapport à des objectifs précis.	• Plateformes collaboratives • Outils collaboratifs asynchrones (messagerie) ou synchrones (*groupware*) • Wikis
	Formation Formaliser les connaissances sous forme pédagogique et les transmettre.	• Formation en face à face • *E-learning* • *Blended learning* • Tutorat, apprentissage, compagnonnage

Exercices d'entraînement

Exercice 1

Corrigé p. 109

Dans l'optique de réaliser un projet sur la gestion des connaissances dans la PME où vous effectuez votre stage, réalisez les tâches ci-dessous.

- **Proposez des exemples pour chacun des quatre éléments de la matrice de Nonaka et Takeuchi à partir de vos observations dans la PME.**

Exercice 2

Corrigé p. 110

La PME dans laquelle vous effectuez votre stage a décidé de mettre en place un système de gestion des connaissances. Elle devra disposer, pour cela, d'un salarié dont le rôle sera d'assurer le fonctionnement de ce système. Pour ce poste, le dirigeant de la PME s'interroge sur l'opportunité d'embaucher un nouveau salarié ou de promouvoir un cadre déjà présent dans l'entreprise. Afin de l'aider dans sa prise de décision, le dirigeant souhaite que vous définissiez notamment la mission principale, les activités, les qualités et la formation requise pour cette fonction.

1. **Recherchez sur Internet des informations sur le métier de gestionnaire de connaissances (appelé « *knowledge manager* » en anglais).**
2. **Présentez la fiche de description de fonction du gestionnaire de connaissances.**

11 Les formalités d'embauche et de départ des salariés

L'embauche d'un salarié, quelles que soient la nature et la durée du contrat, donne lieu à différentes formalités obligatoires ou non. Il en va de même quel que soit le motif du départ.

1 Les formalités liées à l'embauche

A Les formalités obligatoires

Effectuer une déclaration préalable à l'embauche (DPAE)	La DPAE doit obligatoirement être effectuée, au plus tôt 8 jours avant l'embauche (et avant la mise au travail effective du salarié). Cette déclaration déclenche des opérations auprès de la CPAM, de l'URSSAF et des services de santé.
Informer le salarié	Une copie de la DPAE doit être remise au salarié. Cette obligation est considérée comme satisfaite si le salarié dispose d'un contrat de travail écrit, mentionnant l'organisme destinataire de la déclaration. Une information et une formation à la sécurité doivent être assurées.
Tenir à jour le registre unique du personnel	Le salarié nouvellement embauché doit être inscrit sur le registre unique du personnel. L'employeur doit obligatoirement y inscrire les informations suivantes dans l'ordre des embauches : • concernant chaque salarié : son identification, ses emplois, qualifications, date d'entrée et de sortie de l'entreprise, type de contrat ; • pour les travailleurs étrangers : type et numéro d'ordre du titre valant autorisation de travail ; • pour les stagiaires : nom et prénoms, dates de début et de fin du stage, nom et prénoms du tuteur, lieu de présence du stagiaire.
Affilier auprès des institutions de retraite complémentaire	Lors de l'embauche de chaque salarié, l'employeur doit accomplir les formalités d'affiliation du salarié concerné à l'institution relevant de l'Arrco (pour tous les salariés) ou de l'Agirc (pour le personnel cadre).
Adresser la DMMO à la DARES	Dans les 8 premiers jours de chaque mois, un relevé mensuel des contrats de travail conclus ou rompus au cours du mois précédent doit être envoyé (formalité dite « déclaration des mouvements de main-d'œuvre » – DMMO.
Organiser la visite d'information et de prévention médicale	Cette visite est réalisée par le médecin du travail ou, sous son autorité, par un collaborateur médecin, un interne en médecine du travail ou un infirmier.

B Les autres formalités non obligatoires

Il s'agit des formalités liées à l'arrivée du nouveau salarié comme la remise du contrat de travail, la création de la fiche individuelle du salarié sur le PGI, d'une adresse courriel, d'un accès à l'espace sécurisé, la remise du matériel et outils nécessaires à la réalisation du travail, etc.

2 Les formalités liées au départ

A Les motifs de départ

Du fait du salarié	Du fait de l'employeur
• Démission • Départ en retraite • Départ pendant la période d'essai • Rupture conventionnelle	• Départ en préretraite d'entreprise • Licenciement pour motif économique ou pour motif personnel • Fin d'un contrat à durée déterminée • Rupture conventionnelle

B Les formalités obligatoires

Lors de la rupture ou la fin d'un contrat de travail, quelle qu'en soit la cause, l'**employeur doit obligatoirement remettre au salarié plusieurs documents** : certificat de travail, reçu pour solde de tout compte et attestation Pôle emploi.

Certificat de travail	Il doit être délivré par l'employeur à l'expiration de tout contrat de travail, à la fin du préavis, qu'il soit exécuté ou non. Il est tenu à la disposition du salarié dans l'entreprise ou lui est remis avec le dernier bulletin de salaire. Obligatoirement signé par l'employeur ou son représentant mandaté, il comprend les mentions suivantes : • nom du salarié et celui de l'entreprise ; • dates d'entrée (période de stage rémunérée ou période d'essai incluse) et de sortie du salarié dans l'entreprise (la date de sortie correspondant à la fin du préavis, effectué ou non) ; • la nature du ou des emplois occupés (intitulé de la fonction ou du poste), et leurs périodes respectives.
Reçu pour solde de tout compte	Ce document obligatoire fait l'inventaire des sommes versées au salarié lors de la rupture du contrat de travail : indemnité de rupture, salaire afférant au mois en cours, indemnité compensatrice de congés payés et de préavis, prorata d'éventuelles primes… Il est établi en double exemplaire, dont l'un est remis au salarié. Ce document a un effet libératoire : si les conditions de validité sont respectées, le salarié qui ne le dénonce pas par lettre recommandée, dans les 6 mois qui suivent sa signature, ne peut plus par la suite contester en justice les sommes qui y sont mentionnées.
Attestation Pôle emploi	Elle est indispensable au demandeur d'emploi pour faire valoir ses droits à l'allocation chômage. Elle est complétée en ligne sur le site de Pôle emploi.

Exercice d'entraînement

Corrigé p. 110

Implanté à Niort depuis le 1er juin 1992, Bel'Aqua est un centre de remise en forme. Nathalie Ravier, demeurant 1, rue de Solférino à Niort (79000), embauchée en CDI le 1er février 2016 comme professeur de sport, a décidé de retourner à Biarritz, ville dont elle est originaire. Elle part rejoindre son conjoint qui s'y est installé depuis un peu plus d'un mois. Nathalie Ravier quittera Bel'Aqua le 30 juin 2019. À cette date, la salariée aura effectué son délai de préavis d'une durée d'un mois mais n'aura soldé qu'une partie de ses congés. Renaud Wenck gère les absences, les congés, les embauches et les départs des salariés. Pour l'aider dans ce travail, il vous a laissé un mémo relatif au départ de Nathalie Ravier.

• **Concevez les documents à remettre à Nathalie Ravier lors de son départ.**

ANNEXE 1 Mémo de Renaud Wenck

Vous trouverez dans son dossier son contrat et un extrait de la convention collective nécessaires à vos calculs.

Voici les éléments complémentaires pour déterminer le montant à lui verser au 30 juin 2019 :
– Nathalie Ravier n'a pas pu prendre l'ensemble de ses congés payés, donc une indemnité brute de 769,11 € lui est due ;
– les cotisations salariales représentent 21,7 % du salaire brut ;
– son salaire dépend de la convention collective du sport (3328) et, à ce titre, sa qualification se situe dans le groupe 4. Son salaire a été fixé au salaire minimum conventionnel (SMC) au moment de son embauche.

N'oubliez pas la prime d'ancienneté.

ANNEXE 2 Extrait de la convention collective du sport 3328

Le SMC est fixé à :
1 407,89 € à compter du 1er juillet 2017
1 419,15 € à compter du 1er avril 2018 Pas de revalorisation depuis cette date.

GROUPE	NIVEAU	MAJORATION
Groupe 1	Employé	SMC majoré de 5,21 %
Groupe 2	Employé	SMC majoré de 8,21 %
Groupe 3	Technicien	SMC majoré de 17,57 %
Groupe 4	Technicien	SMC majoré de 24,75 %
Groupe 5	Technicien	SMC majoré de 39,72 %
Groupe 6	Cadre	SMC majoré de 74,31 %

La prime d'ancienneté
Une prime égale à 1 % du SMC du groupe 3 est accordée à tous les salariés justifiant de 24 mois de travail effectif.
De plus, une prime exceptionnelle d'ancienneté égale à 5 % du SMC du groupe 3 sera versée aux salariés du groupe 1 au bout de 3 ans d'ancienneté dans l'entreprise.

12 La gestion des absences et des congés

Les absences et les congés conditionnent la durée et la rémunération du travail effectif des salariés. Ils impactent directement l'activité opérationnelle de l'entreprise et indirectement la satisfaction de ses clients. Leur gestion est donc particulièrement délicate et primordiale.

1 Le temps de travail

A La durée légale du travail

Fixée à **35 heures hebdomadaires** pour toutes les entreprises quel que soit leur effectif, la durée légale du travail effectif est une durée de référence, un seuil à partir duquel sont calculées les heures supplémentaires.

B L'aménagement du temps de travail

• **Pour adapter le rythme de travail des salariés à celui de l'activité,** l'entreprise peut **répartir la durée du travail sur une période supérieure à la semaine** et au plus égale à l'année. Pour cela, une convention ou un accord collectif doit l'y autoriser et en prévoir les modalités. En l'absence d'accord collectif en matière d'aménagement du temps de travail, l'employeur peut toutefois organiser un tel aménagement. Ainsi la durée du travail peut être organisée par décision de l'employeur, sous forme de périodes de travail d'une durée de 9 semaines au plus pour chacune pour les entreprises de moins de 50 salariés et 4 semaines chacune pour les entreprises de plus de 50 salariés.
• **L'accord collectif** qui organise la répartition de la durée du travail sur une période supérieure à la semaine prévoit :
– **la période de référence**, qui ne peut excéder 1 an ou, si un accord de branche l'autorise, 3 ans ;
– **les conditions et délais de prévenance** des changements de durée ou d'horaire de travail ;
– **les conditions de prise en compte des absences** ainsi que des arrivées et départs en cours de période pour la rémunération des salariés ;
– **la rémunération mensuelle** et son calcul et les dispositions relatives au paiement des heures supplémentaires.

2 Les absences et les congés

Les congés sont composés des **congés payés**, des **repos relatifs à un aménagement du temps de travail**, ou RTT (pour les accords antérieurs au 20 août 2008), des **congés pour événements familiaux** ou encore des **congés de formation**.

A Les congés payés

• Le salarié a droit à **2,5 jours de congés par mois** de travail effectif, chez le même employeur, c'est-à-dire 30 jours ouvrables de repos (5 semaines) pour une année complète de travail (du 1er juin de l'année N-1 au 31 mai de l'année N). Sont assimilées à un mois de travail effectif les périodes équivalentes à 4 semaines ou à 24 jours de travail.

- C'est l'employeur qui organise les départs en congés selon certaines règles.
- Pendant les congés :

– l'employeur verse au salarié une indemnité de congés payés ;
– s'il y a un jour férié habituellement chômé, la durée des congés est prolongée d'une journée.

B Les contreparties en repos des heures supplémentaires

Les heures supplémentaires effectuées au-delà de la durée légale ouvrent droit à une **majoration de salaire** ou, sous certaines conditions, à un **repos compensateur de remplacement**. Celles effectuées au-delà du contingent annuel ouvrent également droit à une **contrepartie obligatoire en repos** (COR).

• La contrepartie obligatoire en repos (COR)

La contrepartie obligatoire en repos due pour toute heure supplémentaire accomplie au-delà du contingent est fixée, par la loi, à **50 % pour les entreprises de 20 salariés au plus**, et à **100 % pour les entreprises de plus de 20 salariés**. Un accord collectif ne peut prévoir de durée inférieure.

• Le repos compensateur de remplacement (RCR)

Une convention ou un accord collectif d'entreprise ou d'établissement ou, à défaut, une convention ou un accord de branche peut prévoir de **remplacer le paiement des heures supplémentaires par l'attribution d'un repos compensateur équivalent**.

> **Remarque**
>
> **Quelle est la différence entre heures supplémentaires et heures complémentaires ?**
>
> Les **heures complémentaires** concernent les salariés à temps partiel. Elles sont limitées à 1/10e de la durée hebdomadaire ou mensuelle de travail prévue dans le contrat. Toutefois, elles peuvent être portées à 1/3 de la durée hebdomadaire ou mensuelle par convention ou accord d'entreprise. Elles ne doivent pas porter la durée de travail du salarié au niveau de la durée légale.
>
> Les **heures supplémentaires** concernent les salariés à temps complet.

Exemple

Le paiement d'une heure supplémentaire rémunérée à 150 % peut être remplacé par un repos d'une durée 1,5 heure. Les heures supplémentaires donnant lieu à un repos compensateur équivalent ne s'imputent pas sur le contingent annuel d'heures supplémentaires.

C Les congés pour événements familiaux

Selon la loi du 8 août 2016, sont désormais distingués les **domaines d'ordre public**, où le législateur fixe des règles auxquelles il n'est pas possible de déroger (le mariage du salarié ou de son enfant, les naissances survenues dans le foyer, le décès du conjoint ou d'un enfant, la survenue d'un handicap chez un enfant), et les domaines où les règles pourront être fixées par accord collectif. Il existe, enfin, les règles fixées dites « supplétives », c'est-à-dire applicables à défaut d'accord collectif.

D Les absences

• Les absences pour maladie. Elles conduisent à la suspension du contrat de travail. Le salarié doit avertir son employeur de son état et justifier son absence par un certificat médical. Il en est de même en cas de prolongation de cette absence. S'il ne respecte pas ces obligations, le salarié prend le risque d'une sanction qui, selon les circonstances de l'espèce, peut aller jusqu'au licenciement.

• La classification des absences. Les absences peuvent être classées selon le motif de l'absence ou du congé (formation, examen, maladie, maternité…), le maintien ou non de la rémunération, l'autorisation de l'absence par le supérieur hiérarchique, la durée de l'absence (micro-absentéisme ou de longue durée).

3 Les enjeux de la maîtrise des absences

- **Les absences ont des effets négatifs sur les plans :**

– humain : démotivation des salariés, risque de dégradation du climat de travail… ;
– organisationnel pour les absences imprévues : traitement administratif alourdi.

- **Maîtriser l'absentéisme** répond à la fois à un enjeu de santé et d'employabilité pour les salariés, mais également à un enjeu de performance pour l'entreprise. En effet, l'absentéisme représente une charge importante pour l'entreprise, avec des coûts financiers directs et indirects.

Exercice d'entraînement

Corrigé p. 111

BioSaurine conçoit et commercialise des produits cosmétiques à base d'huile d'olive et d'huiles essentielles de culture biologique. L'entreprise est implantée dans la ville de Marseille. Actuellement, les salariés, tous en CDI, ont signé un contrat de travail sur la base légale de 35 heures hebdomadaires et travaillent du lundi au vendredi de 9 h 00 à 12 h 30 et de 14 h 00 à 17 h 30.
La grande majorité des salariés habite aux alentours de Marseille dans un rayon de 30 kilomètres. La plupart n'ont pas d'autre choix que le déplacement en voiture. La circulation n'est pas toujours évidente à Marseille. Les accès à la ville, l'entrée du tunnel et les principaux axes de circulation, sont souvent bloqués aux heures d'entrées et de sorties des bureaux. De plus, l'offre de transport en commun n'est pas satisfaisante.
Assia et Pauline, les deux cogérantes, ont constaté un accroissement des retards le matin au travail. Le soir, les salariés ont hâte de partir pour ne pas rentrer trop tard à leur domicile. Elles vous ont chargé(e) de mener une enquête à ce sujet auprès des 20 salariés.

ANNEXE 1 Résultats de l'enquête

- 58 % des salariés interrogés indiquent être « largement dépassés » par leur rôle professionnel et familial avec l'impression d'être bousculés, vidés et écrasés par la pression de rôles multiples.
- 24 % des femmes signalent « beaucoup » de stress dû aux problèmes professionnels et personnels, comparativement à 10 % des hommes.
- 70 % des salariés déclarent être angoissés et énervés à l'idée d'arriver en retard à cause des embouteillages, des pannes.

Répartition des salariés	
Femmes avec enfants : 35 %	Hommes avec enfants : 30 %
Femmes sans enfants : 15 %	Hommes sans enfants : 20 %
Moyenne d'âge femmes : 32 ans	Moyenne d'âge hommes : 35 ans

- 60 % des salariés regrettent de ne jamais pouvoir conduire leurs enfants aux activités extrascolaires du mercredi ou de fin d'après-midi ; 55 % ont dû poser des demi-journées de congé pour des visites médicales pour les enfants ou pour eux-mêmes, ou encore pour des démarches administratives.
- 57 % déplorent que les réunions se fassent en fin de journée et parfois au-delà de 17 h 30.

ANNEXE 2 Fréquence des contacts avec les clients et les fournisseurs

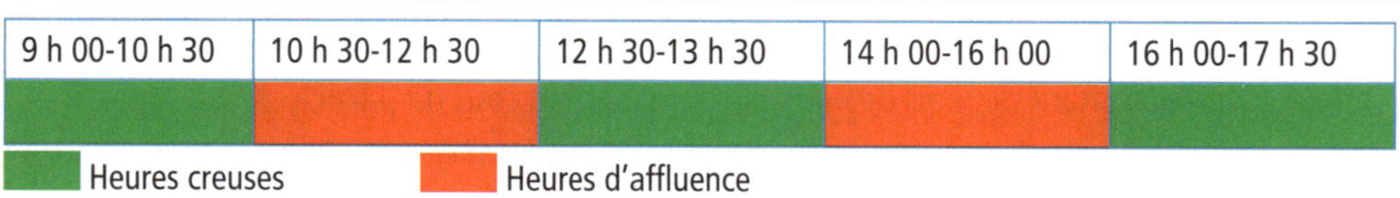

1. **Communiquez aux cogérantes les problèmes rencontrés dans la gestion du temps de travail.**
2. **Recherchez des solutions pour remédier au problème afin d'assurer un équilibre entre vie professionnelle et vie personnelle.**
3. **Communiquez aux cogérantes les solutions préconisées.**

13 La rémunération des salariés

Le traitement de la paie est complexe. Toutes les PME ne disposent pas toujours des ressources suffisantes en interne pour assurer en toute sécurité le traitement et le suivi de cette fonction.

1 La préparation de la paie

Définition

Salaire : rémunération que verse l'employeur, en contrepartie de l'exécution d'un travail, à son salarié.

• Même si la paie est partiellement externalisée, le **gestionnaire de la PME contribue à la gestion administrative du personnel** et s'assure de l'exécution de l'ensemble des tâches nécessaires à sa préparation. Il collecte les éléments nécessaires à l'élaboration du bulletin de salaire.

• **La paie dépend du droit social**. Son évolution constante nécessite de nombreuses connaissances et une veille juridique régulière. La réalisation de la paie implique une organisation rigoureuse : respect des délais des paiements, chaque mois, à date fixe.

2 Les modalités et critères de la rémunération

A Les critères de la rémunération

• **La qualification** d'un salarié exprime sa capacité à occuper un poste d'un niveau donné et positionné sur une grille de classification d'entreprise ou de branche. **La qualification traduit la bonne adéquation du salarié à son poste** en même temps qu'elle détermine plus ou moins directement son salaire de base et un éventuel complément individuel exprimé en nombre de points ou en euros.

• **La performance.** Elle correspond à la mise en place de nouvelles formes d'individualisation des salaires sous la forme de bonus ou de primes à l'action sur les divers avantages matériels, annexes ou indirects qui contribuent au pouvoir d'achat des salariés. Ce sont les périphériques bien souvent résultats de l'histoire et des habitudes de l'entreprise.

B Les périphériques du salaire

Voir p. 302

• **L'intéressement.** C'est un dispositif d'épargne salariale que toute entreprise peut mettre en place par voie d'accord. Il associe collectivement les salariés aux résultats ou aux performances de l'entreprise. L'accord contient notamment le mode de calcul de l'intéressement et les règles de répartition entre les salariés. Il est conclu pour une durée minimale de 3 ans.

• **La participation.** Elle est obligatoire uniquement dans les entreprises ayant employé 50 salariés pendant 12 mois, consécutifs ou non, au cours des 3 derniers exercices. Le salarié perçoit une prime dont le montant dépend des règles fixées par l'accord de participation.

• **Le plan d'épargne entreprise (PEE).** C'est un système d'épargne collectif qui permet aux salariés de se constituer un portefeuille de valeurs mobilières. Les sommes sont indisponibles pendant au moins 5 ans, sauf cas de déblocage exceptionnel.

• **Le compte épargne-temps (CET).** Il permet au salarié d'accumuler des droits à congé rémunéré ou de bénéficier d'une rémunération (immédiate ou différée), en contrepartie des périodes de congé ou de repos non prises ou des sommes qu'il y a affectées. Les conditions d'utilisation des droits acquis par le salarié sont précisées par la convention ou l'accord prévoyant l'ouverture du CET.

C Les composantes du salaire

Salaire de base	Il est fixé librement entre l'employeur et le salarié, soit par le contrat de travail, soit par décision de l'employeur (usages, directives, barème d'entreprise, notes d'information…) sous réserve du respect de certaines règles légales et conventionnelles. Dans tous les cas, il doit respecter les règles relatives au SMIC et à la mensualisation.
+ Heures supplémentaires	**Cas général.** Les heures supplémentaires sont les heures de travail effectuées au-delà de la durée légale du travail fixée à 35 heures hebdomadaires (ou de la durée considérée comme équivalente dans certaines professions), à la demande de l'employeur ou avec son accord, même implicite. Les heures supplémentaires se décomptent par semaine civile. **En cas d'aménagement de la durée du travail par accord**, constituent des heures supplémentaires effectuées au-delà du contingent fixé par l'accord. La **majoration de salaire au titre des heures supplémentaires** est fixée : • par voie de convention ou d'accord de branche étendu ou par convention ou accord d'entreprise ou d'établissement, à un taux qui ne peut être inférieur à 10 % ; • en l'absence d'accord visé ci-dessus, à un taux de 25 % pour les 8 premières heures supplémentaires et 50 % au-delà.
+ Primes	Ces primes peuvent être de rendement, d'ancienneté, d'assiduité, de fin d'année, de congés payés, de pénibilité, pour travaux dangereux et insalubres, d'astreinte, de bilan, de mariage, de treizième mois... Elles constituent des compléments de salaire. Dès lors qu'elles sont prévues dans la convention collective, l'accord ou le contrat de travail, elles présentent un caractère obligatoire. Elles sont prises en compte pour vérifier le respect de la base de calcul minimale conventionnelle.
+ Avantages en nature	Les avantages en nature sont constitués par la fourniture par l'employeur à ses salariés d'un bien ou d'un service. La mise à disposition peut être gratuite ou moyennant une participation du salarié inférieure à leur valeur réelle. Les avantages en nature peuvent être évalués en fonction de leur valeur réelle ou forfaitairement, et doivent figurer sur le bulletin de paie, au niveau du salaire brut pour être soumis à cotisations.
=	**Salaire brut**
– Cotisations salariales	Elles comprennent les **cotisations de Sécurité sociale** (assurance maladie, maternité, invalidité, décès, assurance vieillesse), les **contributions sociales** (contribution sociale généralisée et contribution au remboursement de la dette sociale), les **cotisations chômage**, les **cotisations de retraite complémentaire**.
=	**Salaire net**
+	**Frais de déplacement**
–	**Avantages en nature, acompte**
=	**Salaire net à payer**

À retenir :

Salaire de base + Heures supplémentaires + Primes + Avantages en nature = Salaire brut

Salaire brut – Cotisations sociales = Salaire net

Salaire net + Frais de déplacement – Avantages en nature = Salaire net à payer

Exercice d'entraînement

Corrigé p. 111

La SAS Coating Entreprise, située à Grenoble, est spécialisée dans la conception et la fabrication de peintures industrielles pour supports métalliques, plastiques ou bois.
L'usine de Grenoble compte un effectif de 89 salariés et un chiffre d'affaires de 20 millions d'euros.
Madame Carole Raymonde est depuis 7 ans dans l'entreprise en tant qu'agent de maîtrise. Originaire de la Bourgogne, elle a trouvé un poste similaire à Autun, sa ville natale, et a donné sa démission par lettre recommandée. Madame Raymonde a respecté la procédure prévue dans le cas d'une démission.

ANNEXE 1 Extrait du contrat de travail de Madame Carole Raymonde au 1er février 2010

[…]

Article 2

Madame Raymonde est recrutée en qualité d'agent de maîtrise appartenant au groupe IV, coefficient 250, tel que prévu par la convention collective nationale des industries chimiques.

Article 3

En contrepartie de son travail, Madame Carole Raymonde percevra une rémunération brute mensuelle de 1 847,50 €.

Article 5

La durée du travail est fixée à 38 heures hebdomadaires.
Les heures effectuées au-delà des 38 heures donnent lieu à une majoration de 25 % calculée sur le salaire horaire. Elles sont décomptées dans le cadre de la semaine civile.

Article 7

Un treizième mois de rémunération est versé chaque année avec le salaire du mois de décembre. En cas d'année incomplète ou de résiliation du contrat, un prorata est appliqué, en fonction des périodes de travail effectif ou assimilé.

ANNEXE 2 Extraits de la convention collective

Prime d'ancienneté

1. Il est attribué aux salariés une prime d'ancienneté en fonction de l'ancienneté telle qu'elle est définie à l'article 10 des clauses communes de la convention collective.
2. Cette prime est calculée sur les appointements minima de la classification dans laquelle est classé l'intéressé et proportionnellement à l'horaire de travail, ce minimum étant augmenté, le cas échéant, des majorations pour heures supplémentaires.
Pour le calcul de la prime d'ancienneté, on ajoutera aux appointements minima de la classification les majorations de points prévues à l'annexe du présent avenant pour certains emplois, ainsi que pour l'utilisation courante de langues étrangères, de mesures ou monnaies non décimales.
3. Les taux de la prime sont les suivants :
– 3 % après 3 ans d'ancienneté dans l'entreprise ;
– 6 % après 6 ans d'ancienneté dans l'entreprise ;
– 9 % après 9 ans d'ancienneté dans l'entreprise.

[…]

Barème des salaires minima au 1er janvier 2016, base : 38 heures par semaine.
Valeur du point : 8,056 € (en euros).

Coefficient	Formule de calcul (VP × coefficient)	Complément de salaire	Total
235	1 893,16		1 893,16
250	2 014,00		2 014,00
275	2 215,40		2 215,40

Majorations pour travaux pénibles, dangereux ou insalubres
Des primes spéciales seront attribuées pour tenir compte des conditions particulièrement pénibles, dangereuses ou insalubres d'exécution de certains travaux.

Indemnité de rappel
Une indemnité de rappel sera donnée en sus du salaire à tout salarié rappelé pour les besoins du service après avoir quitté l'établissement. Cette indemnité est égale à 1 heure de son salaire. Elle sera portée à 2 heures au cas où ce rappel serait effectué de nuit (entre 21 heures et 5 heures), un dimanche ou un jour férié.
Les frais de déplacement éventuellement nécessités par ce rappel seront remboursés.

ANNEXE 3 Éléments concernant Madame Raymonde au mois de juin

- Note de frais de déplacement de 30,00 € pour un rappel après avoir quitté l'établissement.
- Rappel pour besoins de service le vendredi 9 juin.
- Prime pour travaux dangereux : 150 € brut.
- Au 1er janvier 2017, Madame Raymonde totalisait 10 jours de droits au titre des congés payés. Le montant de la rémunération brute perçue depuis le début de la période de référence et jusqu'au 31 décembre 2016 inclus s'élève à 12 450 €.
- Depuis le 1er janvier 2017, Madame Raymonde a toujours été considérée comme travaillant effectivement dans l'entreprise.
- Madame Raymonde est entrée dans l'entreprise le 1er février 2010. Elle n'a pas occupé d'autres emplois durant toute la période où elle est restée liée à l'entreprise par le contrat de travail. Madame Raymonde quitte définitivement l'entreprise le 15 juin 2017, date de la fin de son préavis.

ANNEXE 4 Calcul de l'indemnité de congés payés

Le salarié ayant acquis le droit de prendre des jours de congés perçoit une indemnité de congés payés. Cette indemnité est calculée de 2 manières :
– par la règle qui prévoit que l'indemnité est égale à 1/10e de la rémunération brute totale perçue par le salarié au cours de la période de référence ;
– et par la règle du maintien de salaire, qui prévoit que l'indemnité de congés payés est égale à la rémunération que le salarié aurait perçue s'il avait continué à travailler.
C'est le montant le plus avantageux pour le salarié qui est payé.

1. Présentez le détail du calcul du salaire net à payer de Madame Raymonde tel qu'il figurera sur son dernier bulletin de salaire émis au titre du mois de juin 2017.

2. Indiquez quels sont les documents obligatoires à lui remettre au moment de son départ.

14 Les déclarations sociales

La protection sociale relève de différents organismes. En France, on distingue trois régimes principaux de protection sociale :
– le régime général, avec essentiellement la Sécurité sociale ;
– le régime agricole, avec essentiellement la Mutualité sociale agricole ;
– le régime social des indépendants avec la sécurité sociale des indépendants.
Dans le cadre du gestionnaire de la PME, c'est le régime général qui prévaut.

1 L'URSSAF

L'Union de recouvrement des cotisations de sécurité sociale et d'allocations familiales (URSSAF) est un **organisme privé chargé d'une mission de service public** relevant du régime général de la Sécurité sociale.
Sa principale mission est la collecte des cotisations salariales et patronales destinées à financer le régime général de la Sécurité sociale ainsi que d'autres organismes ou institutions (régime de l'assurance-chômage, autorités organisatrices de la mobilité, fond national d'aide au logement, fond de solidarité vieillesse…).

2 Les déclarations sociales

Déclaration	Objet	Employeur concerné	Échéance
Déclaration sociale nominative	Permet de déclarer les salaires versés et de payer les cotisations et contributions sociales aux organismes de recouvrement.	Tout employeur	Mensuelle : le 5 du mois pour effectif > 50 salariés, le 15 du mois pour effectif < 50 salariés
Taxe sur les salaires	Calculée sur les rémunérations versées au cours de l'année par application d'un barème progressif.	Employeur non soumis à la taxe sur la TVA et sur la totalité du CA	Périodicité (mensuelle, trimestrielle ou annuelle) en fonction du montant payé l'année précédente
Contribution à la formation professionnelle continue	Concerne l'obligation de financer les actions de formation continue du personnel de l'entreprise et des demandeurs d'emploi.	Tout employeur	Avant le 1er mars de chaque année
Déclaration d'accident du travail (DAT)	Permet de déclarer à la caisse primaire d'assurance maladie (CPAM) l'accident de travail ou de trajet d'un salarié.	Tout employeur	En fonction du besoin et dans les 48 h

15 La représentation des salariés

La négociation collective fait partie du dialogue social entre les représentants des gouvernements, des employeurs et des travailleurs. La loi définit plusieurs thèmes de négociation obligatoires selon la taille des entreprises et fait intervenir différents acteurs.

1 La négociation collective

Selon l'ordonnance du 22 septembre 2017, il existe deux types de négociation obligatoire en entreprise : **les domaines relevant de l'ordre public**, c'est-à-dire ceux pour lesquels le législateur fixe des règles auxquelles il n'est pas possible de déroger, et **les dispositions dites « supplétives »** qui s'appliquent en cas d'absence d'accord d'entreprise fixant ces règles.

A Négociations obligatoires : dispositions d'ordre public

Objet de la négociation	Taille de l'entreprise	Fréquence
• La rémunération, notamment les salaires effectifs, le temps de travail et le partage de la valeur ajoutée dans l'entreprise. • L'égalité professionnelle entre les femmes et les hommes, portant notamment sur les mesures visant à supprimer les écarts de rémunération, et la qualité de vie au travail.	> 50 salariés avec au moins un délégué syndical < 50 salariés si délégué du personnel désigné en qualité de délégué syndical	Au moins une fois tous les quatre ans
La gestion des emplois et des parcours professionnels.	> 300 salariés > 150 salariés pour les entreprises communautaires	Au moins une fois tous les quatre ans

B Dispositions supplétives

À défaut d'accord mentionné ci-dessus, ou en cas de non-respect de ses stipulations, l'employeur engage, dans les entreprises où sont constituées une ou plusieurs sections syndicales d'organisations représentatives (et où est présent au moins un délégué syndical) :
– chaque année, une négociation sur la rémunération, le temps de travail et le partage de la valeur ajoutée dans l'entreprise ;
– chaque année, une négociation sur l'égalité professionnelle entre les femmes et les hommes et la qualité de vie au travail ;
– tous les trois ans, dans les entreprises d'au moins 300 salariés, une négociation sur la gestion des emplois et des parcours professionnels.

2 Les instances représentatives du personnel

A Les règles de décompte

Selon leur situation, les salariés peuvent être pris en compte intégralement dans l'effectif de l'entreprise ou non.

Intégralement pris en compte	• Salariés titulaires d'un contrat à durée indéterminée à temps plein. • Travailleurs à domicile.
Au prorata du temps de présence ou du temps de travail	• Au prorata du temps de présence au cours des 12 derniers mois : – salariés titulaires d'un CDD ; – salariés titulaires d'un contrat de travail intermittent ; – travailleurs mis à la disposition par une entreprise extérieure présents dans les locaux de l'entreprise utilisatrice et y travaillant depuis au moins un an ; – salariés temporaires. • Au prorata du temps de travail : salariés à temps partiel, quelle que soit la nature de leur contrat de travail.

B Le comité social et économique

• **Il se substitue aux trois instances de représentation du personnel** que sont le comité d'entreprise (CE), les délégués du personnel (DP) et le comité d'hygiène, de sécurité et des conditions de travail (CHSCT).
• Il doit être mis en place dans toutes les entreprises au plus tard le 31/12/2019.
• Sa mise en place est obligatoire dans les entreprises dont l'effectif atteint au moins 11 salariés pendant 12 mois consécutifs. Il comprend l'employeur et une délégation du personnel.
• Dans les entreprises de moins de 300 salariés, le délégué syndical est, de droit, représentant syndical au comité social et économique.

C La délégation du personnel

Le mandat dure 4 ans. Un accord d'entreprise, de groupe ou de branche peut toutefois prévoir une durée inférieure, comprise entre 2 et 4 ans.

Taille	Missions
11 < Effectif < 50	• Présenter les réclamations collectives ou individuelles des salariés à l'employeur. • Veiller à l'application de la réglementation du travail dans l'entreprise. • Promouvoir l'amélioration de la santé, la sécurité et des conditions de travail dans l'entreprise et réaliser des enquêtes en matière d'accidents du travail ou de maladies professionnelles. • Saisir l'inspection du travail de toutes les plaintes et observations relatives à l'application des dispositions légales dont elle est chargée d'assurer le contrôle.
Effectif > 50	En plus des missions ci-dessus : • être informé et consulté sur les questions intéressant l'organisation, la gestion et la marche générale de l'entreprise ; • procéder à l'analyse des risques professionnels auxquels peuvent être exposés les travailleurs ; • contribuer notamment à faciliter l'accès des femmes à tous les emplois, à l'adaptation et à l'aménagement des postes de travail des personnes handicapées ; • proposer des actions de prévention du harcèlement moral, du harcèlement sexuel et des agissements sexistes ; • procéder, à intervalles réguliers, à des inspections en matière de santé, sécurité et conditions de travail ; • exercer le droit d'alerte en situation de danger grave et imminent ainsi qu'en matière de santé publique et d'environnement ; • décider de recourir à une expertise (expert-comptable ou expert habilité).

16 Le recrutement

Le recrutement est l'ensemble des actions mises en œuvre pour trouver un candidat correspondant aux besoins d'une organisation dans un poste donné.

1 Les étapes du recrutement

Étapes préalables au recrutement	❶ Définir les besoins. ❷ Dresser le profil du candidat. ❸ Choisir soit un candidat en interne, soit un candidat externe à l'entreprise.
Choix du candidat	❶ Identifier les sources de recrutement. ❷ Mettre en place les moyens de recrutement. ❸ Sélectionner le candidat.
Embauche du salarié	❶ Formaliser la décision : type de contrat, date d'embauche, etc. ❷ Intégrer le nouvel embauché.

2 L'expression du besoin

A Le besoin

• **L'origine de la demande** peut être un remplacement de courte durée, une mutation, un départ, un accroissement de l'activité de l'entreprise.

• **La décision finale** consiste à préciser la nature du contrat proposé, les horaires (temps plein ou non), la rémunération.

B La description du poste ou de l'emploi

• **Objectif.** Cette description permet d'identifier la mission du poste, sa finalité au sein de l'organisation, les attributions, les responsabilités, la situation hiérarchique et la marge d'autonomie de son futur titulaire.

• **La finalité du poste** est formalisée à travers une fiche de poste qui permet de :
– **définir le profil des candidats** pour une nouvelle embauche ou bien un recrutement en interne ;
– **permettre au collaborateur de comprendre la finalité de sa fonction** et de son périmètre d'action ;
– **définir un cadre d'évaluation** de la performance individuelle en lien avec les exigences du poste ;
– **se constituer une base de comparaison des rémunérations** par rapport au prix marché des métiers ;

Conseil

Comment remplir une fiche de poste ou d'emploi ?
– **Intitulé du poste**, de la fonction
– **Description** : résumé de la mission principale
– **Positionnement** dans la hiérarchie
– **Missions/activités** : les premières donnent les grands axes de la raison d'être de la fonction, les secondes apportent plus de précisions en les traduisant de manière opérationnelle.
– **Compétences requises**
– **Qualification**
– **Degré d'autonomie et de responsabilité**
– **Critère de performance**
– **Relations de travail**

– **gérer et planifier les compétences des collaborateurs**, notamment dans le cadre de la GPEC (Gestion prévisionnelle de l'emploi et des compétences) ;
– **maîtriser une organisation** et son fonctionnement par les métiers qui la constituent.

3 La recherche de candidats

A Les sources de recrutement

La proposition interne	C'est une solution intéressante pour l'entreprise parce qu'elle connaît les candidats. De plus, la promotion et la mobilité internes sont des outils de motivation. Par ailleurs, le personnel a d'ores et déjà acquis les valeurs et la culture de l'entreprise. Recruter en interne suppose une certaine transparence pour une relation de personnel équitable.
Les candidatures externes	Elles sont utiles quand les compétences n'existent pas en interne, ou lorsqu'elles sont adaptées à un objectif de changement (de culture par exemple), dans une optique d'innovation. Réseaux sociaux : Linkedin, Viadeo. Sites de recrutement en ligne, site Web de l'entreprise. Écoles, salons. Cabinet de recrutement. Pôle emploi…

B La rédaction de l'annonce

• Le but de l'annonce de recrutement est de décrire le **poste** et le **profil** de la personne recherchée de la manière la plus fiable et la plus précise possible. Elle doit permettre à un nombre suffisant de candidats de s'y identifier.

• Elle obéit le plus souvent à une structuration type :
– un rapide **descriptif de l'entreprise** et **du secteur d'activité**, en valorisant les aspects positifs de la société ;
– la **description du poste** : les missions ou les principales tâches. La fiche de poste va faciliter la rédaction de cette partie ;
– le **profil du candidat** (formations, expériences, connaissances, compétences et qualités requises, maîtrise de certains outils, pratique d'une langue…) et les qualités requises (travail en équipe, autonomie, mobilité…) ;
– des **éléments complémentaires** (fourchette de rémunération, épargne salariale, type de contrat…) ;
– le **contact** éventuel pour l'envoi de candidature.

4 La sélection des candidats

• La sélection des candidats est une étape critique car le coût d'une erreur de recrutement est important.

• Elle comprend deux étapes principales :
– **le tri des CV** à partir de la définition de critères de tri ;
– **l'évaluation des candidats sélectionnés** avec entretiens individuels ou collectifs, auxquels s'ajoutent des possibilités de tests de capacités professionnelles.

• Les méthodes de sélection sont choisies en fonction du type de poste à pourvoir, de la politique de recrutement de l'entreprise (interne ou externe), des conditions du marché de l'emploi, des contraintes de budget et de délais, des expériences précédentes en matière de recrutement.

Exercice d'entraînement

Corrigé p. 112

La société Alpha-Cim, société d'ingénierie, a pour activité l'intégration de systèmes en automatisme et informatique industrielle de haute technicité.
Ces activités à l'export représentent 20 % de son chiffre d'affaires. La société souhaite renforcer ses relations commerciales, notamment avec ses clients espagnols. Pour poursuivre la conquête de ces marchés, la société Alpha-Cim a créé une succursale localisée à Séville (quartier de la cathédrale). M. Lacaze, dirigeant, doit recruter un(e) assistant(e) de gestion pour cette succursale. Il vous demande de l'aider dans cette mission. Pour recruter ce(cette) collaborateur(trice), M. Lacaze opte pour le statut de volontaire international en entreprise (VIE) avec une rémunération comprise entre 2 000 et 2 500 € brut par mois, d'une durée minimum de 12 mois.

ANNEXE 1 Caractéristiques du VIE

Le VIE (volontaire international en entreprise), instauré par la loi du 14 mars 2000, permet aux entreprises françaises de confier à un jeune, homme ou femme, jusqu'à 28 ans, une mission professionnelle à l'étranger durant une période modulable de 6 à 24 mois, renouvelable une fois dans cette limite.
Pour plus d'informations : www.civiweb.com/FR/

ANNEXE 2 Extrait de la fiche de poste

INTITULÉ DU POSTE : Assistant(e) de gestion trilingue (français, anglais et espagnol)

PRINCIPALES MISSIONS
Participer à la gestion opérationnelle de l'entreprise dans ses dimensions administrative, comptable, commerciale, et humaine et contribuer à l'amélioration de l'efficacité de l'entreprise par l'optimisation de son organisation et à sa pérennité à l'aide de tableaux de bord.

ACTIVITÉS
– Participer au suivi commercial en assurant le suivi de la prospection de l'ingénieur technico-commercial, gérer la chaîne commerciale, consulter de nouveaux fournisseurs.
– Participer au suivi administratif avec la communication opérationnelle auprès des partenaires, tenir des agendas et gérer les rendez-vous du chef de projet et de l'ingénieur technico-commercial, participer à l'organisation logistique relative aux réunions et événements.
– Participer au suivi comptable en effectuant le suivi des dépenses et la tenue du budget de trésorerie.

COMPÉTENCES REQUISES
– Posséder une bonne culture générale et une bonne maîtrise de la langue française, posséder une aptitude au calcul, avoir une connaissance approfondie des logiciels de bureautique (texteur, tableur, SGBDR), d'un PGI, parler couramment l'espagnol et avoir une connaissance solide de l'anglais, avoir une expérience sur un poste similaire d'au moins 3 ans, être titulaire d'un diplôme bac + 2.

QUALITÉS
Être respectueux des règles de confidentialité.
Être méthodique et développer un sens aigu de l'organisation, une bonne aptitude à travailler en équipe, un certain dynamisme, une autonomie et une prise d'initiative réelles.

- **Rédigez l'annonce de recrutement et proposez des sources de recrutement adaptées.**

17 L'intégration de nouveaux membres

De nombreuses entreprises ne possèdent pas de processus formalisés pour l'intégration des nouveaux collaborateurs, alors que cet aspect représente des enjeux stratégiques importants. Les principales raisons pour lesquelles l'intégration est souvent négligée évoquées sont la culture de l'entreprise à 29 %, la taille de la structure à 24 % et le manque de temps à 23 %.

1 Les enjeux

A Les enjeux économiques

- Le coût d'un recrutement peut aller jusqu'à 100 K€. Il est donc important de réussir l'intégration du salarié qui peut sinon conduire à un échec du recrutement.

- Accompagner le nouvel embauché dans sa prise de fonction permet de le rendre plus rapidement opérationnel, productif et autonome.

Définition

Intégration : consiste à accompagner un nouveau salarié dans la maîtrise des aspects techniques de son emploi et dans la compréhension de son rôle qui s'inscrit dans l'environnement culturel et social de l'entreprise. L'intégration finalise la procédure de recrutement.

B Les enjeux de ressources humaines

L'intégration permet de **fédérer et mobiliser le personnel** autour des valeurs de l'entreprise, de favoriser l'ouverture des salariés de l'entreprise et de fidéliser les collaborateurs nouvellement embauchés.

C La réputation de l'entreprise

Soigner son image employeur et communiquer sur l'intégration est très important pour les employeurs qui souhaitent attirer de nouveaux collaborateurs.

2 Le processus d'intégration

A La socialisation organisationnelle

C'est « le processus par lequel on enseigne à un individu et par lequel celui-ci apprend son rôle dans l'organisation ». **L'individu est actif par rapport à ce que lui apporte l'organisation.** En effet, il doit assimiler la culture d'entreprise, apprendre à tenir son rôle, à acquérir les compétences de son emploi et à s'intégrer dans une équipe.

B Les étapes du processus d'intégration

- Chaque entreprise met en place un processus d'intégration propre à son organisation, à sa culture, et à sa stratégie.

- Les principales étapes d'un parcours d'intégration sont les suivantes :

étape 1 Avant l'arrivée
- Préparer l'espace de travail
- Prévenir les équipes et les salariés concernés
- Régler les détails administratifs

étape 2 Le jour J
- Accueillir la nouvelle recrue
- Remettre les documents administratifs et les documents d'accueil
- Faire visiter l'entreprise et présenter les salariés
- Planifier des dates de débriefing et de RDV avec le supérieur
- Informer sur les dates de la visite d'information et de sécurité

étape 3 Dans les mois qui suivent l'arrivée (apprentissage, formation, évaluation)
- À la suite des entretiens, présenter les parcours de formation
- Associer la nouvelle recrue à tous les événements internes qui favorisent la cohésion et l'appropriation de la culture d'entreprise
- Échanger sur l'avancée des actions convenues, identifier les facteurs facilitants et les freins, réajuster

Processus permanent →

C Les outils de l'intégration

Le livret d'accueil	Il contient tous les éléments d'orientation utiles pour un collaborateur nouveau : il présente l'entreprise dans son contexte et son environnement, met en évidence les méthodes de fonctionnement qui lui sont propres. Il recense toutes les informations nécessaires et éléments pratiques visant à faciliter l'acquisition rapide de repères.
Le rapport d'étonnement	Il facilite l'intégration en poussant à s'interroger sur l'entreprise et son fonctionnement. Il valorise la nouvelle recrue qui fournit une vision critique et constructive de l'image que peut renvoyer l'entreprise.
La journée ou le séminaire d'intégration	Il permet de réunir tous les nouveaux arrivants et ainsi de renforcer la cohésion, l'esprit d'équipe et la culture d'entreprise.
Le carnet de route	C'est un livret de suivi de l'intégration de la nouvelle recrue. Il permet de construire et de suivre le premier parcours dans l'entreprise, de dresser au fil du temps les atouts et les compétences et de consigner les observations.
Le parrain (ou le tuteur)	Il accompagne le nouvel entrant pendant toute la période d'intégration. La désignation d'un parrain (ou tuteur) est basée sur le volontariat ; il doit avoir le même métier que le nouvel entrant afin de favoriser les échanges d'expérience.
« Vis ma vie »	Cette opération permet de découvrir les métiers des autres collaborateurs.
Entretiens de suivi	Ils visent à faire le point avec le nouvel arrivant. Ils sont l'occasion de décider des formations à suivre. Ils permettent un suivi des actions convenues et de réajuster les actions d'intégration si nécessaire.

18 La formation des salariés

La formation professionnelle continue est le processus d'apprentissage qui permet à un individu d'acquérir les compétences et les capacités professionnelles pour exercer son métier dans les meilleures conditions, pour lui permettre de s'adapter aux changements structurels, aux évolutions technologiques et pour favoriser son évolution professionnelle (promotion, prévention, conversion…).

1 Le cadre juridique

A Les formations accessibles au salarié

Types de formation	Caractéristiques générales
Le bilan de compétences	Susceptible de précéder une action de formation proprement dite, l'action de bilan de compétences **permet au salarié d'analyser ses compétences professionnelles et personnelles**, ses aptitudes et motivations en vue de définir un projet professionnel ou de formation.
Les périodes de professionnalisation	Ces périodes, alternant enseignements théoriques et pratiques, ont pour objet de **favoriser le maintien dans l'emploi** de salariés en contrat à durée indéterminée, sous certaines conditions.
Le congé individuel de formation (CIF)	Le CIF est le **droit de s'absenter de son poste de travail pour suivre une formation de son choix**. Pour en bénéficier, le salarié doit remplir certaines conditions et présenter sa demande à l'employeur. Il a pour vocation de permettre la mise en œuvre de projets nécessitant une formation longue.
La validation des acquis de l'expérience (VAE)	La VAE permet d'**obtenir un diplôme**, un titre à finalité professionnelle ou un certificat de qualification figurant sur une liste établie par la commission paritaire nationale de l'emploi d'une branche professionnelle et enregistrés dans le répertoire national des certifications professionnelles – RNCP (art L. 335-6 du Code de l'éducation).
Le compte personnel de formation (CPF)	Le CPF permet à toute personne active, dès son entrée sur le marché du travail et jusqu'à sa retraite, d'**acquérir des droits à la formation** mobilisables tout au long de sa vie professionnelle. Toutes les personnes de 16 ans et plus sont titulaires d'un compte personnel de formation. Chaque personne dispose, sur le site officiel **moncompteformation.gouv.fr**, d'un espace personnel sécurisé lui permettant d'activer son compte personnel de formation et également d'accéder aux informations qui le concernent ; d'obtenir des informations sur les formations. Chaque année, le compte des salariés est **crédité automatiquement en euros**, le compte sera crédité de 500 euros par an pour les salariés à temps plein, 800 pour les salariés non qualifiés dans la limite de 5 000 euros et 8 000 euros pour les salariés non qualifiés.

B L'accès aux formations

L'accès des salariés à des actions de formation professionnelle continue est assuré :

– à l'initiative de l'employeur, le cas échéant, dans le cadre d'un **plan de formation** ;

– à l'initiative du salarié, notamment par la mobilisation du **compte personnel de formation (CPF)** et dans le cadre du congé individuel de formation ;

– dans le cadre des **périodes de professionnalisation** ;
– dans le cadre des **contrats de professionnalisation** ;
– dans le cadre de l'orientation professionnelle avec le **conseil en évolution professionnelle (CÉP)** et le **bilan de compétences**.

C Les obligations pour l'employeur

Nature	Objectifs
Obligation de formation et d'entretien	Adapter les salariés à leur poste de travail, veiller au maintien de leur capacité à occuper leur emploi. À l'occasion de son embauche, le salarié est informé qu'il bénéficie tous les deux ans d'un entretien professionnel avec son employeur consacré à ses perspectives d'évolution professionnelle, notamment en termes de qualifications et d'emploi. Cet entretien ne porte pas sur l'évaluation du travail du salarié. Il donne lieu à la rédaction d'un document dont une copie est remise au salarié. Tous les 6 ans (cette durée s'apprécie par référence à l'ancienneté du salarié dans l'entreprise), cet entretien professionnel fait un état des lieux récapitulatif du parcours professionnel du salarié.
Obligation de consultation	Consulter au cours de deux réunions spécifiques le comité d'entreprise (ou, à défaut, les délégués du personnel) sur le bilan de l'année écoulée, de l'année en cours et sur les actions envisagées (plan de formation).
Obligation financière	Participer au financement de la formation par le biais d'une contribution, calculée en pourcentage de la masse salariale annuelle brute : – 0,55 % de la masse salariale pour les entreprises de moins de 10 salariés ; – 1 % pour les entreprises de 10 salariés et plus (ou 0,8 % pour les entreprises qui gèrent le compte personnel de formation en interne). Les fonds sont collectés par l'OPCA (Organisme paritaire collecteur agréé).

2 Le plan de formation

• **Le plan de formation.** C'est l'ensemble des actions de formation (le nombre d'heures, les salariés concernés et le coût) définies dans le cadre de la politique de gestion du personnel de l'entreprise. Il peut également prévoir des actions de bilan de compétences et de validation des acquis de l'expérience et proposer des formations qui participent à la lutte contre l'illettrisme.

• **L'élaboration du plan de formation.** Elle est assurée sous la responsabilité pleine et entière de l'employeur, après consultation des représentants du personnel.

• **Le plan de formation peut comporter deux types d'actions :**
– actions visant à assurer **l'adaptation** du salarié au poste de travail ou liées à l'**évolution** ou au **maintien** dans l'emploi au sein de l'entreprise ;
– actions ayant pour objet le **développement** des compétences du salarié.

• **Être en formation,** dans le cadre du plan de formation, est assimilé à l'exécution normale du contrat de travail : le salarié doit donc suivre avec assiduité la formation et ne peut s'opposer à la décision éventuelle de l'employeur de le réintégrer à son poste de travail avant la fin de la formation. Durant la formation, le salarié continue à être rémunéré et conserve sa protection sociale habituelle. Si un accident survient au cours de la formation, il s'agira d'un accident du travail.

• **Le coût de la formation reste à la charge de l'entreprise.** Le plan de formation est en principe élaboré chaque année. Toutefois, depuis l'intervention de la loi du 5 mars 2014, il peut, dès lors qu'un accord d'entreprise le prévoit, avoir une durée de 3 ans.

19 L'évaluation du personnel

L'évaluation est le processus par lequel on arrive à un jugement sur la performance passée et présente, ainsi que sur le potentiel futur d'un salarié à l'égard de son environnement de travail.

1 Le cadre juridique de l'évaluation

- Selon le **Code du travail**, les modalités de l'évaluation sont encadrées par deux articles.

- Selon l'article L1222-2, les informations demandées à un salarié ne peuvent avoir comme finalité que d'apprécier ses aptitudes professionnelles. Ces informations doivent présenter un **lien direct et nécessaire** avec l'évaluation de ses aptitudes. Le salarié est tenu de répondre de bonne foi à ces demandes d'informations.

- Selon l'article L1222-3 :
– le salarié est expressément informé, préalablement à leur mise en œuvre, des méthodes et techniques d'évaluation professionnelles ;
– les résultats obtenus sont confidentiels ;
– les méthodes et techniques d'évaluation des salariés doivent être pertinentes au regard de la finalité poursuivie.

Remarque

Depuis le 7 mars 2014, le Code du travail impose que **tout salarié bénéficie tous les 2 ans d'un entretien professionnel** à l'initiative de son employeur, quelle que soit la taille de l'entreprise.

2 Démarche et techniques de l'évaluation professionnelle

A L'entretien professionnel

- L'entretien est consacré aux **perspectives d'évolution professionnelle**, notamment en termes de qualifications et d'emploi, et doit informer le salarié sur la validation des acquis de l'expérience professionnelle (VAE).

- À défaut de stipulations dans l'accord de branche ou d'entreprise, **il revient à l'employeur de définir le contenu de l'entretien en fonction des orientations stratégiques de l'entreprise** : bilan du parcours professionnel du salarié avant et depuis son entrée dans l'entreprise, identification des besoins de l'entreprise et des aspirations et compétences du salarié, perspectives d'évolution professionnelle, etc.

B L'entretien annuel d'évaluation

• **L'évaluation prend souvent la forme d'un entretien annuel** entre le salarié et son supérieur hiérarchique afin de faire un bilan du travail accompli et de faire le point sur la réalisation des objectifs.

• **Une grille d'appréciation** peut servir de support à l'entretien. Elle comporte des critères permettant de mesurer l'adéquation des aptitudes professionnelles du salarié à l'exigence du poste.

• L'employeur n'est pas obligé de remettre un compte-rendu écrit au salarié, sauf si la convention collective le prévoit. Si un compte-rendu lui est remis, le salarié n'est pas obligé de le signer.

C L'autoévaluation du personnel

L'autoévaluation est une méthode peu utilisée, mais bénéfique pour l'entreprise comme pour le salarié. L'autoévaluation peut être proposée seule ou en complément d'une évaluation annuelle du personnel.

Remarque

Souvent, l'autoévaluation est mise en place dans les entreprises qui n'ont pas le temps de procéder à la fois aux évaluations et aux entretiens.
L'autoévaluation est demandée dans les semaines précédant l'entretien annuel d'évaluation. Elle s'avère être un bon moyen de préparation pour les salariés.

D L'évaluation à 360°

• La méthode du 360° est aussi appelée « méthode du 180° » ou du « 540° ». Les salariés sont invités à évaluer leurs collègues et leurs supérieurs hiérarchiques.

• Cette méthode d'évaluation est anonyme. Elle part du principe que chaque personne avec qui un individu est en relation professionnelle est susceptible de donner un avis sur le comportement ou les attitudes de celui-ci, ce qui permet d'obtenir une vision complète de l'employé.

3 Les critères de succès

• Une évaluation des salariés est un **moment d'échange privilégié** entre les deux parties. Par l'intermédiaire de cette démarche, les dirigeants montrent qu'ils sont à l'écoute de leurs équipes, ce qui a un impact positif non négligeable sur le moral des salariés.

• C'est aussi un moyen de **connaître les éventuelles améliorations à apporter** à la vie en entreprise pour un meilleur épanouissement des salariés, ce qui, à terme aura un impact sur les performances de ces derniers.

Conseils

Les entretiens professionnels et entretiens annuels d'évaluation doivent, pour être efficaces et bénéfiques, être préparés à l'avance par les deux parties.
Il faut prévoir un lieu et un créneau horaire adaptés à l'entretien.
Il est important de faire le point à l'avance sur les sujets qui seront abordés.

20 Le tableau de bord social

Le tableau de bord social récapitule les **principales données chiffrées permettant d'apprécier la situation de l'entreprise** dans le domaine social, d'enregistrer les réalisations effectuées et de mesurer les changements intervenus au cours de l'année écoulée. Il est obligatoire et prend le nom de « bilan social » dans les entreprises pour lesquelles l'effectif est d'au moins 300 salariés.

1 Les objectifs du tableau de bord social

A Définition

• **Le tableau de bord social est un outil de pilotage de l'organisation** qui attire l'attention du décideur sur des variables qui n'atteindraient pas des valeurs attendues ou fixées comme objectif. Il est à la fois un outil d'information, d'évaluation, de décision et de communication dans l'entreprise.

• C'est également est un **outil de synthèse** des choix de politique de gestion des ressources humaines d'une organisation.

B Les informations du tableau de bord social

• Les informations peuvent être classées par thème :
– **la structure des ressources humaines :** âge, genre, ancienneté des salariés, répartition par statut… ;
– **l'emploi :** évolution, temps plein, temps partiel, type de contrat… ;
– **les flux d'entrées et de sorties :** rotation, recrutement… ;
– **les conditions de santé et de sécurité :** accidents de travail, maladie professionnelle, coûts financiers des accidents, hygiène et prévention des risques professionnels… ;
– **la qualité du dialogue social :** entretiens professionnels, conflits identifiés, jours de grève… ;
– **la formation :** pourcentage de la masse salariale affectée, actions de formation, salariés formés…

• Le tableau de bord social comporte plusieurs types d'indicateurs :

Type d'indicateur	Utilisation
Indicateurs quantitatifs	Mesurer
Indicateurs qualitatifs	Évaluer
Indicateurs internes	Mesurer les évolutions en interne
Indicateurs externes	Comparer les résultats de l'organisation à ceux du secteur par exemple

C Les indicateurs de la gestion sociale

• On distingue :
– **des indicateurs de situations** (indicateurs de structures) : effectif, masse salariale, budget formation, nombre d'accidents du travail, durée du travail… ;

– **des indicateurs de mouvements** (indicateurs de performance, relevant de la dynamique des ressources humaines) : taux de croissance des effectifs, taux de rotation, taux de promotion.

• Quelques exemples d'indicateurs en fonction de l'objectif :

Objectif de l'indicateur	Exemples d'indicateurs
Faire un état des lieux de la population salariale	Nombre de salariés, effectif moyen, pyramide des âges, répartition par statut, répartition par genre
Analyser la structure des emplois	Répartition par contrat de travail, répartition temps/temps partiel
Analyser les mouvements du personnel	Taux d'entrée, taux de sortie, ratio de remplacement, *turnover*
Analyser la motivation	Taux d'absentéisme, nombre d'heures supplémentaires effectuées, taux d'acceptation des temps de formation

2 Le climat social

Restaurer, maintenir ou améliorer le climat social de son entreprise est un projet à part entière.

Définition

Climat social : peut être identifié comme le degré de satisfaction qui règne dans l'entreprise. Des facteurs extérieurs et/ou des facteurs internes à l'entreprise peuvent influer sur le climat social.

A Les indicateurs de la gestion sociale

• **Taux d'absentéisme** = Heures d'absence / Heures théoriques de travail

• **Taux de rotation** = Nombre de collaborateurs partis durant l'année N / Nombre de collaborateurs au 1er janvier de l'année N du personnel

• **Indice de fréquence des accidents du travail** = nombre d'accidents avec arrêt × 1 000 / nombre de salariés

• **Taux de conflits** = Nombre de journées perdues pour fait de grève / Nombre de salariés de l'établissement touché par la grève :

B La mise en place d'une enquête du climat social

Une enquête sur le climat social permet d'identifier les problèmes et de les résoudre. Pour cela, il faut suivre un processus simple :

- étape 1 : Conception du questionnaire
- étape 2 : Communication sur l'importance de l'étude et de la participation préalable et accompagnant l'envoi du questionnaire
- étape 3 : Saisie des réponses et dépouillement
- étape 4 : Analyse des réponses
- étape 5 : Communication des résultats

21 Le travail collaboratif/coopératif

Le travail collaboratif est une approche des systèmes d'information visant à faciliter le travail de groupe. Il permet de partager des ressources, de mutualiser des documents et des informations, de collaborer avec plusieurs personnes et de coopérer pour atteindre un même objectif.

1 Les notions de « collaboration » et « coopération »

A La collaboration

- **Lors d'une collaboration, le travail n'est pas réparti entre les participants.** Ces derniers travaillent tous ensemble à chaque étape de l'élaboration du projet. Il est donc impossible, une fois le travail réalisé, d'identifier le travail fourni par chacun.

- Ce mode de travail collectif engage par conséquent une **communication régulière** entre les membres du groupe et une **connaissance précise de la progression de l'action collective**. Les interactions interpersonnelles sont permanentes afin d'assurer une cohérence globale, condition nécessaire de l'efficience de l'action et donc de l'atteinte de l'objectif fixé.

B La coopération

- **La coopération invite à une répartition claire du travail entre ses participants**. Il est assigné à chacun une tâche claire et concrète. Par la suite, les travaux individuels seront assemblés et formeront le travail final.

- Le travail de groupe est **hiérarchiquement organisé et planifié** impliquant des délais et un partage des tâches selon une coordination précise.

2 Les fonctions des outils collaboratifs

L'objectif principal d'une mobilisation des méthodes et outils de travail collaboratif est d'**amener chaque acteur à communiquer, échanger, planifier, créer et coordonner** leurs compétences de manière collective dans le but d'améliorer le fonctionnement de leur groupe de travail.

A La fonction communication

Elle renvoie aux services qui permettent aux acteurs d'échanger des informations sur leurs actions. Les échanges de messages et de notes par courriel ou par chat, par commentaires (annotation sur des « objets de travail ») sont des exemples courants de processus de communication.

B La fonction de coordination

Elle regroupe tous les services qui permettent aux acteurs d'identifier leurs rôles respectifs dans les processus de travail, de connaître l'état d'avancement du travail respectif des uns et des autres, d'avoir une vision d'ensemble du travail du groupe et d'être alerté des nouveaux éléments.

C La fonction de production

Elle renvoie au partage « d'objets de travail » soumis à des évolutions successives issues des contributions individuelles ou collectives. Les espaces de coproduction permettant une gestion collective des documents, de leurs versions et de leurs accès, sont des exemples courants de processus de collaboration.

3 Les outils du travail collaboratif/coopératif

Distance spatiale / Distance temporelle	Même lieu	Endroit différent
Synchrone	Intranet/plateforme, partage d'applications	Courrier électronique, forum, workflow, agenda partagé, portail…
Asynchrone	Réunion en face à face, vidéo projeteur, tableau blanc, mémo	Réunion virtuelle, visioconférence, chat, partage d'applications

Définitions

Synchrone : modalité d'échange d'informations et de travail en direct.
Asynchrone : modalité d'échange d'informations et de travail en différé.

7 La sécurité informatique *Énoncé p. 76*

1. Moyens mis en œuvre actuellement dans l'entreprise et leur rôle :

Moyen de prévention	Rôle
Pare-feu	Protection contre les intrusions de l'extérieur Protection des matériels du réseau contre l'infection de l'un d'eux
Antivirus	Détection des virus, réparation, mise en quarantaine
Dispositif de sauvegarde	Récupération des fichiers en cas de crash sur le serveur en direction du disque dur externe du dirigeant
Onduleur	Protection contre les perturbations électriques
Accès par authentification	Accès sécurisé aux ressources du réseau réservé aux salariés

2. Moyens à mettre en œuvre :

Risque encouru	Moyen de prévention
Vol de matériel	• Digicode pour l'accès aux locaux • Antivols sur les postes
Vol ou destruction du disque dur externe de sauvegarde	Sauvegarde des données sur un disque externe rangé à l'extérieur de l'entreprise
Incendie	• Extincteurs • Détecteurs de fumée

8 La démarche qualité *Énoncé p. 78*

1. Diagramme d'Ishikawa : les causes indiquées ci-dessous doivent être placée sur le diagramme.
– Matériel : pas assez de sièges sur le stand, pas d'utilisation d'Internet ou clé USB.
– Main-d'œuvre : personnel non formé pour l'absence des commerciaux.
– Méthode : invitations envoyées tardivement, réservation hôtel-train tardives.
– Matière : liste incomplète des clients, documentation trop importante, stand mal signalé.
– Milieu : hôtels loin du salon, stand éloigné de l'entrée.

2. Indicateurs : CA réalisé pendant le salon, CA réalisé dans le mois suivant le salon (évolution par rapport à l'année précédente), nombre de visiteurs sur le stand, nombre de commandes, nombre de commandes par visiteur, nombre de demandes de documentation.

10 La gestion des connaissances *Énoncés p. 82*

Exercice 1

Réponse variable en fonction de la PME choisie.

Exercice 2

Société X **FICHE DE DESCRIPTION DE FONCTION**	Poste : gestionnaire de connaissances
Mission	• Valoriser le potentiel de connaissances disponibles dans l'entreprise • Favoriser le partage, la capitalisation et la transmission des connaissances pour améliorer l'efficacité de l'entreprise
Activités	• Assurer la mise en œuvre du système de gestion des connaissances • Animer des processus de capitalisation et de mutualisation des connaissances • Gérer les contenus et les connaissances • Procéder à des évaluations du système • Effectuer une veille sur les outils et les méthodes
Formation	• Bac + 5 • Informatique, écoles de commerce, RH, mathématiques, documentalistes
Qualités	• Capacités de communication • Capacité à raisonner et à comprendre rapidement le contexte de travail • Capacités de synthèse • Aptitudes à l'empathie (sens de l'écoute et du relationnel)
Connaissances professionnelles	Bonne maîtrise des outils Internet et de réseaux sociaux (wikis/blogs, moteurs de recherche spécialisés, espaces de travail collaboratif...)

11 Les formalités d'embauche et de départ des salariés

Énoncé p. 85

• Calcul du solde brut à payer à Madame Ravier :

Rubriques	Éléments de calculs	Montant en €
Salaire brut de juin 2018	SMC de 2018 : 1 419,15 Groupe 4 (+ 24,75 %) : 351,24	1 770,39
Indemnités de congés payés	Congés non pris à la date du 30/06/2019	769,11
Prime d'ancienneté	1 % du SMC du groupe 3 SMC de 2018 Groupe 3 (+ 17,57 %) Soit un total de 1 668,49	16,68
SOLDE DE TOUT COMPTE BRUT		2 556,18

• Calcul du solde net à payer à Madame Ravier :

Calcul des cotisations salariales : 2 639,58 × 21,7 % = 572,79 €

Calcul du salaire net : 2 639,58 – 572,79 = 2 066,79 €

• Documents à remettre à Nathalie Ravier :

Bel'Aqua
8, rue Louis Blanc
79000 Niort

CERTIFICAT DE TRAVAIL

Je soussigné, Renaud WENCK, directeur de l'entreprise Bel'Aqua, certifie que madame Nathalie RAVIER, demeurant 1, rue de Solférino à NIORT (79), a occupé un emploi de professeur de sport, du 1er février 2016 au 30 juin 2019.

Établi le 30 juin 2019 à Niort.

Le Directeur de Bel'Aqua
R. WENCK
RW

Bel'Aqua
8, rue Louis Blanc
79000 Niort

REÇU POUR SOLDE DE TOUT COMPTE

Je soussignée, Madame Nathalie RAVIER, demeurant 1, rue de Solférino à NIORT (79), reconnais avoir reçu pour solde de tout compte de l'entreprise Bel'Aqua, domiciliée 8, rue Louis Blanc, la somme nette de 2 066,79 (deux mille soixante-six euros, soixante-dix-neuf centimes) en paiement des salaires, accessoires de salaires, et des indemnités de congés payés qui m'étaient dus au titre de l'exécution et de la cessation de mon contrat de travail.
J'ai connaissance que je peux dénoncer ce reçu dans un délai de six mois.
Le présent reçu pour solde de tout compte a été établi en double exemplaire dont un m'a été remis.
Fait à Niort, le 30 juin 2019.

L'employeur La salariée : *Pour solde de tout compte*
NR

12 La gestion des absences et des congés

Énoncé p. 88

1. Rédigez une courte note qui rappelle le contexte :
Les salariés travaillent 35 heures par semaine, avec des horaires fixes : de 9 h 00 à 12 h 30 et de 14 h 00 à 17 h 30. Les employeurs constatent des retards le matin et des salariés qui souhaitent partir le plus rapidement possible le soir, donnant lieu à une désorganisation du travail. Une enquête a été menée auprès du personnel dont voici les résultats.
Les employés : stressés par les retards du matin (70 %). Majoritairement, les salariés ont du mal à concilier vie personnelle et vie professionnelle (58 %). 24 % des femmes indiquent qu'elles ressentent beaucoup de stress pour seulement 10 % des hommes.
Les horaires de travail tels qu'ils sont fixés posent donc un problème.
Conclusion : le stress et le déséquilibre vie professionnelle versus vie personnelle sont source de démotivation et peuvent entraîner des retards, de l'absentéisme et une baisse de la productivité.

2. Remarque | Pour répondre à cette question, il est nécessaire de s'appuyer sur le cours de droit.
– Possibilité d'instaurer des horaires variables : on observe des périodes creuses : 9 h 30 à 10 h 30 et 16 h à 17 h 30 (annexe 2).
Arguments : cela évite le stress lié aux embouteillages, à la nécessité de conduire les enfants à des activités extrascolaires en fin de journée.
– Fixer une heure limite l'après-midi pour les réunions.
Arguments : aménagement de travail ponctuel : pour la rentrée des classes par exemple, favoriser la parentalité.
– Accorder des jours de congés pour enfants malades.

3. Le document que vous rédigerez devra :
1. Rappeller les faits.
2. Proposer les solutions (cohérentes) recherchées et sélectionnées à la question 2.

13 La rémunération des salariés

Énoncé p. 91

1. Repérage des informations nécessaires :
Occupation du poste dans l'entreprise : entrée le 1er février 2010 et départ le 15 juin 2017 : soit 7 ans et 5 mois et demi.
Salaire de base 38 h/semaine : le salaire à prendre en compte est celui de la convention collective au 1er janvier 2016 et non celui de son contrat de travail, soit 2 014,00 € brut mensuel.
Soit pour juin : 2 014/2 = 1 007 €.
Prime d'ancienneté : 6 % du salaire de base. Soit 2 014 × 6 % = 120,84 €.
Indemnité de rappel : rappel le vendredi sans précision d'horaire de nuit, soit 1 heure du salaire de base.
Prime pour travaux dangereux : 150 € brut
Divers : 13e mois et travail effectif : 5,5 mois, soit (2 014 × 5,5)/12 = 923,08 €.

Frais de déplacement : 30 €
Jours de congés payés : 10 jours au 1er janvier 2017, plus 13 jours acquis du 1er janvier au 31 mai (5 × 2,5) et 2 jours pour le mois de juin 2017 (nouvelle période de référence).
Rémunération brute perçue pendant la période de référence du 1er juin 2016 au 31 mai 2017 :
12 450 + (2 014 × 5) + (120,84 × 5) + (5 × 150) = 23 874,2
Rémunération brute perçue depuis le 1er juin 2017 : 1 007 €
Indemnités de congés payés : règle du 1/10e = 23 874,2 × 23/30 × 1/10 = 1 830,36 € auxquels s'ajoute (1 007+150/2+120,84/2) × 2/2,5 × 1/10 = 91,39, soit une indemnité totale de 1 830,36 + 91,39 = 1 921,75 €.
Règle de maintien du salaire :
(2 014 + 120,84 + 150) × 25/22
= 2 596,41 € brut.
Le mois de juin 2017 comprenant 22 jours de travail ouvrés.
La règle de maintien du salaire est plus avantageuse.

Éléments	Calcul	Montant net
Salaire de base → 15/06	2014,00/2	1 007,00
Prime d'ancienneté	120,84/2	60,42
Indemnité de rappel	2014/[(38 × 52)/12]	12,23
Prime travaux dangereux		75,00
13e mois	2014 × 5,5/12	923,08
Indemnités congés payés		2 596,41
Total brut		**4 674,14**
Charges salariales	4 674,14 × 24 %	1 121,79
Salaire net		**3 552,35**
Frais de déplacement		30,00
Salaire net à payer		**3 582,35**

2. Les documents à remettre à Madame Raymonde sont le reçu pour solde de tout compte ainsi que son certificat de travail.

16 Le recrutement *Énoncé p. 98*

Annonce de recrutement

La société Alpha-Cim, est une société d'ingénierie, qui a pour activité l'intégration de systèmes en automatisme et informatique industrielle de haute technicité.
Pour poursuivre la conquête de ces marchés, la société Alpha-Cim a créé une succursale localisée à Séville en Espagne.

La société Alpha-Cim recherche : un assistant de gestion H/F – Séville – Espagne
Contrat VIE (être âgé(e) de moins de 28 ans)
Vous contribuerez à améliorer l'efficacité de l'entreprise par l'optimisation de son organisation et vous veillerez à sa pérennité par l'anticipation des besoins, l'accompagnement du développement et la participation au contrôle de l'activité par la mise en place d'indicateurs.

Profil :
– Vous êtes titulaire d'un diplôme bac + 2. Vous disposez d'une première expérience sur un poste similaire d'au moins 3 ans.
– Vous maîtrisez, en plus du français, l'espagnol et l'anglais.
– Vous maîtrisez les logiciels bureautiques (texteur, tableur, SGBDR). Vous avez une connaissance approfondie d'un PGI.
– Votre ouverture d'esprit, votre dynamisme, votre aptitude à travailler en équipe et votre sens de l'organisation seront les atouts pour mener à bien vos missions tout autant que votre sens de l'initiative et votre force de proposition.

Autres éléments :
Poste basé à Séville (quartier de la cathédrale) – Espagne / Rémunération à négocier entre 2 000 et 2 500 € brut/mois / Contrat VIE
Merci de postuler en adressant votre CV et votre lettre de motivation à M. Lacaze.

Sources de recrutement : site civiweb, sites d'annonces en ligne, Pôle emploi.

Soutenir le fonctionnement et le développement de la PME

COMPRENDRE EN VIDÉO Retrouvez tous nos tutos vidéos sur notre chaîne YouTube « Objectif BTS Hachette ».

L'ÉPREUVE

« Soutenir le fonctionnement et le développement de la PME »

Épreuve écrite
Durée : 4 h 30
Coefficient : 6

1 Présentation de l'épreuve

A Les compétences évaluées

• Cette épreuve vise à vous évaluer en situation d'analyse et de résolution de problèmes d'organisation et de gestion au sein d'une PME.

• L'épreuve évalue l'acquisition des compétences et des savoirs associés inscrits dans le référentiel de certification, relevant du bloc de compétences 4 et des activités suivantes :

– **4.1.** Contribution à la qualité du système d'information de la PME ;
– **4.2.** Organisation des activités de la PME ;
– **4.3.** Participation au développement commercial national ou international de la PME ;
– **4.4.** Contribution à la mise en œuvre de la communication de la PME ;
– **4.5.** Participation à l'analyse de l'activité de la PME ;
– **4.6.** Participation au diagnostic financier de la PME ;
– **4.7.** Participation à l'élaboration de tableaux de bord.

Elle intègre également des résultats et des savoirs associés inscrits dans le champ de la communication.

B La forme de l'épreuve

- L'épreuve revêt la forme d'une **étude de cas** portant sur l'étude d'une situation d'organisation et de gestion d'une PME. La situation proposée s'inspire d'un cas réel.
- Elle comporte plusieurs parties couvrant différentes activités concernées. Elle prend appui sur des documents destinés d'une part à situer le contexte professionnel et, d'autre part, à fournir les informations nécessaires à la réalisation des missions confiées.

2 Quelques conseils

• **Gérez bien votre temps**. Prévoyez un quart d'heure pour une lecture attentive du contexte et du questionnement de chaque dossier et un survol des annexes. Estimez, en fonction de vos capacités, le temps nécessaire au traitement de chaque dossier et assurez-vous de le respecter afin d'avoir le temps d'aborder toutes les questions. Réservez une quinzaine de minutes en fin d'épreuve pour relire et contrôler la qualité de votre travail.

• **Essayez de traiter les dossiers dans l'ordre** même si, en principe, ils sont indépendants.

• **Analysez en détail les situations** dans leur contexte avant de vous lancer dans la réalisation du travail.

• **Veillez à respecter les objectifs et les contraintes** et à proposer des solutions, des méthodes et des outils pertinents.

• **Apportez beaucoup de soin à la présentation** de vos travaux conformément aux usages professionnels et à la rédaction (syntaxe et orthographe).

1 Le système d'information

L'information constitue une matière première susceptible de diminuer l'incertitude sur l'environnement de l'entreprise, de lui apporter de la valeur ajoutée et une meilleure compétitivité. Elle permet à son détenteur d'agir et de décider.

1 L'information

Remarque

Une information de qualité doit être :
– pertinente (adaptée aux besoins) ;
– exhaustive (complète) ;
– fiable, exacte (de source de confiance) ;
– actuelle (mise à jour régulièrement) ;
– disponible (facilement accessible) ;
– lisible par l'utilisateur ;
– précise et objective.

Définition

Information : interprétation (attribution d'un sens) d'une ou plusieurs données par une personne ou une organisation dans un contexte défini. Une donnée est une constatation du réel à l'aide de symboles susceptibles d'être compris.

Le coût d'accès à l'information peut comprendre :
– **la charge salariale** correspondant au temps de d'acquisition, de consultation, de traitement ;
– **le coût de connexion à Internet** et le coût d'accès au service pour une consultation en ligne payante ;
– **le coût de l'information** elle-même sous forme d'abonnement ou d'achat de revues, de livres, de CD-Rom.

Voir p. 285

2 Le système d'information

• **Le système d'information** est constitué de l'ensemble des éléments **humains, organisationnels et technologiques**, qui participent à la **gestion**, au **stockage**, au **traitement** et à la **diffusion** de l'information au sein de l'entreprise. Il permet un accès aux informations et facilite la prise de décision et l'action.

• **Le système informatique** est la composante technologique du système d'information. Il est constitué d'un ensemble de **matériels**, de **logiciels** et de **procédures**. Il améliore l'efficacité du système d'information.

• **Les processus métier ou opérationnels** qui participent directement à la fabrication de biens et services (achat, fabrication, vente), s'appuient nécessairement sur le système d'information.

• **Un processus** est une séquence organisée d'activités connexes qui, ensemble, produisent un résultat créateur de valeur pour les clients. Il comporte des éléments entrants mesurables et des éléments de sortie mesurables. Il a un caractère reproductible.

• **Une activité** est un ensemble de tâches réalisées de façon autonome par un même acteur lors d'une étape de déroulement du processus. Les acteurs utilisent des ressources et interviennent à l'occasion d'événements déclencheurs internes, externes ou temporels.

• **Un flux d'information** est un échange d'informations entre des acteurs pour mener à bien une activité ou un ensemble d'activités au sein d'un processus.

3 La représentation du sytème d'information

Les processus du système d'information peuvent être représentés à l'aide de différents schémas. On parle de **modélisation**.

A Le diagramme de flux

Dans un diagramme de flux, les **acteurs** (personne, service ou autre entité) sont représentés dans des cercles. Les **flux d'information** qui circulent entre les acteurs sont matérialisés par des flèches. Ces flux sont numérotés par ordre chronologique.

Exemple

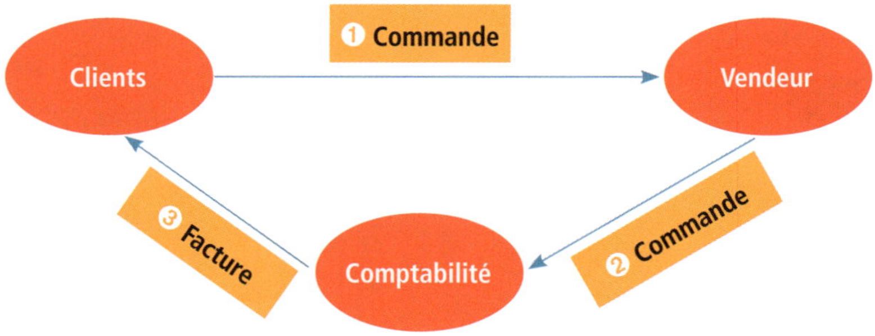

B Le diagramme événements-résultats

- Dans un diagramme événements-résultats, chaque **acteur** est représenté dans une colonne.
- Les **tâches** sont des opérations élémentaires à effectuer pour réaliser une activité.
- Un **événement** est un fait réel qui se produit au sein d'un système d'information. On peut distinguer différents événements :

– un **événement temporel** : il correspond à une date, une période ou une échéance ;
– un **événement déclencheur** : il entraîne la réalisation d'une activité ;
– un **événement résultat** : il découle de la réalisation d'une activité.

- On trouve également une **condition de synchronisation**, qui est une condition préalable au démarrage d'une activité, formulée par une expression logique (et/ou), ainsi qu'une **condition d'émission**, qui est une condition nécessaire à la production du résultat d'une activité.

Exemple

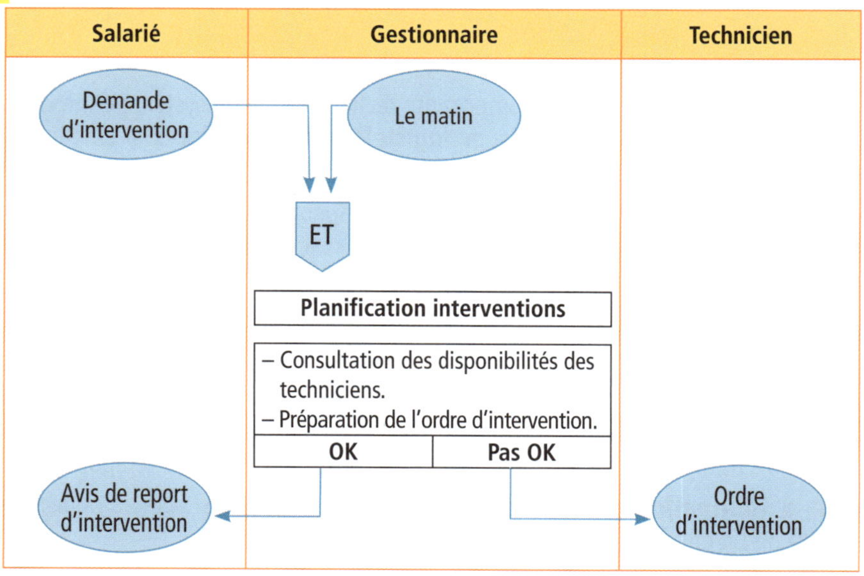

Exercices d'entraînement

Exercice 1

Corrigé p. 176

L'entreprise SoMaCo est spécialisée dans la fabrication à la demande de machines de conditionnement. Les clients, essentiellement des entreprises, transmettent leurs commandes au gestionnaire par courriel ou par courrier. L'original de la commande est remis au responsable des achats. Afin de minimiser les problèmes de trésorerie et de contentieux, ce dernier n'accepte plus désormais d'honorer une commande si le client n'a pas réglé ses factures antérieures. Le responsable doit donc vérifier auprès du comptable la solvabilité du client, ce qui n'est pas toujours immédiat. Si le client est solvable, un ordre de fabrication est créé et transmis à l'atelier. Le responsable des achats vérifie alors, en consultant l'état des stocks, si toutes les pièces détachées nécessaires à la fabrication sont disponibles. Si c'est le cas, le client recevra sa machine dans les délais prévus et l'assistant lui enverra sa facture. Dans le cas contraire, un nouveau processus de recherche de fournisseurs sera enclenché et le client sera avisé par l'assistant d'un allongement du délai de sa livraison.

1. **Présentez le diagramme de flux du processus de commande.**
2. **Expliquez en quoi l'installation d'un progiciel dans l'entreprise améliorerait ce processus de commande.**

Exercice 2

Corrigé p. 176

L'entreprise SoMaCo, spécialisée dans la fabrication à la demande de machines de conditionnement, s'occupe également de la maintenance et du traitement des pannes.
Lorsque les clients font une demande d'intervention, généralement par téléphone, les téléassistants enregistrent leur demande et leur fixent une date de rendez-vous. La suite du processus est décrite dans le diagramme événements-résultats de l'annexe. Les techniciens travaillent de façon autonome grâce à un ordinateur portable connecté à l'entreprise. Ils se rendent chez les clients à l'aide d'un camion-atelier qui contient leurs outils et un stock de pièces de rechange.

1. **À partir du diagramme de l'annexe, indiquez :**
– quels événements déclenchent le traitement des demandes par les techniciens ;
– qui établit la facture au client et à partir de quels éléments ;
– dans quel cas le responsable des achats reçoit un formulaire de commande de pièces de rechange.

Cette organisation ne donne pas entièrement satisfaction : les clients se plaignent parfois d'attendre longtemps le technicien. En effet, comme les téléassistants n'ont pas d'information sur la durée des interventions en cours, il leur arrive de continuer à affecter à des techniciens des missions alors qu'ils se débattent avec des pannes complexes qui les mobilisent sur plusieurs jours. De leur côté, les techniciens aimeraient connaître la nature des pannes quand on leur affecte une demande d'intervention pour évaluer leur durée, et ainsi avoir plus de visibilité pour l'organisation de leurs interventions.
Pour remédier à ces problèmes, le dirigeant de l'entreprise pense qu'il conviendrait d'analyser les demandes d'intervention au moment de leur enregistrement afin de déterminer si elles risquent de durer plus ou moins d'une journée. Dans le cas où cette estimation serait supérieure à un jour, les techniciens pourraient adresser au service commercial un document d'alerte avec indication de la durée prévue. Cela permettrait aux téléassistants d'en tenir compte pour l'affectation des rendez-vous suivants.

2. **Proposez une amélioration de ce processus en tenant compte des remarques et suggestions du dirigeant, et représentez le nouveau processus à l'aide d'un diagramme événements-résultats.**

ANNEXE **Diagramme événements-résultats du processus de gestion des demandes d'intervention des clients**

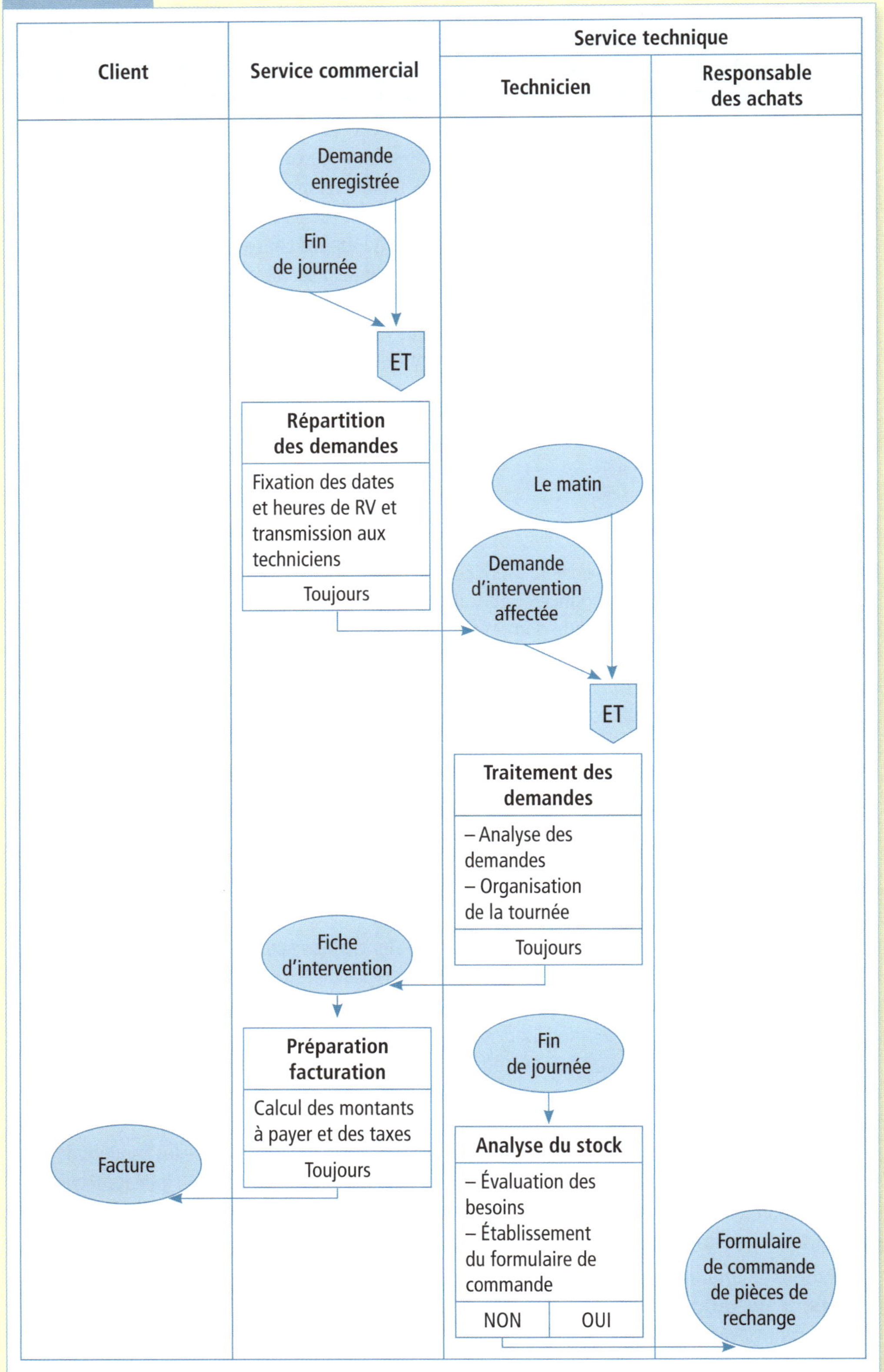

2 Les bases de données

Une **base de données** permet de stocker sous forme structurée un certain nombre de données du système d'information d'une PME.
Des logiciels appelés **système de gestion de bases de données (SGBD)** permettent de créer, gérer, et interroger les bases de données.

1 Le modèle relationnel de données (MRD)

A Définition

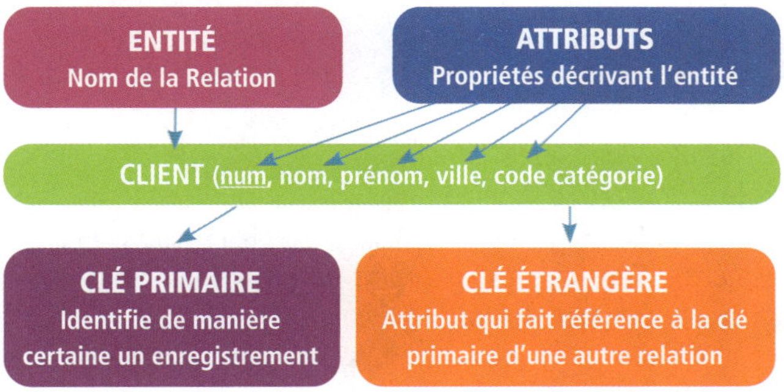

Remarque

Le **dictionnaire des données** a pour objectif d'établir la liste des données élémentaires d'une base de données. Il ne contient pas de synonymes, ni de données calculées. Il précise le type de chacune de ces données (texte, logique, temporel, numérique…).

• **Le modèle relationnel** permet de représenter la structure d'une base de données.

• **Une entité** est un individu ou un objet défini au sein du système d'information, caractérisé par un certain nombre d'attributs (**ex. d'entité :** client ; **ex. d'attribut :** nom, prénom, ville…).

• **Un enregistrement (ou « tuple » ou « occurrence »)** contient les valeurs que prennent les attributs d'un des éléments de l'entité (**ex.** : MARTIN, Dominique, Paris).

• **Une relation** rassemble des attributs qui décrivent une même entité (**ex.** : relation client).

Remarque

Les logiciels de SGBD utilisent généralement le terme de TABLE pour désigner la RELATION, et de CHAMPS pour désigner les ATTRIBUTS.

Astuce

Pour identifier de manière certaine un enregistrement, il peut être nécessaire d'utiliser 2 attributs. Dans ce cas, on parle de **clé concaténée**.

B La cohérence de la base de données

• **Les SGBD.** Ils sont conçus pour vérifier en permanence la cohérence des données. Celle-ci est assurée au niveau des liens et des contraintes.

• **Les liens.** Une **liaison** s'effectue entre la clé primaire d'une table et la clé étrangère d'une autre table. Les liens ne peuvent être réalisés qu'entre des attributs de même type.

• **Les contraintes**

– **Contrainte d'intégrité de domaine.** Le type de la valeur saisie doit correspondre au type du champ défini. **Exemple :** un champ de type numérique ne peut pas recevoir de texte.

– **Contrainte d'unicité de clé primaire.** Le champ d'une clé primaire doit obligatoirement contenir une valeur qui doit être différente pour tous les enregistrements.
Exemple : deux clients ne peuvent pas porter le même numéro d'identification.
– **Contrainte d'intégrité référentielle.** Elle assure la cohérence des dépendances de données entre les différentes tables.
Exemple : un client doit figurer dans la base pour que sa commande puisse être enregistrée.

2 L'interrogation d'une base de données

• **L'extraction des informations** d'une base de données est réalisée au moyen de requêtes effectuées en langage informatique ou en mode interactif (ou graphique).

• **Pour une requête interactive,** les logiciels de gestion de base de données permettent de définir la ou les tables à consulter, le ou les champs à afficher, la ou les critères à appliquer.

3 La protection des données

Voir p. 279

• **La collecte et le traitement de données** personnelles dans l'entreprise sont soumis, depuis le 25 mai 2018, à une réglementation européenne intitulée **RGPD** (règlement général pour la protection des données). Celle-ci, destinée à protéger les données nominatives, renforce la loi « Informatique et Liberté ».

Définition

Donnée personnelle : information se rapportant à une personne physique identifiée ou identifiable.

• **Dans le cadre du RGPD,** toute entreprise doit :
– **recenser ses fichiers** en précisant l'objectif poursuivi, les données recueillies, qui y a accès et combien de temps elles seront conservées ;
– **trier les données** pour vérifier qu'elles sont bien nécessaires à l'activité de l'entreprise et qu'elles ne sont pas sensibles ;
– **informer les personnes concernées** et leur permettre d'exercer facilement leurs droits sur leurs données ;
– **sécuriser les données** pour les protéger contre les attaques informatiques, empêcher leur dissémination et en garantir l'intégrité.

• **La CNIL** a pour mission d'aider les entreprises à être conforme au RGPD et de contrôler le respect du RGPD.

• **En cas de violation d'une disposition du RGPD** et de non-respect des injonctions de mise en conformité, les entreprises s'exposent à des amendes pouvant atteindre 4 % de leur CA annuel ou 20 millions d'euros, et à des poursuites pénales.

Exercice d'entraînement

Corrigé p. 177

La SARL CMO, spécialisée dans la fabrication et la maintenance de machines-outils de marquage et de gravure, dispose d'une base de données pour gérer les demandes d'intervention de ses clients. Le schéma relationnel de la base de données est fourni dans l'annexe 1. Les téléassistants se servent déjà de cette base pour gérer les appels des clients, mais ils se plaignent de ne pas savoir au moment de l'appel si la machine est encore sous garantie. Ils aimeraient donc connaître pour chaque client la liste des machines qu'il a achetées ainsi que la date de ses achats. Afin de répondre à cette demande, le dirigeant décide de créer une nouvelle entité « Achat ».

Par ailleurs, les téléassistants ont constaté, lors du retour des fiches d'intervention (annexe 2), que certaines informations contenues dans ces fiches ne figuraient pas dans la base de données. Il convient donc de modifier cette base de données pour permettre la saisie de ces informations.

1. **Modifiez le schéma relationnel afin de répondre aux besoins des téléassistants.**

Afin de mieux traiter les appels des clients, et en particulier leurs réclamations, le dirigeant vous demande d'extraire certaines informations de la base de données.

2. **Indiquez, pour chacune des requêtes ci-dessous, les tables à utiliser, les champs à afficher et les critères à appliquer.**
   – Désignation des machines dont le prix est inférieur à 150 €, par ordre de prix.
   – Nom, prénom et numéro de téléphone du technicien qui a effectué l'intervention n° 462.
   – Nom, prénom et date d'intervention du technicien qui est passé chez le client SAS BONTY suite à sa demande du 12 mai N.

ANNEXE 1 Schéma de la base de données de la SARL C.M.O.

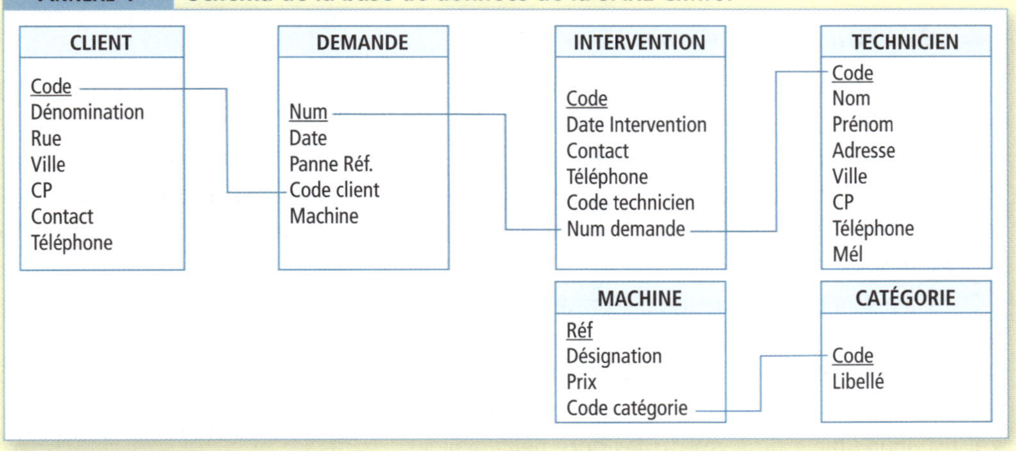

ANNEXE 2

C.M.O.

FICHE D'INTERVENTION	CODE D'INTERVENTION : 396

ENTREPRISE CLIENTE
Nom : Ets LEFRANC — Nom du contact : M. Lefranc
Adresse : 12 rue de Québec – 17000 LA ROCHELLE
Téléphone : 05 00 00 00 00 — Courriel : Lefranc@mail.com

TECHNICIEN
Code : 28 — Nom : DUMONT — Prénom : Paul

MACHINE
Référence : RT 587 — Désignation : Rubis Plus
Durée de la garantie : 1 an

Numéro de la demande	Description de la panne	Coût des pièces de rechange	Temps passé en heures
175	Pointeau P9 à remplacer	86 €	1 heure

3 La gestion de l'archivage des documents

Avec la multiplication des documents dématérialisés et pour éviter trop d'impressions, l'entreprise est contrainte de mettre en place une gestion électronique des documents (GED) et un système d'archivage électronique (SAE).

1 Typologie et cycle de vie des documents

A Typologie des documents

- **Selon la nature du support**, on distingue les documents nativement numériques, numérisés (scannés) et les documents non numériques (papier…).
- **Selon la nature du contenu**, il existe des documents texte, audio, photo, vidéo, multimédia.

B Cycle de vie d'un document

La vie d'un document passe par plusieurs étapes :

étape 1 Création — étape 2 Traitement — étape 3 Diffusion — étape 4 Conservation — étape 5 Destruction

C Le format de document

- Lors de la création des documents numériques, il convient de prêter une attention particulière à leur **format** et à leur **nommage** s'ils ne sont pas créés directement en GED.
- Le **format** du document dépend du logiciel avec lequel il a été créé. Il est matérialisé, sous Windows, par son extension (ex. : .xlsx, .docx). Les documents en **format propriétaire** ou fermés ne peuvent être lus qu'avec l'application avec laquelle ils ont été créés ou des applications compatibles multi-formats.
- Dans la perspective d'échange, de conservation et d'archivage des documents, il est préférable d'utiliser des **formats ouverts** qui assurent l'**interopérabilité** car ils sont reconnus par de nombreuses applications et dans le temps.
- Il est souhaitable de convertir les documents validés dans un **format standard,** lisible à l'avenir et rendant le contenu difficilement modifiable, comme le format PDF/A (norme ISO 19005-1).

Remarque

Le nommage des fichiers numériques doit respecter une norme prédéfinie : nom explicite, numéro de version, date de mise à jour, statut (document de travail ou validé).

2 Les concepts de l'archivage

A Les objectifs et les enjeux

L'archivage a principalement **quatre objectifs** :

1. répondre aux besoins opérationnels (archivage courant) ;
2. répondre aux obligations légales ;
3. constituer des preuves juridiques en cas de litiges ;
4. préserver la mémoire de l'entreprise.

Définition

Archivage : ensemble d'actions, d'outils et de méthodes mis en œuvre pour conserver à moyen ou long terme des documents matérialisés (papiers) ou dématérialisés.

B Les catégories d'archivage

Archives courantes
– Accès fréquent pour l'activité de l'entreprise
– Traité en GED

→ étape 1 →

Archives intermédiaires
– Accès très occasionnel pour des recours ou litiges *a posteriori*
– Traitées en SAE

→ étape 2 →

Archives définitives
– Pas d'accès ou accès exceptionnel pour des études à des fins historiques

étape 1 Les documents obsolètes et les documents issus de dossiers clos, dans le cadre de la protection des données personnelles, doivent être transférés en archives intermédiaires.

étape 2 Lorsque les délais de recours sont écoulés, les documents doivent être transférés dans les archives définitives.

C Les aspects juridiques de l'archivage

• **Les durées légales de conservation des documents** dépendent de la branche d'activité et sont définies par les lois ou textes réglementaires sur la protection des données personnelles (Informatique et Liberté, RGPD) et sur les délais de recours et de contrôle. Pour les documents ne relevant pas de ces textes (**exemple :** procédures internes de l'entreprise), chaque entreprise peut fixer la durée de conservation de ses documents en fonction de ses propres besoins.

• **Seul le juge est compétent** pour déterminer si un document a **valeur probante** (recevable en tant que preuve). L'original papier a, *a priori*, cette valeur, mais une copie numérique peut aussi l'avoir sous réserve d'être une copie numérique fiable, c'est-à-dire de respecter des règles de numérisation et de conservation définies dans le décret n° 2016-1673 du 5 décembre 2016. Un document nativement numérique est soumis à des règles similaires de conservation (empreinte numérique, conservation dans un coffre-fort électronique, documentation, traçabilité…) pour avoir valeur probante.

3 La gestion électronique des documents (GED)

A Définition et objectif de la GED

La GED est un ensemble d'outils et de techniques qui permettent, à l'aide d'applications informatiques, de répondre aux besoins opérationnels de l'entreprise au cours du cycle de vie des documents. Elle sert de support documentaire aux processus métier et permet d'améliorer le travail collaboratif tout en réduisant les coûts.

B Les fonctions de la GED

Acquisition + Création	Organisation	Gestion
– **Enregistrement** des documents numériques – **Numérisation** des documents papier	– **Classement, indexation** des documents – **Stockage des documents** des archives courantes – **Versement en archive** des dossiers clos (archives intermédiaires)	– **Recherche** selon des critères, **consultation et impression des documents** – **Diffusion, partage** des documents – **Gestion des versions, validation**

C Le plan de classement

• Afin de retrouver aisément les documents dans un système de GED, il est indispensable de **réaliser un plan de classement**.

• En GED, les documents sont décrits par des **métadonnées**, par exemple le type de document (facture, commande...), la référence client, la date... Ces métadonnées, qui constituent l'**indexation** du document, permettent de mettre en œuvre différents plans de classement (par client, par date, par région...).

Définition

Plan de classement : ensemble de règles et méthodes définissant la façon dont les documents sont organisés en dossiers et sous-dossiers ainsi que les relations entre les dossiers. Il peut être représenté par une **arborescence**.

4 Le système d'archivage électronique (SAE)

• Le **SAE** est complémentaire de la GED, et, pour atteindre ses objectifs, il doit remplir les conditions suivantes :
– **authenticité** (identité entre l'original et le document archivé) ;
– **pérennité** (possibilité de lire ou imprimer à l'identique les supports dans le temps, précaution contre les risques de perte) ;
– **inviolabilité, confidentialité** (protection contre la modification des documents et l'intrusion dans les documents).

Voir p. 74

• **L'accès aux archives** doit aussi être contrôlé afin d'éviter des risques de différentes natures. Les PME recourent en général à des **tiers archiveurs** pour assurer la gestion et l'archivage de leurs documents papier et électronique.

Exercices d'entraînement

Exercice 1

Corrigé p. 177

L'entreprise CGA est spécialisée dans la vente, l'entretien et le dépannage de chaudières à gaz. Elle intervient sur l'ensemble des départements de la région Bretagne (Côtes d'Armor, Finistère, Ille-et-Vilaine et Morbihan) et s'adresse aussi bien aux particuliers, aux collectivités locales, qu'aux entreprises privées. Les techniciens chauffagistes, au nombre d'une trentaine, sont répartis entre ces quatre départements.
Le classement des dossiers numériques ne donne pas satisfaction. Les salariés ont souvent du mal à retrouver certains documents, en particulier les contrats de maintenance dont les noms ne sont pas significatifs.
Le gérant aimerait adopter des règles de nommage des fichiers relatifs aux contrats de maintenance qui feraient apparaître clairement la date du contrat, la catégorie de client et son nom. Les principaux documents à classer sont les suivants :
– fiches produits ;
– fiches clients ;
– contrats de ventes ;
– factures et contrats de maintenance.

1. Proposez un plan de classement des documents numériques sous forme d'une arborescence.

2. Présentez un plan de nommage pour les contrats de maintenance.

Exercice 2

Corrigé p. 177

Express Marée est une société de transport française spécialiste du transport de produits frais. Son directeur des affaires financières apporte son témoignage sur l'instauration de la GED dans son entreprise.

ANNEXE

« Nos premiers pas dans la GED se sont concrétisés par l'archivage automatique des 3 000 factures mensuelles générées par notre logiciel métier SAGE Transport associé à un certificat *ChamberSign* » explique M. Grignon. Environ 180 000 factures sont ainsi stockées et accessibles par nos clients de manière sécurisée sur notre site Web. »

Séduite par cette solution technologique performante, Express Marée a, au fil des années, renforcé l'utilisation de la Moovapps (anciennement NOVAXEL). À commencer par la numérisation des bons de transport en 2008, pour finir par l'archivage automatique des factures fournisseurs (grâce aux codes-barres type « QR Code ») mis en place en 2011. « Sans oublier l'ensemble des documents liés aux ressources humaines (contrats de travail, bulletins de salaires, etc.) », ajoute le DAF.

Le transporteur estime la réduction de ses coûts à hauteur de 15 % tandis que son activité a progressé d'environ 60 %. Grâce aux outils de GED mis en place et à la remise à jour de certains processus internes, les collaborateurs d'Express Marée ont aisément changé leurs méthodes de travail pour gagner en performance, ce qui a un impact direct sur la gestion des coûts.

Pour Stéphane Grignon, la dématérialisation de la chaîne de facturation offre des économies d'échelle conséquentes à tous les niveaux : « L'économie réalisée sur les consommables tels que le papier et les coûts d'envoi est également gigantesque ! De fait, l'investissement initial s'est avéré amorti en à peine 6 mois. » Les gains sont donc multiples. D'une part, l'espace occupé par l'archivage physique s'est réduit. D'autre part, les managers ont insufflé une dynamique écologique à l'entreprise, avec la diminution de la consommation de papier et son recyclage. Enfin, le gain économique n'est pas négligeable puisqu'en 2005, il avait été chiffré à 60 000 € par an. En 2011, il est estimé à environ 100 000 €.

www.experience-numerique.com

1. Recherchez à quoi correspondent le certificat « ChamberSign » et la Moovapps.

2. Qu'est-ce qu'un code-barres de type « QR Code » ?

3. Quels sont les principaux documents qui ont été numérisés dans l'entreprise Express Marée ?

4. Quels ont été les apports de la GED pour l'entreprise Express Marée ?

4 Les ressources informatiques

Pour assurer leur gestion au quotidien, les PME disposent de différentes ressources informatiques qui fonctionnent généralement en réseau.

1 Les éléments d'un réseau informatique

Définition

Réseau informatique : ensemble d'équipements informatiques reliés entre eux afin de permettre aux utilisateurs de communiquer, de partager des ressources et d'accéder à des services en ligne.

A Schéma d'un réseau informatique

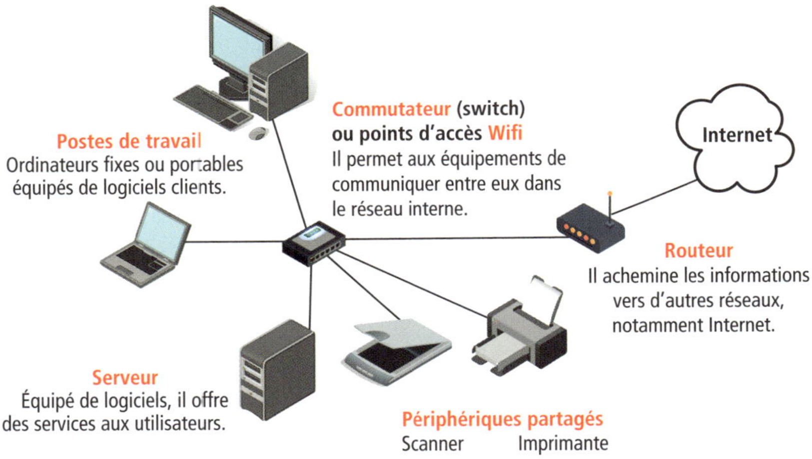

Tous les éléments d'un réseau sont équipés de **cartes réseau Ethernet** ou **Wifi** et communiquent entre eux grâce à des médias : câbles coaxiaux, câbles paires torsadées (prise RJ45), fibre optique, liaisons radios pour le Wifi.

Remarque

Dans une architecture client/serveur, le serveur met ses services à la disposition des postes de travail qui sont considérés comme clients.

B Les principaux composants d'un micro-ordinateur PC

- **La carte mère** intègre généralement une carte graphique, une carte son et des interfaces permettant de se connecter à des périphériques (écran, imprimante, souris, scanneur…).
- **Le processeur** est le moteur de l'ordinateur, sa vitesse de travail se mesure en GHz et varie de 1 à 5 GHz
- **Le disque dur ou SSD** (mémoire flash) permet de conserver les données dans l'ordinateur. Sa capacité est d'au moins 250 Go.
- **Les cartes réseau** permettent de communiquer avec les ressources du réseau.

- **La mémoire vive** (RAM, de 2 à 16 Go) stocke les programmes et les données pendant que l'ordinateur fonctionne.
- **Le système d'exploitation** est le programme qui gère le fonctionnement de l'ordinateur.

C Les serveurs

Un **serveur** est un ordinateur dont la capacité de stockage et la vitesse de transfert sont très élevés et qui a une forte capacité de gestion des accès simultanés. Selon le type de service qu'il offre, on distingue plusieurs types de serveurs : d'applications, de données, d'impression, d'authentification, de messagerie, Web…

D La sécurité de l'accès

Afin de **sécuriser l'accès aux postes informatiques**, différents dispositifs peuvent être mis en œuvre : **authentification** par mot de passe, empreinte digitale, reconnaissance visuelle ou clé électronique, mise en veille automatique, blocage des ports USB…). Il est également souhaitable de créer des **profils d'utilisateurs** limitant l'accès à certaines ressources en fonction des utilisateurs.

2 L'organisation des échanges d'un réseau

- Le principal protocole utilisé dans les réseaux est IP (*Internet Protocol*) dans ses versions 4 et 6.

Dans un réseau IP (V4), tout équipement (hôte) possède une **adresse IP unique**, composée de 4 nombres entiers compris entre 0 et 255, séparés par des points (exemple : 192.168.1.3).

> **Définition**
> **Protocole :** ensemble de règles et de procédures définies au niveau mondial pour permettre la communication au sein des réseaux.

- **La configuration réseau** d'un équipement (hôte) peut être définie de façon statique (manuelle) ou plus fréquemment de façon **dynamique** : un serveur spécialisé (mettant en œuvre le protocole DHCP) attribue, pour une durée déterminée, une configuration IP au poste chaque fois qu'il se connecte à un réseau local.
- **Le protocole DNS** (*Domain Name System*) est un système, au niveau mondial, qui permet d'établir une correspondance entre les adresses IP, difficiles à mémoriser, et des noms plus faciles à retenir (exemple : www.afnic.fr est équivalent à 192.134.3.20).
- **Les serveurs DNS** situés le plus souvent chez les fournisseurs d'accès à Internet assurent la conversion entre les noms de domaine et les adresses IP.

3 Internet, extranet, intranet

A Internet

- **Les services proposés par Internet** sont les suivants :

– **le service web** : constructions et consultations de sites selon le protocole HTTP (*HyperText Transfer Protocol*) ;

– **la messagerie électronique** : échanges de messages et de pièces jointes, envois en nombre à l'aide de listes de diffusion ;

– **le transfert de fichiers** : échanges de fichiers volumineux grâce au protocole FTP (*File Transfer Protocol*) ;

> **Définition**
> **Internet :** réseau mondial public d'échange d'informations, basé sur le protocole IP. L'accès au réseau Internet exige de faire appel à un FAI (fournisseur d'accès à Internet) qui fournit des adresses publiques IP et un point d'entrée sur Internet moyennant le paiement d'une redevance.

– **les forums :** échanges entre utilisateurs sur un thème donné ;

– **la messagerie instantanée :** communication de manière synchrone avec d'autres utilisateurs.

> **Remarque**
>
> Pour offrir ses services sur Internet, une entreprise doit obtenir un **nom de domaine** et éventuellement un **hébergement** auprès de prestataires spécialisés (par exemple un FAI).

B Extranet

C'est un réseau utilisant les technologies de l'Internet, permettant à une entreprise de donner à certains partenaires un accès contrôlé à son système d'information.

C Intranet

Il s'agit d'un réseau utilisant les technologies de l'Internet permettant à une entreprise de donner à ses collaborateurs un accès à tout ou partie de son système d'information.

Exercice d'entraînement

Corrigé p. 178

M. Bertoux dirige une PME du BTP qui emploie une quinzaine de salariés. Le système informatique de l'entreprise est organisé en réseau selon le schéma fourni en annexe. M. Bertoux vous demande d'analyser le réseau actuel et de le faire évoluer en répondant à différentes questions qu'il se pose.

1. **Indiquez les avantages qu'une entreprise peut tirer d'une organisation en réseau.**
2. **Expliquez comment le comptable doit procéder, actuellement, pour imprimer un document qui se trouve sur le disque dur de son ordinateur. Indiquez quelle serait la solution pour lui faciliter cette démarche.**

Le dirigeant souhaiterait que tous les postes puissent se connecter à Internet en toute sécurité. Il s'est abonné auprès d'un FAI (fournisseur d'accès à Internet) qui lui a fourni un routeur dont l'adresse IP publique est 86.72.71.25. De plus, l'entreprise vient d'acheter un scanneur que tous les salariés devront pouvoir utiliser depuis leur poste de travail, ainsi qu'un serveur de messagerie. Enfin, un ordinateur portable vient d'être acquis pour un commercial nouvellement embauché. Il convient que celui-ci puisse se connecter au réseau interne de la société, ainsi qu'à Internet.

3. **Précisez quel est le rôle du routeur.**
4. **Représentez sur le schéma de l'annexe toutes les modifications qui doivent être faites pour prendre en compte l'évolution du réseau.**
5. **Indiquez le rôle des différents serveurs.**

ANNEXE **Schéma du réseau de l'entreprise**

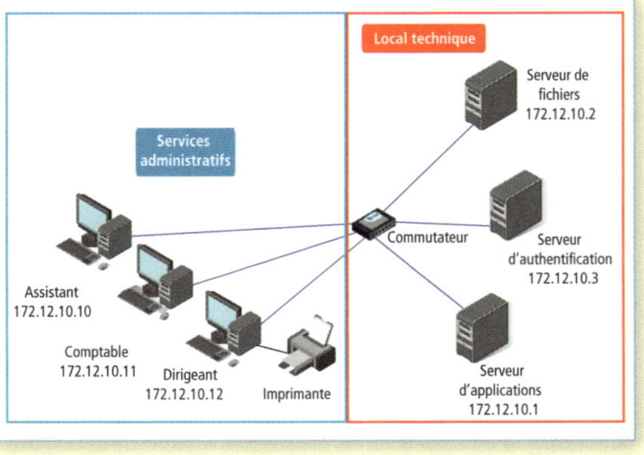

5 La méthodologie de résolution de problème

Le fonctionnement et le développement de l'entreprise reposent sur l'amélioration systématique des processus et la réduction des dysfonctionnements. Ces objectifs sont obtenus grâce à des méthodes et des outils utilisés dans une démarche de résolution de problèmes.

1 L'identification d'un problème

• Il convient, dans une première étape, d'**identifier et de caractériser le problème** pour pouvoir déterminer ensuite la stratégie à suivre pour le résoudre. Est-il urgent, grave, important, fréquent, simple ou complexe, ponctuel ou permanent ? Quels en sont les acteurs ? Quel type de solution appelle-t-il (instrumentale ou comportementale) ?

Définitions

Problème de cause : résulte d'un dysfonctionnement à corriger.
Problème de but : répond à un besoin à satisfaire ou un objectif à atteindre.

• La méthode du **QQOQC** consiste à répondre aux questions suivantes pour poser le problème.

– **Qui ?** Qui sont les acteurs impliqués, les personnes concernées ?

– **Quoi ?** De quel type de problème s'agit-il ?

– **Où ?** Quels sont les lieux concernés, où les effets vont-ils se manifester ?

– **Quand ?** Depuis quand le problème existe-t-il ? Quel délai avons-nous pour le résoudre ?

– **Comment ?** De quels méthodes et moyens disposons-nous pour le résoudre ?

2 La recherche des causes

Outre le QQOQC déjà mentionné, plusieurs outils permettent de rechercher et d'analyser les causes d'un problème.

A Le diagramme causes-effet (5M ou 6M) ou diagramme d'Ishikawa

• Cet outil permet de classer les causes observées par famille et sous-famille et de sélectionner les causes les plus importantes pour résoudre le problème.

COMPRENDRE EN VIDÉO — *Voir vidéo : Le diagramme d'Ishikawa*

• **Les causes sont réparties dans les cinq catégories appelées « 5M ».**

– **Matière.** Cela concerne les matières premières, les fournitures, l'énergie…

– **Matériel.** Il s'agit des machines, équipement, matériel informatique, logiciels, locaux, moyens de financement.

– **Méthode.** Cela concerne l'organisation, la procédure, le mode opératoire, les consignes, les procédés.

– **Main-d'œuvre.** Cela comprend tout ce qui se rapporte aux ressources humaines, à la formation.

– **Milieu.** Il s'agit de l'environnement de la situation étudiée, des conditions de travail (température, bruit…), de l'ergonomie…

On peut ajouter un 6e M : **Management.**

• Les causes sont ensuite présentées sur un schéma, par catégorie, à l'aide de flèches.

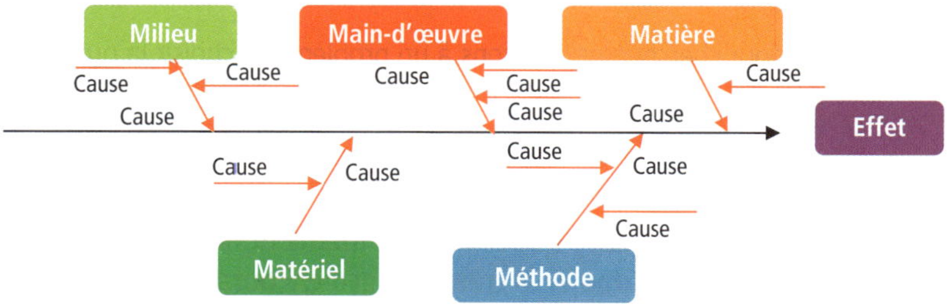

B L'arbre des causes

Il permet de représenter les causes d'un problème sous forme d'un arbre. On débute par le problème, et on se demande quelles en sont les causes. Puis, pour chaque cause identifiée, on cherche de la même manière les « sous-causes », et ainsi de suite.

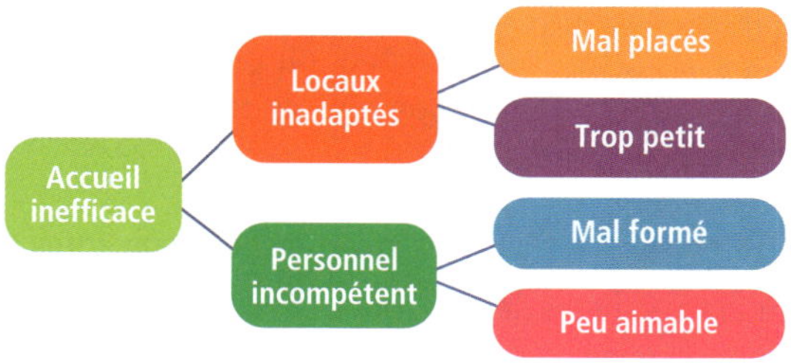

C Le diagramme de Pareto

COMPRENDRE EN VIDÉO

Voir vidéo : Le diagramme de Pareto

• **Il s'agit d'un graphique mettant en évidence les causes les plus importantes** pour établir des priorités dans leur traitement, sachant que bien souvent, 20 % des causes sont à l'origine de 80 % des conséquences.

• Pour réaliser le diagramme de Pareto, il convient :

étape 1 d'établir la liste des causes (ou des catégories à observer),

étape 2 de les classer par type ou par famille, de quantifier l'importance de chacune des familles,

étape 3 de déterminer le pourcentage de chacune par rapport au total, de classer ces pourcentages par valeurs décroissantes,

étape 4 de représenter graphiquement le diagramme.

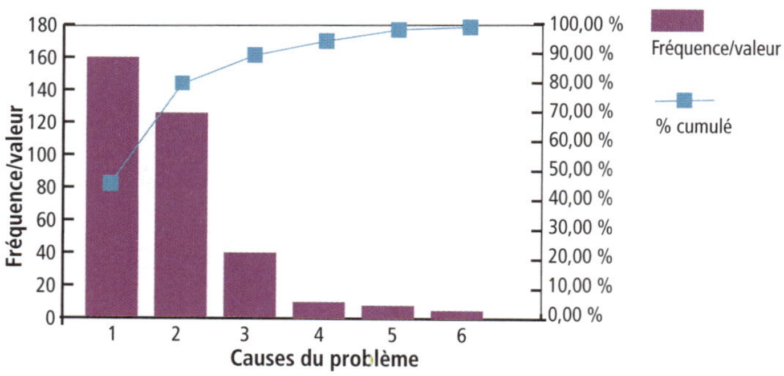

▲ Exemple de diagramme de Pareto

Remarque

La courbe des valeurs cumulées représente les points déterminés par l'addition des valeurs de toutes les familles de causes identifiées précédemment jusqu'à obtenir 100 %.

3 La recherche de solutions

Plusieurs outils existent pour chercher les solutions à un problème et choisir la ou les solutions plus adaptées.

A Le remue-méninges (ou *brainstorming*)

- Il s'agit de **produire un grand nombre d'idées sur un thème donné**, sous la direction d'un animateur. Ce procédé a l'avantage de **stimuler la créativité** et d'**encourager les attitudes positives**.
- Différentes règles doivent être respectées : susciter le maximum d'idées sans critiquer, donner la parole à tous les participants, rejeter les idées hors sujet, classer les idées en fonction de l'efficacité, de la faisabilité, des priorités, des coûts….

B La matrice multicritères

Elle permet de **choisir une solution en fonction de l'importance attribuée à différents critères.** Les critères peuvent être affectés de coefficients de pondération. La solution retenue est celle qui totalise le plus de points.

Options ou solutions	Critères				Total
	Critère 1	Critère 2	Critère 3	Critère 4	
Solution 1					
Solution 2					

C La matrice de compatibilité

Son objectif est de permettre de **retenir un choix entre plusieurs solutions**. La matrice visualise la compatibilité des solutions proposées avec les critères définis.

Exemple : organisation d'un déjeuner lors d'une formation

Critères	Restaurant	Plateau repas	Sandwich
Coût	–	+	–
Rapidité	–	+	–
Confort	+	–	–
Image	+	+	–

Dans ce cas, le plateau repas est la solution qui satisfait à tous les critères.

D Le tableau avantages-inconvénients

Ce tableau permet d'apprécier l'intérêt de chaque solution et de les comparer.

Eléments de comparaison	Avantages	Inconvénients
Solution 1		
Solution 2		
Solution 3		

4 La mise en œuvre de la solution choisie

Voir p. 145

Les étapes de la mise en œuvre de la solution choisie doivent être définies et planifiées. Certains outils, tels que le QQOQC, la liste de contrôle, et les plannings sont utilisés pour mettre en œuvre cette solution. **Celle-ci doit permettre de résoudre le problème dans les meilleures conditions techniques, économiques et humaines.**

5 Le suivi et le contrôle des résultats

Le contrôle des résultats peut être qualitatif et /ou quantitatif. Dans ce cas, des graphiques et/ou des tableaux de contrôles permettent de suivre l'évolution des résultats. Si la solution retenue est insatisfaisante, il faudra procéder à des actions correctrices, des ajustements, des remédiations.

Exercices d'entraînement

Exercice 1

Corrigé p. 178

L'entreprise Legumesbio est spécialisée dans le conditionnement de légumes en boîtes de conserve. Elle emploie 50 salariés : 15 travaillent dans les services administratifs, 30 sont affectés à l'usine de conditionnement. Une équipe de 5 personnes encadre l'usine.
Vous êtes gestionnaire auprès du responsable production. Vous avez constaté une augmentation des accidents du travail depuis 1 an. En interrogeant les ouvriers et en analysant les comptes rendus des accidents, vous avez relevé les causes et les avez réunies dans l'annexe.

- **Présentez le diagramme causes-effet.**

ANNEXE **Relevé des causes**

- Le cariste conduisait trop vite.
- L'ouvrier a subi un choc à la tête mais il ne portait pas son casque de sécurité.
- Les chaussures de protection sont laissées au vestiaire.
- L'été, il fait trop chaud dans les ateliers.
- L'hiver, il fait trop froid dans les ateliers.
- Le responsable de la production n'est pas agréable, il ne sait pas parler calmement.
- Les caristes ne respectent pas les règles de sécurité.
- Les machines sont obsolètes, elles font beaucoup de bruit.
- La machine à café est toujours en panne.
- Les consignes des managers ne sont jamais claires.
- Les collaborateurs manquent de temps pour échanger.
- Les locaux sont trop petits.
- L'éclairage est insuffisant.

Exercice 2

Corrigé p. 179

Vous êtes gestionnaire dans un hôtel familial en Alsace. Le gérant très accueillant et serviable souhaitant améliorer la qualité de ses prestations a fait remplir une fiche de satisfaction à sa clientèle pendant tout l'été. Vous en avez fait une synthèse et souhaitez proposer au gérant le résultat de votre étude.

1. **Représentez un diagramme de Pareto à l'aide des données de l'annexe.**

2. **Commentez vos résultats.**

ANNEXE Degré de satisfaction de 50 clients

Prestations	Très satisfait et satisfait	Peu ou pas satisfait	Sans opinion
Accueil	45	2	3
Confort des chambres	13	20	7
Prix des chambres	30	8	12
Qualité du petit déjeuner	35	12	3
Quantité proposée	18	27	5
Insonorisation	5	39	6
Télévision	45		5
Possibilité connexion Internet		15	35
Environnement	10	35	5

6 L'amélioration du travail administratif

Les enjeux du travail administratif sont à la fois économiques, commerciaux et sociaux. La qualité du travail administratif permet une meilleure rentabilité, une bonne harmonie au sein du personnel, et une plus grande efficacité avec les partenaires de l'entreprise.

1 L'analyse des activités administratives

Voir p. 129

Les outils de résolution de problème qui permettent de déceler les causes de dysfonctionnement, d'apporter des solutions et de les mettre en œuvre sont utilisables pour améliorer la performance du travail administratif.

Définition

Activité administrative : concerne tous les services de l'entreprise dans les domaines de la communication, de l'organisation, de la gestion. Elle a pour mission essentielle de fournir à l'ensemble de l'entreprise les informations dont elle a besoin pour fonctionner.

A L'analyse des processus administratifs

- **Les processus administratifs** sont des processus fonctionnels ayant pour objectif de mettre à la disposition de l'entreprise toutes les informations nécessaires pour assurer son bon fonctionnement.

- **Les fiches de processus** permettent d'analyser un processus sous forme d'un tableau en répondant aux questions qui, quoi, où, quand, comment, pourquoi.

Voir p. 116

- **Le diagramme des flux d'information** représente des échanges de flux d'informations entre des acteurs qui participent à un processus. Dans ce schéma ne figurent pas les supports d'information, seuls comptent les messages véhiculés.

Voir p. 116

- **Le diagramme événements-résultats** montre la coordination des activités et des acteurs dans un processus.

B L'analyse de la répartition des tâches

- **Les modes opératoires et les fiches d'instruction** décrivent de manière détaillée l'ordre des opérations à effectuer pour réaliser une tâche. Leur objectif est de faciliter l'utilisation d'un matériel pour les modes opératoires ou l'accomplissement d'une activité répétitive simple pour les fiches d'instruction.

- **Le tableau de répartition des tâches (TRT)** est un outil qui permet de visualiser la répartition des tâches entre les différentes personnes d'un service ou d'une entreprise, tout en précisant la charge de travail de chacun. **Il est généralement réalisé lorsque des dysfonctionnements apparaissent** ou lors du montage d'un nouveau projet pour répartir les rôles au sein de ce projet.

- **Sa conception s'appuie sur les fiches d'autoanalyse** ou d'auto-pointage réalisées par les employés et sur des entretiens effectués auprès de ces employés.

• **L'analyse d'un TRT** peut s'effectuer à l'aide d'une grille de questions de ce type :

Qui réalise les tâches ?	Les employés sont-ils suffisamment ou insuffisamment qualifiés ?
Quelles tâches sont réalisées ?	• Les tâches permettent-elles au service de remplir son rôle ? Manque-t-il des tâches ? • Toutes les tâches sont-elles du ressort de ce service ? Y a-t-il trop de tâches ?
Comment sont réalisées les tâches ?	• Les employés sont-ils compétents pour les tâches qu'ils réalisent ? • Les employés sont-ils trop polyvalents ou trop spécialisés ?
Combien de temps est consacré aux tâches ?	• Le nombre d'heures effectuées par les employés est-il équilibré ? • Le nombre d'heures attribuées aux tâches correspond-il à leur importance ?

• L'analyse de ce TRT et des profils des salariés permet une redéfinition de la répartition des tâches au sein du service ou de l'entreprise dans le but de **mieux répondre aux attentes du personnel** et donc d'améliorer ses performances, en rééquilibrant les charges de travail, en accordant plus de responsabilités, ou encore en rendant les postes plus polyvalents.

Société VITO **Service :** ressources humaines

Tableau de répartition des tâches

Date de l'étude : 10 juin N

N°	Activités et tâches	Lise	Adrien	Total
	Suivi des dossiers			
1	Formation – Congés – Absences	11	7	18
2	Accidents du travail	9	2	11
3	Formalités administratives			
	Sous-total	20	9	29
	Gestion de la paie			
4	Élaboration des bulletins de paie	4	15	19
5	Impression et mise sous enveloppe		3	3
	Sous-total	4	18	22
	Relation avec le personnel			
6	Accueil des salariés	4	2	6
7	Réception des appels téléphoniques	3	1	4
8	Rédaction du courrier	4	5	9
	Sous-total	11	8	19
	Total	35	35	70

Nom de l'entreprise
Titre
Numérotation des tâches
Liste des tâches
Intitulé du service étudié
Date de l'analyse
Nom des employés
Temps passé en heures
Temps de travail hebdomadaire

▲ Exemple de TRT

2 Le calcul des coûts administratifs

• **La productivité du travail administratif** peut être améliorée par une bonne maîtrise des coûts. **Cela consiste à prévoir et contrôler les dépenses afin éventuellement de les réduire.**

Fonctionnement et développement de la PME

Éléments constitutifs d'un coût administratif

Type de charges	Exemples
Charges de main-d'œuvre	• Salaires • Charges sociales
Charges relatives au matériel et aux locaux	• Amortissement des matériels • Charges de location • Assurance
Charges relatives aux consommations	• Fournitures stockables : papier, encre • Fournitures non stockables : électricité, eau

Voir p. 164

• **Les calculs de coût** peuvent être effectués selon différentes méthodes s'appuyant soit sur les charges directes et indirectes, soit sur les charges variables et fixes.

• **Un budget** est une prévision chiffrée des différents postes de dépenses et de recettes correspondant à une activité ou un projet. Il permet de mesurer les écarts entre les prévisions et les réalisations.

Remarque

Dans le domaine administratif, des budgets sont établis notamment pour évaluer les dépenses relatives à l'organisation d'événements internes ou externes.

3 La conduite du changement

La conduite du changement vise à **faciliter l'acceptation et la mise en œuvre des changements** induits par une nouvelle organisation du travail. Elle a pour objectif de lutter contre la résistance aux changements et d'obtenir l'adhésion du personnel.

étape 1 **Les salariés concernés doivent être associés au projet** afin que leurs avis et leurs craintes soient pris en compte et qu'ils contribuent au choix des solutions. Cela permet d'obtenir leur adhésion et de les rendre plus motivés pour la mise en place de la nouvelle organisation.

étape 2 Il convient ensuite de **mettre en place des moyens de communication interne** pour informer les salariés de changements à venir.

étape 3 Enfin, dans certains cas, il peut être nécessaire de **former les salariés à de nouvelles méthodes de travail** ou à l'utilisation de nouvelles technologies.

4 L'élaboration d'indicateurs de performance

Voir p. 162 et 236

La performance dans le domaine administratif peut se mesurer à l'aide d'**indicateurs de qualité** évaluant périodiquement des résultats et des écarts par rapport à des objectifs fixés.

	Valeur mesurée	Exemples
Quantitatif	Quantité	Nombre de dossiers traités, nombre de devis réalisés, taux de rotation du personnel.
	Durée	Temps de recherche d'un dossier, temps de réalisation d'une tâche.
	Délai	Délai de réponse à une demande interne, délai de passation d'une commande de fournitures.
	Qualité	Taux d'erreur de facturation, respect des horaires de rendez-vous.
Qualitatif	Coût	Coût des photocopies.
	Appréciation	Degré de satisfaction de l'accueil des clients.

Exercice d'entraînement

Corrigé p. 179

L'entreprise dans laquelle vous êtes gestionnaire va mettre en place prochainement un nouveau système de machines numériques dans ses ateliers. Les 7 ouvriers qualifiés concernés par ce changement vont suivre un stage de formation d'une durée de 5 jours de 9 heures à midi et de 13 heures à 16 heures.

Deux possibilités s'offrent à l'entreprise : faire appel à la société Forma+ ou à un contremaître de l'entreprise qui a suivi une formation de ce type récemment.

Si c'est le contremaître qui assure la formation, il faudra qu'il compte une douzaine d'heures pour préparer ses interventions et élaborer son diaporama de présentation. Dans ce cas, c'est à vous qu'il reviendra d'imprimer la brochure de 90 pages par stagiaire, à partir d'un CDROM dont le prix est de 350 €. Vous estimez que cela vous prendra 45 minutes dont 30 minutes d'impression.

1. Classez dans un tableau de ce type les charges relatives à la formation.

	Charges directes	Charges indirectes
Charges fixes		
Charges variables		

2. Calculez le coût de revient global et unitaire de la formation dans les deux hypothèses.

Annexe 1 **Conditions de Forma+**

- Rémunération du formateur de 55 € de l'heure
- Frais de restauration de midi à la charge de l'entreprise d'accueil de 15 € par repas
- Pas de frais de déplacement à prendre en charge
- Coût de la documentation mise à disposition des stagiaires (90 pages) : 32,75 € par personne
- Formation dans les locaux de l'entreprise d'accueil

Annexe 2 **Renseignements recueillis auprès du comptable de l'entreprise**

- Salaire mensuel du directeur de production : 2 480 € charges comprises
- Salaire mensuel de l'assistant : 1 980 € charges comprises
- Horaire hebdomadaire : 35 heures
- Frais généraux (salle, chauffage, éclairage…) : 5 € par jour d'occupation de la salle
- Ramette de 500 feuilles de papier : 7,50 € l'une
- Cartouche d'imprimante : 75 € pour 10 000 impressions
- Coût d'un ordinateur : 600 € pour 2 000 utilisations par an sur 4 ans
- Coût d'une imprimante : 250 € pour 850 heures d'utilisation par an sur 3 ans*

7 L'organisation des déplacements et des événements internes et externes

Les déplacements des salariés et l'organisation d'événements internes et externes dans le cadre du fonctionnement et du développement de l'entreprise représentent un coût qu'il convient de maîtriser notamment grâce à une organisation rigoureuse.

1 Les déplacements

A L'analyse des besoins et des contraintes

- Les besoins nécessaires au bon déroulement du déplacement doivent être analysés :

Besoins humains	Personnel impliqué et personnel concerné par le déplacement, personnes contactées avant, au cours et après le déplacement.
Besoins matériels	Équipements à emporter : ordinateurs, documents, échantillons, matière, produits.
Besoins informationnels	Informations utiles pour l'organisation du déplacement, pendant le déplacement et après le déplacement.
Besoins financiers	Budget à prévoir pour couvrir le déplacement : remboursement des frais, achats spécifiques.

- **Les contraintes temporelles** concernent la durée, les dates de début et de fin, la manière dont s'organisent les activités durant le déplacement ainsi que les répercussions sur le temps de travail initialement prévu.

- **Les contraintes relatives aux formalités administratives et médicales** à accomplir en fonction du pays de destination et de la durée du déplacement doivent être prises en compte :

Carte nationale d'identité, passeport, visa, carte de séjour, permis de travail, autorisation de sortie du territoire, etc.	• Formalités douanières si elles sont nécessaires • Déclarations des marchandises, etc.	• Vaccinations • Carte de groupe sanguin, carnet international de vaccination, etc.

- **Les contraintes financières** correspondent à l'obligation de respecter les limites budgétaires allouées pour le déplacement et de contrôler la rentabilité du projet.

B L'organisation du déplacement

Elle s'effectue par téléphone, par Web, par courriel ou par contact direct en plusieurs étapes.

étape 1 **Recherche d'informations** sur les modalités les plus adaptées pour l'itinéraire, le moyen de transport et l'hébergement et sur les formalités administratives, douanières ou médicales à accomplir avant le départ.

étape 2 **Choix des modalités de déroulement** du déplacement.

étape 3 **Négociation avec les prestataires de service.** Elle peut se faire dans le cadre d'un appel d'offres ou au cours de l'ouverture d'un compte qui donne droit à des réductions dans certaines sociétés de transport ou d'hôtellerie.

étape 4 **Réservation** pour marquer l'engagement réciproque entre l'entreprise et le prestataire de service. Elle peut impliquer un paiement partiel ou total de la prestation.

étape 5 **Élaboration des documents administratifs** relatifs au déplacement.

Parmi ces documents, l'ordre de mission protège juridiquement le salarié en cas de survenue d'un risque lors du déplacement, il fixe les limites des dépenses occasionnées par le déplacement et ouvre les droits de remboursement des frais dès le retour de mission.

Définition

Ordre de mission : document émis par le supérieur hiérarchique qui commandite le déplacement.

étape 6 **Élaboration d'un dossier de déplacement**

étape 7 **Vérification des rendez-vous**

C Le suivi des déplacements

- Un bilan doit être dressé à l'aide de comptes rendus et au cours de réunions une fois le déplacement réalisé.
- Le remboursement des frais est effectué après la remise des justificatifs.

2 Les événements internes

A Les réunions

La réunion est un mode de communication groupale répandu et souvent nécessaire. Mais sa multiplication peut être source de dysfonctionnement. Quel que soit son objectif (information descendante ou ascendante, discussion, résolution de problème ou formation), une organisation rigoureuse s'impose pour en assurer l'efficacité.

Voir p. 207

B Les autres événements internes

Pour toute autre participation à des événements internes, les procédures d'organisation sont proches.

Avant l'événement	
Définir l'événement	Objet, thème, enjeu, date, lieu Participants (nombre et qualité des participants) Contraintes
Préparer des documents nécessaires à afficher ou à distribuer	Brochures, dépliants, affiches, livrets, diaporama, cadeaux, enquête…
Préparer des conditions matérielles	Locaux, matériels, fournitures…
Inviter ou convoquer	Courrier, courriel, note…
Contrôler	Vérification de la préparation : adéquation besoins/moyens

Pendant l'événement	
Accueillir, prendre des notes, enquête/sondage	
Après l'événement	
Évaluer la réalisation, réaliser un compte rendu, un procès-verbal, un rapport	Cette évaluation permet d'effectuer des remédiations

3 Les événements externes

Les salons et les expositions sont des outils de communication qui permettent aux entreprises de se faire connaître, de prospecter de nouveaux marchés et d'effectuer des prises de contact directes. Il convient de préparer au mieux la participation à ce type d'événement et d'en évaluer les résultats.

A Avant le salon

• **Le choix de la manifestation** s'appuie sur différents critères : cible du salon, nature du salon, type de participation et localisation du salon. Des organismes spécialisés (foires, salons et congrès de France), la COFACE (Compagnie française d'assurance pour le commerce extérieur), les syndicats professionnels, la presse professionnelle et les sites Internet permettent d'obtenir des informations pour faciliter le choix.

• **La détermination du budget** est indispensable. Le coût du salon comprend :

– **le stand :** réservation, aménagement, prestations (électricité, eau, connexion Internet…), services (hôtesses, assurance, formation du personnel) ;

– **la communication :** documentation (traduite en langue étrangère), invitation, publicité, relations publiques… ;

– **le personnel :** transport, hébergement, repas, part des salaires et charges sociales.

Remarque

Afin de faciliter leur développement à l'international, certains organismes proposent des aides (financières ou logistiques) à la préparation et à la participation à un salon (assurance prospection, aide au développement international, chambres de commerce et d'industrie, etc.).

• **Les formalités douanières, les procédures et les règles** imposées dépendant du pays où se déroule le salon doivent être respectées. Par ailleurs, afin de prémunir la marchandise de tout risque (vol, perte, dégradation, détérioration), l'entreprise doit vérifier qu'elle possède une assurance couvrant ces risques.

• **La constitution de l'équipe** présente pendant le salon peut comprendre uniquement du personnel de l'entreprise, mais il est parfois nécessaire de recourir à du personnel extérieur. Ce personnel doit être formé avant le salon car il véhicule l'image de l'entreprise.

• **Le choix et la réservation des transports et de l'hébergement** pour les membres de l'équipe doivent être effectués le plus tôt possible en comparant les coûts.

- **L'aménagement du stand** est essentiel. Il est indispensable de réserver son stand le plus tôt possible. Une fois réservé, ce dernier doit être aménagé afin d'attirer le maximum de visiteurs : informations claires sur l'entreprise et ses produits, exposition des produits et du matériel, installation de mobilier convivial, décoration du stand en adéquation avec l'entreprise et les produits.

- **La communication.** L'entreprise doit faire connaître sa participation par une communication prévue : publipostage, inscription dans des catalogues professionnels, médias, encart publicitaire dans la presse locale, bandeaux publicitaires sur le site du salon.

B Pendant le salon

- **L'offre commerciale.** L'équipe véhicule l'image de l'entreprise et présente une proposition d'offre commerciale. Des démonstrations et animations sont aussi des moyens d'attirer l'attention des visiteurs.

- **La communication.** Des affiches, panneaux, dépliants, catalogues, objets de promotion, films d'animation, échantillons… permettent de dégager une image positive de l'entreprise. D'autres actions viennent en appui de ces outils : organisation de jeux concours, mise en place de conférences, invitation à des cocktails…

- **La veille concurrentielle.** La participation à un salon est aussi l'occasion de réaliser une veille concurrentielle. En effet, les données recueillies au cours d'un salon permettent à l'entreprise de se positionner par rapport à son environnement. Afin de collecter le plus d'informations sur les visiteurs, il est indispensable de prévoir des outils à cet effet : grille d'observation, questionnaire, fiche visiteur.

C Après le salon

La rédaction d'un rapport sur son organisation et sa performance peut être utile, en particulier pour évaluer les résultats (attractivité du stand, rentabilité, coût du contact, rendement du personnel). Cette évaluation permet d'effectuer des actions correctives pour les futures participations, voire de renoncer à un salon. L'information recueillie devra être traitée (par exemple : compléter une base de données prospects).

Remarque

La présence de l'entreprise sur un salon précis est parfois inévitable, notamment s'il s'agit du salon incontournable d'une profession. Dans ce cas, l'entreprise décide d'être présente même si les retombées immédiates sont faibles.

Exercice d'entraînement

Corrigé p. 180

L'entreprise Arbre + est spécialisée dans l'aménagement de jardins. Elle est de plus en plus souvent contactée par des clients étrangers qui possèdent une résidence secondaire, avec jardin, qu'ils souhaitent agrémenter. La demande s'oriente vers l'implantation de palmiers rares et de taille déjà importante. Gérard Potier, dirigeant de l'entreprise, pense qu'il serait pertinent de développer cette opportunité. Il a sollicité récemment deux producteurs espagnols et doit les rencontrer. Une visite des pépinières est fixée les 3 et 4 juin N à Valence. David Simoni a effectué des recherches pour l'hébergement sur place (annexe 1). Il vous a délégué l'organisation de ce déplacement à l'étranger et communiqué les critères de choix de Gérard Potier (annexe 2).

Gérard Potier a deux possibilités pour se rendre à Valence : en voiture avec le véhicule de l'entreprise ou en avion avec location d'un véhicule sur place. Il hésite et vous demande d'évaluer le coût des deux modalités (annexe 3). Le 3 juin N, il a planifié un premier rendez-vous avec la pépinière Dos Santos. Il est prévu une visite de la pépinière à partir de 14 heures suivie d'une négociation commerciale pour la signature d'un accord. Le 4 juin N, il visitera la pépinière La Valencia à partir de 9 heures. Il souhaite revenir à Aubagne dans la soirée.

1. Comparez les différentes informations recueillies pour l'hébergement à l'aide d'une matrice multicritères.

2. Calculez le coût du déplacement à Valence, en voiture et par avion (avec location d'un véhicule sur place).

ANNEXE 1 Liste des hôtels relevés sur Internet

Date d'arrivée : 03 juin N
Date de départ : 04 juin N

Valence	Aeropuerto de Valencia	Aeropuerto de Valencia
Nombre de nuits sur place : 1 **Chaîne hôtelière** : Marcura **Hôtel** : La Palma **Adresse** : Eugenia Soares 21, 446011 Valencia **Téléphone** : +34 (0) 962 XXX XXX **Mail** : lapalma@valencia.com **Nombre d'étoiles** : 3 **Tarif chambre** : 102 € **Abonnement** : carte « privilège » **Promotion** : aucune promotion particulière **Situation géographique** : à 15 km de l'aéroport **Petit déjeuner** : en supplément, 12 € **Accès Internet** : gratuit **Restauration** : 2 restaurants dans l'hôtel	**Nombre de nuits sur place** : 1 **Chaîne hôtelière** : Arenas **Hôtel** : Valencia Palace **Adresse** : Aeropuerto de Valencia 345, 348, 46011 Valencia **Téléphone** : +34 (0) 917 XXX XXX **Mail** : aeropuertodevalencia@arenas.com **Nombre d'étoiles** : 4 **Tarif chambre** : 130 € **Abonnement** : aucun **Promotion** : aucune promotion particulière **Situation géographique** : à l'aéroport **Petit déjeuner** : compris dans le tarif **Accès Internet** : payant, 10 € **Restauration** : pas de restauration dans l'hôtel	**Nombre de nuits sur place** : 1 **Chaîne hôtelière** : Astoria Hotel **Hôtel** : Astoria Aeropuerto **Adresse** : Aeropuerto de Valencia 123, 127 46011 Valencia **Téléphone** : +34 (0) 212 XXX XXX **Mail** : aeropuertodevalencia@astoria.com **Nombre d'étoiles** : 3 **Tarif chambre** : 110 € **Abonnement** : aucun **Promotion** : aucune promotion particulière **Situation géographique** : à l'aéroport **Petit déjeuner** : compris dans le tarif **Accès Internet** : gratuit **Restauration** : 1 restaurant à l'hôtel

Annexe 2 Les critères de Gérard Potier

Gérard Potier accorde une faible importance à la possibilité d'abonnement ou de carte fidélité, aux promotions particulières et à la restauration sur place. Il accorde une moyenne importance au nombre d'étoiles et au petit déjeuner compris. Enfin, le prix, la situation géographique à proximité de l'aéroport ou de la gare et l'accès à Internet sont très importants.

Annexe 3 L'évaluation des coûts

- Carburant pour le véhicule de l'entreprise : 1,12 € le litre
- Consommation moyenne : 6 litres aux 100 km
- Distance Aubagne-Valence : 865 km et montant du péage aller : 29,10 €
- Amortissement annuel du véhicule : 1 700 € pour 10 000 km
- Assurance : 485 € par an pour 10 000 km
- Temps de trajet supérieur à 7 heures : prévoir une nuitée supplémentaire (coût moyen 100 € avec petit déjeuner) et un repas (25 €)
- Prix du billet d'avion : 120 € aller
- Location d'un véhicule à Valencia : 180 € la journée auxquels s'ajoute le carburant consommé en fonction des kilomètres parcourus (1,03 € le litre). Le véhicule est une voiture de puissance 5 CV consommant 5 litres aux 100 km.
- Trajet de l'aéroport aux différentes pépinières : 83 km au total

8 La gestion du temps

Dans les PME où les moyens humains peuvent être réduits, il est essentiel d'évaluer la durée des activités et les contraintes liées au temps. Différentes méthodes et outils permettent d'atteindre cet objectif.

1 Les méthodes de gestion du temps

Une bonne organisation du temps s'appuie sur l'application de méthodes et suppose de :
- **faire l'inventaire des activités à réaliser** et évaluer le temps nécessaire à leur réalisation ;
- **classer, hiérarchiser les tâches** et respecter les contraintes ;
- **anticiper les imprévus**, gérer les interruptions ;
- **améliorer l'organisation matérielle** et choisir l'outil le mieux adapté ;
- **savoir déléguer** ;
- **faire le point sur l'avancement** des activités.

A La méthode NERAC

Elle présente toutes les étapes pour assurer une gestion du temps optimum.

Noter	Noter les activités, les tâches à réaliser, les délais à respecter, les objectifs.
Estimer	Évaluer la durée nécessaire pour effectuer chaque tâche et s'astreindre à respecter les délais.
Réserver	Réserver du temps disponible pour prendre en compte les imprévus.
Arbitrer	Définir les priorités afin d'établir une hiérarchisation des tâches à réaliser selon leur urgence et leur importance.
Contrôler	Repérer si les tâches réalisées le sont complètement, vérifier leur avancement, analyser les causes de retard éventuel, vérifier si les objectifs sont atteints, reconsidérer les priorités si nécessaire.

B La méthode Eisenhower

Elle porte le nom de son concepteur Dwight David Eisenhower. Il s'agit de trier et de hiérarchiser ses activités en fonction de l'urgence et de l'importance des tâches à exécuter.

Importance de la tâche

URGENT IMPORTANT Ces tâches doivent être effectuées en priorité et sans délai.	**URGENT NON IMPORTANT** Ces tâches peuvent être déléguées.
NON URGENT IMPORTANT Ces tâches sont planifiables puisque l'on dispose d'un délai pour les réaliser.	**NON URGENT NON IMPORTANT** Ces tâches doivent être déléguées ou même abandonnées.

Urgence de la tâche

2 Les outils de gestion du temps

Les outils de gestion du temps ont pour but d'augmenter la productivité, de gagner du temps sur les plans individuel et collectif.

A Les listes de contrôle

Elles permettent de répertorier l'ensemble des tâches à réaliser et de vérifier si elles ont été effectuées.

Délai	Tâches	Date prévue	Date d'exécution	Contrôle ou écart
J – 20				
J – 2				
J				
J + 1				

B Les agendas

Ils peuvent être traditionnels, numériques, personnels ou partagés.

C Les plannings

• **Définition.** Ce sont des outils de visualisation de l'information, d'organisation d'un travail ou d'une activité dans le temps, d'ordonnancement des tâches.

• **Les plannings informatiques.** Ils sont de plus en plus utilisés. L'ensemble des logiciels proposés sur le marché permet une saisie simple et rapide des données, un calcul automatique des délais, une mise à jour permanente. Certains logiciels proposent des fonctionnalités d'exportation vers un tableur, ce qui permet le partage du planning en réseau, ainsi qu'une synchronisation avec le logiciel de messagerie.

• **Ces logiciels** sont conçus pour **afficher de façon dynamique les tâches des différents collaborateurs**, pour suivre, collaborer, coordonner et gérer en temps réel les activités et pour ajouter, modifier, supprimer des tâches par un simple clic sur les éléments du planning.

• **Le principe de réalisation** est le suivant :
– en abscisse : l'échelle du temps (il convient d'avoir la même unité de temps : heure, jour, semaine, mois) ;
– en ordonnée : les informations constantes.
Il est important de placer dans le corps du planning les informations avec des contraintes particulières, puis les autres informations.

D Le diagramme de Gantt

COMPRENDRE EN VIDÉO

Voir vidéo : Gantt Project

Le diagramme de Gantt est un outil destiné à planifier des projets, à visualiser leur avancement, à suivre le déroulement des étapes, à prévoir à l'avance les actions menées. Il rassemble sur un même support les prévisions et les réalisations des tâches ou des activités, permettant ainsi de repérer si l'objectif est atteint. C'est un excellent outil de communication.

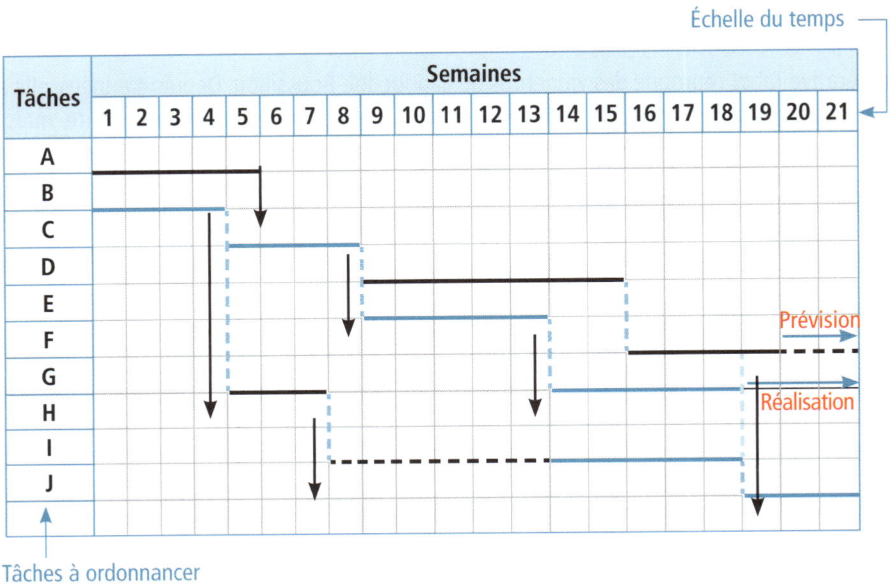

E Le réseau PERT *(Program Evaluation and Review Technic)*

COMPRENDRE EN VIDÉO — *Voir vidéo : Le graphe PERT*

• **Ce réseau permet de visualiser les différentes tâches à réaliser** dans le cadre d'un projet en tenant compte des antériorités qui existent entre certaines tâches ou de la réalisation en simultané d'autres tâches. Il est construit dans l'objectif de réduire éventuellement des délais d'exécution ou d'anticiper des problèmes de retard.

• **La méthode de réalisation.** Elle est importante et doit respecter les étapes suivantes :
– lister les tâches ;
– estimer la durée de chacune d'elle ;
– déterminer l'antériorité des tâches les unes par rapport aux autres ;
– repérer les tâches qui peuvent se faire simultanément et celles qui se font successivement.

• **Les symboles à utiliser.** Ce sont les suivants :

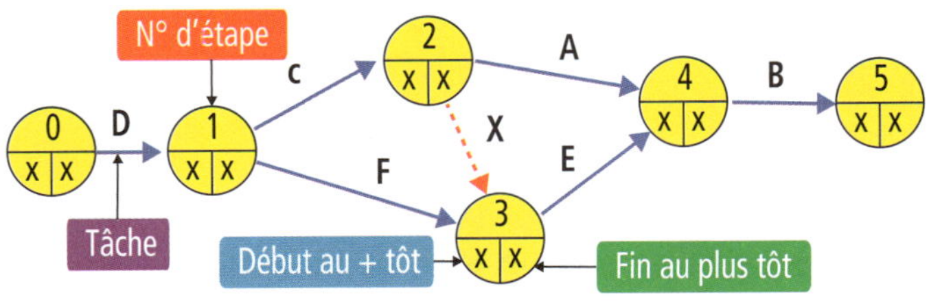

Michel Estève, *Lexique du management de projet*, Innovaxion.net

• **Le réseau PERT permet de déterminer le chemin critique, c'est-à-dire la durée minimum pour réaliser le projet.** Les tâches du chemin critique sont identifiées en tant que tâches « critiques » ; elles nécessitent un contrôle rigoureux car tout retard sur ces tâches entraîne un allongement de la durée globale du projet.

• **Des logiciels** (Gantt project, Microsoft project, VisualProject, Primavera ProjectPlanner, SuperProject…) permettent de réaliser le réseau lorsque toutes les données ont été saisies et une fois que le tableau d'antériorité a été réalisé.

Exercice d'entraînement

Corrigé p. 181

La coopérative Tabor regroupe des vignerons du Languedoc-Roussillon. Depuis 4 années, elle a entrepris une stratégie de remontée de gamme en produisant un vin de très bonne qualité, mais qui est loin d'avoir l'image des vins de Bordeaux ou de Bourgogne.
Dans le cadre de cette stratégie, le directeur de la coopérative, accompagné du responsable de la communication, a décidé de se rendre à New York pour participer à un prestigieux salon de vignerons. Vous devez préparer la participation à ce salon en vous aidant des annexes 1 et 2.

ANNEXE 1 Liste des tâches pour la préparation du salon

Tâches	N°	Durée (en jours)	Tâches immédiatement antérieures
Confirmer inscription et verser l'acompte	1	1	-
Faire les passeports électroniques	2	20	1
Demander le visa USA	3	45	1
Budgétiser le voyage	4	1	1 - 2 - 3
Remettre projets dépliants aux imprimeurs	5	1	4
Passer commande dépliants	6	1	5
Contacter intermédiaires	7	2	6
Négocier une assurance-foire	8	2	6
Recevoir dépliants + faire envoi	9	1	7-8
Réserver billets d'avion	10	1	9
Choisir et réserver 2 chambres d'hôtel	11	2	10
Choisir un prestataire de service pour expédier le vin	12	2	10
Remettre échantillon des vins au prestataire de service	13	1	12
Régler le solde	14	1	13

ANNEXE 2 Éléments du budget

Le vol Montpellier/New York est de 900 € aller/retour pour une personne.
Le transfert de l'aéroport jusqu'à l'hôtel est de 102 $.
Le prix de la chambre d'hôtel est de 95 $ par nuit et par personne.
Les frais de publicité s'élèvent à 300 €.
Les frais de restauration s'élèvent à 50 $ par personne et par jour.
La facture du prestataire de service qui expédie le vin est de 278 €.
Les frais d'inscription au salon s'élèvent à 150 $ par personne (assurance comprise).
Le salon dure 4 jours. Prévoir 5 nuits sur place.
1 € = 1,36 $

1. **Réalisez à l'aide d'un logiciel de gestion de projet l'ordonnancement des tâches à effectuer.**
2. **Indiquez la durée totale à respecter pour organiser le voyage.**
3. **Élaborez le budget.**

9 Le marché de l'entreprise et la stratégie commerciale

La stratégie commerciale est la mise en œuvre de moyens marketing et commerciaux pour conquérir de nouveaux clients. Si cette stratégie prend appui sur de nombreux outils et techniques commerciales, elle induit également une bonne connaissance du marché.

1 Le marché de l'entreprise

Définition

Marché : lieu de rencontre entre une offre et une demande. Il est constitué d'une pluralité d'acteurs que l'entreprise doit identifier.

A La typologie de marchés

On peut décomposer le marché selon la typologie suivante :
– **le marché principal** : ensembles des produits semblables au produit étudié ;
– **le marché de substitution** (ou environnant) : produit qui répond aux mêmes besoins ou motivations ;
– **le marché générique** : marché principal + marché de substitution ;
– **le marché des produits associés** (ou complémentaires) : produit dont la consommation est liée au produit principal (voiture et essence par exemple).

	Marché générique (ex. : marché de la soif)			
Marché complémentaire (ex. : sirops)	Marché principal (ex. : eaux plates)			Marché environnant (ex. : jus de fruits)
	Segment	Segment	Segment	

B Les ratios d'analyse du marché

La place de l'entreprise sur le marché peut s'interpréter à la lecture de différents indicateurs :
– **le montant des ventes** : (Chiffre d'affaires ou CA) : Prix unitaire × Quantité vendue ;
– **la part de marché en volume** : Quantité vendue par l'entreprise / Quantité Totale vendue sur le marché ;
– **la part de marché en valeur** (ou absolue) : CA entreprise sur le marché / CA Total sur le marché ;
– **le taux de croissance** d'un CA : [CA (N + 1) – CA (N)] / CA (N) ;
– **la part de marché relative** : PDM absolue de la PME (en %) / PDM absolue du 1er concurrent de la PME (en %).

C La position concurrentielle

L'analyse et la mesure de la place occupée par l'entreprise sur le marché va permettre de définir sa position concurrentielle. On distingue différentes positions :
– **le leader** qui possède la part de marché la plus importante du marché. **Exemple :** Coca-Cola est le chef de file sur le marché des sodas aux États-Unis ;
– **le challenger** qui se positionne juste derrière le chef de file et cherche à prendre sa place ;
– **le suiveur** qui détient une faible part de marché et ne fait que s'adapter aux évolutions du marché et réagit aux actions de ses concurrents.

2 La stratégie commerciale

Voir p. 306

La stratégie commerciale définit à moyen terme et à long terme les grandes orientations commerciales de l'entreprise.

A Segmentation, ciblage et positionnement

• **Pour établir sa stratégie commerciale,** l'entreprise s'appuie sur trois clés essentielles :
– **la segmentation** : elle permet de créer des segments ou groupes de consommateurs homogènes selon des critères (sociaux, économiques…). L'entreprise peut retenir une segmentation de masse, une segmentation différenciée (plusieurs segments distincts) ou une segmentation de niche (petit segment) ;
– **le ciblage** des marchés : l'entreprise évalue les différents segments du marché visé et sélectionne ceux qui paraissent les plus pertinents ;
– **le positionnement** de la marque ou de l'entreprise : ensemble des actions permettant de donner à la marque ou à l'entreprise une position crédible au sein d'un marché (se démarquer de la concurrence).

• **À partir de cette démarche de segmentation de la clientèle,** la PME propose un produit adapté à chaque segment de marché jugé comme présentant un potentiel d'activité suffisant. Elle définit ainsi des couples produit-marché.

B Le portefeuille de couples produit-marché

• **L'entreprise dispose alors d'un portefeuille de couples produit-marché.** Des outils comme la **matrice BCG** vont permettre d'évaluer l'équilibre du portefeuille et permettre de positionner les activités selon deux dimensions :
– **le taux de croissance** du marché qui permet de juger du dynamisme de l'activité ;
– **la part de marché** relative détenue par l'entreprise mesurée par son poids relatif par rapport à son principal concurrent.

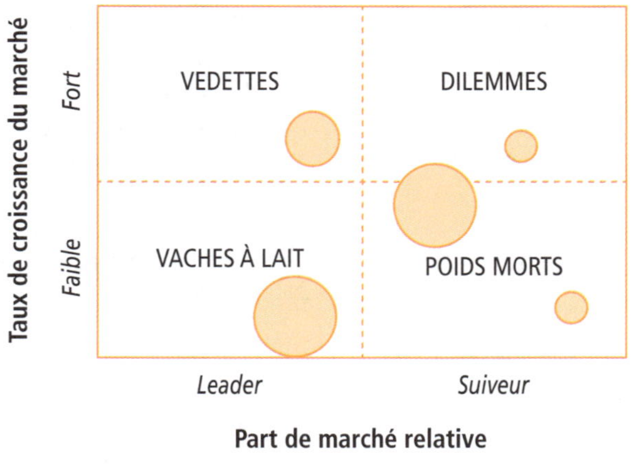

• Une fois les deux mesures (taux de croissance et parts de marché relatives) déterminées, le **modèle BCG** permet de situer sur une matrice l'ensemble des activités de l'entreprise.

3 Le diagnostic commercial

Un diagnostic commercial permet de révéler au chef d'entreprise, ou à un repreneur, la situation commerciale de l'entreprise. Il consiste à réaliser une **analyse externe** en détectant les opportunités ou les menaces et une **analyse interne** en identifiant ses forces et faiblesses.

A Analyse commerciale externe

Cette analyse permet d'établir les **opportunités** et les **menaces** du marché.

Thèmes	Caractéristiques
Le marché de l'entreprise	Identifier les producteurs de biens et services semblables, complémentaires ou substituables à ceux de l'entreprise. Définir les facteurs clés de succès sur le marché (que devrait détenir l'entreprise pour réussir).
L'environnement	Analyser l'environnement de l'entreprise (typologie PESTEL) pour identifier les impacts éventuels sur l'activité.
La zone de chalandise	Établir la zone de chalandise pour mesurer l'attractivité et l'influence que possède la ville pour attirer une clientèle extérieure.
Les clients de l'entreprise	Identifier les clients actifs, ceux qui achètent régulièrement et pour un montant significatif (méthode RFM), mais aussi identifier les nouveaux clients conquis sur une période récente (motivations, freins).

B Analyse commerciale interne

Cette analyse permet d'établir les **forces** et **faiblesses** de l'entreprise.

Thèmes	Caractéristiques
Les produits et services de l'entreprise	Identifier clairement la gamme de produits, les produits phares, la position dans le cycle de vie.
Les prix pratiqués	Le mode de fixation de prix permet de comprendre comment l'entreprise engrange des revenus. Le prix peut être fixé selon la clientèle, la concurrence ou le prix de revient. De la fixation du prix, on peut déduire la stratégie pratiquée : alignement, pénétration, écrémage.
Le réseau de distribution	Identifier le type et la variété des réseaux de distribution utilisés par l'entreprise, et mesurer la performance de ces circuits.
La force de vente	Comprendre comment fonctionne l'équipe commerciale (statut, organisation etc.).
La communication commerciale	Identifier les actions de communication et de promotion mises en œuvre par l'entreprise (caractéristiques, coût, fréquence) et mesurer le retour sur investissement. Cette communication est essentielle pour développer la notoriété de l'entreprise.
L'image de l'entreprise	Prendre conscience de l'image véhiculée par l'entreprise auprès du public. L'image dépend de nombreux facteurs comme la culture, les marques, les produits commercialisés…

C La veille commerciale

- **La veille, ou intelligence économique,** est une collecte d'informations permanente qui se traduit par la **recherche, le traitement et la diffusion de renseignements** relatifs aux différentes composantes des marchés de l'entreprise.
- **Elle se décline en veille concurrentielle** (concurrents, clients, offres de produits et services, fournisseurs et sous-traitants), technologique (recherche fondamentale ou appliquée, brevets, processus, publications) et **environnementale** (politique, économique, écologique, réglementaire).
- **Toutefois, la veille n'est pas une action ponctuelle,** c'est un **processus durable et collectif**. Pour survivre face à la surabondance d'informations, l'entreprise doit mettre en place une organisation dont l'objectif sera de déterminer les informations utiles, les modes de collecte, d'analyse et de conservation des informations…

4 Le plan de marchéage (4P)

Le plan de marchéage, ou marketing-mix, est l'ensemble des décisions prises par le responsable commercial. On résume le marketing-mix par les 4P :

– la politique de **Produit** : elle définit l'ensemble des caractéristiques des produits tels que l'aspect « physique », les services qui peuvent lui être associés, la marque, la politique de gamme, le packaging… ;
– la politique de **Prix** : le prix est défini en fonction du positionnement marketing (premium, low cost…) ;
– la politique de **distribution** (**Place**) : elle concerne la façon dont les produits seront distribués (grande distribution, commerces spécialisés, grossistes, e-commerce) ;
– la politique de **communication** (**Promotion**) : elle permet de faire connaître le produit, d'attirer l'attention, d'intéresser les clients potentiels… On recourt pour cela à la publicité, mais aussi au packaging, aux promotions…

5 La prévision des ventes

• **Prévoir ses ventes** consiste pour une entreprise à estimer par avance, le niveau de ses ventes compte tenu de ses actions commerciales, de son plan de marchéage et des contraintes environnementales qu'elle pense subir.
• **Ces prévisions sont essentielles car elles définissent le niveau de l'activité commerciale à venir**, et donc le niveau du résultat prévisionnel de l'entreprise.
• Parmi les techniques et analyses statistiques, on distingue les **paramètres de position, de dispersion et de prévisions**.

A Les paramètres de position

Ils vont mettre en valeur certaines caractéristiques de la variable étudiée. On distingue :
– **le mode** : valeur de la variable pour laquelle est observée la plus grande fréquence ;
– **la médiane** : valeur de la variable telle qu'il y ait autant de mesures qui lui soient inférieures que de mesures qui lui soient supérieures ;
– **le quartile** : valeurs qui partagent l'effectif en quatre sous ensemble égaux : [0 ; 25 %] ; [25 % ; 50 %] ; [50 % ; 75 %] ; [75 % ; 100 %] ;
– **la moyenne** : somme des valeurs divisée par leur nombre.

B Les paramètres de dispersion

Ils rendent compte de l'étendue de la variation. On distingue :
– **l'étendue** : différence entre la plus grande et la plus petite valeur de la série ;
– **l'intervalle interquartile** : différence entre Q3 et Q1 ;
– **l'écart type** : dispersion des valeurs d'une série par rapport à la moyenne. Une série où l'écart-type est faible témoigne d'une forte homogénéité.

$$\sqrt{\frac{\sum(x-\mu)^2}{N}}$$

C Les prévisions des ventes

• Elles conditionnent l'ensemble de la construction budgétaire. La **méthode des moindres carrés** est une méthode statistique qui remplit cette fonction. Elle permet d'établir une relation linéaire entre deux variables (par exemple le CA et les dépenses publicitaires). On considère que c'est la méthode statistique d'ajustement linéaire la plus fiable.
• La méthode repose sur le calcul des coefficients *a* et *b* d'une droite d'ajustement linéaire de la forme :

$$y = ax + b\text{, avec } a = \frac{\sum x_i y_i - n\bar{x}\bar{y}}{\sum x_i^2 - n\bar{x}^2} \qquad b = \bar{y} - a\bar{x}$$

où *x* et *y* représentent les 2 variables étudiées ;
n, le nombre d'observations ;
$\bar{x}$, la moyenne des valeurs de X ;
$\bar{y}$, la moyenne des valeurs de Y.

10 Les techniques de fidélisation de la clientèle

Sans les clients, les entreprises ne peuvent ni se développer, ni prospérer. Souvent complémentaire de la stratégie de conquête de la clientèle, la stratégie de fidélisation repose notamment sur la récompense des clients existants et sur la qualité du service offert.

1 La fidélité

La fidélité résulte de deux éléments :
– **la satisfaction :** l'expérience positive tirée de la consommation des biens et services de l'entreprise ;
– **l'image positive :** les croyances que l'entreprise développe volontairement par des actions de communication et involontairement (par le bouche à oreille, sur le Web…).

Définition

Fidélité : se caractérise par l'existence d'un attachement à la marque et d'une procédure de choix (évaluation et décision) consciente ou inconsciente du client résultant d'attitudes éprouvées à l'égard de l'entreprise.

2 Les méthodes d'évaluation de la satisfaction des clients

A L'enquête de satisfaction

• **L'enquête de satisfaction est une enquête marketing ayant pour objectif de mesurer la satisfaction des clients.** Elle peut être une démarche volontaire ou s'inscrire dans les obligations liées à l'obtention de la norme ISO 9001. Elle permet de montrer la considération portée au client, à condition que les questions posées traduisent les réels problèmes rencontrés par le client.

• L'enquête obéit à une démarche qui conduit à se poser les questions suivantes : Pour quelle finalité ? Quoi évaluer ? Comment construire le questionnaire ? Auprès de qui l'administrer ? Comment analyser les résultats ? Sous quelle forme les restituer ? Comment et à qui les communiquer ? Quels enseignements en tirer ?

• En demandant l'avis de ses clients, **l'entreprise s'engage donc implicitement à mettre en œuvre une partie des améliorations** demandées.

B L'analyse des réclamations

Voir p. 25

• **Le traitement des réclamations est un processus** à part entière qui doit être défini et déployé avec méthode. À l'instar de la mesure de la satisfaction client, le traitement des réclamations s'inscrit dans la **logique d'amélioration continue**.

• Il s'agit pour l'entreprise, quelle que soit sa taille, de :
– **traiter la réclamation** afin de restaurer la confiance du client et sauvegarder de bonnes relations ;
– **comprendre les causes**, tirer les leçons de la réclamation afin de s'améliorer et de fidéliser le client.

• L'analyse des réclamations consiste à **identifier les causes d'insatisfaction** et à **les hiérarchiser** afin d'y apporter une réponse adéquate.

3 Les moyens de fidélisation

• Avant de mettre en place une stratégie et des outils de fidélisation, il convient de s'interroger sur leurs objectifs. Selon la stratégie de l'entreprise, les objectifs peuvent être variés (augmentation du portefeuille client, meilleure connaissance des comportements d'achat, augmentation de la lisibilité sur les médias sociaux…).

• On distingue 2 grandes familles de moyens :
– **le marketing relationnel :** il vise à construire une relation durable entre l'entreprise ou la marque et le client final, identifié individuellement ;
– **les stimulants financiers** : il s'agit d'encourager l'achat grâce à des bonus. Les plus communs sont le programme de fidélité et les clubs.

Les programmes de fidélité Les clubs	Ils s'adressent aux clients récurrents. Leur objectif est de **récompenser la fidélité par des offres spécifiques**. C'est une excellente façon d'inciter les clients à faire de nouveaux achats afin de pouvoir bénéficier des réductions, des bons d'achat ou des offres exclusives.
L'utilisation des médias sociaux	Les réseaux sociaux peuvent être efficaces dans une démarche de fidélisation. Ils permettent de **communiquer avec des consommateurs**, d'interagir avec eux, d'écouter leurs remarques et de proposer les nouvelles actualités. Ils font sentir aux clients qu'ils sont écoutés en obtenant des réponses à leurs commentaires et à leurs questions. Ces réseaux conduisent ainsi à une confiance et une fidélisation plus grande des clients.
Les cadeaux	Offrir des cadeaux reste une pratique utilisée par de nombreuses entreprises dont l'objectif est de **remercier les clients pour leur engagement**. Les cadeaux constituent un moyen d'inciter les clients à rester fidèles aux produits ou aux services proposés. Ils sont appréciés par les clients et ils permettent de les fidéliser.
L'e-mailing ciblé et personnalisé	L'e-mailing permet d'informer régulièrement ses clients sur les nouveautés, les promotions ou l'actualité de l'entreprise. Pour garantir son efficacité, **il est nécessaire que la communication soit extrêmement personnalisée**. Il faut envoyer des courriels ciblés en fonction des habitudes d'achat des clients.
Le parrainage	Le parrainage consiste à proposer à un client satisfait une réduction s'il amène un nouveau client. Il permet d'acquérir de nouveaux clients « de qualité » puisqu'ils ont connu le produit, le service ou la société à travers une relation de confiance.
La newsletter ou le *consumer magazine*	Il s'agit d'envoyer régulièrement une lettre ou un magazine gratuit aux clients qui s'y sont abonnés, comportant des informations générales mais surtout des informations spécifiques sur les produits ou services de l'entreprise. Sans fichier client bien entretenu et un service postal performant, cette technique de fidélisation client restera inefficace.

4 La rentabilité d'une opération de fidélisation

• Un tableau de suivi mettant en regard le CA supplémentaire dégagé par l'opération et les coûts du programme fidélité permettra de calculer le différentiel entre ces deux éléments et ainsi de déterminer si les dépenses effectuées sont plus faibles que le CA dégagé.

• Des indicateurs permettent également de mesurer cette rentabilité :
– le taux de rétention : cette mesure indique la proportion de clients qui restent clients sur une période donnée = nombre de clients restant clients/période retenue × 100 ;
– le taux d'attrition : il permet d'évaluer le nombre de clients perdus sur une période précise = nombre de clients actifs et perdus/nombre de clients total × 100.

11 La communication institutionnelle

La communication institutionnelle est l'ensemble des actions de communication qui visent à promouvoir l'image de l'entreprise ou d'une organisation vis-à-vis de ses clients et des différents partenaires. La **communication institutionnelle**, la **communication commerciale** et la **communication interne** doivent être cohérentes au sein d'une **communication globale**.

1 Les objectifs de la communication institutionnelle

La communication institutionnelle a pour but de **faire connaître l'entreprise et ses produits** d'une manière différente de l'aspect commercial. Il s'agit d'amener les différentes cibles à associer l'entreprise à des **valeurs positives**.

Objectifs de la communication institutionnelle	Cibles
Favoriser les ventes par une meilleure image.	Clients, prospects potentiels.
Convaincre et rassurer les partenaires.	Distributeurs, fournisseurs.
Favoriser la bienveillance des pouvoirs publics.	Instances publiques et parapubliques.
Faciliter l'apport en capital.	Établissements financiers, investisseurs et actionnaires.
Informer, séduire.	Associations de consommateurs, syndicats, médias, leaders d'opinion.
Impressionner.	Concurrents.
Interpeller, rassembler.	Milieux éducatifs, scientifiques.
Intégrer, motiver.	Employés, cadres de l'entreprise.

2 Le plan de la communication institutionnelle

• **Le plan de communication est un outil de management** au service des responsables de l'entreprise. Il permet :
– de **fixer les objectifs** de communication ;
– de **définir les cibles** et les messages ;
– de **déterminer les actions** à engager ;
– d'**établir le calendrier et le budget** ;
– de **s'assurer de la cohérence de la communication** globale de l'entreprise.

• Un plan de communication institutionnelle peut contenir plusieurs outils adaptés aux objectifs de communication de l'entreprise et aux cibles qu'elle souhaite atteindre directement (éditions de brochures, plaquettes, sites Internet…) ou indirectement (relations presse, relations publiques, mécénat…).

3 Les composantes de la communication institutionnelle

A Les relations publiques

Objectif : amélioration de l'image et de la notoriété de l'entreprise.

B La communication événementielle

Objectif : susciter l'intérêt du public et accroître la notoriété de l'entreprise en s'impliquant dans la conception ou la participation d'un événement.

• **Les techniques de communication événementielle**

– **Le sponsoring ou parrainage.** C'est une opération de communication publicitaire qui consiste pour une entreprise à financer une action sportive, culturelle… en associant le nom de l'entreprise à l'événement pour lui permettre d'améliorer son image et sa notoriété.

– **Le partenariat.** Il s'appuie sur une relation de coopération d'intérêt réciproque des partenaires.

– **Le mécénat.** Le mécène apporte un soutien financier ou matériel à une action (artistique, culturelle, humanitaire…) en s'effaçant discrètement autour de l'action soutenue.

C Les relations presse

Objectif : créer et entretenir une relation durable avec les journalistes afin d'obtenir une couverture presse favorable à l'entreprise.

• Gérer les relations presse nécessite de maîtriser certaines communications comme le communiqué de presse et le dossier de presse.

4 Les supports de la communication institutionnelle

• Les **principaux supports** de la communication institutionnelle sont les brochures institutionnelles, les interventions des dirigeants, le site Web de l'entreprise, le rapport annuel, la plaquette de l'entreprise.

• La communication institutionnelle peut également prendre la forme d'**actions ponctuelles** comme des journées portes ouvertes, des expositions, des visites d'entreprise, et à destination du personnel : le livret d'accueil, le journal d'entreprise, l'arbre de Noël…

A Le communiqué de presse

• **Les objectifs du communiqué de presse**

Les objectifs du communiqué de presse sont de communiquer sur un événement et d'attirer l'attention des journalistes sur un événement (exemple : signature d'un partenariat, nouvelle orientation…).

Définition

Communiqué de presse : texte qui présente une information factuelle. La longueur ne dépasse pas le recto d'une page A4.

• **La présentation du communiqué de presse**

– Le communiqué répond à un certain nombre de règles.

Aller à l'essentiel	Hiérarchiser les informations	Présenter un communiqué
Annoncer l'objet du communiqué de presse : une information simple, accessible à tous, deux idées maximum.	Mettre l'information la plus visible en valeur et répondre aux questions : Qui ? Quoi ? Pourquoi ? Où ? Comment ? dans les deux premiers paragraphes.	Texte court de 15 à 20 lignes, une page avec une présentation claire et simple. Le communiqué doit être daté et porter mention des coordonnées des personnes susceptibles d'être contactées.

– Le communiqué deviendra une amorce du **dossier de presse.**

B Le dossier de presse

- Le dossier de presse présente l'entreprise à travers des sujets divers et variés liés à son activité.

- Outil de travail ponctuel et périssable, le dossier de presse s'utilise à l'occasion du lancement d'un produit, d'une campagne, du rachat d'une entreprise… Il fournit au journaliste la matière première qui va lui permettre de concevoir son article. **Il n'y a pas de modèle de dossier de presse** mais la trame doit fournir les informations essentielles qui doivent être exploitables pour le journaliste.

- Le dossier de presse est un outil pour le journaliste qui doit pouvoir l'exploiter ou le reprendre intégralement : les commentaires subjectifs sont à éviter.

• Le contenu du dossier de presse

– Le contenu du dossier de presse doit présenter les objectifs de la communication, l'entreprise, le sujet dont il est question. Il est préférable qu'il contienne des articles, des données chiffrées et techniques, des graphiques.
– Le dossier de presse peut par exemple contenir des informations sur :

La présentation de l'entreprise	Historique, évolution récente et situation actuelle, portrait du fondateur, portrait du (des) dirigeant(s)
L'entreprise et ses métiers	Métiers, date de création, implantation géographique, montant du capital social, investissements de départ, effectif
Le descriptif des produits ou des services	Présenté dans le dossier de presse
La présentation du marché	Politique commerciale, chiffre d'affaires prévisionnel, résultat d'exploitation, objectifs de vente, perspectives de croissance, stratégie de développement…
La politique de la démarche qualité	Coût de la non-qualité, démarche de certification ISO
La politique sociale et le management des ressources humaines	Salaires, qualification, formation continue, gestion des compétences
Les principaux clients	Politique de prix, prospection, parts de marché et témoignages de clients
Les principaux fournisseurs	Information sur les matières premières, politique des prix, politique de la sous-traitance
Les concurrents	Nationaux, étrangers et leurs conséquences
Les exportations	Part de marché, concurrence, réseau, couverture des risques
La délocalisation	Études, filiales, avantages et inconvénients

• Organisation du dossier de presse

Les informations contenues dans le dossier de presse sont organisées avec :

– **une page de garde** : titre, date, lieu et événement, mention des noms et adresse du contact ;

– **un sommaire, des fiches thématiques** : recto uniquement, format A4 et logo sur chaque page ;

– **les allocutions** éventuellement prononcées ;

– **des annexes** : articles de presse, affiches, visuels, photos…

Remarque

Le dossier de presse comporte 20 à 30 pages maximum.
Il doit être diffusé 5 jours avant l'événement auquel il se rapporte.
S'il est prévu une conférence de presse, le dossier est à remettre le jour de la conférence aux journalistes.

Exercices d'entraînement

Exercice 1

Corrigé p. 181

À partir d'une recherche sur le web, comparez les 2 sites Bonduelle : http://www.bonduelle.com et https://www.bonduelle.fr en répondant aux questions suivantes :

1. **Quelles différences de contenu constatez-vous ? Les objectifs de communication des deux sites sont-ils identiques ? Argumentez vos réponses.**
2. **Recherchez sur l'un des 2 sites un communiqué de presse. Identifier les différentes parties du communiqué.**
3. **À partir du site Web du groupe Beneteau, https://www.beneteau-group.com/fr/communiques-de-presse/bateaux choisissez un des dossiers de presse et identifiez les différentes parties du dossier.**

Exercice 2

Corrigé p. 182

Alpha-Cim 9 rue du Bois Joli 91000 Évry Tél. : 01 69 75 95 22 Fax : 01 69 75 95 20	Forme juridique : S.A.S Capital : 120 250 € Effectif : 26 salariés Immatriculation : 08/03/2007 Site Internet : www.alpha-cim-sas.com Courriel : alphacim91@gmail.com

Créée en 2007 par M. Jean-Louis Lacaze et Mme Fabienne Bautin, la société Alpha-Cim, en tant que société d'ingénierie, a pour activité l'intégration de systèmes en automatisme et informatique industrielle de haute technicité. Son métier consiste :
– à analyser, expertiser les produits, les matériels et les logiciels ;
– à développer les applications, les intégrer, les mettre en œuvre dans les systèmes ;
– à assurer des fonctions, de support technique, de maintenance et de formation.
Le développement de la société a été orienté depuis sa création vers l'industrie, l'agro-alimentaire, les administrations publiques et la pharmacie.
Alpha-Cim intervient en tant que maître d'œuvre sur des projets :
– d'aéroportuaire en prenant en charge les projets clés en main, du balisage jusqu'à la tour de contrôle. 10 % du chiffre d'affaires est consacré au développement de nouvelles technologies (création de systèmes intégrés répondant aux besoins des futurs aéroports) ;
– de systèmes de management des bâtiments notamment par le développement d'outils informatiques qui permettent d'améliorer considérablement les conditions d'exploitation du système de sécurité nommé UAE (unité d'aide à l'exploitation). Ce nouveau dispositif localise automatiquement et précisément l'alarme, en précisant la zone, le niveau et le local. Il s'appuie sur la technologie Autocad, c'est-à-dire un générateur automatique d'application ;
– d'automatisme et d'informatique industrielle. Ces derniers se composent d'études allant jusqu'à la réalisation, la mise en service des installations de production pour l'industrie ou pour des prestations uniques.
Parmi ses clients, elle compte notamment EDF (pôle recherche & développement) et la Lyonnaise des eaux.
En 2009, l'entreprise a réalisé un chiffre d'affaires de 2 758 842 €. La société exporte notamment au Maroc, en Espagne, en Chine, en Corée, et au Kenya. Ces activités à l'export représentent 20 % de son chiffre d'affaires. La société souhaite renforcer ses relations commerciales, notamment avec ses clients espagnols. La création d'une succursale à Séville pour conquérir le marché espagnol a été décidée.
Cette création doit permettre à l'entreprise de proposer des applications clés en main pour les clients espagnols dans le secteur de la sécurité. Les ingénieurs seront amenés à développer des applications susceptibles de localiser automatiquement et précisément l'alarme, en précisant la zone, le niveau et le local. Les électriciens auront à établir les plans nécessaires aux installations.
Dans ce cadre, vous êtes notamment chargé des relations avec la presse et, à ce titre, Jean-Louis Lacaze vous confie la mission de faire connaître auprès des supports presse spécialisés l'ouverture de la nouvelle succursale localisée à Séville (quartier de la cathédrale).

- **Rédigez le communiqué de presse.**

12 La communication commerciale

La communication commerciale regroupe l'ensemble des actions de communication visant à inciter à l'achat des produits et services d'une entreprise.

1 Les formes de la communication commerciale

La communication commerciale peut prendre deux formes :
– **la communication médias.** Elle correspond aux actions de communication publicitaires diffusées sur un des six médias de masse (Internet, télévision, cinéma, radio, presse, affichage) ;
– **la communication hors-médias.** Elle est constituée par l'ensemble des actions de communication qui ne passent pas par les médias.

Exemples
– Le marketing direct : prospectus distribués, publipostage, etc.
– La promotion sur les lieux de vente.
– Les relations publiques / sponsoring.

Dans toutes ces formes, la communication digitale est présente.

2 Les objectifs de la communication commerciale

• **La communication commerciale recouvre trois dimensions :**
– **le conatif** : déclencher l'achat ;
– **l'affectif** : faire aimer le produit ou le service ;
– **le cognitif** : faire connaître le produit ou le service.

• Si les trois dimensions sont réunies, il s'agit d'une communication commerciale qui va s'inscrire dans la stratégie marketing de l'entreprise.

• **La communication commerciale s'adresse aux différents acteurs du marché** (clients, consommateurs, acheteurs, prescripteurs, non-consommateurs relatifs, distributeurs, leaders d'opinion). Il faut définir, pour chaque action de communication, la cible (ensemble des individus ou des organisations vers lesquels on a choisi de communiquer). Il est possible de s'adresser à l'ensemble du public ou de le segmenter.

3 Le plan de communication

• Le plan de communication assure la cohérence de la stratégie de communication de la PME. Il prévoit trois axes pour chaque campagne :
❶ un **axe marketing** ;
❷ un **axe médias** ;
❸ un **axe créatif**.

Définition

Plan de communication : échéancier qui regroupe l'ensemble des moyens des communications commerciales proposées pour un produit. Il doit être accompagné d'un budget prévisionnel et des actions commerciales envisagées.

❶ Axe marketing	
Déterminer les objectifs de communication	Définir les cibles

❷ Axe médias	
Choisir les médias cohérents en fonction des objectifs, des cibles et du budget. Les critères de choix d'un média : • l'audience globale (nombre de personnes qui lisent, voient ou entendent le message) ; • l'audience utile (nombre de personnes appartenant à l'audience globale et à la cible) ; • la sélectivité (capacité du support à atteindre la cible par rapport au coût ou au délai de diffusion) ; • l'étude des pratiques de la concurrence.	**Élaborer un plan média** Le plan média visualise sur l'année l'utilisation du budget par média. La planification se fait en fonction de la saisonnalité des ventes, des périodes de lancement des nouveaux produits, d'événements particuliers… Le budget est réparti entre les différents vecteurs retenus.
Calculer le budget prévisionnel de la campagne. Le budget de communication peut être fixé : • en % du CA de l'année précédente ; • en s'alignant sur les dépenses médias de ses concurrents.	

❸ Axe créatif
La conception du message publicitaire Méthodologie à suivre : **1.** Déterminer le but du message **2.** Définir les caractéristiques de la cible visée **3.** Susciter une réaction chez le récepteur • Axe rationnel : présenter et démontrer certaines qualités essentielles du produit, exposer le bénéfice pour le consommateur et le prouver. • Axe émotionnel : déclencher une réaction affective positive (joie, humour, rêve) ou négative (peur, culpabilisation). **4.** Définir un thème pour le message : mots, slogan, couleurs, musique, graphisme, décor, personnages…

• Le gestionnaire prépare un **cahier des charges** de l'ensemble ou d'une partie de la campagne en fonction des interlocuteurs extérieurs (agence de publicité, imprimeur, infographiste…).

• Il est essentiel de clôturer un plan de communication par un **tableau de bord de suivi** de la campagne de communication commerciale.

Voir p. 237

Exemples d'indicateurs pour un tableau de bord

– Indice de notoriété spontanée
– Nombre de référencement d'un produit chez les distributeurs
– CA
– Part de marché en volume et/ou en valeur
– Nombre de contacts suite à une publicité
– Nombre de commandes suite à une publicité
– Coût d'un contact (nombre de contact / budget)

Exercices d'entraînement

Exercice 1

Corrigé p. 182

Euro Signalétique est une entreprise qui conçoit, fabrique, installe et assure la maintenance d'enseignes et de signalétiques, en France comme en Europe. Elle est basée rue du 8 Mai 45 à Calais.

Son offre de produits comprend aussi bien des produits standards que du sur-mesure : des enseignes lumineuses, des totems, des lettres boîtiers, des panonceaux hôteliers, des toiles tendues sur façade, de la signalétique intérieure, du marquage de véhicules...

La loi du 11 février 2005 relative à l'accessibilité des personnes handicapées aux lieux publics offre une opportunité de développement à l'entreprise Euro Signalétique. Dans cet objectif, il a été décidé de participer au salon des collectivités territoriales du 7 au 9 novembre N au Parc des Expositions à Lille.

L'entreprise veut communiquer sur cette participation auprès des maires de la région qui représentent une cible importante (1 547 communes). Le *Journal des maires* semble être le support de communication le plus pertinent, la cible de ce mensuel étant composée à 85 % de maires.

- **Réalisez la maquette du message à insérer dans le *Journal des maires* pour les informer de la participation d'Euro Signalétique au salon.**

Exercice 2

Corrigé p. 183

Implanté à Niort depuis le 1er juin 1992, Bel'Aqua est un centre de remise en forme. Il s'agit d'un espace proposant à des adhérents des équipements, un environnement et des prestations d'encadrement visant à l'amélioration de leur condition physique et de leur bien-être. Dès l'ouverture, Renaud Wenck a travaillé comme coach sportif dans l'entreprise de son père. Il en est maintenant le dirigeant. Pour répondre à sa volonté de développement, Renaud Wenck a mis en place un ensemble d'actions de communication.

- **M. Wenck vous charge de concevoir le plan de communication de l'année en intégrant les indicateurs d'évaluation.**

ANNEXE 1 Entretien avec Renaud Wenck

L'assistant(e) : Pouvez-vous me rappeler les actions de communication actuelles ?

M. Wenck : Oui, bien sûr, j'ai recherché les différents montants. Fin février et fin août, nous distribuons des tracts comportant un coupon pour une séance découverte gratuite dans les boîtes aux lettres de Niort et de son agglomération. Au total, cela nous coûte 7 500 € HT. Nous faisons paraître trois fois par mois dans la presse quotidienne régionale (*La Nouvelle République*) un encart publicitaire qui rappelle toutes les prestations de l'entreprise pour un coût annuel de 19 400 € HT. Enfin, au début du printemps et à la rentrée de septembre, nous lançons deux campagnes sur les radios France Bleu Poitou et Alouette FM Niort. Elles nous coûtent respectivement 900 € HT et 1 300 € HT par campagne.

L'assistant(e) : Est-ce que l'on reconduit notre film publicitaire lors de la fête du cinéma du 25 au 28 juin à l'UGC de Niort ?

M. Wenck : Oui, certainement. J'ai reçu le devis pour le cinéma « Le moulin du Roc » de Niort qui s'élève à 2 500 € HT. On utilisera le spot de l'année dernière (film de 5 secondes). En plus, comme nous n'avons jamais dressé un bilan de nos actions, j'aimerais que vous réfléchissiez et proposiez des indicateurs qui permettent d'évaluer chaque action de communication.

L'assistant(e) : Très bien.

13 La performance

Pour optimiser leur activité, les entreprises doivent en permanence mesurer et améliorer leurs performances.

1 La notion de performance

D'une manière générale, la performance est un **résultat chiffré** obtenu dans le cadre d'une compétition. Au niveau d'une entreprise, la performance exprime le degré d'accomplissement des objectifs poursuivis.

A Les axes d'analyse de la performance

L'analyse de la performance peut s'opérer selon deux axes :

La **performance interne** afin d'évaluer le degré de réalisation des objectifs et d'en rechercher les causes.

La **performance externe** pour informer les partenaires (actionnaires, fournisseurs, clients…)

B Le triangle de la performance

La performance est schématisée par Patrick Gibert (1980) sous la forme d'un « triangle de la performance ». Être performant, c'est être efficace et efficient, tout en se donnant les moyens pour atteindre ses objectifs (pertinence).

– **L'efficacité** mesure la capacité de la PME à atteindre des résultats conformes aux objectifs.

– **L'efficience** mesure la capacité de la PME à produire des résultats avec les moyens engagés, dans un souci d'économie.

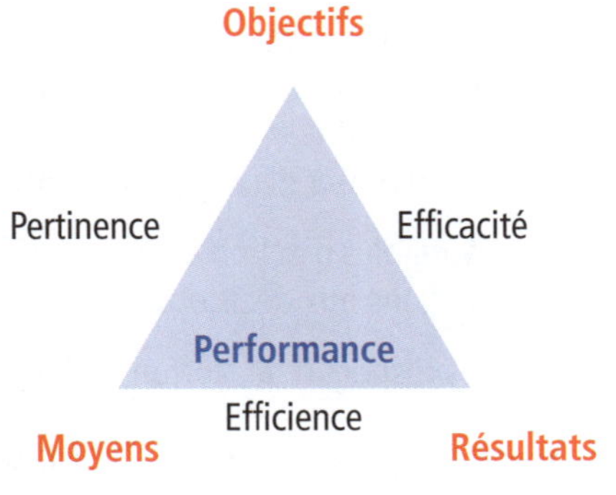

2 Les indicateurs de performance

Voir p. 236

La performance se mesure avec des critères (ou indicateurs) qualitatifs ou quantitatifs de résultat. Ces indicateurs peuvent porter sur différentes thématiques.

A Les indicateurs de performance financière

Ils fournissent une indication sur la rentabilité d'une entreprise, la structure de ses coûts, sa productivité, sa solvabilité, ses liquidités, son équilibre financier, etc.

Taux de rentabilité net = Résultat net / Chiffre d'affaires	Mesure la rentabilité de l'entreprise en fonction de son chiffre d'affaires.
Taux de marge commerciale = Marge commerciale / Chiffre d'affaires HT	Permet de situer l'entreprise par rapport à ses concurrents.
Rentabilité des capitaux propres = Résultat net / Capitaux propres	Mesure la richesse créée par l'entreprise à partir de ses ressources internes.

B Les indicateurs de performance organisationnelle

Ils concernent les ressources humaines de l'entreprise, et sa productivité.

Exemple
Taux d'absentéisme : Nombre d'heures d'absences de la période / Nombre d'heures de travail en théorie sur la période.

C Les indicateurs de performance commerciale

Ils ont pour objet de mesurer la performance des commerciaux, les revenus générés par chaque produit commercialisé, l'influence des campagnes publicitaire…

Exemples
Taux de fidélisation = Nb clients ayant commandé 2 fois et plus / Nb clients total
Panier moyen = Chiffre d'affaires / Nb de ventes
Efficacité = Nb de ventes / Nb de visites
Ratio de productivité = Chiffre d'affaires / Nb de salariés, mesure les performances du personnel.

3 La synthèse des indicateurs

Pour piloter leur entreprise, les dirigeants doivent disposer d'une multitude d'indicateurs. Le **tableau de bord** est un document récapitulatif de l'ensemble des critères retenus par l'entreprise pour évaluer ses performances. On peut recenser deux grandes conceptions des tableaux de bord :

– **la méthode « OVAR »** (objectifs, variables d'action et responsabilités) où les indicateurs retenus doivent relier véritablement les actions aux décisions ;

– **le tableau de bord équilibré** (ou prospectif) de Norton et Kaplan rassemble des indicateurs financiers et non financiers.

Vous êtes gestionnaire de la société Dronest, spécialisée dans la fabrication de matériels de bureau.

Exercice d'entraînement

Corrigé p. 183

Votre responsable vous sollicite pour l'aider à interpréter les données qu'il vient de collecter concernant deux produits qui viennent d'être commercialisés.

	Données prévisionnelles			Données réelles		
	Quantité	Prix	Coût de production unitaire	Quantité	Prix	Coût de production unitaire
Produit A	2 000	350 €	250 €	2 100	350 €	240 €
Produit B	1 500	580 €	530 €	800	580 €	600 €

1. Calculez et comparez les bénéfices réels et prévisionnels pour chaque produit. Commentez.

2. Calculez les ratios Quantité réelle / Quantité prévisionnelles pour les 2 produits. S'agit-il d'un ratio d'efficacité ou d'efficience ? Commentez.

3. Calculez les ratios Coût de production unitaire réel / Coût de production unitaire prévisionnel pour les 2 produits. S'agit-il d'un ratio d'efficacité ou d'efficience ? Commentez.

14 Le calcul et l'analyse des coûts et des résultats

Pour piloter et prendre des décisions, le gestionnaire élabore et utilise des outils d'aide à la décision, généralement fondés sur une analyse de coûts.

1 Les coûts : principes

L'objectif est de fournir à la direction les informations dont elle a besoin pour prendre des décisions : ce produit laissera-t-il la marge attendue ? Faut-il poursuivre ou arrêter la production d'un produit ? Quelles sont les contributions de chacun de nos produits à nos bénéfices ?

Champ d'application	Moment du calcul	Contenu
– **Une fonction** : production, approvisionnement… – **Un moyen d'exploitation** : machine, rayon d'un magasin… – **Une activité** : produit, famille de produits…	– **Coût historique** : coût calculé postérieurement aux faits qui l'ont engendré. – **Coût préétabli** : coût calculé antérieurement aux faits qui l'engendreront.	– **Coûts complets** : coûts incorporant la totalité des charges enregistrées en comptabilité générale. – **Coûts partiels** : n'incorporent qu'une partie des charges pertinentes (coûts variables, coût marginal, charges directes).

2 Le calcul des coûts

A La méthode des coûts complets

• La méthode des coûts complets permet de **calculer le coût de revient** d'un produit fabriqué par l'entreprise en intégrant toutes les charges supportées par l'entreprise durant le cycle d'exploitation.

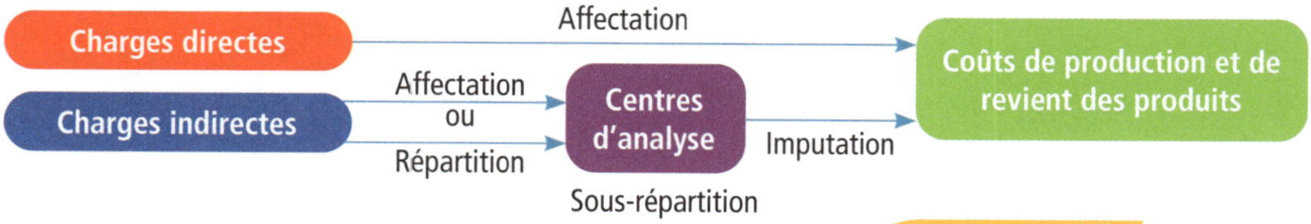

• Cette méthode repose sur la distinction entre **charges directes** (directement imputables) **et indirectes** (affectées à partir de centres d'analyse).

Définition

Centres d'analyse : subdivisions comptables de l'entreprise qui assurent la répartition des charges indirectes.

CALCUL DU COÛT DE REVIENT POUR UNE ACTIVITÉ INDUSTRIELLE
Coût d'achat = Achats + Charges indirectes d'achats
Coût de production = Coût d'achats des matières consommées + Charges directes de production + Charges indirectes du Centre « Production »
Coût de revient = Coût de production des produits finis vendus + Charges directes de distribution (MOD) + Charges indirectes du Centre « Distribution »

B La méthode des coûts directs et variables

Plus simplement, l'analyse de l'exploitation peut être réalisée à partir de **la méthode des coûts variables, appelée aussi « méthode des coûts directs »**.

	Charges variables	Charges fixes	Méthodes
Charges directes	(1)	(3)	(1) + (2) = méthodes des coûts variables (1) + (3) = méthodes des coûts directs
Charges indirectes	(2)	(4)	

- **La méthode des coûts directs (CD).** Elle intègre uniquement les charges directes affectables sans ambiguité.

- **La méthode des coûts variables (CV).** Elle fait la distinction entre les charges fixes et les charges variables. Cette méthode permet de définir par produit :
  – le taux de marge sur coût variable (TMCV) : MCV/CA,
  – le seuil de rentabilité (SR) : CF/TMCV.

Exemple de compte de résultat différentiel

Chiffre d'affaires (CA)	1 000 €
– Charges variables (CV)	– 600 €
= Marge sur coût variable (MCV)	**= 400 €**
– Charges fixes (CF)	– 300 €
= Marge = résultat analytique	**= 100 €**

- Enfin, **le coût marginal** correspond à la variation du coût total due à la variation d'une unité de la production.

Exercice d'entraînement

Corrigé p. 184

Vous êtes assistant(e) de gestion de la société Plinel, spécialisée dans la fabrication de produits d'orthopédie, et votre responsable vous sollicite pour l'aider à analyser le coût de ses produits.

Produits		Quantités vendues	Prix de vente unitaire
Produit A	**Prothèses fémorales**	6 500	580 €
Produit B	**Prothèses céphaliques**	5 800	360 €
Produit C	**Prothèses totales**	3 200	170 €

	Produit A	Produit B	Produit C
Charges variables directes	1 508 k€	1 560 k€	380 k€
Charges variables indirectes	230 k€	280 k€	200 k€
Charges fixes directes	615 k€	535 k€	80 k€
Charges fixes indirectes	400 k€	320 k€	470 k€

1. **Calculez le coût complet et le seuil de rentabilité par produit. Déduisez la marge par produit.**
2. **Commentez vos résultats.**

15 Le seuil de rentabilité et le point mort

La connaissance du seuil de rentabilité et du point mort permet de diagnostiquer la vulnérabilité d'une entreprise. Elle apporte également une aide à la décision pour améliorer le fonctionnement de l'entreprise en réduisant les charges variables, réduisant les charges fixes, faisant varier le prix de vente, en faisant varier le volume des ventes.

1 Le calcul du seuil de rentabilité

Voir p. 165

Le seuil de rentabilité (SR) est atteint lorsque la marge sur coût variable est égale aux charges fixes. Il se calcule selon deux méthodes à partir du compte de résultat différentiel.

- Calcul à partir du taux de marge sur coût variable : $SR = \dfrac{\text{Charges fixes}}{\text{Taux de marge sur coût variable}}$

- Calcul à partir du chiffre d'affaires, des charges fixes et de la marge sur coût variable :

$$SR = \frac{\text{Chiffre d'affaires} \times \text{charges fixes}}{\text{Marge sur coût variable}}$$

Exemple $SR = \dfrac{1\,000 \times 300}{400} = 750$

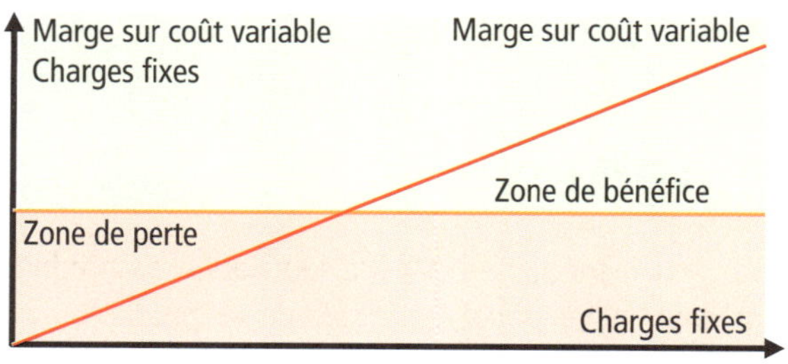

▲ Représentation graphique du SR

Définitions

Charges variables ou opérationnelles : elles sont liées au fonctionnement de l'entreprise et varient proportionnellement au volume d'activité.

Charges fixes ou de structure : elles n'évoluent pas proportionnellement à l'activité mais par pallier.

Seuil de rentabilité : chiffre d'affaires pour lequel l'entreprise ne réalise ni bénéfice ni perte, c'est-à-dire dont le résultat est égal à 0.

2 Le calcul du point mort

- Dans l'hypothèse où le chiffre d'affaires se réalise régulièrement au cours de l'exercice comptable (pas de saisonnalité du CA, qui reste quasiment identique chaque mois), on peut calculer le point mort ainsi :

Définition

Point mort : date à laquelle le seuil de rentabilité est atteint.

$$\text{Point mort} = \frac{\text{seuil de rentabilité} \times 360}{\text{chiffre d'affaires}}$$

Exemple $\text{Point mort} = \dfrac{750 \times 360}{1\,000} = 270 \text{ jours}$

- Plus cette date est atteinte rapidement dans l'exercice comptable, plus l'entreprise dispose d'une marge importante de sécurité.

Exercices d'entraînement

Exercice 1

Corrigé p. 185

FilBreiz est une EURL au capital de 250 000 € qui commercialise des vêtements marins pour enfants. Pour l'année N, le chiffre d'affaires a été de 262 000 € et le coût d'achat des marchandises vendues de 170 000 €. Le gérant vous a remis une analyse de ses charges ci-dessous :

	Charges fixes	Charges variables
Autres charges externes	6 200	4 140
Impôts, taxes et versements assimilés	2 850	5 500
Charges de personnel	22 000	5 400
Autres charges de gestion	3 100	1 740
Charges financières	2 100	7 100
Dotations aux amortissements	7 540	

1. **Présentez le tableau de résultat différentiel.**
2. **Calculez le seuil de rentabilité et le point mort.**

Le gérant envisage d'apporter des aménagements à sa surface de vente qui impliquerait une augmentation des charges fixes de 13 450 €.

3. **Calculez le chiffre d'affaires qui permettrait de maintenir son résultat au niveau actuel.**

Exercice 2

Corrigé p. 185

La société Kerver est une entreprise qui fabrique des boissons à base de cidre et de jus de pomme. Afin de diversifier son activité, elle a récemment lancé un nouveau cocktail sans alcool, le Cid'Or, qu'elle diffuse essentiellement dans les brasseries.
Le gérant voudrait maintenant en élargir la distribution aux GMS. Le prix de vente de la bouteille est de 7,20 € TTC. Auparavant, il a établi quelques données prévisionnelles (annexe) et vous charge d'une étude afin de s'assurer de la réussite économique de ce projet.

1. **Calculez les charges variables et les charges fixes annuelles correspondant aux prévisions.**
2. **Déterminez le chiffre d'affaires hors taxe prévisionnel et présentez le compte de résultat différentiel correspondant.**
3. **Déterminez le montant du CA HT et le nombre de bouteilles nécessaires pour rentabiliser la production du Cid'Or sur une année.**
4. **Calculez le CA à réaliser pour atteindre un bénéfice égal à 6 % du CA annuel.**

Annexe — Prévision des charges annuelle pour une production de 15 000 bouteilles envisagée

Matières premières	1,20 € par bouteille
Emballages	0,40 € par bouteille
Charges de personnel et charges sociales (dont 30 % de fixes)	9 500 €
Dotations aux amortissements (charges fixes)	1 500 €
Charges financières (charges fixes)	1 750 €
Publicité, communication (charges fixes)	25 000 €

16 La démarche budgétaire

La démarche budgétaire est essentielle pour assurer une gestion efficace des ressources financières de l'entreprise. Dans le cadre de cette démarche, le budget de trésorerie tient une place primordiale pour les PME dans la mesure où leur survie peut en dépendre.

1 Le budget de trésorerie

• **Le budget de trésorerie** est un tableau prévisionnel des **encaissements** et **décaissements** mensuels sur une période de quelques mois permettant d'anticiper la situation de la trésorerie. Il peut également être utilisé pour effectuer des simulations et mesurer l'impact d'une décision de gestion (exploitation, investissement, financement) sur la trésorerie de l'entreprise.

• **Les encaissements** comprennent notamment :
– les ventes (TTC), en fonction des conditions de règlement accordées aux clients (30, 45, 60 jours ou comptant) ;
– les créances antérieures à la période de budgétisation encaissées au cours de cette période et apparaissant à l'actif du bilan de l'année précédente.

• **Les décaissements** comprennent notamment :
– la TVA à payer (TVA collectée – TVA déductible) ;
– les achats (TTC), en fonction des conditions de règlement obtenues auprès des fournisseurs (30, 45, 60 jours ou comptant) ;
– les salaires nets et les cotisations sociales ;
– les investissements ;
– l'impôt sur les sociétés ;
– les annuités d'emprunt ;
– les dettes aux fournisseurs et aux organismes sociaux antérieures à la période de budgétisation et apparaissant au passif du bilan de l'année précédente.

2 La gestion des excédents et découverts de trésorerie

• **Les excédents de trésorerie** peuvent être placés sur des **comptes à terme** rémunérés ou en **valeurs mobilières de placement** (actions ou obligations) qui peuvent être acquises et revendues facilement. Dans ce cas, le gain (ou la perte) s'obtient par différence entre le cours d'achat et le cours de vente, déduction faite des frais de transaction.

• **Plusieurs solutions existent pour remédier à un découvert de la trésorerie :**
– **escompter** les effets de commerce ou mobiliser les créances ;
– **raccourcir les crédits** accordés aux clients ;
– **négocier des crédits** plus longs auprès des fournisseurs ;
– **obtenir un concours bancaire** courant (découvert) moyennant le paiement d'agios.

Exercice d'entraînement

Corrigé p. 186

La société Sécur+ est une TPE qui a orienté son activité principale sur les dispositifs de sécurité de toute nature (alarme incendies, intrusion, télésurveillance, protection électronique…). Son dirigeant souhaite faire le point sur sa trésorerie pour les 6 prochains mois en vue de prendre des mesures d'ajustement si nécessaire. Différentes informations vous sont fournies dans les annexes 1, 2 et 3. Il vous est précisé également que les salaires nets des employés sont payés le 25 de chaque mois pour un montant global net de 2 800 €. Il faut y ajouter les charges patronales et salariales qui s'élèvent à 45 % du salaire net et sont réglées le 15 du mois suivant. L'ensemble des autres charges, non soumises à la TVA, est estimé tous les mois à 1 150 €.

1. Réalisez le tableau prévisionnel de la TVA à payer et les tableaux prévisionnels des encaissements et des décaissements pour le 1er semestre N + 1.

2. Présentez le budget de trésorerie du 1er semestre N + 1 et commentez-le.

3. Indiquez quelles seraient les conséquences sur la trésorerie si la créance de 1 292 euros de M. Bertrand était définitivement perdue et quelles solutions vous proposeriez dans ce cas.

ANNEXE 1 Ventes prévisionnelles HT pour le 1er semestre N + 1 (en €)

Janvier	Février	Mars	Avril	Mai	Juin
9 730,80	8 628,00	10 494,00	16 717,00	7 458,00	8 682,00

60 % des clients règlent leurs factures au comptant et le reste à 30 jours fin de mois. Le taux normal de TVA est appliqué (20 %).

ANNEXE 2 Achats prévisionnels HT pour le 1er semestre N + 1 (en €)

Janvier	Février	Mars	Avril	Mai	Juin
2 865,00	3 568,00	6 182,00	2 857,00	3 458,00	3 467,00

50 % des achats sont payés au comptant et le reste à 30 jours fin de mois.

ANNEXE 3 Extrait de la balance générale au 31/12/N

N° de compte	Libellé	Débit	Crédit
401	Fournisseurs		7 980,00 (1)
411	Clients	4 608,00 (2)	
431	Sécurité sociale		1 200,00 (1)
444	État-Impôt sur les bénéfices		2 440,00 (3)
4455	TVA à décaisser		980,00 (1)
512	Banque		4 840,00
530	Caisse		850,00

(1) Payable en janvier. Le montant de la TVA à payer au titre de chaque mois est à décaisser le 21 du mois suivant.
(2) Payable en janvier et comprenant la créance de 1 292 € de M. Bertrand qui, malgré plusieurs relances, n'a toujours pas payé sa facture du 10/08/N.
(3) Dont la moitié payable en mars et le reste en juin.

21/12	Chèques aux fournisseurs	2 118	
23/12	Remise LCR 485		1 170

17 L'analyse financière de l'entreprise

L'analyse financière permet de porter un jugement sur la santé financière d'une entreprise, notamment en matière de solvabilité et de rentabilité.

Voir p. 271

1 L'analyse fonctionnelle du bilan

Le bilan fonctionnel permet de démontrer l'équilibre financier de l'entreprise. Il met en évidence le cycle d'investissement et le cycle de financement, le cycle des opérations courantes et les opérations de trésorerie. On le schématise de la manière suivante :

<table>
<tr><td rowspan="2">Cycle long</td><td>Emplois stables (ES)
Immobilisations brutes</td><td rowspan="2">Ressources stables (RS)
• Capitaux propres
• Amortissements et dépréciations, Provisions
• Dettes financières stables</td></tr>
<tr><td>Fonds de roulement net global (FRNG)</td></tr>
<tr><td rowspan="6">Cycle court</td><td rowspan="2">Actif circulant d'exploitation (ACE)
• Stocks bruts
• Créances clients
• Charges constatées d'avance</td><td>Ressources d'exploitation
• Dettes fournisseurs
• Dettes fiscales et sociales
• Produits constatés d'avance</td></tr>
<tr><td>Besoin en fonds de roulement d'exploitation (BFRE)</td></tr>
<tr><td rowspan="2">Actif circulant hors exploitation (ACHE)
• Autres créances
• Valeurs mobilières de placement</td><td>Ressources hors exploitation
Dettes fiscales (IS)</td></tr>
<tr><td>Besoin en fonds de roulement hors exploitation (BFRHE)</td></tr>
<tr><td>Trésorerie d'actif
Disponibilités</td><td>Trésorerie de passif
• Concours bancaires courants (CBC)
• Soldes créditeurs de banque</td></tr>
<tr><td>TRÉSORERIE NETTE NÉGATIVE</td><td>TRÉSORERIE NETTE POSITIVE</td></tr>
</table>

• L'interprétation des soldes du bilan fonctionnel

Soldes		Calculs	Interprétation
FRNG	=	**Ressources stables – Emplois stables**	Excédent des ressources stables.
BFR	=	**Actif circulant – Dettes circulantes**	Besoin de financement du cycle d'exploitation.
Trésorerie nette	=	**FRNG – BFR (Trésorerie d'actif – Trésorerie de passif)**	Si le résultat est positif, le FRNG finance bien le BFR ; le BFR devra être financé par la trésorerie courante.

2 L'analyse du compte de résultat

A Les soldes intermédiaires de gestion (SIG)

Voir p. 272

Ils permettent de comprendre les étapes de la formation du résultat de l'entreprise et les facteurs liés à sa performance.

Les SIG	Interprétation
Ventes de marchandises – Coût d'achat des marchandises vendues **= Marge commerciale**	Ressource dégagée par l'activité commerciale
Production vendue ± Production stockée + Production immobilisée **= Production de l'exercice**	Valeur produite durant l'exercice
Marge commerciale + Production de l'exercice – Consom. des tiers **= Valeur ajoutée**	Indicateur de création de richesse
+ Subventions d'exploitation – Impôts, taxes – Charges du personnel **= Excédent brut d'exploitation (EBE)**	Performance de l'exploitation
+ Reprise de charges d'exploitation + Autres produits d'exploitation – Amortissements et provisions – Autres charges d'exploitation **= Résultat d'exploitation**	Ressource nette après opération d'exploitation
± Résultat financier **= Résultat courant avant impôt (RCAI)**	Indicateur de performance économique et financière
± Résultat exceptionnel – Participation des salariés – IS **= Résultat de l'exercice**	Revenu qui revient aux associés

B La capacité d'autofinancement (CAF)

COMPRENDRE EN VIDÉO *Voir vidéo : La capacité d'autofinancement – méthode soustractive*

COMPRENDRE EN VIDÉO *Voir vidéo : La capacité d'autofinancement – méthode additive*

Elle indique le potentiel de trésorerie généré par l'activité de l'entreprise pendant l'exercice. On peut utiliser deux méthodes de calcul opposées :

Méthode soustractive, à partir de l'EBE *Flux décaissés/encaissés*
EBE + Autres produits d'exploitation encaissés – Autres charges d'exploitation décaissées + Produits financiers encaissés – Charges financières décaissées + Produits exceptionnels encaissés – Charges exceptionnelles – Participation des salariés – Impôt sur les bénéfices

Méthode additive à partir du résultat net *Flux non décaissés/non encaissés*
Résultat net de l'exercice + Dotations exceptionnelles non décaissées – Reprises exceptionnelles non encaissées + Dotations financières non décaissées – Reprises financières non encaissées + Dotations d'exploitation non décaissées – Reprises d'exploitation non encaissées + Valeurs comptables des actifs cédés – Produit de cession des actifs

Exercice d'entraînement

Corrigé p. 187

Le responsable de l'entreprise Chandou, spécialisée dans la commercialisation de logiciels de reconnaissance d'écriture, vous communique les informations ci-dessous :

Données patrimoniales (en k€)		Données sur l'activité (en k€)	
Amortissements : 225	Dettes fiscales : 10	Valeur ajoutée : 542	Produits financ. : 5 (0)*
Capitaux propres : 230	Dettes fourniss. : 120	Impôts, taxes : 20	Charges financ. : 90 (0)*
Créances clients : 175	Disponibilités : 5	Personnel : 400	Produits except. : 33 (33)*
Créances diverses : 12,5	Immob. brutes : 400	Produits d'expl. : 110 (60)*	Charges except. : 44 (40)*
Dettes bancaires : 82,5(1)	Stocks : 75	Charges d'expl. : 115 (110)*	IS : 9
(1) dont 32,5 de concours bancaires.		*(*) montant qui n'est pas lié à un flux de trésorerie, donc non décaissé.*	

1. **Schématisez le bilan fonctionnel et déterminez les soldes.**
2. **Calculez la CAF de l'entreprise selon les deux méthodes.**
3. **Interprétez vos résultats.**

18 Le financement des investissements

Lorsqu'elles décident d'investir, les PME disposent de différentes sources de financement qu'elles sont généralement contraintes de combiner afin de préserver leur équilibre financier.

1 Les ressources internes

Voir p. 273 Le recours à ce type de financement, s'il est possible, permet à l'entreprise de conserver son autonomie financière.

A L'augmentation de capital

Il s'agit d'une opération consistant à accroître le capital social d'une entreprise par **l'émission de nouvelles actions** (ou parts sociales) ou par **l'incorporation de ressources disponibles** provenant des réserves de l'entreprise. Les souscripteurs d'actions peuvent être les actionnaires actuels ou de nouveaux membres.

Remarque

La décision d'une augmentation de capital ou d'un apport en compte courant relève d'une assemblée générale et est soumise à des conditions réglementaires très strictes.

B L'apport en compte courant

Il s'agit d'une opération consistant à ouvrir **un compte courant au nom d'un associé ou d'un actionnaire** (détenant au moins 5 % du capital) correspondant à des sommes qu'il prête à l'entreprise. Ces sommes sont rémunérées par des intérêts et peuvent provenir d'un apport direct ou de sommes dues à l'associé auxquelles il renonce momentanément (ex. : salaires, dividendes).

2 Les ressources externes

Si l'entreprise est contrainte de recourir à ce type de financement, elle doit veiller à ne pas mettre en danger sa situation financière. Elle doit également respecter certains critères qui seront exigés par les organismes financiers :
– **la capacité d'endettement** (les dettes financières ne doivent pas excéder 3 années de capacité d'autofinancement) ;
– **l'indépendance financière** (elle est d'autant plus forte que les capitaux propres sont supérieurs aux dettes financières) ;
– **le poids des charges financières** (le poids des intérêts dans l'excédent brut d'exploitation ne doit pas excéder un seuil qui dépend du secteur d'activité) ;
– **la liquidité** (elle mesure l'aptitude à payer les dettes à court terme et se constate par la comparaison des actifs courts termes et des passifs courts termes).

A L'emprunt *indivis*

• **Un emprunt *indivis*** est un emprunt effectué auprès d'un unique prêteur, généralement un organisme bancaire. L'entreprise doit effectuer un versement annuel, semestriel, trimestriel ou mensuel correspondant au remboursement du capital et aux intérêts.

- **On distingue plusieurs modalités de remboursement :**
– **le remboursement par annuités constantes** : à chaque période, l'emprunteur verse une somme identique qui se compose des intérêts et du capital ;
– **le remboursement par amortissement constant** : à chaque période, l'emprunteur rembourse une fraction identique du capital, les intérêts variant à chaque période ;
– **le remboursement *in fine*** : l'emprunteur ne verse que les intérêts durant la période d'emprunt et le capital est remboursé en une fois à la fin.

B Le crédit-bail

- **Le crédit-bail fait intervenir 3 acteurs :**
– **l'entreprise** qui a un besoin d'investissement et recherche un fournisseur ;
– **le fournisseur** qui s'engage sur une offre commerciale ;
– **l'organisme de crédit-bail** qui acquiert le bien auprès du fournisseur et le met à la disposition de l'entreprise contre un loyer.
- **Le contrat** prévoit également un dépôt de garantie qui est restitué à la fin du contrat et une levée d'option finale permettant au locataire de devenir propriétaire du bien.

3 Le plan de financement

Le plan de financement permet de mesurer l'impact des décisions de financement sur la trésorerie de la PME. C'est un tableau prévisionnel pluriannuel recensant :
– **les besoins de financement durables** de la PME (investissements, variation du BFR – besoin en fond de roulement –, remboursement d'emprunts, dividendes…) ;
– **les ressources financières stables** de la PME (CAF, augmentation de capital, apports en compte courant, cession d'immobilisations, emprunts, subvention d'investissements…).

Exercices d'entraînement

Exercice 1

Corrigé p. 188

La société Piscine-Aude construit et installe des piscines dans la région du Languedoc-Roussillon. Sa clientèle est constituée essentiellement de particuliers. Elle possède un réseau commercial dense animé par une vingtaine de commerciaux qui visitent régulièrement les clients.
Dans le courant de l'année prochaine, la société doit renouveler la moitié de la flotte de véhicules des commerciaux. Les 10 voitures ont été négociées pour un montant unitaire de 13 640 € HT.
Le financement sera effectué pour 20 % sur fonds propres et pour le reste grâce à un emprunt. Le gérant a recueilli les propositions de deux banques (annexe).

ANNEXE — Propositions des deux banques

Offre du Crédit Lyonnais : prêt remboursable sur 5 ans par semestrialité constantes de 11 895,11 €.
Offre de la BNP Paribas : prêt remboursable sur 4 ans en semestrialités constantes de 14 576,69 €.

1. **Calculez le montant à emprunter.**
2. **Calculez le coût total du crédit pour chacune des propositions.**
3. **Proposez un choix argumenté au gérant.**

Exercice 2

Corrigé p. 188

Madame Berger possède déjà trois magasins d'épicerie bio. Devant leur succès, elle envisage l'ouverture d'une nouvelle boutique. Cela suppose des travaux d'aménagement de 140 000 € qui feront l'objet d'un amortissement linéaire sur 5 ans et l'acquisition d'un droit au bail pour un montant de 55 000 €. Pour financer ce projet, elle a reçu une proposition de sa banque (annexe 1). Madame Berger souhaiterait étudier ce projet de financement afin de déceler d'éventuels problèmes de trésorerie et d'y remédier. Elle vous a fourni quelques indications complémentaires (annexe 2).

ANNEXE 1 Tableau de remboursement du prêt

Montant : 140 000 € Durée : 5 ans
Taux annuel : 1,75 % Remboursements annuels

Année	Capital	Intérêt	Capital remboursé	Annuité versée	Capital dû
N	140 000	2 450	27 037	29 487	112 963
N+1	112 963	1 977	27 510	29 487	85 453
N+2	85 453	1 495	27 992	29 487	57 461
N+3	57 461	1 006	28 481	29 487	28 980
N+4	28 980	507	28 980	29 487	0

ANNEXE 2 Informations complémentaires

La CAF (capacité d'autofinancement) est de 31 400 € les deux prochaines années et de 36 110 € les 3 années suivantes.
Le taux de l'impôt sur les sociétés est de 33,33 %. La trésorerie, au moment de l'investissement, est de 12 500 €.

ANNEXE 3 Tableau prévisionnel de financement

	Fin N	Fin N+1	Fin N+2	Fin N+3	Fin N+4
Ressources					
Emprunt					
CAF					
Économie impôt sur intérêts					
Économie impôt sur amortissements					
TOTAL					
Emploi					
Investissement					
Remboursement capital + intérêts					
TOTAL					
Trésorerie					
Initiale					
Flux					
Finale					

- **Présentez le tableau de financement de cet investissement en complétant le tableau de l'annexe 3 et proposez des solutions.**

CORRIGÉS

1 Le système d'information *Énoncés p. 117*

Exercice 1

1.

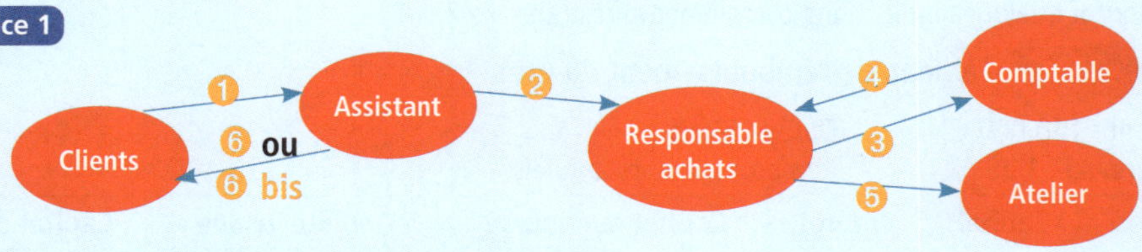

1 Commande par courriel ou par courrier
2 Original de la commande
3 Demande d'information sur la solvabilité du client
4 Réponse sur la solvabilité du client
5 Ordre de fabrication
6 Facture
6 bis Information sur l'allongement du délai de livraison

2. L'installation d'un PGI permettrait à l'assistant de consulter directement le compte du client afin de savoir s'il est solvable ou non.

Exercice 2

1. – Pour que les techniciens réalisent le traitement des demandes, il faut que les demandes d'intervention soient affectées et que l'on soit le matin.

– Le service commercial établit la facture du client à partir des fiches d'intervention et après avoir effectué le calcul des montants à payer et des taxes.

– Le responsable des achats reçoit un formulaire de commande de pièces de rechange lorsque, en fin de journée, l'analyse du stock fait apparaître un manque.

2. Diagramme événements-résultats du nouveau processus :

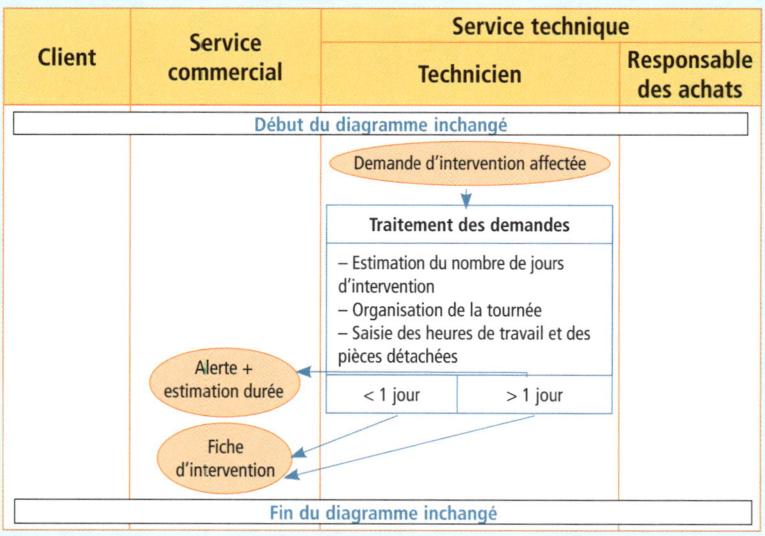

2 Les bases de données Énoncé p. 121

1. Il faut ajouter le champ **Mél** à la table CLIENT, les champs **Temps passé** et **Coût des pièces de rechange** à la table INTERVENTION et le champ **Durée de garantie** à la table MACHINE.
Il faut ajouter une table **ACHAT** comportant les rubriques : code du client, référence de la machine et date d'achat. Le code client et la référence de la machine constituent une clé primaire concaténée.

2. Requêtes en SQL :

– Désignation des machines dont le prix est inférieur à 150 €, par ordre de prix
Tables : Désignation et Prix – Afficher : Machine – Critères : prix < 150 € et par ordre de prix

– Nom, prénom et numéro de téléphone du technicien qui a effectué l'intervention n° 462
Tables : Technicien et Intervention – Afficher : Nom, prénom et Téléphone – Critères : codeIntervention = 462

– Nom, prénom et date d'intervention du technicien qui est passé chez le client SAS BONTY suite à sa demande du 12 mai N
Tables : Technicien, Client, DemandeIntervention et Intervention – Afficher : Nom, prénom et dateIntervention, Critères : Raison Sociale = SAS BONTY et Date Demande = 12/05/N

3 La gestion de l'archivage des documents Énoncés p. 124

Exercice 1

1. Arborescence de classement :
- Produits / – Fiches produits
- Clients / – Fiches clients
- Contrats / – Ille-et-Vilaine, – Côtes d'Armor, – Finistère, – Morbihan
  - – Particuliers
    - – Contrats de vente
    - – Factures
    - – Contrats de maintenance
  - – Collectivités locales
  - – Entreprises privées

Le classement à l'intérieur de chacun des 4 départements est bien sûr le même.

2. Plan de nommage des contrats de maintenance :

Date	Catégorie	N° client	Format	Nom du fichier
20161202	P	411215	.docx	20161202_P_411215
20161213	C	411521	.pdf	20161213_C_411521

Exercice 2

1. « **ChamberSign** » est une autorité de certification électronique de la CCI (Chambre de commerce et d'industrie), ou « tiers certificateur ». Ce certificat permet d'assurer l'authenticité et l'intégrité des factures archivées.
Moovapps est une application permettant, notamment, la numérisation des documents.

2. Un « QR Code » (*Quick Response Code*) est un code-barres constitué de carrés noirs disposés dans un carré blanc. L'agencement de ces carrés représente une information lisible, par exemple avec un smartphone ou un lecteur de code-barres.

3. Les principaux documents qui ont été numérisés dans l'entreprise Express Marée sont : les factures clients, les factures fournisseurs, les bons de transport, les contrats de travail, les bulletins de salaires et autres documents liés aux ressources humaines.

4. Les apports de la GED pour l'entreprise Express Marée sont :
– la réduction des coûts de l'entreprise de 15 % (économies de papier, de coûts d'envoi, baisse de la place occupée par l'archivage physique) ;
– un gain de performance grâce à de nouvelles méthodes de travail ;
– une nouvelle dynamique écologique dans l'entreprise.

4 Les ressources informatiques *Énoncé p. 128*

1. **Le travail en réseau** dans l'entreprise permet de :
– diminuer les coûts (limitation du nombre de périphériques, un seul abonnement à Internet) ;
– améliorer la sécurité (sauvegarde sur le serveur de données, serveur d'authentification) ;
– faciliter le travail collaboratif (partage des ressources…).

2. **Pour imprimer un document** se trouvant sur le disque dur de son ordinateur, le comptable doit l'enregistrer sur un support externe (disque dur ou clé USB) et aller sur l'ordinateur du dirigeant qui est connecté à une imprimante.
La solution serait de relier l'imprimante au commutateur pour qu'elle fasse partie du réseau.

3. **Le routeur** permet d'accéder à Internet depuis l'ensemble des postes de l'entreprise. L'adresse publique permet au routeur d'être reconnu par le réseau Internet, l'adresse privée permet aux postes de travail de se connecter au routeur pour accéder ensuite au réseau Internet.

4. **Schéma des modifications pour prendre en compte l'évolution du réseau :**

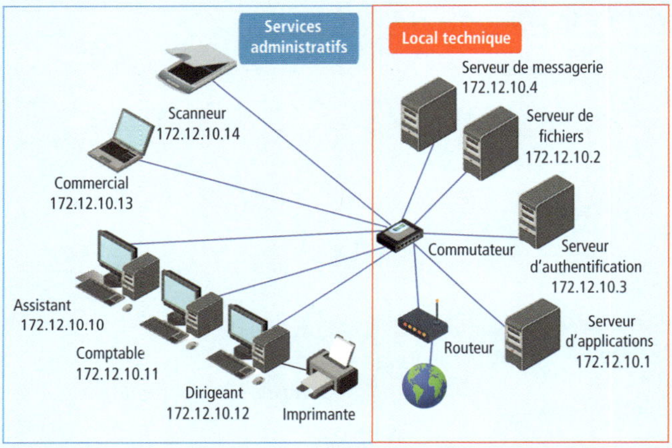

5. **Rôle des serveurs :**
– Le serveur de fichiers stocke les fichiers informatiques.
– Le serveur d'authentification permet d'identifier grâce au nom et au mot de passe les utilisateurs du réseau.
– Le serveur d'applications regroupe les applications utilisées par les postes de travail.

5 La méthodologie de résolution de problème *Énoncés p. 132*

Exercice 1

Diagramme causes-effet

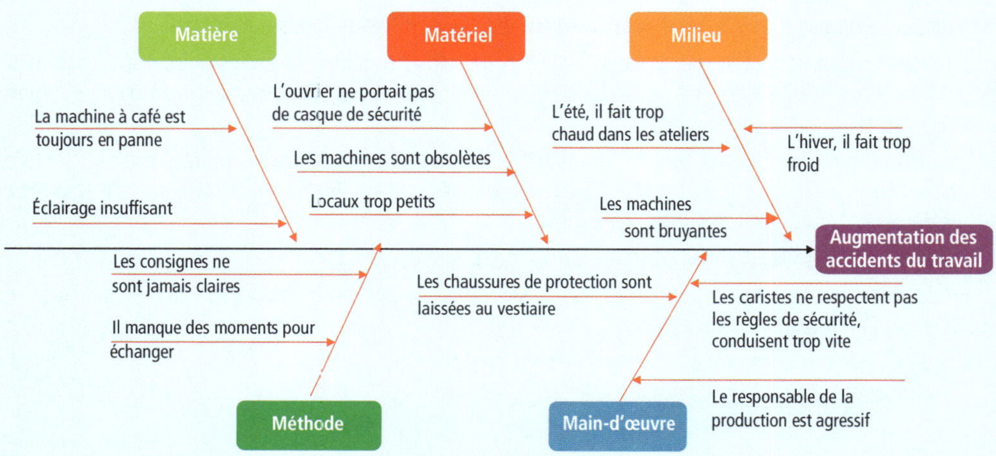

Exercice 2

1.

	Nature des dysfonctionnements	%	Pourcentages cumulés
A	Insonorisation	25 %	25 %
B	Environnement	22 %	47 %
C	Quantité proposée	17 %	64 %
D	Confort des chambres	13 %	77 %
E	Possibilité de connexion Internet	9 %	86 %
F	Qualité du petit déjeuner	8 %	94 %
G	Prix des chambres	5 %	99 %
H	Accueil	1 %	100 %

2. On constate que les 4 premiers critères représentent près de 80 % des mécontentements. C'est donc sur ceux-ci qu'il conviendra de faire des efforts d'amélioration.

6 L'amélioration du travail administratif

Énoncé p. 137

1. Classement des charges relatives à la formation :

	Charges directes	Charges indirectes
Charges fixes	Matériel informatique	Frais généraux
Charges variables	Fournitures Main-d'œuvre Repas	

2. Calcul du coût de revient global et unitaire de la formation dans les deux hypothèses :

Éléments du coût	Formation externe (FORMA+) – Calcul	Formation externe (FORMA+) – Total	Formation interne	
FRAIS GÉNÉRAUX	5 × 5	25	5 × 5	25
FOURNITURES **- Feuilles** **- Cartouche encre** **- Documentation** **- CDROM**	32,75 × 7	229,25	90 × 7 × 7,50 / 500 90 × 7 × 75 / 10 000	9,45 4,73 350
MATÉRIELS **- Ordinateur** **- Imprimante**			(600 × (45 + 720) / (4 × 2 000 × 60) (250 × 30) / (3 × 850 × 60)	0,96 0,05
MAIN-D'ŒUVRE **- Formateur** **- Frais de restauration** **- Contremaître** **- Assistant**	30 × 55 15 × 5	1 650 75	(1 800 + 720) × 2 480) / (151,67 × 60) (1 980 × 45) / 151,67 × 60	686,75 9,79
TOTAL		1 979,25		1 086,73

7 L'organisation des déplacements et des événements internes et externes *Énoncé p. 142*

1. Matrice multicritères pour le choix d'un hébergement :

Critères	Coef. de pondération	Hôtel La Palma		Hôtel Valencia Palace		Hôtel Astoria Aeropuerto	
		Note /5	Note pondérée	Note /5	Note pondérée	Note /5	Note pondérée
Prix	3	5	15	3	9	4	12
Situation géographique	3	2	6	5	15	5	15
Accès Internet	3	5	15	2	6	5	15
Nbre d'étoiles	2	3	6	4	8	3	6
Petit déjeuner	2	2	4	5	10	5	10
Restauration sur place	1	5	5	0	0	4	4
Total	**14**		**51/70**		**48/70**		**62/70**

L'hôtel qui correspond le mieux aux critères du dirigeant est l'hôtel Astoria Aeropuerto (car il obtient une note globale de 62/70).

2. Comparaison des deux modes de transport : voiture de la société ou avion + voiture de location :

Coût voiture de la société			
Coûts	**Prix unitaire**	**Quantité**	**Total**
Essence	1,12 €/L	6 L × 8,65 × 2	116,256 €
Péage	29,10 €	2	58,200 €
Amortissement	1 700 € ⇒ 10 000 km	1 730 km	294,100 €
Assurance	485 € ⇒ 10 000 km	1 730 km	83,905 €
Supplément hôtel	125 €	1	125,000 €
COÛT TOTAL			**677,461 €**

Coût avion + voiture de location			
Avion	120 €	2	240,00 €
Location voiture	180 €	2	360,00 €
Essence	1,03 €/L	83 km	4,15 €
COÛT TOTAL			**604,15 €**

Conclusion : l'avion est le moyen de transport le plus économique avec 604 € contre 677 € pour le transport en voiture.

8 La gestion du temps *Énoncé p. 147*

1.

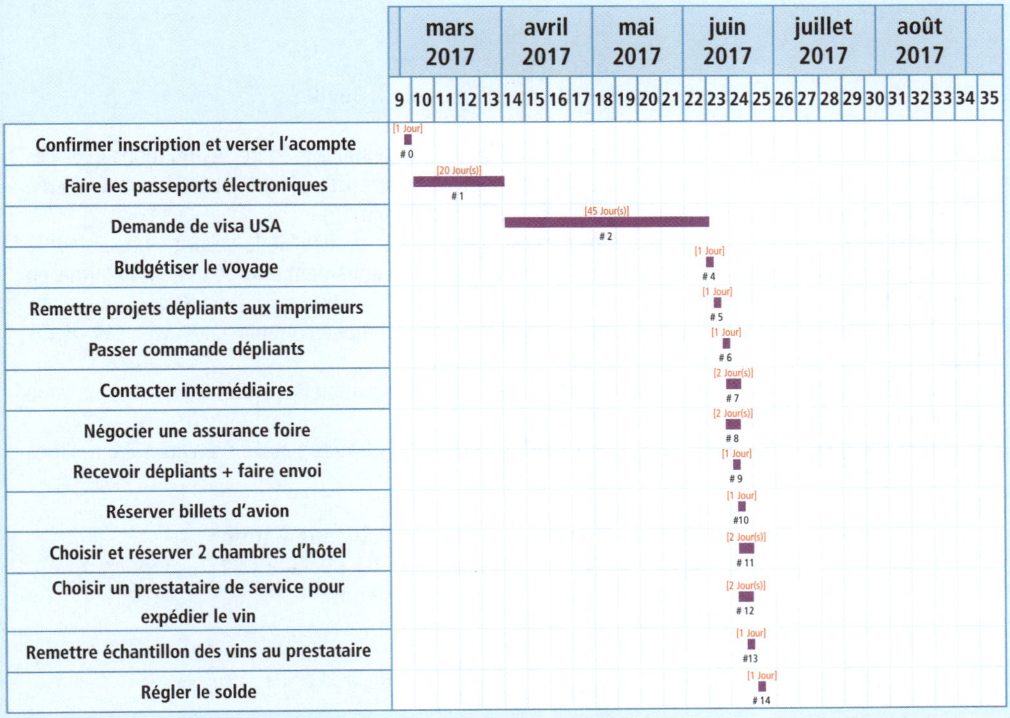

2. Durée totale du projet : 77 jours

3. Le tableau du budget comportera les lignes suivantes :
– vol Montpellier/New York (1 800 € = 2 448 $),
– transfert aéroport-hôtel (75 € = 102 $),
– chambre (698,53 € = 950 $),
– frais de publicité (300 € = 408 $),
– frais de restauration (367,65 € = 500 $),
– prestataire de service (278 € = 378,08 $),
– frais d'inscription (220,59 € = 300 $).
Soit un total de 3 739,77 € ou 5 086,08 $.

11 La communication institutionnelle *Énoncés p. 157*

Exercice 1

1. Les objectifs sont différents :

.com : site web institutionnel : communication sur les valeurs de l'entreprise : présentation du groupe, de la politique de développement durable, politique RSE. Utilisation du vocabulaire : notre vision, notre engagement…

.fr : site web commercial : e-commerce. Possibilité d'acheter en ligne, lien vers un drive, découverte des nouveaux produits, de recettes.

2. et 3. Reportez-vous à la page 156 du cours, pour vous aider à identifier les différentes parties d'un dossier de presse.

Exercice 2

16 janvier N
Communiqué de presse

La société ALPHA-CIM
ouvre sa succursale espagnole à Séville

Forte de sa notoriété en France et à l'étranger, Alpha-Cim souhaite étendre ses relations avec ses voisins espagnols. Aussi, dans le cadre du développement de ses activités à l'export, Alpha-Cim crée sa succursale en plein centre de Séville, quartier de la cathédrale.
Cette succursale propose des applications clés en main dans le secteur de la sécurité, basées sur le développement d'applications susceptibles de localiser automatiquement et précisément l'alarme, en précisant la zone, le niveau et le local.

En plein cœur de la ville, elle permettra de renforcer ses relations commerciales avec ses clients espagnols.

Alpha-Cim est une société d'ingénierie spécialisée dans l'intégration des systèmes en automatisme et informatique industrielle de haute technicité.
Créée en 2007, elle compte 26 salariés. En 2013, son chiffre d'affaires s'élève à environ 2,8 millions d'euros dont 20 % réalisés à l'export.

Contact presse : Jean-Louis Lacaze et Fabienne Bautin
E-mail : alphacim91@gmail.com – Tél : 01 69 75 95 22
Internet www.alpha-cim-sas.com

12 La communication commerciale

Énoncés p. 160

Exercice 1

Message publicitaire : Annonce
Format de l'annonce : un quart de page soit, 121 × 95 mm

EURO SIGNALÉTIQUE
Rue du 8 mai 1945
62100 CALAIS

Spécialiste Enseigne & Signalétique

Venez nous rencontrer au Salon des Collectivités Territoriales
Du 7 au 9 novembre N

EURO SIGNALÉTIQUE propose un service de conseil pour la signalétique adaptée à l'accessibilité des visiteurs mal voyants ou non-voyants, ainsi qu'aux visiteurs à mobilité réduite.

Tél. : 03 21 45 99 13 — http://www.eurosignal.fr

Exercice 2

Plan de communication de Bel'Aqua – Année N :

Objectif de communication	Message	Cibles	Moyens	Période	Budget annuel HT prévu en €	Indicateurs
Objectif cognitif : se faire connaître et améliorer sa notoriété	Rappel des activités et des atouts de l'entreprise	Zone de chalandise	PQR *La Nouvelle République*	Annuelle 3 fois par mois	**19 400**	– Nombre de contacts à la suite de la publicité dans la presse – Nombre de contrats générés par les contacts « presse » – Taux de notoriété spontanée ou assistée
Objectif conatif : déclencher l'essai (le déplacement du client dans l'entreprise)	Séance gratuite de découverte	Tous les habitants de Niort et de son agglomération	Tracts distribués dans les boîtes aux lettres	Fin février et fin août	**7 500**	– Nombre de contacts à la suite de la distribution des tracts – Nombre de contrats générés par les contacts « tracts » – Nombre de séances gratuites générées : – Nombre de contrats/Nombre de séances gratuites
Objectif conatif : faire venir de nouveaux clients	Pas d'élément	Les habitants du Poitou et de la zone de Niort	Publicité sur les radios France Bleu Poitou et Alouette FM Niort	Mars et début septembre	**4 400**	– Nombre de contacts à la suite des spots radio – Nombre de contrats générés par les contacts « radio »
Objectif cognitif et conatif : se faire connaître, améliorer sa notoriété, faire venir de nouveaux clients	Pas d'élément	Les habitants de Niort	Film publicitaire de 5 secondes	Du 25 au 26 juin	**2 500**	– Nombre de contacts à la suite de la diffusion des spots – Taux de notoriété spontanée
BUDGET TOTAL : 33 800 €						

13 La performance

Énoncé p. 163

Comparaison des RTS			
	Rt Prév.	Rt réel	ÉCART
Produit A	200 000 €	220 000 €	20 000 €
Produit B	75 000 €	-16 000 €	(59 000 €)

Ratios	
Ratios sur les Qté	Ratios sur les coûts de Production
1,05	0,96
0,53	1,13
Ratios d'efficacité	Ratios d'efficience

1. On constate un écart favorable sur le produit A. L'activité commerciale s'est correctement déroulée. En revanche, sur le produit B, l'entreprise a rencontré un problème important. Le résultat est négatif. Reste à savoir si l'entreprise a manqué d'efficacité ou d'efficience, ou bien les deux ?

2. Il s'agit de ratios d'efficacité. Ils traduisent la capacité de l'entreprise à atteindre ses objectifs. On constate que sur le produit A, le ratio est de 1,05. Elle a donc atteint ses objectifs et même vendu 5 % de plus que prévu. En revanche, pour le produit 2, l'entreprise a un ratio de 0,53. Il traduit le manque d'efficacité sur ce produit. L'entreprise n'a réussi à vendre que la moitié de ce qui était prévu !

3. Il s'agit de ratios d'efficience. Sur le produit A, l'entreprise s'était fixée un coût unitaire de 250 €. En réalité, ce coût est de 240 €. Il est un peu plus faible que prévu. L'entreprise a donc réussi à produire un bien à un coût inférieur. Elle a donc fait preuve d'efficience. En revanche, sur le bien B, elle avait anticipé un coût unitaire de 530 € et en réalité, elle n'est parvenue à produire le bien qu'à 600 €. Elle a donc été inefficiente.

14 Le calcul et l'analyse des coûts et des résultats Énoncé p. 165

1. **Coût complet :**

	Produit A	Produit B	Produit C
CA	3 770 000 €	2 088 000 €	544 000 €
Coût complet*	2 753 000 €	2 695 000 €	1 130 000 €
Marge nette	1 017 000 €	– 607 000 €	– 586 000 €

* *Coût complet = total des charges variables et fixes, directes et indirectes.*

Seul le produit A présente une marge positive (les ventes couvrent l'ensemble des charges). Cette marge est suffisamment importante pour absorber les pertes du produit B et une partie importante des pertes du produit C. Le résultat global serait négatif de 176 k€.
Toutefois, une telle situation ne peut durer car un produit ne peut durablement couvrir les pertes sur les autres produits. Il faut donc revoir dans quelle mesure les coûts de chaque produit déficitaire ne sont pas trop importants (gaspillage...), ou si la force commerciale est suffisamment motivée pour vendre les produits B et C.

Seuil de rentabilité :

	Produit A	Produit B	Produit C
CA	3 770 000 €	2 088 000 €	544 000 €
CV	1 738 000 €	1 840 000 €	580 000 €
MCV	2 032 000 €	248 000 €	– 36 000 €
CF	1 015 000 €	855 000 €	550 000 €
Marge	1 017 000 €	– 607 000 €	– 586 000 €
TMCV	54 %	12 %	– 7 %
Seuil de rentabilité (valeur)	1 883 144,69 €	7 198 548,39 €	– 8 311 111,11 €
Seuil de rentabilité (volume)	3 247	19 996	– 48 889

Remarque Pour calculer un seuil de rentabilité en volume, il faut diviser par le coût unitaire.

2. • **Les coûts variables :** le CA des produits A et B suffit à couvrir les charges variables (dépendantes de l'activité) de ces produits (la MCV positive), alors que ce n'est pas le cas sur le produit C. Cela induit une marge sur coût variable négative. Pour le produit B, le problème vient de l'insuffisance de la marge sur coût variable, qui ne permet pas de couvrir le montant des coûts fixes.

• **Analyse du seuil de rentabilité :** il faut vendre 3 247 produits A pour obtenir une marge nulle sur ce produit, et vendre 19 996 produits B pour une marge nulle. Quant au produit C, comme sa marge sur coût variable est nulle, le calcul du seuil de rentabilité (SR) n'est pas possible.

• **Le produit A** présente une rentabilité satisfaisante ; le **produit B** manifeste un niveau de charges fixes trop important, l'entreprise doit contrôler ces charges. Mais le principal problème vient du produit C, qui n'est pas rentable. Est-il pertinent de poursuivre sa commercialisation ? À moins que l'entreprise ne prenne des décisions rapidement.

15 Le seuil de rentabilité et le point mort

Énoncés p. 167

Exercice 1

1. Tableau de résultat différentiel :

CA	262 000	
Charges variables	23 880	100 %
Coût d'achat des marchandises vendues	170 000	
Marge sur coût variable	68 120	
Charges fixes	43 790	26 %
Marges	24 330	

2. Calcul du SR :
SR = (262 000 × 43 790) / 68 120 = 168 423 € ou SR = 43 790 / 0,26 = 168 423 €
Point mort : (SR × 360) / CA = (168 243 × 360) / 262 000 = 231,43.

3. CA = Marge + Charges fixes / 0,26 = 313 742 €
Pour maintenir le résultat actuel, le CA devrait augmenter de 51 742 €.

Exercice 2

1. Charges annuelles variables et fixes prévisionnelles :

Rubrique	Calcul	Charges variables	Charges fixes
Matières premières	1,20 × 15 000	18 000	
Emballages	0,4 × 15 000	6 000	
Charges de personnel			
. variables	0,70 × 9 500	6 650	
. fixes	0,30 × 9 500		2 850
Publicité	25 000		25 000
DAP	1 500		1 500
Charges financières	1 750		1 750
TOTAL		30 650	31 100

2. CA et compte de résultat différentiel :
Chiffre d'affaires HT = 15 000 × (7,20 / 1,20) = 90 000 €

CA	90 000	
Charges variables	30 650	100 %
Marge sur coût variable	59 350	
Charges fixes	31 100	65,90
Marges	28 250	

3. Seuil de rentabilité :
SR = 31 100 / 0,6590 = 47 192,72 € soit 47 192,72 / 6 = 7 865 bouteilles

4. Calcul du CA à réaliser pour atteindre un bénéfice égal à 6 % du CA annuel :
Bénéfice = CA – CV – CF donc 0,06 CA = M/CV – CF, or M/CV = Taux de M/CV × CA
0,06 CA = (0,6590 × CA) – 31 100
soit CA = 51 921,60 €.

16 La démarche budgétaire *Énoncé p. 169*

1. Tableau prévisionnel de la TVA à payer au titre de chaque mois (payable le mois suivant) :

	Janvier	Février	Mars	Avril	Mai	Juin
TVA collectée	1 946,16	1 725,60	2 098,80	3 343,40	1 491,60	1 736,40
TVA déductible	573,00	713,60	1 236,40	571,40	691,60	693,40
TVA à payer	1 373,16	1 012,00	862,40	2 772,00	800,00	1 043,00

Tableau prévisionnel des encaissements :

	Janvier	Février	Mars	Avril	Mai	Juin
Créances	4 608,00					
Ventes janvier	7 006,18	4 670,78				
Ventes février		6 212,16	4 141,44			
Ventes mars			7 555,68	5 037,12		
Ventes avril				12 036,24	8 024,16	
Ventes mai					5 369,76	3 579,84
Ventes juin						6 251,04
TOTAL	11 614,18	10 882,94	11 697,12	17 073,36	13 393,92	9 830,88

Tableau prévisionnel des décaissements :

	Janvier	Février	Mars	Avril	Mai	Juin
Fournisseurs	7 980,00					
Achats janvier	1 719,00	1 719,00				
Achats février		2 140,80	2 140,80			
Achats mars			3 709,20	3 709,20		
Achats avril				1 714,20	1 714,20	
Achats mai					2 074,80	2 074,80
Achats juin						2 080,20
Salaires	2 800,00	2 800,00	2 800,00	2 800,00	2 800,00	2 800,00
Charges sociales	1 200,00	1 260,00	1 260,00	1 260,00	1 260,00	1 260,00
Autres charges	1 150,00	1 150,00	1 150,00	1 150,00	1 150,00	1 150,00
TVA à décaisser	980	1 373,16	1 012,00	862,40	2 772,00	800,00
Impôt			1 220,00			1 220,00
TOTAL	15 829,00	10 442,96	13 292,00	11 495,80	11 771,00	11 385,00

2. Budget de trésorerie :

	Janvier	Février	Mars	Avril	Mai	Juin
Trésorerie initiale	5 690,00	1 475,18	1 915,16	320,28	5 897,84	7 520,76
Encaissements	11 614,18	10 882,94	11 697,12	17 073,36	13 393,92	9 830,88
Décaissements	15 829,00	10 442,96	13 292,00	11 495,80	11 771,00	11 385,00
Trésorerie finale	1 475,18	1 915,16	320,28	5 897,84	7 520,76	5 966,64

Ce budget ne pose pas de problème même si la trésorerie est un peu juste en mars en raison du paiement de l'impôt sur les sociétés. Pour les mois d'avril, mai et juin, on pourrait même envisager des placements à court terme.

3. Dans l'éventualité où M. Bertrand ne rembourserait pas sa créance, les encaissements de janvier ne s'élèveraient qu'à 10 322,18 € (11 614,18 – 1 292).

Le nouveau budget de trésorerie se présenterait donc ainsi :

	Janvier	Février	Mars	Avril	Mai	Juin
Trésorerie initiale	5 690,00	183,18	623,16	-971,72	4 605,84	6 228,76
Encaissements	10 322,18	10 882,94	11 697,12	17 073,36	13 393,92	9 830,88
Décaissements	15 829,00	10 442,96	13 292,00	11 495,80	11 771,00	11 385,00
Trésorerie finale	183,18	623,16	-971,72	4 605,84	6 228,76	4 674,64

Il y a un impact sur la trésorerie en mars. On peut envisager plusieurs solutions :
– obtenir un découvert ;
– obtenir d'un fournisseur un délai de paiement supplémentaire ;
– couvrir les créances par des effets de commerce permettant l'escompte en cas de besoin de trésorerie ;
– obtenir un décalage du paiement de l'acompte de l'impôt sur les bénéfices en mars.

17 L'analyse financière de l'entreprise *Énoncé p. 172*

1. Bilan fonctionnel et soldes financiers de la société Chandou :

ES		RS	
Immo	400	Kx Pro	230
FRNG	105	Amts	225
		Dettes fin	50
ACE		DE	
Créances Clients	175	Dettes Frns	120
Stocks	75	BFRE	130
ACHE		DHE	
Créances diverses	12,5	IS	10
		BFRHE	2,5
Trésorerie		Trésorerie Passive	
Disponibilités	5	CBC	32,5
Trésorerie nette	– 27,5		

2. Calcul de la CAF :

Calcul de la CAF selon la méthode soustractive		Calcul de la CAF selon la méthode additive	
EBE(N)	122	Résultat net (N)	12
+ Autres produits d'exploitation encaissés	50	– Reprises d'exploitation non décaissées	60
– Autres Charges d'exploitation décaissées	5	+ Dotations d'exploitation non décaissées	110
+ Produits financiers encaissés	5	– Reprises financières non décaissées	0
– Charges financières décaissées	90	+ Dotations financières non décaissées	0
+ Produits exceptionnels encaissés	0	– Reprises exceptionnelles non décaissées	33
–Charges exceptionnelles	4	+ Dotations exceptionnelles non décaissées	40
– Participation des salariés		+ Valeur comptables des actifs cédés	
– Impôt sur les bénéfices	9	– Produit de cession des actifs	
CAF (N)	69	CAF (N)	69

3. • **Bilan fonctionnel** : l'entreprise a un BFR de 132,5 (BFRE : 130 + BFRHE : 2,5) qu'elle ne parvient pas à financer avec ses ressources stables (FRNG : 105). Elle doit donc financer ce BFR avec des ressources à court terme coûteuses (CBC).
• **CAF** : l'entreprise dispose d'une capacité de financement de 69 K€. Ce montant de CAF permet à l'entreprise de calculer sa capacité à rembourser ses dettes financières : Dettes financières/CAF : 50/69 = 0,72. Cela signifie qu'il faudrait moins d'un an pour que l'entreprise puisse rembourser ses dettes financières (délai très court, ratio favorable à l'entreprise).
On peut également faire le rapport entre la CAF et la valeur ajoutée de l'entreprise (69/542 = 12 %). Cela indique que pour 100 € de VA, l'entreprise a généré 12 € de CAF pour assurer son financement. L'entreprise parvient à collecter 12 % de sa richesse créée pour son développement.

18 Le financement des investissements *Énoncés p. 174*

Exercice 1

1. Montant total de l'investissement = 13 640 × 10 = 136 400 €
Montant du prêt = 0,8 × 136 400 = 109 120 €

2. Coût du prêt du Crédit Lyonnais = (11 895,11 × 10) – 109 120 = 9 831,11 €
Coût du prêt de BNP Paribas = (14 576,69 × 8) – 109 120 = 7 493,52 €

3. La proposition de BNP Paribas est plus avantageuse au regard du coût global du crédit. Cependant, les semestrialités sont moins importantes avec le prêt du Crédit Lyonnais. Le gérant doit donc choisir en fonction des possibilités de remboursement semestriel de la PME.

Exercice 2

	Fin N	Fin N+1	Fin N+2	Fin N+3	Fin N+4
Ressources					
Emprunt	140 000				
CAF	31 400	31 400	36 110	36 110	36 110
Économie impôt sur intérêts	817	659	498	335	169
Économie impôt sur amortissements	8 000	8 000	8 000	8 000	8 000
TOTAL	180 217	40 059	44 608	44 445	44 279
Emploi					
Investissement	175 000				
Remboursement capital + intérêts	29 487	29 487	29 487	29 487	29 487
TOTAL	20 4487	29 487	29 487	29 487	29 487
Trésorerie					
Initiale	12 500	–11 770	–1 198	13 923	28 881
Flux	–24 270	10 572	15 121	14 958	14 792
Finale	–11 770	–1 198	13 923	28 881	43 673

Communication

COMPRENDRE EN VIDÉO Retrouvez tous nos tutos vidéos sur notre chaîne YouTube « Objectif BTS Hachette ».

1 Les enjeux et les concepts de base de communication

La communication a un rôle primordial dans la gestion d'une entreprise. Sa maîtrise est essentielle au développement de l'entreprise et à son image.

1 La communication globale

A Définition

- **La communication globale se définit comme une approche globale de l'ensemble des communications : interne, marketing et institutionnelle.** Elle est présentée comme une démarche homogène qui vise à tracer un territoire pour l'entreprise et à l'imposer aux diverses formes de communication.
- La communication globale est un outil de la stratégie de l'entrepreneur qui est liée au projet de l'entreprise. Sa fonction est de révéler le projet, de l'assister et d'aider à sa réalisation.

B Les enjeux de la communication

La démarche de communication globale doit partir du projet d'entreprise, c'est-à-dire d'une réflexion sur la vocation et les valeurs de l'entreprise. Le projet s'inscrit dans la construction d'une image de l'entreprise, dont l'objectif est à la fois de fédérer le personnel en interne et de valoriser l'entreprise en externe.

Enjeux de la communication globale		
	Efficacité de la communication	Gérer les relations de l'entreprise avec tous les acteurs
	Légitimation et implication de l'entreprise	La cohérence d'ensemble réduit les différences entre l'information émise et les faits et entre les différentes communications
	Gestion de la communication	La communication globale est constamment associée à une stratégie de communication et à un plan de communication

2 Les différents types de communication

Il est possible de construire des **typologies de la communication**. Si l'on retient le nombre d'acteurs à qui elle s'adresse, on aura alors 3 types de communication.

A La communication orale interpersonnelle

Il s'agit d'un échange entre deux personnes qui sont en interaction dans un contexte donné. Le partage de sens se fait par l'interprétation réciproque de signes (signes verbaux et non verbaux) et non un simple transfert d'informations. La relation est une composante essentielle dans la communication interpersonnelle.

B La communication de groupe

- **Ce sont des échanges qui ont lieu à l'intérieur d'un groupe.** La communication est fonction du groupe, de sa taille et de la personnalité des membres qui le composent.

• On peut différencier les formes de la communication des entreprises du point de vue de ses objectifs (interne et externe, à visée stratégique ou opérationnelle), de ses cibles, de son canal et de ses supports (formelle et informelle).

C La communication de masse

• **C'est la diffusion importante de messages non personnalisés.** Elle s'adresse à un public nombreux et hétérogène et utilise des canaux comme les médias (presse, télévision, radio, Internet) ou encore les réseaux sociaux…

• **L'objectif.** Il revient à se demander quel est le but de la situation de communication ou du message. Ce peut être : Informer, s'informer, transmettre, expliquer, valoriser, convaincre, faire agir, négocier.

• **La cible.** Elle détermine l'individu, le groupe d'individus ou l'entreprise qui est visé par la communication. C'est se poser la question : à qui est destiné le message ?

• **Le canal.** C'est le moyen par lequel le message est transmis ou diffusé (ex. : site Web, page Facebook).

• **Le support.** C'est la forme matérielle qui permet de transmettre le message. Il peut être papier, multimédia et numérique. Il est complémentaire au canal et ne peut se passer de ce dernier et vice-versa. Étant un « véhicule », il peut très bien transiter par plusieurs canaux, tout comme un canal peut acheminer différents types de supports.

3 Les actions de communication dans les entreprises

L'entreprise, pour se faire connaître, est amenée à élaborer une **stratégie de communication**. Cette stratégie se conduit à travers diverses actions de communication.

A La communication interne

• Elle s'adresse aux membres de l'organisation (personnel, dirigeant, associés). **L'objectif de la communication interne est de contribuer au bon fonctionnement de l'entreprise et à la satisfaction des attentes du personnel.**

• Au sein même de l'entreprise, la communication interne peut être :

– **formelle** ou raisonnée, prévue : c'est une communication qui passe par la voie hiérarchique, qui tient compte des règles établies au sein de l'entreprise et est nécessaire à la prise de décision. Elle a un sens de circulation différent selon l'émetteur : descendante (du sommet hiérarchique vers les salariés), ascendante (des salariés vers le sommet hiérarchique), horizontale (au même niveau hiérarchique) ;

– **informelle** ou spontanée : elle ne respecte aucune règle (ex. : discussions devant la machine à café, dans les couloirs…). Son caractère informel oblige à vérifier son contenu.

B La communication externe

Elle est destinée aux partenaires extérieurs de l'entreprise (clients, fournisseurs, banques, associés, décideurs publics, groupes d'influence…). **L'objectif de la communication externe est la valorisation de l'image de l'entreprise** auprès de ses partenaires.

• **La communication institutionnelle** vise à promouvoir l'entreprise dans son ensemble, à valoriser son image.

• **La communication commerciale** vise à promouvoir les produits et la marque d'une entreprise.

• **La communication financière** informe les parties prenantes sur la « santé financière » de l'entreprise.

2 La communication écrite opérationnelle

La communication écrite opérationnelle est destinée à assurer le bon fonctionnement de l'entreprise. Elle contribue donc à l'efficacité et à la valorisation de son image.

1 La communication externe opérationnelle

A L'analyse d'une situation de communication écrite

Qu'il s'agisse d'une communication en direction de personnes extérieures ou interne, la communication opérationnelle nécessite toujours :
– **une analyse de l'objectif** de l'écrit, des enjeux et de la stratégie de communication ;
– **une prise en compte de l'historique** des communications écrites s'il existe ;
– **une réflexion sur le choix d'un plan**, d'un registre de langue et d'une forme adaptés ;
– **une réflexion sur le choix de mode de diffusion** ;
– **la rédaction** de l'écrit lui-même.

B La structuration des idées

Les écrits comportent :
– **une introduction** qui sert à attirer l'attention du lecteur et à fixer le cadre de référence ;
– **un développement** argumenté pour susciter l'intérêt ;
– **une conclusion** qui invite à la prise de décision ou à l'action.

C L'argumentation

L'argumentation est le chemin proposé à l'interlocuteur pour l'amener à partager son opinion, sa thèse. C'est la manière de présenter et structurer ses arguments. Un argument est une bonne raison pour étayer ou réfuter une proposition.

Techniques de mise en argument	Type d'argument
L'argumentation s'appuie sur une personne dont l'autorité est reconnue (politique, morale, scientifique…) et entraîne l'adhésion.	d'autorité
L'argumentation repose sur l'exemple et permet d'établir une correspondance ou une opposition entre deux situations.	d'analogie
L'argumentation insiste sur certains aspects, pour les amplifier et en minorer d'autres.	de cadrage
L'argumentation s'appuie sur des valeurs qui sont déjà partagées par d'autres.	de communauté

2 La communication externe opérationnelle

A La lettre

La lettre est un support de communication écrite en direction des personnes extérieures. Sa présentation comporte des éléments obligatoires. Elle répond à la norme NF Z11-001 juillet 1982 (AFNOR). Bien que la lettre soit normée, les entreprises utilisent bien souvent leur propre présentation.

- **La disposition normalisée de la lettre**

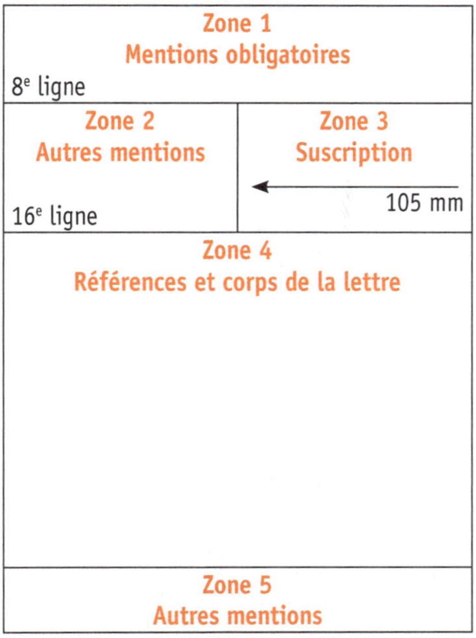

- **Zone 1 : mentions obligatoires concernant l'expéditeur** : nom, raison sociale ou dénomination ; forme juridique et montant du capital social ; adresse géographique et/ou postale ; numéro d'inscription au registre du commerce et des sociétés ; autres mentions légales ou réglementaires.
- **Zones 2 et 5 :** autres mentions concernant l'expéditeur ne figurant pas en zone 1 (références bancaires ou postales, code APE…).
- **Zone 3 : désignation et adresse du destinataire** (suscription). La suscription est écrite au maximum sur 6 lignes. Les éléments d'information sont ordonnés sur les lignes et d'une ligne à l'autre dans le sens de l'écriture, en allant du particulier au plus général.
- **Zone 4 : références et corps de la lettre.** Toute liberté est laissée à l'émetteur pour la disposition des éléments de cette zone.

- **La structure**

Le courrier doit être structuré et le plan adapté à la situation. Il comporte :
– **une introduction :** fixe le cadre de référence ;
– **un développement :** argumente, explique, demande ;
– **une conclusion :** invite à la prise de décision ou à l'action.

- **La rédaction de la lettre**

Elle doit permettre au destinataire d'identifier rapidement le message transmis. L'argumentation a pour objectif de convaincre. Dans les écrits, cela se traduit par l'accroche, c'est-à-dire un court texte destiné à attirer l'attention, la structure logique, le maintien de l'attention du destinataire.

B Le courriel

Le **courrier électronique** (courriel) est un support moins formel que le courrier postal, mais il est néanmoins soumis aux mêmes règles de structure, de rédaction et de politesse.

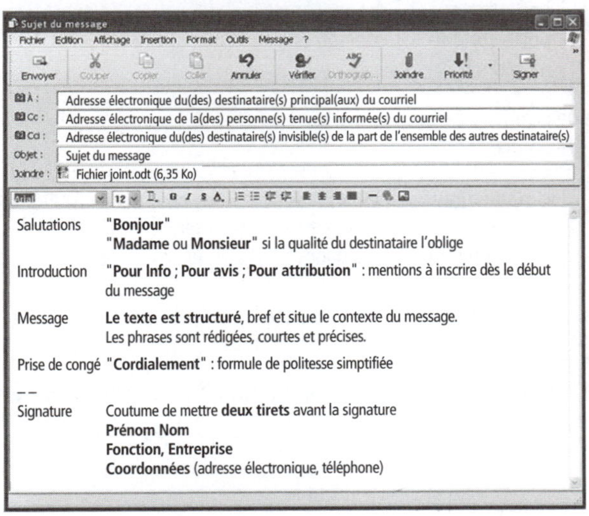

Astuces

- **Bien définir l'objet de votre courriel :** c'est le premier élément de votre message que les correspondants liront.
- **Pour envoyer un courriel à un nombre important de destinataires :** placez les adresses dans le champ Copie Cachée (Cc ou Cci). Les adresses sont ainsi confidentielles pour chacun.
- **Adapter vos formules de politesse** aux destinataires et à la relation pré-existante.

Communication

C Les dépliants publicitaires, prospectus et plaquettes

- **Vecteurs de communication externe**, les dépliants publicitaires, prospectus et plaquettes ont pour objectif d'attirer, de séduire, de convaincre…

- Les supports possibles des dépliants publicitaires sont : le flyer (format A5), la fiche produit, le dépliant 3 volets, la carte postale.

3 La communication interne opérationnelle

- Chaque type de message assure une fonction précise dans la communication interne.

- La qualité des messages écrits contribue à l'efficacité de l'entreprise mais aussi à la valorisation de son image.

Principaux supports de la communication interne opérationnelle							
	Note de service	**Note d'information**	**Note de synthèse**	**Compte rendu**	**Rapport**	**Message électronique**	**Procès-verbal**
Objectif	Transmettre un ordre, des consignes.	Diffuser une information.	Aider à faire le point sur un fait, une situation, un dossier.	Informer les destinataires du déroulement d'un événement.	Aider à la prise de décision.	Communiquer, envoyer et recevoir des messages professionnels, des notes de services, des fichiers…	Relater officiellement par écrit ce qui a été dit et/ou fait dans une réunion ou une assemblée.
Contenu	• Une information par note. • Contenu adapté au destinataire.		• Résumé des idées principales des documents sources. • Mention des sources.	• Faits, causes, conséquences, problèmes rencontrés, solutions possibles. • Les idées les plus importantes s'il porte sur une réunion.	• Travail objectif : décrire et analyser un contexte. • Réflexion subjective motivée : des mesures concrètes.	• Un sujet par message. • L'objet du message doit être renseigné. • Signature.	• L'objet de son établissement. • L'énoncé des circonstances de temps, lieu, personnes. • Rapport exact des faits.
			Pas de titre de civilité ni de formule de politesse				
Plan	• Passé • Présent • Futur.		Plan binaire : • avantages ; • inconvénients ; • causes ; • conséquences.	Chronologique ou suivant l'ordre du jour.	Plan apparent classique : • solutions ; • moyens ; • justifications.	• Passé • Présent • Futur.	Chronologique.

- Ces supports peuvent faire l'objet d'un courriel ou d'un fichier joint à un courriel, transmis par le réseau local ou l'intranet de l'entreprise.

Exercices d'entraînement

Exercice 1

Corrigé p. 214

Allard et Fils est un grossiste spécialisé dans la vente de bonbons.
Le 30 novembre au matin, vous avez reçu un message électronique du client Boulangerie Brioche Chaude qui n'a pas reçu la totalité de sa commande n° 1 520 en date du 25/11/NN. Il lui manque 850 g de truffes au chocolat. Vous n'avez pas pu lui livrer la marchandise dans sa totalité car vous êtes en rupture de stock. Vous pouvez lui proposer la gamme supérieure ; truffes de dégustation au même prix (avec un délai de livraison de 48 h).

- **Rédigez le courriel à destination de Madame Lacroix, responsable de la Boulangerie Brioche Chaude (contact@briochechaude.fr).**

Exercice 2

Corrigé p. 214

- **Proposez le moyen de communication écrite le plus adapté pour transmettre les messages suivants :**

	Moyen de communication le plus adapté
1. Informer rapidement les commerciaux du changement de salle concernant la réunion hebdomadaire.	
2. Rédiger le document relatif aux notes que vous avez prises lors du comité de direction.	
3. Informer les salariés que l'entreprise a obtenu, pour la 3e année, le trophée « Élu Service client de l'année ».	
4. Présenter dans un document les problèmes liés à l'organisation entre les services comptabilité et commercial afin de proposer des solutions facilitant la gestion des factures.	
5. Rappeler aux salariés de votre entreprise que les places pour les personnes handicapées sont exclusivement réservées aux personnes à mobilité réduite sous peine de contravention.	
6. Présenter les résultats de vos recherches sur un nouveau système de sécurité à la suite de la demande de votre dirigeant qui souhaite en acquérir un nouveau.	

Exercice 3

Corrigé p. 214

Sens et Décoration, SARL basée à Valenciennes, propose aux professionnels, collectivités territoriales et aux particuliers des prestations d'ébénisterie, de menuiserie et d'agencement intérieur.
L'entreprise s'est développée à partir d'une valeur forte portée par le dirigeant, M. Lactose, et partagée par l'ensemble du personnel : « l'artisan dans un monde moderne ». Elle rencontre un vif succès et a embauché de nouveaux menuisiers pour faire face à la forte demande. Sens et décoration emploie 22 salariés dont 14 menuisiers-ébénistes et 2 manutentionnaires qui sont sous la responsabilité du chef d'atelier, M. Nolan. Vous occupez le poste de gestionnaire.

1. Le dirigeant a constaté depuis plusieurs semaines que certains ouvriers ne portaient pas systématiquement les EPI (équipement de protection individuelle), dans l'atelier de fabrication. M. Lactose vous charge de réaliser un document rappelant l'obligation du port des EPI, les dangers auxquels s'exposent les salariés et les sanctions possibles en cas de non-respect des règles.
2. Le lundi suivant, M. Nolan vous contacte pour vous signaler que M. Hervé Leblanc ne portait pas ses lunettes de protection. M. Lactose vous demande de convoquer le salarié pour un entretien pour lui spécifier son infraction au règlement intérieur et lui adresser un avertissement. Il pourra recevoir le salarié mercredi à 8h30.

- **Rédigez les documents à envoyer à M. Leblanc.**

3 La modélisation des documents et l'interface homme-machine

Le document est constitué d'informations structurées et d'un support qui contient ces informations.

1 Les rôles d'un document

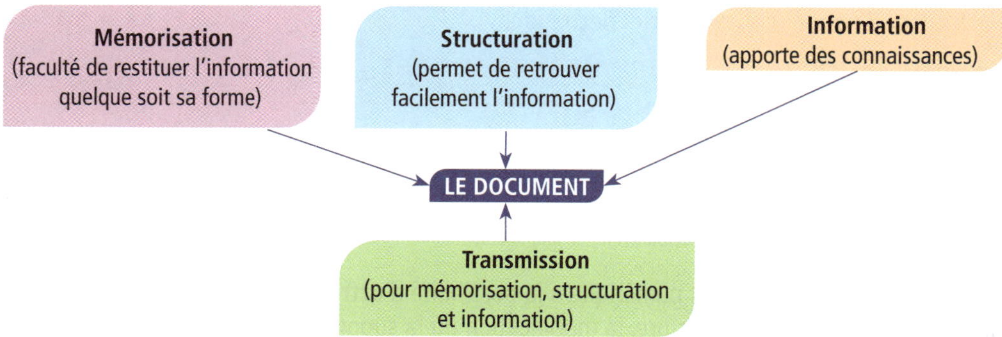

2 Les composantes d'un document

- Il est d'abord nécessaire de **définir la fonction** (informer, recueillir des informations, communiquer) et la nature (texte, son et image) d'un document lors de sa conception.
- Les différents composants d'un document sont :

– **le support** (papier, disque optique, mémoire électronique…) ;
– **la structure** : organisation logique du contenu (titre, paragraphe, etc.) ;
– **la présentation** : manière dont les contenus se manifestent pour l'utilisateur, aspects visuels et graphiques (écran, imprimante) ;
– **le contenu** : tout ce qu'on porte à la connaissance de l'utilisateur *via* le langage naturel, les images, les sons et les animations.

3 Le document numérique

A Les différents types de documents numériques

- Il existe différents types de documents numériques, en fonction de l'origine du document :

– **le document numérisé** (grâce à un scanner) ;
– **le document « né numérique »** : le document est créé directement à partir d'un logiciel (tableur, diaporama par exemple) ;
– **le document mixte** : c'est la combinaison des deux premiers (on associe une image numérisée à un document créé par un logiciel).

Définition

Interface homme-machine (IHM) : intermédiaire entre l'utilisateur et les fonctionnalités d'un système. L'interface se matérialise souvent par une page Web, un formulaire, etc. Elle est parfois appelée « interface utilisateur ».

Le document numérique permet la diffusion de l'information, le partage entre plusieurs utilisateurs, l'accessibilité à distance et les consultations en simultané.

B Le format des documents numériques

Un document numérique est un fichier caractérisé par son format. Ce format est identifié grâce à l'extension (ce qui suit le point). Celle-ci permet de savoir quel est le type de fichier (texte, image…) et quels logiciels utiliser pour le manipuler.

> **Exemple**
> **nom_du_fichier.docx**
> Extension d'un fichier créé sous Word, logiciel de traitement de texte de Microsoft.

C Utilisation des documents numériques dans un travail collaboratif

• Dans le contexte professionnel, les collaborateurs peuvent travailler et apporter leur contribution sur un même document pour aboutir à un document collectif. L'assistant(e) devra gérer ce travail d'enrichissement du document.

• Le concepteur du document numérique a la possibilité d'**attribuer des droits d'accès** à son document en permettant la lecture, la modification ou la suppression des données, en fonction de la sensibilité des données et du rôle de chacun.

4 La modélisation des documents

La dématérialisation de l'information, l'obligation de rendre compatibles les réseaux, matériels et logiciels et la volonté d'une communication globale cohérente incitent les organisations à modéliser les écrits qu'elles produisent.

> **Définition**
> **Modélisation d'un document :** correspond à l'établissement de normes, de règles et de standards pour produire un document.

• **Un modèle** détermine la structure d'un document de base. Il contient ainsi de nombreux paramètres déterminant la forme du document : les styles, les polices, la mise en page…

• **La lettre type** est un document numérique contenant un texte standard qui peut être personnalisé par l'ajout d'informations présentées sous forme de champs pour un publipostage.

• **Le formulaire** est un document structuré qui permet de collecter des informations ou d'effectuer des consultations. Il peut être complété par des informations saisies au clavier dans des zones de saisie.

> **Conseil**
> Les documents créés doivent **respecter la charte graphique de l'entreprise.** La charte graphique a pour objectif d'assurer la cohérence de la communication globale de l'organisation en donnant une identité visuelle à l'ensemble des messages.

• **Les feuilles de style** permettent de regrouper des caractéristiques de mise en forme associées à des groupes d'éléments : titre, sous-titre, commentaire, note de bas de page… Il suffit de donner un nom à un ensemble de caractéristiques de mise en forme et de le choisir pour l'appliquer à un texte sélectionné.

Exercice d'entraînement

Corrigé p. 215

Coloc'Action est une PME lilloise en activité depuis janvier 2012. L'entreprise est composée de membres jeunes et dynamiques : 3 dirigeants associés et 6 salariés. Son activité principale est la gestion locative. Elle oriente les personnes cherchant à louer une chambre dans une colocation, les accueille et prend en charge toutes les formalités.

L'agence propose un ensemble de 70 maisons (soit 325 chambres) composées de 3 à 9 chambres, dédiées à la colocation haut de gamme. Le prix d'une chambre varie quant à lui de 250 € à 630 €.

Coloc'Action dispose d'un site Internet proposant les différents biens ouverts à la colocation.

Malik Ameziane, un des dirigeants associés, souhaite développer l'activité du site Internet en proposant une inscription en ligne pour les personnes intéressées par une colocation.

- **Vous êtes chargé(e) de concevoir le document d'inscription.**

ANNEXE **Extrait de l'entretien avec M. Ameziane**

« Nous souhaitons enrichir notre base de données des futurs colocataires. Il faudrait que les personnes intéressées par une colocation puissent créer un profil lors de leur inscription. L'objectif est de cerner plus rapidement les besoins des personnes intéressées afin de leur proposer les meilleurs biens. Nous avons besoin de connaître leur profil (identification, salarié ou étudiant), leur budget, la localisation souhaitée et la date à laquelle ils souhaitent emménager. »

4 La communication digitale

La révolution digitale conduit vers un nouvel état où tout sera digital : on ne parlera alors plus de marketing digital, d'expérience digitale ou de technologies digitales, mais simplement d'une nouvelle ère où la connexion et l'interaction permanentes seront, pour les consommateurs et les utilisateurs, un vécu quotidien.

1 Communication digitale et identité numérique

A Définition

• **La communication globale** constitue le fil conducteur de la coopération entre collaborateurs, de l'image et de l'identité numérique, et de la compréhension, notamment envers les clients. La communication globale, dans le cadre de la transformation numérique, est aujourd'hui une communication globale digitale.

• **La communication émane toujours de l'entreprise** mais elle devient de plus en plus circulaire, collaborative : les clients aiment prendre la parole et écouter les autres clients dont ils trouvent les contenus pertinents.

B La communication digitale

• **La communication digitale** définit la stratégie et les actions de communication à mener sur le Web, les médias sociaux et les terminaux mobiles. Elle peut intégrer des images (photos et vidéos).

• **Elle revêt diverses formes :** communication interne, communication externe, communication sociale, communication environnementale, communication vers des personnes extérieures…

• **La communication digitale contribue à la construction de l'image de l'entreprise,** à son identité numérique.

C L'identité d'entreprise

• **L'identité d'entreprise** est une notion floue et mal cernée, mais on peut retenir la définition suivante : « ensemble de caractéristiques interdépendantes qui donnent à [une] organisation sa spécificité, sa stabilité et sa cohérence et la rendent ainsi identifiable » (Moingeon et Ramanantsoa, 1997).

• **Une meilleure maîtrise de la notion d'identité numérique** de l'organisation, allant avec une utilisation des réseaux sociaux, est une attente forte des organisations, tant en communication interne qu'en communication externe.

2 Les outils et les actions de la communication digitale

A Les outils de la communication digitale

Ils sont nombreux et variés. On peut citer à titre d'exemple :
– **le site Internet** qui offre une vitrine de la PME et permet de faire du e-commerce ;

– **le référencement** qui permet au site Internet de l'entreprise d'être visible en faisant ressortir l'entreprise en tête des moteurs de recherche ;
– **le blog** qui ajoute régulièrement des pages sur le Web sur l'activité de la PME afin de toucher davantage de prospects et de maintenir le contact avec les clients ;
– **les newsletters** internes ou externes qui informent régulièrement les partenaires de la PME ou ses salariés ;
– **le e-mailing** qui a pour objectif de fidéliser les clients ou de contacter de nouveaux prospects ;
– **les réseaux sociaux** (Twitter, Instagram, Snapchat, Viadeo, LinkedIn, Pinterest) qui fédèrent tous les partenaires de l'entreprise et permettent aux clients d'interagir avec l'entreprise ;
– **les relations presse *via* des blogueurs** liés au domaine d'activité qui favorisent les échanges entre entreprises de même secteur.

B Les actions de communication digitale

Les dirigeants des entreprises sont conscients :
– en interne de **la nécessité de collaboration et de coopération** des salariés à travers les instruments de dialogue où les supports de communication digitale sont essentiels ;
– en externe, de **l'importance d'une utilisation raisonnée des réseaux sociaux** en matière de communication client : partage d'informations, organisation d'évènements, échange avec la communauté des consommateurs…

3 Le contenu de la communication digitale externe

Une fois la cible définie, il faut envisager sa mise en forme et le contenu nécessaire à sa diffusion. Trois grands types de contenu sont majoritairement utilisés en communication digitale.

A L'image

Il convient de faire attention à la qualité de la photographie, au choix des formats de diffusion, à la licence de l'image (réutilisable ou non).

B Le texte

• Il doit répondre aux attentes du public visé et permettre le positionnement de l'entreprise ou de ses produits/services.
Il faut alors définir :
– **le type de contenu** : original, didactique, expert… ;
– **le choix du ton** à employer : soutenu, amical, humoristique… ;
– **le rythme de publication :** plus la fréquence sera élevée, plus l'entreprise sera visible.

• Il est également important de respecter certaines règles afin que le contenu soit lu facilement par les robots des moteurs de recherche :
– rédiger des **titres clairs et courts** ;
– **choisir les bons mots-clés** ;
– **compléter le texte** par des images ;
– **insérer des liens** hypertextes vers des ressources précises.

C La vidéo

Il est nécessaire de choisir un scénario, des personnages, des décors, le ton, le style (humour, « live », actualité, expérience du client…).

5 La communication orale interpersonnelle

La communication interpersonnelle est basée sur un échange entre deux personnes qui sont en interaction. Communiquer, c'est instaurer une relation avec son interlocuteur pour construire ensemble le sens de l'échange.

COMPRENDRE EN VIDÉO — *Voir vidéo : Le savoir être en entreprise*

1 La situation de communication

A Le contexte

C'est le cadre dans lequel s'élabore la construction du sens. Le contexte est porteur de représentations, normes, règles, modèles, rituels, etc. Chacun y intervient du point de vue de son statut, de sa place, dans un type de relations donné. Le contexte influe sur la relation et la construction du sens.

Le territoire	Espace qui entoure un individu dont la pénétration est ressentie par lui comme une trop grande proximité ou une intrusion.
La distance	Elle est liée à la notion de proxémie (développée par E.T. Hall). Cette notion s'articule autour de celles de territoire et de distance interpersonnelle.
Le contexte relationnel	Il s'agit de la qualité des relations entre les acteurs de la situation (sympathie, antipathie, distance…). Une relation peut être : intime ou distante, égalitaire ou hiérarchique, etc.
Le statut	Il correspond à la position occupée par une personne dans un domaine de la vie sociale. À chaque statut sont assignés des rôles. Le rôle est l'ensemble des conduites attendues, compte tenu du statut.
Le contexte des normes	C'est celui des règles, des habitudes, des normes de référence implicites ou explicites pour chaque acteur. Une norme est une règle sociale inconsciente et communément acceptée par le groupe. Les normes sociales recouvrent les usages, les pratiques de savoir-vivre, les règles de politesse, les manières de parler, de se comporter.

B Les acteurs

Ce sont les individus intervenant dans une interaction par leur présence et qui expriment leur personnalité, leurs croyances et leurs valeurs.

C Les enjeux

• **C'est ce que l'on recherche, mais aussi ce que l'on risque** (de gagner ou de perdre réellement ou symboliquement) dans la relation.

• **On distingue 3 types d'enjeux :**
– **opératoires** : besoin de s'informer, se procurer un bien… ;
– **identitaires :** désir de produire une certaine image de soi, d'être reconnu ;
– **territoriaux :** besoin de protéger son territoire (l'espace personnel, physique ou psychique).

D Les stratégies

Les acteurs de la communication mettent en œuvre des **stratégies conscientes ou inconscientes**. L'équilibre est souvent recherché de manière à établir une relation satisfaisante pour chacun. On peut distinguer deux types de stratégie : l'une tend à maximiser les profits et l'autre à minimiser les risques.

2 Les échanges

L'échange est une suite d'interactions et s'observe à travers :
– **le langage verbal :** il correspond aux mots choisis pour exprimer un message, varie selon la langue utilisée, le registre de langue, la spécificité culturelle ou professionnelle du vocabulaire… ;
– **le langage non verbal :** il correspond aux signes émis par l'interlocuteur (tons, silences, regards, gestes, postures…).

3 Les comportements facilitateurs lors des échanges

A Les attitudes

Certaines attitudes facilitent la compréhension, la prise de parole, la réactivité et la proactivité (c'est-à-dire entreprendre, anticiper) du gestionnaire. Elles stimulent une communication raisonnée et des échanges constructifs.

La disponibilité	C'est un préalable à tout dialogue. Il s'agit d'être suffisamment concentré et attentif pour écouter (pas seulement entendre) et pour observer (pas seulement regarder) afin d'interpréter le plus justement possible ce qu'exprime l'interlocuteur.
L'ouverture d'esprit	Être ouvert revient à se rendre disponible sur le fond du message, pour l'accueillir de la manière la plus objective possible.
L'assertivité	L'assertivité est une attitude qui consiste à savoir s'affirmer avec sérénité, à se respecter soi-même autant qu'autrui, à adapter son comportement à la situation sans pour autant renier son identité personnelle ou professionnelle.
L'empathie	L'empathie est une attitude positive de compréhension qui passe par le partage de celui qui écoute, facilitant ainsi l'expression de celui qui parle.

B La technique de l'écoute active

• **Pratiquer l'écoute active,** c'est être un auditeur suffisamment attentif pour entendre son interlocuteur, ses sentiments, ses besoins. Cette écoute active crée un climat relationnel facilitateur de la parole de l'autre. C'est une technique qui utilise deux procédés : **le questionnement** et **la reformulation**.

• **Elle exige une attention à l'autre** (attitude d'empathie) et une concentration qui demandent plus d'énergie qu'une écoute simplement attentive. Elle doit donc être pratiquée aux seuls moments opportuns.

4 La construction du sens

Le sens est la signification des messages transmis et reçus. Toute communication permet de construire du sens. C'est cette construction qui nous conduit à comprendre nos partenaires, c'est-à-dire à échanger avec eux des signes auxquels ils accordent la même signification que nous.

5 L'argumentation

L'argumentation est un chemin proposé par celui qui émet un message pour amener le destinataire à partager, présenter et structurer des arguments. Sa préparation est essentielle quand les enjeux sont importants : défendre un projet, négocier, gérer un conflit.

A Les objectifs de l'argumentation

• L'argumentation peut avoir deux objectifs : modifier l'opinion ou le jugement du (ou des) destinataire(s), inciter le (ou les) destinataire(s) à agir.

• On cherche alors à :
– **convaincre**, c'est utiliser des arguments logiques, qui s'adressent à la raison ;
– **persuader**, c'est utiliser des arguments affectifs, qui s'adressent à la sensibilité.

• Dans de nombreuses situations de communication, différentes stratégies d'influence, conscientes ou inconscientes, peuvent être mises en œuvre pour influencer autrui, répondant ainsi au besoin de partager du sens avec l'autre.

• Les stratégies d'influence sont :
– **l'appel au sentiment d'appartenance** ;
– **l'action sur l'affectif et les émotions** ;
– **le raisonnement logique**, qui repose sur une démonstration ou une argumentation.

B Les limites de l'argumentation : la manipulation

• Un **fait** est observable. Réel, il s'impose à tous. Un fait est un argument.

• Une **opinion** est un point de vue personnel, une prise de position subjective.

• Toute opinion suppose d'autres opinions, elles aussi subjectives. Argumenter implique donc une recherche d'influence.

• **Manipuler.** Cela consiste à imposer son opinion en dissimulant les techniques utilisées. Les arguments manipulatoires privent l'interlocuteur de sa liberté de choix. Pour manipuler, l'acteur utilise le caractère émotionnel d'une situation de communication comme une technique d'influence volontaire.

⚠ | **On ne peut pas convaincre en manipulant.**

• **Les procédés d'argumentation manipulatoire courants.** Ce sont l'intimidation, le chantage, le passage en force, la dévalorisation, la flatterie, la culpabilisation et la déstabilisation.

Exercices d'entraînement

Exercice 1

Corrigé p. 215

À la lumière des attitudes d'Elias Hull Porter (psychologue à l'Université de Chicago) en annexe 1, analysez les attitudes spontanées dans la situation présentée en annexe 2 : volonté d'influence ou de compréhension ?

1. **Repérez l'attitude qui prédispose à chaque réponse : estimative, interprétative, rassurante, exploratrice, pragmatique, compréhensive.**
2. **Analysez vos résultats dans l'objectif d'améliorer votre attitude de compréhension.**

ANNEXE 1 Les attitudes de Porter

L'attitude estimative ou évaluative : elle implique un point de vue moral personnel et comporte un jugement (critique ou approbateur) à l'égard d'autrui. Vous indiquez comment pourrait ou devrait agir votre interlocuteur.

L'attitude interprétative : vous interprétez ce qui vous est dit. Vous visez en quelque sorte à instruire l'interlocuteur au sujet de lui-même, à lui faire prendre conscience de quelque chose, à lui démontrer l'une ou l'autre chose. Vous visez à indiquer comment il pourrait ou devrait se représenter la situation.

L'attitude rassurante : attitude de soutien visant à apporter un encouragement, une consolation ou une compensation. Elle implique que le sentiment de l'interlocuteur n'est pas justifié, qu'il n'existe pas ou qu'il n'est pas aussi sérieux qu'il se le représente.

L'attitude exploratrice ou investigatrice : vous posez des questions pour vérifier ou approfondir la discussion, pour obtenir des données supplémentaires. Vous indiquez que l'interlocuteur pourrait ou devrait examiner de plus près l'un ou l'autre aspect du problème.

L'attitude pragmatique : elle vise à apporter une solution immédiate. Vous réagissez par l'action et poussez à l'action.

L'attitude compréhensive : elle reflète un effort pour vous introduire sincèrement dans le problème tel qu'il est vécu par l'autre. Vos réponses visent à comprendre de l'intérieur, à saisir le ton affectif, personnel de la communication.

ANNEXE 2 Situation et réponses observées

Une collègue (*voix tendue, rageuse, contenue*) : « Quand je la vois ! … Elle n'a aucun charme et est bien moins intelligente que moi. Je me demande comment elle peut faire illusion ! Comment ne voit-on pas clair à travers toutes ses manières ? Elle arrive toujours à faire quelque chose qui sort de l'ordinaire et tout le monde admire la manière dont elle le fait. Je ne peux pas la souffrir ! Ça me rend malade ! Elle a tout ce qu'elle veut ! Elle a eu ma place. Et quand je lui ai dit ce que j'en pensais, elle a simplement répondu : "Je regrette" ! Je vais lui faire voir, moi, si elle regrette. »

LES RÉPONSES POSSIBLES

1. Cela t'arrive souvent d'en vouloir à ce point à une rivale ?
2. Tu es très violente à son égard. Tu n'acceptes pas ta position aujourd'hui.
3. Tu es très violente à son égard. Nous avons tous des préjugés contre les gens, mais il est bien rare que nous en tirions quelque chose de bon.
4. C'est un cas typique de jalousie, provoqué par une personne peut-être un peu plus capable que toi.
5. Pourquoi n'essaies-tu pas de la battre sur son propre terrain ? Si c'est une bluffeuse, tu devrais avoir le dernier mot.
6. Tu es très sensible à toutes ces déceptions, c'est normal. Mais étant plus âgée qu'elle, tu as l'avantage d'être plus raisonnable et d'avoir plus d'expérience de la vie.

Exercice 2

Corrigé p. 215

- **Analysez une situation de communication orale interpersonnelle vécue au cours de votre stage en complétant la grille ci-dessous.**

CONTEXTE

Cadre général	Style de management, valeurs, normes, codes, rituels, procédure ou domaine de gestion concerné	
Contexte de l'échange	**La SITUATION de communication :** objectif, thème, enjeu, lieu, temps, territoire, forme de la communication	
Acteurs	Acteur 1 (l'assistant(e))	Acteur 2
Statuts **Distance symbolique** **RELATION préexistante**		
Enjeux		
Stratégie préparée	**OUTILS ET TECHNIQUES** Argumentation, bloc-notes, prises de notes… questionnement, reformulation, attitudes	

ÉCHANGE

Échange	Déroulement des interactions avec observation des éléments ci-dessous	
Langage verbal	Registre, qualité de l'expression (hésitations, parasites, silences…)	
Langage non verbal	Postures, gestes, mimiques	
Attitudes	Disponibilité, ouverture, écoute active, empathie, assertivité	

ANALYSE

Résultat de l'échange	Signification(s) de l'échange construit	
Stratégie observée		
Relation observée **Distance réelle**		
Impact sur le résultat des composantes de l'échange	Quels éléments analysés ci-dessus ont conduit à ce résultat ?	
Explication		

RECHERCHE DE L'EFFICACITÉ PROFESSIONNELLE

Compétences Professionnelles	Sollicitées Démontrées
À retenir pour les mettre en œuvre	

6 La communication dans les groupes

Un groupe est un ensemble d'individus qui interagissent pour atteindre un but commun :
– imposer des règles de comportement à ses membres (la norme) ;
– développer un sentiment d'appartenance ;
– établir des relations interactives : les membres créent des liens réciproques et des échanges avec les autres membres du groupe.

1 Les groupes

A La typologie des groupes

Un groupe peut appartenir à plusieurs catégories (ex. : le groupe de projet).

Le groupe primaire (ou restreint)	Le groupe secondaire
Il se définit par le petit nombre de personnes en interaction. Ses membres poursuivent le même but, développent des relations affectives et un sentiment de solidarité. Dans ce type de groupe, se créent des normes, des croyances et des rites qui lui sont propres. **Ex. :** un groupe de travail, un groupe de projet.	Il s'agit d'un système organisé et structuré qui fonctionne selon des règles précises et préexistantes au groupe. Les relations entre les individus sont souvent formelles et impersonnelles, indirectes et codifiées par les usages de l'organisation. **Ex. :** une entreprise, un hôpital, une école, etc.

Le groupe formel	Le groupe informel
C'est un groupe organisé, officiel, permanent ou temporaire qui a pour objectif de remplir des fonctions spécifiques au sein d'une organisation. Les relations entre ses membres sont codifiées par les normes officielles de l'organisation. **Ex. :** un groupe de projet.	C'est un groupe non officiel, créé par des relations spontanées d'affinité entre les membres d'une organisation. Les relations entre les individus sont libres et spontanées. **Ex. :** des salariés qui se retrouvent pour déjeuner.

B Les caractéristiques des groupes

Les groupes sont caractérisés par :
– **la taille :** nombre de membres qui le composent (au moins trois personnes) ;
– **le rôle et statut de leurs membres :** le statut d'un membre du groupe légitime sa position et son rôle dans le groupe ;
– **les normes :** ce sont les règles et usages prescrits par le groupe.

C Les fonctions d'un groupe

Les fonctions d'un groupe sont assurées par un ou plusieurs membres :
– **la fonction de production :** elle permet de définir les tâches à accomplir ;
– **la fonction de facilitation** : elle permet au groupe de fonctionner en conservant des relations constructives ;
– **la fonction de régulation** : des règles de conduite sont élaborées pour atteindre le but préalablement fixé.

2 La dynamique dans les groupes

A Qu'est-ce qu'une dynamique ?

C'est la façon dont le groupe fonctionne, dont il s'adapte aux différentes situations, modifie sa structure, c'est-à-dire les affinités, attirances, ou répulsions qui s'établissent entre ses membres. Elle guide les prises de décisions d'un groupe et les positions de ses membres.

B Les modes de collaboration et de décision dans le groupe

• **La cohésion** dans le groupe est due à l'attirance pour une cause commune et au souhait d'appartenir au groupe.

Remarque

Le degré de cohésion du groupe a un impact sur l'efficacité du groupe.

• **Divers facteurs renforcent la cohésion** (taille du groupe, types de réseaux de communication, leardership).
Une bonne cohésion de groupe est propice à sa performance. À l'opposé, une trop grande homogénéité est gênante car elle limite la créativité.

• **Plusieurs règles** de prise de décision peuvent être adoptées dans un groupe :
– **le consensus :** accord entre les membres pour prendre une décision sans vote préalable ;
– **l'unanimité :** la décision n'est adoptée que si tous les membres donnent leur accord lors du vote ;
– **la majorité simple :** la décision n'est adoptée que si le nombre de voix « pour » est supérieur au nombre de voix « contre » ;
– **la majorité qualifiée :** la décision est adoptée au nombre de voix atteint. Ce nombre est prévu statutairement par les règles de fonctionnement du groupe.

C Le leadership

• **Le « leadership »** traduit **l'influence prépondérante d'un individu sur un groupe**, les aptitudes d'un individu à exercer un pouvoir déterminant sur la conduite d'un groupe, à mettre les autres en confiance, à impulser les actions du groupe et à créer un sens commun.

• **Le leader** est la personne qui fait preuve de leadership. Il peut détenir son **autorité de droit** : autorité donnée par son statut (un directeur, un chef, un responsable, etc.), ou son **autorité de fait** : capacité naturelle à exercer l'autorité.

• **Kurt Lewin,** le fondateur de la psychosociologie moderne, distingue **trois façons de conduire le groupe**, selon l'autorité décroissante exercée par le leader sur le groupe :
– **le leader autoritaire** donne des ordres et sanctionne ;
– **le leader participatif** consulte et responsabilise ;
– **le leader « laisser faire »** observe, n'intervenant que pour répondre à des sollicitations.

3 L'animation d'une réunion

COMPRENDRE EN VIDÉO

Voir vidéo : Comment réaliser un bon Powerpoint ?

L'animation d'une réunion implique d'en maîtriser les phases : la préparation, l'ouverture, la conduite et la clôture.

A La préparation indispensable de la réunion

Une réunion doit être préparée afin d'en maîtriser le déroulement, à savoir :
– définir **l'objet** et les raisons de la réunion ;

- préparer **le plan de la réunion** (points importants à aborder) ;
- prévoir **la durée de la réunion** ;
- sélectionner **les participants** ;
- collecter les informations nécessaires et préparer **les supports visuels et/ou de travail** ;
- choisir un **lieu** pour la réunion ;
- **convoquer** les participants ;
- préparer le **cadre de travail** (salle, matériel nécessaire, éclairage…).

B L'ouverture de la réunion

• **Le rôle de l'animateur.** Il accueille les participants à la réunion, en souhaitant la bienvenue. Il peut décider de faire un tour de table. Puis il débute la réunion en rappelant l'objet (ordre du jour) et les raisons (le pourquoi) de la présence de chacun.

• **Les règles de fonctionnement** sont définies, un secrétaire de séance est désigné.

C La conduite de la réunion

• **Le rôle de l'animateur.** Il conduit la réunion et les participants vers l'objectif, dans le respect des consignes de départ (durée, ordre du jour).

• L'animateur n'intervient pas sur le fond, le contenu doit venir des participants.

• Pendant la réunion l'animateur, en fonction de son style d'animation, peut utiliser :
- **le questionnement** pour favoriser la participation et les interactions ;
- **le tour de table :** les participants sont invités à s'exprimer sur une question ;
- **la reformulation** pour vérifier si tous les participants ont bien compris la même chose.

• Des synthèses sont réalisées pendant la réunion pour faire prendre conscience de l'avancement des réflexions.

> **Remarque**
> L'animateur doit veiller à **l'expression non verbale** des participants qui lui permet de s'assurer que ce qui est ensuite verbalisé correspond bien à leur ressenti.

• De même, le recours à un matériel, support de la communication orale, est à favoriser :
- **le tableau blanc ou papier :** l'animateur peut y noter les informations au fur et à mesure du déroulement de la réunion. Il sert de mémoire au groupe ;
- **le diaporama :** réservé à la présentation de documents, tableaux, plan de l'intervention… ;
- **les documents papier**.

D La clôture de la réunion

• Dans cette phase, **il s'agit de conclure et d'anticiper la suite des discussions**, en organisant la réunion suivante alors que tous les participants sont présents.

• **Un compte rendu de réunion** est conçu et envoyé très rapidement à chaque participant. Il reprend les points essentiels de la réunion, les décisions, et annonce l'ordre du jour et la date de la prochaine réunion.

Exercice d'entraînement

Corrigé p. 215

Amin est commercial dans l'entreprise GB, une société de création de logiciels et de jeux informatiques pour le jeune public. Nous sommes jeudi. Il a travaillé sur un projet de présentation d'un nouveau jeu informatique – *Le Labyrinthe* – avec une équipe d'informaticiens où travaillent plusieurs de ses « copains de bureaux ». Il doit participer à une présentation de ce jeu samedi (dans deux jours) mais il a aussi un projet sur la commercialisation d'un jeu éducatif pour enfants de 8 à 11 ans – *L'espiègle* – à rendre lundi à son supérieur hiérarchique. Malgré son rôle dans la conception de la présentation du *Labyrinthe*, il décide de se désister pour samedi.

1. **Déterminez les relations d'influence au sein du groupe : leader, suiveur, rôle de chaque membre du groupe et place hiérarchique.**
2. **Identifiez la structure du groupe : primaire, secondaire, formel, informel.**
3. **Déterminez le contexte de la communication : cadre, lieu, date, événement, place des acteurs, enjeux.**
4. **Identifiez les techniques de communication employées :**
– par Amin ;
– par le chef de projet.
5. **Précisez si le groupe fait preuve de cohésion. Justifiez votre réponse.**

ANNEXE Réunion préparatoire à la réunion de samedi

C'est le moment où le chef de projet doit présenter la répartition des rôles pour la présentation de samedi. Il s'avance face au chevalet de conférence. Benjamin intervient.

Amin (*gêné*) : Excusez-moi de vous déranger, Monsieur, mais je voudrais dire quelque chose.
Le chef de projet : Oui ? *Il retourne s'asseoir et fait un mouvement indiquant à Amin qu'il peut s'avancer devant le groupe.*
Amin : Ben, voilà, je ne pourrais probablement pas venir samedi.
Le chef de projet (*surpris*) : Quoi ? Mais pourquoi ? Je ne suis au courant de rien !
Amin (*rougissant*) : En fait, j'ai un travail urgent à rendre la semaine prochaine et je sais que je n'aurais pas le temps de le finir demain.
Le chef de projet (*en colère*) : Donc, tu abandonnes notre équipe de projet ! Tu sais, pourtant, l'importance de ce projet pour nous !
Un collaborateur (*en colère aussi*) : Ouais, c'est pas sympa ! Puis, qu'est-ce qu'on va faire, nous, sans notre leader ?
Amin (*un peu décontenancé par les réactions*) : Il ne faut pas exagérer, vous pouvez très bien réussir cette présentation sans moi ! Je ne suis que l'animateur de votre présentation, c'est vous qui avez conçu *Le Labyrinthe*. Vous êtes donc capables de le présenter sans moi. De toute façon, je suis coincé, je risque ma place sur l'autre projet.
Le chef de projet (*un peu calmé mais sur un ton toujours vif*) : Ouais d'accord, tu risques ton job mais ça fait longtemps que tu connais la date… et puis, tu peux peut-être le finir dimanche ton projet, non ?
Amin (*toujours gêné*) : Le problème, c'est qu'on est deux à travailler là-dessus et mon collègue accepte de venir au bureau samedi mais pas dimanche. Je ne pourrai donc pas venir à la présentation de samedi.
Un collaborateur (*sur un ton très vif*) : Il n'est pas gêné ton collègue ! Pourquoi il imposerait ses conditions et pas toi ! T'es sûr que t'es pas en train de te faire avoir et nous aussi, d'ailleurs ?
Amin (*sûr de lui*) : Écoutez, je ne peux pas faire autrement. Et puis, là, c'est important. Moi aussi, j'aurais aimé être là mais bon, c'est comme ça ! Je n'ai pas le choix, il s'agit de mes objectifs de travail (sur un ton dynamique et rassurant à la fois). Donc cette présentation, vous allez la faire sans moi et vous la réussirez car je compte bien pouvoir vendre ce jeu l'année prochaine.
Les autres participants (*enjoués*) : Ouais, on va la réussir cette démo !

7 La gestion des conflits

Un **conflit** est une divergence entre deux ou plusieurs personnes, se caractérisant par des tensions, des émotions, des désaccords. Les conflits peuvent avoir des conséquences néfastes sur l'entreprise comme une baisse de la productivité, une perte de temps, un *turn-over* important, un absentéisme élevé, une détérioration du climat dans l'entreprise.
Cependant, les conflits sont parfois sources de modification positive de l'organisation du travail.
Un conflit interpersonnel naît d'une divergence entre des individus qui interagissent dans une même finalité.

1 Comprendre le conflit

A La typologie des conflits

• **Le malentendu.** C'est le conflit le plus fréquent, issu d'une erreur d'interprétation ; d'abord unilatéral, il devient réciproque du fait des réactions de la personne offensée : fermeture, évitement ou contre-attaque.

• **Le conflit d'intérêt.** C'est lorsqu'un même objet est désiré par deux individus. Il est donc réciproque et se déclare quand les rivaux accordent plus d'attention à leur adversaire qu'à l'objet qu'ils désirent. La haine, l'hostilité et la colère prennent le pas sur l'agressivité naturelle inhérente à toute compétition.

• **Le conflit de personnalité.** Ce type de conflit naît sans facteur déclenchant identifiable (antipathie naturelle) à partir d'une connaissance très limitée de l'autre ; il dépend des individus plus que des événements. Il s'observe dans des réactions démesurées à des faits futiles, à des contacts évités.

B La dynamique des conflits

Les conflits se déroulent selon un processus commun qui s'articule autour de trois phases :

Phase 1 **la montée des tensions :** le conflit se déclenche à partir d'un fait. L'incident dégénère en confrontation parce qu'il révèle des tensions cachées et plus profondes ;

Phase 2 **la crise :** le conflit est ouvert ;

Phase 3 **le dénouement :** une fois le conflit ouvert, il évolue rapidement. Plusieurs issues sont théoriquement possibles : la séparation, la neutralisation ou la réconciliation. Plus le conflit est violent, plus il devient irréconciliable. La séparation s'impose alors.

Remarque

Un conflit est latent jusqu'à ce que la crise éclate, **puis il devient ouvert.** Plus le temps passe et plus les dégâts causés sont difficiles à gérer.

C Les attitudes dans le conflit

Domination/soumission, **fuite/évitement**, **confrontation** ou **démarche résolutive** sont quatre attitudes caractéristiques face à un conflit.

2 Gérer le conflit

• **Le rôle du gestionnaire.** Selon le degré de détérioration de la relation, le gestionnaire :
– transforme le conflit de personnes en situation-problème et lui apporte des solutions ;
– ou gère le conflit :

Détecter les conflits latents
Vigilance, attention aux autres.

→

Diagnostiquer
Dialogue → proactivité, écoute.
Distinguer les faits des opinions, chercher les causes et les solutions.
→ Neutralité, objectivité.

→

Prévenir le conflit ouvert
Informer, clarifier, initier le premier pas de l'un vers l'autre.

• **Les moyens.** Un accord entre les deux parties peut nécessiter :
– **une négociation** : si les parties sont prêtes à faire des efforts pour sortir du conflit ;
– **une médiation** : un médiateur impartial crée des ouvertures dans le dialogue entre les parties ;
– **un arbitrage hiérarchique** : il tranchera de manière plus autoritaire, après que chacun a exposé son point de vue.

• **L'issue** attendue est un contrat entre les parties, ce qui suppose ni menace, ni chantage ou manipulation affective (culpabilisation), ni duperie ou marchandage pendant les discussions.

3 Communiquer en situation de conflit

• **Les moyens.** Cela implique :
– **une approche coopérative** ;
– **une communication raisonnée** pour construire un consensus ;
– **le dépassement de ses tendances spontanées** : trop questionner, penser à la place de l'interlocuteur, juger, soutenir, consoler.

• **Le rôle du gestionnaire.** Le gestionnaire mobilise ses connaissances et des attitudes afin de gérer les conflits dans lesquels il est partie ou observateur. Il contribue ainsi au maintien de conditions sereines de travail dans le groupe.

Exercices d'entraînement

Exercice 1

Corrigé p. 216

Lors d'un stage de formation continue intitulé « Climat relationnel et performance de l'équipe », Arthur, participant, décrit son expérience personnelle au sein de son entreprise (annexe).

1. **Décrivez le style de leadership de M. Dilly, les modes de collaboration et de décision qu'il sollicite. Repérez les comportements individuels qui en découlent.**
2. **Expliquez en quoi ils sont défavorables à la cohésion du groupe.**

ANNEXE Récit d'Arthur, participant

M. Dilly nous demande notre avis, mais il ne le prend pas en compte. Comme s'il avait déjà tout décidé avant la réunion. Il nous laisse débattre et échanger nos opinions après le lancement d'un sujet. Mais il n'est pas vraiment facilitateur et peu ouvert aux idées nouvelles, sauf les siennes.

Certains collègues restent silencieux, d'autres réagissent vivement à toute opinion contraire à la leur. Ils se sentent personnellement critiqués et se justifient, longuement… Les échanges sont vifs, les collègues ne sont pas très respectueux les uns des autres, se coupent la parole… un peu à l'image de ce que fait M. Dilly d'ailleurs. Du coup, ces échanges ne servent pas à grand-chose. On est incapable de s'écouter. Depuis quelques temps, ce sont toujours les 2 ou 3 mêmes collègues qui s'expriment. Quand il y a une décision à prendre, le groupe s'entend vite sur la première solution proposée. En fait, certains collègues n'osent pas contredire ou évitent de prolonger les discussions, d'autres suivent sans se poser de questions.

Tout le monde s'entendait bien dans le service. Mais ces tensions et ces « prises de pouvoir » en réunion commencent à déborder sur nos relations quotidiennes. Des clans se forment, des rumeurs circulent, certains collègues en critiquant d'autres dès qu'ils ont le dos tourné et certains autres étant prêts à croire tout ce qu'on leur dit ! Il me semble que tout serait différent si M. Dilly se montrait plus reconnaissant du travail que nous réalisons, plus présent avec chacun d'entre nous…

Exercice 2

Corrigé p. 216

1. **Repérez les effets et les causes de la dégradation du climat de travail dans la PME GWD (annexe).**
2. **Caractérisez la ou les solutions mises en place.**

ANNEXE

M. Palagon, dirigeant de la PME GWD, s'inquiète depuis quelques temps des performances de ses 20 collaborateurs : baisse de la productivité, dossiers non transmis, information retenue de façon intentionnelle, absentéisme. Il fait appel à un cabinet de consultants, PFF Lille.

Le consultant s'entretient avec chacun des salariés. Ces entretiens mettent à jour l'existence de quelques conflits interpersonnels. Une confrontation des collaborateurs concernés leur permet de discuter de leurs divergences et de trouver un terrain d'entente. Les entretiens révèlent aussi que certains comportements ont aggravé le conflit. Une formation spécifique, proposée discrètement, aideront ces personnes à construire une relation à l'autre positive et productive. À la fin de sa mission, le consultant organise une réunion de tous les collaborateurs qui s'engagent à améliorer continuellement leurs interactions, en nombre et en qualité.

8 Les instruments de dialogue

Pour améliorer l'efficacité de sa communication, l'entreprise doit favoriser le dialogue (ce sont les échanges entre collègues, services ou personnel encadrant dans la réalisation du travail).
La mise en place des instruments de dialogue est importante car chacun pourra s'exprimer de manière plus ou moins formelle sur ce qui se passe dans l'entreprise.

1 Les objectifs des instruments de dialogue

La communication va être facilitée grâce à des **outils de dialogue** qui vont :
– **créer un sentiment d'appartenance** chez les salariés afin d'obtenir leur soutien et de les motiver ;
– **améliorer le bien-être** des salariés ;
– **renforcer la cohésion** de groupe et réduire ainsi les conflits.

2 Les supports de dialogue

	Principe	Intérêts et limites
Le journal d'entreprise	• Présente les actualités de l'entreprise, les événements, les départs et les arrivées dans l'entreprise. • Format papier ou numérique.	• Renforce le sentiment d'appartenance. • Diffuse une bonne image de l'entreprise. • Coût relativement important.
Le flash d'information	Permet d'informer rapidement sur un événement.	Diffusion en fonction des besoins de l'entreprise.
Le panneau d'affichage	Affiche les obligations légales sur la vie et la sécurité de l'entreprise, les informations syndicales et l'actualité de l'entreprise.	• Diffusion en continu de l'information. • Mise à jour régulière impérative.
Le livret d'accueil	Présente les indications utiles et pratiques sur la vie de l'entreprise.	Facilite l'intégration et la socialisation.
L'intranet	Site Internet privatif qui permet de présenter des informations utiles : actualités, ressources documentaires, etc.	Permet de rapprocher les gens et de communiquer en temps réel.
Forum de discussion	Sites d'échanges de messages.	Permet d'échanger.
Groupe sur réseaux sociaux : Messenger, Twitter, Instagram, WhatsApp, Snapchat…	Permet de poster un message vidéo, photos ou textes courts.	Permet d'échanger rapidement et de manière plus informelle.

3 Les techniques de dialogue

Les réunions	Instance d'expression et lieu de mise en commun des compétences.
Les boîtes à idées	Recueil des suggestions du personnel de l'entreprise (de manière anonyme ou non).
Le sondage	Recueil de l'opinion du personnel.
Les enquêtes de satisfaction	Compréhension des attentes des salariés et de leur relation au travail.

Quel que soit l'instrument de dialogue utilisé, il faut respecter les règles d'éthique et de déontologie.

2 La communication écrite opérationnelle Énoncés p. 195

Exercice 1

A : contact@briochechaude.fr
Objet : Re- Commande N° 1 520 incomplète
Madame Lacroix, Nous accusons réception de votre réclamation par rapport à la commande n° 1 520 qui était incomplète. Nous sommes au regret de vous informer que l'article Truffes aux chocolat réf. 45 n'est plus disponible actuellement. Pour réparer cet incident, nous vous proposons les truffes de dégustation réf. 568 (qualité supérieure), au même prix. Nous vous garantissons une livraison sous 48 h. Nous espérons que notre offre pourra retenir votre attention. Cordialement, M. X Assistant de gestion

Exercice 2

Dans l'ordre du tableau : **1.** Courriel ; **2.** Compte rendu de réunion ; **3.** Note d'information ; **4.** Rapport ; **5.** Note de service ; **6.** Note de synthèse.

Exercice 3

Sens et Décoration

À l'ensemble du personnel de l'atelier fabrication
Le 12/02/N

NOTE DE SERVICE N° 12

L'attention des membres de l'atelier fabrication est attirée sur le fait que chacun doit porter ses équipements de protection individuelle.

En cas de non port des EPI, vous vous exposez à des risques multiples : éclats de bois dans les yeux, blessures, brûlures, coupures et fractures.

Il est obligatoire de porter dans l'atelier : les lunettes de protection, les bouchons d'oreilles, les gants et les chaussures de sécurité.

Si vous ne portez pas vos EPI, le chef d'atelier préviendra la direction qui sera dans l'obligation d'appliquer les sanctions prévues dans le règlement intérieur.

Nous espérons compter sur la bonne volonté de chacun pour respecter au mieux ces principes de sécurité.

La direction

Sens et Décoration
8 Boulevard de Fourmies
59140 Valenciennes

M. Leblanc
« adresse »
« CP » « Ville »
Valenciennes, le 19/02/N

CONVOCATION

Objet : Infraction commise par rapport au règlement intérieur

Monsieur Leblanc,

En raison du non port de vos lunettes de protection le lundi 19 février à 8h30, nous vous informons que nous envisageons de prendre une sanction disciplinaire à votre égard.

Nous vous avions adressé un rappel des règles à respecter dans la note de service n° 12.

Nous vous demandons de vous rendre le : **mercredi 21 février à 8h30, au secrétariat de direction** pour vous notifier la sanction disciplinaire qui sera prise à votre encontre en référence à l'article X du règlement intérieur.

Nous vous précisons que vous pourrez vous faire assister, au cours de l'entretien, par une personne appartenant au personnel de l'entreprise.

Nous vous prions de bien vouloir agréer, M. Leblanc, l'expression de nos salutations distinguées.

M. Lactose
Directeur
Lactose

3 La modélisation des documents et l'interface homme-machine

Énoncé p. 198

Le formulaire doit respecter la charte graphique de l'entreprise et son image. Il doit comporter des menus déroulants (ex. : civilité, langue parlée), des zones de texte (ex. : nom, prénom, courriel, mot de passe, confirmation du mot de passe, n° de téléphone) ou de dates (date de naissance), des cases à cocher (pour l'acceptation des conditions générales d'utilisation) et les boutons de navigation (pour valider la demande).

5 La communication orale interpersonnelle

Énoncés p. 204

Exercice 1

1. Les réponses sont successivement : **1.** explorative ; **2.** estimative ; **3.** interprétative ; **4.** pragmatique ; **5.** compréhensive ; **6.** rassurante.

2. La réponse dépendra de votre personnalité, mais dans vos relations professionnelles vous devez toujours aller vers l'attitude compréhensive.

Exercice 2

Réponse variable en fonction de la situation choisie.

6 La communication dans les groupes Énoncé p. 209

1. **Leader autoritaire :** chef de projet. **Leader participatif :** Amin. **Suiveur :** le collaborateur.

2. Il s'agit d'un groupe primaire (seulement quelques personnes) et formel puisqu'il est constitué pour travailler sur la réalisation d'un projet.

3. **Cadre de la communication :** le bureau.
Lieu de la communication : salle de conférence.
Date : jeudi.
Événement : la présentation d'un nouveau produit.
Place des acteurs : Amin est l'émetteur. Ses collaborateurs et le chef de projet sont les destinataires de la demande. La scène se passe dans l'entreprise, lors d'une réunion entre les membres de l'équipe de projet.
Enjeux : – Amin ne pourra pas assister à la présentation de samedi. Il doit l'annoncer à ses copains de travail et les convaincre qu'ils n'ont pas besoin de lui.
– Le chef de projet et ses collaborateurs veulent absolument qu'Amin soit présent. Ils doivent le convaincre d'animer la présentation.

4. **Les techniques de communication employées :**
– Par Amin : l'argumentation : un autre travail à réaliser.
– Par le chef de projet : la manipulation : « Tu sais, pourtant, l'importance de ce projet pour nous ! ». La créativité : « Tu peux peut-être le finir dimanche ton projet, non ? ».

5. Oui, le groupe fait preuve de cohésion. Ses membres comprennent, ils ont construit un sens commun, sont motivés et décident de tous s'y mettre pour réussir.

7 La gestion des conflits Énoncés p. 212

Exercice 1

1. Sous l'apparence d'un leader consultatif (il organise des réunions, nous demande notre avis, nous laisse débattre et échanger), M. Dilly est un leader autoritaire (« comme s'il avait déjà tout décidé avant la réunion », peu ouvert aux idées nouvelles sauf les siennes). Il lance des discussions mais n'écoute pas et coupe la parole.
Dans un premier temps, les collaborateurs ont joué le jeu en exposant leurs opinions. Mais les critiques, le manque d'écoute et de respect, les ont incités dans un second temps, à se taire ou à se conformer à l'opinion dominante (c'est-à-dire celle qui s'exprime le plus et concorde avec l'avis de M. Dilly, puisque dans ce cas il ne coupe pas la parole). Cependant, ce n'est pas l'opinion majoritaire.

2. Le style de leadership pratiqué par M. Dilly provoque des tensions entre les collaborateurs : méfiance, non-dit, rumeur, fuite, agressivité.
Les collaborateurs qui continuent à s'exprimer forment une minorité active, influente parce qu'elle va dans le sens du leader et manipulatrice parce qu'elle prend en compte des intérêts personnelles (enjeux identitaires, se faire valoir). Les décisions, même si elles sont approuvées en réunion, ne recueillent pas l'adhésion de tous les membres : elles seront peu ou mal appliquées. Le sentiment d'appartenance est mis à mal (démotivation et désintérêt) car les collaborateurs ne se reconnaissent pas dans le fonctionnement du groupe. La cohésion du groupe est donc fortement ébranlée, mais aussi sa performance car les décisions ne sont pas suffisamment pesées, partagées, créatives.

Exercice 2

1. Les **causes** de la dégradation du climat de travail à l'intérieur du groupe sont : des tensions entre les salariés, des comportements individuels aggravants. Elles sont sources de conflit, ce qui dégrade le climat de travail.
Les **effets** sur l'entreprise sont : une productivité en baisse, une rétention d'information, de l'absentéisme et des dossiers non transmis.

2. La **solution** retenue par le consultant est la **médiation** :
– dialogue et compromis entre les personnes en conflit ;
– formations personnelles pour comprendre l'influence de son comportement.

Culture Économique, Juridique et Managériale

COMPRENDRE EN VIDÉO Retrouvez tous nos tutos vidéos sur notre chaîne YouTube « Objectif BTS Hachette ».

ÉCONOMIE DROIT MANAGEMENT

L'ÉPREUVE

Présentation de l'épreuve de CEJM

Épreuve écrite
Durée : **4 heures**
Coefficient : **6**

1 L'objectif de l'épreuve

- **L'épreuve vise à évaluer les compétences du candidat à :**

– analyser des situations auxquelles l'entreprise est confrontée ;
– exploiter une base documentaire économique, juridique et managériale ;
– proposer des solutions argumentées en mobilisant des notions économiques, juridiques ou managériales et les méthodologies adaptées aux situations proposées ;
– établir un diagnostic (ou une partie de diagnostic) préparant une prise de décision stratégique ;
– prendre des décisions opérationnelles intégrant les dimensions économique, juridique et managériale ;
– exposer des analyses et des propositions de manière cohérente et argumentée.

2 Les modalités d'évaluation

- **L'épreuve prend appui sur un dossier qui comprend :**

– la présentation d'une situation contextualisée d'entreprise contenant des problématiques de nature économique ou juridique ou managériale ;
– une base documentaire ;
– une série de questions permettant de structurer et d'orienter le travail à réaliser par le candidat.

3 Conseils

COMPRENDRE EN VIDÉO

Voir les 4 vidéos : Exploiter un tableau ; exploiter un graphique ; répondre à une question de manière structurée et organisée ; rédiger un cas pratique

étape 1 **Commencez par lire attentivement la présentation générale,** et plus particulièrement les **mises en situation**. Ces dernières introduisent le traitement des questions et sont importantes car elles peuvent contenir des éléments d'information importants.

étape 2 **Lisez ensuite les questions.** Sachez repérer les **verbes « d'action »** utilisés dans les consignes car ils précisent ce qui est attendu :
– **définissez :** définir une notion ;
– **caractérisez :** décrire les traits fondamentaux, voire expliquer ;
– **identifiez, repérez :** trouver les éléments d'explication dans les documents en annexe ;
– **expliquez, justifiez :** avancer les arguments ou le raisonnement qui donnent les causes d'un fait ou d'une situation ;
– **analysez :** proposez des éléments de comparaison ou d'explication d'au moins deux variables ou plusieurs qui ont des liens entre elles.

étape 3 **À chaque question, reportez vous aux annexes concernées.** Relevez les éléments d'information qui serviront à formuler une réponse pour chacune de vos questions. Lorsque la question nécessite de faire appel à vos connaissances, rédigez-les avec clarté et en lien direct avec la question posée.

⚠ Pensez à être soigneux dans la rédaction de vos réponses. En général, elles doivent être justifiées à l'aide des documents et, pour le droit, avec rigueur. Vous pouvez recourir en économie et en management à des tableaux ou à des tirets pour énumérer vos arguments.

Remarque
N'hésitez pas à être exhaustif et à avancer un maximum d'arguments car le barème détaillé tiendra compte du nombre d'idées différentes avancées.

1 Les agents économiques, leurs rôles et leurs échanges

De multiples acteurs interviennent dans le domaine économique ; en général, on les regroupe selon leurs fonctions économiques principales. On les qualifie alors d'**agents économiques**.
Les principaux agents sont les **entreprises**, les **ménages**, les **banques** et l'État (ou les **administrations publiques**).
L'activité économique découle des échanges qui se nouent entre ces agents.

1 Les entreprises

- **Une entreprise regroupe des moyens humains, financiers et matériels** dans l'objectif de **produire des biens ou des services vendus sur le marché**.

- **Pour produire, l'entreprise utilise des facteurs de production** (travail, capital, matières premières). Les savoirs et connaissances sont aussi considérés comme un facteur de production qui prend aujourd'hui une place croissante.

- **La majorité des entreprises a un but lucratif** (réaliser un profit). La théorie économique considère qu'elles visent à maximiser leur profit. En réalité, le profit n'est pas la seule finalité des entreprises ; l'essor du secteur de l'économie sociale et solidaire montre qu'elles peuvent s'attacher à d'autres objectifs, comme le développement durable.

2 Les ménages

- Au sens statistique, un ménage désigne tous les occupants d'un même logement, sans qu'ils aient nécessairement des liens de parenté.

Remarque
Un ménage peut être composé d'une seule personne.

- Les ménages disposent de **revenus** qu'ils tirent de leur travail (**salaires**) ou de la détention d'un patrimoine (**intérêts, dividendes, loyers**…).

- Avec leurs revenus, les ménages **consomment** et épargnent.

3 Les banques

- **Les banques sont des entreprises** dont le rôle traditionnel est de **collecter l'épargne** des agents (dépôts, livrets) afin de **financer par crédit** d'autres agents qui ont besoin d'emprunter (notamment pour l'investissement des entreprises).

- **L'essor du marché financier** (ou marché des capitaux) a fait évoluer le rôle des banques : elles permettent aux agents qui souhaitent épargner et à ceux qui souhaitent se financer d'accéder au marché et de s'y rencontrer directement. L'agent qui souhaite se financer va émettre et vendre des titres sur le marché (actions, obligations…), l'agent qui souhaite épargner va **acheter des titres** sur le marché.

4 L'État (ou les administrations publiques)

• **Les administrations publiques** regroupent l'État central (les ministères…), les collectivités territoriales et les organismes de protection sociale.

• **L'action de l'État** est principalement financée par des **prélèvements obligatoires** (impôts, taxes, cotisations).

LES FONCTIONS ÉCONOMIQUES DE L'ÉTAT

Allocation	Redistribution	Stabilisation (ou régulation)
Encadrer le fonctionnement du marché par des règles de droit (droit des contrats, droit de la concurrence…), voire être lui-même producteur de services non marchands (éducation, défense nationale…)	**Assurer une redistribution des revenus** pour éviter les inégalités les plus criantes (notamment *via* la protection sociale)	**Réguler l'activité par sa politique économique** (favoriser la croissance, lutter contre le chômage…)

5 Les échanges entre les agents économiques

• **Les agents sont amenés à nouer des relations économiques,** généralement lors de **transactions qui s'opèrent sur le marché**. Ainsi, la relation employeur-employé qui se noue entre les entreprises et les ménages s'apparente à la rencontre d'une offre et d'une demande sur le marché du travail :

– **l'offre de travail** émane des ménages ;

– **la demande de** (facteur) **travail** émane des entreprises ;

– **le salaire** correspond au prix auquel s'effectue l'échange.

• **Les entreprises échangent des biens et services** (**offre**) avec les autres agents en contrepartie d'un paiement (**demande**) : consommation pour les ménages, consommations intermédiaires ou investissement pour les entreprises.

• **Les entreprises demandent des facteurs** pour être en mesure de produire leurs biens et services :

– **demande de facteur travail** auprès des ménages ;

– **demande de facteur capital** auprès des banques, ou directement auprès de l'ensemble des agents en passant par les marchés financiers.

• **La relation entre agents économiques ne peut toutefois pas se résumer** à la confrontation d'une offre et d'une demande sur le marché.

Exemple
L'État produit des services non marchands (gratuits ou quasi-gratuits) qu'il finance par des prélèvements obligatoires.

2 Le fonctionnement et le rôle du marché

Le marché est le lieu (fictif) de confrontation de l'offre et de la demande.

1 Le fonctionnement du marché

Le marché permet d'égaliser offre et demande et fait émerger un **prix d'équilibre.**

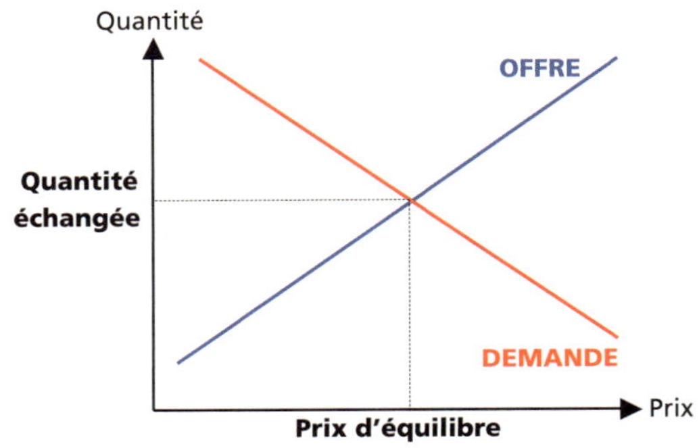

▲ Ajustement de l'offre et de la demande sur le marché

• **Sur certains marchés, le prix d'équilibre est spécifique :**
– le **salaire d'équilibre** permet d'égaliser offre et demande sur le **marché du travail** ;
– le **taux d'intérêt d'équilibre** permet d'égaliser offre et demande sur le **marché des capitaux**.

• **Sur le marché des biens et services :**
– seuls les offreurs ayant un coût de revient inférieur au prix de marché sont rentables et peuvent proposer leurs biens ou services. Lorsque le prix s'élève, un plus grand nombre d'offreurs se présente sur le marché ;
– lorsque le prix augmente, certains demandeurs quittent le marché, car leur pouvoir d'achat se réduit ; ils privilégient l'achat d'autres biens pour assurer leur satisfaction ;
– l'équilibre du marché (où les deux droites se croisent sur le schéma) est atteint lorsqu'il y a égalité entre l'offre et la demande. **Ce point de croisement définit le prix d'équilibre** (ou prix de marché)

• **En réalité, l'équilibre se met en place progressivement** par un jeu d'essais et d'erreurs.

Exemple
Le prix de vente initial proposé par certaines entreprises peut être trop élevé, mais la difficulté à vendre leur production va les conduire à réduire le prix et à se rapprocher de l'équilibre.

2 Le rôle du marché

Rôle d'ajustement	Le marché permet d'équilibrer offre et demande.
Rôle incitatif	Le marché oriente les actions et décisions des agents. **Exemple :** *une hausse de prix peut inciter des entreprises à se lancer sur le marché concerné car elles deviennent rentables.*
Rôle informatif	Le marché et le prix fournissent des informations aux agents sur les tensions entre offre et demande. **Exemple :** *une hausse de prix indique une pénurie d'offre et/ou une forte pression de la demande.*

• **En principe, le marché joue efficacement son rôle de régulateur** de l'activité économique lorsque deux conditions sont respectées :
– la possibilité pour les agents de **fixer librement leurs prix ;**
– le marché doit être concurrentiel : cette émulation pousse les entreprises à réduire leurs prix, à améliorer la qualité de leurs produits et prestations.

3 Les marchés : concurrence, coopération et barrières à l'entrée

« Avant qu'une entreprise puisse affronter la concurrence sur un marché, il faut déjà qu'elle puisse y entrer. » (site de l'OCDE)

1 La concurrence entre les entreprises

Définition

Concurrence : rivalité entre agents qui poursuivent un même but (ex. : développer leur part de marché).

• La compétitivité correspond à la capacité d'une entreprise à faire face à la concurrence :

– **la compétitivité-prix** reflète la capacité d'une entreprise à vendre ses produits à un prix similaire, voire plus faible que celui des concurrents ;

– **la compétitivité hors-prix** reflète la capacité d'une entreprise à se démarquer de ses concurrents autrement que par le prix (image de marque, innovation, qualité…).

• **Pour disposer d'un pouvoir de marché** (disposer de marges de manœuvre quant à la fixation de leurs prix, par exemple), les entreprises cherchent à résister à la pression concurrentielle qui s'exerce sur elles.

Les 5 forces de la concurrence (M. Porter)
- Les entreprises concurrentes du secteur
- Les fournisseurs
- Les clients
- Les entrants potentiels
- Les produits de substitution

Exemples

Un sous-traitant fait face à un nombre réduit de clients (parfois un seul). Il subit fortement la pression de sa clientèle.

Dans le transport ferroviaire, la fixation des prix se doit de tenir compte des prix pratiqués par les transporteurs aériens ou du coût du transport en voiture (influence des produits de substitution).

2 La coopération entre les entreprises

• Les entreprises nouent parfois des relations de coopération qui peuvent prendre plusieurs formes, parmi lesquelles :

Type de coopération	Exemple
Alliance (entre fournisseurs et clients)	Sous-traitance, contrat de franchise, concession…
Création d'une structure juridique propre	Filiale commune, GIE (Groupement d'intérêt économique)

• De nombreuses raisons peuvent justifier ces relations de coopération : mettre en commun des moyens ou des savoir-faire (mutualiser des efforts de R&D), atteindre une taille critique, pénétrer un marché étranger…

3 Les barrières à l'entrée

A Définition et conséquences

- Les barrières à l'entrée :

– **réduisent l'intensité concurrentielle** qui pèse sur les acteurs du marché ;

– **présentent un risque pour le consommateur que les prix soient plus élevés** que sur un marché pleinement concurrentiel.

> **Définition**
>
> **Barrière à l'entrée :** toute entrave qui empêche ou freine l'accès au marché à de nouveaux entrants.

- Lorsqu'il y a des barrières à l'entrée, le marché n'est constitué que de quelques offreurs, voire d'une seule entreprise. On parle alors d'**oligopole**, ou de **monopole**.

B Les différentes formes de barrières à l'entrée

- **Les barrières peuvent être d'ordre règlementaire** (nécessité d'avoir un diplôme, monopole institué par l'État), d'ordre **technologique** (accès au marché bloqué par un brevet), etc.

- **Les tensions commerciales entre pays** peuvent conduire à la mise en place de taxes sur les importations (ou droits de douane) comme ce fut le cas entre les États-Unis et la Chine lors de la présidence Trump. Ces taxes constituent des barrières (tarifaires) à l'entrée du marché.

- **La structure des coûts** du secteur ou des entreprises peut être à l'origine de barrières :

– lorsque les coûts d'entrée sur le marché sont importants ;

> **Exemple**
>
> Des investissements très lourds à consentir pour accéder au marché du transport aérien (achat d'avions).

– lorsque la structure des coûts conduit à des économies d'échelle, c'est-à-dire une diminution du coût unitaire lorsque la production s'élève. Le premier entré sur un tel marché dispose d'un avantage en termes de coût lui permettant d'éliminer toute concurrence (en baissant suffisamment ses prix pour empêcher les concurrents d'être rentables).

> **Exemple**
>
> Une telle structure de coût s'observe sur des activités qui supposent de créer et d'entretenir un réseau (transport ferroviaire, électricité, gaz...). Initialement des monopoles, ces secteurs font l'objet d'une ouverture à la concurrence, mais le nombre d'entreprises sur le marché reste limité.

4 L'asymétrie de l'information

1 Définition et conséquences

• **Il y a asymétrie d'information** lorsque, dans une transaction entre offreur et demandeur, l'un des deux manque d'informations pour prendre une décision parfaitement éclairée.

Exemples

– Le prêteur qui ne connaît pas parfaitement les qualités de gestionnaire de l'emprunteur ou ce qu'il va faire du montant emprunté.
– L'assureur qui ne sait pas si le conducteur couvert va conduire prudemment.
– L'employeur qui ne sait pas si la personne qu'il embauche sera aussi productive dans son travail que son niveau de qualification ne le suggère.
– Le client d'un concessionnaire de voitures d'occasion qui ne connaît pas les points faibles de la voiture qu'il achète.

• **Les asymétries d'information sont une situation de défaillance de marché.** Elles ont pour effet d'entraîner de mauvaises prises de décision, de mauvaises évaluations du risque.

Exemple

– Les banques peuvent être exagérément prudentes en n'octroyant que peu de prêts (au risque d'un rationnement du crédit) par peur d'un défaut de remboursement des débiteurs.
– Les agents peuvent au contraire prendre des risques excessifs : le conducteur, s'estimant couvert par son assurance, peut adopter une conduite dangereuse.

2 S'adapter aux asymétries

• Les agents qui souffrent de l'asymétrie peuvent parfois obtenir l'information qui leur manque : avant d'accorder un prêt, les banques demandent les bulletins de salaires, les avis d'imposition…

• L'insertion de clauses dans le contrat noué par les parties peut être un moyen de s'assurer de sa bonne exécution.

Exemple

– Les banques peuvent se protéger d'un défaut de remboursement avec des clauses dans le contrat de prêt (caution, hypothèque, nantissement).
– Pour s'assurer de l'investissement et de la productivité d'un futur embauché, l'employeur peut fixer des objectifs à atteindre (un objectif de chiffre d'affaires pour un commercial par exemple).

5 Les externalités négatives et positives

1 Définition

Il y a externalité lorsque l'activité d'un agent a des effets induits :
– **défavorables** pour d'autres agents, sans que celui à l'origine de l'externalité ne soit sanctionné → **externalité négative** ;
– **favorables** pour d'autres agents, sans que celui à l'origine de l'externalité n'en soit récompensé → **externalité positive.**

2 Les externalités négatives

Exemple	Production ou consommation causant une dégradation de l'environnement (rejets polluants, épuisement des ressources naturelles…)	
Raison de la défaillance	Les agents ne sont pas incités à être plus vertueux car le marché ne les sanctionne pas → Risque d'une pollution excessive	
Correction de la défaillance	Interdiction ou limitation de ces externalités par des règlementations publiques, l'introduction de normes **Exemple :** *interdiction de la production d'amiante*	• Principe du pollueur-payeur : faire supporter un coût au pollueur pour l'inciter à limiter les atteintes à l'environnement **Exemple :** *fiscalité verte ou écotaxe* • Logique de bonus-malus pour récompenser les agents les plus vertueux **Exemple :** *dans le secteur automobile*

• **La création d'un marché des droits à polluer** a mis en place le **principe du pollueur-payeur** relatif aux émissions de CO_2 à l'échelle mondiale :
– celui qui pollue excessivement doit **racheter des droits à polluer** ;
– celui qui pollue moins que les quotas qui lui sont accordés peut **revendre ses droits à polluer** et ainsi être « récompensé ».

3 Les externalités positives

Exemples	• La R&D : les nouvelles connaissances produites vont pouvoir inspirer d'autres entreprises. • La formation : une main d'œuvre mieux formée par une entreprise entraînera des gains profitables pour d'autres agents.
Raison de la défaillance	Si les agents à l'origine des externalités positives ne sont pas récompensés, cela favorise des comportements opportunistes dits de « **passager clandestin** » : – des entreprises peuvent attendre que d'autres engagent des dépenses en R&D pour les copier ou s'inspirer de leurs innovations ; – des entreprises peuvent débaucher des employés formés ailleurs.
Corrections de la défaillance	• Clauses contractuelles qui protègent l'agent à l'origine de l'externalité. **Exemple :** *clauses de dédit formation* éliminant *le risque de débauchage* • Droit des brevets : protège celui qui innove et constitue ainsi une incitation à la R&D ; • Mécanismes incitatifs de l'État (subventions ou crédits d'impôt) ou en produisant lui-même les activités sources d'externalités positives. **Exemple :** *enseignement et recherche publics*

6 Le rôle des banques et du marché financier

Le système financier regroupe les organismes qui permettent le financement des agents économiques. Les banques en sont un acteur incontournable, mais le marché financier (ou marché des capitaux) est aussi devenu prépondérant en matière de financement.

1 Le rôle du système financier

Le système financier a pour fonction première de **collecter l'épargne des agents à capacité de financement** (ménages, entreprises) afin de **financer les agents à besoin de financement** (ménages, entreprises) pour qu'ils puissent investir, consommer…

2 Finance indirecte et finance directe

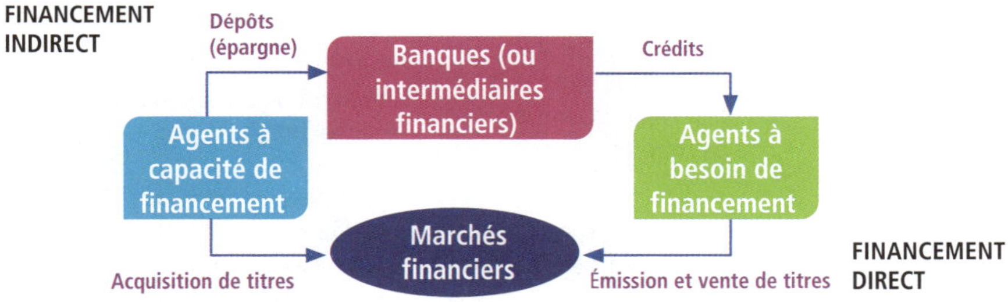

A Le financement indirect

Le **financement indirect** est également appelé **financement intermédié** (banques, intermédiaires financiers). Il reste indispensable pour certains agents qui ont des difficultés à se financer directement sur les marchés financiers (jeunes entreprises, PME).

B Le financement direct

• Il permet la **rencontre directe de l'offre et de la demande de capital sur le marché financier**. Selon les titres ou actifs financiers échangés, on distingue habituellement deux grands marchés :
– **le marché monétaire** utilisé par les entreprises, les États et les banques ; les durées d'emprunt et de prêt sont courtes ;
– **le marché financier** où les agents économiques émettent des actions ou des obligations ; les durées d'emprunt et de prêt sont plus longues.

• Le financement direct est devenu prépondérant au sein des économies développées. Il concerne principalement, pour les entreprises :
– **le marché obligataire** où les entreprises émettent et vendent des obligations en contrepartie d'**un remboursement futur et du paiement d'un intérêt pour le détenteur de l'obligation** (= une sorte d'emprunt morcelé) ;
– **le marché des actions** où les entreprises **augmentent leur capital en vendant des actions**. Les détenteurs d'action disposent alors d'un droit sur les bénéfices (dividendes) et espèrent une plus-value sur l'action.

CEJM

7 Les principes généraux en matière contractuelle

Le droit défend les principes de l'autonomie de la volonté, du consentement libre, du respect de la parole donnée et de la loyauté entre les personnes.

1 La liberté contractuelle

La liberté contractuelle affirmée par l'article 1102 du Code civil obéit à 3 principes.

Les principes	Les limites légales	Exemples
Liberté de contracter *(s'engager ou ne pas s'engager)*	La loi interdit de conclure certains contrats.	Une société ne peut pas prêter de l'argent à ses dirigeants au risque de réaliser un abus de biens sociaux.
	À l'inverse, certains contrats sont obligatoires	Chaque véhicule doit être assuré.
Libre choix du cocontractant *(choisir avec qui on veut conclure un contrat)*	Le libre choix est pertinent dans les contrats dits *intuitu personae*. Mais le libre choix ne doit pas être une discrimination	Le droit de la consommation interdit le refus de vente à un consommateur sauf motif légitime (rupture de stock...).
Libre détermination du contenu du contrat *(fixer ses propres clauses)*	Le contrat doit respecter l'intérêt général, l'ordre public et les bonnes mœurs.	• La vente de produits illicites (drogue) est interdite. • Les clauses « abusives » créant un déséquilibre significatif entre les parties sont également interdites.

2 La force obligatoire des contrats

L'article 1103 du Code civil consacre le **principe d'irrévocabilité du contrat** : il ne peut être rompu que sous certaines formes ou conditions (par exemple, le respect d'un délai de préavis dans les contrats à durée indéterminée).

3 La bonne foi

• **« Les contrats doivent être négociés, formés et exécutés de bonne foi »** selon l'article 1104 du Code civil.

• **En droit des contrats,** une personne agit de bonne foi lorsqu'elle se comporte de façon loyale vis-à-vis de son partenaire. L'application de ce principe a créé de nombreuses obligations pour les contractants, dont une obligation générale d'information et de conseil, surtout lorsque le contrat est conclu entre un professionnel et un consommateur.

Exemple
Le droit de la consommation exige que le professionnel fournisse au consommateur toutes les indications relatives au produit vendu et à sa bonne utilisation. Pour un produit alimentaire, le vendeur doit indiquer la date de péremption, le poids net, le prix en euros au kilo, les ingrédients utilisés, les risques d'allergène...

8 La formation du contrat

Lorsque l'offre rencontre une acceptation, le contrat est conclu. En principe, tout formalisme est superflu. Un contrat peut donc être conclu oralement, de manière implicite, c'est le **principe du consensualisme**.

1 L'exception du formalisme dans les contrats

Deux atténuations peuvent être apportées au principe du consensualisme.
- **Le formalisme *ad probationem* :** le contractant a intérêt à se constituer une trace écrite ou électronique afin de disposer d'une preuve en cas de litige.
- **Le formalisme *ad validitatem* :** lorsque le contrat met en jeu des sommes importantes ou une grande responsabilité, la loi impose la rédaction d'un écrit pour le rendre valable.

2 Les conditions de validité de la formation du contrat

A Le consentement ne doit pas être vicié

- **Le consentement des parties** se forme par la **rencontre entre une offre ferme et précise**, éventuellement assortie d'un délai, proposée par une personne appelée l'offrant, et une acceptation. L'acceptant adhère pleinement à l'offre de manière expresse ou tacite. S'il la modifie, il fait une **contre-offre** qui est une invitation à rentrer en pourparlers.
- **La rencontre de l'offre et de l'acceptation fonctionne également avec les personnes morales** *via* leur représentant légal.
- L'article 1130 du Code civil identifie trois vices du consentement :

Erreur	Croyance fausse portant sur un des termes du contrat.	L'erreur porte sur la personne ou sur le bien mais pas sur le prix.
Dol	Fait pour un contractant d'obtenir le consentement de l'autre par des manœuvres ou des mensonges.	La rétention volontaire d'information ou le silence peuvent être considérés comme un dol.
Violence	Lorsqu'une partie s'engage sous une contrainte.	La violence peut être physique ou morale ; elle doit être illégitime pour être sanctionnée.

B Les parties doivent être capables juridiquement

Les parties doivent être des **personnes physiques majeures** ou **mineures émancipées** ou une personne physique représentant légalement une personne morale. Les mineurs et les majeurs **faisant l'objet d'un régime de protection** (tutelle, curatelle, sauvegarde de justice) ne peuvent pas conclure de contrats. Les intérêts des personnes incapables sont protégés par leur représentant légal.

C Le contenu du contrat est licite et certain

Voir p. 228

Le contenu du contrat **doit être déterminé** ou déterminable que ce soit sur le prix ou sur le bien ou la prestation de service à fournir.
Le contrat entaché d'un vice du consentement, d'une partie incapable ou d'un contenu illicite est **nul**. La nullité entraîne l'anéantissement rétroactif du contrat.

9 La négociation des contrats

L'ordonnance du 10 février 2016 réformant le droit des contrats met en avant le rôle de la phase des négociations dans le processus de formation des contrats. Si les négociations n'aboutissent pas, le contrat n'est pas conclu et les intérêts de chacun doivent être préservés. Une période de négociation et des avant-contrats précédent la signature du contrat définitif.

1 Les phases de la négociation

Avant de s'entendre, les entreprises doivent prendre le temps de se rencontrer, d'établir un terrain d'accord, de fixer les conditions de leurs relations. Cela passe par :

- **Les pourparlers** : Échanges informels d'intentions. Ils n'engagent pas contractuellement.
- **Les précontrats** : Ou avant-contrats. Ils fixent les conditions du déroulement du processus de négociation et les modalités de rupture. Ils engagent les signataires.
- **Le contrat définitif** : L'engagement lie les parties. Le contrat fixe les conditions de la relation contractuelle.

2 Les obligations durant la négociation

• **Les parties doivent satisfaire aux règles de la bonne foi** pendant ces différentes phases, ce qui fait naître une obligation générale d'information : les parties doivent s'échanger les informations déterminantes qui ont un lien direct et nécessaire avec le contenu du contrat ou la qualité des parties.

• **Ce devoir d'information est impératif (« d'ordre public ») ;** les parties ne peuvent ni le limiter ni l'exclure.

• Toutefois, le principal élément de négociation reste le prix du bien ou du service. C'est pourquoi la loi prévoit que ce devoir d'information ne porte pas sur l'estimation de la valeur de la prestation.

3 La protection en cas d'échec des négociations

• **En cas de faute commise** dans les négociations ou de non-respect du devoir d'information, **la partie qui s'estime lésée doit apporter la preuve de son préjudice**. À charge pour la partie adverse de prouver qu'elle n'a pas commis de faute ou qu'elle a bien fourni cette information.

COMPORTEMENTS POUVANT ENTRAÎNER UNE SANCTION

- Abus dans la rupture des pourparlers
- Non-respect d'une clause inscrite dans les avant-contrats
- Absence de remise d'une information déterminante par l'une des parties

• **La loi envisage plusieurs sanctions** selon l'importance du comportement constaté :
– **le versement de dommages et intérêts** en fonction de la faute commise ;
– l'**annulation du contrat définitif**, si la faute a généré un vice.

10 Les clauses contractuelles

1 Clause contractuelle et clause abusive

• **Chaque clause contractuelle est rédigée librement** par les parties en fonction de leurs besoins respectifs. Elles ont également pour but d'anticiper d'éventuelles difficultés. Pour chacune, il convient de respecter un équilibre entre les parties.

• **Une clause abusive** a pour effet de créer un déséquilibre significatif. Si elle était identifiée dans un contrat, elle serait réputée non écrite par le juge.

2 Les différentes clauses contractuelles classiques

Clause	Définition	Remarques
Pénale	Les parties s'engagent à verser une somme forfaitaire fixée à l'avance si l'une d'entre elles ne remplit pas ses obligations.	• Le montant peut être modifié par le juge s'il est excessif ou dérisoire. • Une mise en demeure préalable du débiteur est en principe nécessaire. • Elle est interdite dans certains contrats (de consommation, de prêt).
De renégociation	Les parties prévoient la possibilité de redéfinir les termes du contrat : le prix ou les prestations (car avec le temps, l'équilibre économique du contrat peut évoluer).	• Clause fréquente notamment dans les contrats à exécution successive incluant de longs délais d'exécution. • Les clauses dites de révision, de variation de prix ou d'indexation de prix sont très proches.
Résolutoire	Les parties prévoient que le contrat sera résolu de plein droit si survient un événement décrit.	• Elle dispense le créancier de s'adresser à la justice. Il devra adresser à son débiteur une mise en demeure. • Ne s'applique pas si l'inexécution résulte d'un cas de force majeure ou lorsque le créancier la met en œuvre de mauvaise foi.
Limitative de responsabilité	Clause qui aménage la responsabilité des parties. Les clauses les plus usuelles fixent à l'avance le montant maximum de dommages et intérêts en cas d'inexécution, d'exécution défectueuse ou de retard.	• Clause valable sous réserve de respecter l'ordre public et des textes spécifiques. • Elle ne peut pas porter sur les obligations essentielles du contrat **Exemple :** *la SNCF peut décliner sa responsabilité en cas de vol de bagages mais ne peut pas s'exonérer sur le fait que le train doit arriver à l'heure à la destination prévue.*
De réserve de propriété	Elle diffère le transfert de propriété d'un bien jusqu'au paiement complet du prix.	Véritable garantie pour le créancier qui peut venir saisir le bien vendu si le prix n'a pas été intégralement payé.

11 Les finalités de l'entreprise

La finalité d'une entreprise définit les buts principaux que celle-ci cherche à atteindre. La finalité a donc un caractère permanent pour l'entreprise.

1 Définition

• **Au-delà des aspects économiques,** la finalité de l'entreprise recouvre aujourd'hui des aspects de plus en plus larges.

• **Le projet d'entreprise** traduit de manière effective la finalité de l'entreprise. Il permet d'exprimer l'**identité de l'entreprise** et de rassembler ses acteurs autour d'un projet fédérateur et mobilisateur décliné en termes d'objectifs concrets (**qualitatifs** et **quantitatifs**).

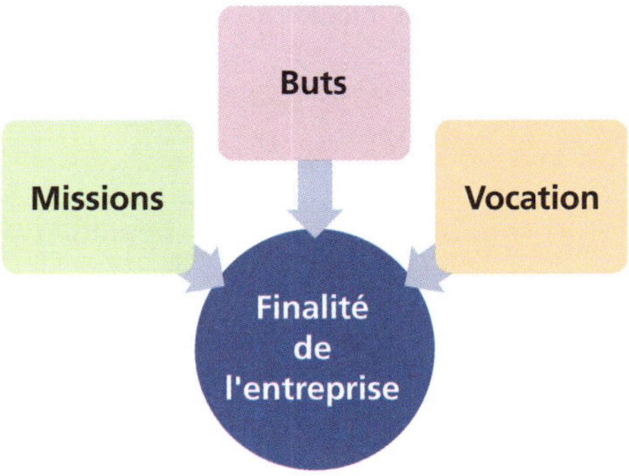

2 La responsabilité sociale de l'entreprise (RSE)

• La **responsabilité sociale de l'entreprise** se rapporte au concept de développement durable appliqué aux entreprises.

• À l'opposé d'une vision purement économique, la RSE incorpore les **aspects sociaux** (finalité sociétale), **environnementaux** (finalité environnementale) de l'action d'une entreprise, ainsi que les préoccupations de ses principales **parties prenantes** (clients, fournisseurs...). Elle illustre l'**impact des actions d'une entreprise** au sein de la société dans laquelle elle s'intègre.

Remarque

L'économie sociale et solidaire rassemble les entreprises qui cherchent à concilier solidarité, performances économiques et utilité sociale. En 2017, ces entreprises représentaient 10 % du PIB et près de 13 % des emplois privés en France.

3 Les facteurs qui agissent sur la finalité de l'entreprise

• L'histoire de l'entreprise, ses traditions, ses statuts et sa culture.
• La personnalité du dirigeant, ses valeurs et aspirations personnelles.
• Les attentes des parties prenantes (salariés, actionnaires, associés...) de l'entreprise.
• L'environnement commercial (fidélisation de la clientèle).
• L'environnement concurrentiel (part de marché et intensité de la concurrence).

Remarque

Peter Drucker propose de mettre en avant la gestion de la clientèle et de l'innovation dans la finalité de l'entreprise, ainsi que de mieux valoriser les ressources humaines de l'entreprise (analyse des conditions de travail, formation des salariés...).

12 Les parties prenantes

Dans une entreprise, le pouvoir de décision ne saurait se limiter à la volonté d'un seul individu. La prise de décision s'opère avec les motivations des différentes parties prenantes impliquées dans l'entreprise.

1 Les principales parties prenantes

Typologies de parties prenantes	Composantes
Internes	Propriétaires, dirigeants et managers, salariés
Externes	Ensemble des groupes liés à l'entreprise (actionnaires, clients, fournisseurs, distributeurs, concurrents, médias…)
Primaires	Liées contractuellement à l'entreprise et qui contribuent à son activité quotidienne : actionnaires, clients, salariés et fournisseurs
Secondaires	Ne contribuent pas directement au fonctionnement de l'entreprise : consommateurs, groupes de pression, concurrents, médias…

2 Les modèles de gouvernance

Modèle actionnarial (*shareholder*)	Modèle partenarial (*stakeholder*)
• Privilégie la relation dirigeant/actionnaire • Objectif de maximisation au profit des actionnaires • Dirigeant soumis au contrôle des actionnaires	• Cherche à prendre en compte et à défendre l'intérêt de l'ensemble des parties prenantes • Management qui prend en compte la notion de responsabilité sociétale

3 Les approches théoriques

• **Cyert et March** analysent l'entreprise comme une organisation constituée de groupes d'individus aux aspirations contradictoires : **approche conflictuelle fondée sur les intérêts divergents des parties prenantes**. Le manager cherche à répondre à des objectifs parfois divergents selon un processus de décision privilégiant le meilleur compromis possible entre les parties prenantes, parfois au détriment du choix de la solution la plus optimale pour l'entreprise.

• **Michel Crozier** insiste sur la nécessité pour le manager de **mettre en place des mécanismes prenant en compte les intérêts individuels divergents** au sein d'une entreprise, pour élaborer une dynamique collective positive et favoriser le bon fonctionnement de l'entreprise.

Exemple

On oppose souvent les attentes des actionnaires (recherche d'un dividende/profit maximum) aux aspirations des salariés (attentes d'augmentations salariales).

CEJM

13 Logique entrepreneuriale et managériale

L'entrepreneur est l'acteur central de l'action collective engagée par l'entreprise. Sa démarche peut relever d'une logique managériale ou entrepreneuriale qu'il faut définir pour comprendre les motivations qui le guident.

1 Définitions

A Le processus entrepreneurial

Le processus entrepreneurial ne se limite pas à identifier une opportunité, sa mise en œuvre et le respect d'un certain nombre d'étapes sont indispensables pour assurer la réalisation du projet et garantir au mieux sa pérennité.

Remarque

Pour **Schumpeter**, l'entrepreneur est un agent économique dont la fonction est d'exécuter de nouvelles combinaisons productives ; c'est avant tout un innovateur qui a le goût de la prise de risque.

- étape 1 Idée ou opportunité
- étape 2 Formalisation du projet
- étape 3 Étude de faisabilité
- étape 4 Définition des moyens
- étape 5 Business plan
- étape 6 Choix de la structure
- étape 7 Lancement de l'activité
- étape 8 Choix stratégiques

▲ Les étapes du processus entrepreneurial

Définitions

- **Efficacité :** capacité à obtenir le résultat souhaité ou attendu, d'atteindre l'objectif qui a été fixé.
- **Efficience :** capacité de parvenir à un maximum de résultats avec un minimum de ressources.

Une action peut être efficace, mais pas efficiente si elle utilise des moyens disproportionnés.

B La logique entrepreneuriale

- La logique entrepreneuriale est une logique d'entreprise qui articule **quatre composantes** entre elles :
  – l'opportunité d'affaires ;
  – l'innovation ;
  – la création d'une organisation ;
  – la création de valeur.
- L'entrepreneur est donc tout à la fois un **innovateur**, un **manager** et un **leader**.

C La logique managériale

• La logique managériale est une logique d'entreprise caractérisée par la **recherche de performance** à travers l'**optimisation des ressources** exploitées pour réaliser les objectifs fixés.

• On la retrouve essentiellement dans les entreprises ou le manager n'est pas le propriétaire de l'entreprise. En tant que salarié, le manager se voit fixer des objectifs par les propriétaires de l'entreprise (les actionnaires).

2 Comparaison des deux logiques

	Entrepreneur	Manager
Gestion des risques	L'entrepreneur investit ses capitaux personnels et assume les risques de l'exploitation.	Le manager n'engage pas ses propres ressources. Il assume une responsabilité vis-à-vis du budget qui lui est accordé et des objectifs qu'il doit atteindre.
Recrutement	L'entrepreneur recrute ses collaborateurs.	Le manager partage le pouvoir décisionnaire ou confie le recrutement à un collaborateur.
Définition et mise en œuvre de la stratégie	L'entrepreneur définit la stratégie et les moyens nécessaires à sa réalisation.	Le manager participe à la définition de la stratégie mais doit surtout s'assurer de sa mise en œuvre et de l'utilisation des ressources qui y sont affectées.
Innovation	L'entrepreneur est un créateur, un innovateur en termes de produit, de procédé, de forme d'organisation du travail…	Le manager cherche à créer de la valeur et donc à intégrer l'innovation pour améliorer l'efficacité de l'entreprise et assurer sa pérennité face à la concurrence.

3 La notion d'intrapreneuriat

• Les logiques entrepreneuriale et managériale étant de plus en plus mêlées dans les entreprises, la notion d'**entrepreneur-manager** (intrapreneur) cherche à faire la synthèse des deux approches.

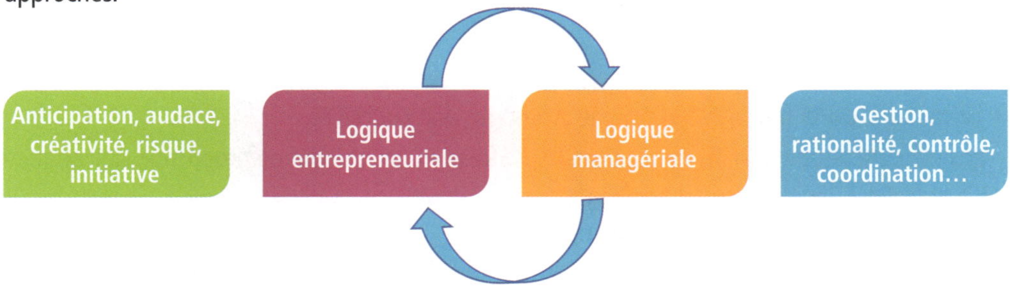

• Cette démarche permet aux entreprises de favoriser la prise de risque et l'innovation des collaborateurs, de dynamiser la gestion des personnels (facteur de motivation) en recherchant à la fois la performance et le développement de l'entreprise.

CEJM

14 Les indicateurs de performance

Une entreprise est reconnue performante lorsqu'elle réalise les résultats et objectifs fixés compte tenu des moyens mis en œuvre pour y parvenir.

1 La mesure de la performance d'une entreprise

• **La notion de performance** implique une dimension interne à l'entreprise (rentabilité, productivité...) ainsi qu'une dimension externe (implication sociétale de l'entreprise, prise en compte des attentes des clients, des fournisseurs, des actionnaires...).

• **La performance,** souvent associée à des **critères quantitatifs** (résultats financiers), se mesure de plus en plus à partir de **critères qualitatifs** (climat social, degré de satisfaction de la clientèle...).

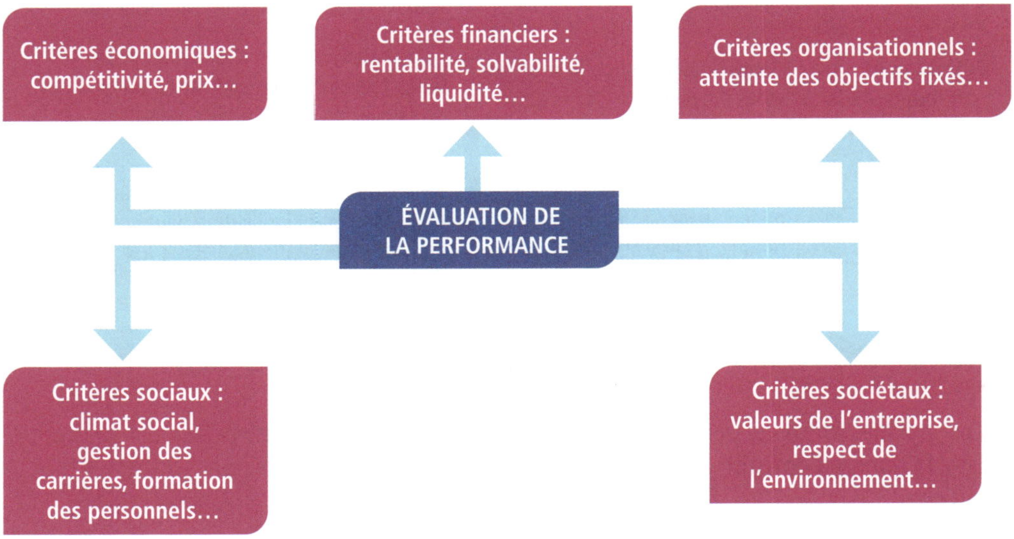

▲ Les différents critères d'évaluation de la performance

• **La mesure de la performance** d'une entreprise doit concilier :

– des éléments **quantitatifs et qualitatifs** : l'atteinte d'un objectif de production doit se faire dans le respect de normes de qualité ;

– des **objectifs à court et à long terme** ;

– la recherche d'une performance globale qui s'appuie sur une **efficacité à chaque étape du processus productif** ;

– la recherche d'une performance collective s'appuyant sur le **développement individuel de chaque membre** de l'entreprise ;

– **favoriser la stabilité** de l'entreprise tout en la rendant apte au changement ;

– **assurer une unité de pilotage** de l'entreprise tout en responsabilisant les acteurs (délégation du pouvoir de décision).

2 Le tableau de bord, un outil au service du manager

• **Le tableau de bord prospectif** permet d'orienter les décisions du manager. Avec cet outil d'évaluation, on passe du management stratégique au management opérationnel en rendant plus lisible la stratégie de l'entreprise. Le tableau de bord permet également d'équilibrer la répartition des critères de performance entre les acteurs.

• **Les principaux critères** utilisés pour concevoir un tableau de bord :

– le chiffre d'affaires ;
– le taux de marge ;
– les délais de paiement client et fournisseur ;
– le nombre de nouveaux clients ;
– le taux d'absentéisme ;
– le *turnover* des salariés ;
– les flux de trésorerie ;
– la rotation des stocks…

Les indicateurs utilisés sont des indicateurs quantitatifs. Ils doivent permettre de mesurer l'efficacité et l'efficience de chaque domaine.

Pour être pertinent, un indicateur doit être adapté, simple, précis, applicable et constant.

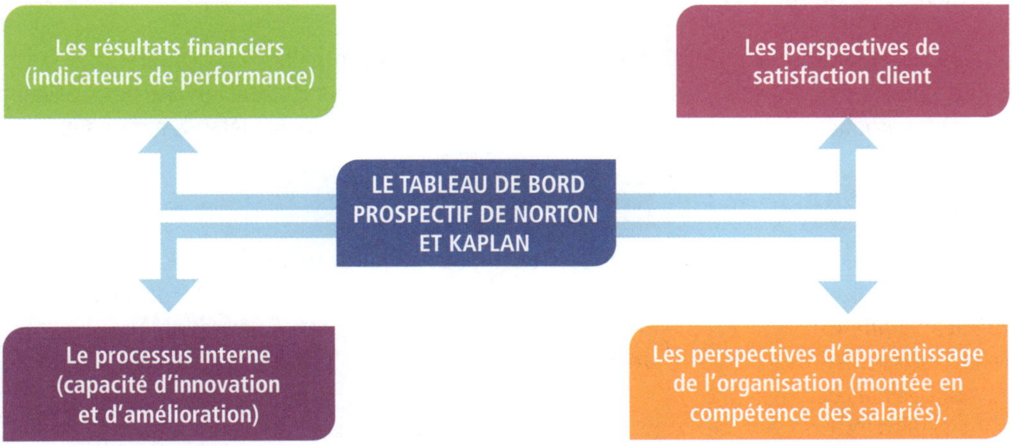

15 Le rôle de l'État

Le poids de l'État est très différent d'un pays à l'autre. Néanmoins, quelles que soient les économies de marché, l'État assume **3 grandes fonctions** selon Richard Musgrave : **allocation, redistribution** et **régulation**.

1 La fonction d'allocation

Voir p. 221

• **L'État met en place le cadre juridique et institutionnel** indispensable au bon fonctionnement du marché : **droit de la propriété, des contrats, de la concurrence**…

Exemple
L'absence de droit des contrats pénaliserait sans doute l'activité économique : les travailleurs pourraient craindre de ne pas être rémunérés par l'employeur.

• **Lorsque le marché est défaillant,** l'État met en place les corrections nécessaires (par la fiscalité, par des droits spécifiques tels que les brevets…), voire se substitue au marché et devient lui-même producteur de services non marchands (éducation nationale, défense nationale…).

2 La fonction de redistribution

• L'État intervient pour **corriger une répartition trop inégalitaire** des richesses et des revenus.
• Son action passe par le versement de prestations ou la prise en charge de dépenses (soins médicaux) financées par des prélèvements obligatoires (impôts, taxes, cotisations) :
– **la redistribution peut être verticale :** les prélèvements s'opèrent sur les plus aisés en faveur des plus démunis.
– **la redistribution est horizontale** lorsqu'elle couvre les risques sociaux (maladie, maternité…) indépendamment des revenus.

3 La fonction de régulation (ou stabilisation)

• **La politique de régulation consiste à agir à court terme sur les fluctuations économiques.** Selon Kaldor, la situation économique d'un pays peut être envisagée *via* quatre critères ; la recherche d'équilibre passe par une attention à chacun des critères pour former un « **carré magique** ».

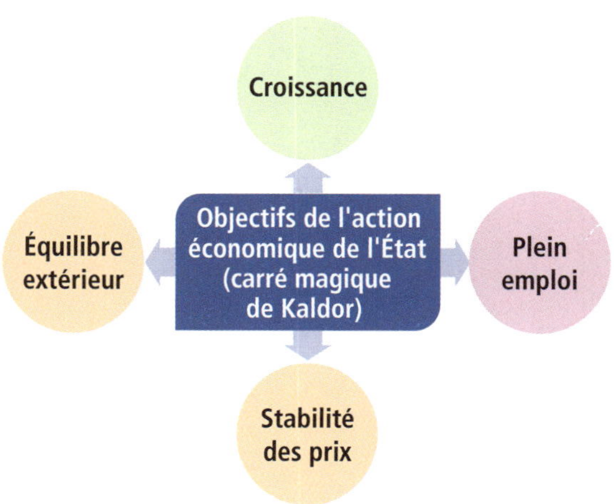

• En matière de politique économique, l'État s'appuie sur deux leviers principaux :
– **la politique budgétaire** : l'État cherche à influer sur l'activité économique *via* ses dépenses et ses mesures fiscales ;
– **la politique monétaire** : l'État (la BCE pour les pays membres de l'UEM) cherche à influer sur l'activité économique *via* ses émissions de monnaie et son action sur les taux d'intérêt.

16 La croissance économique

1 Mesure et portée de la croissance économique

• La croissance économique est mesurée par le **taux de variation du PIB (produit intérieur brut) d'un pays.** Ce dernier peut s'envisager selon 3 perspectives :

Optique production	Le PIB correspond aux richesses produites sur le territoire national. Il est égal à la somme des valeurs ajoutées (VA) produites par les agents. VA = Production – Consommations Intermédiaires
Optique demande	• Le PIB correspond à l'ensemble des éléments constitutifs de la demande globale. PIB = Consommation + Investissement + (Exportations – Importations) • Le PIB reflète les débouchés pour les entreprises : la demande interne (consommation et investissement), la demande externe (exportations). Une partie de ces débouchés est toutefois captée par des entreprises étrangères (importations).
Optique revenu	Le PIB correspond à l'ensemble des revenus versés aux agents économiques résidents. Ainsi le PIB par habitant (PIB / population) est un indicateur de revenu moyen.

• **La croissance est un objectif majeur de politique économique** car elle conditionne l'augmentation du niveau de vie des individus.

• Pour qu'il y ait véritablement croissance économique, il faut que le PIB/habitant s'élève (PIB qui progresse plus rapidement que la population).

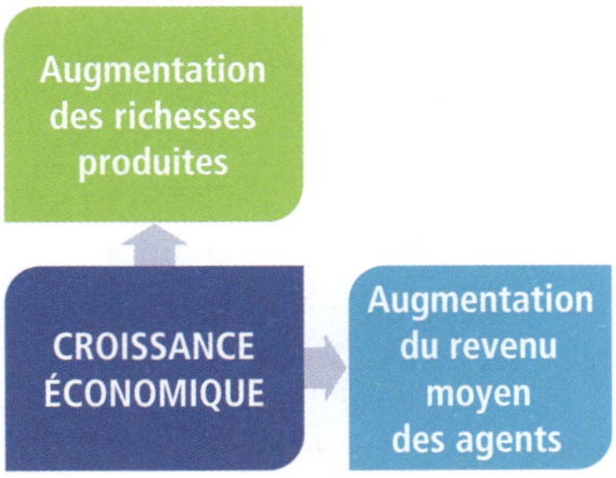

2 Les limites de la croissance

• **La croissance n'est pas toujours synonyme de progrès :**
– le progrès et le bien-être ne peuvent se résumer à des aspects exclusivement monétaires ;
– la croissance peut s'accompagner d'effets indésirables tels que la pollution (externalité négative) ;
– la croissance peut aller de pair avec un creusement des inégalités.

• Les pouvoirs publics s'attachent donc aujourd'hui à des **objectifs plus larges que la simple croissance**. La prise en compte d'un **développement durable** en est un exemple : concilier croissance et répartition équitable des richesses ainsi que préservation de l'environnement.

• **D'autres indicateurs ont été élaborés** afin de « mieux » mesurer la notion de progrès. L'**IDH (indicateur de développement humain)** est un outil de mesure qui ne néglige pas totalement le PIB (prise en compte du revenu national brut par habitant) mais qui intègre également l'espérance de vie et l'accès aux études.

17 L'existence de déséquilibres : inflation, chômage

1 L'inflation et la déflation

A Les effets de l'inflation et de la déflation

• Une inflation trop forte est nuisible pour l'économie :
– elle **réduit le pouvoir d'achat** des individus (hausse du coût de la vie) ;
– elle **crée de l'incertitude** sur les recettes et les coûts futurs des entreprises (les coûts d'achat vont-ils progresser plus vite que les prix de vente ?), ce qui peut paralyser l'activité économique.

Définitions

• **Inflation :** élévation généralisée et soutenue des prix.
• **Déflation :** baisse généralisée des prix (ou inflation négative).

• **La déflation peut toutefois s'avérer pire qu'une inflation forte** car elle est un symptôme de crise particulièrement grave : la baisse généralisée des prix conduit les entreprises à réduire leurs coûts (notamment salariaux) fragilisant ainsi la demande et les débouchés, ce qui a pour effet d'entretenir la crise (**spirale déflationniste**).
• C'est pourquoi les pouvoirs publics visent une relative **stabilité des prix** (objectif d'une inflation positive de moins de 2 % au sein de l'UEM).

B Les multiples causes de l'inflation

Inflation par la demande	Une forte demande incite les entreprises à augmenter leurs prix. Une croissance forte peut ainsi s'accompagner d'une dérive inflationniste.
Inflation monétaire	L'inflation est causée par un excès de création monétaire (crédit bancaire notamment).
Inflation par les coûts	La hausse des coûts conduit les entreprises à augmenter leurs prix pour maintenir leurs marges.

2 Le chômage

A Définition

• **Selon le BIT** (Bureau International du Travail), est chômeur toute personne en âge de travailler : sans emploi, disponible dans les 15 jours, à la recherche active d'un emploi.
• **En France,** la mesure habituelle du chômage diffère de celle du BIT et s'appuie sur le **nombre de demandeurs d'emplois en fin de mois** (Pôle emploi).

B Les effets du chômage

Outre la perte de revenu dont souffrent les chômeurs, **le chômage fragilise le potentiel de croissance** d'une économie (facteur travail disponible mais non utilisé) **et les débouchés pour les entreprises**.

C Les multiples causes du chômage

• **Faiblesse de la croissance et de l'activité** des entreprises.
• **Manque de flexibilité du marché du travail** (freine l'embauche des entreprises quand la conjoncture est favorable de peur d'avoir à licencier ultérieurement).
• **Problème de formation** (inadéquation avec les besoins des entreprises)...

18 Les politiques économiques et leurs finalités

1 Les objectifs des politiques économiques

Voir p. 238

• L'économiste Nicolas Kaldor a identifié quatre objectifs principaux pour les politiques économiques : la croissance économique, le plein-emploi, la stabilité des prix, l'équilibre extérieur.
• On parle à ce sujet d'un « carré magique » pour signifier qu'il n'est pas possible de poursuivre simultanément ces 4 objectifs. Ainsi par exemple :

Privilégier une croissance forte → **Favorise les créations d'emplois**

MAIS
→ Favorise une demande dynamique qui peut entraîner un dérapage inflationniste
→ Favorise la demande de biens importés et la dégradation de la balance commerciale

• Les pouvoirs publics doivent donc constamment effectuer des arbitrages et privilégier certains objectifs au détriment d'autres selon le contexte et les déséquilibres observés.

2 Les principaux leviers de la politique économique

A La politique budgétaire

La politique budgétaire (et fiscale) consiste à agir sur les dépenses et recettes publiques.
• **Une politique budgétaire expansionniste** (ou de relance) consiste à **augmenter les dépenses publiques et/ou alléger la fiscalité** :
– elle favorise les revenus des agents (embauche de fonctionnaires, baisses d'impôts) ;
– elle favorise les débouchés des entreprises (consommation, investissement) ;
– elle favorise la croissance.
• **À l'inverse, une politique budgétaire visant à rétablir l'équilibre budgétaire** en réduisant les dépenses et/ou en alourdissant la fiscalité sera qualifiée de **politique de rigueur ou d'austérité**.

B La politique monétaire

La politique monétaire consiste principalement à agir sur les taux d'intérêt et la quantité de monnaie dans l'économie (*via* le crédit bancaire).
• **Une politique monétaire restrictive** (ou de rigueur ou d'austérité) consiste principalement à augmenter les taux d'intérêt :
– elle renchérit le coût du crédit bancaire ;
– elle freine la création monétaire et la demande ;
– elle réduit le risque inflationniste.
• **À l'inverse, une politique monétaire visant à faire baisser les taux d'intérêt** sera qualifiée de **politique expansionniste** (ou de relance).

C Les autres leviers

• La politique économique s'appuie aussi sur ce qui relève de la fonction d'allocation de l'État, notamment son pouvoir règlementaire : définir le niveau du SMIC, des cotisations, faire évoluer le droit du travail, élever le niveau de formation des individus…
• La politique économique de l'État peut également être plus ciblée : **politique industrielle, politique de change, politique commerciale**, etc.

19 Politiques conjoncturelles et politiques structurelles

1 Les politiques conjoncturelles

Les politiques conjoncturelles visent à agir sur la demande globale afin de stabiliser la conjoncture économique. Leurs effets se font en principe ressentir à court terme.

	Politique économique mobilisée	Moyens employés	Objectifs privilégiés
Politiques expansionnistes (ou de relance)	Politique budgétaire	Creusement du déficit budgétaire (↗ dépenses, ↘ impôts) pour stimuler la demande	Croissance et emploi
	Politique monétaire	↘ taux d'intérêt pour stimuler le crédit et la demande	
Politiques de rigueur (ou d'austérité)	Politique budgétaire	Résorption du déficit budgétaire pour freiner la demande	Stabilité des prix et équilibre extérieur
	Politique monétaire	↗ taux d'intérêt pour freiner le crédit et la demande	

2 Les politiques structurelles

Les politiques structurelles sont plus particulièrement centrées sur l'offre. Les actions de l'État visent principalement à mettre en place un contexte favorable à l'activité des entreprises et à favoriser les mécanismes d'un marché concurrentiel ; les effets ne se font donc généralement ressentir qu'à moyen terme voire à long terme.

Exemples
– Politiques de formation (élévation du niveau de formation, promotion de la formation continue…).
– politique de dérèglementation du travail (flexibilité horaires, moindres freins aux licenciements…).

3 Limites et difficultés de l'intervention de l'État

• Les politiques conjoncturelles et structurelles peuvent être difficiles à concilier.

Exemple

Politique de baisse des impôts →

Sur le plan conjoncturel
Favorise la demande (consommation, investissement) donc la croissance

MAIS →

Sur le plan structurel
Peut conduire l'État à réaliser des économies nuisibles pour la croissance de long terme (réduction des dépenses de formation, des investissements dans les infrastructures de transport et de communication

Voir p. 238

• L'État fait face à certaines contraintes et difficultés qui réduisent ses marges de manœuvre :
– une légitimité de l'État en matière de régulation économique parfois contestée ;
– des marges de manœuvre réduites sur le plan budgétaire : une fiscalité en France considérée comme lourde, une dette publique élevée ;
– une mondialisation qui créée des interdépendances plus fortes entre les pays.

20 Les limites de l'intervention de l'État dans une économie internationalisée

1 L'ouverture commerciale croissante

• **Le degré d'ouverture des économies** (poids des échanges extérieurs dans le PIB) a fortement progressé depuis la Seconde Guerre mondiale : progrès en matière de transports et de communications, rôle de l'OMC et réduction des barrières à l'échange telles que les droits de douane.

• **Les politiques de relance ont une efficacité moindre :** la stimulation de la demande profite en partie à des produits importés ; elle ne dynamise donc pas l'activité des entreprises locales.

2 La mobilité internationale des capitaux

• La plus grande mobilité des capitaux (mouvements financiers internationaux, délocalisations d'activité) **créée des interdépendances fortes entre les pays** et accentue les problèmes et contraintes suivants :

– **les disparités en matière de coût du travail et de fiscalité** qui affectent la compétitivité et l'attractivité des pays ;

– **la perte d'autonomie** des politiques monétaires et des politiques de change ;

– la nécessaire **prise en compte du problème du financement des dettes souveraines** (émises par un État ou une banque centrale).

3 Les problèmes à appréhender à l'échelle internationale

• Les règlementations et politiques menées à l'échelle nationale ne suffisent plus face à certains phénomènes (évasion fiscale, puissance des multinationales qui tendent à devenir apatrides) et à certains problèmes qui ne peuvent être traités qu'à l'échelle internationale, parmi lesquels :

– **les crises bancaires ou financières d'ampleur mondiale**. La mise en place de règles contraignantes pour les organismes financiers, si elles ne concernent qu'un pays, peut entraîner une fuite des capitaux ;

Voir p. 226

– **certains problèmes environnementaux** tels que les gaz à effet de serre et le réchauffement climatique.

4 Les perspectives

• La mondialisation économique rend donc les économies de plus en plus interdépendantes, ce qui réduit l'autonomie et l'efficacité des politiques économiques nationales.

• Un pays ne peut mener une politique économique propre sans s'interroger au préalable sur son impact en matière de compétitivité, sans envisager de possibles fuites de capitaux qui fragiliseraient le financement de l'activité économique…

Remarque

La réponse à ce problème passe par une coordination plus forte des politiques menées par les États (lors de réunions internationales telles que les G7), voire par l'établissement de règles supranationales.

21 Les principes de la régulation supranationale dans le cadre européen

1 UE et contraintes en matière de politique économique nationale

• La France est membre de l'Union européenne depuis sa création (traité de Rome de 1957 instituant la Communauté économique européenne).

• L'intégration européenne s'est renforcée au fil du temps. Aujourd'hui, l'UE est une Union économique et monétaire (UEM) dont les membres ont dû abandonner une partie de leur souveraineté économique.

Le marché unique	• La politique commerciale et douanière est définie par l'UE (suppression des barrières à l'échange au sein de l'UE, adoption d'un tarif extérieur commun). • Certaines politiques sont du ressort, en partie ou en totalité, de l'UE (concurrence, politique agricole commune…).
La monnaie unique	• L'adoption d'une monnaie unique (pour les pays membres de la zone euro) a eu pour principaux effets : – de confier la politique monétaire à la Banque centrale européenne dont la mission est de contenir l'inflation en dessous de 2 % ; – de priver les pays de la zone de toute politique de change propre ; – de soumettre les pays de la zone à une discipline budgétaire.

2 La monnaie unique

• L'adoption d'une monnaie unique a eu pour effet d'imposer aux pays membres de la zone euro une **discipline budgétaire** qui réduit leurs marges de manœuvre en matière de politique économique.

• Le laxisme budgétaire dont peut faire preuve un pays pourrait avoir des **répercussions négatives sur le taux de change de l'euro ou sur les taux d'intérêt** en vigueur et en ferait supporter le coût à l'ensemble des membres de la zone.

• C'est ainsi que les pays qui ont adopté l'euro :

– doivent en principe **contenir leur déficit public en dessous de 3 % du PIB** sous peine de sanction (et la dette publique ne doit en principe pas excéder 60 % du PIB) ;

– doivent **tendre vers un budget structurel équilibré** avec un déficit maximal de 0,5 % du PIB (hors aléas conjoncturels tels qu'une crise qui détériore le solde budgétaire) ;

– ne sont **pas autorisés à racheter la dette publique d'un autre pays** membre.

• Il convient de noter que **l'UE a su faire preuve de pragmatisme** à plusieurs reprises :

– la majorité des pays européens ont vu leurs déficits déraper à l'occasion de la crise de 2008 sans pour autant faire l'objet de sanctions ;

– pour soutenir la croissance européenne et écarter le risque d'une déflation, la BCE a racheté de la dette publique au milieu des années 2010.

22 Le rôle du droit dans la régulation économique

1 Les caractères de la règle de droit

• La règle de droit peut :

Obliger à faire	**Imposer**	Une entreprise cotée en bourse doit publier ses comptes annuels.
Obliger à ne pas faire	**Interdire**	Une entreprise ne doit pas pratiquer une entente avec une autre entreprise.
Ne pas obliger	**Permettre**	L'entrepreneur dispose d'un choix varié de formes juridiques pour démarrer son activité.

• Le législateur et les institutions de l'État au sens large jouent donc un rôle fondamental comme représentants et expression des volontés des citoyens pour régir les rapports sociaux.

• Les juges complètent par leur jurisprudence les insuffisances de la loi ou les vides juridiques à travers les décisions de justice rendues.

2 L'ordre public et le respect des libertés individuelles

• Le droit est donc une source de régulation de la vie des humains en général et des entreprises en particulier dans le monde économique.

• **L'autonomie de la volonté**, **la liberté contractuelle** et **la liberté du commerce et de l'industrie** ne sont garanties qu'à condition qu'elles respectent un intérêt général impérieux appelé **ordre public**. La cohésion de l'ensemble prime sur les prérogatives individuelles.

> **Exemple : article 1102 du Code civil**
> « Chacun est libre de contracter […] **dans les limites fixées par la loi.**
> **La liberté contractuelle ne permet pas de déroger aux règles qui intéressent l'ordre public.** »

• La notion d'ordre public fait référence à des **règles impératives** auxquelles on ne peut pas déroger, par opposition aux **règles supplétives** où l'individu peut proposer des aménagements selon son bon vouloir.

3 Ordre public de direction et ordre public de protection

Généralement le législateur régule l'activité économique selon :

– **l'ordre public de direction :** l'ensemble des règles qui ont pour vocation de fixer les limites entre ce qui est interdit et ce qui est autorisé ;

> **Exemple**
> L'interdiction de la mise sur le marché des organes humains pour de l'argent.

– **l'ordre public de protection :** l'ensemble des règles impératives qui ont pour vocation de protéger les parties faibles.

> **Exemple**
> Le montant du SMIC protège les salariés face à leur employeur.

23 Le droit de la concurrence

La liberté du commerce et de l'industrie a été proclamée en 1791. **Le droit de la concurrence** a pour objectif majeur de protéger le marché, d'une part en favorisant la concurrence, d'autre part en la protégeant. Ainsi, certains comportements sont considérés comme étant anticoncurrentiels, donc interdits, et d'autres sont règlementés.

1 L'interdiction des pratiques anticoncurrentielles

Pratique anticoncurrentielle	Article	Principe
L'entente	• Article L. 420-1 du Code du commerce • Article 101 du Traité sur le fonctionnement de l'UE	Toute forme d'accord entre entreprises qui cherche à limiter l'accès au marché, faire obstacle à la libre fixation des prix, limiter les débouchés ou répartir les marchés est interdit.
L'abus de position dominante	• Article L. 420-2 du Code de commerce • Article 102 du Traité sur le fonctionnement de l'UE	Une entreprise a le droit d'exploiter une position dominante mais pas d'en abuser. **Exemple :** imposer des conditions discriminatoires en menaçant de rompre les relations.

• **À titre exceptionnel,** les ententes et les abus de position dominante sont autorisés lorsqu'un texte règlementaire ou législatif le prévoit explicitement, ou lorsque l'entente peut assurer un progrès économique, la création d'emploi ou le partage équitable du profit qui en résulte, notamment pour le consommateur.

• **Les pratiques anticoncurrentielles sont sanctionnées** par l'autorité de la concurrence en droit français et par la Commission européenne sur le marché européen. Les sanctions sont pénales : des amendes financières et/ou la cessation du comportement illicite.

2 Le contrôle des concentrations

Les entreprises ont naturellement vocation à lutter contre leurs concurrents, à acquérir des parts de marché et à tendre vers une situation de monopole. Le but de la régulation est de contrôler les opérations de concentration afin que le niveau de concurrence soit maintenu.

A Définition des opérations de concentration

Les articles L. 430-1 et suivants du Code de commerce précisent les opérations visées. **La concentration suppose :**
– soit une **opération de fusion** entre entreprises ;
– soit une **prise de contrôle** d'une ou plusieurs entreprises par prise de participation.

B La procédure de contrôle

• L'autorité de la concurrence intervient lorsque l'opération de concentration dépasse certains seuils financiers (chiffre d'affaires du nouvel ensemble, par exemple) définis par une ordonnance du 29 mars 2011.

• La Commission européenne procède au même type de contrôle selon les seuils fixés par le règlement communautaire du 20 janvier 2004.

3 La concurrence déloyale

COMPRENDRE EN VIDÉO — *Voir vidéo : Qualifier des faits juridiques*

A Les conditions de l'action en concurrence déloyale

Une victime de concurrence déloyale **peut agir en justice par une action en concurrence déloyale pour obtenir réparation.** Cette action se fonde sur la responsabilité civile extracontractuelle (articles 1240 et 1241 du Code civil). Pour être efficace, le demandeur doit apporter la preuve de trois conditions :

Définition

Concurrence déloyale : ensemble des procédés concurrentiels contraires à la loi ou aux usages, constitutifs d'une faute intentionnelle ou non et de nature à causer un préjudice aux concurrents.

La faute du professionnel ← **Le lien de causalité entre les deux** → **Le préjudice de la victime**

Direct et certain

4 formes possibles :
– le dénigrement
– l'imitation ou la recherche de confusion
– la désorganisation de l'entreprise
– la désorganisation du marché

5 types de dommage :
– la dépréciation d'un élément attractif de la clientèle (comme une marque)
– la diminution d'un avantage concurrentiel
– le détournement de clientèle
– la gêne dans les initiatives commerciales
– l'atteinte à l'image de marque

B Les sanctions de la concurrence déloyale

• **Le versement de dommages et intérêts** pour indemniser la victime du préjudice subi peut être **financier**, **matériel** ou **moral** (atteinte à l'image de l'entreprise).

• **La cessation du comportement déloyal.**

• **La publication du jugement.**

Remarque

L'action pour actes déloyaux se prescrit en 5 ans à partir du moment où le dommage a été réalisé, ou au moment où le dommage a été constaté par la victime ou lors de la cessation des agissements déloyaux.

CEJM

4 Le rôle des AAI

• **Sur un marché, le droit est mis en œuvre par des autorités de régulation :** les autorités administratives indépendantes (AAI).

• **L'Autorité de la concurrence est un exemple d'AAI.** Elle peut :
– **sanctionner** les pratiques anticoncurrentielles par des amendes ;
– **autoriser ou interdire** les opérations de concentration des entreprises ;
– **formuler des avis** et des recommandations.

Exemple

Autres exemples d'AAI :
– la Commission nationale de l'informatique et des libertés (CNIL) ;
– l'Autorité de régulation des jeux en ligne (ARJEL) ;
– la Commission de régulation de l'énergie (CRE).

24 Le droit de la propriété industrielle : brevet et marque

Dans un monde concurrentiel, l'État cherche à encourager l'innovation des entreprises et leur différenciation face aux concurrents.
À cette fin, il accorde un monopole d'exploitation temporaire et une protection contre les reproductions sans autorisation aux entreprises qui se démarquent par une innovation ou par un signe distinctif.
Grâce au droit de la propriété industrielle, l'État concilie régulation du jeu de la concurrence économique et incitation au progrès technique.

1 Les brevets

(art. L611-1 et suivants du Code de la propriété intellectuelle)

A Définition

Le brevet est un **titre juridique délivré par un organisme public** (Institut national de la propriété industrielle en France, INPI) qui confère à son titulaire un **monopole temporaire d'exploitation de l'invention** (20 ans). En contrepartie, le titulaire du brevet doit divulguer le contenu de son invention et payer une redevance annuelle à l'INPI.

B Conditions de brevetabilité

- **Pour être brevetable,** une invention doit remplir quatre conditions :
– **avoir un caractère industriel :** être utilisable dans l'industrie ou l'agriculture ;
– **être nouvelle :** produits ou procédés nouveaux, combinaisons nouvelles de procédés déjà connus ; ne pas avoir déjà fait l'objet d'une demande de brevet ; ne pas avoir été divulguée ;
– **impliquer une activité inventive :** il en est ainsi lorsque, pour un homme du métier, l'invention ne découle pas d'une manière évidente de l'état de la technique ;
– **être licite** : ne pas être contraire à l'ordre public et aux bonnes mœurs.

- **Par principe, le propriétaire du brevet est le déposant.** Toutefois, une entreprise est propriétaire du brevet dès lors que l'invention a été mise au jour par un salarié travaillant pour le compte de l'entreprise.

Exemple
Ne sont pas brevetables les procédés de clonage des êtres humains, les obtentions végétales et les races animales.

2 Les marques

(art. L711-1 et suivants du Code de la propriété intellectuelle)

A Définition

- La marque est un **signe susceptible de représentation graphique servant à distinguer les produits ou services d'une personne physique ou morale**. Elle joue un rôle actif dans la pérennité de l'entreprise, permettant notamment d'attirer et de retenir la clientèle.

- Une fois déposée, la marque est protégée pendant 10 ans renouvelables indéfiniment.

B Conditions de protection de la marque

Pour être valablement déposée, la marque doit remplir 4 conditions :

Condition : la marque doit…	Explication	Exemple
être originale et distinctive	Elle ne doit pas être la désignation générique ou usuelle du produit ou la forme imposée par la nature.	La marque « Orange » ne peut pas être utilisée pour désigner le fruit orange, mais elle peut l'être pour la téléphonie.
ne pas être déceptive	Elle ne doit pas tromper le public sur le produit ou le service.	« Évian Fruité » pour un produit qui ne comprend pas d'Évian.
être nouvelle	Elle ne doit pas porter atteinte à des droits antérieurs : une autre marque déjà enregistrée, une marque notoire, même non déposée s'il y a risque de confusion…	« Car2go » a été interdite car son nom était trop proche de la marque « Car'Go » qui propose des services de location de voiture.
être licite	Certains signes sont réservés ou prohibés.	La Croix rouge est réservée à l'aide humanitaire et internationale.

3 La protection de la propriété industrielle

A Les formalités de protection

• **Pour bénéficier de la protection liée au brevet ou à la marque,** les entreprises doivent réaliser un dépôt à l'Institut national de la propriété industrielle (INPI) en France. La protection est également accordée au niveau européen par le dépôt d'un brevet européen ou d'une marque communautaire.

• **Une procédure, dite d'extension,** permet de protéger également le brevet ou la marque dans les pays membres de l'OMC ou signataires de la convention de l'Union de Paris.

B L'action en contrefaçon

• **Le brevet comme la marque représente pour la plupart des entreprises une grande valeur patrimoniale,** c'est pourquoi il est nécessaire de le protéger. **Dès lors que le brevet ou la marque sont déposés, ils confèrent un monopole d'exploitation** que le propriétaire peut utiliser à sa guise comme un **droit de propriété**. Il peut le conserver pour lui, octroyer des licences d'exploitation ou encore le céder.

• **Si quelqu'un porte atteinte à ce monopole d'exploitation** sans avoir eu l'autorisation du propriétaire du titre juridique, ce dernier peut agir en contrefaçon. La contrefaçon est un **délit pénal**.

• **Si la contrefaçon n'est pas une reproduction identique** de l'invention ou de la marque, l'entreprise titulaire du titre peut agir en concurrence déloyale contre l'entreprise malveillante.

Remarque

• 9 Français sur 10 pensent que l'on peut acheter un produit contrefait sans s'en rendre compte.
• En 2020, la douane française a saisi 5,64 millions d'articles contrefaits.

• Selon l'Office de l'Union européenne pour la propriété intellectuelle, 435 000 emplois seraient perdus à cause de la contrefaçon en Europe et 15 milliards d'euros de recettes fiscales en moins pour les États.

25 Les caractéristiques de l'environnement

1 Les sources de l'avantage concurrentiel

• Une entreprise s'intéresse en premier lieu aux **forces et faiblesses** dont elle dispose vis-à-vis de ses principaux concurrents sur le marché.

• Pour définir ses sources d'avantage concurrentiel, une entreprise doit mener un **diagnostic global de son environnement**.

• Selon Michael Porter, les **5 forces de la concurrence** sont :

– **l'existence de produits de substitution** qui exerce une pression indirecte sur le marché de l'entreprise ;

– **le pouvoir de négociation des fournisseurs** qui mesure le degré de dépendance d'une entreprise par rapport à ses fournisseurs ;

– **le pouvoir de négociation des clients** qui mesure les conditions d'achat qui peuvent être négociées par les clients ;

– **l'intensité de la concurrence sur le marché** (taille et nombre des entreprises concurrentes) ;

– **le rôle ou l'influence de l'État** qui freine l'insertion de nouveaux concurrents potentiels.

Définition

Avantage concurrentiel : offres proposées par une entreprise qui la différencie de ses concurrents et lui procure un avantage sur eux ; c'est un facteur clé de succès, un atout stratégique.

Exemple

Pour relancer les ventes de l'ex-Cserie de Bombardier rebaptisé A220, Airbus veut renégocier les contrats de sous-traitants et réduire les coûts de 20 %, en échange d'une hausse des volumes afin de rester compétitif vis-à-vis de son concurrent Boeing.

2 Le modèle Pestel

• **Le modèle PESTEL** propose une **analyse plus globale de l'environnement** que celle de Porter.

• **Le diagnostic stratégique** fait donc apparaître les forces et faiblesses de chaque entreprise vis-à-vis des différentes composantes de son environnement et lui permet ainsi d'adapter sa stratégie pour réagir.

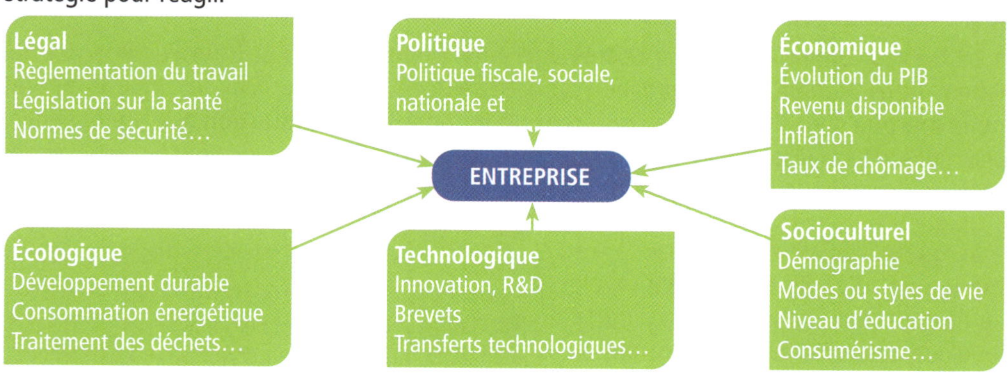

Exemple

Les confiseurs ont signé en juin 2018 une charte de déontologie et d'engagement pour rendre les bonbons plus transparents. Fini donc l'ajout du colorant E171, cancérogène, et place à un étiquetage plus clair pour les consommateurs. Par ailleurs, les fabricants de sucreries prévoient d'innover en créant des produits allégés en sucre, voire sans sucre.

26 Le rôle de l'innovation

L'innovation regroupe l'ensemble des démarches scientifiques, technologiques, organisationnelles, financières et commerciales qui aboutissent à la réalisation de produits, procédés ou processus nouveaux ou améliorés.

1 L'innovation

L'innovation distingue notamment :
– **la création de produits nouveaux** qui répondent mieux aux besoins des consommateurs ;
– **la satisfaction d'un besoin nouveau** ;
– **l'amélioration de la qualité** d'un produit ;
– **la conquête de nouveaux débouchés** ;
– **la mise au point d'une nouvelle méthode de production**.

Exemples
La PME Le Slip français réinvente la fabrication textile en France et se lance sur le Web puis en magasin ; les grands constructeurs automobiles se lancent dans la production de véhicules électriques pour remplacer les véhicules diesel et à essence ; Dyson abandonne l'aspirateur avec fil suite à ses innovations technologiques…

2 Le patrimoine technologique

• **Le patrimoine technologique** regroupe l'ensemble des technologies possédées par une entreprise, qu'elles soient émergentes (technique en phase de développement), **clés** (déterminantes dans l'avantage concurrentiel de l'entreprise) ou **de base** (nécessaires mais non discriminantes par rapport à la concurrence).
• **La connaissance du patrimoine technologique** de l'entreprise est un élément déterminant de la politique d'innovation qui pourra être décidée par le manager.

3 Le développement du patrimoine technologique

Pour accroître son patrimoine technologique, l'entreprise dispose de nombreux outils :
• **la recherche et le développement :** l'ensemble des travaux de création entrepris de façon systématique en vue d'accroître la somme des connaissances et son utilisation pour de nouvelles applications ;
• **la veille technologique :** l'ensemble des techniques licites qui organisent de façon systématique la collecte d'informations technologiques, l'analyse, la diffusion et l'exploitation de ces informations utiles à la croissance et au développement de l'entreprise ;
• **la démarche qualité :** mode de management qui consiste à rechercher l'amélioration continue et progressive des pratiques existantes.

Remarque
• Les dépenses de recherche et développement représentent un peu plus de 2 % du PIB en France ; en 2017, les entreprises françaises ont déposé 16 250 brevets à l'INPI, 90 500 marques et 6 000 dessins et modèles.
• Prépondérance des secteurs industriels parmi les principales entreprises innovantes : Valeo, PSA, Safran, Renault, Airbus, Michelin, L'Oréal, Thales.

27 Les facteurs de production

Afin d'assurer la production de biens ou de services, **l'entreprise s'appuie sur des facteurs de production** qui correspondent aux moyens humains, matériels et immatériels qu'elle utilise.

1 Le choix d'un mode de production

Voir p. 222

La majorité des entreprises opère dans un but lucratif : elles cherchent à adopter un **mode de production** tel que la valeur de la production excède les coûts engendrés par l'utilisation de facteurs.

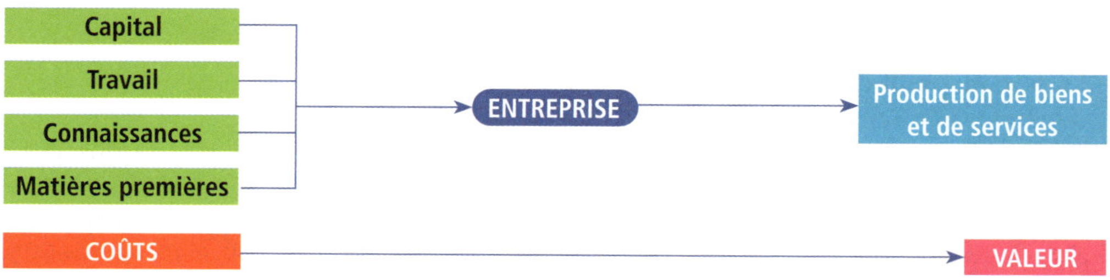

2 Les principaux facteurs de production

Les entreprises combinent plusieurs facteurs de production pour fabriquer des biens ou proposer des services.

• **Le facteur capital** peut être envisagé de deux façons :
– **les moyens financiers nécessaires au développement de l'activité.** Sur le plan comptable, le capital s'apparente à un **passif**, par exemple, le capital social ;
– **les moyens matériels (et immatériels) permettant la production.** Sur le plan comptable, le capital s'apparente à des **immobilisations** (actif), par exemple, les équipements et les machines.

• **Le facteur travail** regroupe **l'ensemble des moyens humains nécessaires à la production**, qu'ils soient permanents (CDI) ou temporaires (CDD, intérim).

• **Les connaissances** prennent une part de plus en plus importante dans le processus de production, car elles sont **source de différenciation, d'innovation et de progrès technique**. Elles résultent par exemple d'activités de R&D, de la formation des salariés.
Elles s'apparentent à un **capital immatériel** lorsqu'elles prennent la forme de **brevets**, de **logiciels**. Sur le plan comptable, on parle d'**immobilisations incorporelles**.

• **Les matières premières.** Contrairement au capital, elles sont détruites lors du processus de production et généralement incorporées aux biens et aux services réalisés.

28 Les gains de productivité et coûts de production

La productivité est une mesure de la contribution d'un ou plusieurs facteurs à la production : **production ÷ quantité de facteurs**.

1 Productivité et gains de productivité

- Les gains de productivité correspondent à un **accroissement de la productivité** :
– l'entreprise produit autant avec moins de facteurs ;
– l'entreprise produit plus en volume ou créée plus de valeur avec une même quantité de facteurs.
- Les gains de productivité sont le **fruit du progrès technique** qui peut provenir :
– d'une élévation des qualifications des travailleurs ;
– d'investissement dans des équipements plus performants ;
– d'une meilleure organisation de la production.

Exemple
Production ÷ temps de travail = productivité horaire.

2 Coûts de production

Facteurs de production	Éléments de coût
Capital (financier)	• Le coût du capital est surtout reflété par le taux d'intérêt. • Le taux d'intérêt représente le coût d'un financement lorsqu'il s'agit d'emprunt.
Travail	• Tensions sur le marché du travail (faible/forte demande pour un métier, pénurie de main d'œuvre…) • Aspects fiscaux et sociaux (cotisations) • Formations à mettre en place pour les nouveaux embauchés…
Connaissances	• Coûts des activités de R&D, coût de formation des salariés • Achats ou licences d'exploitation de brevets…
Matières premières	• Cours des matières premières • Éventuels coûts induits (externalités négatives → paiement d'écotaxes)

3 Choix d'une combinaison productive

- La part des différents facteurs utilisés dans le processus de production est le **fruit d'un arbitrage entre le coût des facteurs et leur productivité.** Ainsi, une entreprise peut choisir d'automatiser plus fortement sa production (renforcer la part du capital au détriment du facteur travail) lorsque plusieurs phénomènes le favorisent, par exemple :

Les taux d'intérêt baissent → **baisse du coût du capital**

L'automatisation améliore la qualité de la production et créée de la valeur aux yeux des consommateurs → **gain de productivité (capital)**

Les taux de cotisation augmentent → **hausse du coût du travail**

→ **Choix d'une nouvelle combinaison productive :** plus de facteur capital, moins de facteur travail (ou substitution du capital au travail)

- Au-delà des seules considérations économiques, **la combinaison productive choisie par l'entreprise peut tenir compte d'objectifs de développement durable**, par exemple : privilégier des produits ou procédés plus économes en matières premières, envisager un possible recyclage en fin de vie du produit…

29 La chaîne de valeur

1 Présentation de la chaîne de valeur

• **La chaîne de valeur de Porter** a pour objectifs de **recenser les activités de l'entreprise** et de **mesurer en quoi elles sont créatrices de valeur pour les clients** (et donc de marge pour l'entreprise).

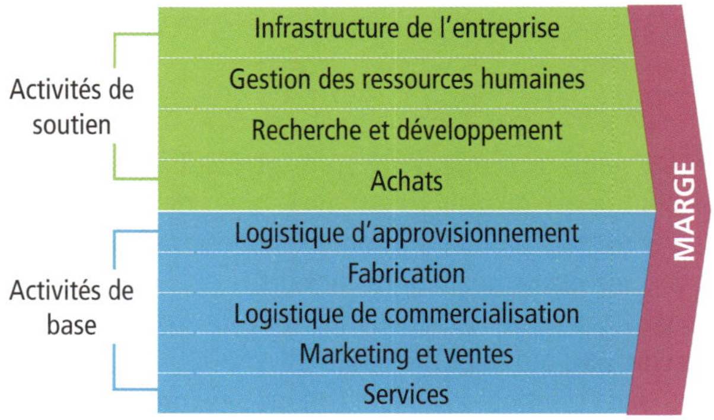

▲ La chaîne de valeur de Porter

• **Porter distingue :**
– **les activités de base** (fabrication, vente…) qui participent directement à la création et à la vente du produit de l'entreprise ;
– **et les activités de soutien ou de support** (gestion de l'infrastructure de l'entreprise, R&D, GRH…) qui rendent possibles les activités de base et en assurent la coordination, le bon fonctionnement.

• **La valeur que l'entreprise parvient à générer provient des activités elles-mêmes,** mais elle peut être le fruit de complémentarité entre activités.

Exemple
L'un des atouts d'Amazon est d'avoir su mettre à profit son activité de R&D (activité de soutien) pour robotiser et améliorer son activité de logistique en matière de gestion des stocks (activité de base).

2 Les enseignements à tirer de la chaîne de valeur

Activités fortement créatrices de valeur	• Les **développer pour construire un avantage concurrentiel** • Doivent rester dans le **cœur de métier de l'entreprise** • Logique d'optimisation pour l'entreprise : **maximiser création de valeur / coût** (ne pas chercher à faire des économies qui feraient diminuer plus fortement encore la valeur créée)
Activités faiblement créatrices de valeur	• Activités avant tout **génératrices de coûts** • Logique d'optimisation **: minimiser les coûts** • Peuvent faire l'objet d'une **externalisation**

Exemple
La société Nike a su bâtir son expansion en s'appuyant sur son image de marque :
– les **dépenses marketing et publicitaires** (en faisant appel à des sportifs reconnus) et la **conception des nouveaux modèles** valorisent cette image de marque et sont ainsi fortement créatrices de valeur ; elles restent le **cœur de métier** de la société ;
– en réalité, la fabrication des produits **crée peu de valeur**. Nike fait appel à des **sous-traitants**.

30 Les principes et finalités de l'impartition

La stratégie d'impartition consiste à faire réaliser ou produire des biens et services par d'autres entreprises.

1 Les techniques d'impartition

L'impartition **va de pair avec la domination ou le contrôle d'une entreprise sur une autre**. Les principales techniques d'impartition sont :

La concession	• Modalité très présente dans la distribution automobile. • Une entreprise (le concédant) s'engage à approvisionner en produits de sa marque une autre entreprise (le concessionnaire). • Le concessionnaire doit respecter des contraintes (éventuels quotas, politique commerciale de vente du concédant…).
La franchise	• Modalité présente dans divers secteurs, notamment la restauration rapide (Subway, McDonald's), l'entretien automobile (Feu vert, Point S)… • Une entreprise (le franchiseur) met à la disposition d'une autre entreprise (le franchisé) sa gamme de produits ou de services et une assistance commerciale ou technique. Le franchisé s'acquitte du paiement d'une redevance. • Permet une croissance rapide, sans moyens importants pour le franchiseur (il achète lui-même son point de vente).
La sous-traitance	Une entreprise (donneuse d'ordre) confie à une autre entreprise (le sous-traitant) des travaux à exécuter.

2 Les finalités de l'impartition

• Le recours à l'impartition est envisageable :
– **lorsqu'il y a un gain à recourir à une autre entreprise** car elle propose des prestations moins coûteuses et/ou de meilleure qualité qu'une prestation réalisée soi-même ;
– **les coûts de transaction** (liés à la coopération à mettre en place avec l'entreprise partenaire) **ne l'emportent pas sur les gains attendus**. L'entreprise peut ainsi se concentrer sur les activités créatrices de valeur.

Remarque
La question du recours à l'impartition est une réponse à la question : Faire ou faire faire ?

• **Mais l'impartition ne doit pas concerner les activités fortement créatrices de valeur,** source d'avantage concurrentiel.

• **L'impartition entraîne un risque de perte de savoir-faire et de compétences** qui peut causer une dépendance du donneur d'ordre envers le sous-traitant ; l'activité sous-traitée devient alors essentielle en termes de création de valeur pour le produit ou service d'ensemble.

31 Le choix de la structure juridique pour l'entreprise

L'entreprise rassemble des moyens humains, matériels et financiers afin de fonctionner. Le choix de la structure juridique de l'entreprise dépend logiquement des moyens dont elle veut se doter. Plusieurs formes juridiques existent.

1 Les facteurs de choix d'une structure juridique

La structure juridique est le cadre légal de l'activité de l'entrepreneur. Choisir une structure juridique s'effectue à partir de différents critères qui peuvent être invoqués à la création de l'entreprise et au cours de son évolution.

A Entreprendre seul ou à plusieurs

- Le premier choix à effectuer pour créer son entreprise est de se demander si l'on souhaite lancer son activité seul ou à plusieurs. Le choix s'effectue selon quelques critères décisifs :

Critère clé	Entrepreneur individuel	Société commerciale
Nombre d'entrepreneurs	Une personne physique	Plusieurs personnes physiques ou morales appelées associés
Autonomie	Le chef d'entreprise décide seul. Il a tous les pouvoirs.	Les décisions sont prises au moins à la majorité des associés.
Formalisme	En quelques minutes une personne physique peut créer sa microentreprise.	L'existence de la personne morale suppose la signature des statuts et l'immatriculation de la société au RCS.
Le régime fiscal applicable aux bénéfices de l'activité	Impôt sur le revenu dans la rubrique « bénéfices industriels et commerciaux » (BIC)	Impôt sur les sociétés des bénéfices réalisés
La transmission de l'entreprise	Le chef d'entreprise doit transmettre l'ensemble des biens constituant son activité.	Les associés doivent simplement transmettre leurs parts sociales. Le transfert est facilité.

- Le choix de la forme juridique peut de nouveau se poser au cours de la vie de l'entreprise.

Exemple
Pour augmenter sa capacité financière, il est fréquent qu'une entreprise individuelle adopte la forme d'une société commerciale telle qu'une société à responsabilité limitée (SARL) ou une société par actions simplifiée (SAS).

B Protéger son patrimoine

Critère clé	Entrepreneur individuel	Société commerciale
Capacité financière de développement	Selon le patrimoine de l'entrepreneur	Possibilité de faire appel à des capitaux extérieurs et de créer des alliances avec d'autres structures
Étendue de la responsabilité	En principe, à l'ensemble du patrimoine de l'entrepreneur	Au montant des apports des associés, dans les SARL

• En matière d'entreprise individuelle, **le législateur a instauré plusieurs dispositifs afin de protéger le patrimoine de l'entrepreneur contre les risques de saisie par les créanciers** :
– depuis le 1er janvier 2011, **une personne physique peut opter pour le régime de l'EIRL** ; il permet de compartimenter son patrimoine et d'affecter une partie seulement de ses biens à une activité professionnelle ; alors, les biens en dehors de cette affectation ne sont pas saisissables ;
– depuis la loi du 6 août 2015, **la résidence principale de l'entrepreneur est insaisissable de plein droit** (auparavant il devait effectuer une déclaration d'insaisissabilité).

C Choisir son régime matrimonial

• Le régime matrimonial de l'entrepreneur marié ou pacsé peut avoir un impact sur les biens saisissables en cas de déconfiture de l'activité. Trois régimes coexistent :

Régime	Principe	Conséquence
La communauté légale	• **Régime par défaut du Code civil :** les biens acquis à titre onéreux pendant le mariage sont communs aux deux époux. • Seuls les biens acquis avant le mariage demeurent propres à chaque époux.	• L'époux non commerçant est engagé par l'activité commerciale de l'époux commerçant. • Tous les deux répondent des dettes professionnelles nées après le mariage.
La communauté universelle	**Régime conventionnel issu d'un contrat de mariage** : l'ensemble des biens, même ceux acquis avant le mariage, appartient à l'un et à l'autre des époux.	• Intéressant en cas de décès d'un des époux. Le conjoint survivant récupère tous les biens. • Régime incompatible avec les risques de la vie des affaires : aucun bien ne peut échapper aux poursuites des créanciers !
La séparation des biens	**Régime conventionnel issu d'un contrat de mariage** : ce qui est acquis par un conjoint, avant ou après le mariage, lui appartient exclusivement.	Si l'un des époux est commerçant, l'autre ne peut pas voir ses biens engloutis dans la déconfiture de l'exploitation.

• Lorsqu'un conjoint se lance dans une entreprise individuelle, **le régime matrimonial recommandé est la séparation des biens**. Le choix est plus libre si l'entreprise créée est une société.

2 L'entreprise individuelle et les structures sociétaires

Le choix de l'une ou l'autre forme juridique confère des régimes fiscaux et sociaux différents que le créateur d'entreprise doit prendre en compte.

Critère clé	Entrepreneur individuel	Société commerciale
Le régime fiscal applicable aux bénéfices de l'activité	Impôt sur le revenu dans la rubrique « bénéfices industriels et commerciaux » (BIC)	• EURL : impôt sur le revenu ou impôt sur les sociétés sur option • SA, SAS, SARL : impôt sur les bénéfices mais possibilité d'impôt sur les revenus sous conditions
Le statut social de l'entrepreneur	Travailleur non-salarié ou assimilé salarié	• Associés d'EURL : travailleurs non-salariés • Associés de SA, SAS, SARL : régime des salariés

32 Les formes juridiques de l'économie sociale et solidaire (ESS)

L'économie sociale et solidaire (ESS) est une **déclinaison du concept de développement durable**. Elle cherche à concilier trois piliers : la performance économique, le respect des humains en appliquant des valeurs d'équité et d'utilité sociale, et le respect de l'environnement.

1 Principes communs aux formes juridiques de l'ESS

• **L'ESS représente plus de 10 % du PIB en France et environ 12 % des emplois.** Les domaines d'activité sont multiples : santé, éducation, logement, insertion sociale, environnement, banque…

• **Les entreprises de l'ESS se définissent par des modes de gestion et de décision démocratiques et participatifs.** L'utilisation des résultats financiers est strictement encadrée : **leur finalité est de réinvestir des bénéfices dans l'activité**, **pas de distribuer des profits.**

• **Les formes juridiques de l'ESS** bénéficient d'un cadre renforcé par la loi du 31 juillet 2014 relative à l'économie sociale et solidaire : des sociétés commerciales peuvent être labellisées ESS, ce qui leur permet de bénéficier d'une fiscalité avantageuse et de dispositifs de financement spécifiques.

2 Règles spécifiques aux formes juridiques de l'ESS

Les coopératives

– Sociétés de personnes et non de capitaux : 1 adhérent = 1 voix
– Groupement ayant la capacité civile
– Création soumise à déclaration
– Principe de l'autogestion
– But non lucratif
– Obligations strictes de prudence financière pour garantir les intérêts des adhérents
– Dirigeants bénévoles élus au sein de leurs rangs

Les mutuelles

Différentes selon la qualité de leurs membres : les coopératives agricoles ont pour membres des agriculteurs ; celles de consommateurs ont pour membres des consommateurs.

↓

Les sociétés coopératives (SCOP) de forme SA, SARL ou SAS sont composées majoritairement de salariés qui détiennent au moins 51 % du capital et 65 % des droits de vote.

• **Les sociétés coopératives d'intérêt collectif** (SCIC) sont des SCOP dans les domaines de l'énergie, l'environnement, la culture, la santé. Toutefois, les membres associés au capital peuvent avoir des qualités très variées : salariés mais aussi clients, bénévoles, collectivités territoriales, partenaires privés… **L'essentiel est de s'impliquer dans le projet.**

• **Au sein de la SCOP :**

Nomination du dirigeant	Élu par les salariés associés.
Partage du profit : respect du principe d'équité	• Une part pour tous les salariés, sous forme de participation et d'intéressement ; • Une part pour les salariés associés sous forme de dividendes ; • Une part pour les réserves de l'entreprise.
Réserves	Non partageables et définitives, elles contribuent à la pérennité de l'entreprise.

33 La responsabilité de l'entreprise face aux risques juridiques

Dans un environnement concurrentiel et incertain, l'entreprise peut être amenée à affronter divers risques qui peuvent engager sa responsabilité juridique civile ou pénale lorsque plusieurs conditions sont remplies.

1 Les risques

• En termes de droit, **le risque est un événement dommageable dont la survenance est incertaine quant à sa réalisation**. L'entreprise est confrontée à de nombreux risques.

Type de risque	Illustration
Environnemental	Lorsqu'une entreprise porte atteinte à l'environnement, elle peut être amenée à réparer le préjudice écologique qu'elle a commis (Article 1246 du Code civil).
Technologique	Lorsqu'une machine tombe en panne ou qu'un brevet a été copié, l'entreprise peut réduire sa production et voir son chiffre d'affaires diminuer rapidement.
Numérique	L'entreprise peut faire l'objet d'une attaque par un virus informatique.
Politique	Le programme d'un homme politique peut avoir un impact sur l'activité de l'entreprise. *Ex. : Le plan de relance de 1 900 milliards de dollars prévu par Joe Biden pour faire face à la crise sanitaire va avoir un impact considérable sur la vie des Américains et va se ressentir dans les économies européennes.*
Économique	Un client fragile ne paie pas ses factures dans les délais.

• Lorsque le risque est subi, l'entreprise peut (mais pas toujours) agir en justice pour demander réparation au partenaire fautif. Lorsque l'entreprise est elle-même à l'origine du risque, consciemment ou non, elle engage sa responsabilité juridique.

2 La responsabilité civile et la responsabilité pénale

• Le droit distingue deux formes de responsabilité. Leurs caractéristiques diffèrent :

Type de responsabilité	Pénale	Civile
Manifestation	Atteinte à l'intérêt général	Atteinte à un intérêt privé
Fondement	Réalisation intentionnelle d'une infraction (contravention, délit ou crime)	Faute volontaire ou non Risque encouru
Type de sanction	Amende et/ou peine d'emprisonnement	Dommages et intérêts
Objectif de la sanction	Réparer le dommage causé à la société	Réparer le dommage causé à la victime

Pour qu'une infraction soit constituée, trois composantes doivent être réunies :
– **un élément légal :** un texte prévoit de sanctionner l'infraction. Il n'y a pas d'infraction sans texte.
– **un élément matériel :** l'infraction est exécutée et consommée par des actions précises ou parfois par une abstention ;
– **un élément intentionnel :** le délinquant doit avoir agi en connaissance de cause. La mauvaise foi doit être prouvée.

Remarque

En matière pénale, ce qui n'est pas interdit n'est pas une infraction.

Exemple

Le commissaire aux comptes commet un délit s'il ne dénonce pas une faute constatée dans la tenue des comptes de l'entreprise qu'il certifie.

CEJM

34 L'inexécution du contrat et la responsabilité civile contractuelle

Le contrat génère une stabilité dans le temps dont l'entreprise peut jouir. Mais si les contrats sécurisent effectivement les relations, ils peuvent être également source d'inexécution et donc de risque. Or l'article 1103 du Code civil rappelle bien que tout « contrat légalement formé tient lieu de loi à ceux qui les ont faits. » **L'inexécution du contrat entraîne donc la responsabilité contractuelle du débiteur défaillant.**

1 La responsabilité civile contractuelle

Les 3 conditions de la mise en jeu de la responsabilité civile contractuelle sont :

A La faute

Elle consiste en l'inexécution de ses obligations par l'une des parties et peut prendre trois formes :
– **l'inexécution totale,** comme le fait pour un vendeur de ne pas livrer le bien ;
– **l'inexécution partielle,** comme le fait pour un transporteur de ne livrer qu'une partie du colis confié (une inexécution défectueuse est considérée comme une inexécution partielle) ;
– **le retard dans l'exécution,** dans le cas de l'emprunteur qui ne respecte pas les dates d'échéance.

B Le dommage

Le créancier victime de la faute du débiteur peut exiger réparation dès lors qu'une des obligations au contrat n'a pas été remplie. Le dommage peut être patrimonial ou extrapatrimonial.

Dommage patrimonial
- → Matériel : dégradation ou perte d'un bien
- → Financier : manque à gagner, perte d'une chance ou conséquences économiques d'un dommage corporel

Dommage extrapatrimonial
- → Moral ou psychologique : « le prix des larmes »
- → Corporel ou physique

C Le lien de causalité

Ce lien entre la faute et le dommage doit être **direct et certain**. Seul le dommage prévisible donne lieu à réparation car chacun doit pouvoir calculer les risques qu'il prend en contractant.

Exemple
En cas de perte de l'objet confié, un transporteur ne remboursera que la valeur dont il a pu avoir connaissance.

2 Les 5 sanctions de l'inexécution contractuelle

Selon l'article 1217 du Code civil, des sanctions sont envisageables :

Sanction	Explication
L'exception d'inexécution	Dans un contrat synallagmatique, une partie peut refuser d'exécuter son obligation si l'autre n'exécute pas la sienne.

L'exécution forcée en nature	Lorsque l'obligation inexécutée est une obligation de payer une somme d'argent, l'exécution forcée s'effectue en nature : les biens du débiteur sont saisis et vendus. Le créancier est payé sur le prix de la vente.
La réduction du prix	Le créancier peut accepter une exécution imparfaite du contrat et solliciter une réduction proportionnelle du prix. Si l'obligation n'est que partiellement remplie, il est logique que le prix soit moindre.
La résolution du contrat	Le créancier dénonce la faute du débiteur et les parties reviennent dans la situation dans laquelle elles étaient avant la conclusion du contrat.
La réparation du préjudice	Le débiteur fautif verse des dommages et intérêts au créancier victime. Les intérêts versés peuvent être compensatoires et / ou moratoires.

3 Les formalités à accomplir

étape 1 Par une **mise en demeure**, le créancier envoie un dernier avertissement solennel au débiteur pour qu'il se conforme à ses obligations.

étape 2 Si cet ultimatum n'est pas suivi d'effet, le créancier peut **saisir la justice** et obtenir réparation de son préjudice ou l'exécution forcée du contrat.

Remarque

L'exécution forcée est envisageable pour le versement des sommes d'argent mais ne l'est pas pour la remise d'un bien ou la réalisation d'une prestation de service.

4 Le régime de la preuve

Comme dans le régime de droit commun, il appartient au créancier victime d'apporter la preuve de la défaillance de son cocontractant. Toutefois, la charge de la preuve peut dépendre de la nature de l'obligation en jeu.

Type d'obligation	Régime de la preuve	Mode d'exonération
Les obligations de résultat	En cas d'inexécution d'une obligation de résultat, la faute du débiteur consiste à ne pas avoir exécuté ce à quoi il s'était engagé. Cette faute est présumée dès qu'il y a inexécution du contrat.	Le débiteur ne peut pas s'exonérer de sa responsabilité en prouvant qu'il n'a pas commis de faute. Seule la preuve d'une cause étrangère lui permet de se libérer.
Les obligations de moyens	• En cas d'inexécution d'une obligation de moyens, le créancier doit prouver que l'inexécution résulte d'un manquement du débiteur à ses obligations, c'est-à-dire que celui-ci ne s'est pas comporté comme un homme prudent, avisé, diligent. • Le débiteur peut apporter la preuve qu'il n'a pas commis de faute.	Si la faute du débiteur est établie, celui-ci pourra encore se dégager de sa responsabilité en démontrant l'existence d'une cause étrangère ou d'une faute de la victime.

5 Les causes d'exonération

• **Une « cause étrangère »** peut correspondre à 2 situations :
– **un cas de force majeure :** il découle des forces de la nature ;

Exemple : Une inondation empêche un transporteur de livrer le bien convenu.

– **ou un cas fortuit :** il découle de l'intervention fortuite d'une tierce personne.

Exemple : Le retard du train est dû à une personne qui est passée sur la voie.

• Dans tous les cas, la cause étrangère est un événement extérieur, imprévisible et surtout irrésistible : le débiteur ne peut pas le surmonter.

35 Les principes de la responsabilité civile extracontractuelle

Lorsqu'une personne subit un dommage dans le cadre non d'un contrat mais d'une situation relevant d'un fait juridique, la victime peut invoquer le régime de la responsabilité civile extracontractuelle pour obtenir une indemnisation.

1 La RC extracontractuelle : de la faute au risque

A Le principe : la faute

• Historiquement, la responsabilité d'une personne est engagée dès lors que l'on peut prouver qu'elle a **commis une faute intentionnelle**.

Exemple : Un entrepreneur se rend responsable de concurrence déloyale et engage sa responsabilité s'il laisse des commentaires désobligeants sur le blog tenu par son concurrent direct.

• La responsabilité est qualifiée de **subjective** car **elle n'est retenue que si la faute est établie**.

• Cette responsabilité a toutefois été étendue aux cas où l'auteur du fait juridique a agi avec imprudence et négligence. La faute est moins prégnante mais toujours présente. La jurisprudence parle de **faute involontaire** ou encore de **quasi-délit**.

Exemple : Sur un échafaudage, un peintre fait tomber malencontreusement un pot de peinture sur un piéton qui passait en dessous et le blesse.

B Les limites du fondement de la faute

• L'ère de la révolution industrielle et de la production en masse de produits complexes a rendu plus difficile l'identification des auteurs d'une faute. Est-ce l'ouvrier ou la machine qui cause le dommage ? Est-ce le distributeur du produit ? Le sous-traitant ? Le fabricant ?

• Pour éviter ces incertitudes, le droit s'est progressivement tourné vers une **systématisation de l'indemnisation**.

C Priorité à l'indemnisation de la victime : la théorie du risque

• La théorie du risque s'est bâtie pour permettre d'engager la responsabilité d'une personne physique ou morale sans avoir à prouver une faute de sa part. Le risque, c'est d'abord celui qu'il faut assumer parce qu'il accompagne le profit tiré d'une activité.

Exemple : L'employeur tire profit du travail de son salarié. Il est logique que l'employeur soit responsable de son salarié sans que ce dernier ait besoin de prouver que l'employeur aurait commis une faute.

• Dans ce cas, l'existence seule du dommage permet à la victime de devenir créancière. La responsabilité est dite **objective** ou de **plein droit**.

D Jusqu'au bout de la logique : la théorie de la garantie

Dans cette théorie, **la réparation du préjudice subi par la victime est considérée comme une priorité sociale** et son indemnisation est fortement facilitée.

Exemple : En cas d'attentat terroriste, les victimes sont indemnisées automatiquement via un fonds créé pour ce type d'événement.

On ne cherche plus à identifier l'auteur et sa faute (qui le sont d'ailleurs difficilement). Ce mécanisme s'appuie sur un **principe d'assurance**.

2 Les conditions de mise en œuvre

• Aujourd'hui, pour être engagée, la responsabilité civile extracontractuelle suppose de réunir trois conditions :
– **un fait générateur.** Le Code civil prévoit le fait personnel, le fait d'autrui et le fait des choses ;
– **un dommage :** son appréciation est la même qu'en matière contractuelle. Il est patrimonial ou extrapatrimonial ;
– **un lien de causalité** direct et certain entre le fait générateur et le dommage.

3 Les régimes spéciaux de la RC extracontractuelle

A La responsabilité du fait des produits défectueux (loi du 19 mai 1998)

• **Elle définit les conditions de la responsabilité de plein droit** du producteur lorsqu'un produit défectueux a porté atteinte à une personne physique ou à un bien (pour un dégât supérieur à 500 €).

• **Ce régime de responsabilité est autonome,** que son auteur soit lié ou non par un contrat à la victime.

• **Un produit est considéré comme défectueux** dès lors qu'il n'offre pas à son utilisateur la sécurité à laquelle il peut légitimement s'attendre. Dans ce cas, la victime doit prouver le défaut du produit, le dommage subi et le lien de causalité entre les deux. Toute personne ayant participé à la chaîne de production (fabricant, sous-traitant, revendeur…) est responsable solidairement du dommage causé.

• Le régime prévoit quelques cas d'exonération du producteur (article 1245-10 du Code civil).

B La responsabilité de l'employeur vis-à-vis de ses salariés

• **L'employeur a une obligation de sécurité de résultat vis-à-vis de ses salariés.** Il est responsable des dommages qu'ils peuvent subir dès lors qu'il « avait ou aurait dû avoir conscience des risques » qu'il leur faisait encourir. Ces risques ont un lien direct avec la santé et la sécurité des salariés. Il s'agit donc d'accidents du travail et de maladies professionnelles (troubles musculo-squelettiques), mais aussi de risques psychosociaux.

• **L'employeur doit donc prendre toutes les mesures nécessaires à la sécurité et à la santé physique et mentale de ses salariés.** Si à l'occasion de la réalisation de ces risques, la faute inexcusable de l'employeur est prouvée, il peut voir engager sa responsabilité civile mais aussi sa responsabilité pénale.

C La responsabilité du fait de l'atteinte à l'environnement

Depuis la loi du 8 août 2016, la responsabilité de l'entreprise peut être engagée à l'occasion de la survenance d'un **préjudice écologique**. L'article 1246 du Code civil énonce : « Toute personne responsable d'un préjudice écologique est tenu de le réparer. »

D L'obligation précontractuelle d'information

Lors de la négociation du contrat, l'ordonnance du 10 février 2016 prévoit une sanction sur le fondement de la responsabilité extracontractuelle lorsque l'une des parties ne respecte pas l'obligation de bonne foi et l'obligation précontractuelle d'information qui en découle.

36 Les ressources tangibles et intangibles

Selon la théorie des ressources d'Edith Penrose, l'entreprise est un ensemble de ressources tangibles (matérielles) et intangibles (immatérielles). Les ressources sont appelées ressources stratégiques lorsqu'elles permettent d'obtenir un avantage concurrentiel.

1 Les ressources tangibles

Les ressources tangibles constituent les **ressources matérielles propres à l'entreprise**.

RESSOURCES TANGIBLES

- Ressources humaines : les salariés
- Ressources physiques : bâtiments, équipements, installations techniques
- Ressources financières : financement à court et long terme (dettes, trésorerie)

2 Les ressources intangibles

• Dans une économie toujours plus fondée sur les technologies de l'information et de la communication (TIC), l'avantage compétitif d'une entreprise dépend de ses **ressources intangibles (immatérielles ou compétences)**.

RESSOURCES INTANGIBLES

- Organisation de l'entreprise (structure, SI)
- Ressources technologiques (brevets, savoir-faire)
- Ressources commerciales (image de marque, notoriété)

• La compétence des entreprises repose sur 3 éléments complémentaires détenus par ses salariés :
– **les connaissances** (le savoir) ;
– **les pratiques** (le savoir-faire) ;
– **les attitudes** (le savoir-être).

• Les compétences constituent un élément de plus en plus important de l'avantage compétitif d'une entreprise.

Exemple
Le groupe LVMH, leader mondial du luxe, a créé en 2014 un Institut des métiers d'excellence afin de proposer des formations en alternance et d'assurer la transmission de ses savoir-faire dans l'artisanat, la création et la vente.

Définitions

Savoir : il relève de la connaissance acquise par l'étude, par l'apprentissage, par l'expérience.
Savoir-faire : ensemble des expériences acquises par un individu ou une organisation, dans son domaine d'activité.
Savoir-être : capacité de produire des actions et des réactions adaptées à l'environnement humain et écologique. On parle aussi de « savoir-être relationnel ».
Compétence : capacité d'une entreprise à mettre en œuvre ses ressources afin d'atteindre ses objectifs.

37 Les mécanismes de coordination et de contrôle

Une entreprise se caractérise par une organisation (structure) particulière qui suppose des mécanismes de coordination et de contrôle adaptés.

1 Les composants d'une structure selon Henry Mintzberg

La pertinence d'une structure s'évalue notamment par les mécanismes de coordination et de contrôle qui en assurent le bon fonctionnement.

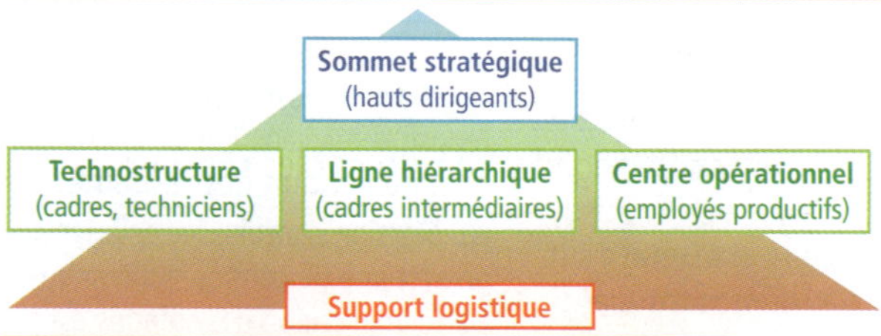

2 Les mécanismes de coordination d'une structure

Henry Mintzberg distingue **6 mécanismes de coordination** possibles selon le type d'organisation d'une entreprise.

❶ Supervision directe	Une seule personne donne les ordres et s'assure de la coordination du travail.
❷ Ajustement mutuel	La coordination des tâches se fait par la négociation et le compromis entre individus d'un même niveau hiérarchique.
❸ Standardisation des procédés	Processus d'uniformisation des règles de fonctionnement et des méthodes de travail. La technostructure assure l'essentiel de ce travail pour le compte des personnels du centre opérationnel.
❹ Standardisation des qualifications	Processus d'uniformisation du savoir et des compétences des salariés grâce à l'utilisation de références communes (langage, procédures…). Cela permet de coordonner le travail des salariés de l'entreprise.
❺ Standardisation des résultats	Processus d'uniformisation des objectifs (et donc des résultats) définis pour chaque département d'une organisation.
❻ Standardisation des normes	Processus d'uniformisation des croyances des membres de l'entreprise autour d'une culture commune.

3 Les mécanismes de contrôle

• Il existe divers types de contrôles de la performance :

– **par la règle** (bureaucratique) : respect des normes et des procédures.

– **par le marché :** contrôle des résultats obtenus par rapport aux objectifs initiaux.

– **par la standardisation :** respect des consignes et standardisation des opérations et de compétences.

– **par l'idéologie, les valeurs et la culture d'entreprise :** l'action des individus doit être conforme aux valeurs communes développées dans l'entreprise.

• Ces types de contrôle ne sont pas exclusifs. L'objectif n'est pas simplement d'analyser l'atteinte ou non des objectifs fixés, mais plutôt d'évaluer les écarts éventuels, d'en identifier les causes et de prendre les mesures correctives pour les réduire. La **pertinence** des indicateurs utilisés par l'entreprise doit permettre une bonne évaluation de **l'efficacité** (ou de l'efficience) de celle-ci.

38 Les styles de management et prises de décision

Le type de structure de l'entreprise influe sur le style de management et les prises de décision, facteurs importants de productivité.

1 Les différents styles de management selon Rensis Likert

Style de management	Caractéristiques
Style autoritaire ou autocratique	Décisions imposées par le dirigeant aux salariés sans concertation : ce système repose sur la sanction et le respect des instructions données par une **communication descendante**.
Style consultatif ou démocratique	La direction consulte les salariés avant de prendre ses décisions grâce à un système de communication aussi bien **ascendant** que **descendant**. Cette implication des salariés est un facteur de motivation.
Style paternaliste ou bienveillant	Système proche du style autoritaire : le dirigeant cherche à mettre en avant un rôle protecteur, bienveillant envers les salariés qui restent soumis aux décisions **descendantes**.
Style participatif	Décisions prises dans une démarche consensuelle avec l'ensemble des membres de l'entreprise impliqués. Selon Likert, cette démarche rend l'entreprise plus efficace.

L'exercice du pouvoir de décision dépend en grande partie du style de management mais s'analyse aussi selon une vision classique (descendante, hiérarchique) telle que décrite par **Henri Fayol**.

2 Les facteurs qui influent sur la prise de décision

Selon **Herbert Simon**, la prise de décision ne peut être dissociée de celui qui la prend et du contexte de l'entreprise dans laquelle elle est prise. Parmi les principaux facteurs qui l'influencent, on peut noter :
– **le style de direction** (concerté ou non) ;
– **le style du manager** (personnalité, histoire, attitude défensive ou offensive, expérience…) ;
– **la structure de l'entreprise** (entreprise décentralisée ou non) ;
– **le degré de risque** (niveau d'incertitude dans lequel est prise la décision) ;
– **la répétitivité de la décision**…

Exemple : Dans les TPE-PME, le dirigeant est généralement le propriétaire de l'entreprise et son mode de management déprendra en grande partie de sa personnalité (d'autoritaire à paternaliste). Dans de plus grandes sociétés, le manager ne possède pas l'entreprise. Son mode de management est plus orienté vers la recherche d'efficacité en lien avec les résultats attendus de la part des actionnaires.

3 Les trois types de décisions selon Igor Ansoff

- **Les décisions stratégiques** concernent les objectifs globaux de l'entreprise. Elles sont prises par la direction et sont irréversibles. Elles peuvent remettre en cause la pérennité de l'entreprise.
- **Les décisions tactiques** concernent le choix d'affectation des ressources au sein de l'entreprise. Elles sont prises par la direction opérationnelle et fonctionnelle de l'entreprise. Elles sont réversibles, mais à un coût très important pour l'entreprise.
- **Les décisions opérationnelles** concernent la vie quotidienne de l'entreprise. Elles sont prises par les différents niveaux de responsabilité de l'entreprise. Elles sont donc facilement réversibles.

39 Les processus de l'entreprise

La connaissance et l'analyse des processus d'une entreprise lui permettent de réaliser un diagnostic stratégique et d'identifier ses forces et faiblesses.

1 Le modèle de Porter de la chaîne de valeur

Voir p. 254

Le modèle de Porter repose sur une représentation générale de l'entreprise s'appuyant sur un processus composé d'un **enchaînement d'activités** transformant les inputs (matières premières) en outputs (produits finis) vendus aux consommateurs. **L'entreprise est définie selon son processus de transformation à partir duquel elle génère de la valeur.** Ces activités créatrices de valeur sont de deux sortes : **activités principales** et **activités de soutien**.

2 Les activités principales

Les activités principales recouvrent l'ensemble des étapes nécessaires à la création et à la distribution au client du produit ou service réalisé par l'**entreprise**.

- **La logistique interne :** activités logistiques (en amont) de réception, de stockage et de manutention interne pour affecter les moyens indispensables à la production.
- **La production :** transformation des moyens de production en produits finis (y compris emballage et contrôle qualité).
- **La logistique externe :** ensemble des activités de livraison des biens et services aux clients (collecte, stockage, distribution).
- **La commercialisation (marketing) et la vente :** ensemble des moyens et méthodes utilisés pour promouvoir l'offre de l'entreprise (publicité, force de vente, choix des circuits de distribution).
- **Les services :** ensemble des activités associées à la fourniture de services complémentaires dans le but d'accroître la valeur du produit ou service fourni (maintenance, assistance...).

3 Les activités de soutien

Les activités de soutien constituent les **fonctions support** de l'entreprise :

– **les approvisionnements :** activités liées aux achats de matière, de marchandises, de fournitures diverses, mais aussi des moyens de productions de l'entreprise ;

– **le développement technologique :** activités qui permettent à l'entreprise de disposer des technologies indispensables à la production et aux activités de soutien (Recherche et développement, systèmes d'information de l'entreprise, développement des connaissances...) ;

– **la gestion des ressources humaines :** activités liées aux aspects RH de l'entreprise (recrutement, rémunération, motivation, formation, gestion de carrière...) ;

– **l'infrastructure de l'entreprise :** activités administratives liées au fonctionnement de l'entreprise (direction générale, planification, finance, comptabilité, communication, service juridique).

Remarque

Ces activités ne doivent pas être négligées, car elles contribuent largement à la compétitivité globale de l'entreprise.

40 La responsabilité éthique, sociale, sociétale et environnementale

Les entreprises sont dites « socialement responsables » quand elles prennent en compte la responsabilité de leur impact sur la société en dehors de la simple obligation légale.

1 La responsabilité sociétale des entreprises (RSE)

Les sociétés expriment généralement leur approche éthique par un ensemble de valeurs ou de principes fondamentaux qui sont clairement formulés et communiqués en interne et en externe.
On identifie généralement 5 dimensions à la RSE :
❶ **la gestion de l'entreprise :** prendre en compte le développement durable, l'intérêt des parties prenantes ;
❷ **la qualité de vie au travail :** privilégier la qualité de l'emploi, le dialogue social, l'équité des relations et la non-discrimination, assurer des conditions de travail saines et sûres ;
❸ **la protection de la planète :** réduire l'impact environnemental des activités et des produits ;
❹ **l'acteur responsable sur le marché :** dans le respect des droits de l'homme et de l'environnement, agir avec responsabilité envers les partenaires économiques (fournisseurs et clients) ;
❺ **l'implication locale :** en fonction de la localisation des activités, agir en respectant le développement des territoires.

Définition

Éthique des affaires : ensemble des règles, codes ou principes qui vont orienter les décisions des organisations vers plus de morale et de transparence.

2 Une démarche globale

- Au-delà de simples opérations de **communication**, les grandes entreprises sont plus sensibles à une démarche RSE du fait de l'évolution des modes de consommation, de la montée des **enjeux sociétaux et environnementaux** et des risques liés à leur **réputation** (image de marque).
- Une démarche RSE se traduit par un engagement continu d'amélioration en différentes étapes :

Exemples

– Le groupe **Lego** a présenté en 2018 ses premières briques *eco-friendly* obtenues à partir de canne à sucre. Le développement de pièces végétales vise à lutter contre l'utilisation du plastique.
– **Orange** a présenté fin 2017 une application mobile « Ellomi » qui présente les différents types de handicaps et précise l'engagement et les aménagements prévus par l'entreprise pour accompagner et maintenir ses salariés en situation de handicap dans l'emploi.

41 Les effets d'expérience

La maxime « C'est en forgeant qu'on devient forgeron » signifie qu'en exécutant de façon répétée une ou plusieurs tâches, on gagne en expérience et en savoir-faire. À l'échelle d'une entreprise, cela revient à faire valoir les effets d'expérience acquis par une organisation au fil du temps.

1 L'effet d'expérience pour l'entreprise

- L'effet d'expérience permet à l'entreprise de **produire plus rapidement, plus efficacement**, d'**améliorer la qualité de ses produits et de ses processus de production.**

- Ces éléments permettent à l'entreprise de se doter de manière durable d'un avantage de coût qui lui assurera un **avantage comparatif à long terme.**

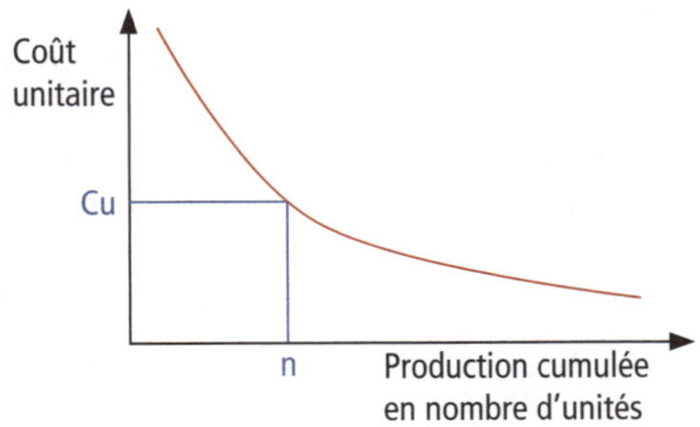

▲ La courbe d'apprentissage

2 Les principales causes de l'effet d'expérience

Les principales raisons qui expliquent cette **diminution du coût unitaire de production** sont :

– **l'effet d'apprentissage.** L'expérience acquise par les salariés d'une entreprise qui se traduit par des gains de productivité. Beaucoup d'entreprises sont sensibilisées à ces pertes d'apprentissage lors du remplacement de salariés (nécessité d'assurer une transmission des savoir-faire en interne) ;

– **la spécialisation des personnels.** Approche tayloriste qui consiste à spécialiser les salariés en divisant les tâches pour accroître la compétitivité globale de la chaîne de production au fur et à mesure que les volumes produits augmentent ;

– **l'investissement continu.** Il permet des modifications dans le processus de production (nouvelles machines plus performantes, nouvelle organisation du travail, évolutions technologiques…). Cette amélioration continue se traduit par des gains de productivité et une diminution du coût unitaire de production ;

– **l'effet d'échelle.** Il permet de répartir les frais fixes sur un volume plus important de biens produits (une hausse des volumes permet ainsi de faire diminuer le coût d'achat auprès des fournisseurs en jouant sur les quantités commandées…).

Exemple

En 2014, Volkswagen a investi dans 7 imprimantes 3D sur son site au Portugal afin de fabriquer des produits manufacturiers habituellement fournis par des prestataires extérieurs. À la clé, plus de souplesse, d'ergonomie et un gain de temps.

42 La distinction cycle d'exploitation-cycle d'investissement

Il existe un lien direct entre la définition de la stratégie et la réflexion à mener par l'entrepreneur sur le volume des ressources financières dont doit disposer l'entreprise pour faire face à ses besoins de financement.

1 Les besoins liés au cycle d'exploitation

• Par principe, une entreprise doit produire avant de vendre sa production, ce qui se traduit par un **décalage entre ses recettes futures et ses dépenses immédiates**.

• **Ces dépenses immédiates (cycle d'exploitation)** sont liées à l'ensemble des opérations nécessaires à une entreprise pour produire et vendre un bien ou un service :
– **acquisition des matières premières et biens intermédiaires** auprès de ses fournisseurs ;
– **fabrication du produit ou du service** (salaires, frais de la chaîne de production…) ;
– **stockage et approvisionnement** des points de vente (logistique…) ;
– **financement éventuel de la fonction commerciale** (vendeurs, commerciaux, crédits aux clients).

• **Le besoin en fonds de roulement (BFR)** détermine le montant que doit financer l'entreprise afin de couvrir le **besoin** résultant de ces décalages entre les **décaissements** (financement matières premières et biens intermédiaires, salaires, charges logistiques, frais de stockage…) et les **encaissements** (encaissement des ventes) liés à son activité.

Calcul

BFR = Actif circulant – Passif circulant

2 Les besoins liés au cycle d'investissement

• Outre le financement de son cycle d'exploitation, l'entreprise doit engager un ensemble de dépenses d'investissements (**cycle d'investissement**) pour financer l'acquisition d'**immobilisations**.

• **Ces immobilisations seront utilisées sur plusieurs cycles de production** et permettent à l'entreprise soit d'accroître, soit d'améliorer ses capacités de production.

• **Le financement du cycle d'investissement** repose sur des **financements à long terme** (ressources durables).

• **Le fonds de roulement net global** correspond à la différence entre les **ressources durables** d'une entreprise et les dépenses d'investissements engagées pour financer les immobilisations. **S'il est positif**, le fonds de roulement net global **permet à l'entreprise de financer tout ou partie de son besoin en fonds de roulement**.

Calcul

FRNG = Ressources stables – Emplois stables

43 Le bilan fonctionnel de l'entreprise

Le bilan fonctionnel permet d'analyser la situation financière d'une entreprise en comparant ses emplois (actifs) à ses ressources (passifs).

1 Analyse du bilan fonctionnel

L'analyse du bilan permet de s'assurer de l'équilibre financier d'une entreprise en distinguant les différents cycles qui impactent sa structure financière :
– **le cycle de financement et d'investissement** permet de vérifier l'adéquation entre les ressources financières d'une entreprise et leur emploi (un emploi stable doit être financé par une ressource stable) ;
– **le cycle d'exploitation et hors exploitation** permet d'analyser les besoins de financement générés par le cycle d'exploitation de l'entreprise et les modalités de son financement ;
– **le cycle de trésorerie** mesure l'impact des cycles précédents sur la trésorerie de l'entreprise.

2 Présentation simplifiée du bilan fonctionnel

Emplois (actifs)	Ressources (passif)
Emplois stables (principaux postes) – immobilisations corporelles – immobilisations incorporelles – immobilisations financières	**Ressources stables** – capitaux propres – provisions pour risques et charges – amortissements – dettes financières
Actifs circulant – d'exploitation (stocks, créances clients) – hors exploitation (autres créances)	**Passif circulant** – d'exploitation (dettes fournisseurs) – hors exploitation (autres dettes)
Trésorerie active – liquidités disponibles	**Trésorerie passive** – concours bancaires à court terme

3 Les principaux ratios financiers d'analyse du bilan

L'analyse du bilan fonctionnel d'une entreprise permet d'obtenir des informations utiles sur sa situation financière et sur sa capacité à assurer son développement et sa pérennité.

- **Délais de paiement accordés à la clientèle :** mesure la durée moyenne du crédit client.

$$\frac{\text{(Créances clients et Comptes rattachés)} \times 360}{\text{CA TTC}}$$

- **Taux d'endettement :** mesure le poids du financement externe dans les ressources stables d'une entreprise.

$$\frac{\text{Dettes financières}}{\text{Capitaux propres}}$$

- **Ratio d'indépendance financière :** permet de déterminer l'indépendance financière d'une entreprise vis-à-vis des établissements bancaires.

$$\frac{\text{Capitaux propres}}{\text{Dettes financières}}$$

- **Capacité de remboursement :** mesure le nombre d'années que l'entreprise mettra à rembourser ses dettes en utilisant sa capacité d'autofinancement.

$$\frac{\text{Dettes financières}}{\text{CAF}}$$

CEJM

44 Le compte de résultat de l'entreprise

Le compte de résultat (ou CR) est un document comptable qui présente l'ensemble des produits (encaissements) et des charges (décaissements) de l'entreprise pendant un an (exercice comptable).
Il fournit des informations sur les performances réalisées par une entreprise et constitue un outil indispensable à l'entrepreneur pour évaluer l'impact de sa stratégie sur la santé financière de son entreprise (**performance économique et rentabilité**).

1 Présentation simplifiée du compte de résultat

Charges (décaissements)	Produits (encaissements)
Charges d'exploitation (principaux postes) – coût d'achat des marchandises vendues – charges externes (fournitures, loyers, frais postaux…) – salaires et charges sociales – impôts et taxes sur la production – dotations aux amortissements, dépréciations et provisions	**Produits d'exploitation** – vente de marchandises – production vendue, stockée et immobilisée – reprises sur amortissements et provisions – autres produits – reprises sur amortissements, dépréciations et provisions
Charges financières – dotations aux amortissements et provisions – intérêts d'emprunts et charges assimilées	**Produits financiers** – intérêts sur placements – reprises sur provisions
Charges exceptionnelles – sur opérations de gestion ou en capital	**Produits exceptionnels** – sur opérations de gestion ou en capital
Bénéfice si produits – charges > 0	**Perte** si produits – charges < 0

Le **résultat net** (bénéfice ou perte) résulte de la différence entre les produits (encaissements) et les charges (décaissements).

2 Les principaux soldes intermédiaires de gestion (SIG)

Une analyse plus détaillée du compte de résultat permet d'établir les soldes intermédiaires de gestion.

- **Valeur ajoutée (VA) :** mesure la richesse brute créée par l'entreprise dans le cadre de son activité.

VA = Marge commerciale + Production de l'exercice
– Consommations de l'exercice en provenance de tiers

- **Excédent brut d'exploitation (EBE) :** mesure la performance commerciale et industrielle indépendamment de la politique de financement et d'investissement de l'entreprise et des événements exceptionnels.

EBE = VA de l'entreprise + Subventions d'exploitation
– Impôts, taxes et versements assimilés – Charges de personnel

- **Résultat d'exploitation :** mesure la capacité de l'entreprise à générer des ressources avec son activité principale, sans prendre en compte les éléments financiers et exceptionnels. Il met en avant la performance économique de l'entreprise.

Résultat d'exploitation = Produits d'exploitation – Charges d'exploitation

- **Capacité d'autofinancement (CAF) :** mesure l'ensemble des ressources internes générées par l'entreprise dans le cadre de son activité qui permettent d'assurer son financement.

CAF = Produits encaissables – Charges décaissables

45 Les différents modes de financement

1 Les principaux modes de financement

Financement interne (utilisation des ressources financières dégagées par l'entreprise elle-même)	Financement externe (obtention de ressources financières par des financeurs externes)
Utilisation de la CAF (capacité d'autofinancement) : ensemble des ressources financières internes sécrétées par l'entreprise et utilisables pour satisfaire ses besoins de financement à long terme.	**Apports financiers des associés qui constituent le capital social d'une entreprise mais qui peuvent l'abonder par la suite en cas de besoin.**
	Augmentation de capital : opération qui consiste pour l'entreprise à accroître son capital par émission de nouvelles actions.
Cession d'actifs (désinvestissement) : opération qui consiste pour une entreprise à céder à une autre entreprise une partie de ses actifs en échange d'une contrepartie monétaire.	**Crédit-bail** : opération permettant à une entreprise de disposer d'un bien d'équipement de son choix, sans en être propriétaire, en le louant à une société spécialisée qui l'achète au fabricant.
	Emprunts bancaires : opérations par lesquelles un établissement financier met à la disposition d'une entreprise une somme d'argent contre la promesse de remboursement et moyennant le paiement d'un intérêt.

2 Leurs caractéristiques

Le choix du mode de financement dépendra des avantages et inconvénients propres à chacun :
– **l'utilisation de la CAF** présente un risque de mauvaise utilisation des fonds disponibles qui sont immobilisés sans garantie initiale de rentabilité. La CAF constitue aussi une réserve financière que pourra utiliser l'entreprise en cas de difficultés ;
– **les cessions d'actifs** engendrent un risque de perte de compétences et de sortie définitive d'un marché par l'entreprise. Les cessions d'actifs peuvent par ailleurs entraîner un coût (moins-value) par rapport à la valeur comptable des actifs cédés ;
– **l'augmentation de capital** engendre un risque de perte de pouvoir de l'entrepreneur du fait de l'arrivée de nouveaux actionnaires et un coût financier futur lié à la nécessité de verser des dividendes plus importants ;
– **l'emprunt bancaire** engendre un coût financier lié à la nécessité de payer des charges d'intérêts sur les sommes contractées et un risque d'endettement trop important de l'entreprise ;
– **le coût de la location du crédit-bail** accroît les charges de l'entreprise. Le risque est plus limité puisque l'entreprise ne devient pas propriétaire des biens acquis par ce procédé.

Remarque

Une fois les contraintes financières identifiées, l'entrepreneur doit choisir le mode de financement adéquat pour adapter les ressources de l'entreprise à la stratégie mise en œuvre.

46 L'équilibre financier de l'entreprise

Dans le cadre de la gestion financière, l'entrepreneur ou le manager doivent faire face à deux types de besoins qui supposent des réponses spécifiques (mais non nécessairement dissociées) :
– des **besoins de financement à court terme**, pour faire face aux besoins de financement du cycle d'exploitation ;
– des **besoins de financement à long terme**, pour assurer le financement des investissements de l'entreprise à moyen et long termes en fonction de la stratégie de développement adoptée.

1 Les principales contraintes financières d'une entreprise

L'entrepreneur doit s'assurer d'une gestion financière qui intègre différentes contraintes :
– **la contrainte de solvabilité :** capacité de l'entreprise à honorer ses dettes exigibles à tout moment (contrainte de liquidité des fonds disponibles) ;
– **la contrainte de pérennité :** assurer la cohérence entre le besoin de financement (court ou long terme) et le mode de financement retenu pour le financer. Par principe, le financement d'un besoin doit être assuré par une ressource ayant la même échéance ;
– **la contrainte de disponibilité des ressources à court terme :** assurer le bon usage des ressources disponibles à court terme. Une entreprise doit par ailleurs disposer de réserves disponibles pour faire face à des besoins temporaires ou exceptionnels ;
– **la contrainte du coût du mode de financement retenu :** le coût du financement doit notamment être mis en parallèle avec la rentabilité attendue des dépenses envisagées.

Définition

Gestion financière : ensemble des décisions et actions destinées à équilibrer les besoins et les ressources de financement de l'entreprise à long terme comme à court terme.

2 La gestion du fonds de roulement

• **La gestion du fonds de roulement est un enjeu essentiel** pour l'entrepreneur qui doit s'assurer en priorité de la solvabilité de son entreprise.
• **Pour diminuer son besoin de financement à court terme** (différence entre le FRNG et le BFR), l'entrepreneur cherche au maximum à diminuer les besoins en fonds de roulement, notamment les besoins de financement à court terme de son cycle d'exploitation, c'est-à-dire réduire les postes qui mobilisent le plus de ressources financières ou accroître ses ressources financières disponibles à court terme.
• Cela suppose :
– de **réduire les délais de paiement accordés à ses clients** ;
– d'**accroître les délais de paiement consentis par ses fournisseurs** ;
– de **réduire les stocks intermédiaires** des productions réalisées.
• Ces différents éléments montrent l'importance de la relation qu'entretient l'entrepreneur avec les partenaires extérieurs de l'entreprise (clients, fournisseurs, banques…).
• **Le choix du mode de production qui sera retenu** par un manager doit prendre en compte les incidences financières qui vont en découler en termes de besoin en fonds de roulement (financement de stocks de produits…).

47 Place de marché et relations d'échange

L'essor du numérique a entraîné une **dématérialisation des échanges**.

1 Les différents types de relations d'échange

- **Les relations peuvent être directes** entre le producteur-vendeur et l'acheteur (e-commerce). C'est pourquoi l'on parle d'un phénomène de **désintermédiation**. Cette dématérialisation n'affecte pas uniquement les échanges marchands, elle favorise également les relations non marchandes, comme les formalités administratives en ligne.
- **Néanmoins, des plateformes électroniques appelées places de marché** se développent très rapidement et favorisent des **relations indirectes** entre vendeurs et acheteurs. On parle alors de phénomène de **réintermédiation**.

2 La notion de place de marché (*market place*)

- **Une place de marché est une application Web** qui joue un rôle d'intermédiaire et permet de mettre en relation des vendeurs et des acheteurs potentiels pour effectuer des transactions de biens et/ou de services.
- **Les places de marché sont ainsi des plateformes** aux mains d'un opérateur qui transmet la commande et les informations relatives à la livraison au vendeur partenaire, et qui sécurise les transactions.

A Les trois intervenants dans une transaction

La plateforme	L'opérateur de la place de marché se rémunère généralement par une commission.
Le vendeur	Le vendeur gagne en visibilité grâce à la place de marché et dispose d'un canal de distribution supplémentaire. Il a l'assurance d'**être payé**.
L'acheteur	L'acheteur bénéficie d'un plus large choix de produits et de prix et effectue ses achats dans un cadre sécurisé.

- La place de marché ne s'occupe pas des tâches relatives au stockage des articles. Sa performance repose sur sa **capacité à générer du trafic et à attirer ainsi des clients potentiels** pour les offreurs qui passent par elle.

Remarque

La qualité de service et la réputation d'une place de marché sont essentielles pour son attractivité.

B Des plateformes et des relations d'échange multiples

- Les places de marché peuvent mettre en relation des particuliers ou des professionnels entre eux, voire y associer des administrations.
- Les places de marché peuvent mettre en relation des particuliers ou des professionnels entre eux, voire y associer des administrations. Existent ainsi des plateformes B to C telles qu'Amazon ou e-Bay, B to B telles qu'Amazon Business ou Alibaba ou encore C to C telles qu'Airbnb ou Blablacar.
- Outres des ventes traditionnelles où le prix de vente s'affiche sur la plateforme, il peut y avoir des transactions qui s'opèrent avec des systèmes d'**enchères classiques**, d'**enchères inversées** (ou appels d'offre) ou sous forme de **troc**.

48 Les externalités de réseau

1 Essor des plateformes et externalités de réseau

A L'essor des plateformes

Voir p. 275

L'essor du numérique a favorisé le développement de plateformes qui ne se limitent pas aux seules places de marché : une plateforme est un service qui occupe une fonction d'intermédiaire dans l'accès aux informations, contenus, services ou biens édités ou fournis par des tiers (Conseil national du numérique).

B Le principe des externalités de réseau

• **Ces plateformes numériques créent souvent des externalités de réseau.** Elles correspondent aux **gains** qu'il y a à utiliser un réseau et apparaissent lorsque suffisamment de personnes utilisent le réseau en question : **la grande taille des plateformes en améliore la qualité et l'intérêt pour l'utilisateur** :
– **plus les places de marché sont grandes,** plus les acheteurs bénéficient de produits ou services, et les vendeurs d'une clientèle potentiellement plus importante ;
– **les grands réseaux sociaux** sont aussi intéressants pour leurs utilisateurs : davantage de contacts potentiels à nouer, plus de contenu à trouver sur le réseau (vidéos…).

• **Au-delà de l'intérêt pour les utilisateurs,** la taille du réseau **améliore la qualité de service de la plateforme** : un plus grand nombre d'utilisateurs fournit des données précieuses qui permettent à la plateforme de mieux connaître le client, donc de mieux cibler les contacts, les publicités…

2 Conséquences des externalités de réseau

A Les positions dominantes

Externalité de réseau → Qualité de service en hausse ⇄ Plateforme dont la taille grandit → Développement des plateformes qui peut conduire à des positions dominantes, telles que les GAFA (Google, Apple, Facebook, Amazon).

B Les politiques de concurrence

• **L'essor des plateformes numériques entraîne des interrogations quant aux politiques de concurrence.** L'émergence de positions dominantes fait craindre des pratiques anti-concurrentielles : abus de cette position dominante pour éliminer la concurrence, pour exercer une pression exagérée sur les fournisseurs ou annonceurs…

• **Mais les risques restent à nuancer :**
– les politiques de régulation de la concurrence visent avant tout à **protéger les consommateurs** or ceux-ci ne sont généralement pas lésés : la grande taille des réseaux améliore la qualité de service, la clientèle n'est pas captive… ;
– il n'y a généralement **pas de barrières à l'entrée** sur ces marchés : peu de moyens sont nécessaires pour créer une plateforme, la position d'un leader peut être rapidement remise en question…

C La régulation

L'essor des plateformes numériques suscite aussi des craintes et problèmes en matière de régulation : difficultés d'imposition, contournement des règles de droit du travail (ubérisation), protection des données personnelles…

49 L'évolution des modèles économiques

Le développement du numérique entraîne des changements de modèle économique (*business model*) pour les entreprises, c'est-à-dire la façon dont les entreprises créent de la valeur pour en tirer des revenus.

1 Les impacts sur la société

- Au-delà du modèle économique des entreprises, ces évolutions ont des impacts plus profonds sur la société ; dans de nombreux domaines, le développement du numérique remet en question **la notion d'achat et de droit de propriété**.
- Par souci économique ou environnemental, les individus privilégient un simple **droit d'usage** des biens (par exemple, les systèmes de location de vélos, de voitures, de trottinettes).

2 Les différents modèles économiques

Modèle « traditionnel »	Produire et tirer des revenus de la vente de sa production.
Quelques nouveaux modèles économiques	**Modèle gratuit financé par la publicité** : maximiser l'audience d'un site pour obtenir une rémunération grâce à des bannières publicitaires payées par des annonceurs.
	Modèle *freemium* : faire adhérer un maximum de gens à un service gratuit pour les rediriger vers un service payant plus complet. *Ex. : Le domaine des média, la presse « classique » devant faire face à la baisse des ventes de journaux papier.*
	Modèle de l'abonnement pour un accès : vendre un droit d'usage plutôt qu'un droit de propriété. Courant pour les vidéos ou musiques à la demande : le client n'achète plus un film, mais le droit de le visionner pendant un certain temps.
	Économie collaborative : des plateformes telles qu'eBay qui mettent différents acteurs en relation et se rémunèrent généralement par des commissions. Toutes ces plateformes ne relèvent pas du domaine marchand : troc, échange de logement pour les vacances, covoiturage…
Relations non marchandes	• De nombreux **logiciels sont gratuits** (gratuiciels ou *freeware*) ; certains sont open source (on peut accéder au code source du programme et le modifier). *Ex. : OpenOffice.* • Un grand nombre de **MOOCs** (formations ouvertes à distance) sont gratuits. *Ex. : My-mooc.com.*

3 Les impacts sur les activités traditionnelles

Le numérique et les TIC (technologies de l'information et de la communication) affectent aussi le modèle économique d'activités traditionnelles.

Exemple

Être référencé par des sites dédiés (Booking.com...) → **Facteurs-clés de succès pour l'hôtellerie aujourd'hui**

Optimiser le taux de remplissage grâce au *yield management* (tarifs différenciés) → **Facteurs-clés de succès pour l'hôtellerie aujourd'hui**

50 Le développement du numérique et ses effets sur l'économie

Les évolutions technologiques liées à la numérisation ont entraîné une dématérialisation de certaines activités et des relations d'échange. Elles favorisent l'automatisation des tâches.

1 Des mutations sectorielles

- Les entreprises de tout secteur ont intégré les TIC dans leurs modes de production afin de gagner en flexibilité et en réactivité pour adapter leur offre de biens et de services aux attentes des clients.

- Mais l'essor du numérique a entraîné des mutations plus profondes encore :

<table>
<tr><td>Déclin de certaines activités au profit de nouveaux secteurs émergents soumis à de nouveaux modèles économiques</td><td>Des innovations, de nouvelles technologie (effet de création) rendent obsolètes certaines activités (effet de destruction).
Ex. : l'hébergement de données.</td></tr>
<tr><td rowspan="2">Transformation du périmètre des entreprises ou de leur métier</td><td>• Les TIC favorisent le recentrage sur les activités créatrices de valeur et l'externalisation des autres activités (développement des entreprises-réseaux) : une gestion facilitée des relations entre entreprises partenaires permet par exemple d'automatiser les commandes entre client et fournisseur avec les systèmes d'échange de données informatisées.
• Les relations étroites entre entreprises partenaires nécessitent des interconnexions entre les systèmes d'information (SI) qui doivent être compatibles, d'où l'importance croissante des normes et des standardisations.</td></tr>
<tr><td>Les TIC ont profondément modifié les règles du jeu de certains secteurs :
– les plateformes type Uber pour le transport des personnes ;
– la vente d'un droit d'usage et non plus d'un droit de propriété : musique, vidéo, transport urbain.</td></tr>
</table>

2 Des mutations qui impactent le travail

<table>
<tr><td rowspan="3">En volume</td><td>Destruction d'emplois due à l'automatisation de tâches routinières</td><td rowspan="3">Les créations d'emplois compensent-elles totalement les destructions ?
→ Idées d'un revenu universel, d'une taxation des robots pour y faire face</td></tr>
<tr><td>Création d'emplois : nouveaux métiers au sein des secteurs émergents</td></tr>
<tr><td>Possibles relocalisations d'activités du fait de l'automatisation de tâches à faible qualification</td></tr>
<tr><td rowspan="2">En structure</td><td colspan="2">L'essor du numérique favoriserait des emplois qualifiés : les moins qualifiés subiraient les destructions.</td></tr>
<tr><td colspan="2">• Ubérisation de certains secteurs
• Précarisation du travail</td></tr>
</table>

51 Le rôle de la CNIL

La Commission nationale informatique et libertés (**CNIL**) est une autorité administrative indépendante instituée par la loi du 6 janvier 1978. Son rôle a été complété à l'occasion de l'entrée en vigueur du Règlement général sur la protection des données (**RGPD**) entré en vigueur le 25 mai 2018. **Sa mission se décline autour de quatre axes.**

1 Informer et protéger

La CNIL informe les particuliers et les professionnels et répond à leurs demandes. Elle met à leur disposition des outils pratiques et pédagogiques et intervient très régulièrement pour animer des actions de formation et de sensibilisation, notamment dans le cadre de l'éducation au numérique.

Remarque

La CNIL peut désigner des référents au sein d'entreprises ou de collectivités publiques, les « correspondants informatique et libertés » (CIL). Ils permettent un dialogue direct avec la CNIL. Le référent est responsable dans l'organisation du traitement des données : par exemple, à l'occasion d'un vote électronique par correspondance, il s'engage au respect de l'anonymat du vote.

2 Accompagner et conseiller

La CNIL dispose d'outils pour encourager les organisations à se conformer à des **pratiques respectueuses de la vie privée des personnes et de leurs données personnelles** :
- elle fournit des avis sur des projets de loi ou de décret ;
- elle formule des autorisations pour les traitements les plus sensibles ;
- ses recommandations peuvent être à l'origine de décisions du législateur et servent de conseils pour les professionnels ;
- elle propose des modèles qui simplifient les formalités pour se conformer à la loi ;
- elle est un interlocuteur avec qui dialoguer. Elle donne des conseils sur demande ;
- elle peut certifier la conformité d'un processus de traitement des données.

3 Contrôler et sanctionner

Phase de contrôle	Phase de sanction
La CNIL peut : – accéder à tous les locaux professionnels ; – demander communication de tout document nécessaire et en prendre copie ; – recueillir tout renseignement utile et entendre toute personne ; – accéder aux programmes informatiques et aux données.	La sanction peut prendre la forme : – d'une amende ; – d'une publication de la sanction ; – d'une injonction de cesser le traitement des données personnelles non conforme ; – d'un retrait de l'autorisation de la CNIL. → Les décisions rendues peuvent faire l'objet d'un recours devant le conseil d'État.

4 Anticiper

La CNIL met en place une **veille pour détecter et analyser les technologies ou les nouveaux usages pouvant avoir des impacts importants sur la vie privée.**

Remarque

De janvier à novembre 2017, la CNIL a mené un débat public sur les algorithmes et l'intelligence artificielle. Il a impliqué 60 partenaires partout en France et a donné lieu à la publication d'un rapport.

52 La protection des actifs immatériels

Dans l'économie numérique actuelle, les **actifs immatériels** des entreprises (sites Internet, noms de domaines, logiciels, bases de données, brevets, marques...) prennent une place croissante dans leur stratégie. Ils font partie du **patrimoine de l'entreprise** et sont **source de création de valeur**. Le droit protège ces actifs immatériels.

1 Les titulaires des droits d'auteur

- **Les droits patrimoniaux** appartiennent en principe à l'auteur de la création.

Type d'auteur	Propriétaire des droits patrimoniaux
L'auteur travaille de façon indépendante	L'auteur
Création collective (plusieurs auteurs)	Droits partagés entre les divers auteurs
Salarié	L'employeur

- **Les droits moraux** sont toujours de la propriété de leur auteur et de leurs descendants.

Exemple

L'auteur d'une œuvre peut choisir de percevoir des droits d'auteur ou de vendre son œuvre à un client, c'est le **droit patrimonial**. En revanche, il dispose d'un droit de paternité, de retrait, de repentir et d'intégrité sur son œuvre, non limité dans le temps. Il le transmet à ses héritiers ou ayants-droit : c'est le **droit moral**.

2 Le régime juridique des actifs immatériels

Créations intellectuelles	Régime juridique
Sites Internet	Les sites Web sont protégés par le droit d'auteur lorsque la condition d'originalité est remplie.
Noms de domaines	Le déposant du nom de domaine dispose d'un droit exclusif d'usage de ce nom.
Logiciels	• Le code source, le code objet et les travaux préparatoires du logiciel **font l'objet d'une protection**. • Les fonctionnalités, algorithmes et interfaces graphiques **sont exclus** de la protection.
Bases de données	Elles combinent deux régimes indépendants de protection : – une protection conforme aux droits d'auteur pour leur architecture ; – une protection spécifique des intérêts économiques du producteur de ces bases.

3 La protection des actifs immatériels

La dématérialisation bouscule la diffusion et l'utilisation des actifs immatériels qui se visionnent, se reproduisent, se transmettent sans entrave. Les atteintes au droit de propriété sont ainsi facilitées. Le droit envisage donc des protections adaptées :

– **par la protection *a priori*,** le titulaire des droits d'auteur dispose de **droits moraux et patrimoniaux**. Ces derniers consistent dans l'octroi d'un **monopole d'exploitation** ;

– **avec la protection *a posteriori*,** deux actions sont envisageables : **l'action en contrefaçon** sanctionne un délit pénal et **l'action en concurrence déloyale** se fonde sur la responsabilité civile extracontractuelle.

53 La protection de la personne dans la société numérique

Dans une société de l'information où de nombreux procédés existent pour collecter des données en grande quantité (manière de surfer sur Internet, cookies, formulaires remplis en ligne avec des données personnelles…), la vie privée et le droit à l'image des personnes physiques sont mis à mal.

1 Le droit au respect de la vie privée

• Les articles 9 du Code civil et 8 de la Convention européenne des droits de l'homme qui consacrent le respect de la vie privée doivent être renforcés pour protéger davantage.

Recul de la vie privée dans…	Exemples d'outils numériques
les informations collectées	• Les données à caractère personnel *via* des photos, des films ou des écrits • Les données de connexion • Les adresses IP de l'internaute
les procédés utilisés	• Les cookies • Les spams • La commercialisation des données

Voir p. 277

• **En France,** le droit a recherché un équilibre entre la liberté de circulation de l'information et la protection de la personne. Dès 1978, la **CNIL** a été créée pour assurer cette protection. Le droit communautaire a complété le dispositif à plusieurs reprises et récemment avec le **RGPD** entré en vigueur en mai 2018.

• **Le RGPD** a créé un nouveau poste en entreprise : le **DPO** (*Data Protection Officer*), responsable de la protection des données, est chargé de faire respecter la vie privée et les droits des salariés.

Les personnes disposent ainsi, sur leurs données personnelles :
– d'un droit au consentement préalable et éclairé sur l'utilisation des données ;
– d'un droit d'opposition au traitement des données ;
– d'un droit d'accès aux données collectées sur sa personne ;
– d'un droit de rectification en cas d'inexactitude ;
– d'un droit à l'oubli par effacement des données ou déréférencement sur les moteurs de recherche.

Les entreprises collectrices sont soumises à de nombreuses règles :
– déclaration à la CNIL ;
– demande d'autorisation ;
– obligation de sécurisation des données, qui doivent rester confidentielles ;
– transparence sur les modalités de collecte des données et sur la finalité du traitement.

• **La personne qui utilise à des fins malveillantes** des éléments de l'identité numérique d'une personne commet un délit pénal appelé **usurpation d'identité**.

2 La protection du salarié dans le cadre du travail

• **L'employeur peut contrôler davantage le travail de ses salariés** en :
– accédant au contenu du disque dur de leur poste de travail ;
– surveillant et chronométrant leur navigation Web ;
– surveillant leurs déplacements ou leur comportement (vidéosurveillance, géolocalisation).

• **Pour encadrer ce pouvoir,** l'employeur doit respecter le principe énoncé dans l'article L1121-1 du Code du travail : « Nul ne peut apporter aux droits des personnes et aux libertés individuelles et collectives de restrictions qui ne seraient pas justifiées par la nature de la tâche à accomplir ni proportionnées au but recherché. »

54 Le contrat de vente électronique

La dématérialisation des échanges a conduit le droit de la preuve à s'adapter en **intégrant la preuve électronique comme mode de preuve**.

1 L'existence du contrat : le régime de la preuve électronique

• Depuis 2000, l'article 1316-1 du Code civil énonce que **l'**écrit sous forme électronique est admis en preuve au même titre que l'écrit sur support papier, à deux **conditions cumulatives** :

Conditions cumulatives	Procédé technique : la signature électronique
1. Pouvoir identifier la personne qui en est l'émetteur.	La signature électronique suppose l'intervention d'un tiers certificateur et le recours à la cryptographie à clés asymétriques (une clé privée et une clé publique). Elle remplit ces deux conditions.
2. Pouvoir garantir l'intégrité du contenu du message : pas de faux possible et préservation de cette intégrité dans le temps.	

• Dès lors, la preuve électronique peut aussi bien servir à **constituer un support** *ad probationem* (pour se constituer une preuve, mais pas obligatoire) que *ad validitatem* (l'écrit est indispensable à la validité de l'acte sous peine de nullité).

2 Le contenu du contrat de vente électronique

• Le développement du numérique entraîne la **conclusion de contrats de vente par voie électronique** avec les consommateurs. Ce sont des contrats spécifiques car le **consentement est donné à distance** *via* **Internet**. Afin que l'acheteur/le consommateur/l'internaute soient protégés, le droit de la consommation prévoit des obligations à la charge du cybervendeur.

Protection accordée	Précisions
Obligation d'information Art. L111-1 Code de la consommation	• Le vendeur informe sur son identité, sur le bien et sur les procédés de paiement avant la vente du bien. • Il précise ses modalités de validation de la commande, ses procédés de traitement des données à caractère personnel…
Droit de rétractation du consommateur Art. L121-21 du Code de la consommation	• Une fois les informations fournies, un délai de rétractation de 14 jours court à compter de la conclusion du contrat. Tant que l'obligation d'information n'a pas été remplie, le délai de rétractation peut être reporté. • Il est d'ordre public, le consommateur ne peut pas y renoncer.
Obligation de résultat de l'exécution du contrat Art. L121-19-4 du Code de la consommation	• Le professionnel est responsable de plein droit à l'égard du consommateur de la bonne exécution des obligations résultant du contrat conclu à distance. • Exception : le professionnel peut s'exonérer de sa responsabilité en apportant la preuve que l'inexécution ou la mauvaise exécution du contrat est imputable soit au consommateur, soit au fait, imprévisible et insurmontable, d'un tiers au contrat, soit à un cas de force majeure

Remarque

Le professionnel vendeur ne peut pas inclure de clauses abusives dans le contrat. En outre, les clauses limitatives ou exonératoires de responsabilité en faveur du vendeur sont ici prohibées.

55 Les contrats de prestation de services numériques

Le développement du numérique rend indispensable le recours par les entreprises à des **services de prestataires informatiques** pour les besoins de leur activité.
Les contrats de prestation de service numérique (fourniture d'accès aux réseaux, hébergement de données, maintenance matérielle ou logicielle, développement de logiciels ou de sites Internet, conseils en ingénierie…) se multiplient. Ils présentent des obligations spécifiques.

1 Le contrat de fourniture d'accès aux réseaux

A Le principe

Le fournisseur a pour activité d'offrir un **accès au réseau de communication**, notamment de permettre une connexion à Internet. Les prestataires fournissent également des services complémentaires de télévision, de téléphonie et des services accessoires (disque de stockage, borne wifi…).

B Le contenu du contrat

Le prix	• Si le client est un consommateur ou un non professionnel, le droit de la consommation s'applique : droit de rétractation, obligation d'information préalable sur le prix et ses composantes… • Si le client est un professionnel, il peut exiger les conditions générales du prestataire afin de débuter des négociations. • En général, comme ce contrat est échelonné dans le temps, le prix à payer prend la forme d'un forfait ou d'un abonnement.
La prestation technique	• La connexion au réseau est une obligation de résultat qui pèse sur le fournisseur. Le client doit s'assurer que sa ligne est éligible au service demandé, mais c'est souvent le fournisseur qui le vérifie. • Le fournisseur garantit également un débit à son client.

2 Le contrat d'hébergement de données

A Le principe

L'hébergeur fournit un service de **stockage d'informations** et un accès à cette information au bénéfice de son client et/ou du public (cas du site Web).

B Les obligations des parties

Obligations de l'hébergeur	Obligations du client
• Fournir un espace mémoire pour stocker les informations • Garantir l'accès 24 h/24 aux données • Maintenir en état le fonctionnement du matériel	• Payer le prix (abonnement), sauf si l'hébergeur se rémunère par la publicité • Respecter le droit de la propriété intellectuelle (interdiction des téléchargements illégaux) • Respecter une charte de bonne conduite sur le Net

La jurisprudence semble s'accorder pour qualifier d'obligations de résultat les obligations de l'hébergeur. Elle limite les possibilités d'insérer des clauses limitatives de responsabilité en les considérant comme abusives pour les consommateurs ou créant un déséquilibre significatif entre commerçants.

3 Le contrat de maintenance informatique du matériel ou des logiciels

A Le principe

La maintenance est un contrat par lequel le « mainteneur » ou prestataire **s'engage à réparer ou entretenir le matériel et/ou les logiciels utilisés** par le client. Le client recherche souvent une solution complète et opte pour une maintenance rattachée au même prestataire que celui qui a fourni le matériel.

B Les obligations des parties

Obligations du mainteneur	Obligations du client
• **Obligation d'information,** qui suppose une obligation de conseil, de mise en garde et de renseignement. Le mainteneur doit s'informer des besoins de son client. • **Obligation d'exécution de la prestation,** qui peut englober deux volets : maintenance préventive et maintenance corrective. • **Obligation de confidentialité,** évidente lorsque le mainteneur agir sur le site de son client et entre en contact avec des données sensibles.	• **Obligation de collaboration :** le client joue un rôle proactif pour donner l'accès au matériel informatique et remettre au mainteneur les documents utiles. • **Obligation de payer le prix en contrepartie de la maintenance.** Le paiement peut être forfaitaire ou facturé pour chaque intervention. • **Obligation de recevoir la prestation :** le client doit accuser réception de la prestation de service. Il peut émettre des réserves ou même la refuser.

4 Les clauses des contrats de prestation

• **Les contrats de prestation de service numérique** conclus entre professionnels sont soumis au droit commun des contrats, mais **leur nature impose la rédaction de clauses spécifiques**.

Clause	Définition
de confidentialité	Le professionnel du numérique ne doit pas divulguer les informations confidentielles dont il pourra prendre connaissance en manipulant les données de son client.
de réversibilité des données	Elle permet au client de récupérer les données nécessaires pour transférer à un autre prestataire la gestion externalisée de son parc informatique.
de délai d'intervention	Lorsqu'une panne ou une anomalie technique apparaît, le SI de l'entreprise peut être neutralisé ; les parties peuvent prévoir des délais d'intervention selon le type de panne.
de suppléance ou *back up*	Les parties prévoient qu'en cas de panne, le prestataire proposera de manière temporaire un matériel de remplacement.
de droits d'auteur	Elle précise qui conserve les droits d'auteur lors de la livraison du logiciel : son concepteur ou son utilisateur. Elle fait de même lorsque le logiciel fait l'objet d'améliorations dans le cadre de sa maintenance.

• **La jurisprudence a mis à jour des pratiques abusives.** Pour protéger le client contre les clauses abusives du prestataire, celles-ci sont réputées **non écrites** :
– la facturation de frais d'impayés ;
– la fixation d'un délai pour contester les factures ;
– la clause de résiliation suivant laquelle tout mois commencé est dû.

56 Les caractères du SI dans l'entreprise

Dans un contexte où les entreprises se livrent à une vive concurrence, l'information, qu'elle soit d'origine interne ou externe à l'entreprise, est devenue une variable stratégique essentielle. Pour qu'elle soit exploitable par l'organisation, il est nécessaire de **la formaliser pour l'intégrer dans le processus de décision** ; c'est l'une des fonctions du système d'information (SI).

1 Les définitions du SI

Selon	Définition
Robert Reix	Le SI est « un ensemble organisé de ressources techniques, organisationnelles et humaines requises par le traitement des informations nécessaires à la stratégie et aux métiers de l'entreprise. »
Jean-Christophe Peaucelle	Un SI « se définit par l'information qu'il véhicule et par la manière dont il l'exprime sur ses différents supports. C'est un langage de communication d'une organisation, adapté à la nature plus ou moins répétitive de l'information que l'on veut y échanger. »

On distingue les **fonctions du SI** (la finalité recherchée par le SI) des **dimensions du SI** (la façon dont l'information est construite).

2 Les quatre fonctions du SI

- **Collecter :** l'entreprise acquiert des données provenant de son environnement interne ou externe.
- **Stocker :** le système d'information conserve l'information acquise afin de pouvoir la restituer.
- **Traiter :** l'information est transformée, analysée, structurée.
- **Diffuser :** le SI transmet ensuite l'information dans son environnement interne ou externe.

3 Les trois dimensions du SI

- **Le SI doit se structurer à plusieurs niveaux** pour remplir ses fonctions.

Dimension technique	Dimension humaine	Dimension organisationnelle
Système informatique qui regroupe des ressources matérielles (machines, ordinateurs et câbles) et immatérielles (logiciels, progiciels, bases de données). C'est le niveau de l'information brute.	Les hommes et les femmes qui conçoivent, traitent et donnent du sens à l'information. Le jugement humain est toujours au départ (conception du SI) et à la fin du processus (prise de décision).	Le SI déploie un ensemble de règles, de procédures et de processus pour que l'information aide à la décision ou à l'action.

- **Les progiciels de gestion** sont des ressources immatérielles (logiciels intégrés) qui traitent des informations relatives à plusieurs fonctions de l'entreprise. Ils mettent en relation des données afin de décloisonner les services de l'entreprise et la rendre plus performante.

Remarque

– Le SCM (*Supply Chain Management*) intègre l'ensemble de la chaîne logistique d'une entreprise. Cet outil est interne à l'entreprise.
– Le CRM (*Customer Relationship Management*) gère de l'information externe (qui provient du client) pour une utilisation interne.

57 Les apports du SI face aux défis de l'entreprise

Aujourd'hui, le développement du *Big Data* constitue un défi pour l'entreprise. Le SI doit être capable de collecter les données utiles, ce qui peut supposer une sélection préalable, et les agréger afin de constituer des informations pertinentes qui aideront à la prise de décision au sein de l'entreprise aux niveaux stratégique, tactique et opérationnel.

1 Le SI source d'avantage concurrentiel stratégique

A L'information est une ressource à part

• L'information ne s'use pas lors de son utilisation. À la différence d'une matière première traditionnelle, sa consommation n'entraîne pas sa destruction.

• La production de l'information représente un coût, mais son coût de réplication est nul ou quasi nul.

• Les deux éléments précédents rendent difficile la valorisation de l'information, contrairement à un bien tangible (immobilisation corporelle de l'entreprise telle qu'un immeuble ou une machine).

B L'information est une ressource différenciante

• **Un SI flexible est source de création de valeur** pour l'entreprise et peut générer un avantage concurrentiel s'il est mis au service du processus stratégique.

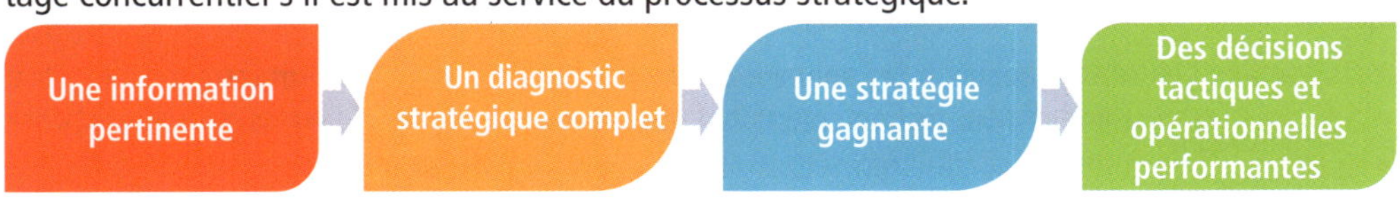

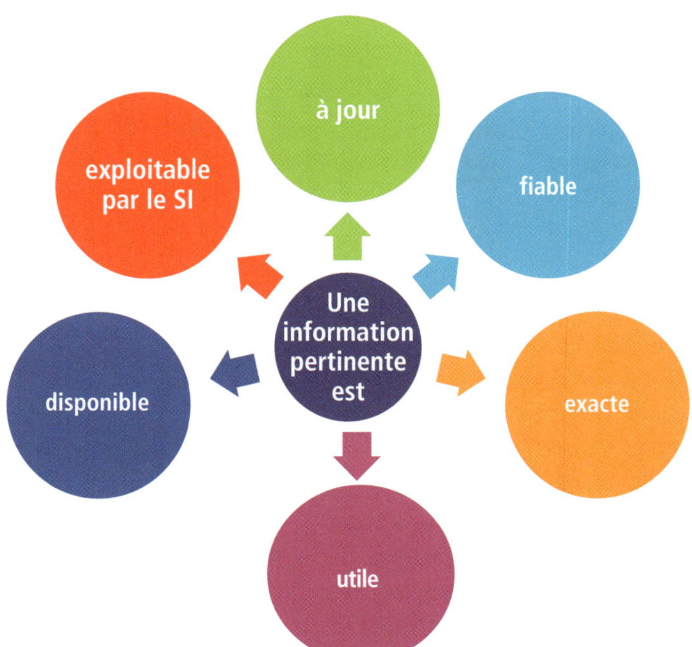

• **Le SI doit combiner une fonction d'intégration**, afin d'agréger un maximum d'informations et assurer une vue d'ensemble de l'entreprise, et une **fonction de spécialisation**, pour se placer au plus près de là où l'information est nécessaire pour décider et agir vite. Ces contraintes ont poussé les entreprises à développer de nouvelles configurations structurelles.

Remarque

Si le SI permet une bonne connaissance de l'ensemble des coûts de l'entreprise (et surtout la mise à jour de ses coûts cachés), celle-ci peut développer sa compétitivité prix.

2 Le SI source d'innovation structurelle

• Face à un environnement ouvert, changeant et incertain, les entreprises ont cherché à gagner en réactivité et peuvent s'appuyer sur le SI pour développer des structures organisationnelles plus souples et adaptables.

• Voici quelques tendances :

Empowerment	Démarche qui consiste à réduire le nombre de niveaux hiérarchiques afin d'accélérer la prise de décision.
Reengineering	• C'est une reconfiguration générale de la structure de l'organisation autour non pas des fonctions mais du processus. • Cette méthode a été mise en avant par Hammer et Champy.
Structure par projet	• Gestion des activités bâtie autour de la gestion d'un projet. Ce type de structure privilégie une gestion des coûts selon la méthode ABC et non pas seulement la méthode des coûts complets. • En termes de condition de travail, le *coworking* ou travail collaboratif est privilégié. • En termes de mécanisme de coordination, l'ajustement mutuel ou la communication transversale et non pas verticale est mise en avant.
Structure en réseau	• Les frontières de l'entreprise sont redéfinies. Le SI facilite une structure où les fonctions peuvent être externalisées mais les liens restent forts grâce à des partenariats étroits. • On parle d'« entreprise étendue ». Les fournisseurs, les clients, les sous-traitants peuvent co-concevoir, co-innover, co-construire.

58 Les risques et défis humains liés au SI

Le SI est un facteur de performance pour l'entreprise mais il pose également des difficultés que le directeur du système d'information (DSI) doit prendre en considération.

1 La typologie des risques liés aux SI

Les risques liés aux SI sont de plusieurs types : sécuritaire, opérationnel, juridique, sociaux et financiers.

Types de risque	Manifestation
Sécuritaire	**Atteintes au patrimoine informationnel** de l'entreprise : – cyber-attaques ; – diffusion d'un virus informatique ; – vol, piratage, espionnage industriel ; – destruction ou perte des données.
Opérationnel	**Tout événement qui empêche le fonctionnement normal** de l'organisation : – obsolescence ou panne du matériel ; – défaut de maintenance ; – mauvaise gestion des licences logicielles.
Juridique	**L'avènement du numérique a fait évoluer les règles du droit** sur de nombreux points : – négociation et gestion des contrats de prestations informatiques ; – respect de la réglementation en matière de protection des données à caractère personnel (RGPD) ; – protection des bases de données au titre des droits d'auteur.
Sociaux	L'outil informatique a envahi les lieux de travail et a entraîné l'**apparition de nouvelles pratiques qui doivent être surveillées** : – utilisation excessive, voire illégale, à des fins privées des moyens informatiques professionnels mis à la disposition des salariés ; – intrusion dans la vie privée sur les données récoltées relatives aux salariés ; – perméabilité entre les sphères professionnelle et privée (droit à la déconnexion).
Financiers	Le SI génère des coûts importants qu'il faut maîtriser : – coût d'acquisition et de maintenance du matériel, des licences logicielles ; – coût de l'intégration et du paramétrage du PGI et de la formation des utilisateurs.

2 Le SI source de crises et de résistance aux changements

- Au cours de la vie de l'entreprise, sa taille et sa structure évoluent ; avec elle, le SI s'adapte et évolue à son tour.
- Dans cette épopée entrepreneuriale, le changement de SI peut générer des difficultés humaines et des crises managériales à traiter.

A Les crises tout au long de la croissance de l'entreprise selon Greiner

Greiner identifie 5 crises possibles tout au long des 6 phases de développement des entreprises :

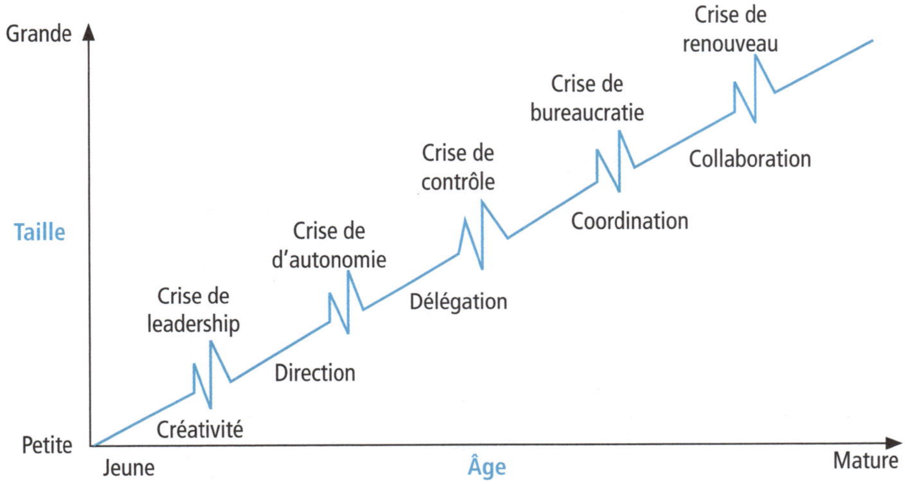

▲ Le modèle de Greiner

Phase	**1.** créative	**2.** directive	**3** de délégation	**4.** de coordination	**5.** de collaboration	**6.** d'externalisation
Crise	de leadership	d'autonomie	de contrôle	de bureaucratie	de saturation psychologique des salariés	

B Les facteurs de résistances au changement

Le changement peut entraîner une résistance de la part des acteurs en présence. Les facteurs de ces résistances (selon Crozier notamment mais aussi Lewin, Lawrence, Coch et French) peuvent être multiples :

C Les recommandations pour gérer le changement selon Lewin

Lewin recommande de respecter les phases de résistance afin de gérer correctement le changement.

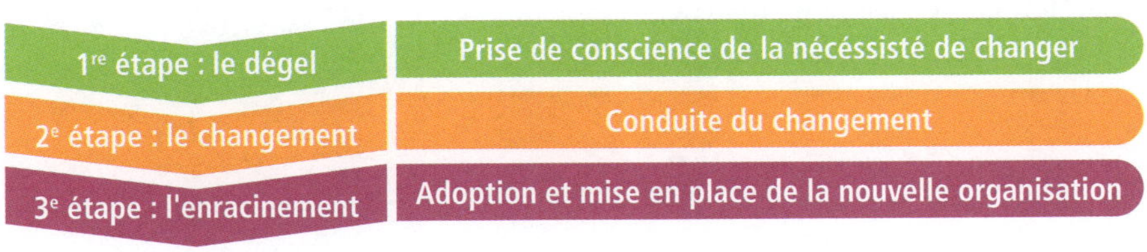

59 Offre, demande de travail et segmentation du marché du travail

Attention à ne pas faire de confusion avec le langage usuel :
– **l'offre de (facteur) travail** correspond aux individus qui disposent ou souhaitent disposer d'un travail rémunéré, leur permettant de financer leur consommation et leur épargne.
– **la demande de travail** émane des entreprises et organismes publics, pour qui il s'agit d'un facteur de production.
Offre de travail ⟷ Demande d'emploi
Demande de travail ⟷ Offre d'emploi

1 Offre et demande de travail sur le plan théorique

• **L'offre de travail** est censée être le fruit d'un **arbitrage entre temps de travail** (en contrepartie des efforts les salaires permettent de consommer) **et temps de loisir** (qui apporte une satisfaction immédiate mais génère un manque à gagner ou coût d'opportunité).

• **L'augmentation du niveau des salaires** rend en principe le travail plus attractif (et il accroit le coût d'opportunité du temps de loisir) et **se traduit par une hausse de l'offre de travail.**

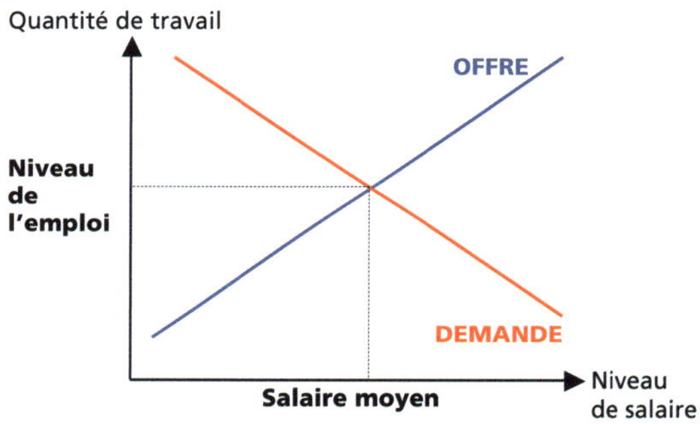

▲ L'ajustement théorique du marché du travail

• **La demande de travail** est une demande de facteur permettant aux entreprises de produire. **Elle dépend essentiellement de sa productivité et de son coût.** En principe, la demande de travail diminue lorsque le niveau de salaire s'élève, car cela signifie un coût du travail plus élevé qui peut conduire les entreprises à privilégier d'autres facteurs de production (davantage d'automatisation).

Remarque
En théorie donc, le chômage ne peut exister sauf s'il est volontaire, puisque l'ajustement des salaires permet d'équilibrer offre et demande de travail.

2 Une réalité plus complexe

• En réalité, il n'y a pas un mais une multitude de marchés du travail, car ce dernier n'est **pas homogène**, tant du côté de l'offre que de la demande. Il ne peut y avoir **un seul** niveau de salaire permettant l'équilibre du marché.

L'hétérogénéité du travail	
Offre de travail	**Demande de travail**
Différents : – niveaux de qualification des individus – parcours et expériences professionnels – degrés de mobilité fonctionnelle et/ou géographique...	Des profils différents demandés selon : – les compétences, qualités… – le degré de spécialisation – le temps de travail (temps complet, temps partiel…) – le type de contrat proposé (CDI, CDD, intérim)...

• Ainsi, en dépit d'un chômage élevé observé en France, il existe des domaines où le marché du travail est en tension et où **les entreprises peinent à recruter** et à trouver ou attirer les profils qu'elles recherchent : il y a **coexistence de personnes au chômage et d'emplois vacants**.

3 Un marché du travail segmenté

• **L'hétérogénéité du travail** se traduit par une segmentation du marché qui conduit à distinguer plus particulièrement deux segments :

Marché interne (segment des *insiders*)	Concerne des travailleurs relativement protégés face au chômage ; leurs caractéristiques : – niveau de qualification élevé ; – contrats de travail relativement stables (CDI) ; – niveaux de rémunération élevés ; – perspectives de promotion.
Marché externe (segment des *outsiders*)	Concerne des travailleurs relativement défavorisés en termes d'emploi, plus susceptibles de connaître des épisodes de chômage : – statuts plus précaires (CDD, intérim…) ; – emplois soumis aux aléas de la conjoncture économique ; – faibles perspectives d'évolution dans l'entreprise.

• **Le marché du travail français est caractérisé par des tendances lourdes**, dont une partie est imputable à cette dualité du marché :

Déséquilibres et tendances lourdes du marché du travail français	
Tendances révélatrices d'une forte segmentation du marché du travail	• Accès à l'emploi difficile pour les personnes ne disposant pas de qualifications professionnelles • Temps d'accès à un emploi durable de plus en plus long, notamment pour les primoaccédants sur le marché du travail (y compris avec des qualifications élevées) • Taux d'emploi pour les personnes âgées de plus de 50 ans plus faible que dans les autres pays européens • Écart de rémunérations entre hommes et femmes persistant (même s'il diminue) • Temps partiel subi par un nombre croissant d'employés qui souhaiteraient travailler à temps plein
Tendances liées à d'autres facteurs	• Le niveau relativement élevé du SMIC (par rapport aux autres pays européens) pèse sur l'emploi dans certains secteurs à faible productivité (commerce, restauration…) • Tensions sur le marché du travail liées aux règlementations propres à certains secteurs comme des conditions de diplôme pour pouvoir exercer (médecins, pharmaciens, notaires, avocats…) • L'ubérisation croissante de certaines activités multiplie les formes atypiques d'emplois (indépendants, autoentrepreneurs)

• Certains économistes craignent par ailleurs que les progrès rapides dans le domaine numérique entraînent une disparition de métiers plus forte que les créations de nouveaux emplois.

60 La politique de l'emploi

Face aux déséquilibres du marché du travail, l'État mène une politique de l'emploi qui vise tout à la fois à résorber le chômage et aider les personnes sans emploi.

1 Les politiques actives de l'emploi

• **Également qualifiées de traitement économique du chômage,** ces politiques visent à réduire le chômage, notamment en augmentant le volume d'emplois dans l'économie.

Leviers théoriques visant à réduire le chômage	Réduire l'offre de travail	Retarder l'entrée sur le marché du travail (allonger la durée des études), réduire l'âge de départ en retraite...
	Accroître la demande de travail	Stimuler la croissance et l'activité des entreprises, réduire le coût du travail (SMIC, cotisations sociales)...
	Favoriser une meilleure adéquation en offre et demande de travail	Développer la formation des individus, accroître la flexibilité du travail...

• **Tous ces leviers ne sont pas nécessairement exploités** par les pouvoirs publics ; ainsi, les difficultés de financement des pensions de retraite ont conduit à retarder les départs à la retraite.

• **Les pouvoirs publics ont cherché à cibler les populations les plus fragiles** ces dernières années (jeunes, non qualifiés) et à privilégier les actions suivantes :
– **favoriser une meilleure adéquation entre les demandes des entreprises et l'offre de travail,** notamment par la politique de formation (élévation du niveau des études, développement de la formation professionnelle…) ou *via* l'action de Pôle Emploi ;
– **mettre en place des contrats aidés** (ou subventionnés) pour favoriser l'embauche de personnes en situation de précarité par des employeurs publics (ou privés).

2 Les politiques passives de l'emploi

• **Les politiques passives de l'emploi** visent à faire face aux conséquences négatives du chômage, notamment la perte de revenu qui en découle.

• **L'indemnisation des chômeurs** repose sur des leviers tels que le niveau ou la durée d'indemnisation du chômage. La générosité de l'indemnisation se heurte :
– **aux contraintes de financement** qui pèsent sur les organismes sociaux (financement de l'Unedic) ;
– **à une éventuelle désincitation** au retour à l'emploi.

• **Le traitement social du chômage** est moins mis en avant que par le passé, mais il reste important au regard des mutations extrêmement rapides du travail et des compétences dont les entreprises ont besoin. Il s'agit notamment d'aider les individus en période de transition professionnelle.

61 Les sources du droit du travail imposées et négociées

Le droit du travail régit les rapports individuels et collectifs créés par la relation de travail entre les employeurs et les salariés.
Chaque source du droit du travail se positionne dans la hiérarchie des normes : la norme juridique supérieure s'impose à la norme inférieure. Nous les présentons de la plus élevée à la moins élevée.

1 Les sources internationales

A Les traités internationaux

Ce sont des **conventions internationales** signées entre les États.

Exemple
Les États signataires de la convention de l'Organisation internationale du travail (OIT) s'engagent à ce que la procédure de rupture d'un contrat de travail respecte les droits de la défense du salarié.

B Les normes européennes

Normes	Définition	Exemple
Règlements communautaires	Généraux et abstraits, ils s'appliquent immédiatement dans le droit national des États membres.	Le règlement (UE) 2016/679 du Parlement européen et du Conseil du 27 avril 2016, régit la protection des personnes physiques à l'égard du traitement des données à caractère personnel et à la libre circulation de ces données.
Directives communautaires	Fixent des objectifs à atteindre dans un délai fixé ; elles nécessitent une transposition dans le droit national par les États membres.	• La directive européenne sur le temps de travail (2003/88/CE) impose aux pays de l'UE de garantir à tous les travailleurs des droits minimaux sur les congés payés, la durée du repos quotidien… • Les pays ne disposant pas encore de lois sur ce sujet sont donc tenus de transposer la directive en droit national.

La **Cour de justice de l'Union européenne (CJUE)**, sur saisine de la Commission européenne, d'une institution communautaire, d'un État membre ou d'un particulier selon les cas, veille au bon respect de ces normes.

2 Les sources nationales

• **La Constitution de 1958 prime sur les autres normes juridiques** selon le principe de la hiérarchie des normes.

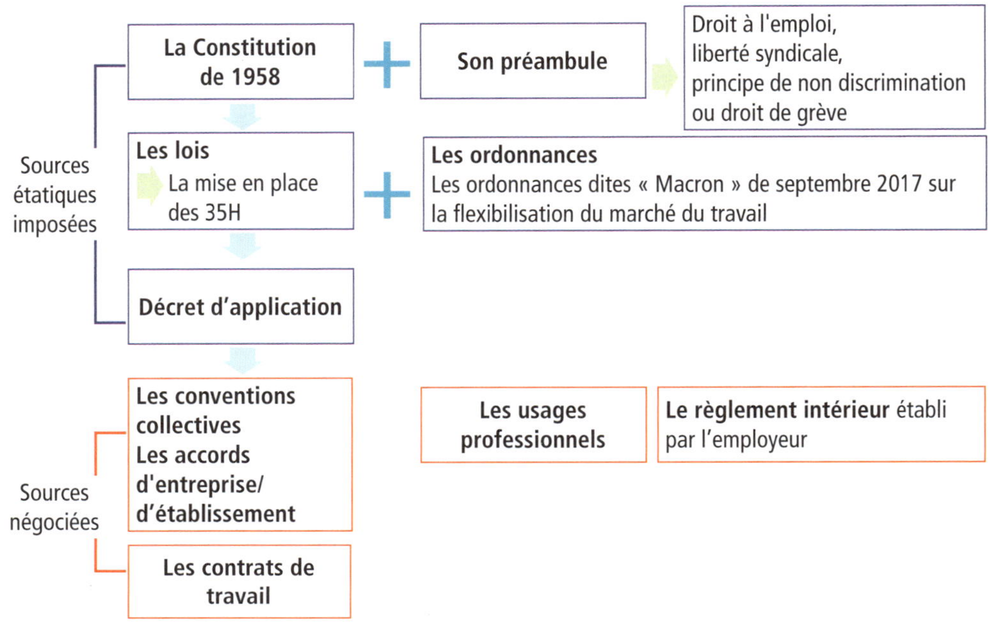

• **Le droit négocié** concerne l'ensemble des textes qui **résulte de la concertation entre les partenaires sociaux** : les organisations syndicales de salariés représentatives (OSR) et une ou plusieurs organisations d'employeurs ou tout autre groupement d'employeurs ou un employeur pris individuellement.

• **La négociation collective** vise à **trouver un équilibre entre efficacité économique et justice sociale**.

• **Le droit négocié, issu de la convention collective,** a pour objectif d'**adapter les règles du Code du travail aux spécificités** de la branche, de l'entreprise, voire de l'établissement.

62 Les régimes juridiques du salarié et du travailleur indépendant

Une activité professionnelle peut s'exercer selon plusieurs statuts.

1 Le salariat par un contrat de travail

A Présence d'un contrat de travail

• **Le contrat de travail** est la convention par laquelle une partie, le salarié, met son travail à disposition de l'autre partie, l'employeur, moyennant rémunération et dans un lien de subordination juridique.

Définition

Subordination : exécution d'un travail sous l'autorité de l'employeur qui a le pouvoir de donner des ordres et des directives à son salarié, de contrôler le déroulement de son travail et d'en sanctionner les manquements.

• **Le lien de subordination** ne peut faire l'objet d'une renonciation par les parties. Lorsqu'il existe dans la relation de travail mais que celle-ci n'est pas considérée comme un contrat de travail, le contrat peut être requalifié et l'employeur peut être condamné pour délit de travail dissimulé.

Exemple

Lorsqu'un travailleur indépendant ne travaille dans les faits que pour un seul client et que ce dernier impose les conditions de travail, le juge peut requalifier la relation en contrat de travail et condamner le client pour délit de travail dissimulé.

B Le statut du salarié

Qui est concerné ?	Les gérants minoritaires ou égalitaires rémunérés des SARL et les dirigeants des sociétés anonymes, mais également tous les ouvriers, employés, agents de maîtrise, techniciens et cadres.
Statut social	Cotisations obligatoires pour les régimes de protection sociale.
Statut fiscal selon la forme juridique	En principe, l'imposition se fait sur les revenus.

2 Contrat d'entreprise ou de prestation de service

Une entreprise qui fournit une prestation de service à son donneur d'ordre respecte un cahier des charges mais conserve sa liberté dans l'exécution de sa prestation. **Elle n'est donc pas subordonnée à son client mais indépendante.**

Qui est concerné ?	Entrepreneurs individuels, micro-entrepreneurs, gérants majoritaires de SARL, associés de sociétés de personnes.
Statut social	Possibilité de choisir une fourchette de cotisations.
Statut fiscal selon la forme juridique	En principe, l'imposition se fait soit sur les bénéfices de la société (IS) pour une personne morale, soit sur les revenus perçus pour une personne physique (IRPP). Pour ces derniers, l'imposition dépend encore de la nature des bénéfices : industriels et commerciaux (BIC), agricoles (BA), non commerciaux (BNC).

3 Des frontières floues

• **Les distinctions entre salariés et travailleurs indépendants s'estompent.** Depuis la création du statut d'autoentrepreneur en 2008 (devenu micro-entrepreneur), les entreprises incitent parfois leurs salariés à devenir leurs fournisseurs ou leurs distributeurs en adoptant ce nouveau statut : le statut change alors que les conditions de travail, donc de subordination, varient peu…

• **Dans le secteur numérique,** les plateformes de mise en relation entre prestataires de services et clients (de type Uber) diminuent encore cette frontière : le prestataire de service n'est pas salarié mais est fortement dépendant des conditions de travail imposées par la plateforme.

63 Les contrats de travail

Le contrat de travail individualise la relation de travail et crée des obligations entre les parties. Il doit respecter la réglementation du travail ainsi que les conditions de validité du droit commun des contrats.

1 Les 5 éléments fondamentaux du contrat de travail

Les parties	Le salarié est forcément une personne physique.
Le salaire versé	La rémunération peut se composer d'une part fixe et d'une part variable et d'avantages en nature.
La fonction occupée	Elle découle de la qualification du salarié : son expérience, ses diplômes.
Le lieu de travail	Fixe ou variable ; il peut inclure une clause de mobilité.
La durée du contrat	Le contrat doit respecter la durée légale du travail. Il peut être signé à temps partiel.

2 Les types de contrat de travail

CDI	Contrat de droit commun. Durée indéterminée. 86 % des contrats de travail.	
CDD	Contrat de travail dérogatoire. Durée déterminée.	Conditions de durée, de recours, de renouvellement, spécifiques afin de protéger le salarié.
CTT	Contrat de travail dérogatoire. Travail temporaire. Recours à une entreprise intérimaire.	

3 Les clauses du contrat de travail

En fonction de la protection des intérêts légitimes de l'entreprise et des souhaits du salarié, les parties peuvent négocier des clauses.

Période d'essai Articles L 1221-19 et suivants du Code du travail	• Pendant une période de 2 à 4 mois maximum, le salarié vérifie que l'emploi lui convient et l'employeur vérifie que le salarié correspond bien à ses fonctions. • Chaque partie peut rompre la période d'essai sans motif et sans indemnité, mais doit respecter un délai de préavis. Le salarié touche ses droits aux allocations chômage même s'il est à l'initiative de la rupture.
Clause de non concurrence	En contrepartie, d'une compensation financière, l'employeur interdit à son salarié de pratiquer une concurrence directe ou indirecte contre son entreprise si ce dernier venait à la quitter.
Clause de confidentialité	Les parties s'engagent à ne pas divulguer des informations dites sensibles telles que des secrets de fabrique.
Clause de mobilité	Le salarié accepte que l'employeur puisse modifier le lieu d'exécution du contrat de travail ; l'étendue géographique envisagée doit être précise.

64 Les principes de la protection du salarié

Face à la supériorité de l'employeur sur son salarié (lien de subordination), le droit du travail protège le salarié en **rééquilibrant la relation contractuelle** : il impose des obligations à l'employeur et confère des droits aux salariés. Enfin, le juge s'assure que les clauses du contrat de travail ne sont pas abusives ou déloyales.

1 Les obligations de l'employeur

L'art L1121-1 du Code du travail fixe **4 limites au pouvoir de direction** de l'employeur.

Obligation	Explication
Absence de discrimination	L'employeur ne peut exercer des discriminations d'ordre religieux, politique, sexuel ou syndical.
Respect d'une obligation de sécurité de résultat	L'employeur engage une responsabilité sans faute vis-à-vis de la santé de ses salariés. Il doit tout mettre en œuvre pour éviter tout accident du travail ou maladie professionnelle.
Respect des libertés fondamentales et de la vie privée	Le salarié dispose de sa liberté d'expression ou encore du secret de ses correspondances sur son lieu de travail.
Respect de la bonne foi	L'employeur doit agir dans l'intérêt de l'entreprise.

2 Les droits et libertés du salarié

A Pour évoluer pendant sa vie professionnelle : la formation

• La formation est le moyen pour un salarié d'acquérir ou d'actualiser ses connaissances, de développer ses compétences et son employabilité. C'est aussi une nécessité pour l'entreprise qui contribue à son financement.

Remarque

Selon l'article L6111-1 du Code du travail, « la formation professionnelle tout au long de la vie constitue une obligation nationale ».

• Les salariés disposent de plusieurs dispositifs de formation :
– le **compte personnel de formation** (CPF)
– la **validation des acquis de l'expérience** (VAE)
– le **conseil en évolution professionnelle** (CEP)

B Pour défendre ses conditions de travail

• Le salarié bénéficie également des libertés consacrées par le préambule de la Constitution de 1958 :
– **le droit de grève :** cessation totale et collective du travail en vue d'appuyer des revendications professionnelles préalablement présentées à l'employeur ;
– **la liberté syndicale :** tout salarié est libre d'adhérer à une section syndicale au sein de son entreprise.
• Le salarié peut également participer aux différentes instances représentatives du personnel : comité social et économique, délégué syndical.

3 La protection judiciaire du salarié

Le Conseil de prud'hommes tranche les contentieux liés au contrat de travail. Il reste impartial mais protège souvent les salariés face aux abus des employeurs dans la rédaction de certaines clauses.

65 Les modifications du rapport d'emploi

Le contrat de travail est un **contrat à exécution successive** : la relation de travail peut évoluer dans le temps. Le droit protège le salarié face à ces évolutions.

1 Modification à l'initiative de l'employeur

- En raison de la force obligatoire du contrat, l'employeur ne peut modifier unilatéralement le contrat de travail, mais la jurisprudence distingue deux cas :

La modification du contrat de travail	La modification des conditions de travail
L'employeur souhaite modifier le lieu, la rémunération ou la qualification du contrat.	L'employeur modifie un élément accessoire au contrat comme les horaires de travail.
Le salarié doit donner son accord. Un refus ne constitue pas une faute.	Le refus du salarié constitue une faute.

- Les parties peuvent convenir qu'un élément fondamental devienne une simple condition de travail.

> **Exemple :** En signant une clause de mobilité, le salarié accepte que le lieu d'exécution de son travail puisse être modifié ultérieurement par l'employeur sans son accord.

2 Changement d'employeur

Selon l'article L1224-1 du Code du travail, lorsque l'employeur du salarié change du fait d'une fusion ou d'un rachat, tous les contrats de travail en cours au jour de la modification subsistent entre le nouvel employeur et le personnel de l'entreprise.

3 La rupture du contrat de travail

Initiative de la rupture	Dispositif	Régime juridique applicable
Salarié	Démission	Elle doit être écrite et non équivoque.
	Départ à la retraite	Possible dès 62 ans. À 67 ans, le salarié a droit à une retraite complète même s'il n'a pas cotisé tous les trimestres exigés.
Employeur	Licenciement pour motif personnel	Il repose sur une cause réelle et sérieuse inhérente à la personne du salarié. Il peut s'agir d'un motif disciplinaire. L'employeur convoque le salarié à un entretien puis lui notifie son licenciement par une lettre écrite.
	Licenciement pour motif économique	Il résulte d'une suppression ou d'une transformation d'emploi ou d'une modification refusée par le salarié d'un élément essentiel du contrat de travail, consécutive notamment à des difficultés économiques, des mutations technologiques, à une réorganisation de l'entreprise nécessaire à la sauvegarde de la compétitivité, à la cessation d'activité de l'entreprise.
Les 2 parties	Rupture conventionnelle	Elle peut être individuelle ou collective.

- **Le droit cherche à prévenir les licenciements économiques** en proposant des négociations autour des emplois menacés. Ces mesures peuvent être regroupées dans un **plan de sauvegarde de l'emploi**.

CEJM

66 De la GRH à la GPEC

1 La gestion des ressources humaines (GRH)

A Les enjeux de la GRH

• **La gestion des ressources humaines** regroupe l'ensemble des politiques et des actions qui permettent à une entreprise de disposer en permanence d'un effectif à la fois suffisant et compétent pour réaliser le travail demandé de manière performante.
• **La gestion prévisionnelle de l'emploi et des compétences (GPEC)** est donc un enjeu essentiel pour le maintien de la compétitivité de l'entreprise en anticipant ses besoins futurs.

B La mise en œuvre de la GRH

• **Souvent identifiée par sa dimension quantitative** (recrutements, licenciements…), la gestion des ressources humaines intègre de plus en plus d'éléments en lien avec la gestion qualitative des ressources humaines (cartographie des compétences, besoins en formation des salariés…).
• **L'entreprise doit mener un audit de ses ressources existantes** avant de définir sa politique en matière de ressources humaines. Il est (relativement) facile de faire un audit quantitatif des ressources disponibles (nombre de salariés, nombre d'heures travaillées…), mais il est plus difficile d'établir le bilan des compétences détenues et exercées par l'ensemble des salariés.

2 La GPEC

A Les enjeux de la GPEC

• **La gestion prévisionnelle des emplois et des compétences (GPEC)s constitue un enjeu important** dont l'objectif est de permettre à une entreprise de trouver un juste milieu entre le coût de sa masse salariale et la richesse créée par les salariés.
• **Les ressources humaines étant une source d'avantage concurrentiel durable,** l'entreprise doit favoriser l'émergence d'une **main-d'œuvre polyvalente** (pour répondre à un environnement de plus en plus complexe), **spécialisée** (sur les domaines de compétences recherchés), **réactive** (adaptable), **créative** (source de création de valeur ajoutée) et **disponible** (motivée et impliquée).

Définition

GPEC : démarche d'optimisation de l'allocation des ressources humaines. Elle vise à identifier les besoins à venir d'une organisation et à les mettre en relation avec les ressources actuelles. L'écart entre l'existant et les besoins entraîne la mise en œuvre d'actions d'ajustement (formation, recrutement…).

B Les outils de la GPEC

La mise en œuvre d'un **plan de formation** va donc concerner :

– **la réalisation de bilans de compétences** afin que les salariés puissent analyser leurs aptitudes et compétences, définir leurs priorités professionnelles et solliciter les formations en lien avec leurs objectifs de carrière ;

ACTIONS DE FORMATION À DESTINATION DES PERSONNELS

- Actions permettant une adaptation du salarié au poste de travail
- Actions liées à l'évolution des emplois ou participant au maintien dans l'emploi
- Actions permettant le développement personnel des salariés

– **la validation des acquis de l'expérience** pour permettre à chaque salarié de faire reconnaître par un diplôme, titre ou qualification, l'expérience professionnelle (et les compétences associées) acquise sur le lieu de travail ;

– **les congés individuels de formation** permettant à tout salarié de suivre à son initiative et à titre individuel des actions de formation ;

– **le compte personnel de formation** (500 ou 800 euros par an cumulables sur 10 ans) utilisable par le salarié après accord de son employeur pour suivre une action de formation.

Remarque

Un an d'expérience en rapport avec le contenu de la certification visée est nécessaire pour obtenir une validation des acquis de l'expérience (VAE).

Exemple

La pénurie de compétences s'amplifie dans les PME. Au premier semestre 2018, plus de 50 % des petites entreprises estimaient que leurs difficultés à recruter constituaient le principal frein à leur développement. Pour y remédier, les entreprises tentent d'augmenter les heures supplémentaires et la polyvalence des salariés en poste.

67 Les facteurs de la motivation et de la satisfaction au travail

Des actions en lien avec les facteurs de motivation identifiés doivent être menées par le manager pour favoriser la motivation individuelle des salariés.

1 Les facteurs de motivation selon Maslow, Herzberg et Vroom

- **Dans sa théorie des besoins,** Abraham Maslow détermine cinq catégories de besoins, hiérarchiquement structurés, que tout individu cherche à satisfaire et qui sont à la source de sa motivation : les **besoins physiologiques**, **de sécurité**, **sociaux**, **d'estime**, **d'auto-accomplissement**.
- **Frederick Herzberg** distingue les facteurs « **de motivation** » afférents au contenu du travail (réussite, considération, responsabilité) et des facteurs « **ambiance** » liés au contexte du travail (politique salariale, sécurité de l'emploi, conditions de travail…).
- **Victor Vroom,** dans sa théorie des attentes, explique la motivation des individus selon la récompense qu'ils peuvent attendre des efforts déployés. Elle ne saurait se limiter à un aspect purement financier et doit correspondre aux aspirations du salarié (comme le besoin de reconnaissance).

2 Les outils au service de la motivation des salariés

A Les facteurs liés à la rémunération

Le système de primes	Des primes, variables en fonction du critère retenu, permettent de mener une politique de rémunération flexible qui lie une partie du salaire aux résultats obtenus de manière individuelle ou collective.
La participation aux résultats	Système (obligatoire dans les entreprises de 50 salariés et plus) permettant aux salariés de percevoir une part des résultats de l'entreprise.
L'intéressement	Avantage financier fondé sur les résultats de l'entreprise distribué à tout ou à une partie du personnel de l'entreprise dans le but d'accroître l'implication.
Le plan épargne entreprise (PEE)	Système d'épargne collectif et facultatif mis en place pour permettre aux salariés de se constituer un capital sous forme de valeurs mobilières.
Les stock-options	Droit accordé à certains salariés d'acquérir dans le futur des actions de leur entreprise à un prix fixé lors de l'attribution du droit et pendant un nombre d'années donné.

B Les facteurs qualitatifs

- **Le contenu et l'environnement du travail :** élargissement des tâches, augmentation du degré d'autonomie, ergonomie du poste de travail…
- **Les perspectives d'évolution professionnelle :** promotions, montée en compétence, formation tout au long de la vie professionnelle…
- **L'adhésion à la culture de l'entreprise :** motivation collective par le biais du sens donné aux buts poursuivis par l'entreprise (éthique, valeurs…).

68 Les conditions de travail et leurs évolutions

L'organisation productiviste du travail qui a prévalu dans le cadre de **l'organisation scientifique du travail** a progressivement fait place à une autre approche des conditions de travail.

1 Les composantes des conditions de travail

Conditions de travail

Facteurs physiques et environnementaux
Bureau individuel/*open space*
Travail debout ou assis, sédentaire/itinérant…

Facteurs organisationnels
Consignes, règlements
Organisation du travail
Procédures et contrôle…

Facteurs sociaux
Relations de travail
Style de management
Travail précaire/CDI…

Facteurs psychologiques
Situations qui impactent la santé du salarié (stress, souffrance)

2 Les évolutions des conditions de travail

A L'organisation scientifique du travail

• **Les 30 glorieuses ont marqué la prédominance d'une organisation scientifique du travail** reposant sur une division verticale et horizontale des tâches dans une optique centrée sur une amélioration continue de la productivité des salariés (ordonnancement des tâches, contrôle du temps et des mouvements, organisation des méthodes et techniques de production).

• **Ce mode de production,** adapté à une production de masse standardisée, a été progressivement remis en cause :
– par le développement de la production de services ;
– par le développement d'une demande de plus en plus individualisée ;
– par les inconvénients de ces conditions de travail : démotivation, absentéisme, accidents du travail, turnover des salariés (pénibilité, ennui).

B Les nouvelles formes d'organisation du travail

Elles privilégient des conditions de travail différentes axées sur :
– **une nouvelle organisation du travail :** rotation des salariés sur les postes de travail, élargissement et enrichissement des tâches, travail en équipe, management plus participatif pour impliquer les salariés à la prise de décision ;
– **la mise en place de systèmes de gratification plus incitatifs et plus individualisés :** hausse de la part variable de la rémunération, intéressement collectif et/ou individuels ;
– **l'amélioration des conditions de vie au travail :** sur le lieu de travail (approche ergonomique du poste) ou pour les services proposés aux salariés (crèche, restaurant d'entreprise…) ;
– **l'accompagnement des salariés** dans une évolution des compétences et donc des carrières (promotion, formation continue) ;
– **le développement de l'adhésion à la culture d'entreprise :** favoriser la notion d'identité et d'objectif commun, développement des actions en lien avec la politique de responsabilité sociale de l'entreprise…

69 Le diagnostic interne et externe

L'environnement d'une entreprise constitue tout autant des **opportunités** que des **menaces** ; un manager doit savoir les identifier avant d'élaborer sa stratégie.

1 L'établissement d'un diagnostic externe et interne

A Le diagnostic externe et l'analyse de l'environnement

Voir p. 248

• L'entreprise doit s'interroger sur sa capacité à pouvoir agir sur les différents facteurs de son environnement. **Le modèle PESTEL** en constitue une synthèse.

• On distingue :
– **les facteurs macro-environnementaux** (non directement liés à l'entreprise) : croissance économique, environnement sociétal, facteurs juridiques et culturels… ;
– **les facteurs micro-environnementaux :** spécifiques à une entreprise, en lien avec son environnement direct (marché, concurrents, fournisseurs…).

• L'environnement est perçu comme une **contrainte** ou une **opportunité** selon différents critères parmi lesquels :
– **son degré de stabilité :** évolutions réglementaires, rythme des innovations technologiques…
– **son degré de complexité :** multiplicité des concurrents, substituabilité des produits…

B Le diagnostic interne et les ressources stratégiques de l'entreprise

• **À travers l'analyse des ressources internes tangibles et intangibles,** l'entreprise identifie ses compétences distinctives ; ce sont ses **facteurs clés de succès** (**FCS**) : ils permettent à l'entreprise d'apprécier sa compétitivité et constituent ses principales forces face à ses concurrents.

> **Définition**
>
> **Facteurs clés de succès :** éléments à caractère commercial ou technologique qu'une entreprise doit maitriser pour être compétitive dans une activité donnée.

• **Le concept de chaîne de valeur** de M. Porter permet d'**identifier les sources de différenciation que l'entreprise pourra exploiter** en fonction des FCS révélés par le diagnostic interne :

Voir p. 252

– elle pourra y allouer ses ressources internes pour accroître son avantage compétitif ;
– ou envisager une externalisation de certaines activités ;
– ou envisager des stratégies de diversification en développant certains FCS.

2 La synthèse des diagnostics internes et externes

Elle permet au manager de prendre les décisions stratégiques qui vont orienter l'activité de l'entreprise et affecter l'allocation interne des ressources disponibles. Plusieurs outils aident à faire cette synthèse.

• **La matrice SWOT** (FFOM en français pour Forces, Faiblesses, Opportunités, Menaces) permet de faire la synthèse du diagnostic interne et externe.

	Aspects positifs	Aspects négatifs
Diagnostic interne	Forces *Strenghts*	Faiblesses *Weaknesses*
Diagnostic externe	Opportunités *Opportunities*	Menaces *Threats*

▲ Matrice SWOT

• **La matrice d'Igor Ansoff** présente les choix stratégiques possibles pour une entreprise en fonction de deux facteurs : la **gamme de produits existants ou en développement** et la **position de l'entreprise sur le marché visé**. Cette matrice est donc plus opérationnelle pour un manager qui souhaite développer une stratégie de croissance.

Produit / Marché	Existant	Nouveau
Existant	Pénétration de marché	Développement de produit
Nouveau	Développement de marché	Diversification

▲ Matrice d'Igor Ansoff

CEJM

70 La démarche stratégique

La stratégie conduit à la détermination par l'entreprise de choix globaux déclinés en objectifs à atteindre ainsi que des ressources nécessaires pour y parvenir. On peut la définir de plusieurs manières.

1 Définitions de la stratégie

- **Définition d'Alfred Chandler :** déterminer les buts et objectifs à long terme d'une entreprise, adapter les moyens d'action et allouer les ressources nécessaires pour atteindre ces objectifs.
- **Définition d'Igor Ansoff :** piloter les modifications des relations du système-entreprise avec son environnement et de la frontière de ce système avec ce qui n'est pas lui.

2 Les étapes de la démarche stratégique

- **La démarche stratégique** est souvent représentée par le **modèle de Harvard** (modèle LCAG).
- **La définition de la stratégie est le résultat d'un double diagnostic** interne et externe avec les **valeurs et aspirations du manager** d'une part, et des **valeurs de l'entreprise** dans laquelle elle s'insère d'autre part (responsabilité sociale de l'entreprise).
- Cette phase achevée, le manager précise les modalités de mise en œuvre de la stratégie choisie.

Remarque

La « **démarche stratégique** » renvoie au processus de réflexion et de conception de la stratégie s'appuyant sur un diagnostic interne et externe.

étape 1	**Évaluation externe :** analyser l'environnement de l'entreprise (menaces et opportunités)
étape 2	**Évaluation interne :** identifier les avantages compétitifs potentiels de l'entreprise par rapport à ses concurrents (forces et faiblesses)
étape 3	**Identifier les stratégies possibles** à partir de la synthèse des diagnostics internes et externes
étape 4	**Choisir la stratégie à mettre en œuvre**, ce qui implique de définir les actions à réaliser pour accomplir les objectifs fixés

▲ Les étapes de la démarche stratégique

3 Stratégie délibérée et stratégie émergente

Henry Mintzberg distingue deux approches de la stratégie.

- **La stratégie délibérée** est issue d'une **démarche active de l'entreprise** qui effectue un choix délibéré en fonction de ses capacités et de l'analyse de son environnement. Cette stratégie met en œuvre une **planification stratégique pour** atteindre les objectifs visés.
- **La stratégie émergente** est **non planifiée**. Les entreprises sont souvent obligées de faire preuve d'adaptation pour pouvoir réagir aux évolutions subites de l'environnement.

Remarque

De plus en plus d'entreprises évoluent vers des stratégies émergentes pour s'adapter et réagir à un environnement rendu incertain et complexe par la révolution numérique et la mondialisation.

71 Les options stratégiques globales et par domaines d'activités

Suite au diagnostic stratégique, l'entreprise peut définir sa **stratégie globale** et sa **stratégie par domaines d'activités.**

1 La notion de domaine d'activité stratégique (DAS)

• Lorsqu'une entreprise intervient sur différents marchés, la segmentation de ses activités en **domaines d'activités stratégiques (DAS)** lui permet d'obtenir une **vision synthétique** de ses activités. Elle pourra donc **mettre en place des stratégies spécifiques** pour chaque DAS identifié.

• Les DAS sont généralement définis selon des **couples produits/marchés** caractérisés par un certain nombre de **facteurs communs** (fournisseurs, concurrents, consommateurs, technologies, etc.) pour lesquels il est possible de définir une stratégie particulière.

> **Exemple**
> Sur le marché des cosmétiques, l'entreprise L'Oréal met en place des stratégies spécifiques adaptées à son portefeuille de marques en fonction de la clientèle visée et du canal de distribution de ses produits selon 4 DAS : produits pour professionnels, produits de luxe, produits grand public, produits issus de la cosmétique active (avec des vertus médicales).

• Il convient de différencier :
– **les critères de segmentation marketing** utilisés pour définir le *marketing mix* (composition de sous-groupes de consommateurs ayant des besoins différents à assouvir) ;
– **les critères de segmentation stratégique** qui permettent de diviser les activités de l'entreprise en segments homogènes régis par des facteurs clés de succès identiques.

• **Parmi les critères d'homogénéité** les plus fréquemment proposés pour circonscrire les DAS, figurent le métier, la mission, le type de clientèle, l'espace géographique, le circuit de distribution.

• **Les principales stratégies associées** à une approche par domaines d'activité stratégiques, ou « stratégies génériques » selon la classification de M. Porter, sont les **stratégies de domination par les coûts, de différenciation, de focalisation**.

2 Les stratégies spécifiques par DAS (M. Porter)

Stratégies	Objectif	Exemple
Domination par les coûts	• Développer un avantage compétitif prix par rapport aux concurrents. • Permet à l'entreprise d'accroître ses parts de marché, et peut contribuer à lui assurer un avantage durable du fait des économies d'échelle procurées par l'effet volume.	Le constructeur automobile Renault a acquis une expertise dans la production de véhicules à bas coût (marque Dacia).
Différenciation	Quand le prix ne constitue pas le facteur déterminant du choix des consommateurs (*ex. : IPhone*), cette politique conduit à une stratégie de segmentation du marché de la part de l'entreprise.	Stratégie développée par Apple sur l'ensemble de sa gamme qui lui permet de se positionner sur les segments haut de gamme.

CEJM

Stratégies	Objectif	Exemple
Concentration / focalisation	Focalisation de l'entreprise sur un segment de son marché afin d'y concentrer ses ressources pour obtenir un avantage compétitif suffisant.	En janvier 2018, Kering lâche le sport et se concentre sur le luxe. Le groupe de luxe a indiqué vouloir céder 70 % de ses parts à ses actionnaires.

3 Les stratégies globales selon Igor Ansoff

Igor Ansoff définit deux grands types de **stratégies globales pour les entreprises**.

Stratégies	Objectif	Exemple
Spécialisation	L'entreprise limite son activité à un seul métier sur lequel elle détient un avantage concurrentiel certain.	En août 2017, le constructeur automobile français PSA a conclu le rachat des filiales européennes Opel et Vauxhall de l'américain General Motors. Avec plus de 17 % de part de marché, PSA devient le second constructeur européen.
Diversification	Offre à l'entreprise l'opportunité de se développer sur un marché correspondant à un nouveau métier.	En juin 2017, La Poste poursuit la diversification de ses activités en entrant dans le secteur de la prestation de santé à domicile grâce à une prise de participation dans la société Asten Santé (accompagnement à domicile de patients atteints de maladies chroniques).

A Les diverses stratégies de spécialisation

- **La pénétration du marché** vise à accroître la part de marché de l'entreprise sur un domaine particulier.

- **La politique d'élargissement de la gamme** consiste à couvrir l'ensemble des segments d'un marché particulier.

- **L'expansion géographique** consiste à couvrir un espace géographique avec un produit identique (ou adapté à la demande locale) pour accroître sa part de marché globale.

B Les stratégies de diversification

- **La diversification de placement :** l'entreprise utilise ses ressources disponibles pour investir de nouveaux marchés.

- **La diversification de survie :** l'entreprise qui ne dispose pas d'un avantage concurrentiel initial satisfaisant se tourne vers un nouveau marché.

- **La diversification de redéploiement :** l'entreprise qui dispose d'un avantage concurrentiel initial se repositionne sur des marchés offrant de meilleurs potentiels de croissance.

- **La diversification de confortement :** l'entreprise ne disposant pas d'un avantage concurrentiel initial décisif conforte sa position en se développant sur une activité complémentaire.

4 Intégration - externalisation

Dans une démarche globale, **une entreprise s'interroge sur ce qui constitue son cœur d'activité**. Les choix qui s'offrent à elle relèvent de la stratégie d'intégration, ou au contraire d'externalisation.

Stratégies	Objectif	Exemple
Intégration	• L'entreprise cherche à se positionner sur un maximum d'éléments de la chaîne de valeur du produit qu'elle réalise (des matières premières jusqu'à la distribution). • Cette intégration peut être verticale (vers l'amont et/ou vers l'aval) ou horizontale (création de co-entreprises avec un concurrent).	Michelin se distingue depuis des années des autres grands acteurs du pneu en possédant des plantations d'hévéas ; ils produisent le latex qui donne le caoutchouc naturel, matière première indispensable à son activité.
Externalisation	L'entreprise concède à une autre entreprise la réalisation d'une partie de sa production ou d'une fonction particulière (informatique, RH, comptabilité…) pour concentrer ses propres ressources sur son cœur de métier.	La Société Générale a externalisé certaines activités de ses sites franciliens : maintenance technique (chauffage, entretien des bâtiments), services et supports aux occupants (accueil, courrier), propreté, hygiène et environnement, sécurité et sûreté. Après un appel d'offres, ces fonctions ont été attribuées à des entreprises prestataires spécialisées.

5 Synthèse des principales stratégies

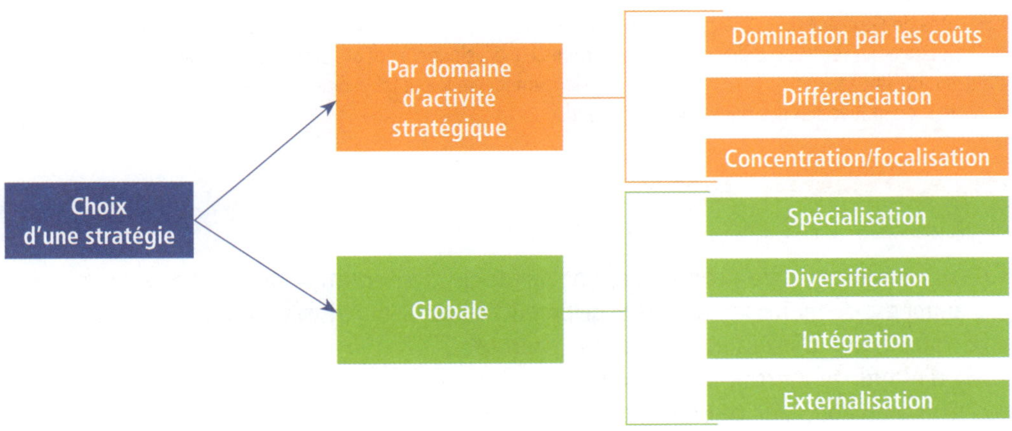

CEJM

72 Les modalités de croissance des entreprises

1 Les différentes stratégies de croissance

Croissance organique ou interne	Développement des ressources et des compétences en interne
Croissance externe	Acquisition de ressources et de compétences en externe
Croissance conjointe	Association pour développer des ressources et des compétences en externe

2 Avantages et limites

A La croissance externe

Avantages	Limites
• Disparition d'un concurrent, donc moins de pression concurrentielle • Acquisition de savoir-faire non détenus initialement par l'entreprise • Croissance rapide de l'entreprise • Économies d'échelle	• Capacités financières de l'entreprise limitées pour pouvoir mettre en œuvre ce type de stratégie • Difficulté à intégrer de nouvelles ressources rapidement et risque de conflit lié à des opérations de rationalisation entre les différentes unités de l'entreprise • Perte potentielle de pouvoir du manager dans la nouvelle organisation de l'entreprise

B La croissance interne

Avantages	Limites
• Processus progressif adapté aux capacités de l'entreprise • Croissance qui repose sur de l'autofinancement • Facteur de motivation des personnels	• Stratégie longue à produire ses effets • Problème potentiel de taille critique et de compétitivité face à des concurrents qui développeraient des stratégies de croissance externe • Développement limité par les compétences existantes au sein de l'entreprise

3 La stratégie d'internationalisation

• **Dans une logique de production,** une **stratégie d'internationalisation** peut permettre à une entreprise de **maîtriser ses coûts** de production ou de maîtriser ses **approvisionnements**.

• **La stratégie d'internationalisation permet aussi d'élargir le marché de l'entreprise,** soit en accédant à de nouveaux consommateurs, soit en se positionnant sur des marchés étrangers en croissance. L'entreprise devient alors un producteur « national » dans le pays étranger concerné et évite ainsi les restrictions liées aux importations dans le pays visé.

• **L'internationalisation peut passer soit par l'exportation** à partir du pays d'origine de l'entreprise, **soit par une implantation directe sur les marchés étrangers**, directement (filiale, joint-venture avec un producteur local) ou indirectement (franchise, licences, accord de distribution avec un partenaire).

Exemples

Croissance externe : l'entreprise Blablacar a annoncé en août 2018 le rachat de son concurrent russe Beepcar dans le cadre de sa stratégie de croissance internationale.

Croissance interne : en août 2018, le constructeur automobile Tesla a annoncé la construction d'un site de production en Chine pour répondre à l'importante demande locale de véhicules électriques. Actuellement, les véhicules vendus en Chine sont produits aux États-Unis.

QCM L'intégration de l'entreprise dans son environnement

Corrigé p. 332

Parmi les affirmations suivantes, lesquelles sont vraies ?

1. Les fonctions économiques principales des ménages sont :

a. le financement de l'activité économique.
b. la consommation.
c. l'épargne.
d. la production de biens et services.

2. La fonction d'allocation de l'État intègre les actions suivantes :

a. la mise en place de règles en matière de droit de la concurrence.
b. le versement de prestations sociales telles que les allocations familiales.
c. les mesures de politique économique.
d. la production de services non marchands.

3. Les revenus du capital (ou du patrimoine) des ménages intègrent :

a. les salaires.
b. les prestations sociales.
c. les loyers tirés d'investissements locatifs.
d. les intérêts tirés de la détention d'actions.

4. Sur un marché concurrentiel, la hausse du prix d'un bien peut provenir :

a. d'une pénurie d'offre.
b. d'une offre abondante.
c. d'une demande dynamique.
d. d'une demande fragile.

5. La compétitivité hors-prix d'une entreprise repose sur :

a. sa maîtrise des coûts.
b. sa capacité à vendre ses produits à un prix inférieur à ceux de la concurrence.
c. sa capacité à se différencier par l'image de marque.
d. sa capacité à proposer des produits innovants.

6. L'existence de barrières à l'entrée d'un marché :

a. rend ce marché pleinement concurrentiel.
b. correspond à une asymétrie d'information.
c. correspond à une externalité.
d. tend à faire baisser les prix du marché.
e. Aucune réponse ne convient.

7. Les écotaxes :

a. sont une réponse possible au problème des externalités négatives.
b. sont une réponse possible au problème des externalités positives.
c. sont une réponse possible au problème des asymétries d'information.
d. obéissent au principe du pollueur-payeur.

8. Les externalités positives sont une défaillance du marché :

a. car le marché ne parvient pas à récompenser les agents qui en sont à l'origine.
b. car le marché ne parvient pas à sanctionner les agents qui en sont à l'origine.
c. qui justifient la mise en place d'un droit de la concurrence.
d. qui justifient la mise en place d'un droit des brevets.

9. La liberté contractuelle :

a. est consacrée par l'article 1103 du Code civil.
b. consiste notamment à choisir librement le contenu du contrat.
c. permet de contracter avec la personne de son choix quel que soit le type de contrat conclu.

10. Le principe d'irrévocabilité :

a. est consacré par l'article 1102 du Code civil.
b. signifie qu'une fois que le contrat est formé, les parties ne peuvent pas revenir dessus.
c. suppose que pour rompre le contrat, les parties doivent respecter un délai de préavis.

11. Pendant la phase de négociation, les parties :

a. sont engagées et si elles rompent les négociations, elles engagent leur responsabilité.
b. sont soumises à une obligation de bonne foi.
c. peuvent prévoir des clauses de confidentialité pour protéger des secrets de fabrication.

12. L'obligation générale d'information :

a. découle de l'obligation de bonne foi.
b. s'applique uniquement pendant la phase de négociation du contrat.
c. si elle n'est pas respectée, peut permettre d'obtenir des indemnités.

13. Le formalisme *ad probationem* :

a. signifie que si le contrat ne respecte pas un certain formalisme, il est déclaré nul.
b. ne s'applique que pour les contrats dits « solennels ».
c. signifie que rédiger par écrit le contrat est obligatoire.
d. Aucune réponse ne convient.

14. Dans la formation du contrat, l'erreur :

a. est le fait pour un contractant d'obtenir le consentement de l'autre par des manœuvres ou des mensonges.
b. peut porter sur le prix du contrat.
c. entraîne la nullité du contrat.

15. Une clause pénale est une clause :

a. dont le montant peut être révisé par le juge.
b. qui prévoit que le contrat sera résolu si une partie ne respecte pas ses obligations.
c. qui prévoit que la propriété du bien vendu n'est transférée à l'acheteur que lorsque l'intégralité du prix a été versée.
d. Aucune réponse ne convient.

16. Quelle est la décomposition de la finalité d'une entreprise ?

a. une mission.
b. une responsabilité.
c. un but.
d. une vocation.

17. Parmi les parties prenantes primaires, on trouve :

a. les actionnaires. ○
b. les clients. ○
c. les concurrents. ○
d. les consommateurs. ○

18. La notion d'intrapreneuriat est une logique permettant :

a. de faire la synthèse de la logique entrepreneuriale et managériale. ○
b. d'opposer la logique entrepreneuriale et managériale. ○
c. que la logique entrepreneuriale soit supérieure à la logique managériale. ○

19. Les critères d'évaluation de la performance de l'entreprise sont :

a. uniquement quantitatifs. ○
b. uniquement qualitatifs. ○
c. à la fois quantitatifs et qualitatifs. ○

20. Quels sont les différents critères d'évaluation de la performance ?

a. économique. ○
b. juridique. ○
c. financier. ○
d. organisationnel. ○
e. sociaux. ○

QCM La régulation de l'activité économique

Corrigé p. 3.

Parmi les affirmations suivantes, lesquelles sont vraies ?

1. Selon Musgrave, les fonctions économiques que doit assumer l'État sont :
- a. la fonction d'ajustement de l'offre et de la demande.
- b. la fonction de régulation.
- c. la fonction de redistribution.
- d. la fonction d'allocation.

2. Le PIB peut être dynamisé par la progression de :
- a. la consommation.
- b. l'investissement.
- c. les exportations.
- d. les importations.

3. La croissance économique peut avoir pour effet indésirable :
- a. une diminution des richesses produites sur le territoire.
- b. une diminution du revenu moyen par habitant.
- c. l'apparition d'externalités négatives.
- d. l'apparition d'asymétries d'information.

4. Dans un pays, un dérapage inflationniste peut avoir pour origine :
- a. une contraction du crédit bancaire.
- b. une hausse du cours des matières premières.
- c. une baisse du coût du travail.
- d. une demande très dynamique.

5. L'objectif de la banque centrale européenne (BCE) en matière de stabilité des prix est :
- a. d'être en situation de déflation (inflation négative) car la baisse des prix profite aux consommateurs.
- b. d'atteindre une inflation de 0 %.
- c. de contenir l'inflation à moins de 2 %.
- d. de contenir l'inflation à moins de 5 %.

6. Une politique monétaire de hausse des taux d'intérêt :
- a. est une politique de rigueur.
- b. est une politique expansionniste.
- c. favorise la lutte contre l'inflation.
- d. favorise le dynamisme de la croissance.

7. Une politique budgétaire de creusement du déficit public :
- a. est une politique de rigueur.
- b. est une politique expansionniste.
- c. favorise la lutte contre l'inflation.
- d. favorise le dynamisme de la croissance.

8. L'appartenance d'un pays à la zone euro l'oblige (en principe) :

a. à confier sa politique monétaire à la BCE.
b. à contenir son déficit public en dessous de 3 % du PIB.
c. à contenir sa dette publique en dessous de 100 % du PIB.
d. à tendre vers un budget public structurel équilibré.

9. L'ordre public de direction est l'ensemble des règles :

a. impératives qui ont pour vocation à protéger les parties faibles.
b. qui ont pour vocation de fixer les limites entre ce qui est interdit et ce qui est autorisé.
c. qui régissent les rapports des individus entre eux.

10. L'abus de position dominante :

a. est une pratique anticoncurrentielle interdite.
b. est sanctionné au niveau national mais pas au niveau communautaire.
c. est un accord entre entreprises qui cherche à limiter l'accès au marché ou à faire obstacle à la libre fixation des prix.

11. Les ententes entre entreprises :

a. sont légales.
b. sont autorisées lorsque l'entente peut assurer un progrès économique.
c. sont toujours sanctionnées par la Commission européenne.

12. L'action en concurrence déloyale :

a. se fonde sur les règles de la responsabilité civile contractuelle.
b. découle des articles 1240 et 1241 du Code civil.
c. suppose la preuve d'un défaut, d'un dommage et d'un lien de causalité entre le défaut et le dommage.

13. Les opérations de concentration :

a. rassemblent toutes les prises de contrôle et de rachat d'actifs.
b. sont interdites car anticoncurrentielles.
c. sont contrôlées par l'Autorité de la concurrence en France.

14. Un brevet est :

a. un titre de propriété qui confère un monopole d'exploitation d'une découverte scientifique.
b. un document qui permet de dater de manière certaine une invention.
c. protégé pendant 10 ans renouvelables auprès de l'INPI.
d. Aucune réponse ne convient.

15. Une marque :

a. est un signe figuratif distinctif qui est protégé pendant 20 ans.
b. est protégée par le biais de l'action en contrefaçon.
c. appartient à celui l'a déposée à l'INPI.

16. Les sources de l'avantage concurrentiel selon Michael Porter sont :

a. l'existence de produit de substitution.
b. le pouvoir de négociation des fournisseurs.
c. le pouvoir de négociation des clients.
d. l'absence de concurrence sur le marché.
e. le rôle de l'État.
f. Aucune réponse ne convient.

17. Le modèle PESTEL permet d'analyser l'environnement :

a. politique. ○
b. légal. ○
c. touristique. ○
d. écologique. ○

18. L'innovation permet à une entreprise de :

a. conquérir de nouveaux marchés. ○
b. améliorer la qualité d'un produit. ○
c. améliorer sa rentabilité. ○
d. développer son profit. ○

19. Connaître son patrimoine technologique permet à l'entreprise de :

a. déterminer sa politique de production. ○
b. déterminer sa politique d'innovation. ○
c. Aucune réponse ne convient. ○

QCM

L'organisation de l'activité de l'entreprise

Corrigé p. 332

Parmi les affirmations suivantes, lesquelles sont vraies ?

1. Le capital, en tant que facteur de production, peut correspondre :

a. aux équipements matériels utilisés pour la production. ○
b. à des brevets, des logiciels. ○
c. aux moyens financiers qui permettent à l'entreprise de se développer. ○
d. aux matières premières incorporées dans la production. ○

2. Il y a des gains de productivité lorsque :

a. la production progresse plus vite que la quantité de facteurs utilisés. ○
b. la quantité de facteurs utilisés progresse plus vite que la production. ○
c. la production reste stable et la quantité de facteurs utilisés diminue. ○
d. la quantité de facteurs utilisés reste stable et la production diminue. ○

3. Une entreprise peut être incitée à recourir plus fortement au facteur travail dans sa combinaison productive lorsque :

a. les taux d'intérêt diminuent. ○
b. les charges sociales augmentent. ○
c. le niveau du SMIC augmente. ○
d. les équipements techniques gagnent en productivité. ○
e. Aucune réponse ne convient. ○

4. Les principales modalités de l'impartition sont :

a. le rachat de sociétés par OPA (offre publique d'achat). ○
b. la concession. ○
c. la sous-traitance. ○
d. le franchisage. ○

5. L'impartition se justifie lorsque :

a. l'activité sous-traitée est fortement créatrice de valeur. ○
b. l'activité sous-traitée est faiblement créatrice de valeur. ○
c. l'activité sous-traitée correspond à un avantage concurrentiel du donneur d'ordre. ○
d. le sous-traitant dispose d'un plus grand savoir faire que le donneur d'ordre. ○

6. Lorsqu'un entrepreneur individuel est marié, généralement, le régime matrimonial recommandé pour mettre les biens de son conjoint à l'abri de son risque de déconfiture est :

a. le régime de la communauté légale. ○
b. le régime de la communauté universelle. ○
c. le régime de la séparation des biens. ○

7. L'entrepreneur qui crée son entreprise avec une société commerciale peut :

a. opter pour une SA s'il veut être le seul associé et protéger son patrimoine personnel. ○
b. opter pour une EIRL s'il veut bénéficier des avantages d'une personne morale. ○
c. choisir d'être imposé sur le revenu, dans la rubrique « bénéfices industriels et commerciaux » (BIC). ○
d. Aucune réponse ne convient. ○

8. Les sociétés coopératives de production (SCOP) :

a. font partie avec les sociétés par actions simplifiées des formes juridiques de l'ESS.
b. reposent sur le principe démocratique : 1 personne = 1 voix.
c. confèrent à l'actionnaire un pouvoir proportionnel aux actions qu'il détient.

9. Au sein des mutuelles :

a. les dirigeants sont des bénévoles élus au sein de leurs rangs.
b. les actionnaires disposent d'un pouvoir proportionnel au nombre de parts sociales détenues.
c. la personne morale a un but lucratif et une capacité civile.

10. Les catégories de risques juridiques sont nombreuses. Lorsqu'une entreprise est victime d'un brevet copié par un concurrent, il s'agit :

a. d'un risque écologique.
b. d'un risque technologique.
c. d'un risque politique.

11. La responsabilité civile :

a. cherche à protéger l'atteinte à l'intérêt général.
b. se manifeste par des sanctions telles que des amendes et des peines d'emprisonnement.
c. suppose la réalisation d'une infraction.
d. Aucune réponse ne convient.

12. L'inexécution d'une obligation de résultat dans un contrat par le débiteur peut faire l'objet d'une exonération si :

a. le débiteur peut prouver l'existence d'une cause étrangère.
b. le débiteur peut prouver que le créancier a contribué à la réalisation du dommage.
c. le créancier prouve la faute, le dommage et le lien de causalité.

13. Les ressources tangibles ne comprennent pas :

a. les ressources humaines.
b. les ressources commerciales.
c. les ressources physiques.

14. Les ressources intangibles ne comprennent pas :

a. les ressources technologiques.
b. les ressources humaines.
c. les ressources financières.
d. les ressources commerciales.

15. Parmi les caractéristiques suivantes, repérez celle qui n'appartient pas au style de direction autoritaire.

a. Aucune coopération entre subordonnés.
b. Crainte, sanctions et récompenses.
c. Concertation collective.

16. Le rôle du management opérationnel est de :

a. rendre opérationnels les objectifs stratégiques.
b. mobiliser autour d'objectifs partagés.
c. gérer les ressources de manière performante.

17. La chaîne des valeurs :

a. permet de mesurer la valeur d'une immobilisation. ○
b. est synonyme de valeur ajoutée. ○
c. apprécie la création de richesse de chacune des fonctions de l'entreprise. ○

18. La RSE correspond à :

a. la prise en compte des impacts environnementaux. ○
b. l'attention portée aux salariés. ○
c. la recherche de la rentabilité maximale. ○

19. Parmi les affirmations suivantes, quelles sont les causes de l'effet d'expérience ?

a. la rémunération des salariés. ○
b. l'effet d'apprentissage. ○
c. l'effet de taille. ○
d. les économies d'échelle. ○

20. Les besoins liés au cycle d'exploitation résultent :

a. d'un décalage entre les recettes futures et les dépenses immédiates d'une entreprise. ○
b. d'un décalage entre les recettes immédiates et les dépenses futures d'une entreprise. ○
c. d'un décalage entre les recettes immédiates et les dépenses d'investissement d'une entreprise. ○

21. Le besoin en fonds de roulement :

a. détermine les besoins en financement du cycle d'exploitation d'une entreprise. ○
b. détermine les besoins en financement du cycle d'investissement d'une entreprise. ○

22. L'investissement permet de financer des immobilisations :

a. corporelles. ○
b. incorporelles. ○
c. financières. ○

23. Le taux d'endettement se calcul en divisant :

a. les dettes fournisseurs par le total de l'actif circulant. ○
b. les capitaux propres par le passif circulant. ○
c. les dettes financières par les capitaux propres. ○

24. Pour obtenir des financements externes, l'entreprise :

a. peut procéder à une augmentation de capital. ○
b. peut procéder à des cessions d'actifs. ○
c. peut contracter des emprunts bancaires. ○
d. peut utiliser sa CAF. ○

Corrigé p. 33

QCM L'impact du numérique sur la vie de l'entreprise

Parmi les affirmations suivantes, lesquelles sont vraies ?

1. Une place de marché (ou *market place*) :
- a. est un site Web qui permet de passer des ordres de bourse. ○
- b. est un site Web de vente en ligne. ○
- c. est un site Web qui met en relation des acheteurs et des vendeurs. ○
- d. est un grossiste spécialisé dans le B to B. ○

2. Les externalités de réseau :
- a. découlent des gains qu'il y a à utiliser une plateforme de grande taille. ○
- b. correspondent aux dommages causés à l'environnement par l'essor du numérique. ○
- c. favorisent l'émergence de monopoles ou quasi-monopoles dans le secteur du numérique. ○
- d. se traduisent par une hausse de la qualité de service lorsque les plateformes numériques grandissent. ○

3. Malgré l'émergence de positions dominantes, la régulation des plateformes numériques en matière de droit de la concurrence est complexe car :
- a. les consommateurs souffrent de la grande taille des plateformes. ○
- b. les consommateurs profitent de la grande taille des plateformes. ○
- c. les plateformes adoptent des pratiques anticoncurrentielles. ○
- d. il y a d'importantes barrières à l'entrée sur ces marchés des plateformes. ○

4. L'acronyme GAFA fait référence aux sociétés suivantes :
- a. Google. ○
- b. Airbus. ○
- c. Facebook. ○
- d. Airbnb. ○

5. La principale source de revenu de la société Google provient :
- a. de la publicité. ○
- b. d'abonnements souscrits par ses clients. ○
- c. de la vente d'articles en ligne. ○
- d. de subventions publiques. ○

6. Le modèle économique *freemium* a été adopté par :
- a. Netflix. ○
- b. lemonde.fr. ○
- c. Google. ○
- d. Amazon. ○

7. Les principales retombées attendues de l'essor du numérique en matière de travail :
- a. l'apparition de nouveaux métiers. ○
- b. la disparition de certains métiers. ○
- c. une baisse de la durée moyenne de formation. ○
- d. une précarisation de certains emplois. ○

8. La CNIL est :

a. la Commission du numérique pour l'individualisation des libertés. ○
b. une autorité administrative indépendante. ○
c. une commission compétente pour supprimer les clauses abusives dans les contrats de consommation. ○

9. Parmi les actifs immatériels suivants, le(s)quel(s) est (sont) protégé(s) par les droits d'auteur :

a. les brevets. ○
b. les courriels. ○
c. les logiciels. ○

10. Les sites Web sont protégés par les droits d'auteur lorsque la condition d'originalité est remplie. Si une entreprise copie un site Web existant en reprenant sa structure et sa charte graphique, la victime de la copie peut demander réparation :

a. en exerçant une action en concurrence déloyale. ○
b. en exerçant une action en contrefaçon. ○
c. en exerçant une action en responsabilité civile contractuelle. ○

11. Le règlement général sur la protection des données est entré en vigueur en mars 2018. Ce règlement :

a. crée un nouveau poste dans les entreprises : le DPO, pour Direction par objectifs. ○
b. permet aux salariés de prendre connaissance des données collectées par son employeur sur les autres salariés. ○
c. supprime la CNIL et crée une nouvelle instance de régulation européenne. ○
d. Aucune réponse ne convient. ○

12. L'article L1221-1 du Code du travail dispose : « nul ne peut apporter aux droits des personnes et aux libertés individuelles et collectives des restrictions qui ne seraient pas justifiées par la nature de la tâche à accomplir ni proportionnées au but recherché. » Cela signifie :

a. que l'employeur ou un de ses représentants peut toujours fouiller un salarié à l'entrée de l'entreprise quand il le juge nécessaire. ○
b. que l'employeur peut imposer une tenue à ses salariés pour respecter les conditions d'hygiène et de sécurité nécessaires à la bonne exécution du travail. ○
c. que le salarié peut refuser que l'employeur recherche des fichiers dans le disque dur de l'ordinateur de bureau de ce salarié. ○

13. Les principales fonctions d'un système d'information comprennent :

a. la collecte d'information. ○
b. la saisie des informations. ○
c. le stockage des informations. ○

14. Une information est performante lorsqu'elle est :

a. synthétique. ○
b. exacte. ○
c. disponible. ○
d. transférable. ○

15. Pour gagner en réactivité, les entreprises peuvent adopter des structures :

a. par projet. ○
b. matricielles. ○
c. en réseau. ○

16. Les principaux risques liés aux systèmes d'information sont d'ordre :

a. opérationnel. ○
b. matériel. ○
c. juridique. ○
d. financier. ○

17. Lewin propose différentes phases pour gérer le changement :

a. le dégel. ○
b. le mouvement permanent. ○
c. la flexibilité. ○
d. l'enracinement. ○

Corrigé p. 332

QCM Les mutations du travail

Parmi les affirmations suivantes, lesquelles sont vraies ?

1. La demande de travail tend à diminuer lorsque le niveau des salaires s'élève car :
- a. les travailleurs privilégient le temps de loisirs. ○
- b. les travailleurs privilégient les revenus du patrimoine. ○
- c. le travail « au noir » est favorisé. ○
- d. le travail est moins attractif pour les salariés. ○
- e. Aucune réponse ne convient. ○

2. L'idée selon laquelle il y aurait un marché du travail est contestée car :
- a. il n'y a pas de prix d'échange sur un tel marché. ○
- b. il n'y a pas homogénéité de la demande de travail. ○
- c. il n'y a pas homogénéité de l'offre de travail. ○
- d. les individus ne sont pas des marchandises. ○

3. En matière de segmentation du marché du travail, le groupe des « *insiders* » a pour principale(s) caractéristique(s)…
- a. un faible niveau de qualification. ○
- b. une forte précarité de l'emploi. ○
- c. de faibles perspectives de promotion. ○
- d. une forte exposition au chômage. ○
- e. Aucune réponse ne convient. ○

4. Le traitement économique du chômage s'appuie sur des mesures telles que :
- a. le versement d'indemnités aux chômeurs. ○
- b. la création de contrats aidés. ○
- c. la politique de formation. ○
- d. l'allègement des charges sociales pour réduire le coût du travail. ○

5. Le traitement social du chômage s'appuie sur des mesures telles que :
- a. le versement d'indemnités aux chômeurs. ○
- b. la création de contrats aidés. ○
- c. le développement de la flexibilité du travail. ○
- d. l'allègement des charges sociales pour réduire le coût du travail. ○

6. L'essor du numérique et l'accélération des mutations technologiques…
- a. rendent les politiques passives de l'emploi moins nécessaires. ○
- b. rendent les politiques actives de l'emploi moins nécessaires. ○
- c. renforcent l'intérêt des politiques de formation. ○
- d. justifient les réflexions autour de l'instauration d'un revenu universel. ○

7. Le droit de grève :
- a. est une règle qui prend sa source dans le droit communautaire. ○
- b. est un droit qui a été négocié dans les conventions collectives par les partenaires sociaux. ○
- c. est un principe juridique affirmé dans le préambule de la Constitution de 1958. ○

8. Dans la hiérarchie des normes, une convention collective est une norme juridique :

a. située entre un accord d'entreprise et un contrat de travail. ○
b. située entre la Constitution de 1958 et une ordonnance. ○
c. située entre un accord d'entreprise et une ordonnance. ○

9. Le contrat de travail à durée indéterminée suppose :

a. un lien de subordination de l'employeur vis-à-vis de son salarié. ○
b. l'accomplissement d'une prestation de travail contre une rémunération. ○
c. obligatoirement la fixation d'une durée du travail au moins égale à 35 heures. ○
d. Aucune réponse ne convient. ○

10. Le lien de subordination dans le contrat de travail :

a. est d'ordre public. ○
b. signifie que l'employeur ou le salarié peut y renoncer. ○
c. découle du pouvoir de direction de l'employeur. ○

11. La clause de non-concurrence est une clause par laquelle :

a. les parties prévoient une période limitée pendant laquelle chacune vérifie que le poste lui convient. ○
b. les parties s'engagent à ne pas divulguer des informations dites sensibles telles que des secrets de fabrique. ○
c. le salarié accepte que l'employeur puisse modifier le lieu d'exécution du contrat de travail. ○
d. Aucune réponse ne convient. ○

12. Dans le cadre de la relation de travail, l'employeur assume une obligation de sécurité :

a. de moyens. ○
b. de résultat. ○
c. qui peut entraîner sa responsabilité même lorsqu'il n'a pas commis de faute. ○

13. Conformément au respect des libertés fondamentales, le salarié :

a. peut être fouillé par son employeur. ○
b. peut consulter sa messagerie personnelle sur son lieu de travail. ○
c. peut être filmé par son employeur. ○

14. La gestion prévisionnelle de l'emploi et des compétences :

a. vise à réduire la masse salariale d'une entreprise. ○
b. permet d'optimiser l'allocation des ressources humaines. ○
c. identifie les besoins à venir d'une organisation. ○

15. La théorie des besoins de Maslow identifie comme catégories de besoins :

a. les besoins financiers. ○
b. les besoins immatériels. ○
c. les besoins d'estime. ○

16. Parmi les facteurs de motivation non liés à la rémunération, on trouve :

a. l'élargissement des tâches des salariés. ○
b. la VAE. ○
c. l'intéressement. ○
d. les stock-options. ○

17. Les composantes des conditions de travail comprennent :

a. des facteurs sociaux. ○
b. des facteurs psychologiques. ○
c. des facteurs organisationnels. ○

18. Les nouvelles formes d'organisation du travail privilégient :

a. une nouvelle organisation du travail. ○
b. une standardisation des tâches pour gagner en productivité. ○
c. une amélioration des conditions de vie au travail. ○

QCM

Les choix stratégiques de l'entreprise

Corrigé p. 33

Parmi les affirmations suivantes, lesquelles sont vraies ?

1. Pour faire la synthèse des diagnostics internes et externes on peut utiliser :

a. la matrice SPOT. ○
b. la matrice SWAP. ○
c. la matrice SWOP. ○
d. Aucune réponse ne convient. ○

2. La démarche stratégique :

a. consiste à déterminer une stratégie en fonction des ressources internes de l'entreprise. ○
b. repose sur un diagnostic externe fait par l'entreprise. ○
c. s'appuie sur les diagnostics internes et externes menés par l'entreprise. ○

3. Face à un environnement qui évolue de plus en plus vite :

a. les entreprises développent des stratégies délibérées. ○
b. les entreprises développent des stratégies émergentes. ○
c. les entreprises développent des stratégies de croissance. ○

4. La segmentation stratégique :

a. consiste essentiellement à pratiquer une segmentation mercatique de l'offre d'une entreprise. ○
b. concerne l'ensemble de l'entreprise. ○
c. permet de répondre rapidement aux évolutions des besoins des consommateurs. ○

5. Une entreprise :

a. doit se spécialiser sur un seul domaine d'activité stratégique. ○
b. peut segmenter ses activités par domaines d'activité stratégique. ○
c. cherche à répondre à l'ensemble des besoins de ses clients. ○

6. Parmi les principales stratégies spécifiques par domaine d'activité stratégique, une entreprise peut mener :

a. une stratégie de diversification. ○
b. une stratégie de domination par les coûts. ○
c. une stratégie de concentration. ○

7. Une stratégie d'internationalisation :

a. peut permettre à l'entreprise de maîtriser ses approvisionnements. ○
b. passe nécessairement par une délocalisation de l'outil de production. ○
c. permet d'élargir le marché d'une entreprise. ○

Corrigé p. 333

ÉTUDE DE CAS Le cas Roolett

L'entreprise Roolett est une société à responsabilité limitée de 58 salariés basée à La Duchère, dans l'agglomération lyonnaise. Son métier consiste à fabriquer des roues et des roulettes sous toutes les formes (en métal, en plastique, en caoutchouc avec ou sans chambre à air) et pour toutes les destinations (roues de diables de manutention, roulettes de caddie, pneus de brouette...).

L'entreprise créée en 1947 s'est transmise de père en fils, depuis le fondateur Alfonse Roulibre à son fils Albert puis à son petit fils Alain. L'entreprise s'est fortement développée depuis sa création mais aujourd'hui elle doit affronter de nouveaux défis : continuer d'innover et se développer pour faire face à la concurrence.

Vous êtes l'assistant(e) de Monsieur Alain Roulibre et il vous a confié plusieurs missions qu'il vous demande de remplir à partir des documents portés en annexe.

COMPRENDRE EN VIDÉO

Voir 3 vidéos : Répondre à une question de manière structurée et organisée ; Comment organiser son travail lors de l'épreuve de CEJM ; rédiger un cas pratique

Mission 1

1. **Caractérisez l'entreprise Roolett.**
2. **Établissez un diagnostic de l'entreprise et justifiez la pertinence de mettre en œuvre une stratégie d'intégration verticale.**
3. **Présentez les solutions de financement qui permettraient de réaliser cette stratégie.**

Mission 2

4. **Qualifiez la structure organisationnelle de Roolett avant et après le rachat de son fournisseur Nevea. Présentez les avantages de la nouvelle structure au vu de la stratégie adoptée.**
5. **Expliquez le sort du contrat de travail des salariés de Nevea suite au rachat de cette entreprise par Roolett.**

Mission 3

Monsieur Deloin, simple particulier, fait ses courses dans le supermarché Market-In. Alors qu'il se promène dans la galerie, son caddie rempli de victuailles, une roulette cède et le caddie vient s'écraser sur son pied. Gravement blessé, Monsieur Deloin est immobilisé et son médecin lui a rédigé un arrêt de travail pour 4 semaines. Les experts diligentés pour comprendre les causes de l'accident certifient qu'un défaut de fabrication de la roue en est à l'origine.

6. **Contre qui et sur quel fondement juridique Monsieur Deloin peut-il agir en justice pour demander réparation de son préjudice ?**

COMPRENDRE EN VIDÉO

Voir vidéo : Analyser une décision de justice

Mission 4

7. **Expliquez en quoi l'abonnement de Roolett à une place de marché B to B pourrait constituer une opportunité de développement de ses ventes. Précisez l'incidence que cela pourrait entraîner sur ses charges et ses recettes.**

Annexes — Description de l'opération promotionnelle

Annexe 1	Fiche d'identité de l'entreprise Roolett
Annexe 2	Le marché de l'entreprise Roolett : vue d'ensemble et tendances
Annexe 3	Nevea, un partenaire clé pour Roolett
Annexe 4	Organigramme de l'entreprise Roolett avant et après le rachat de Nevea
Annexe 5	Vente en ligne B to B : faut-il investir les *marketplaces* ?
Annexe 6	Quelques articles tirés du Code civil et du Code du travail

Annexe 1 — Fiche d'identité de l'entreprise Roolett

Forme juridique : SARL
Siège social : La Duchère (69)
Effectif équivalent temps plein : 58 salariés
Date de création : 1947
Gérant majoritaire : Alain Roulibre
Chiffre d'affaires : 500 millions d'euros
Capital social : 10 millions d'euros répartis comme suit :

Associés	Part dans le capital social
Alain Roulibre	60 %
SARL *holding* familiale	20 %
Gérald Bicicle, investisseur	10 %
Adeline Tourniquet, investisseur	10 %

Endettement en cours : 1 million d'euros, soit un taux d'endettement de 10 %.

- Les roues et roulettes de Roolett sont le fruit des technologies de pointe et du savoir-faire de l'entreprise, issu d'une longue expérience. Depuis trois générations, la famille Roolett conçoit, fabrique et commercialise des roues et roulettes de tous types afin de répondre à de multiples besoins : manutention, industrie, collectivités, ameublement, grande distribution, jouets...
- Les différentes étapes de fabrication sont réalisées en interne au sein d'un parc machines important : fraiseuses numériques, presses à injecter des thermoplastiques, presses mécaniques, cisailles, plieuses, postes à souder, etc.
- Depuis sa création, l'entreprise Roolett cherche à innover pour répondre aux besoins des acteurs du marché en proposant de nouveaux produits. La société est spécialisée depuis plus de 30 ans dans le moulage des caoutchoucs par compression.
- Son département « approvisionnement / achat » lui permet d'assurer la fourniture de ses matières premières grâce à plusieurs partenaires.

Matière première	Part des partenaires dans l'approvisionnement			
Caoutchouc	Nevea (40 %)	Caooth (25 %)	Latexis (20 %)	Autres (15 %)
Métal	Steelor (30 %)	Holametal (30 %)	Assiri (20 %)	Autres (20 %)

- Grâce aux exportations, l'entreprise étend ses marchés à l'international :

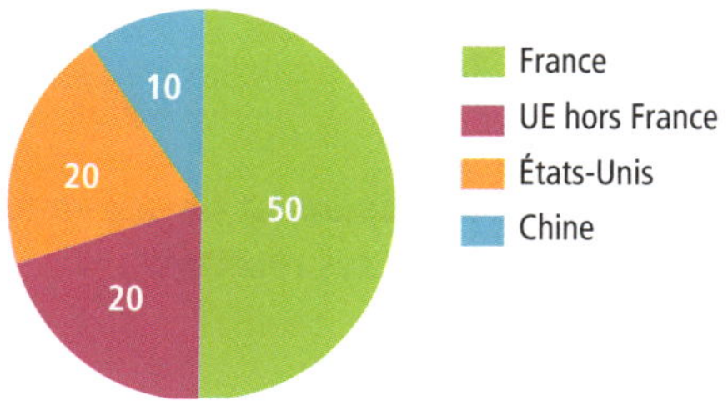

COMPRENDRE EN VIDÉO — *Voir 2 vidéos : Exploiter un tableau ; exploiter un graphique*

ANNEXE 2 Vue d'ensemble et tendances du marché de l'entreprise Roolett

- Le développement de la logistique et de la mobilité sous toutes ses formes donne un formidable relais de croissance au marché de la petite roue et de la roulette : trottinette urbaine pour les particuliers, chariots et diables pour les entrepôts des professionnels en sont de bonnes illustrations. Mais la concurrence internationale est rude : elle est espagnole, allemande et, dans une moindre mesure, américaine et chinoise.
- Pour faire face à la concurrence, l'entreprise Roolett peut s'appuyer sur ses produits de qualité réputés pour leur solidité et leur résistance aux frottements. Son unité de recherche et développement met au point des innovations pour améliorer les qualités techniques des roulettes : clipsage et déclipsage pour une maintenance facilitée, roues avec axe rotatif pour faciliter les manipulations sur des petits espaces…
- En termes d'approvisionnement, l'entreprise Roolett a besoin de se prémunir contre les aléas. Il est arrivé une fois que Nevea, son fournisseur de latex, subisse une grève de ses salariés, si bien que Roolett a connu une rupture de stock de quelques jours et a dû réorganiser au plus vite ses réapprovisionnements auprès de ses autres partenaires pour y remédier. Cet incident avait occasionné un arrêt de la chaîne de production et une diminution du chiffre d'affaires de l'entreprise.

ANNEXE 3 Nevea, un partenaire clé pour Roolett

- Nevea est une société d'exploitation agricole (SEA) implantée à Nançay dans le département du Cher (18). Son activité consiste à profiter du sol riche et humide de cette région en exploitant une plantation d'hévéas, arbres dont la sève permet de fabriquer le latex nécessaire à la production du caoutchouc. Nevea se compose d'un dirigeant, Monsieur Borocia, et de 12 salariés.
- Avec sa production annuelle de 200 000 tonnes de caoutchouc naturel, Nevea est un petit acteur sur ce marché, face à une production mondiale qui s'élève à plus de 12 millions de tonnes, qui émane principalement des producteurs asiatiques. Malgré cette concurrence forte, l'entreprise bénéficie d'un positionnement de proximité intéressant pour la France et ses pays frontaliers.
- Le chiffre d'affaires de Nevea est volatil, car il dépend du prix à la tonne du caoutchouc naturel. En 2018, le prix s'est stabilisé autour de 1 500 € la tonne, soit un chiffre d'affaires de 300 millions d'euros environ pour un capital social de 2 millions d'euros.
- Grâce à un partenariat signé il y a 10 ans, 82 % de la production de Nevea est revendue à l'entreprise Roolett. Toutefois, M. Borocia s'inquiète de cette quasi-dépendance envers un seul partenaire et s'interroge sur l'utilité de diversifier sa clientèle pour répartir les risques de son activité ; par exemple, des Espagnols souhaiteraient lui acheter un tiers de sa production. Pour autant, l'exploitation de Nevea n'est pas extensible : compte tenu de son parc d'hévéas, sa production de caoutchouc ne peut pas augmenter ; s'il satisfaisait la demande des Espagnols, ce serait au détriment des besoins de l'entreprise Roolett.
- Enfin, en raison des acteurs asiatiques du marché qui maintiennent une pression à la baisse des prix, M. Borocia est obligé d'être dur avec ses salariés et de surveiller de près leur progression de salaire. D'ailleurs, les employés mécontents ont récemment usé de leur droit de grève pour que leurs salaires soient reconsidérés. L'interruption de travail de 12 jours a empêché Nevea d'honorer une commande à destination de Roolett.

Annexe 4 Organigramme de l'entreprise Roolett avant et après le rachat de Nevea

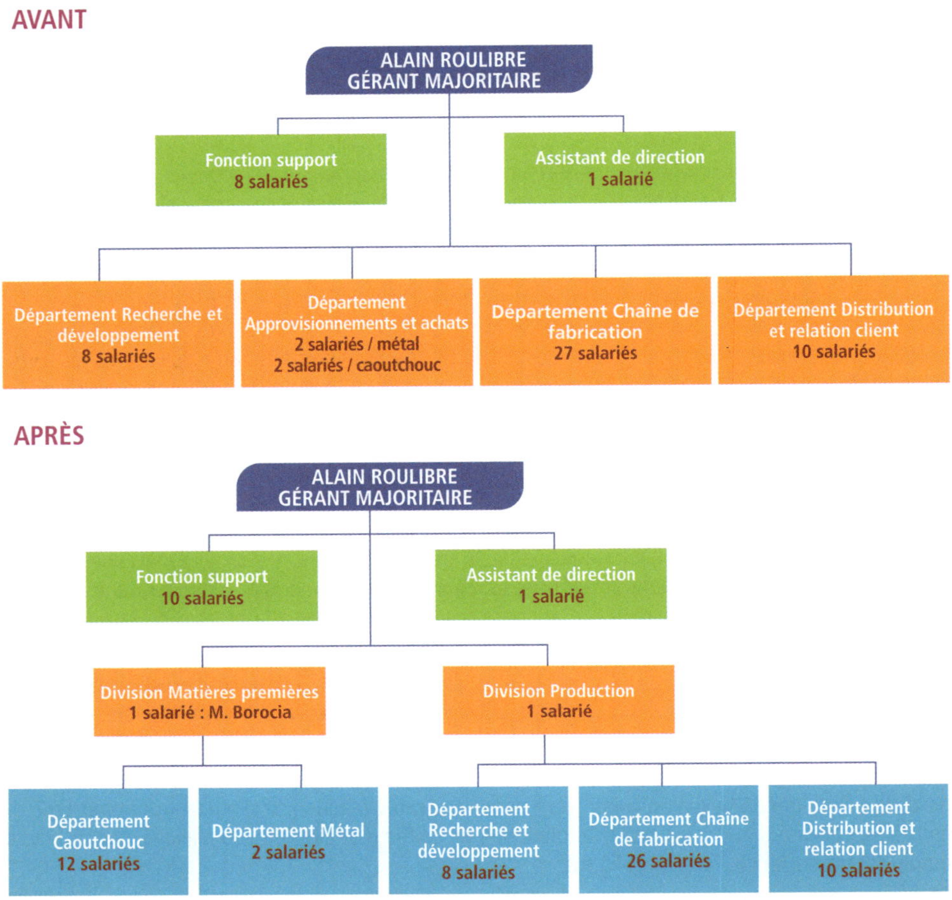

Annexe 5 Vente en ligne B to B : faut-il investir les *marketplaces* ?

La vente en ligne B to B est en pleine transformation digitale. Initiées par les géants du Web Amazon et Alibaba, les *marketplaces* sont devenues le modèle à suivre pour vendre en ligne aux professionnels. [...]

Vente en ligne B to B : un marché boosté par les attentes des acheteurs professionnels

À l'ère de la transformation digitale des entreprises, l'e-commerce est devenu un enjeu stratégique pour les entreprises. Les pratiques d'achat B to B tendent à se digitaliser de plus en plus grâce notamment au développement de services numériques dédiés aux professionnels et à l'arrivée de nouveaux modèles numériques comme les places de marché B to B ou les *marketplaces* spécialisées.

Face à cette mutation du commerce B to B, les comportements d'achats des professionnels évoluent au même titre que les services. Les acheteurs B to B sont ainsi de plus en plus nombreux à faire leurs recherches sur le Web et à acheter en ligne via une solution d'*e-procurement* ou directement sur un site e-commerce. Les professionnels transitent ainsi des canaux offline (catalogue papier, commerciaux, bon de commande, téléphone...) vers les canaux digitaux. Depuis la recherche de fournisseurs en passant par la sélection des produits et jusqu'à la prise des commandes et au suivi des achats, les clients professionnels utilisent le digital tout au long du process d'achat. Les acheteurs B to B font ainsi la tendance en matière de vente en ligne B to B. Face à ce mouvement, les vendeurs B to B adoptent l'e-commerce comme un nouveau canal de vente et adaptent leur stratégie de vente en intégrant le digital comme un nouveau levier de croissance.

[...]

Les *marketplaces* B to B : le modèle gagnant pour les entreprises ?

L'e-commerce B to B représente une formidable opportunité pour les entreprises qui souhaitent conquérir et fidéliser une nouvelle clientèle. Si la création d'une plateforme de commerce en ligne B to B peut engendrer des coûts importants et une restructuration des systèmes d'information, les places de marché représentent un canal privilégié pour les vendeurs B to B qui souhaitent se lancer dans l'e-commerce et tester la vente en ligne sur un segment de produits avant d'initier de gros chantiers au sein de leur entreprise.

Parce qu'elles regroupent un grand nombre d'acheteurs et de vendeurs, les places de marché sont devenues la référence en matière de vente et d'achat B to B en ligne. Amazon et Alibaba sont les géants qui ont initié cette tendance. Les vendeurs professionnels suivent ce mouvement et intègrent les *marketplaces* dans leur stratégie de vente et d'acquisition clients pour capter une nouvelle clientèle et accroître leurs ventes de manière rapide, le tout en bénéficiant de la notoriété de la plateforme et des services qu'elle garantit à ses acheteurs professionnels. Grâce à un trafic qualifié, les places de marché permettent aux vendeurs B to B de générer des ventes supplémentaires et d'être plus visibles auprès des acheteurs professionnels sans avoir besoin de débourser un budget dans des campagnes publicitaires online. En contrepartie, les vendeurs devront payer un abonnement à la *marketplace* et reverser un pourcentage des ventes. Un coût perçu comme un investissement marketing pour les vendeurs B to B. Les *marketplaces* sont aussi une réelle opportunité pour les petits vendeurs qui peuvent se payer une présence en ligne à un coût abordable.

La concentration de l'offre et de la demande sur les *marketplaces* et la garantie de services fiables font le succès de ces plateformes où les fournisseurs et les acheteurs commercent sans intermédiaire.

Amazon a lancé en avril 2015 Amazon Business en Amérique du Nord, sa place de marché entièrement dédiée aux professionnels. Selon une étude d'Acquity Group, 17 % des acheteurs B to B achètent régulièrement sur cette plateforme.

L'arrivée du digital dans le commerce inter-entreprises a permis de faciliter les échanges entre professionnels et de réduire les intermédiaires dans le commerce B to B. La vente en ligne B to B est un véritable relais de croissance pour les marchands professionnels. Avec plus de 20 % des entreprises françaises qui réalisent des achats via Internet, l'e-commerce représentait 18 % du montant total des ventes B to B en 2015. Selon les prévisions de la Fevad, l'e-commerce B to B français pourrait atteindre une part de marché de 24 % dans le volume des ventes B to B en 2020.

https://www.webetsolutions.com

ANNEXE 6 Quelques articles de droit

Code civil

• Article 1217 : « La partie envers laquelle l'engagement n'a pas été exécuté, ou l'a été imparfaitement, peut :
– refuser d'exécuter ou suspendre l'exécution de sa propre obligation ;
– poursuivre l'exécution forcée en nature de l'obligation ;
– obtenir une réduction du prix ;
– provoquer la résolution du contrat ;
– demander réparation des conséquences de l'inexécution.
Les sanctions qui ne sont pas incompatibles peuvent être cumulées ; des dommages et intérêts peuvent toujours s'y ajouter. »

• Article 1240 : « Tout fait quelconque de l'homme, qui cause à autrui un dommage, oblige celui par la faute duquel il est arrivé à le réparer. »

• Article 1245 : « Le producteur est responsable du dommage causé par un défaut de son produit, qu'il soit ou non lié par un contrat avec la victime. »

• Article 1246 : « Toute personne responsable d'un préjudice écologique est tenue de le réparer. »

Code du travail

Article L1224-1 : « Lorsque survient une modification dans la situation juridique de l'employeur, notamment par succession, vente, fusion, transformation du fonds, mise en société de l'entreprise, tous les contrats de travail en cours au jour de la modification subsistent entre le nouvel employeur et le personnel de l'entreprise. »

QCM

L'INTÉGRATION DE L'ENTREPRISE DANS SON ENVIRONNEMENT

Énoncé p. 311

1. b, c
2. a, d
3. c
4. a, c
5. c, d
6. e
7. a, d
8. a, d
9. b
10. b, c
11. b
12. a, c
13. d
14. c
15. d
16. a, c, d
17. a, b
18. a
19. c
20. a, c, d, e

LA RÉGULATION DE L'ACTIVITÉ ÉCONOMIQUE

Énoncé p. 314

1. b, c, d
2. a, b, c
3. c
4. b, d
5. c
6. a, c
7. b, d
8. a, b, d
9. b
10. a
11. b
12. b
13. c
14. d
15. b, c
16. a, b, c, e
17. a, b, d
18. a, b
19. b

L'ORGANISATION DE L'ACTIVITÉ DE L'ENTREPRISE

Énoncé p. 317

1. a, b, c
2. a, c
3. e
4. b, c, d
5. b, d
6. c
7. d
8. b
9. a
10. b
11. d
12. a
13. b
14. b, c
15. c
16. a
17. c
18. a, b
19. b, c, d
20. a
21. a
22. a, b, c
23. c
24. a, c

L'IMPACT DU NUMÉRIQUE SUR LA VIE DE L'ENTREPRISE

Énoncé p. 320

1. c
2. a, c, d
3. b
4. a, c
5. a
6. b
7. a, b, d
8. b
9. c
10. a, b
11. d
12. b
13. a, c
14. b, c
15. a, c
16. a, c, d
17. a, d

LES MUTATIONS DU TRAVAIL

Énoncé p. 323

1. e
2. b, c
3. e
4. b, c, d
5. a, b
6. c, d
7. c
8. c
9. d
10. a, c
11. d
12. b, c
13. b
14. b, c
15. c
16. a, b
17. a, b, c
18. a, c

LES CHOIX STRATÉGIQUES DE L'ENTREPRISE

Énoncé p. 326

1. d
2. c
3. b
4. b
5. b
6. b, c
7. a, c

ÉTUDE DE CAS : CAS ROOLETT

Mission 1

Énoncé p. 327

1. **L'entreprise Roolett** est une société commerciale, personne morale de type SARL que l'on peut qualifier de moyenne entreprise par sa taille (plus de 50 salariés) mais grande par son chiffre d'affaires (supérieur à 50 millions d'euros). L'entreprise développe son activité dans le secteur industriel. Elle vend ses produits à des professionnels et relève de la catégorie du B to B (Business to Business).

2. **L'objectif** : faire ressortir les difficultés d'approvisionnement de l'entreprise et justifier la pertinence d'une politique d'intégration verticale de la filière caoutchouc qui représente les 2/3 de la production de roues et roulettes dans un univers concurrentiel.

L'environnement externe	
Menaces	**Opportunités**
Forte concurrence internationale : espagnole, allemande, américaine et chinoise	Secteur en pleine croissance grâce à la mobilité et à l'essor de la logistique
Le diagnostic interne	
Faiblesses	**Forces**
• 40 % de l'approvisionnement en caoutchouc provient d'une seule entreprise, Nevea : forte dépendance • Roolett a dû faire face à une rupture de l'approvisionnement de Nevea • Cette dépendance crée un risque pour le chiffre d'affaires de Roolett	• Capacité d'innovation • Solidité et bonne qualité des produits

La stratégie d'intégration verticale est une stratégie de croissance qui consiste à ce qu'une entreprise décide de racheter une activité en amont ou en aval de sa propre activité. En l'occurrence, il peut être opportun pour Roolett, afin de chasser les aléas sur ses approvisionnements, de racheter l'entreprise Nevea.

Les arguments en faveur de l'intégration de Nevea :

– Roolett pourra contrôler 40 % de son approvisionnement en caoutchouc. Les aléas sur sa production sont donc réduits ;
– Nevea est basée en France, comme Roolett. C'est positif pour son image. L'approvisionnement ne posera pas de difficulté de transport ;
– les clients de Roolett sont principalement voisins : la France et l'Union européenne représentent 70 % du chiffre d'affaires. Le positionnement local est conforté ;
– Roolett contrôle la totalité de la production et dissuade ainsi M. Borocia d'aller fournir ses concurrents espagnols ;
– l'entreprise est de petite taille, tant en termes de salariés qu'en termes financiers de l'entreprise. Le capital social de Nevea est de 2 millions d'euros contre 10 millions pour Roolett. Le chiffre d'affaires de Nevea tourne autour de 300 millions contre 500 millions d'euros pour Roolett. Le rachat semble possible.

Remarque Il nous faudrait également l'estimation de la valeur des parts sociales au vu du montant des réserves de l'entreprise.

3. **Les solutions de financement envisageables pour la stratégie de Roolett :**

Augmenter son capital social en achetant les parts sociales de Nevea	Solliciter une nouvelle souscription de la part de ses associés avec maintien de la répartition si chaque associé contribue proportionnellement à son apport initial.
	Solliciter une nouvelle souscription de la part de ses associés avec modification de la répartition si tous les associés ne contribuent pas.
Augmenter son capital social en intégrant la SEA Nevea comme nouvel associé de Roolett	Si Nevea représente 2 millions d'euros, la société peut apporter cette somme au capital social de Roolett. Elle détiendra alors 2/12e du capital social du nouvel ensemble, soit environ 16,6 %. La part de M. Roulibre passerait de 60 à 50 % (6 millions sur 12). Il ne perdrait pas la majorité du capital. Les autres associés verraient également leur part diminuer.
Augmenter son taux d'endettement auprès des banques	Roolett peut ne pas modifier son capital social et solliciter un emprunt bancaire externe afin de financer le rachat pur et simple de l'entreprise, car son taux d'endettement est relativement faible. La SARL Roolett deviendrait alors l'associé de référence de la SEA Nevea.

Il est possible de proposer un mix de ces différentes options.

Mission 2

4. **La structure organisationnelle de Roolett** avant et après le rachat de Nevea ; les avantages de la nouvelle structure.

Avant	Après
• La structure est hiérarchique et fonctionnelle. • La production semble constituer un seul bloc. • Les fonctions de la production sont les critères de division de l'activité, quel que soit le produit fini.	• La structure est divisionnelle autour de deux stades clés de la production : approvisionnement et fabrication. • Un niveau hiérarchique supplémentaire est ajouté.

L'avantage de la structure divisionnelle est d'intégrer facilement Nevea sans modifier complètement la structure. On retrouve les 10 salariés de Nevea dans le département caoutchouc. M. Borocia demeure au contact de ses salariés et gagne en responsabilité puisqu'il dirige la division « matières premières » et supervise donc les salariés du département métal. 2 salariés de Nevea ont évolué vers la fonction support. C'est également l'occasion de promouvoir un salarié de Roolett du département de la chaîne de fabrication comme responsable de la nouvelle division « production ».

5. **Selon l'article L1224-1 du Code du travail**, à l'occasion d'un rachat d'une entreprise par une autre, les contrats de travail de l'entreprise rachetée sont maintenus et le nouvel employeur est l'entreprise acheteuse. Roolett devient donc l'employeur de tous les salariés de l'entreprise Nevea.

Mission 3

6. **M. Deloin est lié par un contrat** au supermarché Market-In mais n'est pas lié à l'entreprise Roolett. Toutefois, le dommage qu'il a subi provient d'une roulette de caddie fabriquée par Roolett.
Selon l'article 1245 du Code civil, M. Deloin peut engager la responsabilité du fait des produits défectueux du producteur du bien qui lui a causé un défaut. Il n'a pas besoin d'être lié contractuellement à l'auteur du défaut. Les producteurs sont solidaires entre eux.

M. Deloin peut donc se retourner :
– soit contre Roolett ;
– soit contre Market-In. Si ce dernier prouve que Roolett est à l'origine du défaut du caddie, il pourra se retourner dans un second temps contre lui.

Mission 4

7. **L'abonnement à une place de marché numérique** pour Roolett aurait les avantages suivants en termes de développement des ventes :
– visibilité sur le marché plus forte et meilleure mise en relation de Roolett avec ses clients potentiels ;
– le digital est un nouveau canal de vente et donc un levier de croissance supplémentaire.

Conséquences sur les charges	Conséquences sur les recettes
• Pas de dépense de publicité *online* • Réduction des coûts liés à l'édition de catalogue papier • Pas de charges liées à la sécurisation des paiements en ligne (gestion par la *marketplace* elle-même) • Mais coût de restructuration du système d'information et paiement d'un contrat de maintenance ou d'un abonnement avec la plateforme numérique, et paiement de commission sur les ventes au bénéfice de la plateforme	• Risque de réduction de la marge unitaire à cause du prélèvement de commissions et la facilité pour les clients de comparer les prix grâce aux comparateurs. Ces derniers peuvent obliger Roolett à devoir réduire ses prix. • Mais hausse probable du volume des ventes grâce à une meilleure visibilité et accessibilité de l'offre

Culture générale et expression

Entraînement
Retrouve les sujets corrigés et commentés sur www.parascolaire.hachette-education.com ou flashe directement ce code.

COMPRENDRE EN VIDÉO

Retrouvez tous nos tutos vidéos sur notre chaîne YouTube « Objectif BTS Hachette ».

- Comment lire un texte et en cerner les enjeux ?
- Comment introduire ? Comment conclure ?
- Comment définir une problématique ?
- Comment définir un terme ?
- Comment faire une analyse iconographique ?

L'ÉPREUVE Culture générale et expression

Épreuve écri
Durée : 4 heu
Coefficient :

1 Les modalités d'évaluation

COMPRENDRE EN VIDÉO — *Voir vidéo : Comment lire un texte et en cerner les enjeux ?*

• **Les formes de l'évaluation.** On propose 3 à 4 documents de nature différente (textes littéraires, textes non littéraires, documents iconographiques, tableaux statistiques, etc.) choisis en référence à l'un des deux thèmes inscrits au programme. Chacun d'eux est daté et situé dans son contexte.

• **L'épreuve**

Première partie : synthèse (notée sur 40). Vous devez rédiger une **synthèse objective** en confrontant les documents fournis.

Deuxième partie : écriture personnelle (notée sur 20). Vous répondez de **façon argumentée** à une question relative aux documents proposés. La question posée invite à confronter les documents proposés en synthèse et les études de documents menées dans l'année en cours de culture générale et expression.

La note globale est ramenée à une note sur 20 points.

2 Conseils de méthode

COMPRENDRE EN VIDÉO — *Voir vidéo : Comment introduire ? Comment conclure ?*

• **La synthèse**

La synthèse est l'exercice qui prend le plus de temps. Votre rédaction doit faire à peu près quatre pages, soit deux feuilles. L'ensemble doit être structuré, comprenant une introduction, un développement, une conclusion.

• **La lecture des documents**

Avant de vous lancer dans la rédaction, prenez bien le temps de lire chaque document, d'en vérifier la bonne compréhension et surtout d'en résumer le contenu très succinctement, en mettant en lumière les idées principales, ainsi que les mots-clés.

Ensuite, envisagez les liens entre les documents et leur façon d'aborder le thème général.

Au brouillon, vous pouvez faire un tableau rapide pour synthétiser toutes ces données. Attention de ne pas oublier de document.

• **La rédaction**

L'introduction et la conclusion s'élaborent d'une traite au brouillon afin qu'elles soient dans une réelle continuité. N'oubliez pas que ces deux parties sont fondamentales dans la mesure où elles orientent d'emblée l'appréciation du correcteur face à votre copie.

Une composition de qualité présente un ensemble :

– clair ;
– structuré : avec des paragraphes, alinéas, sauts de ligne cohérents et la présence de connecteurs ;
– concis : pas de « bavardage », ni de répétition, un vocabulaire juste et précis ;
– sans fautes : une bonne relecture finale évite parfois bien des étourderies.

INTRODUCTION	
4 composantes	1. **Présentation** du thème de l'année + **traitement** par les documents proposés. 2. **Présentation du corpus** (nature du document, auteur, date de parution, une phrase résumant chaque document). 3. **Problématique** : la question pivot du corpus à laquelle répondent les documents. 4. **Annonce du plan.**

Présentation	– **Introduction** = un paragraphe monobloc avec un alinéa au début et un saut de ligne avant de passer au développement. – **Documents :** ne pas les citer de façon numérotée (« dans le document 1 »), mais reprendre **le nom de l'auteur**. – **Problématique** à introduire par une formule du type : « **De fait, une question émerge : … ?** ». – **Pour l'annonce du plan**, utiliser des connecteurs : « Dans un premier temps, sera abordé(e)... (= **attention à l'accord avec le sujet inversé**) ; dans un second temps, sera évoqué(e)... ; dans un troisième temps, sera souligné(e)... ».
DÉVELOPPEMENT	
Composantes	– **2 ou 3 grandes parties**, chacune constituée de 2 ou 3 sous-parties. – 1 sous-partie = **un connecteur** + **une idée principale** + **traitement dans les documents** = mettre en évidence comment ils **se complètent ou s'opposent**. – **Transition à la fin** d'une partie : résumé de ce qui a été démontré + annonce de la suite.
Présentation	– Pas de saut de ligne entre les sous-parties, mais **entre les parties.** – Saut de ligne entre **la dernière partie et la conclusion.** – **Connecteurs en début** de chaque sous-partie (« Il en résulte / En effet / C'est pourquoi / Ensuite / Enfin... »). – Attention : ne pas trop citer d'extraits des documents mais en reformuler les idées principales. – SURTOUT pas d'avis personnel. Restez objectif et nuancé. – **Plan logique et cohérent** et non un simple inventaire des documents pris un à un.
CONCLUSION	
– **Synthèse** de ce qui a été démontré. – Reprendre les mots-clés et ne pas introduire de nouvelles données. – 1 **paragraphe** (alinéa + connecteur : « Pour conclure / En somme / Pour finir… »). – Ne pas utiliser de formules maladroites : « Nous avons montré que... ». – Le tout = 3 à 5 phrases dont une phrase au minimum pour chaque partie.	

• L'écriture personnelle

L'écriture personnelle, plus courte que la synthèse, consiste en une réponse argumentée à la question posée. Prévoyez entre 1 heure et 1 h 30 pour la composer. L'essentiel est de répondre clairement, de façon nuancée, pertinente (évitez l'emploi du « nous » et surtout du « je ») et structurée (introduction, développement, conclusion). Les principes de présentation sont les mêmes que pour la synthèse.

Introduction	1. **Amorce :** présentez le sujet. 2. **Problématique :** reprenez la question telle qu'elle vous est donnée. 3. **Annonce du plan.** Le tout = **un paragraphe** (alinéa + saut de ligne à la fin).
Développement	– **Réponse apportée à la question** + **d'autres possibilités**. Pas un point de vue, mais plusieurs. – Pas de simple reprise des éléments de réflexion des documents. ATTENTION : évaluation de culture générale (connaissances sur le thème) = enrichir la démonstration par **des références culturelles personnelles variées** (littérature, cinéma, peinture, sport, actualité, sciences, histoire, géographie…).
Conclusion	– **Une prise de position claire**, **nuancée** et répondant à la question posée en introduction. – **Brève** et **succincte** (reprenant les **mots-clés**) = **un paragraphe**, introduit par un connecteur.

• La préparation au cours de l'année

Pour vous préparer au mieux durant toute l'année, il faut un travail régulier et continu :
– Entraînez-vous à écrire pour entretenir la fluidité de votre expression.
– Faites des fiches de vocabulaire des différents mots-clés pour les réutiliser dans votre composition.
– Élargissez vos connaissances en consultant le maximum d'œuvres que vous référencerez sur des fiches synthèse.

THÈME 1 De la musique avant toute chose ?

Introduction

« De la musique avant toute chose ». Cet **aphorisme**, tiré d'un vers de Verlaine, cristallise un état du monde : celui de la relation de l'homme à la musique. Cette dernière est définie dans son sens premier par le dictionnaire le *Trésor de la langue française* comme la « combinaison harmonieuse et expressive de sons ». **La musique est un langage souverain, évocateur et subtil, faisant appel à la sensibilité de tous. Elle est donc universelle.** Elle s'adresse à tous, fédératrice dans un même et unique élan, unanime et engageante. Pourtant, chaque individu possède un lien d'intensité variable avec elle. Du musicien forcené à l'auditeur distrait qui l'écoute en musique de fond, elle s'ancre dans les moindres instants de la vie. C'est pourquoi elle est dite polymorphe et polyvalente.

Définitions

Aphorisme : proverbe
Polymorphe : qui a plusieurs formes
Polyvalent : qui a plusieurs valeurs

La musique reste une réalité sonore, complexe à saisir dans sa définition. Elle se caractérise par des sonorités harmonieuses où interfèrent des instruments, la voix ou la nature. Dans cette optique, quelles sont les caractéristiques de la musique ? Quelle originalité fondamentale permet de la préciser ? Autour de quel enjeu substantiel s'organise la diversité des supports ? Comment se définit alors la musicalité ? Quels sont les bienfaits reconnus de la musique ? Quelle place occupe le chant ?

La musique oscille entre nature et culture. En effet, c'est un art exigeant qui requiert une assimilation et une appropriation. Elle évoque la pluralité et la diversité de l'humanité. Comment peut-elle être fondamentalement identitaire et pourtant unanime et fédératrice ? De quelle manière se manifeste ce paradoxe ? Comment se détermine la relation de chaque individu à la musique ? Dans quelle mesure peut-on parler de processus d'assimilation et d'appropriation ?

Mais la musique s'ancre aussi dans la société de consommation. Un rapport de force s'instaure alors, dans la mesure où la logique consumériste peut venir dénaturer son essence même. Quels enjeux interviennent quand la société de consommation s'empare de la musique ? Comment se crée la cohabitation entre les outils numériques et la musique ? Comment se traduit alors cette relation ambivalente, voire antithétique ? À force d'être commerciale, la musique ne risque-t-elle pas de se perdre ?

Définition

Consumériste : qui consomme

1er axe de réflexion : *La musique, une réalité polymorphe* *(p. 340)*

Problématiques

- Quelle définition donner de la musique, cette réalité polymorphe et familière ?
- Quelles sont ses caractéristiques essentielles ?

1. Une sonorité harmonieuse

La musique est avant tout sonore et déterminée par l'harmonie. Elle mobilise un vocabulaire spécifique.

Mots-clés : son, voix, instrument, silence, bruit, harmonie, dissonance, accord, note, euphonie, cacophonie, polyphonie, contrepoint, rythme, tempo, cadence, variations.

2. Beauté et bienfaits de la musique

La musique est vécue comme une expérience apaisante et bienfaisante.

Mots-clés : musicalité, musicothérapie, chant, carmen, la musique adoucit les mœurs.

2e axe de réflexion : *Entre appropriation et assimilation, la musique comme artefact culturel (p. 344)*

Problématiques

- Comment s'acquiert la musique ?
- Quels processus, entre nature et culture, la musique met-elle en jeu ?

1. Une expression culturelle

La musique est plurielle dans son expression culturelle. Elle induit un rapport d'appropriation.

Mots-clés : musique classique, électronique, populaire, folklorique, funèbre, sacrée, religieuse, militaire, de chambre, variétés, requiem, opéra, comédie-ballet, opérette, jazz, rock'n'roll, rap, slam, comédie musicale, reggae, culture.

2. Un art essentiellement fédérateur

Dans sa dimension collective, la musique représente la cohésion du groupe. Elle est identitaire et fédératrice.

Mots-clés : cohésion, fédératrice, identitaire, artefact, assimilation, appropriation, genre musical.

3e axe de réflexion : *De l'art suprême à la standardisation : musique et technique (p. 348)*

Problématiques

- Quelle influence la logique matérialiste de la société de consommation a-t-elle sur la musique ?
- Comment la musique peut vaciller dans la standardisation, voire dans le nihilisme ?

1. La musique, un art

La musique est un art puissant, impliquant une logique de dépassement de soi.

Mots-clés : réglé comme du papier à musique, faire ses gammes, se mettre au diapason.

2. Vers la dépravation de l'art musical ?

Mais, confronté à la société consumériste, cet art se retrouve dénaturé, car totalement artificialisé.

Mots-clés : algorithme, musique électronique, playlist, télé-crochet musical, tube, marketing, standardisation, boys band, nihilisme, consumérisme, mercantilisme, artificialisation.

1 La musique, une réalité polymorphe

Thème 1 : De la musique avant toute chose ?

La musique est omniprésente. Mais, comme toute réalité qui nous est familière, il est parfois difficile d'en proposer une définition adéquate. En effet, la musique oscille entre simplicité dans ses caractéristiques essentielles et complexité dans ses diverses expressions.

1 Une sonorité harmonieuse

• **Une réalité sonore.** La musique donne la primauté à un seul sens : l'**ouïe**. Sa nature est avant tout **sonore**. Elle se perçoit entre un **émetteur** et un **récepteur** : l'**auditeur**. De cet échange bilatéral émerge la **création**, puis la **propagation** d'une **onde sonore**. C'est alors le domaine de l'**acoustique**, le phénomène qui concerne la production, la propagation et la réception des sons. La musique est constituée **de sons, de silences, de rythme, de hauteur, de nuances, de timbre**. Le rythme combine les sons dans le temps. La régularité garantit l'**égalité des temps** ; elle donne le **tempo**. La **fréquence d'un son** définit sa hauteur. Elle implique une notion de périodicité, c'est-à-dire une oscillation se reproduisant de façon identique un certain nombre de fois. La musique est produite par des instruments, mais aussi par le chant et parfois par des réalités bien différentes.

> **Définition**
> **Hauteur :** nom d'une note sur une échelle ou gamme

• **Une production instrumentale, vocale ou naturelle.** La musique est une émanation d'un **instrument**, c'est-à-dire d'un médium qui la génère. Dans un sens spécifique, l'instrument désigne un objet construit ou préparé pour produire des sons et servir de moyen d'expression au compositeur et à l'interprète. Mais la voix peut également devenir un organe musical. Elle diffuse le **chant**, expression de la **musique vocale**. La musique est donc plurielle dans ses manifestations, mais unique dans son harmonie sonore, essentielle à sa caractérisation. Elle est un **creuset** caractérisé par la musicalité.

• **L'harmonie, valeur maîtresse de la musique.** La musique est le **contraire du bruit**. Elle génère une combinaison harmonieuse ou expressive de sons. Elle impose une justesse, une cohérence, un ajustement entre les sons. La **cacophonie** se distingue alors de l'**euphonie**. Les préfixes grecs *eu-* (« bon ») et *kakos-* (« mauvais ») révèlent cette qualité antinomique. Peut prétendre au caractère musical tout ce qui se distingue du bruit par son harmonie. Ainsi, **Pythagore** théorise la **musique des sphères** ou l'**harmonie des sphères**. L'univers serait dominé par des rapports numériques harmonieux. De fait, les distances entre les planètes correspondraient à des intervalles musicaux car celles-ci seraient réparties selon des proportions musicales. Cette théorie concilie une notion métaphysique portant sur le tout, l'harmonie et la science (l'astronomie, les proportions, la musicologie).

> **Définitions**
> **Cacophonie :** mélange confus d'instruments ou de voix sans harmonie
> **Euphonie :** mélange harmonieux de voix ou d'instruments

Document

De la musique avant toute chose,
Et pour cela préfère l'Impair
Plus vague et plus soluble dans l'air,
Sans rien en lui qui pèse ou qui pose.

Il faut aussi que tu n'ailles point
Choisir tes mots sans quelque méprise :
Rien de plus cher que la chanson grise
Où l'Indécis au Précis se joint.

C'est des beaux yeux derrière des voiles,
C'est le grand jour tremblant de midi,
C'est, par un ciel d'automne attiédi,
Le bleu fouillis des claires étoiles !

Car nous voulons la Nuance encor,
Pas la Couleur, rien que la nuance !
Oh ! la nuance seule fiance
Le rêve au rêve et la flûte au cor !

Fuis du plus loin la Pointe assassine,
L'Esprit cruel et le Rire impur,
Qui font pleurer les yeux de l'Azur,
Et tout cet ail de basse cuisine !

Prends l'éloquence et tords-lui son cou !
Tu feras bien, en train d'énergie,
De rendre un peu la Rime assagie.
Si l'on n'y veille, elle ira jusqu'où ?

Ô qui dira les torts de la Rime ?
Quel enfant sourd ou quel nègre fou
Nous a forgé ce bijou d'un sou
Qui sonne creux et faux sous la lime ?

De la musique encore et toujours !
Que ton vers soit la chose envolée
Qu'on sent qui fuit d'une âme en allée
Vers d'autres cieux à d'autres amours.

Que ton vers soit la bonne aventure
Éparse au vent crispé du matin
Qui va fleurant la menthe et le thym...
Et tout le reste est littérature.

Paul Verlaine, « Art poétique » in *Jadis et Naguère*, 1884.

Ce poème s'inscrit dans la lignée de *L'Art poétique* de Boileau, qui présente les préceptes à suivre pour écrire en vers classiques. Pour Verlaine, le renouvellement passe par le rythme, l'assouplissement des règles poétiques trop rigides qui enferment et empêchent la diffusion de l'émotion. Le lien analogique de la musique avec le poème se lit dans le carmen (ou « chant »), c'est-à-dire l'évocation d'un rythme vibrant et subtil capable d'épouser la diversité émotionnelle de la vie. La musique appelle à l'élévation, à l'exaltation pour d'autres cieux. Cette notion de musicalité prévaut face à la rigidité d'une codification considérée comme contraire à la beauté de l'existence.

2 Beauté et bienfaits de la musique

• **La musique naturelle.** La musique est donc une production, mais d'origine variée. En tant qu'émanation, elle a besoin d'un support pour être créée. Intervient alors un clivage entre ce qui est naturel et artificiel. La musique naturelle désigne les différents sons émis par la flore et la faune. Dans ce contexte, le terme « chant » équivaut à une parole, mais non articulée, une modulation heureuse et bienfaisante. Le chant des arbres, de l'eau, des fontaines, de la mer, du vent, de la forêt… associe pureté et authenticité. Dans les « Ariettes oubliées », l'une des quatre parties du recueil *Romances sans paroles*, Verlaine évoque le bruit doux de la pluie : *Ô bruit doux de la pluie, Par terre et sur les toits ! Pour un cœur qui s'ennuie, Ô le chant de la pluie !* L'osmose entre le cœur las du poète et le rythme de la pluie qui tombe crée un paysage intérieur.

• **Le chant.** La musique se fait chant quand la voix résonne. Cet organe naturel crée une élévation qui s'infléchit selon des modulations à différents degrés sur l'échelle diatonique (échelle musicale comportant sept degrés). L'étymologie latine du substantif ***carmen*** valorise la grâce, l'émotion, la mélodie, voire l'exception. Celui qui créé de la musique, que ce soit un homme, un animal ou la nature, évoque un moment de sublimation et d'idéalisation. Une légende prétend que le **cygne**, animal réputé pour son caractère dissonant, aurait au moment de mourir un instant de virtuosité vocale où se lirait toute la beauté de son âme prête à rejoindre les cieux. Dans l'*Odyssée* d'Homère, les **sirènes**, êtres fabuleux mi-femmes mi-oiseaux, étaient réputées pour séduire les marins grâce à leur chant. Oublieux de tout, ces derniers perdaient le sens de l'orientation en les entendant et venaient s'échouer sur les récifs avant d'être dévorés par ces créatures.

Le mythe d'Orphée

▲ Edward John Poynter, *Orphée et Eurydice*, 1862.

Le mythe d'Orphée raconte l'histoire d'un jeune musicien prodigieux, joueur virtuose de lyre, qui a la capacité de subjuguer toute la création par sa musique. Il aurait même réussi à faire fléchir la sévère Perséphone, déesse des Enfers, pour récupérer sa défunte épouse Eurydice. Sa musique miraculeuse relève du carmen, ce chant séduisant et envoûtant.

• **« La musique adoucit les mœurs. »** La musique présente des caractéristiques émotionnelles intenses. Elle oscille entre **apaisement** et « **électricisation** ». Elle suscite une réaction affective variée. En effet, elle s'adresse à la sensibilité, canal extrêmement variable pour chaque individu. Dans le film *La Famille Bélier*, le dénouement montre comment la jeune chanteuse parvient à faire partager sa prestation à ses parents sourds et muets. Les vibrations créent un **pacte universel** qui lie les individus entre eux. La musique crée ainsi une dynamique énergétique singulière. Généralement, on la conçoit comme bienfaisante et stimulante, l'expression d'un contexte festif. Le proverbe « **la musique adoucit les mœurs** » révèle combien la sémantique musicale est **apaisante**. La musique a un réel effet **physiologique**. Elle peut permettre de développer les **capacités cognitives**, d'atténuer le stress et d'intensifier la motivation, la créativité et, parfois, de raviver les souvenirs. Ses bienfaits sont tels qu'une thérapie, la **musicothérapie**, s'appuie sur la musique pour traiter certaines pathologies.

Définitions

Physiologique : qui se rapporte au fonctionnement du corps

Cognitive : qui concerne la connaissance

Document

La musique souvent me prend comme une mer !
Vers ma pâle étoile,
Sous un plafond de brume ou dans un vaste éther,
Je mets à la voile ;

La poitrine en avant et les poumons gonflés
Comme de la toile,
J'escalade le dos des flots amoncelés
Que la nuit me voile ;

Je sens vibrer en moi toutes les passions
D'un vaisseau qui souffre ;
Le bon vent, la tempête et ses convulsions

Sur l'immense gouffre
Me bercent. D'autres fois, calme plat, grand miroir
De mon désespoir !

Charles Baudelaire, « La musique » in *Les Fleurs du mal*, 1857.

Ce poème invite le lecteur à entrer dans la beauté suscitée par l'audition d'un morceau de musique. Cette expérience sensitive, soutenue par la métaphore filée du voyage maritime, évoque les états d'âme contrastés du poète. Rythme et sonorités miment le flot musical. Fervent admirateur de Wagner, Baudelaire en appelle au mouvement et à l'immensité maritime, reflet de la musique. L'osmose unit la production musicale et poétique.

Forte de toutes ces caractéristiques, la musique est une expression privilégiée. Elle instaure un temps de **partage**. Mais elle est également une expression culturelle et technique, fortement **identitaire** et pourtant **fédératrice**.

Document

Donc, il y a treize mois, ce fut une grande rumeur dans Paris. Un compositeur allemand, qui avait vécu longtemps chez nous, à notre insu, pauvre, inconnu, par de misérables besognes, mais que, depuis quinze ans déjà, le public allemand célébrait comme un homme de génie, revenait dans la ville, jadis témoin de ses jeunes misères, soumettre ses œuvres à notre jugement. Paris avait jusque-là peu entendu parler de Wagner ; on savait vaguement qu'au-delà du Rhin s'agitait la question d'une réforme dans le drame lyrique, et que Liszt avait adopté avec ardeur les opinions du réformateur. M. Fétis avait lancé contre lui une espèce de réquisitoire, et les personnes curieuses de feuilleter les numéros de la *Revue* et *Gazette musicale de Paris* pourront vérifier une fois de plus que les écrivains qui se vantent de professer les opinions les plus sages, les plus classiques, ne se piquent guère de sagesse ni de mesure, ni même de vulgaire politesse, dans la critique des opinions qui leur sont contraires. Les articles de M. Fétis ne sont guère qu'une diatribe affligeante ; mais l'exaspération du vieux dilettantiste servait seulement à prouver l'importance des œuvres qu'il vouait à l'anathème et au ridicule. D'ailleurs, depuis treize mois, pendant lesquels la curiosité publique ne s'est pas ralentie, Richard Wagner a essuyé bien d'autres injures.

Charles Baudelaire, « Richard Wagner et Tannhäuser à Paris », *L'Art romantique*.

Cet extrait présente le relativisme de la musique. En effet, des génies comme Wagner peuvent, selon les époques, voire les peuples, être déconsidérés. L'antithèse du traitement, opposant le point de vue allemand et parisien, révèle combien le jugement est parfois loin d'être unanime. La virtuosité de leur composition échappe à l'appréciation de critiques. Ainsi, le champ lexical de la pauvreté souligne l'absurdité de la situation. En critique, Baudelaire s'insurge. En effet, comment un compositeur d'une telle qualité peut connaître une pauvreté si affligeante ? La musique oscille entre pluralité et unicité.

2 Entre appropriation et assimilation, la musique comme artefact culturel

Le clivage entre nature et culture détermine un processus d'élaboration. En effet, la musique existe dans son état naturel comme une réalité sonore harmonieuse mais elle prétend à plus de perfectionnisme quand elle est prise comme un art. Intervient alors la technique, impliquant un processus d'appropriation et donc d'assimilation.

1 Une expression culturelle

• **La dimension culturelle.** Dans un sens figuré, le *Trésor de la langue française* définit la culture comme la « fructification des dons naturels, permettant à l'homme de s'élever au-dessus de sa condition initiale et d'accéder individuellement ou collectivement à un état supérieur ». Il faut donc entendre la culture comme un **apprentissage**, une volonté de **dépassement** de la précarité de sa condition première. La musique peut se faire le creuset de ce désir. En effet, la musique est fédératrice car universelle au genre humain. Elle est un état du monde à la fois naturel, mais aussi culturel. C'est cette bivalence qui en fait sa **complexité**. La musique existe dans une forme **intuitive**, mais brute ; et pourtant, elle se cultive.

• **Le processus d'appropriation.** L'homme s'approprie la musique, créant ainsi une relation privilégiée. Cependant, dans ce processus, la musique devient un **prolongement de l'être**, de ce que l'on est. C'est un acte volontaire, résolu, qui implique une identification, un choix orienté par différents paramètres. La dimension d'appropriation en est variable :
– à une échelle **individuelle**, elle traduit des goûts ;
– à une échelle **collective**, elle devient **fédératrice**, mais toujours **identitaire**.
Cette adhésion renvoie à une logique de reflet, de combinaison.

• **Un art pluriel.** La musique est donc plurielle, car représentative de la diversité humaine. Elle a cette capacité de se décliner en différents genres, teintes, rythmes… **Transversale**, elle s'intègre dans n'importe quel domaine en tant que mode d'expression. Le pluralisme des genres est phénoménal. Chaque culture possède sa propre musique, comme une empreinte, façonnée par des rythmes, des instruments, des inflexions spécifiques et des caractéristiques. Les rythmes entraînants, soulignés par une gestuelle énergique, les mouvements corporels de la soul music, les rythmes endiablés du rock'n'roll et bien d'autres créent une mosaïque de genres. La notion même de **genre musical** regroupe plusieurs critères comme la source sonore, le lieu de destination, la durée des morceaux, le rôle social. On peut citer par exemple : la musique classique, électronique, populaire, folklorique, funèbre, sacrée, religieuse, militaire, de chambre, les variétés, le requiem, l'opéra, la comédie-ballet, l'opérette, le jazz, le rock'n'roll, le rap, le slam, la comédie musicale, ou encore le reggae.

Document

Rien n'était si beau, si leste, si brillant, si bien ordonné que les deux armées. Les trompettes, les fifres, les hautbois, les tambours, les canons, formaient une harmonie telle qu'il n'y en eut jamais en enfer. Les canons renversèrent d'abord à peu près six mille hommes de chaque côté ; ensuite la mousqueterie ôta du meilleur des mondes environ neuf à dix mille coquins qui en infectaient la surface. La baïonnette fut aussi la raison suffisante de la mort de quelques milliers d'hommes. Le tout pouvait bien se monter à une trentaine de mille âmes. Candide, qui tremblait comme un philosophe, se cacha du mieux qu'il put pendant cette boucherie héroïque.
Enfin, tandis que les deux rois faisaient chanter des Te Deum, chacun dans son camp, il prit le parti d'aller raisonner ailleurs des effets et des causes.

Voltaire, *Candide*, chapitre 3, 1759.

Cet extrait à visée ironique de *Candide* présente le contexte sonore comme fondamental dans le cadre militaire. Non seulement il apporte toute son intensité au combat, mais il révèle aussi la galvanisation que peut produire une marche militaire au sein d'un combat. L'énumération antithétique « les trompettes, les fifres, les hautbois, les tambours, les canons, formaient une harmonie telle qu'il n'y en eut jamais en enfer », exprime le fracas instrumental, doublant la violence des armes. Toutefois, le chant religieux du Te Deum montre la variété de la musique qui accompagne tous les moments de la vie.

2 Un art essentiellement fédérateur

• **Une dimension identitaire.** Malgré la notion de genre musical, la musique dépasse cette simple dimension de représentation. **Cohérente** et **fédératrice**, elle incarne la substance même d'un groupe ou d'un individu. Elle devient l'expression d'un essentialisme. En effet, son **pluralisme** s'adapte pleinement à la diversité du **genre humain** et à son **histoire**. L'ancrage de la musique dans la société fait qu'elle contribue à la détermination sociale. Des événements se trouvent étroitement liés à des chansons. Ainsi, la victoire française de la Coupe du monde de football en 1998 est fréquemment associée à la chanson *I will survive* interprétée par Gloria Gaynor. La musique rassemble. De fait, des ethnies sont liées à des genres musicaux, comme le **jazz** qui est associé aux Afro-Américains. Il raconte leur histoire, leur combat, leur souffrance, leurs révoltes, les inégalités endurées. Très proche de leur histoire, le jazz exprime les souffrances de l'esclavage, de la déportation et de l'oppression. La musique devient le chant de la souffrance d'un groupe car elle est fédératrice.

• **Un hymne.** Cette capacité fédératrice est telle qu'elle est institutionnalisée en tant que telle. Chaque pays, chaque nation se construit autour d'emblèmes patriotiques comme l'**hymne**. Dans le domaine profane, ce chant solennel célèbre la patrie et ses défenseurs. Ainsi, *La Marseillaise* de Rouget de Lisle est l'hymne national de la République française. Écrite en 1792, elle commémore la guerre de la France révolutionnaire contre l'Autriche et la Prusse qui avaient envahi le territoire national. Cet hymne incarne la France comme patrie de la Déclaration des Droits de l'Homme et du Citoyen, pays de la Révolution, farouche défenseur de valeurs comme la liberté, l'égalité et la fraternité. L'hymne célèbre donc l'essence même d'un pays et ses valeurs fondatrices, dans une logique d'exaltation.

Document

Joie ! Joie ! Belle étincelle divine,
Fille de l'Élysée,
Nous entrons l'âme enivrée
Dans ton temple glorieux.
Ton magique attrait resserre
Ce que la mode en vain détruit ;
Tous les hommes deviennent frères
Où ton aile nous conduit.

Si le sort comblant ton âme,
D'un ami t'a fait l'ami,
Si tu as conquis l'amour d'une noble femme,
Mêle ton exultation à la nôtre !
Viens, même si tu n'aimas qu'une heure
Qu'un seul être sous les cieux !
Mais vous que nul amour n'effleure,
En pleurant, quittez ce chœur !

Tous les êtres boivent la joie,
En pressant le sein de la nature
Tous, bons et méchants,
Suivent les roses sur ses traces,
Elle nous donne baisers et vendanges,
Et nous offre l'ami à l'épreuve de la mort,
L'ivresse s'empare du vermisseau,
Et le chérubin apparaît devant Dieu.

Heureux,
tels les soleils qui volent
Dans le plan resplendissant des cieux,
Parcourez, frères, votre course,
Joyeux comme un héros volant à la victoire !

Qu'ils s'enlacent tous les êtres !
Ce baiser au monde entier !
Frères, au-dessus de la tente céleste
Doit régner un tendre père.
Vous prosternez-vous millions d'êtres ?
Pressens-tu ce créateur, Monde ?
Cherche-le au-dessus de la tente céleste,
Au-delà des étoiles il demeure nécessairement.

L'Hymne à la joie, texte chanté dans le quatrième mouvement de la *Symphonie n° 9* de Beethoven.

L'*Hymne à la joie* célèbre l'unité et la fraternité humaines. C'est pourquoi il a été choisi comme l'hymne officiel de l'Union européenne. Poème écrit par Friedrich von Schiller en 1785, il a ensuite été repris par Ludwig van Beethoven qui en a fait le final du quatrième et dernier mouvement de sa *Symphonie n° 9*.

• **Vivre la musique individuellement : la condition de musicien.** Outre cette dimension collective, la musique se vit également individuellement. Elle façonne des destins entiers, des vies consacrées corps et âmes à cet art. Elle s'assimile totalement à des figures de musiciens illustres, érigés en compositeurs ou en interprètes d'exception, voire en **génies inégalables**. L'histoire musicale en abonde. Réputé pour sa précocité, **Mozart** a ébahi les cours européennes par ses prouesses musicales. À 3 ans, il déchiffre son premier allegro. À 5 ans, il compose un menuet. **Rossini** apprend seul la musique durant les tournées de ses parents. Ses œuvres de jeunesse, composées quand il avait 12 ans, sont encore jouées dans le monde entier. À 8 ans, **Chopin** éblouit les cours de Pologne et de Russie. À 15 ans, il compose ses *Variations* au sujet desquelles **Schumann** s'exclamera : « Chapeau bas ! Messieurs, c'est un génie ». Ces « génies » vivent la musique dans l'intensité de leur existence. C'est par elle, à travers elle, qu'ils se construisent et, surtout, qu'ils laissent leur empreinte sur le monde. Car la musique est un partage, l'exaltation d'un art, d'une technique qui requiert un apprentissage dès le plus jeune âge.

▲ Mozart, enfant, répète avec son père et sa sœur.

Mozart commence la musique à l'âge de 3 ans. À 5 ans, son père lui apprend le clavecin. Il éblouit les auditoires des cours d'Europe par ses improvisations et ses compositions instrumentales, notamment des concerti et sonates pour piano comme des symphonies. À 11 ans, il découvre l'opéra. Il commence à en créer : *Apollon et Hyacinthe* (1767), *Bastien et Bastienne* (1768), *La finta semplice* (1769). Son répertoire est émaillé de chefs-d'œuvre : *Les Noces de Figaro* (1786), *Don Giovanni* (1787), *Così fan tutte* (1790), *La Flûte enchantée*, le *Requiem* (1791). Il meurt à 35 ans en laissant l'image d'un météore dans la mémoire collective.

Définition

Météore : personne qui brille par son talent ou sa personnalité

3 De l'art suprême à la standardisation : musique et technique

Face à ce polymorphisme et cette polyvalence de la musique, un paradoxe apparaît. Si la musique peut s'imposer comme la **quintessence** de l'art, exigeant l'apprentissage et le perfectionnement d'une existence, la société actuelle aide à dépasser ce **sacerdoce** d'une vie grâce à la technologie, qui démocratise l'expression musicale, la rendant accessible à tous, au risque parfois d'en perdre le perfectionnement.

Définitions

Quintessence : ce qu'il y a d'essentiel, de plus important

Sacerdoce : vocation

1 La musique, un art

• **La virtuosité, un idéal à atteindre.** La musique est un art d'exception et se définit en tant que tel. De nombreux mythes évoquant sa naissance lui confèrent une origine divine. Dans la mythologie grecque, Hermès, le messager des dieux, aurait créé la lyre à partir d'une simple carapace de tortue sur laquelle il aurait tendu des boyaux de bœuf. Par son étymologie, la musique est placée directement sous le patronage de l'art. Le terme latin *musica* est directement emprunté au grec *mousikê* (sous-entendu *tekhnê*) qui signifie l'« **art des muses** ». Cette filiation directe avec la divinité confère un caractère d'exception, de supériorité, suggérant l'élection et l'exigence.

▲ Euterpe, la muse de la musique, mosaïque.

Selon la mythologie grecque, Euterpe est la muse de la musique. Elle aurait inventé l'aulos, la double flûte. Sur les statues de l'époque romaine, elle est souvent représentée avec une flûte simple ou double, instrument du culte dionysiaque. Elle est primitivement reconnue comme une divinité de la joie et du plaisir, rappelant ainsi le lien étroit entre la musique et la fête. Représentée comme une jeune fille couronnée de fleurs, Euterpe est souvent accompagnée d'instruments comme les hautbois, et aussi de papier à musique. Faisant partie des muses, elle est médiatrice entre les hommes et les dieux.

• **Musique et dépassement de soi.** L'art sous-entend un idéal de beauté, une **sublimation** et donc un **dépassement**. Il repose sur un **talent**, une **habileté**, une **adresse** parfois associée à une technique exigeante et difficile à acquérir. La musique relève de cette subtile alliance de la technique et de la beauté. Devenir musicien s'acquiert et demande un long cheminement dans l'apprentissage. Les expressions « **réglé comme du papier à musique** » et « **se mettre au diapason** » en soulignent l'**exigence**, la **discipline** et la **méticulosité**. L'expression « **faire ses gammes** » montre la nécessité d'acquérir les rudiments pour la totale maîtrise d'un savoir. Un musicien souhaitant progresser et parfaire sa technique doit intégrer un conservatoire. Cet établissement organisé en cycles est axé sur la pratique musicale. Les virtuoses y acquièrent une **expérience**, consolidant ainsi leur pratique musicale. Dans le film ***Les Choristes*** de Christophe Barratier, le surveillant mais néanmoins musicien, Clément Mathieu, repère un jeune talent Pierre Morhange. C'est grâce à lui et à ses connaissances dans le milieu musical que le jeune homme pourra donner libre cours à son talent.

Document

SALIERI – Tous disent : « Il n'y a pas de justice sur la terre » mais il n'y a pas non plus de justice plus haut. Pour moi, cela est clair comme une simple gamme. Je suis né, moi, avec l'amour de l'art. Étant petit enfant, lorsque les sons de l'orgue retentissaient dans les hauteurs de notre vieille église, j'écoutais, et je ne pouvais me lasser d'entendre ; des larmes coulaient de mes yeux. Je repoussai de bonne heure les distractions futiles. Toute science étrangère à la musique me devint importune. Je m'en détournai avec obstination et fierté ; je me donnai à la seule musique. Tout premier pas est difficile, et tout début de route ennuyeux. J'avais à vaincre des obstacles qui m'assaillirent tout d'abord. Je plaçais le métier pour base de l'art ; je me fis artisan. Je donnais à mes doigts une rapidité sèche et obéissante ; je forçais mon oreille à être juste ; je tuais les accords et j'anatomisais la musique comme un cadavre. Je pris enfin l'algèbre pour preuve de l'harmonie. Ce n'est qu'alors, après avoir traversé le creuset de la science, que j'osai me livrer à la volupté créatrice. Je me mis à créer, mais dans le mystère, dans l'isolement, sans me permettre de penser même à la gloire. Souvent, après avoir passé deux ou trois jours dans ma cellule silencieuse, où j'oubliais la nourriture et le sommeil, après avoir goûté les élans et les larmes de l'inspiration, je brûlais mon travail et je regardais froidement comment ma pensée et les sons que je venais de créer disparaissaient avec la légère fumée.

Alexandre Pouchkine, *Mozart et Salieri*, 1830.

Cet extrait de la pièce de Pouchkine présente le monologue de Salieri, un musicien d'exception. Il illustre la condition même du musicien qui, par une intuition musicale singulière, se retrouve contraint au dépassement de soi. Son enfance est à la marge des autres. Il centre sa vie sur la musique, son apprentissage et surtout son perfectionnement. Cette singularité le voue à la solitude, mais aussi à la rareté de ses desseins : il est un être né pour la musique, qui se voue à son art. La musique acquiert ici une dimension mystique.

▲ Salieri, par Joseph Willibrod Mähler en 1825.

• **Un art exigeant et cruel.** La musique est un art exigeant, qui peut être aussi parfois cruel. Beaucoup la pratique, sans avoir la certitude de parvenir à en vivre, voire à « **percer** ». Le principe des **télé-crochets** permet de repérer des talents grâce au vote du public. De nombreuses émissions télévisées comme *The Voice* présentent des candidats, postulant à la célébrité. Car être musicien se vit pleinement quand l'échange se fait avec un public. La musique se meurt si elle est isolée, insulaire. Elle réclame un **auditoire**. Le film *L'Accompagnatrice* de Nina Berberova relate la vie de Sonia, une jeune Russe pauvre, fille d'une professeure de piano, qui devient l'accompagnatrice de Maria, un être solaire et une admirable chanteuse qui suscite la **ferveur** du public. Cette vie d'ombre et de ténèbres, Sonia la refuse et cherche à détruire sa protectrice, qui est pour elle une figure triomphatrice. L'une a tout, l'autre n'a rien.

2 Vers la dépravation de l'art musical ?

• **Le mercantilisme.** Cet idéal musical s'ancre dans la **société de consommation** avec parfois bien des difficultés. La pureté même de cet art s'entache d'enjeux commerciaux. La musique devient alors un objet de consommation, un produit, sujet d'un mercantilisme effréné. Les principes **marketing** d'émissions comme *The Voice* génèrent des gains considérables, faisant de chaque candidat un investissement. Le film ***A star is born*** souligne la grandeur et la déchéance de stars musicales, icônes d'une époque ou d'un genre musical. Le duo Jackson et Ally y révèle la destinée des êtres sous les feux de la rampe. Le premier connaît le désaveu, l'oubli, au point de plonger dans l'alcool et de finir par se suicider. La seconde incarne la vigueur d'une artiste prometteuse, au talent certain et en voie d'être reconnue. Mais, derrière le *star system*, on voit poindre la perte de l'humain, maigre et anonyme pantin, voire fantoche interchangeable de l'interprète. Dans les années 1990, le phénomène des *boys band* sonne comme le paroxysme de cette musique artificielle, standardisée, créée de toutes pièces dans une pure finalité mercantiliste.

• **Une totale artificialisation.** Car la société désincarne la musique au point de l'artificialiser totalement. Les **playlists** uniformisent les goûts, rompant la diversité musicale et empêchant la découverte. Aux heures de grande écoute, les **tubes** tournent en boucle sur les ondes. À l'origine, ce terme désigne le cylindre rotatif sur lequel étaient enregistrés les morceaux grâce au phonographe. Puis, dans les années 1950, Boris Vian, directeur artistique chez Philips, l'utilise pour désigner une chanson à succès, dont l'aspect **creux** des paroles fait allusion métaphoriquement au vide du tube. Il n'est plus question de sens, mais de **remplissage**, de **production**. Le tube de l'été est incontournable. Chaque occasion nécessite sa chanson : l'été, les fêtes de fin d'année… Même les algorithmes permettent d'anticiper les goûts musicaux.

• **Vers un nihilisme musical ?** Que faire donc face à cette artificialisation outrancière ? Se recentrer sur l'essence même de la musique ? C'est le pari à faire. Car la musique est partout, omniprésente, elle se cache dans les recoins de notre quotidien. Certains artistes utilisent même des objets de la vie de tous les jours (des verres, des ustensiles de cuisine, une pompe à vélo…) qu'ils détournent de leur fonction première pour faire de la musique. Tout peut alors devenir musique. Les **vibrations** sont là, et le talent en plus permet de faire jaillir la musique à partir de rien.

Document

« Faire du bruit. Matière bruyante, poisseuse, abrasive, qui colle au visage. Le rap de NTM. C'est le chant des villes, son pouls saccadé, les soubresauts des mouvements de foule, ce sont les sirènes, les flashes des gyrophares, les vrombissements des travaux, les accidents, les crissements de pneus. Kool Shen et Joey Starr retournent à l'envoyeur les spasmes de la vielle, les dissonances du béton. On ne fait pas plus moderne que le rap, plus industriel, plus historique ; c'est le poumon qui absorbe et recrache les bruits du monde ici et maintenant. Le clou du réel enfoncé dans nos oreilles. »

Joy Sorman, *Du bruit*, Gallimard, 2007.

Combien de personnes assimilent le groupe de rap NTM à du bruit ? Expression sonore amorphe, le groupe insupporte. On le juge, on le critique, on le rabaisse. Mais, dans la brutalité de ses textes et la profondeur de la voix de Joey Starr, la narratrice défend le rap comme le manifeste d'une génération résolument urbaine, vivant dans les banlieues. Là où bon nombre y voit du bruit, d'autres y perçoivent l'expression essentialiste d'une génération vivante.

Conclusion

« De la musique avant toute chose », mais surtout le chant de l'âme, l'osmose de la **musicalité** et de l'**humanité**. La musique est un cadeau, une réalité qui s'offre à tous. Auditeur, musicien, chanteur, compositeur, la musique se vit à chaque instant de la vie. Des comptines pour les enfants aux hymnes nationaux, tous éveillent en chacun des **souvenirs**, des **émotions**. La musique est l'antithèse de l'indifférence. Elle suscite irrémédiablement **une réaction, une intensité**. Elle s'écoute, se joue, mais surtout elle se vit, **vibrante et vivante**.

Tableau de références

Thème 1 : De la musique avant toute chose ?

Dans le tableau suivant, vous trouverez des références culturelles non exhaustives liées aux différentes parties du thème « De la musique avant toute chose ? ». Ces références couvrent l'ensemble des différents supports artistiques : les écrits littéraires (en **noir**) ; les références filmographiques (en **bleu**) ; les œuvres picturales (en **vert**) ; les œuvres musicales (en **orange**).

Problématiques	Notions-clés	Références
1. La musique, une réalité polymorphe		
1. Une sonorité harmonieuse	• Une réalité sonore • Une production instrumentale, vocale ou naturelle • L'harmonie, valeur maîtresse de la musique	• Arthur Rimbaud, *Poésies*, « À la musique » • Paul Verlaine, *Jadis et Naguère*, « Art poétique » • Luigi Russolo, *La Musica*
2. Beauté et bienfaits de la musique	• La musique naturelle • Le chant • « La musique adoucit les mœurs. »	• Charles Baudelaire, *Les Fleurs du mal*, « La musique » • Emmanuel Bigand (dir.), *Les Bienfaits de la musique sur le cerveau* • Hervé Platel, « Comment la musique modifie notre cerveau ? » • Edward John Poynter, *Orphée et Eurydice*
2. Entre appropriation et assimilation, la musique comme artefact culturel		
1. Une expression culturelle	• La dimension culturelle • Le processus d'appropriation • Un art pluriel	• Voltaire, *Candide* • Nicolas de Staël, *Le Concert*
2. Un art essentiellement fédérateur	• Une dimension identitaire • Un hymne • Vivre la musique individuellement : la condition de musicien	• Lydie Salvayre, *Hymne* • Gérard Corbiau, *Le Maître de musique ; Farinelli* • Beethoven, *L'Hymne à la joie*
3. De l'art suprême à la standardisation : musique et technique		
1. La musique, un art	• La virtuosité, un idéal à atteindre • Musique et dépassement de soi • Un art exigeant et cruel	• Alexandre Pouchkine, *Mozart et Salieri* • Dominique Ané, *Ma vie en morceaux* • Vladimir Jankélévitch, *La Musique et l'ineffable* • *Euterpe*, mosaïque • Jacques Audiard, *De battre mon cœur s'est arrêté* • Jane Campion, *La Leçon de piano*
2. Vers la dépravation de l'art musical ?	• Le mercantilisme • Une totale artificialisation • Vers un nihilisme musical ?	• Joy Sorman, *Du bruit* • Bryan Singer, *Bohemian Rhapsody*

THÈME 2

Dans ma maison

Introduction

« Ma maison », un énoncé simple qui fait écho à une réalité qui nous est bien familière : celle de notre habitat. Dérivée du verbe latin *manere* (« rester », « résider »), elle implique la sédentarité. « Ma maison » est une évidence pour chacun d'entre nous. Les noms abondent pour déterminer ce lieu qui nous est propre, qui nous ancre dans l'espace : logis, villa, pavillon, appartement, bâtisse, immeuble… bien d'autres termes encore déclinent ce référent. **« Ma maison » est plurielle dans sa dénomination.**

Physiquement, elle est polymorphe car elle varie selon les attentes de chaque propriétaire ou locataire, mais aussi selon leurs possibilités financières. Du simple appartement à la villa se déploie tout un faisceau de possibles. Car « ma maison » est le résultat, la somme des savoirs et savoir-faire de l'architecture. Concevoir sa maison repose sur une technique sujette à une évolution et, parfois, à de véritables prouesses. Dans les cas les plus extrêmes, « ma maison » peut devenir objet de dépassement et d'exploits, alliant esthétique et fonctionnel.

« Ma maison » répond à un besoin : celui de permettre à l'homme d'investir l'espace. Diachroniquement, elle renvoie au besoin premier qui, historiquement, a marqué une étape importante dans l'évolution humaine : celui de la sédentarisation. De fait, l'homme a pris possession de l'espace. Socialement, cet état de fait est une évidence. Chaque personne est associée à un espace individuel. « Ma maison » devient donc un marqueur social car on habite tous différemment son logis en fonction de la pluralité de ses modes de vie, des contraintes liées aux territoires occupés, conditionnées par des capacités financières, des impératifs professionnels et/ou familiaux, et du contexte sanitaire.

Temporellement, « ma maison » renvoie au fil de l'existence de chacun à une succession de résidences. Cette expression cristallise notre appartenance au monde, notre ancrage dans l'environnement et donc notre empreinte spatiale.

Symboliquement, on investit chacun le lieu où on réside, notre maison. Lieu de vacances, maison de famille, les souvenirs teintent affectivement « ma maison ». Elle peut parfois s'inscrire dans une histoire familiale. Elle devient alors un héritage.

Singulière et plurielle, « ma maison » reste notre centre de gravité, notre parenthèse dans l'espace de la collectivité. Elle se trouve à la croisée de l'expérience universelle et intime, car nous investissons tous différemment notre logis. Comment alors entre dénotation, la réalité première de l'habitat spatial, et connotation, le symbole de notre attachement, « ma maison » acquiert-elle polysémie et multivalence ?

1er axe de réflexion : *« Ma maison »/« Nos maisons » : pluralité et clivages* *(p. 355)*

Problématiques

- Comment « ma maison » a-t-elle marqué l'évolution humaine, véritable cap dans la relation entre l'homme et l'espace ?
- Dans quelle mesure la maison est-elle l'artefact de savoirs et de savoir-faire architecturaux, conditionnant un déploiement des pièces selon leur fonction ?
- Comment « ma maison » s'impose-t-elle comme une réalité graduelle, oscillant entre logement insalubre et villa de luxe ?

1. Entre nomadisme et sédentarité

« Ma maison » institue la sédentarité pour l'homme que ce soit historiquement ou socialement. Mais « ma maison » peut se concevoir à rebours comme le mode de vie de l'itinérance.

Mots-clés : baraque, bungalow, cabane, hutte, maison, préfabriqué.

2. Entre individualité et collectivité

Par définition, « ma maison » offre une enclave de l'individualité dans l'espace collectif. Elle propose une déclinaison d'habitat selon les territoires occupés (rural ou urbain), le type de logement occupé, le statut (propriétaire/locataire).

Mots-clés : bail, bâtisse, bicoque, charges, construction, domotique, gratte-ciel, HLM, immeuble, immeuble haussmannien, location, loft, masure, pavillon, propriété, résidence secondaire, studio, taudis, villa.

2e axe de réflexion : *Moi et « ma maison » : le processus d'habiter (p. 361)*

Problématiques

- Comment « ma maison » cristallise-t-elle l'investissement de l'homme sur l'espace qui lui est propre ?
- Quelles fonctions affectives motivent cette relation si personnelle ?
- Quelles expériences nourrissent le clivage entre huis clos rimant avec emprisonnement, et refuge cocon ?

1. « Ma maison », théâtre du personnel en tant qu'espace de l'intime

L'espace est découpé selon une constitution de pièces, détentrices d'une fonction essentielle : c'est le cocon, le repli salutaire de l'individu qui se livre dans toute sa singularité par le processus d'habiter et de choisir son habitat.

Mots-clés : antichambre, asile, bien-être, bricolage, chez-soi, confort, *cosy*, cuisine, domesticité, *Feng Shui*, famille, foyer, *home*, *home sweet home*, hospitalité, loggia, maisonnée, nid, refuge, retraite, salle à manger, salle de réception, salon, sociabilité, terrasse.

2. « Ma maison » : l'espace sclérosant

Le processus d'habiter peut souffrir de défauts (insalubrité, nuisances, etc.) et abriter de nombreuses tensions qui, en provoquant l'écart, le repli, font de cet espace une prison et rendent l'homme captif.

Mots-clés : chambre de bonne, communs, confinement, galetas, huis clos, insalubrité, isolement, promiscuité, nuisances, prison, solitude, soupente.

3e axe de réflexion : *« Ma maison », entre réalité et onirisme (p. 366)*

Problématiques

- Symboliquement, comment « ma maison » investit-elle les domaines de l'imaginaire ou du rêve ?
- Par quel processus se met-on à rêver d'un lieu utopique, idéalisé par le souvenir ?
- Comment « ma maison » relaie-t-elle des bâtisses oniriques, peuplées par d'étranges créatures ?

1. « Ma maison » onirique

« Ma maison » résonne comme une projection de l'imaginaire, personnelle car plusieurs maisons émaillent notre vie, notre enfance. C'est « ma maison » des souvenirs, celle de la jeunesse, mais aussi celle des contes de fée, que petits, nous imaginions à travers toutes les légendes qui nous faisaient rêver.

Mots-clés : alcôve, château, héritage, inventaire, maison de famille, maison de vacances, manoir, palais, utopie.

2. « Ma maison » tragique

A contrario, « ma maison » résonne comme une menace, le théâtre des plus sombres histoires, scénarios de nos peurs les plus ténébreuses. C'est aussi l'abri de ma conscience, le lieu où les souvenirs difficiles se cachent pour mieux nous hanter.

Mots-clés : asile, folie, maison hantée, manoir.

1 « Ma maison »/« Nos maisons » : pluralité et clivages

Saisie dans sa réalité première, **« ma maison » désigne un concept : celui de l'habitat. Elle est le vecteur entre l'homme et son environnement, accompagnant ainsi l'humain dans son évolution**. Cependant, si « ma maison » est unique dans sa définition, **elle est plurielle dans son élaboration**. Elle se façonne selon les aspirations et les possibilités de son (ou ses) habitant(s). **C'est ainsi que « ma maison » devient « nos maisons »**. Cette pluralité est renforcée par les bivalences qui la caractérisent et la placent à la croisée de nombreux clivages : propriétaire/locataire, espace public/intime, etc.

1 Entre nomadisme et sédentarité

« Ma maison » se positionne entre le nomadisme et la sédentarité. Elle est modulable selon le mode de vie de son occupant.

• **L'origine de « ma maison » : de l'abri et du nomadisme.** La maison relève d'une notion plus générale, celle de l'habitat. L'homme s'implante dans l'environnement pour un temps plus ou moins long. S'il est amené à bouger, il est donc nomade. L'habitat répond alors à un besoin humain de première nécessité : celui de l'abri. C'est un espace qui offre à l'homme la possibilité de se replier, se protéger ou se reposer, une sorte de **parenthèse dans l'espace**. Dès la préhistoire, le concept de l'avant-maison se décline selon les formes les plus rudimentaires : excavation, grotte, hutte faite de branchages, de peaux de bêtes, de feuillages. « Ma maison » se réduit alors à la notion d'**abri,** c'est-à-dire de lieu couvert protégeant contre les intempéries, les dangers.

Définition

Excavation : creux, cavité dans le sol.

• **« Ma maison », fruit de la sédentarité.** De fait, comme le révèle son étymologie, le terme latin *ma(n)sionem*, qui désigne « un séjour, un lieu de séjour, une habitation, une demeure, une auberge », la maison implique une certaine sédentarité. Ce sens premier accompagne l'évolution de l'humanité. **Durant la préhistoire, l'homme se sédentarise. Il s'implante durablement dans l'espace**. Les premières maisons apparaissent alors dans des formes d'abord très frustes. L'intérieur est sombre, sans fenêtres, avec un feu qui brûle au milieu de la pièce, prolongeant ainsi la notion d'abri. Il tend à se multiplier et à créer les premiers villages, c'est-à-dire le regroupement de plusieurs maisons. « Ma maison » prend alors tout son sens : le possessif cristallise cette notion d'appartenance, de singularité de l'homme à l'espace.

▲ *Tulou* dans la province du Fujian (Sud-Est de la Chine).

Le *tulou* (« maison de terre ») est une forme traditionnelle de résidence communautaire constituée de plusieurs bâtiments. Construits entre le XVe et le début du XXe siècle par les Hakkas, un peuple souvent persécuté, les *tulou* servaient à se protéger des envahisseurs. Ces grandes bâtisses en argile de forme concentrique sont organisées autour d'une grande cour très vivante, qui sert de lieu de socialisation. Chaque *tulou* peut accueillir jusqu'à 800 personnes. Les 46 maisons de terre des *tulou* de la province du Fujian en Chine ont été inscrites par l'UNESCO sur la liste du patrimoine mondial de l'humanité en 2008.

• **« Ma maison » : un choix entre itinérance et sédentarité.** Suivant l'évolution des modes de vie des hommes, **la sédentarité tend à s'imposer**. Le nomadisme devient alors non plus une obligation, une nécessité, dans la mesure où l'homme s'implante durablement dans son espace, mais un choix de vie, personnel et volontaire. Ma maison s'adapte alors. Elle prend une forme temporaire, éphémère ou conçue pour être habitée ponctuellement. Ce sont les huttes, le camping et ses mobil-homes, les bungalows, les cabanes, les baraques ou les préfabriqués qui offrent, par exemple le temps d'un chantier, un abri couvert. **Son caractère itinérant ou ponctuel s'inscrit sur le clivage « ouverture/fermeture »**. En effet, ce type d'habitat se présente comme une maison tellement frêle et « légère » dans l'environnement qu'elle s'unifie parfaitement à la nature (ouverture), tout en proposant un abri (fermeture). Ces habitats, aussi modestes soient-ils, proposent des conditions de vie un peu sommaires, particulièrement adaptés à une brève temporalité. Le bungalow ou le mobil-home sont des îlots dans l'environnement, permettant à leur locataire de vivre au contact de la nature.

2 Entre individualité et collectivité

Puisque « ma maison » cristallise le lien entre l'homme et l'espace, **elle se situe à la croisée de l'individuel et du collectif**, espace à la fois social, fonctionnel et intime.

• **« Ma maison » : un marqueur social. Ma maison est un abri, mais aussi un marqueur social**. Son aspect permet de caractériser son propriétaire ou son locataire et ses ressources financières. Ce sont elles qui déterminent la capacité de l'homme à acquérir et aménager le logis de son choix. Plus ses ressources seront importantes, plus il bénéficiera d'une liberté totale pour son habitat. *A contrario*, les personnes en précarité financière n'ont pas de maisons et sont reléguées au rang de sans-abri. Ce sont les invisibles qui investissent l'espace collectif, public comme lieu d'hébergement. **La maison peut alors devenir un lieu d'inégalité** en tant que marqueur social. Les taudis, les masures, les bicoques s'opposent aux villas, aux immeubles haussmanniens. La notion d'environnement révèle également le clivage rural/urbain. Vivre à la campagne, alors qu'on travaille dans une grande ville, peut rappeler qu'une maison de ville est parfois inabordable compte tenu des prix de l'immobilier. C'est ainsi que se joue également le statut de l'occupant : locataire ou propriétaire. Le premier choisit de disposer d'une maison ponctuelle, possession d'un autre, contre un loyer. En signant son bail, il s'investit dans une moindre mesure dans l'appropriation de l'espace. En effet, le locataire s'y projette de manière limitée car l'espace ne lui appartient pas. Le statut de propriétaire permet une totale fusion entre l'occupant et la maison car ils ne font qu'un. De plus, être locataire peut également signifier des capacités financières moindres, empêchant l'achat.

Document

Le vestibule et l'escalier étaient d'un luxe violent. En bas, une figure de femme, une sorte de Napolitaine toute dorée, portait sur la tête une amphore[1], d'où sortaient trois becs de gaz, garnis de globes dépolis. Les panneaux de faux marbre, blancs à bordures roses, montaient régulièrement dans la cage ronde ; tandis que la rampe de fonte, à bois d'acajou, imitait le vieil argent, avec des épanouissements de feuilles d'or. Un tapis rouge, retenu par des tringles de cuivre, couvrait les marches. Mais ce qui frappa surtout Octave, ce fut, en entrant, une chaleur de serre, une haleine tiède qu'une bouche lui soufflait au visage.

– Tiens ! dit-il, l'escalier est chauffé ?

– Sans doute, répondit Campardon. Maintenant, tous les propriétaires qui se respectent, font cette dépense… La maison est très bien, très bien…

Il tournait la tête, comme s'il en eût sondé les murs, de son œil d'architecte.

– Mon cher, vous allez voir, elle est tout à fait bien… Et habitée rien que par des gens comme il faut !

Alors, montant avec lenteur, il nomma les locataires. À chaque étage, il y avait deux appartements, l'un sur la rue, l'autre sur la cour, et dont les portes d'acajou verni se faisaient face. D'abord, il dit un mot de M. Auguste Vabre : c'était le fils aîné du propriétaire ; il avait pris, au printemps, le magasin de soierie du rez-de-chaussée, et occupait également tout l'entresol[2]. Ensuite, au premier, se trouvaient, sur la cour, l'autre fils du propriétaire, M. Théophile Vabre, avec sa dame, et sur la rue, le propriétaire lui-même, un ancien notaire de Versailles, qui logeait du reste chez son gendre, M. Duveyrier, conseiller à la cour d'appel.

– Un gaillard qui n'a pas quarante-cinq ans, dit en s'arrêtant Campardon, hein ? C'est joli !

Il monta deux marches, et se tournant brusquement, il ajouta :

– Eau et gaz à tous les étages.

Sous la haute fenêtre de chaque palier, dont les vitres, bordées d'une grecque[3], éclairaient l'escalier d'un jour blanc, se trouvait une étroite banquette de velours. L'architecte fit remarquer que les personnes âgées pouvaient s'asseoir. Puis, comme il dépassait le second étage, sans nommer les locataires :

– Et là ? demanda Octave, en désignant la porte du grand appartement.

– Oh ! là, dit-il, des gens qu'on ne voit pas, que personne ne connaît… La maison s'en passerait volontiers. Enfin, on trouve des taches partout…

Il eut un petit souffle de mépris.

– Le monsieur fait des livres, je crois.

Mais, au troisième, son rire de satisfaction reparut. L'appartement sur la cour était divisé en deux : il y avait là madame Juzeur, une petite femme bien malheureuse, et un monsieur très distingué, qui avait loué une chambre, où il venait une fois par semaine, pour des affaires. Tout en donnant ces explications, Campardon ouvrait la porte de l'autre appartement.

– Ici, nous sommes chez moi, reprit-il. Attendez, il faut que je prenne votre clef… Nous allons monter d'abord à votre chambre, et vous verrez ma femme ensuite.

Pendant les deux minutes qu'il resta seul, Octave se sentit pénétrer par le silence grave de l'escalier. Il se pencha sur la rampe, dans l'air tiède qui venait du vestibule ; il leva la tête, écoutant si aucun bruit ne tombait d'en haut. C'était une paix morte de salon bourgeois, soigneusement clos, où n'entrait pas un souffle du dehors. Derrière les belles portes d'acajou luisant, il y avait comme des abîmes d'honnêteté.

Émile Zola, *Pot-Bouille*, Chapitre I, 1882.

---

1. **Amphore :** vase antique comportant deux anses et un pied étroit.
2. **Entresol :** dans un immeuble, niveau ou espace situé entre le rez-de-chaussée et le premier étage.
3. **Grecque :** type d'ornement composé d'une suite de lignes brisées qui reviennent sur elles-mêmes à angle droit.

Ce chapitre liminaire de *Pot-Bouille* révèle combien la maison est un marqueur social. La remarque initiale, « l'escalier est chauffé », montre les commodités existantes dans l'immeuble. Il comprend des appartements désignés d'emblée par l'honorabilité des occupants. Il n'est pas question ici d'aménagements, mais de la dignité de celui qui l'habite. La montée de l'escalier permet d'appréhender le déploiement de la structure du bâtiment. Les locataires s'enchaînent comme dans un macrocosme, révélant un espace fragmenté, mais lisse dans sa probité et son honorabilité. La seule pointe de mystère relève du locataire qui fait des livres, offensant la dignité du lieu. L'acte de propriété est palpable dans l'expression : « Ici, nous sommes chez moi. » L'adverbe « ici » relaie le groupe prépositionnel « chez moi », soulignant la pleine possession de l'espace par le maître des lieux.

Définition

Macrocosme : ensemble englobant considéré par rapport à ses éléments constitutifs (individus, groupes).

• « Ma maison » : un artefact architectural. « Ma maison » constitue aussi une somme de choix pour son occupant. Il investit l'espace et y pose son empreinte selon différents champs d'action possibles : la décoration, l'ameublement et la conception même du bâtiment. **Ce processus s'inscrit dans une logique qui impose la maison comme une entité façonnable et, par extension, comme un produit de consommation.** En effet, quand la société s'empare de l'habitat, elle lui applique des tendances, des modes, le transformant en terrain d'expérimentation. Les émissions sur la thématique immobilière abondent, montrant comment valoriser sa maison pour la rendre plus esthétique ou pour mieux la vendre. Car « ma maison » cristallise une conception personnelle de l'occupant avec un paramètre fondamental : ses capacités financières. Disposant de ressources conséquentes, il pourra se rendre maître totalement de son bien en choisissant, par exemple dans le cadre d'une construction, tous les attributs dont il souhaite le doter. Les noms de bâtisses d'exception résonnent alors en tant que vraies créations artistiques et historiques. Les châteaux de Versailles, de Neuschwanstein et bien d'autres sont autant de références d'exubérance ou de luxe. L'architecture n'est-elle pas l'art, la science, la technique de construire, de restaurer, d'aménager des édifices ? « Ma maison » est donc le reflet d'une singularité qui s'affirme. Elle implique des choix, une volonté de son occupant de l'aménager, de la créer selon ses désirs ou sa conception de la fonctionnalité. « Ma maison » se façonne donc en intégrant différents paramètres : ceux du confort, de la décoration, mais également des normes environnementales, de sécurité et d'accessibilité (domotique). Elle prend ainsi en compte des critères liés aux évolutions sociétales.

Définitions

Artefact : objet façonné par l'homme.

Domotique : techniques permettant d'intégrer à la maison les automatismes liés à la sécurité, la gestion de l'énergie, la communication, etc.

▲ « Ma maison » se conçoit dans l'esthétique, dans l'élaboration d'un projet colossal. Résidence des rois de France Louis XIV, Louis XV et Louis XVI, le château de Versailles avec ses 2 300 pièces et son parc de 800 hectares visait à glorifier la monarchie française. Ce château est synonyme de démesure, de luxe et emblématique du pouvoir de la royauté, voulu par Louis XIV.

▲ Les 357 miroirs qui ornent les 17 arcades de la Galerie des Glaces du château de Versailles célèbrent les succès politiques, économiques et artistiques de la France tout au long des 73 mètres de cette somptueuse salle de réception.

• « Ma maison », une mosaïque d'espaces. **Ma maison est donc une parenthèse dans la collectivité, mais qui reste elle-même composée de sous-espaces.** En passant du macro au micro, on raisonne alors en terme de pièces. « Ma maison » se déploie autour de différentes pièces. Comme l'espace doit être, à la fois, fonctionnel et intime, les pièces se déclinent selon leur attribution : antichambre, salon, salle de réception, salle à manger, boudoir, terrasse, loggia, cuisine, buanderie, communs, chambre de bonne… **l'énumération révèle combien l'agrégat est complexe. Il reflète la répartition des différentes sphères constitutives de la vie humaine**. Avec ses pièces dévouées au travail, à la cuisine, à la réception des invités… « ma maison » combine toutes les obligations humaines. Cette répartition suit une logique allant du plus social au plus intime car il existe des pièces réservées strictement à l'usage personnel de son occupant, là où il se délivre de toute contrainte, en goûtant une totale liberté. La chambre comme l'alcôve sont des pièces confidentielles qui se dérobent au regard du visiteur. *A contrario*, le salon et la salle de réception, notamment, sont prévus pour accueillir autrui. De fait, c'est l'univers domestique, l'espace singulier dont le propriétaire ou le locataire a la clé.

Définition

Alcôve : renfoncement pratiqué dans une chambre pour y mettre un ou plusieurs lits.

Document

Dans le vestibule Jean pria qu'on attendît. Il voulait allumer les bougies et les lampes, et il laissa dans l'obscurité Mme Rosémilly, son père et son frère, puis il cria : « Arrivez ! » en ouvrant toute grande la porte à deux battants.

La galerie vitrée, éclairée par un lustre et des verres de couleur cachés dans les palmiers, les caoutchoucs et les fleurs, apparaissait d'abord pareille à un décor de théâtre. Il y eut une seconde d'étonnement. Roland, émerveillé de ce luxe, murmura : « Nom d'un chien, » saisi par l'envie de battre des mains comme devant les apothéoses[1].

1. **Apothéose :** partie finale, très brillante, d'une œuvre ou d'un spectacle.

►►►

Puis on pénétra dans le premier salon, petit, tendu avec une étoffe vieil or, pareille à celle des sièges. Le grand salon de consultation très simple, d'un rouge saumon pâle, avait grand air. [...]
Mme Roland ouvrit une porte à droite.
– Voici la chambre à coucher, dit-elle.
Elle avait mis à la parer tout son amour de mère. La tenture était en cretonne[2] de Rouen qui imitait la vieille toile normande. Un dessin Louis XV — une bergère dans un médaillon que fermaient les becs unis de deux colombes — donnait aux murs, aux rideaux, au lit, aux fauteuils un air galant et champêtre tout à fait gentil.
– Oh ! c'est charmant, dit Mme Rosémilly, devenue un peu sérieuse, en entrant dans cette pièce.
– Cela vous plaît ? demanda Jean.
– Énormément.
– Si vous saviez comme ça me fait plaisir.
Ils se regardèrent une seconde, avec beaucoup de tendresse confiante au fond des yeux.
Elle était gênée un peu cependant, un peu confuse dans cette chambre à coucher qui serait sa chambre nuptiale. Elle avait remarqué, en entrant, que la couche était très large, une vraie couche de ménage, choisie par Mme Roland qui avait prévu sans doute et désiré le prochain mariage de son fils ; et cette précaution de mère lui faisait plaisir cependant, semblait lui dire qu'on l'attendait dans la famille.
Puis quand on fut rentré dans le salon, Jean ouvrit brusquement la porte de gauche et on aperçut la salle à manger ronde, percée de trois fenêtres, et décorée en lanterne japonaise[3]. La mère et le fils avaient mis là toute la fantaisie dont ils étaient capables. Cette pièce à meubles de bambou, à magots[4], à potiches, à soieries pailletées d'or, à stores transparents où des perles de verre semblaient des gouttes d'eau, à éventails cloués aux murs pour maintenir les étoffes, avec ses écrans, ses sabres, ses masques, ses grues faites en plumes véritables, tous ses menus bibelots de porcelaine, de bois, de papier, d'ivoire, de nacre et de bronze, avait l'aspect prétentieux et maniéré que donnent les mains inhabiles et les yeux ignorants aux choses qui exigent le plus de tact, de goût et d'éducation artistique. Ce fut celle cependant qu'on admira le plus. Pierre seul fit des réserves avec une ironie un peu amère dont son frère se sentit blessé.

Guy de Maupassant, *Pierre et Jean*, Chapitre VII, 1888.

2. Cretonne : tissu assez solide, fait de chanvre, de lin ou de coton.
3. Lanterne japonaise : type de luminaire oriental.
4. Magot : figurine représentant un personnage oriental trapu et pittoresque, assis.

Cet extrait révèle la théâtralisation de l'espace : il se livre comme un spectacle que l'on découvre en parcourant la pièce. La description spatiale fonctionne sur un diptyque. Elle va du lieu le plus ouvert sur la collectivité car prévu pour devenir l'espace de travail à la pièce la plus intime : la chambre. À cette occasion, Mme Rosémilly, la future femme de Jean, prend connaissance du logis qui sera bientôt le sien. Symboliquement, le lit où elle se couchera avec son futur époux prend tout son sens en tant que couche nuptiale. La décoration, lourde et chargée, révèle les intentions de l'occupant et de sa mère : celle de faire de la maison le miroir de la réussite sociale et du statut de notable de Jean.

2 Moi et « ma maison » : le processus d'habiter

« Ma maison » cristallise le processus d'habiter. Cela implique que **l'occupant se projette, s'accapare le logis pour en faire un prolongement de lui-même. L'environnement devient alors singulier, miroir de celui qui l'habite,** que ce soit **pour le meilleur ou pour le pire.**

1 « Ma maison », théâtre du personnel en tant qu'espace de l'intime

« Ma maison » est **le lieu de notre sphère personnelle, le réceptacle de notre être**, l'espace dans lequel nous nous laissons aller, **où nous laissons libre cours à notre personnalité, celui où nous nous réfugions**. Cela en fait **le théâtre personnel de notre intimité**.

• **La simplicité du quotidien domestique.** Le fait d'habiter laisse place à la simplicité de l'habitude, au plaisir de demeurer dans un lieu dont vous êtes le dépositaire. **Habiter revient donc à investir, mais également à instaurer le respect du lieu dans lequel on se sent bien**. C'est le principe d'avoir son propre « intérieur », **cette enclave personnelle dans l'espace public**. Cela renvoie à la sphère domestique, qui évoque, par principe, toute personne attenante à l'espace, dévolue à son entretien. Car la notion de respect est primordiale. Pour qu'un habitant se sente bien dans son espace, il faut qu'une relation se noue, un intérêt qui demande un investissement, mais aussi une prise en considération. De fait, les tâches domestiques deviennent incontournables, dans la mesure où elles permettent le maintien en état et surtout la propreté de la maison. Le ménage devient le premier devoir qu'un occupant doit à sa maison. Le bricolage et la restauration sont également des inconditionnels qui aident à l'amélioration de l'habitat. Ils participent de la valorisation de l'espace et de son potentiel.

▲ Pieter Janssens Elinga, *La Balayeuse*, vers 1670, Petit Palais, Paris.

Culture générale et expression

Cette peinture à l'huile de Pieter Janssens Elinga représente un intérieur hollandais. La douceur de la pièce, plongée dans un halo lumineux, renvoie l'ambiance sereine d'un quotidien calme et paisible. Le tableau dépeint la simplicité des tâches journalières, exécutées par une servante vue de dos qui passe le balai. Les volets sont partiellement tirés, laissant toutefois passer la lumière, et révélant un intérieur sobre et calme constitué de poutres, de fenêtres, de rideaux, de carrelages et de cadres accrochés aux murs. Le visage de la femme qui apparaît dans le miroir accroché sur l'un des murs montre une figure évanescente.

• ***« Home sweet home ».*** Au-delà du simple soin dédié à la maison existe aussi **la volonté de créer un environnement paisible, consacré au bien-être et à la sérénité**. L'occupant se livre alors pleinement, se laisse aller dans un sentiment de fusion avec son espace. C'est **le fameux « *home sweet home* » qui renvoie aux intérieurs *cosy*, confortables, agréables, à l'image d'un cocon**. Il s'agit d'un espace qui est nôtre, dans lequel on se replie pour mieux se ressourcer. Car « ma maison » peut participer à la régénérescence de l'être selon **les préceptes du *Feng Shui***. Cet art millénaire d'origine chinoise a pour finalité d'harmoniser l'environnement avec son occupant pour favoriser le bien-être, la santé et la prospérité. Cela passe par l'harmonie des énergies visibles ou subtiles pour créer un équilibre des forces et une circulation optimale de l'énergie. De fait, « ma maison » peut être en totale fusion avec son occupant. **Il se replie et se ressource dans ce lieu qui est le sien**.

• **« Ma maison » : le refuge.** Par cette fusion du lieu et de son occupant, ma maison devient donc un refuge, un havre de paix, un prolongement de l'être. Elle est alors idéalisée, icône des aspirations les plus intimes de l'individu. On assiste à **une spiritualisation de l'espace**. On peut alors parler de cocon, d'alcôve, d'un lieu où l'être se laisse aller dans ses plus secrètes aspirations. **Individualité et singularité se revendiquent** pour l'aider à s'améliorer, se parfaire. **« Ma maison » est un refuge**, un théâtre de l'intime où se jouent les plus douces histoires. **Elle permet l'éclosion et le développement des familles**, véritable cellule où parents et enfants tissent leur histoire commune. Cette vie à plusieurs permet de se façonner et d'écrire son histoire familiale.

Document

Ce qui me grisa lorsque je rentrai à Paris, en septembre 1929, ce fut d'abord ma liberté. J'y avais rêvé dès l'enfance, quand je jouais avec ma sœur à « la grande jeune fille ». Étudiante, j'ai dit avec quelle passion je l'appelai. Soudain, je l'avais ; à chacun de mes gestes, je m'émerveillais de ma légèreté. Le matin, dès que j'ouvrais les yeux, je m'ébrouais, je jubilais. Aux environs de mes douze ans, j'avais souffert de ne pas posséder à la maison un coin à moi. Lisant dans *Mon journal*[1] l'histoire d'une collégienne anglaise, j'avais contemplé avec nostalgie le chromo[2] qui représentait sa chambre : un pupitre, un divan, des rayons couverts de livres ; entre ces murs aux couleurs vives, elle travaillait, lisait, buvait du thé, sans témoin : comme je l'enviai ! J'avais entrevu pour la première fois une existence plus favorisée que la mienne. Voilà qu'enfin moi aussi j'étais chez moi ! Ma grand-mère avait débarrassé son salon de tous ses fauteuils, guéridons, bibelots. J'avais acheté des meubles en bois blanc que ma sœur m'avait aidée à badigeonner d'un vernis marron. J'avais une table, deux chaises, un grand coffre qui servait de siège et de fourre-tout, des rayons pour mettre mes livres, un divan assorti au papier orange dont j'avais fait tendre les murs. De mon balcon, au cinquième étage, je dominais les platanes de la rue Denfert-Rochereau et le lion de Belfort.

---

1. *Mon journal* : mensuel de l'époque, pour filles et garçons de cinq à dix ans.
2. Chromo : image coloriée reproduite en lithographie.

▸▸▸

Je me chauffais avec un poêle à pétrole rouge et qui sentait très mauvais : il me semblait que cette odeur défendait ma solitude et je l'aimais. Quelle joie de pouvoir fermer ma porte et passer mes journées à l'abri de tous les regards ! Je suis très longtemps restée indifférente au décor dans lequel je vivais ; à cause, peut-être, de l'image de *Mon journal* je préférais les chambres qui m'offraient un divan, des rayonnages ; mais je m'accommodais de n'importe quel réduit : il me suffisait encore de pouvoir fermer ma porte pour me sentir comblée. Je payais un loyer à ma grand-mère et elle me traitait avec autant de discrétion que ses autres pensionnaires ; personne ne contrôlait mes allées et venues. Je pouvais rentrer à l'aube ou lire au lit toute la nuit, dormir en plein midi, rester claquemurée vingt-quatre heures de suite, descendre brusquement dans la rue. Je déjeunais d'un *bortsch* chez Dominique[3], je dînais à la Coupole d'une tasse de chocolat. J'aimais le chocolat, le *bortsch*, les longues siestes et les nuits sans sommeil, mais j'aimais surtout mon caprice. Presque rien ne le contrariait. Je constatai joyeusement que le « sérieux de l'existence », dont les adultes m'avaient rebattu les oreilles, en vérité ne pesait pas lourd. Passer mes examens, ça n'avait pas été de la plaisanterie ; j'avais durement peiné, j'avais eu peur d'échouer, je butais contre des obstacles et je me fatiguais. Maintenant, nulle part je ne rencontrais de résistances, je me sentais en vacances, et pour toujours.

Simone de Beauvoir, *La Force de l'âge*, © Éditions Gallimard, 1960.

3. Dominique : restaurant russe qui servait, entre autres choses, le *bortsch*, un potage traditionnel de l'Est.

Simone de Beauvoir vient d'avoir vingt ans : en s'installant à Paris, dans une pension tenue par sa grand-mère, elle obtient enfin la liberté dont elle avait tant rêvé pendant ses années d'études… Elle raconte cette installation dans le deuxième tome de son œuvre autobiographique. Cet extrait révèle combien la fusion entre l'habitant et sa maison devient lieu d'idéal et d'échanges. « Quelle joie de pouvoir fermer ma porte et passer mes journées à l'abri de tous les regards ! » : c'est l'espace de l'intime qui permet à Simone de Beauvoir jeune de goûter pleinement à une liberté qu'elle a tant espérée. Elle est là dans un intérieur modeste, assez fruste, et pourtant elle y goûte d'infinis plaisirs. C'est juste être elle, chez elle pour se permettre de vivre selon son rythme dans ce cocon, ce refuge qu'est son espace.

2 « Ma maison » : l'espace sclérosant

Cependant, « ma maison » peut s'inscrire dans un processus inverse : **celui de l'insalubrité, du danger, de l'isolement, la rendant semblable à une prison, voire à un tombeau**.

• **« Ma maison » insalubre.** Quand les moyens de l'occupant sont restreints, la maison devient un repoussoir. Elle peut alors être **atteinte par l'insalubrité, faisant d'elle un taudis, un galetas.** Les espaces ainsi caractérisés sont multiples, déterminés par **une superficie trop restreinte, des conditions de vie difficiles**. Le manque de confort, un contexte malpropre et malsain, peuvent mettre en péril la vie de l'occupant. On constate malheureusement de plus en plus de propriétaires peu scrupuleux louant des logements très mal entretenus, exigus. De fait, la dignité même de l'homme est atteinte, ce qui fait de sa maison un véritable repoussoir. **Soupente, promiscuité, insalubrité, nuisances, tel est alors le quotidien de l'habitant**.

Définitions

Galetas : logement très pauvre, sordide, situé dans les combles.

Soupente : espace aménagé dans la partie haute d'une pièce à l'aide de planches pour servir de grenier ou de logement.

Document

Un samedi, Nana trouva en rentrant son père et sa mère dans un état abominable. Coupeau, tombé en travers du lit, ronflait. Gervaise, tassée sur une chaise, roulait la tête avec des yeux vagues et inquiétants ouverts sur le vide. Elle avait oublié de faire chauffer le dîner, un restant de ragoût. Une chandelle, qu'elle ne mouchait pas, éclairait la misère honteuse du taudis.
– C'est toi, chenillon ? bégaya Gervaise. Ah bien ! ton père va te ramasser !
Nana ne répondait pas, restait toute blanche, regardait le poêle froid, la table sans assiettes, la pièce lugubre où cette paire de soûlards mettaient l'horreur blême de leur hébétement. Elle n'ôta pas son chapeau, fit le tour de la chambre ; puis, les dents serrées, elle rouvrit la porte, elle s'en alla.
– Tu redescends ? demanda sa mère, sans pouvoir tourner la tête.
– Oui, j'ai oublié quelque chose. Je vais remonter… Bonsoir.
Et elle ne revint pas. Le lendemain, les Coupeau, dessoûlés, se battirent, en se jetant l'un l'autre à la figure l'envolement de Nana. Ah ! elle était loin, si elle courait toujours ! Comme on dit aux enfants pour les moineaux, les parents pouvaient aller lui mettre un grain de sel au derrière, ils la rattraperaient peut-être. Ce fut un grand coup qui écrasa encore Gervaise ; car elle sentit très bien, malgré son avachissement, que la culbute de sa petite, en train de se faire caramboler, l'enfonçait davantage, seule maintenant, n'ayant plus d'enfant à respecter, pouvant se lâcher aussi bas qu'elle tomberait. Oui, ce chameau dénaturé lui emportait le dernier morceau de son honnêteté dans ses jupons sales. Et elle se grisa trois jours, furieuse, les poings serrés, la bouche enflée de mots abominables contre sa garce de fille. Coupeau, après avoir roulé les boulevards extérieurs et regardé sous le nez tous les torchons qui passaient, fumait de nouveau sa pipe, tranquille comme Baptiste ; seulement, quand il était à table, il se levait parfois, les bras en l'air, un couteau au poing, en criant qu'il était déshonoré ; et il se rasseyait pour finir sa soupe.

Émile Zola, *L'Assommoir*, Chapitre XI, 1877.

L'expression « la misère honteuse du taudis » révèle combien le lieu est insalubre, crasseux, bien loin d'un logis acceptable. On est ici dans l'annihilation totale du logis fonctionnel, qui a pour première fonction d'abriter le quotidien des hommes. La phrase « Nana ne répondait pas, restait toute blanche, regardait le poêle froid, la table sans assiettes, la pièce lugubre » met en évidence l'absence des activités et ustensiles élémentaires. Pas de feu entretenu, pas de nourriture, un ensemble vide, sans âme, proche du néant. C'est un lieu de déperdition.

• **« Ma maison » : une prison.** Ma maison peut également résonner comme **une prison, un espace renfermé, totalement clos qui retient son habitant captif**. Le repli n'est plus salutaire car il est coupé de l'ouverture sur l'extérieur. C'est le principe même de l'espace carcéral, pénitentiaire, voire concentrationnaire qui, en supprimant toute projection, fait de l'être un captif. **L'état du confinement**, mal vécu par un grand nombre de personnes, présente cette coupure, cette rupture entre les espaces collectif et individuel. **L'être est retranché, privé de contact avec l'extérieur**, ce qui lui pèse. À cela s'ajoute également la forme du télétravail qui efface la séparation traditionnelle entre les sphères personnelle et professionnelle. La surcharge mentale sclérose l'individu. Enfin, chacun se retrouve étouffé par la promiscuité ressentie avec les autres. « Ma maison » enferme, devient aliénante. Le manque d'espace, la proximité forcée provoquent une forme de suffocation. La pièce *Huis clos* (1947) de Jean-Paul Sartre témoigne de cette logique carcérale : l'enfer est représenté par la promiscuité constante avec d'autres. La conclusion n'en est-elle pas « l'enfer, c'est les autres »…

▲ Être confiné fait de sa maison un espace que l'on arpente, qui devient notre seul horizon. Le lien avec l'extérieur est minimaliste. Le balcon, lorsqu'il existe, devient le seul lieu d'ouverture, de contact avec l'autre. Et pourtant, cela semble bien dérisoire, voire ironique compte tenu de la présence de barreaux qui rappellent à l'occupant qu'il se retrouve claquemuré, interdit de s'aventurer à l'extérieur. Cela influe directement sur notre capacité de projection et réduit au maximum l'interaction avec l'autre.

• **« Ma maison »… un tombeau.** Alors, **ma maison peut devenir mortifère**, semblable à un caveau. Elle n'est plus un abri, mais le lieu de séjour d'un vivant assimilé à un défunt. Les maisons isolées, sinistres, macabres, enferment leur occupant pour mieux le couper des autres, mais aussi de la vie. En résulte une dégénérescence qui appelle au déclin du lien si fort qui peut unir l'occupant et son espace. **Une seule aspiration animera l'être : le départ, la fuite, quitter cet espace** pour retrouver celui, peut-être considéré comme plus civilisé, de la collectivité. **« Ma maison » retentit alors comme un caveau.**

3 « Ma maison », entre réalité et onirisme

Bien que dans sa réalité première « ma maison » soit avant tout une entité physique, **elle peut être investie d'un sens symbolique**. Car dans l'appropriation de sa maison, plusieurs logis scandent la vie de l'occupant. Ils laissent alors **une empreinte affective favorable ou défavorable**. Certains espaces nous ont émerveillés, alors que d'autres nous ont effrayés, marquant notre inconscient, mais également notre imaginaire. **Cette bivalence entre le mélioratif et le péjoratif rend « ma maison » soit onirique, soit tragique**.

1 « Ma maison » onirique

Quand le rêve s'empare de « ma maison », on la vit à travers le filtre de l'imaginaire, de notre conscience qui retisse alors sa réalité. Ce sont des souvenirs ou des projections qui appellent au plaisir de ces évocations. **La maison devient alors onirique, idéalisée et privilégiée.**

• **La maison comme objet poétique**. Vivre sa maison comme une source d'inspiration appelle **à l'émulation de la créativité, à la poétisation de son être**. Ma maison ne résonne plus comme une réalité physique, pragmatique, **elle devient sujet à l'élévation, à la création**. Car la maison se vit comme un refuge, un abri, un lieu de séjour que l'on vénère. **Elle devient évocatrice, thématique, poétique**. L'écriture peut s'emparer de la maison et l'élever au rang de **l'onirisme**. Elle devient fantasmatique, sublimée dans les mots qui la font vibrer dans sa définition de lieu-refuge, idéale, tissée d'une conscience qui s'amuse de sa réalité. Le rythme incantatoire de la poésie la projette comme une invitation à la rêverie où « ma maison » résonne en tant que symbole puissant.

Document

Dans ma maison vous viendrez
D'ailleurs ce n'est pas ma maison
Je ne sais pas à qui elle est
Je suis entré comme ça un jour
Il n'y avait personne
Seulement des piments rouges accrochés au mur blanc
Je suis resté longtemps dans cette maison
Personne n'est venu
Mais tous les jours et tous les jours
Je vous ai attendue

Je ne faisais rien
C'est-à-dire rien de sérieux
Quelquefois le matin
Je poussais des cris d'animaux
Je gueulais comme un âne
De toutes mes forces
Et cela me faisait plaisir
Et puis je jouais avec mes pieds

▸▸▸

C'est très intelligent les pieds
Ils vous emmènent très loin
Quand vous voulez aller très loin
Et puis quand vous ne voulez pas sortir
Ils restent là ils vous tiennent compagnie
Et quand il y a de la musique ils dansent
On ne peut pas danser sans eux
Faut être bête comme l'homme l'est si souvent
Pour dire des choses aussi bêtes
Que bête comme ses pieds gai comme un pinson
Le pinson n'est pas gai
Il est seulement gai quand il est gai
Et triste quand il est triste ou ni gai ni triste
Est-ce qu'on sait ce que c'est un pinson
D'ailleurs il ne s'appelle pas réellement comme ça
C'est l'homme qui a appelé cet oiseau comme ça
Pinson pinson pinson pinson

Comme c'est curieux les noms
Martin Hugo Victor de son prénom
Bonaparte Napoléon de son prénom
Pourquoi comme ça et pas comme ça
Un troupeau de bonapartes passe dans le désert
L'empereur s'appelle Dromadaire
Il a un cheval caisse et des tiroirs de course
Au loin galope un homme qui n'a que trois prénoms
Il s'appelle Tim-Tam-Tom et n'a pas de grand nom
Un peu plus loin encore il y a n'importe qui
Beaucoup plus loin encore il y a n'importe quoi
Et puis qu'est-ce que ça peut faire tout ça

Dans ma maison tu viendras
Je pense à autre chose mais je ne pense qu'à ça
Et quand tu seras entrée dans ma maison
Tu enlèveras tous tes vêtements
Et tu resteras immobile nue debout avec ta bouche rouge
Comme les piments rouges pendus sur le mur blanc
Et puis tu te coucheras et je me coucherai près de toi
Voilà
Dans ma maison qui n'est pas ma maison tu viendras.

Jacques Prévert, « Dans ma maison », *Paroles*, © Éditions Gallimard, 1946.

Jacques Prévert s'amuse avec l'idée de maison. Il en fait un jeu poétique, reposant sur la musicalité de la répétition. Le lyrisme lié au ludique rend presque semblable à une comptine d'enfant cette maison qui n'est pourtant pas la sienne. Le ton mutin et galant invite une femme, l'aimée qui saura trouver refuge aux côtés du poète dans cette maison qui n'est pas la leur. Cette « maison refuge » propice au bonheur (« maison bleue ») sera également chantée presque 40 ans plus tard (1974) par Maxime Le Forestier dans sa chanson *San Francisco*. La maison devient ici une invitation à l'amour, à l'exaltation du couple qui saura y trouver le refuge à son bonheur.

• **La maison d'enfance**. Mais il est des maisons que l'on affectionne particulièrement. Elles participent de notre vie, de notre jeunesse, de ces moments privilégiés que peuvent être les vacances. **Le prisme du souvenir s'en empare**, les déforme parfois pour les idéaliser et nous renvoyer une réalité sublimée. Les premières expériences sont les plus exaltantes, celles qui font que l'on se frotte à la vie. **Les émotions les teintent de douceur, de bonheurs parfois tant regrettés**. Car l'enfance est le règne de l'innocence, de cette absence de fautes, de craintes et de désespérance. Les maisons d'enfance sont également celles qui rappellent le souvenir de ceux qui ne sont plus et qui, pourtant, ont bercé notre enfance. Les grands-parents, tant aimés, tant chéris, si tendres dans notre souvenir habitent ces maisons familiales que l'on se rappelle comme **des îlots d'innocence et de beauté**.

Document

La maison était grande, coiffée d'un grenier haut. La pente raide de la rue obligeait les écuries et les remises, les poulaillers, la buanderie, la laiterie, à se blottir en contrebas tout autour d'une cour fermée.

Accoudée au mur du jardin, je pouvais gratter du doigt le toit du poulailler. Le Jardin-du-Haut commandait un Jardin-du-Bas, potager resserré et chaud, consacré à l'aubergine et au piment, où l'odeur du feuillage de la tomate se mêlait, en juillet, au parfum de l'abricot mûri sur espaliers. Dans le Jardin-du-Haut, deux sapins jumeaux, un noyer dont l'ombre intolérante tuait les fleurs, des roses, des gazons négligés, une tonnelle disloquée… Une forte grille de clôture, au fond, en bordure de la rue des Vignes, eût dû défendre les deux jardins ; mais je n'ai jamais connu cette grille que tordue, arrachée au ciment de son mur, emportée et brandie en l'air par les bras invincibles d'une glycine centenaire…

La façade principale, sur la rue de l'Hospice, était une façade à perron double, noircie, à grandes fenêtres et sans grâce, une maison bourgeoise de vieux village, mais la roide pente de la rue bousculait un peu sa gravité, et son perron boitait, quatre marches d'un côté, six de l'autre.

Grande maison grave, revêche avec sa porte à clochette d'orphelinat, son entrée cochère à gros verrou de geôle ancienne, maison qui ne souriait que d'un côté. Son revers, invisible au passant, doré par le soleil, portait manteau de glycine et de bignonier[1] mêlés, lourds à l'armature de fer fatiguée, creusée en son milieu comme un hamac, qui ombrageait une petite terrasse dallée et le seuil du salon… Le reste vaut-il que je le peigne, à l'aide de pauvres mots ? Je n'aiderai personne à contempler ce qui s'attache de splendeur, dans mon souvenir, aux cordons rouges d'une vigne d'automne que ruinait son propre poids, cramponnée, au cours de sa chute, à quelque bras de pin. Ces lilas massifs dont la fleur compacte, bleue dans l'ombre, pourpre au soleil, pourrissait tôt, étouffée par sa propre exubérance, ces lilas morts depuis longtemps ne remonteront pas grâce à moi vers la lumière, ni le terrifiant clair de lune, – argent, plomb gris, mercure, facettes d'améthystes coupantes, blessants saphirs aigus, qui dépendait de certaine vitre bleue, dans le kiosque au fond du jardin.

Maison et jardin vivent encore, je le sais, mais qu'importe si la magie les a quittés, si le secret est perdu qui ouvrait lumière, odeurs, harmonie d'arbres et d'oiseaux, murmure de voix humaines qu'a déjà suspendu la mort, – un monde dont j'ai cessé d'être digne ?…

Il arrivait qu'un livre, ouvert sur le dallage de la terrasse ou sur l'herbe, une corde à sauter serpentant dans une allée, ou un minuscule jardin bordé de cailloux, planté de têtes de fleurs, révélassent autrefois, dans le temps où cette maison et ce jardin abritaient une famille,

---

1. Bignonier : liane ou arbrisseau grimpant, d'origine équatoriale.

▸▸▸

la présence des enfants, et leurs âges différents. Mais ces signes ne s'accompagnaient presque jamais du cri, du rire enfantins, et le logis, chaud et plein, ressemblait bizarrement à ces maisons qu'une fin de vacances vide, en un moment, de toute sa joie. Le silence, le vent contenu du jardin clos, les pages du livre rebroussées sous le pouce invisible d'un sylphe[2], tout semblait demander : « Où sont les enfants ? »

C'est alors que paraissait, sous l'arceau de fer ancien que la glycine versait à gauche, ma mère, ronde et petite en ce temps où l'âge ne l'avait pas encore décharnée. Elle scrutait la verdure massive, levait la tête et jetait par les airs son appel : « Les enfants ! Où sont les enfants ? »

Où ? Nulle part. L'appel traversait le jardin, heurtait le grand mur de la remise à foin, et revenait, en écho très faible et comme épuisé : « Hou... enfants… »

Nulle part. Ma mère renversait la tête vers les nuées, comme si elle eût attendu qu'un vol d'enfants ailés s'abattît. Au bout d'un moment, elle jetait le même cri, puis se lassait d'interroger le ciel, cassait de l'ongle le grelot sec d'un pavot, grattait un rosier emperlé de pucerons verts, cachait dans sa poche les premières noix, hochait le front en songeant aux enfants disparus, et rentrait. Cependant au-dessus d'elle, parmi le feuillage du noyer, brillait le visage triangulaire et penché d'un enfant allongé, comme un matou, sur une grosse branche, et qui se taisait. Une mère moins myope eût deviné, dans les révérences précipitées qu'échangeaient les cimes jumelles des deux sapins, une impulsion étrangère à celle des brusques bourrasques d'octobre... Et dans la lucarne carrée, au-dessous de la poulie à fourrage, n'eût-elle pas aperçu, en clignant les yeux, ces deux taches pâles dans le foin : le visage d'un jeune garçon et son livre ? Mais elle avait renoncé à nous découvrir, et désespéré de nous atteindre.

« **LA MAISON DE CLAUDINE** » De Colette

2. Sylphe : dans la mythologie, être surnaturel, génie de l'air.

La maison natale ou celle qui a accompagné les premières années résonne de cette candeur qui fait de l'enfance une période privilégiée. La narratrice se rappelle avec émotion cette maison qui ne vit plus que dans sa conscience, auréolée de magie. En effet, peut-être que la réalité actuelle est tout autre et que la maison d'autrefois n'est plus. Mais elle subsiste dans le souvenir, dans la conscience qui se rappelle les menus plaisirs, les détails pouvant paraître insignifiants et qui, pourtant, apportaient cette saveur aux souvenirs chéris d'une maison si intime, appartenant à un passé révolu.

• **La maison et le souvenir**. En effet, « ma maison » réside dans notre conscience, dans le souvenir de celui qui l'a occupé, ne serait-ce qu'un temps. Elle se désincarne, pour mieux devenir **une virtualité, celle d'une réminiscence qui émeut au plus profond de notre être**. Car elle peut héberger encore les âmes du passé, ceux qui ne sont plus et qui, pourtant, ont su nous protéger, nous aimer. Symbole si fort, si émotionnellement puissant, **« ma maison » cristallise le passé**. Elle devient **une projection d'antan, vestige d'une mémoire**. Elle se tient à la croisée du présent et du passé. Participant à l'élan introspectif, elle détermine les grandes thématiques autobiographiques que sont le souvenir, le rappel des expériences passées et achevées. Alors, le passé ressurgit dans ma maison, évocatrice de douceur et de sensations passées et perdues, comme un paradis disparu.

Document

Ô mon passé, ma petite enfance, ô chambrette, coussins brodés de petits chats rassurants, vertueuses chromos, conforts et confitures, tisanes, pâtes pectorales, arnica, papillon du gaz dans la cuisine, sirop d'orgeat, antiques dentelles, odeurs, naphtalines, veilleuses de porcelaine, petits baisers du soir, baisers de Maman qui me disait, après avoir bordé mon lit, que maintenant j'allais faire mon petit voyage dans la lune avec mon ami un écureuil. Ô mon enfance, gelées de coings, bougies roses, journaux illustrés du jeudi, ours en peluche, convalescences chéries, anniversaires, lettres du Nouvel An sur du papier à dentelures, dindes de Noël, fables de La Fontaine idiotement récitées debout sur la table, bonbons à fleurettes, attentes des vacances, cerceaux, diabolos, petites mains sales, genoux écorchés et j'arrachais la croûte toujours trop tôt, balançoires des foires, cirque Alexandre où elle me menait une fois par an et auquel je pensais des mois à l'avance, cahiers neufs de la rentrée, sac d'école en faux léopard, plumiers japonais, plumiers à plusieurs étages, plumes sergent major, plumes baïonnette de Blanzy Poure, goûters de pain et de chocolat, noyaux d'abricots thésaurisés, boîte à herboriser, billes d'agate, chansons de Maman, leçons qu'elle me faisait repasser le matin, heures passées à la regarder cuisiner avec importance, enfance, petites paix, petits bonheurs, gâteaux de Maman [...].

Albert Cohen, *Le Livre de ma mère*, © Éditions Gallimard, 1954.

L'énumération de tous les moments privilégiés qui ont bercé l'enfance de l'auteur présente combien ces instants du passé sont chéris. Ils font de sa maison le temple sacré de cette période si enchanteresse car ils y sont entièrement associés (« ô chambrette, coussins brodés de petits chats rassurants », « papillon du gaz dans la cuisine », « antiques dentelles, odeurs, naphtalines, veilleuses de porcelaine », « bougies roses », etc.). Les bonheurs simples, comme le fait d'être bordé par sa mère, associés à l'ancrage spatial de ces actions, en révèlent la beauté.

2 « Ma maison » tragique

A contrario, « ma maison » peut **rappeler de douloureux souvenirs, s'avérer être un lieu mortifère**, et même **le lieu de l'interdit**, funèbre et funeste.

• **« Ma maison » : réceptacle des souvenirs douloureux.** Autant ma maison peut abriter les plus beaux et doux souvenirs, autant elle peut devenir **le réceptacle des expériences les plus douloureuses**, voire de véritables traumatismes. L'inconscient peut associer des lieux aux périodes troubles de la vie. **La maison abrite et cache alors les tragédies humaines aux yeux de la collectivité.** Ainsi, ma maison peut, sous des apparences trompeuses, dissimuler des vies brisées, un présent où les êtres se déchirent, se livrent aux pires tourments. Elle devient alors **un lieu que l'on veut fuir, un espace contraint et oppressant** qui fait de ses occupants des victimes.

Document

Et la pistolétade[1] ? Tu sais, Folcoche, la pistolétade !

« Moi, je l'ai pistolétée pendant quatre minutes ! » se vantait Frédie.

Pauvre Chiffe ! Petit prétentieux à paupières faibles ! Si quelqu'un t'a pistolétée, c'est bien moi, je m'en vante. Tu t'en rappelles ? Pardon ! Tu te le rappelles ?... Tu dis toujours : « Je n'aime pas les regards faux. Regardez-moi dans les yeux. Je saurai ce que vous pensez. »

1. **Pistolétade :** coups de pistolet.

▸▸▸

Ainsi tu t'es toi-même prêtée à notre jeu. Tu ne pouvais pas ne plus t'y prêter. Et puis, ça ne te déplaît pas, ma tendre mère ! Au dîner, en silence, voilà le bon moment. Rien à dire. Tu ne me prendras pas en défaut. J'ai les mains sur la table. Mon dos n'offense pas la chaise. Je suis terriblement correct. Aucune faille légale dans mon attitude. Je peux te regarder fixement. Folcoche, c'est mon droit. Je te fixe donc, je te fixe éperdument. Je ne fais que cela de te fixer. Et je te parle en moi. Je te parle et tu ne m'entends pas. Je te dis : « Folcoche ! regarde-moi donc, Folcoche, je te cause ! » Alors ton regard se lève de dessus tes nouilles à l'eau, ton regard se lève comme une vipère et se balance, indécis, cherchant l'endroit faible qui n'existe pas. Non, tu ne mordras pas, Folcoche ! Les vipères, ça me connaît. Je m'en fous, des vipères. Tu as dit toi-même, un jour, devant moi, que, tout enfant, j'en avais étranglé une... « Une faute impardonnable de ma belle-mère, sifflais-tu, un manque inouï de surveillance ! Cet enfant a été l'objet d'une grande grâce ! » Et, ce disant, le ton de ta voix reprochait cette grâce au Ciel.

Mais ton regard est entré dans le mien et ton jeu est entré dans mon jeu. Toujours en silence, toujours infiniment correct comme il convient, je te provoque avec une grande satisfaction. Je te cause, Folcoche, m'entends-tu ? Oui, tu m'entends. Alors je vais te dire : « T'es moche ! Tu as les cheveux secs, le menton mal foutu, les oreilles trop grandes. T'es moche, ma mère. Et si tu savais comme je ne t'aime pas ! Je te le dis avec la même sincérité que le "va, je ne te hais point" de Chimène, dont nous étudions en ce moment le cornélien caractère. Moi, je ne t'aime pas. Je pourrais te dire que je te hais, mais ça serait moins fort. Oh ! tu peux durcir ton vert de prunelle, ton vert-de-gris de poison de regard. Moi, je ne baisserai pas les yeux. D'abord, parce que ça t'emmerde. »

Hervé Bazin, *Vipère au poing*, Éditions Grasset, 1948.

Cet extrait révèle l'histoire tourmentée du narrateur, alors à la merci de sa mère, Folcoche. Le théâtre du drame familial a lieu à la Bel-Angerie, maison de famille qui pourtant n'a pas toujours été ainsi. Quand la grand-mère du narrateur, femme douce et aimante, y régnait en maîtresse, le narrateur connaissait une enfance heureuse et sereine. Il a suffi de la mort de cette brave femme pour que Folcoche, la mère, fasse son apparition. Elle règne en tyran domestique, despote qui soumet tous ses enfants à un quotidien drastique et spartiate. Les enfants y apprennent la haine de l'autre, valeur fédératrice que leur livre Folcoche en héritage. Le texte montre comment dans ce quotidien si impitoyable le narrateur tente de se confronter à Folcoche sans déroger à la règle sous peine de sanctions. C'est le fameux épisode de la pistolétade où le narrateur nargue sa mère.

• **« Ma maison » : le stéréotype du lieu mortifère.** « Ma maison » devient alors **le stéréotype d'un lieu mortifère**. Les représentations abondent que ce soit dans les films ou dans les arts figuratifs. C'est le motel de *Psychose* de Norman Bates dans lequel il vit avec sa famille et où il assassine toutes les personnes qui y font halte. Ce sont **les maisons hantées**, théâtres des pires tragédies, histoires abominables d'esprits qui ne peuvent être apaisés. **Le manoir de la folie** qui amène ses occupants au meurtre ou au massacre est l'un des ressorts privilégiés des films d'horreur où « ma maison » résonne comme un piège emprisonnant ses habitants. *The Shining* (1980) ou *Scream* (1996) sont autant de références qui alimentent cette représentation de « ma maison », lugubre, insalubre, enveloppée de toiles d'araignées, **lieu propice à toutes les âmes tourmentées et hantées**, aux esprits démoniaques, aux crimes atroces perpétrés par les esprits malades et dérangés.

▲ Ces trois maisons évoquent le stéréotype de la demeure hantée, lugubre, théâtre des pires histoires. La mort y est omniprésente. Elles sont à l'écart, coupées du monde. La façade sinistre révèle l'absence de toute vie ou, du moins, de toute normalité. Les symboles abondent entre le brouillard qui opacifie les contours, les corbeaux, messagers de la mort, l'architecture vieille et dépassée qui évoque les tragédies du passé.

• **« Ma maison », lieu de l'interdit**. Ma maison emprisonne, coupe ses occupants de l'extérieur et vit en parfaite autarcie afin de mieux les livrer aux tragédies. Elle s'assimile alors à **un caveau, un tombeau** qui ensevelit ses habitants, les emprisonnant totalement. Ce sont des lieux de l'interdit sur lesquels pèsent de lourdes menaces, amenant au secret, nourrissant les pires cauchemars. **Cette aliénation spatiale se joint à celle de l'esprit**. La maison devient alors un asile. Ce dernier peut, en effet, désigner un refuge, un abri ou un lieu de perdition où sont parquées des personnes considérées comme folles. On les soustrait à la collectivité pour mieux la préserver et surtout favoriser l'oubli de ces êtres mis à part, en totale déperdition. « Ma maison » est alors **synonyme de caveau qui ensevelit ses occupants encore vivants**.

Document

Étant arrivée à la porte du cabinet, elle s'y arrêta quelque temps, songeant à la défense que son Mari lui avait faite, et considérant qu'il pourrait lui arriver malheur d'avoir été désobéissante ; mais la tentation était si forte qu'elle ne put la surmonter : elle prit donc la petite clef, et ouvrit en tremblant la porte du cabinet. D'abord elle ne vit rien, parce que les fenêtres étaient fermées ; après quelques moments elle commença à voir que le plancher était tout couvert de sang caillé, et que dans ce sang se miraient les corps de plusieurs femmes mortes et attachées le long des murs (c'étaient toutes les femmes que la Barbe bleue avait épousées et qu'il avait égorgées l'une après l'autre).

Elle pensa mourir de peur, et la clef du cabinet qu'elle venait de retirer de la serrure lui tomba de la main.

Après avoir un peu repris ses esprits, elle ramassa la clef, referma la porte, et monta à sa chambre pour se remettre un peu ; mais elle n'en pouvait venir à bout, tant elle était émue. Ayant remarqué que la clef du cabinet était tachée de sang, elle l'essuya deux ou trois fois, mais le sang ne s'en allait point ; elle eut beau la laver et même la frotter avec du sablon et avec du grain, il y demeura toujours du sang, car la clef était Fée, et il n'y avait pas moyen de la nettoyer tout à fait : quand on ôtait le sang d'un côté, il revenait de l'autre.

Charles Perrault, *La Barbe bleue*, 1697.

Cet extrait issu du conte traditionnel de *La Barbe bleue* révèle combien la maison peut dissimuler des pièces interdites, qui permettent de soustraire au regard des autres, de la collectivité, les pires atrocités. La jeune épouse va à l'encontre des interdits de son époux, le farouche Barbe bleue, en allant dans la pièce interdite. Elle fait preuve alors d'une curiosité qui peut lui coûter la vie. Elle deviendra, pour prix de sa trahison, une des victimes de son époux.

Conclusion

Pour conclure, **« ma maison » est une thématique qui renvoie à une réalité polymorphe**. Nous avons tous une maison, un lieu que nous chérissons ou, au contraire, que nous redoutons. L'espace s'impose alors comme **une projection de notre propre conscience et de notre imaginaire** car, en s'appropriant notre maison, nous y révélons un peu de nous-mêmes, de notre être, de ce que nous sommes. En l'investissant, en l'occupant, nous faisons de notre habitat **le théâtre de notre vie, de nos expériences, le rendant ainsi incontournable et fondamental**.

Tableau de références

Thème 2 : Dans ma maison

Dans le tableau suivant, vous trouverez des références culturelles non exhaustives liées aux différentes parties du thème « Dans ma maison ». Ces références couvrent les supports artistiques suivants : les écrits littéraires (en **noir**) ; les œuvres picturales (en **vert**) ; les références filmographiques (en **bleu**) ; les œuvres musicales (en **orange**).

Problématiques	Notions clés	Références
1. « Ma maison »/« Nos maisons » : pluralité et clivages		
1. Entre nomadisme et sédentarité	• Le nomadisme : l'abri, l'avant-maison • La maison, fruit de la sédentarité • Le choix entre itinérance et sédentarité	• Les représentations rupestres des grottes de Lascaux • Jean-Jacques Annaud, *La Guerre du feu*
2. Entre individualité et collectivité	• Marqueur social, inégalités • Un artefact architectural • Un produit de consommation • Une mosaïque d'espaces	• Marguerite Duras, *La Vie matérielle* • Guy de Maupassant, *Pierre et Jean* • Émile Zola, *Pot-Bouille* • Do Ho Suh, *Perfect Home* • Cédric Klapisch, *L'Auberge espagnole*
2. Moi et « ma maison » : le processus d'habiter		
1. « Ma maison », théâtre du personnel en tant qu'espace de l'intime	• Le quotidien domestique, la simplicité • « *Home sweet home* », Feng Shui • Refuge, havre de paix, cocon	• Simone de Beauvoir, *La Force de l'âge* • Pieter Janssens Elinga, *La Balayeuse*
2. « Ma maison », l'espace sclérosant	• Insalubrité • Prison, confinement • Tombeau	• Jean-Paul Sartre, *Huis clos* • Émile Zola, *L'Assommoir* • Jean Epstein, *La Chute de la maison Usher* • François Ozon, *Huit Femmes ; Dans la maison*
3. « Ma maison », entre réalité et onirisme		
1. « Ma maison » onirique	• Objet poétique, élévation, idéalisation • Souvenirs, nostalgie, maison de l'enfance • Projection d'antan, vestige d'une mémoire	• Albert Cohen, *Le Livre de ma mère* • Colette, *La Maison de Claudine* • Joachim du Bellay, « Heureux qui comme Ulysse », *Les Regrets* • Thomas More, *Utopie*, Livre II • Jacques Prévert, « Dans ma maison », *Paroles* • Vilhelm Hammershøi, *La danse de la poussière dans les rayons du soleil ; La très haute fenêtre* • Maxime Le Forestier, *San Francisco*
2. « Ma maison » tragique	• Le réceptacle des souvenirs douloureux • Stéréotype du lieu mortifère • Lieu de l'interdit	• Hervé Bazin, *Vipère au poing* • Truman Capote, *Les Domaines hantés* • Charles Perrault, *La Barbe bleue* • Wes Craven, *Scream* • Alfred Hitchcock, *Psychose* • Stanley Kubrick, *The Shining*

Anglais

COURS

L'ÉPREUVE

Présentation de l'épreuve d'Anglais

Épreuve écrite
Durée : 2 heures
Épreuve orale
Durée : 20 min
Coefficient : 2.

1 Les modalités d'évaluation

• **Dans le cadre du BTS SAM,** l´épreuve d´anglais peut être choisie en tant que **LVA (niveau B2)** ou **LVB (niveau B1)**. Dans les deux cas, **l´examinateur vérifie des compétences à l´écrit** et **à l´oral**.

• **Le candidat doit montrer sa capacité à communiquer par écrit...**
– comprendre un texte à caractère socioéconomique et produire un message écrit ;
– maîtriser les contraintes de la langue écrite ;
– faire la synthèse des informations (comprendre le sens des documents, les mettre en relation, dégager une problématique) ;
– répondre à une question de façon argumentée.

• **...et à communiquer et interagir à l'oral :**
– s'adapter à la situation de communication (gérer son temps, interagir avec son interlocuteur, employer des moyens d'expression pertinents) ;
– organiser son message oral (respect du sujet).

2 Le jour de l'examen

• **L´épreuve écrite (LVA ou LVB)** comporte un ou plusieurs documents en rapport avec les domaines du BTS visé. Le/la candidat(e) doit en faire un compte-rendu, **en français**, en restituant les idées essentielles, puis il/elle rédigera, **en anglais**, un écrit (lettre commerciale, de candidature…).

• **L´épreuve orale** comporte **une explication en français** d'un document audio ou vidéo suivie d'une **conversation en anglais** avec l´examinateur sur le document, sur certains points soulevés par le journaliste, ou sur votre réaction à ce document.

• Pendant le temps de préparation, prenez des notes de façon organisée comme pour un compte-rendu, repérez les axes de la problématique, préparez des pistes d'élargissement en anticipant les questions possibles sur le thème du texte.

> **Astuce**
> Parlez ! On évaluera autant votre aptitude à comprendre les questions et à y réagir que la qualité de votre anglais oral.

3 Comment se préparer

• **Tout au long de l'année, lisez en anglais et en français** dans le domaine professionnel qui est le vôtre, et le jour de l'examen, pensez à mobiliser vos connaissances et votre culture générale.

• **Écoutez la radio, regardez la télévision en anglais.** BBC Radio 4 diffuse sur les ondes longues, et vous pouvez bien sûr accéder à de nombreuses radios par Internet.

> **Cinq minutes d'écoute active tous les jours** valent mieux qu'une demi-heure une fois par semaine : choisissez une émission ou un sujet qui vous intéresse et prenez des notes. Vous pouvez également enregistrer quelques minutes pour pouvoir réécouter ensuite, et répéter quelques phrases.

1 Les différents types de documents

Les textes et documents choisis pour les sujets sont en général extraits de la **presse britannique ou américaine** (quotidiens ou magazines, revues spécialisées dans le domaine du travail), mais ils peuvent également provenir de sites Internet (journaux en ligne), ou prendre la forme d'une transcription d'émission télévisuelle ou radiophonique.

1 Les sources

Connaître la source du document permet de se faire une idée du type de contenu auquel vous allez avoir affaire. Par ailleurs, vous devez indiquer cette source dans l'introduction. Voici les titres des principaux journaux et revues britanniques et américains.

A La presse britannique

- **Les quotidiens de qualité** (broadsheets). Tous ces quotidiens ont leur édition du dimanche, qui comporte plusieurs cahiers thématiques.

The Daily Telegraph, The Sunday Telegraph : tendance conservatrice.
The Times, The Sunday Times : le grand journal de la bourgeoisie anglaise, centre droit.
The Independent, The Independent on Sunday : publie aussi une édition format tabloïd. Tendance centre gauche.
The Guardian, The Observer : orientés à gauche.

- **La presse à sensation** : les tabloïds.

The Daily Express, The Sun.
The Mirror, The Daily Mail.
The Evening Standard : le journal de Londres.

- **Les hebdomadaires d'actualité**

The Financial Times : le journal de la finance.
The Economist : malgré son titre, analyse tous les aspects de l'actualité internationale.
The New Statesman : politique, société, culture.
The New Scientist.

B La presse américaine

- **Les quotidiens.** Les Américains préférant lire la presse locale, il y a plus de 1800 quotidiens aux États-Unis. Les plus connus sont :

The Washington Post.
The New York Times, qui publie également The International New York Times, que l'on trouve facilement à l'étranger.
The Los Angeles Times, The Wall Street Journal, USA Today.

- **Les hebdomadaires d'actualité**

Time Magazine, Newsweek, US News and World Report, Business Week, orienté vers le monde de l'entreprise.

2 S'entraîner

Lire la presse anglaise ou américaine pendant l'année, c'est vous familiariser avec un lexique et des tournures que vous assimilerez presque sans y penser. Tous les grands journaux ont des **éditions en ligne** qu'il est facile de consulter depuis chez vous ou en bibliothèque.

Sur Internet

Vous pouvez consulter le site de la **BBC** (www.bbc.co.uk) où l'on peut entendre de l'anglais sur tous les sujets.

2 Lire et comprendre le texte

Lire et comprendre le texte est bien sûr la première étape, et c'est la clé de la réussite. Avec un peu de méthode et de l'entraînement, vous prendrez l'habitude de l'exercice et vous saurez quoi chercher et où le trouver.

1 Prendre ses repères

Avant même de commencer à lire le texte, certains éléments peuvent vous renseigner sur la **nature du contenu** : la publication (anglaise ou américaine, généraliste ou spécialisée), le type de document (article de presse, transcription d'émission radio, site Internet), l'illustration éventuellement.

2 La syntaxe et le lexique de l'article de presse

Les titres utilisent généralement des tournures **elliptiques** (c'est-à-dire dans lesquelles il manque un ou plusieurs termes sans que cela ne nuise à la compréhension) : E mail's about to get better, An Open and Shut Case, etc. Dans ce cas, le sous-titre ou le chapeau indiquent fréquemment le sujet de l'article. Apprenez à repérer d'autres caractéristiques :

– **L'utilisation de nombreux passifs**, en particulier dans les phrases rapportant des paroles ou des attitudes : The President **is reported to** have views over... On trouvera ainsi : is expected to, is said to, is rumoured to.
Tous ces passifs correspondraient à « on » en français : « On dit que le président..., on s'attend à ce qu'il... », etc. Ils signalent un manque de précision dans l'origine de l'information.

– **Des adverbes** comme allegedly, reportedly (on dit que / on prétend que, etc.) permettent également au journaliste de masquer ses sources,ou bien de révéler un point de vue.

– **Les citations** sont souvent introduites ou suivies par l'inversion : says X.

Conseil

Après avoir lu le titre et le sous-titre, prenez le temps de vous poser les questions suivantes : que vais-je lire dans cet article ? Qu'est-ce que je connais sur le sujet ? Qu'est-ce que j'aimerais apprendre ?

3 Trouver le sujet

Ce qu'il faut repérer :

- **Le lieu, la (ou les) date(s).** S'agit-il d'un article lié à un événement précis, ou bien est-ce un article de réflexion plus général ?
- **Les noms propres.** Les noms sont-ils importants (personnes connues, décideurs, etc.) ou bien s'agit-il de personnes inconnues du grand public qui ont simplement été interviewées pour l'article ou juste citées ?

Conseil

N'hésitez pas à écrire sur le texte (au crayon à papier pour ne pas le rendre illisible). Entourez les mots essentiels. Ce que vous comprenez vous aide, c'est sur cela que vous devez vous appuyer !

• **Les mots qui sont répétés, ceux qui vont ensemble (champs lexicaux).** Ils vous mèneront directement au thème de l'article ;

Voir p. 393

• **Les mots transparents** qui ressemblent tant au français peuvent souvent vous aider. (Voir la liste de faux-amis à connaître.)

4 Repérer la structure d'un article

A Les idées

C'est souvent le premier paragraphe qui contient l'essentiel de l'information, parfois sous forme d'anecdote pour mieux « accrocher » le lecteur. Vous aurez intérêt à le lire soigneusement.
La **première phrase** contient généralement l'idée directrice qui sera étoffée et développée dans le reste du paragraphe. Prêtez-y donc une attention toute particulière.

B Les articulations

Ce sont les **mots de liaison** qui vous aident à repérer les articulations du texte et à comprendre sous quel angle les faits sont présentés.
Voici la liste de mots de liaison qu'il faut connaître :

Le mot	On l'utilise pour…	Sa traduction
First / Firstly	introduire une idée	D'abord / Premièrement
And / Besides / Moreover / What's more / In addition / At the same time	ajouter ou compléter un argument ou une idée	Et / De plus / En outre / En même temps
For instance … say	introduire un exemple	Par exemple … disons
Or / Or else	présenter une autre idée, une autre interprétation	Ou / Ou bien
That is / That is to say / i.e.	expliciter, préciser	… c'est-à-dire
Above all / Over all / Mostly	insister sur un point	Surtout
Let alone / not least	suggérer qu'il y a encore un argument, une idée, un fait qui pourrait être pris en compte	… sans parler de
As it is Indeed / As a matter of fact	nuancer	Les choses étant ce qu'elles sont… En réalité,…
So / Therefore / Thus / Consequently / As a result	exprimer un rapport de cause à conséquence	Donc / Par conséquent
That's why	donner la raison, la cause	C'est pourquoi
On the one hand… on the other hand	opposer deux arguments, deux idées	D'une part… d'autre part
Finally / Lastly / To conclude	conclure	Finalement / Pour conclure

5 Que faire des mots inconnus ?

Pour accéder efficacement au sens d'un mot, il faut passer par quelques étapes indispensables.

• **Tout d'abord, il faut identifier la nature du mot** (verbe transitif ou non, nom, adjectif, composé ou non, adverbe, etc.), et sa **fonction** dans la phrase : est-ce un sujet, un complément d'objet direct, un complément d'agent, un complément circonstanciel... ?

• **Cherchez le radical,** pensez aux règles de dérivation et de composition.

> **Exemple :** inconsiderately = in + considerate + ly. C'est un adverbe dérivé de l'adjectif inconsiderate, lui-même formé à partir du verbe consider (= considérer), du préfixe privatif in- et du suffixe -ate (= inconsidéré). Il se traduit par l'adverbe français « inconsidérément ».

• **Pour comprendre les mots composés** et les expressions complexes, pensez à partir de la droite pour « remonter » la chaîne des mots anglais.
The North America Free Trade Agreement = l'Accord de libre-échange nord-américain
The Common Agricultural Policy = la Politique agricole commune
Aggressive advertising techniques = des techniques publicitaires agressives

• **Pensez aux mots proches que vous connaissez** et qui peuvent vous fournir des indices : les mots transparents, bien sûr, mais aussi ceux qui ne le sont pas en apparence. Apprenez à reconnaître les parentés entre l'anglais et le français : si recognize peut vous sembler obscur, le rapprochement avec l'adjectif français « cognitif » vous mettra sur la voie de la « connaissance » et du verbe « reconnaître ».

• Au cours de l'année, relevez les correspondances entre les formes des deux langues. Elles vous aideront à anticiper le sens de mots nouveaux.

> **Exemple**
> • Les mots qui commencent par sp- en anglais correspondent souvent à des mots qui commencent par esp- ou ép- en français.
> spy = espion ; spices = épices ; spinach = épinards ; spirit = l'esprit ; sponge = l'éponge
> • Les mots qui contiennent les consonnes -st- peuvent souvent être rapprochés de mots français contenant un accent circonflexe et la consonne -t.
> coast = la côte ; forest = la forêt ; castle = le château ; beast = la bête ; feast = le festin, la fête ; mast = le mât ; paste = une pâte

• **Enfin, n'oubliez pas de confronter le mot à son contexte !** Si le sens d'un mot vous résiste, procédez par déduction. Remplacez le mot par thing et relisez en rassemblant les indices : que savez-vous sur le thing ?

6 Quelques sigles à connaître

EEC (European Economic Community) = CEE (Communauté économique européenne)

EU (European Union) = UE (Union européenne)

GNP (Gross National Product) = PNB (Produit National Brut)

IMF (International Monetary Fund) = FMI (Fonds monétaire international)

NATO (North Atlantic Treaty Organization) = OTAN (Organisation du traité de l'Atlantique nord)

OECD (Organisation for Economic Cooperation and Development)
= OCDE (Organisation de coopération et de développement économique)

OPEC (Organisation of Petroleum Exporting Countries)
= OPEP (Organisation des pays exportateurs de pétrole)

STD (Sexually Transmitted Disease) = MST (Maladie sexuellement transmissible)
UFO (Unidentified Flying Object) = OVNI (Objet volant non identifié)
UNO (United Nations Organization) = ONU (Organisation des Nations unies)
WHO (World Health Organization) = OMS (Organisation mondiale de la santé)

7 Quelques problèmes d'interprétation

A Les particules adverbiales

Les particules adverbiales modifient le sens des verbes qu'elles accompagnent. En voici quelques-unes :

about	It's nice to walk **about** and see the sights.	→ de-ci, de-là
	The company is **about** to go bankrupt.	→ sur le point de
across	I came **across** Mr Jones in Moscow.	→ rencontre
	The goods will be shipped **across** the ocean in air-tight containers.	→ traversée
along	They rode **along** for a few minutes.	→ mouvement en avant
	Come **along**!	→ accompagnement
away	His worries are taking time **away** from his duties.	→ éloignement
	She was typing **away**, listening to the radio.	→ continuité
back	Come **back** about two o'clock.	→ mouvement en arrière
	Don't answer **back**.	→ riposte
by	Trains flashed **by** them.	→ passage
down	Sit **down** and have a talk.	→ mouvement vers le bas
	The prices have gone **down** again.	→ diminution
for	I'm going to run **for** president.	→ but
in	The roof started to cave **in**.	→ mouvement vers l'intérieur
	Fill **in** the form and send it back to us.	→ écriture (formulaires)
off	He's been laid **off**.	→ interruption
	It sold **off** last fall.	→ fin
	Maybe the bracelet fell **off** Jane's wrist.	→ éloignement
on	Prices keep **on** soaring.	→ mouvement continu
	The computer is **on**.	→ en fonctionnement
out	The computer works **out** where it is.	→ extraction
	Time is running **out**.	→ épuisement
	The secretary handed **out** the files.	→ distribution
	The press churns **out** one page after another.	→ mouvement vers l'extérieur
over	I've said this over and **over** again.	→ répétition
	Game **over**.	→ fin
through	Let's go **through** the dossier again.	→ passage, traversée
up	I need to check **up** on holiday destinations.	→ mouvement vers le haut
	Do you know who you are **up** against?	→ face-à-face
	What are they getting **up** to?	→ préparation

B Les formes en -ing

Les formes en **-ing** peuvent se traduire :

- **par un nom**

The **launching** of a new advertising campaign needs to be perfectly planned.

→ Le lancement d'une nouvelle campagne de publicité doit être planifié à la perfection.

- **par un participe présent**

One day, **looking** down the ad. column of the "Evening Standard"...

→ Un jour, en parcourant la colonne des petites annonces dans l'*Evening Standard*...

- **par un infinitif**

Many people prefer **working** in an open-plan office.

→ Beaucoup de gens préfèrent travailler dans un bureau en *openspace*.

- **par une proposition**

Their **filing** a petition in bankruptcy is terrible news for all the employees.

→ Le fait qu'ils déposent le bilan est une terrible nouvelle pour tous leurs employés.

C Les formes passives

Le passif est beaucoup plus souvent employé en anglais qu'en français. Il se traduit de différentes manières :

- **« on »**

We **were advised** to contact you. → On nous a conseillé de prendre contact avec vous.

- **une forme impersonnelle**

What **should be done**? → Que faudrait-il faire ?

- **une forme pronominale**

Her ambition **can be understood** if you consider the kind of life she's had.

→ Son ambition peut se comprendre si l'on regarde le genre de vie qu'elle a menée.

- **une forme active avec changement de verbe**

Your representative **was supposed** to contact us last week.

→ Votre représentant devait nous contacter la semaine dernière.

- **un passif**

They will have to face telling their customers that the goods **had not been cleared** through customs.

→ Ils devront se résoudre à dire à leurs clients que la marchandise n'avait pas été dédouanée.

3 La présentation orale

Il s'agit de proposer une présentation structurée de l'article dans laquelle vous mettrez en évidence le thème principal, avant de présenter les faits et d'expliquer les raisons et les solutions avancées par le journaliste.

1 La méthode

- Vous devez dans un premier temps **repérer le thème et le(s) point(s) de vue exprimé(s)** dans le texte (la **thèse** du texte), puis faire une explication qui introduise le document et restitue son contenu de manière ordonnée, en hiérarchisant les informations.
- La plus grande difficulté est de ne garder que l'essentiel, de déterminer si l'information a de l'importance ou si elle ne sert qu'à rendre l'article plus vivant. La presse anglophone utilise souvent une anecdote en début d'article pour introduire l'idée, le problème qui va être développé ensuite, ce qui permet au lecteur de bien en mesurer les applications concrètes.

Exemple

Pour introduire un article sur la peine de mort aux États-Unis, le journaliste commencera par décrire la situation d'un condamné dans le couloir de la mort d'une prison du Texas. Attention, dans ce cas-là, à ne pas présenter l'article comme portant sur cette personne alors qu'elle n'est que l'illustration du problème.

Conseil

Vous pouvez noter les idées principales au brouillon et ensuite voir comment elles s'articulent. **Faites des flèches**, mettez les idées en relation, demandez-vous quelle est la cause ou la conséquence, ce qui est positif ou négatif. Vous pouvez aussi faire un tableau pour classer les idées au fur et à mesure de la lecture.

Notez les points importants que vous voulez aborder, ainsi que le lexique et les structures qui vont vous permettre de parler du document. Ne perdez pas de temps à rédiger des phrases de présentation : vous n'êtes pas censé lire un discours mais participer à une conversation.

- Il est difficile de donner des règles précises dans ce domaine, tant il est vrai que cela va dépendre du texte que vous aurez sous les yeux. On peut tout de même dire que les noms de personnes sont généralement peu importants, à moins qu'il ne s'agisse de personnalités connues dans la vie publique ou dans le domaine professionnel. De même, pour les noms de lieux, essayez d'évaluer si l'endroit a de l'importance en lui-même, ou s'il représente seulement un type d'endroit lié à un type d'activité ou de problème.

2 La mise en œuvre

A L'introduction

C'est l'introduction qui donne la première impression.

- Vous pouvez éveiller la curiosité de l'examinateur par une phrase d'accroche qui présente le sujet en rappelant un fait historique ou d'actualité qui permet de replacer le texte dans un contexte plus large ou bien par une anecdote personnelle ou une définition des termes du sujet.
- L'introduction doit indiquer **l'origine** du ou des documents (les sources), et la **date** (l'année peut

suffire si vous avez plusieurs documents). Vous devez bien connaître les noms des principaux journaux et magazines britanniques et américains, de manière à pouvoir donner cette précision dans l'introduction.

• L'introduction doit également annoncer le **thème principal** du ou des document(s), et annoncer une **problématique**, c'est-à-dire les grands axes autour desquels s'organise votre compte-rendu.

Remarque

Ne dites pas *~~This document of the Guardian on the seventh of March 2013~~ mais *This article published in The Guardian on the seventh of March, 2013...*

B Le développement

C'est dans le développement que vous détaillez les axes évoqués dans l'introduction. Soyez précis et concis.
Vous devez en général identifier les éléments suivants :

1. *The subject / the topic*

En une phrase concise, et avec la plus grande précision possible, indiquez quel est le sujet du texte, puis répondez aux questions What / Where / When. Faites comme si l'examinateur ne connaissait pas le texte : c'est à vous de l'éclairer.
N'oubliez pas qu'un article de presse est nourri de l'actualité. La question principale pour le lecteur est donc What's new?

2. *The subject in detail*

Why / who / causes / examples / consequences / problems / solutions

3. *The debate*

S'il y a débat, repérez les participants et regroupez-les selon les points de vue et les opinions exprimés : opponents / supporters, arguments in favour / arguments against.

Les éléments 1, 2 et 3 sont très factuels et constituent la colonne vertébrale de votre explication.

Remarque

Il s'agit de développer des idées logiques, adaptées au texte, et de manière organisée. Montrez que vous êtes capable de prendre du recul par rapport au document et de ne pas vous limiter à votre propre opinion. Vous pouvez donner votre avis sur la question évoquée par le texte mais de façon aussi subtile, nuancée et argumentée que possible. Ne cherchez pas à plaquer un cours ou des connaissances si ce n'est pas absolument pertinent.

4. *Significance of the phenomenon in the world today*

Est-ce un phénomène nouveau, qui a des échos dans le passé, des conséquences dans le futur ? Soignez ce point qui prépare et introduit l'entretien en invitant l'examinateur à vous suivre.

N'oubliez pas les mots de liaison pour hiérarchiser les idées.

C La conclusion

• Il s'agit là de rendre compte de la conclusion explicite ou implicite du texte, ce qui revient à résumer la question centrale, ses enjeux, ou les perspectives envisagées pour l'avenir. Une phrase suffit !

• La conclusion ne doit en aucun cas répéter les éléments de votre introduction, ni se contenter de reprendre votre plan. Rien de pire qu'une introduction qui annoncerait « Je vais maintenant vous expliquer A, B et C. » suivie d'une conclusion qui dirait : « Nous avons donc vu A, B et C. » Il faut essayer de poser une question, d'ouvrir sur un autre sujet, de montrer en quoi l'article a permis à votre réflexion d'avancer.

Conseil

Ne terminez jamais par *That's all!* mais faites en sorte que votre attitude, votre intonation et vos propos signalent que vous êtes parvenu au terme de votre exposé, et que vous êtes maintenant prêt à entamer l'entretien.

4 Répondre aux questions

Le but de l'entretien est de permettre à l'examinateur d'**évaluer votre aptitude à échanger à l'oral en anglais**. Les instructions officielles recommandent une conversation sur l'article. Il ne s'agit pas de vous piéger, mais de vous tendre des perches qui vous permettent de prendre part à cette conversation.

1 Comprendre ce que l'on vous demande

Les questions que l'examinateur peut vous poser sont de plusieurs types.

A Les questions de compréhension

- On vous demande d'expliciter un passage, une expression, ou un mot du texte :

Exemple

- On vous demande d'expliquer ce que Bridget Hogg veut dire dans la phrase suivante : "I would advise any secretary thinking about taking a job where hot-desking is the norm to carefully consider their suitability to this way of working."
- Vous devez montrer que vous comprenez cette phrase longue et complexe. Il faut reformuler, c'est-à-dire employer des mots différents pour dire la même chose.

- On peut vouloir vérifier si vous avez bien compris les enjeux du texte et si vous êtes capable de les expliquer :

Exemples

- Do you think the job-for-life culture is coming to an end?

Il vous faudra, en relisant le texte, essayer de définir l'expression job-for-life culture. Il s'agit d'en comprendre le sens par contraste avec ce qui est décrit comme étant la tendance actuelle.

- According to the text, do all the new developments expected from Poland's entry into the EU make Polish farmers happy? What are their reasons for being happy and their fears?

Dans une question de ce type, certains éléments doivent attirer votre attention et orienter votre réflexion : dans la première question le mot all suggère la possibilité d'une restriction (not all the developments, only some of them do, the others don't) confirmée dans la question suivante par l'opposition happy / fears.

Conseil

Ayez préparé quelques phrases au sujet des stages que vous avez effectués, de ce que vous y avez appris, du type d'entreprise et d'activité dont il s'agissait. Vous ne serez pas nécessairement interrogé à ce propos, mais vous produirez une impression désastreuse si vous n'êtes pas capable de décrire votre expérience en deux mots. Cherchez le vocabulaire utile, faites-vous une fiche. Sachez également parler de vos projets professionnels et personnels.

B Les questions personnelles

On vous demande votre avis, on s'intéresse à votre expérience, à votre réflexion autour du thème général du texte, à vos connaissances, à votre culture dans votre domaine professionnel :

Do you think e-mailing is threatened by the rise of spam, scams and viruses?

Would you like to work as a temp?

2 Trouver les éléments de réponse

A Comment procéder

• **Pour répondre aux questions de compréhension,** il suffit souvent de **reformuler** et de clarifier le sens du passage. Une paraphrase intelligente montre en général que vous avez bien compris. Si ce n'est pas le cas, vous pouvez prendre quelques précautions oratoires et dire :
I'm not sure but I think that the journalist means that… / What I understand is that…
• **Pour répondre aux questions plus personnelles,** il faut rassembler rapidement quelques idées, puis les exposer de façon simple et cohérente. Ne commencez pas par donner votre opinion, même si on vous la demande : exposez brièvement le sujet, ses enjeux, les divers arguments possibles, et donnez votre avis à la fin. Il s'agit de montrer que vous êtes capable de prendre du recul.
• **Pour amorcer votre réflexion** lorsqu'on vous demande votre opinion à l'aide d'une question fermée du type : Do you think e-mailing is threatened by the rise of spam, scams and viruses?, **pensez aux axes oui/non/peut-être**, ou bien encore passé/présent/futur.

B Vocabulaire utile

• **Opinion**

I think that… I believe that… In my opinion… It seems to me that… My opinion is that… For my part,… In my case,…

• **Doute / certitude**

I doubt that… I have great doubts about… I'd hesitate to say… I wonder whether… Obviously / Of course…

No doubt / Undoubtedly… It is true that… I feel (quite) certain that… I am (rather) convinced that…

• **Goûts**

I like / I enjoy / I am fond of / I am keen on + nom ou -ing… I don't think much of… I dislike / I hate

• **Préférences**

I much prefer sthg to sthg… I prefer to do sthg than to do sthg… I prefer doing sth than doing sth… I'd rather do this than do that…

3 Adopter la bonne attitude

L'examinateur s'intéresse certes au contenu de votre exposé, mais également à la manière dont vous le présentez : c'est bien d'une épreuve orale qu'il s'agit.

Conseil
Ne lisez pas vos notes, regardez l'examinateur, parlez clairement, et souriez.

• **Ne parlez pas français.** L'effort que vous faites pour vous exprimer correctement en anglais compte autant que ce que vous dites. Utilisez des périphrases pour dire les choses autrement. En dernier recours, vous pouvez demander « What's the English for…? », mais n'en abusez pas, car cela interrompt le rythme de votre exposé.
• **Soignez la prononciation.** On aura du mal à vous pardonner d'avoir mal prononcé **au**thor, **ar**ticle, **jour**nalist, **writ**ten (sans diphtongue!), **wri**ter (avec diphtongue), etc.

4 S'entraîner

A En classe

L'entraînement à l'oral, qui se fait tout au long de l'année, est essentiel.
• **Prenez l'habitude de réagir à tous les documents proposés,** même ceux qui a priori ne vous intéressent pas. Prenez la parole, répondez à vos camarades, contredisez-les ou dites-leur

que vous êtes d'accord avec eux, etc. Plus vous jouerez le jeu, moins vous serez déconcerté le jour de l'épreuve.

• **Apprenez à donner votre opinion,** à exprimer votre accord ou votre désaccord, à nuancer votre pensée.

B Chez vous

• Écoutez de l'anglais

Pour vous familiariser avec des accents, des débits différents, et apprendre à repérer les intonations et les rythmes naturels de la langue, il est indispensable de profiter de toutes les occasions d'écouter de l'anglais (ou de l'américain) authentique.

Vous pouvez écouter la radio en direct et regarder les chaînes de télévision anglaises et américaines. Sur Internet, vous pouvez vous abonner aux **podcasts de la BBC**, regarder **les vidéos du *New York Times***, etc. Vous aurez tout intérêt à consulter les sites suivants :

→ **BBC** www.bbc.co.uk
• BBC World service podcasts www.bbc.co.uk/podcasts/worldserviceradio
• 60 Second Idea to Improve the World (5') www.bbc.co.uk/podcasts/series/forum60sec

→ **Radio 4 podcasts** www.bbc.co.uk/podcasts/radio4
• Best of today – news & analyse (8') www.bbc.co.uk/podcasts/series/today

→ **American radio**
• VOA (Voice of America) www.voanews.com
• NPR (National Public Radio) www.npr.org
• WABC Radio www.wabcradio.com actualités et débats. Cliquez sur le bouton 'Live listening'.

→ **Sites d'actualités avec supports vidéo et audio**

PRESSE BRITANNIQUE
• *The Guardian* www.guardian.co.uk et www.guardian.co.uk/audio
• *The Independent* www.independent.co.uk
• *The Economist* www.economist.com

PRESSE AMÉRICAINE
• *The New York Times* www.nytimes.com et www.nytimes.com/pages/podcasts/index.html
• *The Washington Post* www.washingtonpost.com
• *USA Today* www.usatoday.com
• *Slate* www.slate.com

→ **Télévision**
• CNN us.cnn.com, articles et vidéos sur us.cnn.com/videos
• CBS News & CBS Evening News www.cbsnews.com, articles et vidéos
• Sky News, télévision en direct et à la demande news.sky.com

• Intéressez-vous à l'actualité

Lisez la presse, écoutez la radio, les informations des pays anglophones.
Soyez attentifs à l'actualité et cherchez-y des illustrations aux notions que vous étudiez en classe : vous aurez ainsi davantage de choses à dire.

• Faites des fiches thématiques de vocabulaire

Pour chacune des notions que vous aurez abordées dans l'année, notez le vocabulaire utile, les associations de mots les plus fréquentes, les expressions idiomatiques. Vous gagnerez du temps pour vos révisions et il vous sera plus facile de mobiliser le lexique utile le moment venu.

5 Lecture

L'examinateur peut vous demander de lire un passage du texte. Il s'agit d'un test de compréhension tout autant que d'une évaluation de votre prononciation.

1 Quelle stratégie ?

- Il faut avoir bien compris pour pouvoir bien lire. Il est donc logique de préparer cette partie de l'exercice en dernier, une fois que vous avez bien compris le texte. En effet, la lecture trahira immédiatement une mauvaise compréhension du passage.
- Réservez quelques minutes en fin de préparation pour relire le passage attentivement.
- Crayon en main, notez les syllabes accentuées, marquez les pauses et les endroits où vous ne devez pas en faire, interrogez-vous sur la phonétique des voyelles.

Conseil

Entraînez-vous à bien lire les grands nombres pour n'avoir aucune hésitation le jour de l'examen.

100 = one **hun**dred / a **hun**dred
1,000 = one **thou**sand / a **thou**sand
3,257 = **three thou**sand **two hun**dred and **fif**ty **se**ven
10,000 = **ten thou**sand
100,000= **one hun**dred **thou**sand
1,000,000 = 1m = **one mil**lion
65,879,000 = **six**ty **five mil**lion **eight hun**dred and **se**venty **ni**ne **thou**sand

2 Quelques principes

Voir p. 390

- Pour que la lecture soit compréhensible, il faut qu'elle réponde à plusieurs conditions :
  – les mots doivent être correctement prononcés et correctement accentués ;
  – les pauses doivent tenir compte du sens et de la grammaire du texte ;
  – le rythme et l'intonation doivent obéir aux règles de prononciation de l'anglais.
- La lecture à haute voix se fait en particulier sur le principe des groupes de sens : on ne sépare pas les éléments qui font sens ensemble. De manière générale, on lie le verbe et son complément d'objet direct. On ne sépare pas la particule adverbiale et le verbe, le déterminant et le nom, l'adjectif et le nom.
- Observez les syllabes accentuées (en gras), les pauses de respiration (/) et les pauses entre les groupes de sens (//) dans le passage suivant.

With a **work**force of just **o**ver 491,000 in 2013, // the **U**n**i**ted **Sta**tes **Pos**tal **Ser**vice / (USPS) // is **se**cond **on**ly to **Wal**mart / **a**mong **ci**vilian em**plo**yers in A**me**rica. // But it **still** em**plo**yed **mo**re than 200,000 **f**ewer **peo**ple last year / than it did just **ni**ne years **ear**lier // —when it **han**dled **near**ly 500m **more** **pie**ces of mail / and had **al**most 2,000 more **re**tail **of**fices. // The **ri**se of **e**-mail has left A**me**rica's **mas**sive **pos**tal **ser**vice / with **far** less to do, // and it has been **scram**bling to find **ways** to raise **re**venue.

The Economist, April 19th 2014

3 S'entraîner

• Lire à haute voix et s'enregistrer sont les seuls moyens de progresser véritablement et de comprendre en profondeur les mécanismes de l'exercice.

Conseil

On trouve facilement sur Internet de petits logiciels d'enregistrement gratuits, comme Audacity. Ils conviennent parfaitement pour cet usage.

• Des sites comme celui de *The Economist* www.economist.com ou celui de la BBC (Learning English) proposent des enregistrements des articles que vous lisez à l'écran. Le site eman.free.fr/prepa-colle/, destiné aux élèves des classes préparatoires scientifiques et commerciales, propose un ensemble d'articles avec leurs scripts, enregistrés dans un anglais très clair. C'est un matériau excellent pour l'entraînement dont vous avez besoin.

• Vous pouvez procéder de deux manières :

– écoutez l'enregistrement et lisez l'article en même temps en silence. Avec un crayon, notez les pauses, les accents de mots, les intonations, les sons qui vous surprennent. Ensuite, lisez à votre tour, à haute voix. Enregistrez-vous, puis réécoutez et comparez ;

– lisez un passage du texte en silence. Notez au crayon toutes les indications utiles, puis lisez à haute voix en vous enregistrant. Comparez avec l'enregistrement du texte.

6 Éléments de phonétique

Quelques règles simples peuvent vous éviter les erreurs les plus courantes pour des francophones. Entraînez-vous régulièrement pour être prêt le jour J.

1 L'accent de mot

Parfois appelé **accent tonique**, l'accent d'un mot est un élément essentiel de la prononciation de l'anglais. On dit qu'une syllabe est « accentuée » ou « non accentuée ». La place de l'accent de mot est déterminée par plusieurs éléments : l'origine étymologique du mot (germanique, latine ou autre), la présence d'un préfixe ou d'un suffixe et la nature de celui-ci. Nous donnons ici les grandes lignes.

- **La plupart des noms et des adjectifs de deux syllabes** sont accentués sur la 1re syllabe, sauf s'il s'agit d'un préfixe.

> **Exemple :** **hap**py, **fa**ther, **pic**ture mais sur**prise**, com**plaint**, re**act**.

- **La plupart des verbes de deux syllabes** sont accentués sur la 2e syllabe.

> **Exemple :** re**peat**, re**lax**, en**joy**, for**get**, mais **can**cel, **co**py, et les verbes en **-en** ou **-er** : **lis**ten, **hap**pen, **an**swer, **en**ter.

⚠ Quand le nom et le verbe sont identiques, la syllabe accentuée permet de les distinguer à l'oral.

> **Exemple :** record (**re**cord / re**cord**), contrast (con**trast** / **con**trast), export (**ex**port / ex**port**), object (**ob**ject/ ob**ject**), present (**pre**sent / pre**sent**), produce (**pro**duce / pro**duce**), protest (**pro**test / pro**test**), rebel (**re**bel / re**bel**). Mais **pic**ture, **pro**mise, **tra**vel, **vi**sit sont toujours accentués sur la première syllabe.

- **Les mots de trois syllabes** sont également accentués sur la 1re syllabe sauf s'il s'agit d'un préfixe (ils sont alors accentués sur la 2e syllabe).

> **Exemple :** **pos**sible, **hon**esty, **po**sition ... mais im**pos**sible, dis**ho**nesty, de**po**sit, ac**know**ledge, pre**cau**tion.

Entraînez-vous à lire ce dialogue en respectant l'accentuation indiquée sous chaque mot
(● = syllabe accentuée ; • = syllabe non accentuée) :

John: When do you begin your internship?
•● ●• •

Mary: On the twentieth of September.
●•• •●•

John: Really? Next Wednesday?
●•• ● •

Mary: I'm starting in the morning.
●• ●•

John: So when are you leaving?
●•

Mary: Tomorrow.
•●•

John: And when will you be back in Paris?
●•

Mary: Saturday November the thirteenth.
●•• •● • •●

John: The thirtieth?
●••

Mary: No, the thirteenth!
•●

• **Les suffixes dits « neutres »** ne déplacent pas l'accent du mot de départ.

-able : *fashion → fashionable*
-al : *person → personal*
-dom : *martyr → martyrdom*
-ed : *recover → recovered*
-en : *light → lighten*
-er : *produce → producer*
-ful : *success → successful*
-hood : *brother → brotherhood*
-ing : *cover → covering*
-ish : *eleven → elevenish*
-ism : *terror → terrorism*
-ist : *guitar → guitarist*
-ling : *change → changeling*
-ly : *polite → politely*
-man : *police→ policeman*
-ment : *agree → agreement*
-or : *react → reactor*
-ship : *intern → internship*
-some : *trouble → troublesome*
-wise : *other → otherwise*
-y : *willow → willowy*
-ess : *duke → duchess*
-less : *penny → pennyless*
-ness : *happy → happiness*

• **Les suffixes dits « non neutres »**, modifient la place de l'accent dans le mot de départ :

– cas où l'accent tombe sur **le suffixe.**

-aire : *million → millionnaire*
-ee : *employ → employee*
-eer : *engine → engineer*
-ese : *journal → journalese*
-esque : *picture → picturesque*
-ette : *launder → launderette*
-eur : *entrepreneur*
-fy : *terrify*
-ique : *boutique*
-ise : *advise*
-oon : *cartoon*

– cas où l'accent tombe sur **la syllabe placée avant le suffixe.**

-eous : *courageous*
-ia(n) : *pneumonia*
-ial : *financial*
-ic(s) : *economics*
-ical : *historical*
-ient : *resilient*
-ion : *organization*
-ity : *nationality*
-ium : *planetarium*
-ive : *intrusive*
-logy : *ideology*

• Notez que les dérivés d'un nom en -tion sont accentués sur la même syllabe que lui : constitutional, functional, institutional, intentional, international.

Remarque

Exceptions à la règle du suffixe **-ic** : **ca**tholic, **lu**natic, **po**litic, **rhe**toric, a**rith**metic, Arabic.

2 L'accent de phrase

L'alternance de syllabes accentuées, légèrement accentuées, ou pas accentuées constitue la structure orale du mot, mais aussi de la phrase, et lui donne son rythme et sa musicalité.

A Accentuation

• Les mots accentués sont ceux qui portent un contenu lexical, une information. Il s'agit des noms, des verbes principaux, des adjectifs. On accentue également les pronoms possessifs et démonstratifs, les pronoms interrogatifs, les formes négatives contractées, les adverbes, les particules adverbiales ou bien encore les mots grammaticaux de deux syllabes comme about, across, because, etc.

• Les mots non accentués sont les autres mots fonctionnels : articles, auxiliaires, pronoms personnels, adjectifs possessifs et démonstratifs, prépositions et conjonctions.

• À l'oral, ce sont les mots accentués qui vous permettent de repérer les idées-clés.

Exemple : Rela**tions** bet**ween** the **com**panies that cre**ate** **me**dia **pro**ducts and **those** that dis**tri**bute them have **long been poor**.

B Régularité du rythme

• Les syllabes accentuées sont généralement séparées par un « blanc », un léger silence, comme dans la phrase Dogs chase cats (Les chiens pourchassent les chats). On peut ajouter des syllabes non accentuées dans ces « blancs » sans que le rythme soit modifié.

• Observez :

	●		●		●
	DOGS		**CHASE**		**CATS**
	DOGS	have	**CHASED**		**CATS**
The	**DOGS**	will	**CHASE**	the	**CATS**
The	**DOGS**	have been	**CHASing**	the	**CATS**
The	**DOGS**	could have been	**CHASing**	the	**CATS**

Conseil

Entraînez-vous à lire ces mots, phrases et expressions en respectant le schéma accentuel.
● • = première syllabe accentuée, deuxième syllabe non accentuée.
○ • ● = première syllabe légèrement accentuée, deuxième syllabe non accentuée, troisième syllabe accentuée, dernière syllabe non accentuée.
Vous pouvez également vous enregistrer. Cela vous permet ensuite de vous réécouter d'une oreille critique.

• Quelques schémas accentuels courants :

● • mother Do it. Tell them.	• ● relax She comes. You did?	● • • president Look at her! Go away.	• • ● guarantee He's arrived. Where's the cat?
• ● • important I've seen her. I love you.	● • ● Come and see. Don't forget. What's your name?	● ● • No problem! Don't worry! Please help us.	• ○ • ● a piece of cake The shop was closed. It's time to go.
○ • ● • education John's a teacher. See you later.	● • • ● Give me a call. Where do you live? How do you do?	• ○ • ● • communication I think I know her. I want some coffee.	○ • ● • • nationality Come to Mexico. Where's your bicycle?

7 Boîte à outils

1 Des mots de liaison utiles

• Pour ajouter une idée, un argument

Then / Next : alors, ensuite
Besides / What is more : de plus, qui plus est
Moreover / Furthermore : en outre
In addition / On top of that : de plus
Similarly / Likewise : de même
Especially since / As : d'autant plus que

• Pour indiquer la cause

Because of + nom / on account of + nom : à cause de + nom
Due to + nom : en raison de + nom
Owing to + nom : par suite de / en raison de + nom
Thanks to + nom : grâce à + nom
Since : puisque
Because : parce que

Exemple : **Since / As / Because** time is money, customers with pressing requests are willing to dig a little deeper into their pockets. → **Étant donné que** le temps c'est de l'argent, les clients pressés ne voient pas d'inconvénient à mettre la main au porte-monnaie.

• Pour expliquer les conséquences

Therefore : donc
Consequently / As a result / Accordingly : par conséquent
That's why : c'est pourquoi
That's the reason why : c'est la raison pour laquelle
… , so much so that… : à tel point que
So : alors Thus : ainsi

Exemple : Companies are designing bigger offices **so that** they create more motivated staff.
Companies are designing bigger offices. **As a result / Consequently** they create more motivated staff.
→ Les entreprises conçoivent des bureaux plus grands, **de telle sorte** que les employés sont davantage motivés.

• Pour faire des concessions, exprimer des réserves

Although / Even though / Even if : même si…

Exemple : Most companies rely on their employees' good judgement **although / even though / even if** human resource directors agree that sometimes employees can push business casual too far.
→ La plupart des entreprises font confiance au bon sens de leurs employés, **même si** certains directeurs des ressources humaines s'accordent à dire que les employés poussent parfois la décontraction un peu loin.

In spite of / Despite + nom : malgré + nom
No matter what / who / where : quoi que / qui que / où que

Exemple : **No matter what** the surveys say, dress codes are still very much the norm in companies.
→ **Quoi qu'**en disent les études, les codes vestimentaires sont toujours bien présents dans les entreprises.

All the same : tout de même
Nevertheless : pourtant
Nonetheless / Still : malgré tout

• Pour exprimer le contraste, l'opposition

On the one hand : d'une part
On the other hand : d'autre part
However / Yet : cependant
In fact / Actually : en réalité
As opposed to… / Unlike : à la différence de

Exemple : **Unlike** paper ID, biometric ID is tamperproof.
→ **Contrairement aux** papiers d'identité, l'identification biométrique est infalsifiable.

On the contrary : bien au contraire
By contrast : par contraste
Conversely : inversement
Whereas : alors que

Exemple : Biometric ID is tamperproof, **whereas** paper ID isn't.
→ L'identification biométrique est infalsifiable, **tandis que** les papiers d'identité ne le sont pas.

Despite / in spite of : malgré

Exemple : **Despite / In spite of all that,** John remains convinced that a blanket ban is the best way to go.
→ **Malgré** tout cela, John demeure persuadé qu'une interdiction totale est la meilleure solution.

- **Pour faire le bilan**

All in all / Finally : finalement, tout compte fait
Last (but not least) : finalement
As a matter of fact : à vrai dire, en réalité
In short / In brief : en résumé
In a nutshell : en deux mots
In conclusion : en conclusion
To conclude : pour conclure
All things considered : tout bien considéré

- **Pour exprimer une alternative**

Either you get down to work, **or** you are fired. → **Ou** vous vous mettez au travail **ou** vous êtes renvoyé.
Neither our customers **nor** our suppliers have ever met the boss. → **Ni** nos clients **ni** nos fournisseurs n'ont jamais vu le patron.

2 Des expressions utiles

avoir du mal à + inf	to find it difficult / hard to + inf / to have trouble + – ing
avoir le droit de	to have a right / to to be entitled to / to be allowed to
avoir raison (de + inf)	to be right / wrong (to + inf)
correspondre à	to correspond to
envisager	to intend / to plan
être conscient de	to be aware of
être d'accord avec	to agree with
être en jeu	to be at stake
être responsable de	to be responsible for / to be in charge of
être sur le point de	to be about to / to be on the verge of + nom ou – ing
exigeant	demanding
exportation	export
face à (cette situation)	faced with / in the face of
faire du sport	to play sports / to go in for sports
faire partie de	to belong to / to be part of
faire pression sur	to exert pressure on sb / to pressure sb into + – ing
faire preuve de	to show
faire ressortir	to bring out / to stress / to enhance
jouer un rôle	to play a part
mettre en danger	to endanger
mettre en doute	to jeopardize / to question
prétendre que	to doubt
profiter de	to claim that
provoquer	to take advantage of
rater	to cause / to miss (the train) / to fail (an exam) / to carry out (a project)
réaliser	to fulfil (a dream)
se rendre compte	to realize
résoudre	to solve
risquer de	to be in danger of + – ing / to run the risk of + – ing
s'adapter à	to adapt to
s'avérer	to turn out
s'opposer à	to object to
tenir compte de	to take into account

3 Les faux-amis

Il faut distinguer deux listes : d'une part, les mots qui sont toujours des faux-amis, et d'autre part ceux dont le premier sens n'est pas le même qu'en français mais qui peuvent aussi avoir le même sens que le mot français auquel ils ressemblent.

A Les mots qui sont toujours des faux-amis

accommodation	logement
to achieve	atteindre, réaliser
actual / actually	réel / en réalité
(in) actuality	en réalité
advertisement	annonce publicitaire
to advocate	préconiser
affluence	richesse, abondance
affluent	riche
agonizing	angoissant
alien	étranger
to apologize	s'excuser
appointment	nomination sur un poste
to assist	aider
to assume	supposer
to attend	assister à
ballot	vote, bulletin de vote
to bribe	donner des pots-de-vin
chance	hasard
change	changement, monnaie
college	faculté
commodity	marchandise, denrée
confectioner	confiseur
con man	escroc
corporation	compagnie commerciale
current	actuel
to deceive	tromper
deception	tromperie, duperie
delay	retard
deputy	adjoint
to design	concevoir
directions	instructions, mode d'emploi
dramatically	de façon spectaculaire
engross	absorber
eventually	en fin de compte
evidence	preuves, témoignage
extra	supplémentaire
fabric	tissu
facilities	équipements
fastidious	exigeant
figure	chiffre
to furnish	meubler
furniture	meubles
gratuity	pourboire
gross	brut
hazard	danger, risque
hazardous	dangereux, risqué
inconvenient	malcommode, gênant
issue	problème, numéro
journey	voyage
labour	main-d'œuvre, travail pénible
large	grand
licence	autorisation, permis
lime	citron
location	situation, emplacement
luxury	luxe
malice	méchanceté
notoriety	mauvaise réputation
novel	roman
patron	client
petrol	essence
piece	morceau
place	endroit
policy	ligne politique, stratégie
politics	la politique
to prove	se révéler, s'avérer
rampant	effréné
to regard	considérer
to qualify	nuancer
rate	taux, cadence
to rest	se reposer
rude	mal élevé
sensible	sensé, raisonnable
supplier	fournisseur
sympathetic	compréhensif, compatissant
trivial	insignifiant
utilities	services publics : eau, gaz, etc.
valid	valable, etc.

Et tous les faux-amis qui concernent l'argent :

money	argent
change	monnaie
coin	pièce de monnaie
currency	monnaie légale d'un pays
note	billet

B Les faux-amis qui ont parfois le même sens que le mot français auquel ils ressemblent

application	candidature
argument	dispute ; argument
benefit	allocation ; bénéfice
competition	concurrence, competition
to complete	terminer ; compléter
confidence	confiance ; optimisme ; confidence
to consider	envisager ; considérer
to contemplate	envisager ; contempler
customs	douane ; coutumes
degree	diplôme universitaire ; degré
to demand	exiger, demander
demonstration	manifestation ; démonstration
department	ministère ; rayon ; département
exchange	le change ; un échange
to expose	dénoncer ; exposer au soleil, au chaud, au froid excessifs
file	dossier ; lime ; file
habit	habitude ; tenue, habit
intelligence	renseignements ; espionnage ; intelligence
to introduce	présenter ; introduire
pipe	tuyau ; pipe
platform	quai de gare ; estrade, plate-forme
prejudice	préjugé ; préjudice
to pretend	faire semblant ; prétendre, affirmer
relief	soulagement, secours ; [adj.] en relief
to replace	remplacer, remettre en place
resignation	démission ; résignation
rest	repos ; support, appui ; reste
to resume	reprendre ; résumer
tank	réservoir ; cuve, citerne ; aquarium ; tank (char d'assaut)